後學衡

HOUXUEHENG

【西南大学文学院】

主　　编◎王本朝
执行主编◎肖伟胜

西南师范大学出版社
国家一级出版社 全国百佳图书出版单位

图书在版编目(CIP)数据

后学衡. 第 1 辑 / 王本朝主编. —重庆 ：西南师范大学出版社，2017.10
ISBN 978-7-5621-9034-9

Ⅰ. ①后… Ⅱ. ①王… Ⅲ. ①学衡派—文集 Ⅳ. ①I209.6－53

中国版本图书馆 CIP 数据核字(2017)第 248275 号

后学衡 · 第 1 辑

主　　编：王本朝

执行主编：肖伟胜

责任编辑：雷　刚
装帧设计：谭　玺
排　　版：重庆大雅数码印刷有限公司 · 张　祥
出版发行：西南师范大学出版社
地址：重庆市北碚区天生路 2 号
邮编：400715　市场营销部电话：023－68868624
http://www.xscbs.com
经　　销：新华书店
印　　刷：重庆荟文印务有限公司
开　　本：720mm×1030mm　1/16
印　　张：17.75
字　　数：406 千字
版　　次：2017 年 12 月　第 1 版
印　　次：2017 年 12 月　第 1 次印刷
书　　号：ISBN 978-7-5621-9034-9

定　　价：68.00 元

编委会

写在《后学衡》诞生之际

《后学衡》问世了。我们期望,若干年后再来审视西南大文学院学科建设、学术发展和学术环境的时候,这会成为一件值得记忆的大事。当下学术刊物很多。这一新的学术平台,我们想做什么,能做什么呢?概而言之,主要想做三件事:

第一,营造学术氛围,推进西南大学文学院学术发展。中国当前学术正处于转型时期。西南大学文学院历史悠久,实力雄厚,学风优良,享有盛誉。其前身为20世纪40年代初建制的国立女子师范学院国文系和四川省立教育学院国文系。1950年10月,国立女子师范学院与四川省立教育学院合并为西南师范学院,两个学院的国文系合并为中国语言文学系。1956年更名为汉语言文学系,2003年7月成立文学院。2005年7月,更名为西南大学文学院。在70多年的发展历程中,大师鸿儒、名家先贤汇聚于此,研读学术,传承文脉。1949年前,有吴宓、高亨、胡小石、商承祚、唐圭璋、罗根泽、詹锳、李何林、吴则虞、舒芜等大师在这里潜心治学,为学院奠定了仁爱醇厚的文化精神和严谨求实的学术传统。1949年后,续有吴宓、高亨、赖以庄、钟稚琚、何剑薰、徐德庵、杨欣安、徐无闻、魏兴南、曹慕樊、谭优学、李运益、刘又辛、荀运昌等在此传道授业,为学院发展奠定了坚实基础。历经多年建设和发展,西南大学文学院已形成一定的学科特点和学术优势,它虽处西南一隅,但对学术的热情和执着却是高涨而热烈的。《后学衡》创办的任务之一,就是想与学界同仁一道,为西南大学文学院的学术发展提供交流与互动的平台,为中国语言文学和戏剧影视学的学科建设贡献一分力量。

第二,继承"学衡"传统,探究学术前沿问题。众所周知,95年前的1922年1月,《学衡》杂志在上海的中华书局出版。它是由东南大学吴宓、梅光迪和胡先骕等教授创办的学术文化刊物,其宗旨是"论究学术,阐求真理,昌明国粹,融化新知。以中正之眼光,行批评之职事"。在西学风靡的时代,它扛起了昌明国粹的大旗,担负着中流砥柱的责任。到了今天,社会时代变化了,文化语境也不同了,《学衡》所面临的传统与现代转化、国学与西学对话等问题却依然存在。中国当前的学术话语正处于空前繁荣时期。流派众多的西方学术话语被一一引介到国内,被翻译、整理和论述。传统学术的研究,新注新释迭出。这些都是好事,但当代中国学术话语、学术体系的建构,依然面临重重困难。对西方和传统学术的复制阐释,生搬硬套、食洋不化、食古不化也非个案特例。《后学衡》的任务就是想为中国的学术研究奉献微薄之力。之所以取名"后学衡",一般所说的"后"(post)主要包含四种含义:第一是衍生、拓展和发扬;第二是反思、修正和改造;第三是破坏、反抗和颠覆;第四是完善、超越和创新。前二者之“后”大致相当于“在……之后”，后二者之“后”或可对应于“反……”。无论是哪一种，都表明“后”与“前”之间有着内在联系。1949年后的吴宓先生一直在西南师范学院外语系、历史系和中文系工作，在西南大学文学院前身的西南师范学院中文系工作了20年。他在西南大学，在20世纪90年代以来的中国已成一学术符号，特别是他对中西文化和文学传统的“深窥底奥”、“明白辨析”、“审慎取择”的学术态度和目标影响深远。今天的《后学衡》意在承继传统，继续关注和讨论当前中国学术界面临的重要问题，寻求真知，回应时代，推进中国学术的现代化和本土化发展。

第三，立足西南，实现区域和学科整合。与既往相比，今天的学术环境所面临的局面更加复杂。学术体量的扩大，知识结构的变化，学术理念的更迭，导致学术研究在庞大而芜杂的现实面前，其评判、阐释和坚守行为变得极其困难。同时，在当下的社会现实之中，学术研究又面临多重因素的掣肘，资本的力量，技术的侵蚀，圈子的制约，等等，学术研究表面红红火火，实际上却溃败无力，极其短视。《后学衡》的学术目标，应有探究真知的睿智、敢说真话的勇气，追求有思想、有灵魂、有规范的学术。我们认为，学术研究既应有当代情怀，也应有坐冷板凳的功夫；要有现代思想和思维视野，还要有传统方法和古典力量。并且，学术研究要突破地域和学科限制，实现观念和方法论的整合。要有大文学、大语言、大文化和大影视思维，不空谈，不泛论，以文献材料为基础，以个人体验和思考为支撑，做有价值、有问题意识的学术研究。

为了中国语言文学及文化的学术发展，我们愿意付出汗水和努力，也希望得到学术界同仁的积极参与和大力支持。《后学衡》是我们共同的平台，也希望它能为当代学术增添一丛新绿、一片风景。

——王本朝（西南大学文学院院长，教授，文学博士，长江学者）

目录

语言·文字

西学前沿

学衡·现当代

主持人语

长久以来，“学衡派”一直备受争议，曾经作为五四新文化运动对立面，作为阻碍启蒙和现代的复古派而饱受批评，而20世纪90年代随着文化保守主义和新儒学的“昌盛”，又作为纠正五四新文化的偏激和反思现代性的代表而受人推崇。事实上，这些彼此矛盾、截然相反的评判都是对学衡派复杂性的简单化处理。学衡派的“饱受”也毕竟属于现代文学内部的饱受，所以本期“学衡·现当代”选择了三篇论文，较好地诠释了超越新旧简单二元对立的复杂性。曾祥金的《论胡先骕古典主义文学思想的表现与意义》再次说明，不是所谓的新文化胜利了，古典主义就消失了，胡先骕的“古典”选择也并不是旧有的传统的复辟，而是留学西方的新知识分子自己的新的选择。李杰对五四短篇小说文体生成资源的考察，张晓鹏对穆旦《诗八章》的重新解读，都展示了现代文学的丰富性、多元性。

——张武军（西南大学文学院教授，文学博士）

论胡先骕古典主义文学思想的表现与意义*

曾祥金

著名的现代植物学家胡先骕，在现代文学史、思想史方面都留下了属于自己的痕迹。在“五四”新文化运动期间，他以文化保守主义者的面目出现，成为学衡派的三大中坚人物之一。面对新文化派大力提倡的文学革命，胡先骕主张以古文学为根基，创造一种与古典文学联系更为密切的“新文学”。同时，他试图以一种守成的姿态矫正文化激进主义者对传统文化的偏激，以免造成中国文化的断裂。

作为学衡派中坚人物的胡先骕受到传统儒学教育和新人文主义的双重影响，加之与新文化派诸人争夺话语权的意识，使得他自觉地走上了古典主义文学思想的路径。胡先骕的古典主义文学思想主要体现在他对文言文的坚持、对文学性质的解读、文学创作与批评中的古典追求和对文学道德教化功能的重视等方面。他的古典主义选择对正确理解科学概念、继承和重构传统以及反思现代性等方面都有着重要意义。学界目前对胡先骕文学思想的研究主要集中在他的诗学思想方面。本文则试图从文学思潮的角度切入研究胡先骕的古典主义文学思想，以期对胡先骕研究起到一定的推动和补充作用。

一、胡先骕古典主义文学思想的表现

胡先骕的古典主义文学思想主要体现在他的《中国文学改良论》、《论批评家之责任》、《评〈尝试集〉》、《欧美新文学最近之趋势》、《文学之标准》等文章中，具体来说大体可以分为四个方面：对文言文的坚持、对文学性质中古典因素的解读、文学创作和文学批评中的古典追求和对文学道德教化功能的重视。从这四个方面来概括胡先骕的古典主义文学思想虽然未必全面，但至少能反映出它的大致面貌。

（一）对文言文的坚持

胡适在《文学改良刍议》这篇具有里程碑意义的文章中比较系统地表达了他关于文学革命的主张。他从时代性的角度出发，认为文学应该随着时代的变化而变化。两千多年来中国的文人们创作的文学都是死的，只有将一直以来使用的文言文替换为白话文，文学才能由死文学发展为活文学。在这里，胡适是把文字和文学混在一起进行论述的，文言文（死文字）创造的是“死文学”，白话文（活文字）才能创造出“活文学”。

---

* 作者简介：曾祥金，南京大学中国新文学研究中心博士研究生，研究方向为中国现当代文学。

对此，胡先骕提出了自己的反对意见，他认为文学的死活不应该以它使用的文字的古今来判断，而应取决于它本身所具有的审美价值。古人遗留下来的作品，如司马迁的《史记》、李杜的诗文，虽然用的是文言文，却都能够用简洁雅致的文字生动形象地表达感情或记载历史，成为后世行文的规范。经典作品具有永恒的魅力，不会随着时间的流逝而降低它的价值，跟它使用的文字载体也没有关系。同时，胡先骕还认识到文字和文学的不同："文学自文学，文字自文字。文字仅取达意，文学则必于达意而外有结构，有照应，有点缀，而字句之间，有修饰，有锻炼，凡曾习修辞学作文学者咸能言之。非谓信笔所之，信口所说，便足称文学也。"①在胡先骕的眼中，文字革命和文学革命是两个不同的概念，文学需要改良而文字却并不需要做出改变，新文化派的错误之一就是把二者混为一谈了。关于这一点，同为古典主义者的吴宓有类似的看法。他认为文章的格调可以改变，但作为行文工具的文字却不能轻易更改。历史上的文人墨客们用的是同一种文字，他们的诗词文章的风格却显示出极大的差异。因此，吴宓断言："今欲得新格调之文章，固不必先破坏文字之体制也。"②在吴宓看来，"文章之格调"和"文字之体制"是两码事，"文章之格调"可以自由切换，但"文字之体制"却不能随意改变，因为它有其本身固有的文化因子和美学内涵。

胡先骕对文言文这一文字形式的执着追求，其实质是对古典的文学精神和美学倾向的坚守。文言文作为存在于中国文化典籍中最简约、凝练、雅致的文字，它在无形中已经成为传统知识分子思维和言说的工具，因而具有不可替代的意义。可以说，文言文是通向古典文学与文化的途径，进而成为古典的一部分。就实际效果而言，文言重炼字、重推敲的特点使得许多文言文确实比白话更省笔墨，更有令人折服的变化。西方古典主义在艺术上有语言干净明了、结构完整均衡的要求，以文言文为载体的古诗文无疑具备这样的特征，而中国古典文学重视诗文和视词曲、小说为"小道"的观念也符合西方古典主义文学的等级要求。到后来新文化运动已经取得巨大胜利，胡先骕也不得不承认白话文的某些优势。但他仍坚持用"雅俗之别"来区分文言和白话，认为文言是一种正式语体，而白话则是非正式的语体。具体到文学上，小说和戏剧可以适当地采用白话文，而诗文则必须坚守文言文的阵地。说到底，白话文在学衡派同人心中的地位远远不及文言文，正如小说和戏曲不可与诗文相提并论一样。这恰是他们古典主义文学倾向的表现。

(二)对文学性质中古典因素的解读

长期以来，人们对文学的本质和内涵的理解可谓众说纷纭。笔者认为要解决这个问题，首先应该给文学树立一个标准，再用这个标准去衡量一篇文章或一部著作是否具有文学性、能否称得上是文学作品，最后根据这些文学作品总结出文学的规律和性质所在。当白璧德被问到当时美国批评界存在的最主要问题是什么的时候，他的回答是努力地寻求艺

①胡先骕.胡先骕诗文集[M].熊盛元，胡啟鹏.合肥：黄山书社，2013：269.

②吴宓.论新文化运动[J].学衡，1922，(4).

术和思想上的标准去对抗个人性的散漫想象。吴宓也认为艺术必然是有规律的,这个规律应该一代一代地传下去。此后凡是学习或者从事这门艺术的人,都应该遵守它。这样的话创作者才能有所凭借而不至于太过荒谬,批评者也能够以此为标准尽量做出公正的裁决。由此可见标准和规范在艺术中的重要性。

1924年,胡先骕写了《文学之标准》一文,具体阐释他对文学的概念、本质和意义等诸多问题的理解,以期为他眼中混乱、芜杂的新文学树立一个公正明确的标准。胡先骕在文章中提到当时中国文学的没落就是因为模仿了一些已经丧失基本标准的西方文学的缘故,而西洋文学中的模范作品或者说经典著作却没有得到很好的翻译和引入。这使得当时的中国新文学陷入一种鱼龙混杂的局面。从这样的论述中可以看出,胡先骕对所谓"模范作品"报以很高的期待,认为它们是一代文学能否健康发展的关键。经典作品并不在于它们是否风行一时,也跟新与旧无关,而必须经历时间的考验。这跟西方古典主义文学理论对经典的看重是一致的。"欧洲文学自古学复兴以来,咸以希腊、罗马为宗范……戏曲则仿效希腊,舍喜剧、悲剧二者之外无他途。诗则以罗马为宗,如英之波卜尤其著者也。"①由此可知,无论是中国还是外国的古典主义倡导者,对经典都是极其推崇的。

著名美学家约翰·约阿辛·温克尔曼曾经说道:"希腊杰作的一般主要特征是一种高贵的单纯和静穆的伟大,既在姿态上,也在表情里。"②"高贵的单纯,静穆的伟大"是他对古希腊艺术风尚的整体评价,也是古典主义文学理论遵循的重要法则。简而言之,宗旨的宏大和格调的高雅是古典主义的题中之义。作为古典主义文学思想的守护者,胡先骕自然很重视文学作品的宗旨和主题。在他看来,文学的宗旨有两个,一个是为人们提供某种娱乐上的作用,还有一个是为了表现高尚的理想和丰富的情感。前者的格调相对来说较为低下,标准也比较宽泛,适合作为人们的消闲和谈资;后者的标准更为严格,要求能够获得情感上的满足或者使人向善。从作品上看,前者是谐剧和所谓清淡文学,后者是悲剧和所谓庄重文学。"文学思想常函局于时代与超越时代之两要素,前者以时而推移,后者亘古而不变。"③如果说清淡文学是"函局于时代",那么庄重文学就是"超越时代"和"亘古而不变"的。显然,胡先骕在这里是偏爱庄重文学的,因为它有高贵的品格和不随时代而变迁的魅力。

西方古典主义将文学定义为内容和形式的统一,这种定义来源于亚里士多德文艺理论中的"质"与"形"的理论。以亚里士多德文艺理论为代表的古希腊文艺观讲究文艺作品内容和形式的和谐,其深层次的原因还是追求均衡稳定的人文主义。白璧德继承了古希腊的文艺观,他认为要想产生完美的艺术仅有充分的材料是不够的,还需要有整齐而富于变化的形式来表达和约束它。这样的观念在胡先骕的文学思想中同样有所体现。胡先骕将文学作品分为"质"和"形"两个部分,"质"指的是作品的内容,"形"则是整部作品的结构、章法

---

①胡先骕.胡先骕诗文集[M].熊盛元,胡啟鹏.合肥:黄山书社,2013:276.

②转引自[美]唐纳德·普雷齐奥西主编.艺术史的艺术:批评读本[M].易英,等,译.上海:上海人民出版社,2016:125.

③胡先骕.胡先骕诗文集[M].熊盛元,胡啟鹏.合肥:黄山书社,2013:516.

和修辞等。在胡先骕看来,好的文学作品既要注重内容的精良,也要兼顾形式的美善。一个作家只有把“言之有物”和“言之有序”有机地结合起来,才能创作出理想的作品。所以,他对桐城派古文家的评价与新文化派有所不同,认为他们虽“不免有言之无物、徒摭拾古人糟粕之病”[①],但他们的文辞确实很精练恰当,在遣词造句方面下了很大的功夫。而胡适等人却认为写文章应该想到什么就说什么、想用什么方式表达就用什么方式表达,对于文章的章法和结构等一概不论。这种单纯把文学作为工具而忽略它的形式美感和艺术性的做法显然是胡先骕所反对的。对此,他不无愤懑地指出:“近日主张文体解放者全昧于形质之别,但图言之有物,遂忘言之有序之重要亦几相等,即使具有内美,亦未免为蒙不洁之西子,况其内容之优劣尚在疑问之域乎?”[②]

古典主义推崇经典,认为经典文学作品有超越时空的价值,能够起到普世性的作用。从这一点来看,古典主义与新文化派“文学进化论”的主张是背道而驰的。兼具植物学家和古典主义者身份的胡先骕极力反对“文学进化论”,认为那是对科学的“误读”,科学并不适合放在社会科学中。他坚信科学应该限定在自然科学的范围里,也只有这样认定和使用科学才是正确的。在胡先骕看来,进化论在当时社会已经被人们用滥了,各种跟进化论无关的事物也被人们冠以进化的名号。道德观念和文学就属于这一类事物,这无疑会造成人们思想的混乱。这样的观点显示了胡先骕一以贯之的古典主义倾向。

(三)文学创作和文学批评中的古典追求

亚里士多德的“模仿论”是西方古典主义的核心要义。西方著名文学理论家雷纳·韦勒克在谈及古典主义时说道:“古典主义的中心概念是摹仿自然。”[③]古典主义文学家把“模仿”当成了基本的创作手法,模仿学说是进入西方古典主义的不二法门。对此,作为古典主义文论家的梁实秋进一步解释道:“所谓文学之模仿者,其对象乃普遍的永久的自然与人生,乃超于现象之真实;其方法乃创造的、想像的、默会的。故模仿论者,实古典主义之中心,希腊主义之精髓。”[④]梁实秋的观点其实来源于柏拉图的“模仿”说。柏拉图通过模仿来界定几个世界之间的关系:“感性世界”模仿“理念世界”,“文学世界”又模仿“感性世界”,形成所谓“模仿的模仿”。在柏拉图的这一哲学体系当中,“理念”处于中心位置,决定着其他事物的性质和发展。当然,学衡派中人并没有从哲学的高度去体认柏拉图的“模仿”说,他们只是用历史上长期形成的经典文学作品来代替“理念”这一概念,认为经典作品是后来者模仿的源泉,所有人都不可能脱离模仿的阶段而进行创造。

“不模仿古人”是胡适《文学改良刍议》提出的“八事”中重要的一条。在胡适看来,模仿是不可取的。一味地模仿只能让人学会表面上的技术,却失去了创作的欲望和精神。最终

①胡先骕.胡先骕诗文集[M].熊盛元,胡啟鹏.合肥:黄山书社,2013:486.

②胡先骕.胡先骕诗文集[M].熊盛元,胡啟鹏.合肥:黄山书社,2013:487.

③[美]勒内·韦勒克.近代文学批评史[M].杨自伍译.上海:上海译文出版社,2009:157.

④梁实秋.亚里士多德诗学[C]//梁实秋著,徐静波编.梁实秋批评文集.珠海:珠海出版社,1998:73.

的结果是生气全无,留下的只有一些不足道的“雕虫小技”。与之相反的是,胡先骕认为模仿是创造的基础,是达到创造这一目的的必经之路。在胡先骕看来,人的智力和技能都不是一生下来就有的,而需要通过后天的学习和模仿。在经历了不断的模仿之后,他才有可能达到创造的境界。一个人即便天资愚笨,经过后天的模仿训练也能有所成就;反过来,如果忽视后天的练习,那么哪怕他生来就有像孔子一样的智慧,也一定不能学会平常人就拥有的技能。[①]

具体到文学创作上,胡先骕更是坚持模仿的重要性。他认为,文学创作不仅可以模仿如亚里士多德所说的“景物人情”,也可以模仿文学经典作品。这些经典作品能够一直流传到后世,肯定在它的思想性或者艺术性方面有别具一格的地方。而后人的情感体验和思想轨迹很可能已经在前人的作品中有所显现,这样的话,后人就可以走“终南捷径”了。具体到中国文学的语境中,江西诗派对杜甫的推重和模仿、清朝诗人的“宗唐”、“宗宋”,都是模仿学说的体现。另一方面,胡先骕对模仿的推崇并不意味着他对创造的排斥。相反,他提倡模仿是以创造为前提的:“以模仿为轨则而不求创造者,亦终不能刻鹄似鹄。”[②]模仿的最终目的还是为了有所创新。为此,胡先骕总结了四种由模仿上升到创造的途径:包容并蓄、另辟境界、扬长避短、与时俱进。这无疑显示了他独到的眼光和深厚的学养。

在文学模仿问题上,吴宓有着与胡先骕相近的看法:“凡美术皆描摹人生者也。”[③]文学的作用是为了再现人生,特别是人生中有着非凡意义的事情。接着,他从更广阔的视角对这一问题进行论述:“文学之变迁,多由作者不摹此人而转摹彼人,舍本国之作者而取异国为模范,或近代而返求之于古,于是异采新出。然其不脱摹仿,一也。”[④]在这里,吴宓就把模仿存在的合理性上升到了民族和时代的层面,认为即使新文化诸人积极引进西方浪漫主义和写实主义潮流,也逃不过“模仿”二字。其实无论是吴宓还是胡先骕,他们都是从古典主义的立场来思考这个问题,得出相似的结果也就不足为奇了。正是基于这一点,胡先骕在他《欧美新文学最近之趋势》一文的结尾语重心长地说道:“故最后一言之欲为青年读者告者,则在著作某种文体或择定某种主义之前,宜平心静气,读各名人、各主义之著作若干年,效法毛泊桑作文布局、练字、练句之法若干年,再观察人情物理若干年,然后择定一种主义而著作某种文体以问世,则无盲从胡诌之病,而中国文学始有发扬光大之一日。”[⑤]这样的建议虽然未免主观和迂腐,但恰恰显示了胡先骕文学上的古典主义路径。

西方古典主义的文学批评讲究“弃绝对罕见事物的表现”,“控制情感和想象”[⑥],具备理性和客观的特质。以白璧德为例,他极力反对卢梭的浪漫主义倾向,但具体到思想文化上

①胡先骕.胡先骕诗文集[M].熊盛元,胡啟鹏.合肥:黄山书社,2013:320.

②胡先骕.胡先骕诗文集[M].熊盛元,胡啟鹏.合肥:黄山书社,2013:325.

③吴宓.吴宓诗话[M].北京:商务印书馆,2005:66.

④吴宓.评新文化运动[C]//孙尚扬,等.国故新知论——学衡派文化论著辑要.北京:中国广播电视出版社,1995:81.

⑤胡先骕.胡先骕诗文集[M].熊盛元,胡啟鹏.合肥:黄山书社,2013:296.

⑥[英]多米尼克 · 塞克里坦.古典主义[M].艾晓明,译.北京:昆仑出版社,1989:1.

的争论时，却采取了客观的态度："吾人从事于此争辩，必须屏除门户之见，不可忽视卢梭之种种功绩：卢梭竭尽所能，启发人类感觉自然之美，而尤注意荒野之美，即一例也，此争辩中，含一中心问题，应保守一清醒之态度，以对待之，此回吾人尤须注意者也。"①胡先骕提出的文学批评标准也符合这样的要求。他认为批评家对文学的正常发展和人性的健全都有非常重要的意义，并进一步指出批评家的责任应该包括"批评家之道德"、"博学"、"以中正之态度，为平情之议论"、"具历史之眼光"、"取上达之宗旨"、"勿谩骂"六个方面。这几个责任的提出就是为了应对当时批评界的乱象："今之批评家则不然，利用青年厌故喜新，畏难趋易，好奇立异，道听途说之弱点，对于老辈旧籍，妄加抨击，对于稍持异议者，诋毁谩骂，无所不至。甚且于吾国五千年文化与社会国家所托命之美德，亦莫不推翻之。"②此外，胡先骕对钱玄同所谓"选学妖孽，桐城谬种"的提法非常不满，认为这将对青年和社会产生消极的影响。他批评胡适等人发表言论的时候喜欢追求新奇和刺激，有哗众取宠的嫌疑，且容易流入偏激一途。接着，胡先骕提出了自己的批评标准：批评家们既不能够食古不化，以古人的是非为是非；也不可以唯新是从，只要是新的就觉得是对的，而应该具备超越时代的眼光，对批评对象做出客观公正的评判。这样的文学批评标准其实是受了儒家中庸思想和白璧德"适度"法则的双重影响。

（四）对文学道德教化功能的重视

以亚里士多德为代表的西方古典主义主张文学的"净化说"，认为好的文学作品能够洗涤人的心灵，使人的情感和理智都得到较大的提升。白璧德的新人文主义学说深受古典主义的影响，因而也提倡文学作品中道德对人的约束作用，把伦理道德作为对抗科学和现代化负面向度的有力武器。胡先骕既接受了新人文主义学说，又从小浸染于儒家"修齐治平，兼济天下"的思想中，自然把道德教化看得很重。他认为自古以来中国立国的根基就在于道德，这也是中国文化较其他国家文化优越的地方。因此，中国的"文艺复兴运动"所创造出来的新文学（新文化）绝不能缺少道德这一重要因素。

胡先骕对伦理道德的看重具体到文学上就是对文学作品道德教化功能的重视。贺拉斯的《诗艺》强调以"寓教于乐"为中心的古典主义原则，把诗歌（文艺）的教化功能放在很高的位置。中国的古人更是一向提倡"诗言志"、"文以载道"，认为诗文（文学）最大的功效就是向人们传达为人处世或者经世济国的道理，进而对社会和国家产生一些正面的影响。从小接受传统儒学教育的胡先骕自然也不能摆脱这些观念的影响。他在《文学之标准》一文中谈及"供娱乐之用"的清淡文学和"表现高超卓越之理想、想象与情感"的庄重文学时说道："二者虽各有其艺术之标准，而其格之高下不可不知。"③而当胡先骕看到西方传来的浪

---

①白璧德论卢梭与宗教[C]//段怀清.新人文主义思潮——白璧德在中国.南昌：江西高校出版社，2009：87.

②胡先骕.胡先骕诗文集[M].熊盛元，胡啟鹏.合肥：黄山书社，2013：340.

③胡先骕.胡先骕诗文集[M].熊盛元，胡啟鹏.合肥：黄山书社，2013：485.

漫主义和写实主义文学或弃绝道德约束或把道德视为虚伪之物的时候，他表现出了极大的愤慨。因为这些倾向与他一贯以来坚持的文学通过表达美好道德进而对人产生良好熏陶的观念相去甚远。比如挪威知名作家般生的《玛利》，胡先骕就认为"玛利之无故唾弃妇女所应守之贞操，而与其未婚夫私。及至临蓐之时，忽又允许其未婚夫退婚，终乃另嫁一他人。皆事理之出乎寻常，而高洁之妇女如玛利所不应出者。无论为美术计，为道德计，皆不应如此立意命题也"①。

同为学衡派中人的吴宓坚持认为文学是人生的精髓，文学是人生的表现。因而，文学负有指导人生的责任，而道德恰是其中的一个重要因素。"最佳文学作品含有人生最大量的、最有意义的、最有兴趣的部分（或种类），得到最完善的艺术的处理，因此能给人一个真与美的强烈、动人的印象，使读者既受到教益、启迪，又得到乐趣。"②在吴宓看来，好的文学作品应该通过展现完美的德行对读者进行教育和启迪，进而充分发挥它的道德教化功能。关于这一点，梁实秋在《文学与科学》一文中也表达了类似的观念。他认为只有具备了思想和道德劝诫的文学才能有打动人的力量。如果一部作品跟世道人心没有丝毫关系，那么不管它的技巧怎样娴熟，文字如何干净，都不能算是好的作品。有意思的是，处于学衡派对立面的胡适对此也表示了相当的认可。胡适认为文学不应该完全与人事脱离关系，凡是世界上可称为经典的文学，都曾对人们的思想或行为产生过大小不一的影响。

胡先骕的文学创作（主要是诗歌创作）也实践了他注重文学表达现实和教化功能的理论见解。胡先骕幼承家学，很小的时候就开始作诗。此后一生都没有停下诗笔，晚年整理平生所著请钱锺书代为选订，命名为《忏庵诗稿》。钱锺书在书后的短跋中称赞其诗"转益多师，堂宇恢弘"③。综观胡先骕一生的诗作，感时忧国之作占有相当大的比重。他的一生可谓坎坷曲折，先后经历清末的动荡、民初的军阀混战、日寇入侵和新中国成立等重大历史事件。身处乱世的胡先骕没有忘记儒家的修齐治平之道，用自己的笔写下了《书感》《过徐州》《河洛师溃志痛》等忧国忧民之作，其中很多诗作都充满了教化和激励国人的意味。从这些诗作中可以看出，时人评价胡先骕诗"取径少陵，发扬忠爱"④是不无道理的。

二、胡先骕古典主义文学思想的意义

胡先骕的古典主义文学思想虽然在当时并没有产生特别大的影响，但这并不能说明它就是没有意义的。事实上，在经过时间的检验之后，胡先骕的古典主义文学思想还是在历史长河中获得了属于它自己的地位。首先，胡先骕反对文学上的进化论，将科学限定在自然科学层面，有助于人们正确地解读科学概念。其次，胡先骕在新旧文化交替的时候大力

①胡先骕.胡先骕诗文集[M].熊盛元，胡啟鹏.合肥：黄山书社，2013：284.

②吴宓.文学与人生[M].王岷源.北京：清华大学出版社，1993：21.

③转引自胡宗刚.不该遗忘的胡先骕[M].武汉：长江文艺出版社，2005：182.

④转引自闵定庆.胡先骕轶文《蜀雅序》考释——兼论胡先骕词学观念的文化守成主义倾向[J].华南师范大学学报（社会科学版），2011(4)：60.

倡导和弘扬传统文化,他代表的古典主义文学思想对于传统文化的继承和重构起到了应有的重要作用。最后,在西方工业社会普遍存在的金钱崇拜、物欲横流之风还没有在中国蔓延的时候,胡先骕就开始了对现代性的反思,以期唤醒人们对科学主义和工业文明的警惕。这样的思想是超前的,也对我们现代人的生活有一定的指导意义。

(一)对科学概念的正确解读

在漫长的封建社会,“科学”一词对于中国人来说都是比较陌生的。直到 19 世纪末,现代科学的概念和思想才通过严复等人的译介传到中国,给当时的知识分子带来极大的震动。此后,科学开始大行其道。胡适在他的《科学与人生观》序言中说道:“这三十年来,有一个名词在国内几乎做到了无上尊严的地位;无论懂与不懂的人,无论守旧和维新的人,都不敢公然对他表示轻视或戏侮的态度。那个名词就是‘科学’。”①科学甚至跟革命有了千丝万缕的联系。科学的兴起和革命的风起云涌成为 19 世纪末 20 世纪初中国的一大特色。二者合作无间,成为社会进步的两大动因。在这样的时代背景下,胡适和胡先骕都急于给自己贴上科学的标签,进而以科学的代言人自居。

虽然“科学”一词在当时中国的影响已然是甚嚣尘上,但时人对科学的理解却可谓莫衷一是,显示出极大的差异性。胡适对科学是终身服膺的。在胡适眼里,科学首先是一种治学和处世的方法。他在《治学的方法与材料》一文中说道:“科学的方法,说来其实很简单,只不过是‘尊重事实,尊重证据’。在应用上,科学的方法只不过‘大胆地假设,小心地求证’。”②其实,方法的背后是胡适一贯坚持的科学精神和态度。具体来说,他推崇的科学精神又表现为实事求是的精神、重估一切的态度和不断创新的观念。从这样的论述中我们可以看出,胡适作为一个人文学科知识分子,科学在他眼中成了向社会科学倾斜的方法论,将“科学”置换为科学主义,已经逐渐远离了科学的本质概念。正如汪晖在《现代中国思想的兴起》一书中所说:“越来越多的不属于这个共同体的人也开始使用科学家的语言,并将这些语言用于描述与科学无关的社会、政治和文化问题,产生了极为深远的历史后果。”③胡适就是“不属于这个共同体的人”之一(尽管留学时先学农,但后转向哲学)。胡适努力把科学知识转化成一种“修辞”,进而赋予知识道德化的力量,以此来推动新文化运动的发展和西方思想观念的传播。胡适的这种化约法因为简约而遮蔽了科学的诸多复杂性,对当时乃至以后的社会都产生了一些不好的影响。

作为国际知名的植物学家,胡先骕对科学自然有自己独到的看法。他倡导的古典主义文学思想极力反对胡适的“文学进化论”,认为那是对科学使用范围的错误延伸和扩张。胡先骕坚守的是科学本位,即把科学视作一种认识世界万物运行规律的知识体系。科学在他

---

①耿云志,宋广波.学问与人生:新编胡适文选[M].北京:人民出版社,2011:217.

②耿云志,宋广波.学问与人生:新编胡适文选[M].北京:人民出版社,2011:232.

③汪晖.现代中国思想的兴起[M].北京:三联书店,2004:1123.

这里被还原成一个本质概念。基于这一点，胡先骕在20世纪初就清楚地认识到了科学的危害："科学之为害，始于昔日教会之压抑思想之自由，彼具爱智之精神者，一旦既获思想之自由，脱宗教之束缚，遂举宗教与人文主义之精义，一举而推翻之，则所失大矣……此种极端之唯物观念，全出于一时之科学狂热，今日已有不满于此者矣。"①同时，胡先骕认为科学与人生观没有必然的联系，他清醒地厘清、谨守不同场域中的概念区别："吾以为文人误用科学最甚者莫如天演学说。吾身为治生物学之人，然最恶时下少年所谓十九世纪为生物学之世界之说……然此不过科学上之大发明，舍破除数种无根之见解外，固不必影响于一般之人生观也。"②总的来说，胡先骕对科学概念的认识显然更接近事物的本来面目，而他对科学本体的坚守在客观上对纠正当时社会上流行的滥用科学、科学崇拜、科学主义等倾向发挥了较大的作用。其实在胡先骕眼中，科学本位的坚守和古典主义文学思想的倡导是一件事情的两个方面，其本质和目的是一致的。而胡先骕之所以坚持科学本位的理解和古典主义文学思想，其中一个很重要的原因就是他想维护中国几千年以来的传统文化和伦理道德。

(二)对传统道德与文化的继承和重构

20世纪80年代中后期以来，随着学术界环境的宽松和反思的盛行，价值重估成为人文学科的一大热点。不少人开始放弃过去的文化激进主义立场，转而选择了较为温和的文化保守主义。昔日新文化派"全盘西化"的口号和做法，也逐渐显示出它内在的激进和不合理之处。王晓明在《一份杂志和一个"社团"——重评五四文学传统》就认为"五四"的激进在某种程度上遮蔽了传统文化对现代文化的影响，从而引发文化断裂的局面。海外学者余英时更是在他的《中国近代思想史中的激进与保守》一文中指出："一部中国近代思想史是一个思想不断激进化的过程，保守力量几乎没有起到制衡作用，中国为此付出了极大的代价，'文革'就是这种思想不断激进化的结果。"③在这样的知识背景下来重新审视胡先骕的古典主义文学思想，我们会发现它并非此前文学史、思想史所叙述的那样陈旧和保守；相反，它对传统的继承和重构的意义是不容忽视的。

1.对传统伦理道德和传统文化的继承

胡先骕古典主义文学思想对传统的继承可以分为对传统伦理道德的继承和对传统文化的继承。先说传统道德，胡先骕对以儒家精神为皈依的传统道德是终身服膺的，他曾经高度评价儒家创始人孔子的学说，认为它是中国传统思想和文化的根源，可以"行之百世而无弊"④。而胡先骕之所以接受白璧德的新人文主义学说，也正是因为它给胡先骕提供了一种以儒家精神为导向的文化选择，让他能够在天地玄黄的转折时代找到适合自己的文化主

---

①胡先骕.胡先骕诗文集[M].熊盛元，胡啟鹏.合肥：黄山书社，2013：512.

②胡先骕.胡先骕诗文集[M].熊盛元，胡啟鹏.合肥：黄山书社，2013：512～513.

③转引自郑大华.中西与新旧之间：中国近代史上的激进与保守[J].学术研究，2011(1)：104.

④胡先骕.胡先骕诗文集[M].熊盛元，胡啟鹏.合肥：黄山书社，2013：360.

张。胡先骕对传统道德和儒家精神的坚守同时体现在为人和为文两个方面。为人方面,胡先骕对于儒家的中庸思想和克己复礼精神很是推崇,也很重视家庭的和睦和伦理的维持。同时,他的政治思想也偏向保守,有较为浓厚的忠君思想。胡先骕在京师大学堂读书的时候就曾经受到慈禧太后的召见,他以此为一件光荣的事。对于张勋复辟,他也并不反对,因为溥仪重新做皇帝是他乐于接受的。为文方面,他一生写得最多的就是忧国忧民的感时诗,充分发挥诗文“言志”、“载道”的作用。同时在文学理论上大力提倡作品的道德功能和教育功能,这也是古典主义文学的基本要求。1924 年,胡先骕看了“戊戌六君子”之一刘光第的诗集后很是不满,撰文批评刘光第讽刺朝政的作品太过恶毒,不是做臣子的人应该写出来的。① 这样的评价自然跟胡先骕政治上的保守有关,但也源于传统诗论中“哀而不伤,怨而不怒”的美学思想。

胡先骕曾经在他的《论今日教育之危机》一文中怒斥中国的道德状况,认为当时的国人对功利主义极端崇拜,国民道德也已经堕落到了几乎难以挽回的地步。殊不知,中国的传统文化遭遇了跟传统伦理道德一样的境况。传统文化的衰落可以上溯至清末的洋务运动和 1905 年科举制度的废除,科举废除之后,读书人失去了“学而优则仕”的机会,开始自寻出路。传统的“四书五经”也不再是读书人的唯一选择,相应地,自然、地理、生物等新兴学科出现在新式学校的课堂中。五四运动进一步提出用新文化代替旧文化,认为中国的新文化只有在抛弃传统文化之后才能获得凤凰涅槃式的新生。这对传统文化的打击是惨重的,它好像一夜之间就从云端坠落到泥土里。对此,学衡派同人表现出了极大的愤慨,他们都对传统文化怀有深切的同情和眷恋。胡先骕的古典主义文学思想推崇文学经典作品,追求规范、典雅的文学精神,对于保存以“四书五经”为代表的古典文学和传统文化有不可小觑的作用。胡先骕在 1952 年的思想改造运动中做检讨时曾经说道:“我的反对五四运动,一方面是由于我不认识这一伟大的政治运动,一方面是由于我的保卫我们中国的崇高的文化的‘卫道’思想。我虽是一个科学家,但对于中国传统文化有相当深的研究,所以我十分珍惜这种封建文化,我认为胡适、陈独秀这些人竟敢创造白话文来打倒文言文,我虽不问政治,但对这个毁灭中国民族崇高文化的运动,是不能坐视的。我同梅光迪、吴宓办《学衡》杂志,在东南大学造成了一个强有力的富于封建文化气息的学派,在今日以革命的眼光来看是毒害了许多青年,对于革命运动是起了巨大的障碍作用的。”②这段话虽然是用政治语言做自我批判,但骨子里对于自身的文化修养和自己对传统文化的继承和发展所起到的作用是不无推崇的。具体到实践中,胡先骕毕生坚持古典诗词创作,对旧体诗词写作投入了极大的精力。胡迎建将胡先骕的诗歌分为感时诗、感兴诗、述怀诗、记游诗和咏物诗,以此分类来论述胡先骕的诗歌成就,认为他“是在同光体嬗变时赣派中承先启后的一大家,在 20

---

①胡宗刚.不该遗忘的胡先骕[M].武汉:长江文艺出版社,2005:16.

②转引自胡宗刚.不该遗忘的胡先骕[M].武汉:长江文艺出版社,2005:60～61.

世纪诗坛上足可独张一军”①。同时,胡先骕创作了大量的针对晚清诗人群体的诗歌评论,被后世学者认为“有开山奠基之功”,“是晚清诗歌研究的拓荒者”②。在笔者看来,胡先骕坚持古典诗词创作和评论的首要原因,就是为了证明旧体诗词的价值所在,进而维护以之为代表的源远流长的传统文化。

2.对传统道德与文化的重构

近代以来,中国社会面临着内忧外患,由此产生急剧的文化危机。传统士人在向近代知识分子转型的过程中出现分化,呈现出分崩离析、各自为政的状态。一部分人比较激进,趋向于趁着月黑风高的时候一把火把老祖宗留下来的“遗产”烧光;另一部分人却更沉稳,认为老祖宗的东西还是有很多好的可以利用。对此,有研究者分析指出:“暴风骤雨般的新文化运动从实质上说,正是一场驱赶国人离开原有的精神家园的运动。……新文化运动,破坏与建设是并举的,它一方面将国人从原有的精神家园里拉扯出来,另一方面又在努力为国人营建新的家园。只是这新家园,由民主和科学两根大柱撑着,建筑风格与传统的家园相去甚远,许多人感到太陌生,不愿意接受,更无法住进去。他们一部分人被抛入精神荒地,既不想依照陈独秀、胡适等人所提供的蓝图再建新的家园,也不想再回到原有的家园里去。另一部分人出于恋旧心理,还是想重返家园,或者按照旧家园的模式再造一个新的。”③学衡派诸人就是在这样的大背景下,为了坚守住传统文化的根,为了不让自己陷入彷徨无依的状态,而自觉地运用自己的知识储备对传统进行了重构。胡先骕倡导的古典主义文学理论就是期望通过结合中国传统文学(文化)与西方新人文主义,创造出另一种新文学(文化)来。虽然由于诸种原因,胡先骕坚持的理论和思想并没有在当时的学界和文坛产生大的影响,但它对于重构传统和重建文化体系的意义是应该予以重视的。

查尔斯·泰勒在他的《自我的根源:现代认同的形成》中说道:“我们的认同,是某种给予我们根本方向感的东西所规定的,事实上是复杂的和多层次的。我们全部都是由我们看作普遍有效的承诺……构成的,也是由我们所理解为特殊身份……的东西构成的。”④事实上,在当时新旧交替的中国,许多知识分子心中早已失去了“根本方向感的东西”和“普遍有效的承诺”。他们是所谓的“文化漂流者”,民族文化身份认同危机的消除成了他们的首要任务,因为“一种文化只有通过自己文化身份的重新书写,才能确认自己真正的文化品格和文化精神。这种与它种文化相区别的身份认同,成为一个民族的集体无意识和精神向心力,也是拒斥文化霸权的前提条件”⑤。胡先骕的古典主义文学思想就是从文学的角度切入,希望通过将西方文化与东方文化无缝对接的方式找寻到一种传统文化向现代文化比较温和的过渡方式,也就是重构传统以获得新生。历史的发展将会证明,胡先骕的这种努力

---

①胡迎建.更斫诗探天地秘——论胡先骕的诗歌成就[J].中国韵文学刊,2010(1):93.

②付洁.被忽视的晚清诗文拓荒者——论胡先骕之诗文评[J].湖南大学学报(社会科学版),2014(6):95.

③启良.新儒学批判[M].上海:上海三联书店,1995:26—27.

④[加]查尔斯·泰勒.自我的根源:现代认同的形成[M].韩震,译,南京:译林出版社,2001:39.

⑤王岳川.后殖民主义与新历史主义文论[M].济南:山东教育出版社,1999:147.

既融合了现代的革新思想，又加强了民族文化身份的认同，是一种比较理想的对传统道德和文化进行重构的方式。

(二)对现代性的反思

随着西方科学的发展和工业化进程的加速，人的异化和精神焦虑问题愈发严重。特别是“一战”的爆发，在某种程度上给西方世界带来了近似毁灭性的打击。它动摇了西方人对于现代文明和科学技术的信心，使得他们开始反思科学和现代性带来的负面效应。这样的情况在当时的中国也并不陌生。近代以来，西方的实验主义和唯科学主义相继传入中国，强烈地冲击着国人传统的价值观和世界观。一时之间，科学成了解决诸多问题的灵丹妙药，而对物质和技术的过分推崇使得当时中国人的“意义危机”十分严重。陷入物质至上和金钱崇拜怪圈中的人们时常觉得生活没有意义，人与人之间也少了很多温情和理解。

面对这种机械主义和物质崇拜无限膨胀的局面，白璧德表示出了极大的愤慨和不解：“这种联合导致了时代的登峰造极的愚蠢和大战。在人们所目睹过的疯狂表演中，恐怕再也没有比成千上万的人动用着有科学效用的庞大机器彼此将生命送进地狱更疯狂的了。”①服膺新人文主义的胡先骕自然不会对此熟视无睹。一方面，科学家出身的胡先骕明白科学的作用。1934 年 8 月《科学画报》第 2 卷第 2 期在卷首位置发表了胡先骕的《论社会宜积极扶助科学研究事业》②。这篇文章开篇就说道：“自九一八国难作后，国人渐知在此弱肉强食之世，人道公理，不过为口头禅；而一国家欲图自存于今日，非充实国力不为功。”“社会亦知物质建设以科学为基础，故科学普及运动乘时而兴。”在分析了当时的科学成就和社会条件之后，他得出结论：“故在今日而言，兴办实业非提倡科学研究不为功；而科学研究决不能仅恃政府而必须社会与以积极之扶助。”这样的宣传科普和实业救国的观点恰恰显示了胡先骕作为科学家的责任意识。另一方面，身为新人文主义者的胡先骕清醒地认识到科学的局限和现代化带来的破坏作用。他一再提倡道德理性的巨大作用，就是为了防止整个社会向功利主义倾斜。他坚持的古典主义文学思想从审美的角度反思现代化进程中的负面效应，对历史和文化现代性带来的不良反应也进行了质疑和批判。在某种意义上，胡先骕提前向世人预警了现代性的恶果，并期望通过自己的文学理论和文学追求来唤醒人们对科学主义和工业文明的警惕。

当然，值得注意的是，20 世纪初的中国正处于工业文明的起步时期，启蒙仍是当时整个社会的主要任务。以胡适为代表的新文化派高举“民主”和“科学”的旗帜，大力倡导与时俱进的“新文学”，迎合了当时大多数民众思想启蒙和精神解放的需要，他们的成功在某种意义上来说是理所应当的。而以胡先骕为代表的学衡派，一方面由于他们自身颇为浓厚的精英意识和贵族意识，导致他们的文学观念和精神只能停留在一个较为狭窄的层面，而不能

---

①[美]欧文·白璧德.卢梭与浪漫主义[M].孙宜学，译.石家庄：河北教育出版社，2003：222.

②胡宗刚.不该遗忘的胡先骕[M].武汉：长江文艺出版社，2005：130.

深入到普罗大众之中。他们一方面想以一己之力推动普通大众道德和精神的完善，另一方面又不肯屈尊纡贵把自己降到平民的层次。这就使得他们的文化理想更多地停留在了学术圈的自娱自乐中。同时，他们所极力批判的浪漫主义和科学主义带来的恶果，并不契合当时中国的实际情况。当时的中国处于农耕文明向工业文明过渡的阶段，还远没有到西方“纸醉金迷”、“秩序紊乱”的地步。除去上海等极少数大城市，西方世界的现代性危机并没有出现在20世纪上半期的中国。这就决定了胡先骕的古典主义文学思想与现实有着一定的差距，对当时的学界和普通民众也不可能产生太大的影响。

摘　要：在“五四”新文化运动期间，胡先骕以文化保守主义者的面目出现，成为学衡派的三大中坚人物之一。胡先骕受到传统儒学教育和新人文主义的双重影响，加之与新文化派诸人争夺话语权的意识，使得他自觉地走上了古典主义文学思想的路径。胡先骕的古典主义文学思想主要体现在他对文言文的坚持、对文学性质的解读、文学创作与批评中的古典追求和对文学道德教化功能的重视等方面。他的古典主义选择对正确理解科学概念、继承和重构传统以及反思现代性等方面都有着重要意义。

关键词：胡先骕；古典主义；文学思想；表现；意义

“五四”短篇小说文体的生成资源综论*

李　杰

韦勒克、沃伦在《文学理论》一书中说：“当文体分析能够建立整个文学作品中普遍存在的统一原则和某种一般的审美目的时，它就似乎对文学研究最有助益。”①从某种意义上说，一个时期的文学史在本质上可以被理解为文体的演变史，因为文体既是这个时期文学的总体风貌、精神内涵、结构形态、审美特质、修辞技法等的重要表征，同时也是上述内容的呈现结果。从文体的角度来研究现代中国文学，将“有助于我们跳脱文学革命以来通常以同质性的‘时代’或‘文学’话语为主导的研究和思考模式的限制”②，为重新理解和阐释现代中国文学变革与展开的方式，提供另一种观察视角。

作为一种新兴的文体，短篇小说在清末民初的文学创作实践中即已展现了活力，在“五四”时期更是发展成“新文学”的主导性文体，并很快成为20世纪中国作家表达现代经验的主要文学样式。胡适、鲁迅都曾在不同场合中承认短篇小说是现代文学中成就最高的文类。③ 1980年代以来，当代文学的“反思”、“改革”、“寻根”、“先锋”等特征也主要由“短篇小说”这一文体来承担和呈现。因此，考察短篇小说文体的演变史和形构史，也就为重新理解和阐释中国文学的“现代性”和“当代性”提供了新的视角和新的方法。

然而，由于“被包括‘白话’的语言形态在内的现代文学诸种趋于同质的制度与话语”的“遮蔽”，以及对“文类”（文体）概念的通常理解也有着“同义反复”的理论局限④，这种“双重遮蔽”和“自然化”使我们对短篇小说在中国语境中的文体演变史和形构史，往往因为习焉不察而不见有太多的考量。鉴于此，本文以“五四”时期短篇小说的文体生成机制为研究对象，试图说明正是由于语言变革、报刊事业、域外翻译、理论倡导、创作实践等多方面因素的共同作用，才逐渐历史地生成并形构了颇具现代意识的“五四”短篇小说文体。

---

*基金项目：2014年教育部人文社会科学研究青年基金项目“影像传播与文学经典建构研究”（编号：14YJC860012）；西华师范大学英才科研基金项目“主旋律文学的话语谱系及传播研究”（编号：17YC525）。

作者简介：李杰，西南大学文学院博士研究生，西华师范大学新闻传播学院副教授，研究方向为传媒与20世纪中国文学。

①[美]勒内·韦勒克，奥斯汀·沃伦.文学理论[M].刘象愚等，译.南京：江苏教育出版社，2005：205.

②张丽华.现代中国“短篇小说”的兴起：以文类形构为视角[M].北京：北京大学出版社，2011：2.

③胡适.五十年来中国之文学[C]//欧阳哲生.胡适文集（第3卷）.北京：北京大学出版社，1998：263；鲁迅.“中国杰作小说”小引[C]//鲁迅全集（第8卷）.北京：人民文学出版社，2005：445.

④张丽华.现代中国“短篇小说”的兴起：以文类形构为视角[M].北京：北京大学出版社，2011：4.

一

“五四”短篇小说文体的发生与形成及其现代化嬗变，与晚清以降的历次语言变革运动密切相关。清末民初，持续不断的汉字改革如切音字运动、简字运动、废除汉字运动、“世界语”运动、“万国新语”运动等等，虽然都从文字革命开始表达着“开民智”的维新诉求，却都无一例外地蔓延到语言革命并最终掀起文学/文化革命的风暴。晚清维新人士通过大力发展白话报纸、极力提升白话小说的地位，使晚清语言变革运动实现了从理论倡导向语言实践、从单纯文字改良向多维语文运动等更高层面的跨越式转化。在波澜壮阔的晚清语言变革运动中，报章文体、白话小说、翻译文体等的操练实践和理论提倡，冲击了古文的独尊地位和一元结构，为“五四”白话文运动的展开提供了历史基础和实践经验，也为“五四”短篇小说文体的生成提供了“语言现代性”的文字基础。

“五四”时期，胡适等人在工具论的层面上提倡以“白话”取代“文言”，通过建设“文学的国语”和“国语的文学”，通过语言文字的变革实践“白话文学”的主张，他们关于“文学革命”发生史的叙述，凸显了语体变革之于文学现代化的重大意义。在胡适那里，“白话”不仅具有冲破一切传统文学成规与文体界限的能量，同时也是建构新文体的“万能神药”。“白话”以其口语化、精确化、清晰化的特性使文学语言的叙述功能和艺术再现功能得以强化；较之文言，“白话”具有更高的清晰度，其叙述功能是小说赖以生存发展的基石。由此，“五四”短篇小说文体的生成获得了文学语言上的现代性因子。但是，这一以“口语中心论”为基础的汉语语体变革，却在1993被郑敏理解为对新诗创作的“戕害”和限制进行了多方面的总结和批判①，由此引发了学界对于白话文运动乃至整个“五四”传统的全面反思。这里姑且不论郑敏将新诗创作的缺陷归咎于语体变革时在思维上的二元对立局限，单就语体变革与文体演进二者的关系而言，语体变革之于文体演进的意义也并不构成深层次的“‘戕害’和限制”，相反，它一定程度上构成了文体演进的催生力量，因为某类文体现代性的获得首先就体现在其语言语体与传统的差异性上。

由于语言变革运动的绵延性、整体性，又因为语言与文学运动联系的密切性，在文字—语言—文学的“三位一体”中，晚清以来的历次语言变革运动在促进白话文走向“正宗”合法地位的同时，也为“五四”短篇小说文体的生成提供了千载难逢的历史机缘和不可或缺的现代性语言因子。

在“五四”时代的小说家和理论家看来，“短篇小说”是一种完全从域外输入的新兴文体。胡适发表于1918年的《论短篇小说》②被认为是首次从文体上给予“短篇小说”以独立地位的理论文章，具有开启现代中国短篇小说的里程碑意义。然而，现代中国短篇小说的兴起并不首先得力于胡适这篇文章的大力提倡，而是建基于晚清短篇小说的再度复苏与迅速繁荣的文

①郑敏.世纪末的回顾：汉语语言变革与中国新诗创作[J].文学评论，1993，(03).

②胡适.论短篇小说[J].新青年，1918，(4，5).

学实践基础上的，后者为“五四”短篇小说文体的生成提供了坚实的实践基础。

正如陈平原先生所言：“晚清短篇小说的崛起，可以说与其时报刊事业的发展密不可分。报刊刊载文艺作品以招徕读者，最合适的自然是小说。”[①]据相关资料统计，自梁启超1902年在日本横滨创办《新小说》杂志始，到1917年胡寄尘在上海创办《小说革命军》，期间创办的以小说命名的刊物就有三十种之多，这个数据还不包括那些刊载小说的各类文言或白话报纸。在扩大小说读者群的同时，晚清报刊也以其分期刊载的方式和篇幅版面的特点促进了晚清小说的繁荣，从而孕育了短篇小说的文体生成。比如，1902年出版的《新小说》杂志虽然极力提倡“一部小说数十回”的长篇，却也专辟“劄记体小说”栏刊登“如《聊斋》、《阅微草堂笔记》之类”的短篇；1904年创刊的《新新小说》在第二年六号上（1905年3月）也开始刊登短篇小说；1905年创刊的《北京女报》也专辟“短篇小说”栏刊载了数量不少的短篇小说。

如果说上述报刊上出现的短篇小说创作，只是作为长篇小说的“补白”或是“调剂”存在的，那么，在稍晚出现的《月月小说》等刊物上刊载的短篇小说，则被当作正式的小说文体以征文、广告、专栏等方式加以广泛提倡。这种提倡，有其意味深长的考虑：“报刊连载长篇小说，优点是可吊读者胃口，缺点是每回情节都不完整；而刊载轻便自由新鲜活泼的短篇小说，虽则情节完整，可又不够曲折复杂——最好的办法是长、短篇小说兼刊。”[②]1906年创刊的《月月小说》杂志对于短篇小说具有倡导之功[③]，1908年该刊编译部在“征文广告”中专门提到短篇小说：“如有思想新奇之短篇说部，愿交本社刊行者，本社当报以相当之利益。”[④]1907年《小说林》第1期“募集小说”的启事称“篇幅不论长短”。[⑤] 1909年创刊的《小说时报》、1910年创刊的《小说月报》还常常将短篇小说专栏放置在长篇小说专栏之前。在报刊事业的推动下，还出现了一大批专门从事小说包括短篇小说创作的专业小说家，极大地刺激和繁荣了晚清短篇小说的文学实践。

上述史实表明，短篇小说在晚清报刊事业发展的推力之下，获得了其区别于长篇叙事作品的文体地位，已经开始初具现代短篇小说的文体意识。不过，必须指出的是，此时对“短篇小说”的理解还仅仅只是一个“篇幅”概念，与同样刊载于报刊短篇栏目中的故事、寓言、笔记等其他传统文体相比，它并不具有文体区隔的现代意义，仅“可以策略性地称为‘短篇的小说’”[⑥]，它之于“五四”短篇小说文体生成的意义仅仅在于其“短篇的”“篇幅”形式，它还只是“五四”短篇小说文体生成前的萌芽状态，因而并不具有决定性的根本意义。

真正使“五四”短篇小说文体破土而出的动力，来自晚清至“五四”这段时期内对域外短篇小说的译介活动。或者说，自觉译介并大力借鉴域外短篇小说，是现代中国尤其是“五

---

①陈平原.二十世纪中国小说史(第一卷)[M].北京:北京大学出版社,1989:172.

②陈平原.二十世纪中国小说史(第一卷)[M].北京:北京大学出版社,1989:172.

③阿英.晚清文艺报刊述略[C]//阿英全集(第6卷).合肥:安徽教育出版社,2003:253.

④陈平原,夏晓虹.二十世纪中国小说理论资料(第1卷).北京:北京大学出版社,1997:345.

⑤陈平原,夏晓虹.二十世纪中国小说理论资料(第1卷).北京:北京大学出版社,1997:257.

⑥张丽华.现代中国“短篇小说”的兴起:以文类形构为视角[M].北京:北京大学出版社,2011: 33.

四”短篇小说文体走向现代和自觉的真正起点；如果没有域外短篇小说的译介，现代中国文学中的小说文类格局必将重新改写。

晚清以来，在欧美小说“或对人群之积弊而下砭，或为国家之危险而立鉴”①，而我国小说“不出诲盗诲淫两端”②的两相对照之下，译介欧西、取法域外成为先贤志士振兴中国小说的普遍共识。一时间，域外科学小说、侦探小说、政治小说、言情小说等不同题材、不同风格的小说如潮水般地译入中国，开启了不同于传统中国小说的审美空间和创作摹本。只不过，与“五四”新文学家主要倾向于译介短篇小说不同的是，清末民初多以翻译柯南道尔、哈葛德等人的长篇小说为主，即使对短篇小说有所译介，也大抵是侦探故事③。“吾喜读泰西小说，吾尤喜泰西之侦探小说。千变万化，骇人听闻，皆出人意外者。”“唯侦探一门，为西洋小说家专长，中国叙此等事，往往凿穿不近人情，且亦无上层出不穷境界，真瞠乎其后矣。”④侦探小说常用的悬念、倒装、插叙、倒叙等叙事技巧和艺术手法，吸引晚清短篇小说家纷纷起而效仿、争相借鉴，产生了诸如王汉章的《金沟盗侠》、程小青的《花石曲》、吴趼人的《黑籍冤魂》、周瘦鹃的《西子湖底》、包天笑的《牛棚絮语》等多种初具现代意味的短篇小说。如果我们把“现代意识”理解为对传统文学模式和思想文化表述的质疑、反省和批判的话，那么，这些小说无疑显示了中国短篇小说文体上的“现代意识”，因为它们在一定程度上打破了传统中国小说常用的线性时间顺序，极大地拓展了短篇小说的艺术容量和表现空间。不过，从影响性方面来看，这些小说还不足以对传统中国小说以“情节”为中心的叙事模式产生根本性的冲击，因而在短篇小说文体的意义上，它们只是为“五四”短篇小说文体的生成吹响了序曲。

晚清译入的短篇小说中，最具有“现代意识”、为“五四”短篇小说文体的生成提供了最大动力的，要属鲁迅、周作人翻译的《域外小说集》。在为《域外小说集》撰写的刊于《时报》的广告词中，鲁迅说：“是集所录，率皆近世名家短篇。结构缜密，情思幽眇。各国竞先选译，斐然为文学之新宗，我国独阙如焉。因慎为译述，抽意以期于信，绎辞以求其达。”⑤出于这样的目的，将“结构缜密，情思幽眇”的“近世名家短篇”以“收录至审慎、迻译亦期弗失文情”的态度作为“异域文术新宗”译述到中国，⑥除了显示周氏兄弟“古文直译”⑦的翻译理念外，还凸显了他们“为中国文章别创体类”⑧的文学观念和文体意识。《域外小说集》所译小说，包括王尔德、爱伦·坡、莫泊桑、须华勃、显克微支、安德列夫、契诃夫、迦尔洵等人多篇

①衡南劫火仙.小说之势力[C]//陈平原，夏晓虹.二十世纪中国小说理论资料(第1卷).北京：北京大学出版社，1997：48.

②任公.译印政治小说序[C]//严家炎.二十世纪中国小说理论资料(第2卷).北京：北京大学出版社，1997：37.

③陈平原.二十世纪中国小说史(第一卷)[M].北京：北京大学出版社，1989：175.

④定一，侠人.小说丛话[J].新小说，1905，(13).

⑤1909年4月17日上海《时报》第1版。

⑥鲁迅.《域外小说集》序言(旧序)[C]//鲁迅全集(第10卷).北京：人民文学出版社，2005：168.

⑦张丽华.现代中国“短篇小说”的兴起：以文类形构为视角[M].北京：北京大学出版社，2011：87.

⑧张丽华.现代中国“短篇小说”的兴起：以文类形构为视角[M].北京：北京大学出版社，2011：123.

极具先锋性的西方短篇小说。这些小说大都侧重于人的内心世界，或是一些不连贯的生活碎片的组接，或是人物主观感受与想象混融的独白呓语，或是情景交织的某种意境，与传统中国小说以人物为中心、以情节为线索的叙述模式和对故事性、趣味性的追求，有着几乎完全陌生的审美面貌，为中国读者提供了前所未见的短篇小说样式和异域情调，也为中国短篇小说的现代化发展提供了可资借鉴的摹本。在《域外小说集》所附之“著者小传”和“卷末杂识”中，周氏兄弟概括西方短篇小说家各自不同的艺术特性，盛赞西方短篇小说文体之优长，显示了颇为自觉的短篇小说文体意识，如他们称迦尔洵的《邂逅》“文体以记事与二人自叙相间，尽其委曲，中国小说中所未有也”①。可以说，《域外小说集》的译介，为日后鲁迅创作《怀旧》和《狂人日记》，形成其形态各异、丰赡开放的文体特征，积累了丰富的文体经验。

在民初的域外短篇小说译介活动中，还需提到周瘦鹃1917年出版的《欧美名家短篇小说丛刊》。这部被周氏兄弟誉为“近来译事之光”②的译著，囊括了欧美14个国家47位作者的50篇短篇小说，虽然菁芜杂存，“诸篇似因陆续登载杂志，故体例未能统一”，“命题造语，又系用本国成语……未免不诚”③，在选目范围、迻译方法、美学评价等诸方面难望《域外小说集》之项背，但以其叹为观止的选目数量，也为国人揭开西方短篇小说的神秘面纱立下了汗马功劳。

在清末民初的文学翻译活动中，前述翻译活动中的篇目编选、文体翻译、语体选择所凸显出来的短篇小说文体意识，所译述短篇小说内在的主题意蕴、艺术手法乃至由此形成的文体观念，在即将爆发的“文学革命”潮流的潜滋暗长中，悄悄作用于彼时小说家的意识深处，从而凝聚为他们在从事文学实践活动中的有意或无意识行为，使彼时的文学创作实践及文学作品也开始逐渐积累了短篇小说文体的“现代性经验”，从而为“五四”短篇小说的文体生成提供了强大的参照系和创作上的有益借鉴。

二

在上述语言变革、报刊事业、文学译介等活动的综合作用下，清末民初一批小说家开始致力于短篇小说的创作实践，文坛上出现了一批与中国传统小说不同的“新样式”短篇小说。这些“新样式”短篇小说不同于以唐传奇和明清笔记小说为代表的文言短篇小说，也相异于以宋元话本为代表的白话短篇小说，它们在结构模式、叙事策略、艺术手段、叙事视角、创作意图等多个方面，为“五四”短篇小说的文体生成积累了丰富的创作经验。

“新样式”短篇小说一改传统中国小说完整曲折情节线的结构模式，以片断、场面为表现重心，直接或间接地启发了后来“横截面”式的短篇小说观：徐卓呆的《卖药童》刻画了逃税卖刀疮药的孩子被警察抓住后将这些药统统吞下的场景；《入场券》记述了两个学生无票

①鲁迅.域外小说集·著者事略[C]//鲁迅全集（第10卷）.北京：人民文学出版社，2005：225.

②鲁迅、周作人对本书的评语[C]//欧美名家短篇小说，周瘦鹃，译.长沙：岳麓书社，1987.

③鲁迅、周作人对本书的评语[C]//欧美名家短篇小说，周瘦鹃，译.长沙：岳麓书社，1987.

偷入运动场看球赛还冒领他人失物的片断;《万国货币改造大会》描述了妄图通过货币改造来拯救社会的一场滑稽会议……

“新样式”短篇小说也开始注重运用环境描写的艺术手法,以用描写取代叙述来表现片断和场面为主要的叙事手段。如恽铁樵的《工人小史》一开端便以阴冷昏暗的天色和破败不堪的环境营造出戏剧场景或电影画面般的效果,极大地强化了小说的场面感;吴趼人的《庆祝立宪》、徐卓呆的《买路钱》、李涵秋的《穷丐》等都开始出现了不少的环境描写的艺术手法。在淡化情节的同时,一些“新样式”短篇小说开始更加注重用心理刻画的艺术手段来强调人物的情绪感受,如苏曼殊的《断鸿零雁记》中对三郎夜宿枫林古刹时的内心活动的摹写,形象地展现了人物漂泊羁旅的忧郁和凄凉;周瘦鹃的《真假爱情》对郑亮在既是情敌也是朋友的张伯琴落水时刹那间的心理活动的刻画;程善之的《死声》对“余”在刑场上看一个和尚被砍头时的复杂心理活动的展现;等等。

在叙事视角的运用上,一批“新样式”短篇小说开始突破传统中国小说第三人称全知叙事视角的局限,实践了第一人称限知叙事的新式叙事视角。“苏曼殊可谓第一人称叙述的重要实践者,他的许多小说都采用了‘余’的叙述方式,即便某些小说以第三人称‘他’来叙述,小说也是完全通过主人公的内向主观叙述来呈现叙事内容的。”①吴趼人的《黑籍冤魂》、徐卓呆的《温泉浴》、王浚卿的《冷眼观》、程善之的《死声》等,都采用第一人称限知叙事视角,极大地缩短了叙述者与人物以及读者之间的心理距离,在促进“五四”短篇小说文体的生成方面具有重要的意义。

成熟的现代“短篇小说”常常以现代的人文关怀去表达现代人的思想情感和经验,在题材选择、创作意图等方面表现出相对成熟的“现代意识”。清末民初的这批“新样式”短篇小说,也比较朦胧地表达了一定程度的“现代意识”,虽然这种表达相对是不自觉的。如叶圣陶早期的短篇小说《穷愁》、《贫女泪》、《博徒之儿》等对下层劳动人民和弱势群体的同情和歌颂;陶安化的《小足捐》,吴趼人的《庆祝立宪》、《大改革》、《光绪万年》等对清廷内忧外患政治时局和腐败堕落社会现实的揭露与批判;等等。

清末民初的“新样式”短篇小说,其之于“五四”短篇小说文体生成的意义在于,它从外在形式技巧和内在精神意蕴两个向度上,与现实生活和时代节奏之间有着几乎同步的和谐步调,为“五四”短篇小说针砭时弊、改造国民性的主题意蕴和自由开放、不拘一格的文体形式提供了不自觉的、朦胧的“现代性经验”。但是,正因为它“新样式”的不自觉和“现代性经验”的朦胧,它仅仅只是为“五四”短篇小说文体的生成提供了比较丰富的实践经验,在根本的意义上并不构成确立“五四”短篇小说文体的决定性力量。

随着清末民初报刊短篇小说的不断刊载和繁荣以及域外短篇小说翻译活动的不断拓展,“五四”时期的部分理论家开始注重在域外理论的借鉴和国内创作的总结的基础上,对短篇小说文体进行了理论思考,这种思考反过来又促成了“五四”短篇小说文体生成的进一

---

①李丽.中国现代短篇小说的文体自觉[M].北京:光明日报出版社,2013:25.

步发展,其理论成果便以胡适发表于1918年《新青年》第4卷第5号上的《论短篇小说》[①]为代表。

在这篇文章中,胡适主要参考美国学者汉密尔顿(Clayton Hamilton)关于Short-Story的定义,开篇即指出,“短篇小说”在中国语境中的宽泛含义:“凡不为长幅巨制之小说,无论笔记、杂纂、成书、单篇,皆可以‘短篇’称之,未尝有所专指”,接着也以“下定义”的方式将短篇小说界定为:“用最经济的手段描写事实中最精彩之一段或一方面而能使人充分满意之文章。”随后以都德的《最后一课》、《柏林之围》以及莫泊桑的《二渔夫》等短篇小说名作为例证对这一定义做了说明。[②]

对这一定义,我们可以从三个角度进行解读:(一)短篇小说的叙述中心乃是“事实中最精彩之一段或一方面”。胡适曾分别用了大树的“横截面”和人物的“侧面剪影”来类比事实中“最精彩之一段”或“最精彩之一面”,提出了著名的“横截面”短篇小说观。显然,这是针对“那些‘某生,某处人,幼负异才……一日,游某园,遇一女郎,睨之,天人也……’一派的滥调小说”[③]的,突破了传统中国小说以情节事件为中心的结构模式,而力倡以片断、场面为中心的结构模式。(二)短篇小说的叙述手段是“用最经济的手段”进行“描写”。这里,将传统的“叙述”手段变更为“描写”方法,为短篇小说对环境的描摹、对心理的刻画、对氛围的营造等等预留了广阔的艺术空间;同时,“最经济的手段”又为短篇小说文体对丰富多元、各种各样的艺术手段的操练留下了充足的余地;“经济”,既是出于短篇小说篇幅所限的考虑,更是基于对以片断、场面为叙述中心的结构模式的维护。(三)短篇小说的叙述效果是“能使人充分满意”。这是较早从读者接受角度来规范短篇小说的努力。由于“横截面”叙述中心和“最经济”的艺术手段的充分保障,读者在有限的篇幅内读解小说家丰富精深的艺术内涵,以相对较少的付出收获相对更多的审美感受,从而“能使人充分满意”。

胡适的这个定义从作品内容、叙述手段、读者接受三个彼此衔接、相互勾连的层面上,相对合理地对短篇小说文体进行了理论规范,进而获得了同时代人广泛的认可并发展成为彼时最受拥护的短篇小说文体观。譬如,谢六逸认为,长篇小说“描写人间生活的纵面”,而“短篇小说则写人生的横断面”[④];孙俍工也表示:“短篇小说是描写人生底片断的小说”[⑤];沈雁冰说:“短篇小说的宗旨在截取一段人生来描写,而人生的全体因之以见”[⑥];其他如短篇小说“篇

①胡适的《论短篇小说》曾于1918年3月15日以演讲的方式发表于北京大学文科国文门研究所,随后载入《北京大学日刊》,两个月后,与鲁迅的《狂人日记》并列刊于《新青年》杂志第4卷第5号,刊发时有不少改动。本文主要参考其改定稿。见张丽华.现代中国“短篇小说”的兴起:以文类形构为视角[M].北京:北京大学出版社,2011:241—242.

②胡适.论短篇小说[J].新青年,1918,(4,5).

③胡适.论短篇小说[J].新青年,1918,(4,5).

④六逸.小说作法[M]//严家炎.二十世纪中国小说理论资料(第2卷).北京:北京大学出版社,1997:198.

⑤俍工.小说作法讲义[M]//严家炎.二十世纪中国小说理论资料(第2卷).北京:北京大学出版社,1997:339.

⑥沈雁冰.自然主义与中国现代小说[J].小说月报,1922(13,7).

幅简短,只能够描写生活的片断"①;"短篇小说不是一篇缩短的长篇小说","短篇小说描写某事某人某物的最精警的一段"②等等观点,几乎都是胡适定义的翻版。

虽然,胡适的定义并没有完全建基于清末民初短篇小说的创作实绩之上,有着某些理论上的偏颇和浅陋,因为对横断面的描写并不是短篇小说区别于长篇小说和笔记、杂纂等文体的本质性特征,避免繁语冗词的"经济"手段也可能带来短篇小说修辞上的理论误区,这个定义很快也遭到梁实秋、沈从文、俞平伯等人的强烈反对。但是,胡适的"横截面"短篇小说观其所显示出的超越传统中国小说叙事模式的努力,对域外短篇小说理论的本土化引进,在很大程度上为"五四"短篇小说文体的生成,乃至整个现代中国小说的现代化、多元化发展,都起到了极大的推动作用。

三

上述语言变革运动的催生、报刊事业发展的推动、域外翻译活动的支撑、理论建构与倡导和"新样式"小说的实践经验,最终都需要作用并落实于在中西短篇小说文体对话中的现代短篇小说创作实践中去。只有这样,才能促使"五四"短篇小说文体及其"现代意识"真正意义上的坐实和生成。

"为现代中国短篇小说奠定形式基础的作家,无疑是鲁迅。"③可以说,鲁迅短篇小说以其"表现的深切和格式的特别"④,从根本上确立了"五四"短篇小说文体的生成和典范,具有不可超越的崇高的文学史地位。虽然没有充分的证据表明鲁迅的短篇小说创作是建基于胡适等人的短篇小说理论,但是,上述语言变革、报刊事业、"新样式"小说的实践经验,以及从事短篇小说译介活动的切身体验,都毫无疑问或隐或显地在鲁迅的现代短篇小说文体意识中发生着不同程度的作用。不过,考察鲁迅之于"五四"短篇小说文体生成的意义,主要是考察《怀旧》和《狂人日记》之于现代中国短篇小说文体确立的意义,因为前者被研究者视为"现代文学的先声"⑤,后者则被视为"第一篇用现代体式创作的白话短篇小说",标志着"中国现代小说的伟大开端"⑥。在文体的意义上,如果说前者已经显示出鲁迅高超的对短篇小说文体的熟练掌握,那么,后者则标志着"五四"短篇小说文体的生成和成熟,并确立了中国现代短篇小说的文体典范。

《怀旧》是鲁迅于1913年4月25日在《小说月报》第4卷第1号上,以"周逴"为笔名发表的文言短篇小说。小说以第一人称的限知叙事视角,描述了两个层面上的"怀旧"场

---

①赵景深.短篇小说的结构[C]//严家炎.二十世纪中国小说理论资料(第2卷),北京:北京大学出版社,1997:495.

②清华小说研究社.短篇小说作法[C]//严家炎.二十世纪中国小说理论资料(第2卷).北京:北京大学出版社,1997:108—109.

③张丽华.现代中国"短篇小说"的兴起:以文类形构为视角[M].北京:北京大学出版社,2011:148.

④鲁迅.《中国新文学大系》小说二集序[C]//鲁迅全集(第6卷).北京:人民文学出版社,2005:246.

⑤[捷克]普实克.鲁迅的《怀旧》——中国现代文学的先声[C]//普实克中国现代文学论文集.李燕乔,等,译.长沙:湖南文艺出版社,1987:112—119.

⑥钱理群,温儒敏,吴福辉.中国现代文学三十年(修订本)[M].北京:北京大学出版社,1998:38.

面——鲁迅对儿时旧事的怀旧和王翁在青桐树下讲故事的怀旧。在“情节构成”的意义上，普实克发现了这篇文言小说“不以情节为阶石而直达主题的中心”的“新文学”的现代特征[①]，即它打破了传统中国小说以情节为中心的叙述模式，而以人物的对话来渲染背景氛围；米列娜则将《怀旧》中“可见的”童年回忆与“不可见的”虚构世界压缩为一个双重主义世界，并将之视为鲁迅所创立的新的诗学体系[②]；但两者都相对忽视了探求王翁“长毛故事”讲述行为的“现代”意蕴，以及小说中对话部分的结构性意义。事实上，王翁“长毛故事”的讲述行为在文本中不仅首先被耀宗先生“长毛将至”的消息所打断，而且相继被不谙世事的“我”的提问和曾经作为“理想听众”的李媪见雨之“归心”所扰乱和终止。并且，在叙事者对章回小说略带调侃的“闲笔”[③]中，其戛然而止的结尾明确预示了传统中国小说讲述故事的方式的终结，以一种“不追求首尾自足的完整，而是力求‘如其所是’地呈现人生的片段”[④]的方式，宣告了一种现代短篇小说的诞生。同时，“我”与李媪所做的基于各自不同人生经验的梦，以及“我”、李媪、王翁、“环而立者”、耀宗先生等等人物之间不可通约的隔膜关系，从根本意义上揭示了人与人之间不可交流的孤独本质。于是，在鲁迅这里，短篇小说便成了表达个体孤独体验及个人与社会的疏离感的最恰切的文学形式，成了个人内心孤独情绪的最佳表达载体——在这个意义上，《怀旧》作为一种纯文学意义上的文体形式被赋予了最具“现代性”的“现代意识”，从而标志了“五四”短篇小说文体的基本成型。

与《怀旧》发表后的相对沉寂相比，《狂人日记》的发表一举奠定了鲁迅在现代文学史上的卓越地位，也标识了白话文学的最高成就。在短篇小说文体的意义上，其日记体的方式，“象征”、“倒转”、“反语”、“复调”、“看/被看”、“吃/被吃”等等多种文体特征和艺术技巧，以及这些特征和技巧背后的深层意蕴与现代思想，早已为这方面丰富的高水平的研究成果所充分证明[⑤]。此处需要指出的仅仅是，倒转（从被“吃”到“吃人”、从“看”到“被看”、从“救救我吧”到“救救孩子”、从“狂人”到“清醒者”等等，通过其极富思想性和深度性的“现代意味”），反语（“讽刺的写实”[⑥]，通过主人公与其“活动场”之间的映照及其“相互对象化”过程中凸显出的艺术张力），复调（由“不可靠的叙述者”、第一人称叙事视角以及与人物有距离感的叙述姿态等所营造的艺术效果）……所有这些艺术技巧和思想内涵，使《狂人日记》既成为鲁迅小说风格化的起点，同时又成为现代中国短篇小说尤其是“五四”短篇小说文体确立并成熟的重要标志。

---

①[捷克]普实克.鲁迅的《怀旧》——中国现代文学的先声[C]//普实克中国现代文学论文集.李燕乔，等，译.长沙：湖南文艺出版社，1987：112－119.

②米列娜.创造崭新的小说世界——中国短篇小说1906－1916[C]//陈平原，王德威，商伟.晚明与晚清：历史传承与文化创新[M].武汉：湖北教育出版社，2001：482－505.

③鲁迅在《怀旧》中以叙事者的身份说：“大类读小说者，见作惊人之笔后，继以欲知后事如何且听下回分解，而偏欲急看下回，非尽全卷不止。而李媪似不然。”

④张丽华.现代中国“短篇小说”的兴起：以文类形构为视角[M].北京：北京大学出版社，2011：165.

⑤可参阅高利克、韩南、兰德伯格、王富仁、藤井省三、伊藤虎丸、木山英雄、竹内好、高远东、严家炎、吴晓东、安德森等人的相关研究著作。

⑥韩南.鲁迅小说的技巧[C]//韩南中国小说论集[M].王秋桂，等，译.北京：北京大学出版社，2008：381.

至此,“五四”短篇小说文体终于在语言变革、报刊事业、域外翻译、理论倡导、创作实践等方面力量的共同作用下,得以成为“新文学”中成熟得最早、也是最有成就的文体。由鲁迅奠定基础的“五四”短篇小说文体及其“形式的意味”,很快就作为一种文体传统得到了不同程度的传承与扩散。这可以在《狂人日记》之后的鲁迅、郁达夫、叶圣陶、台静农、张天翼、沙汀、茅盾等等小说家的短篇小说中得到充分证明。不过,这并非本文题旨所在了。

最后,需要指出的是,对“五四”短篇小说文体生成的考察,必须将之放置在彼时特殊、复杂的历史背景中进行充分的“语境化”还原,要考虑到其历时的文体流变和展开的“历史化”过程,更要考虑到其共时的文体促生因素诸如语言变革、报刊事业、域外翻译、理论倡导、创作实践等多方面的“语境化”事实,还要考虑到如何将“五四”短篇小说文体的历时研究与共时考察融通地结合起来。上文所做的,只能是粗疏地勾勒了促成“五四”短篇小说文体生成的主要共时因素,并且只能算是一个论述纲要。至于这些因素内部到底如何催生、丰富了短篇小说文体的现代意识,它们之间有着怎样错综复杂的内在关联,作家主体经验和能动性又在什么意义上影响或变更了短篇小说文体的发展方向,在历时的层面上“五四”短篇小说文体经历了怎样的发生、发展、流变、衍生、丰富乃至衰落的历史进程等等,对这些问题的回答,尚需再做进一步的细察和探究。

摘　要:从文体的角度考察“五四”短篇小说的生成资源,为重新理解和阐释现代中国文学变革与展开的方式,提供了一种新的观察视角。“五四”短篇小说文体是在语言变革、报刊事业、域外翻译、创作实践、理论倡导等多方面力量的共同作用下,才得以历史地生成为“新文学”中成熟得最早的文体之一的。

关键词:“五四”短篇小说;文体;生成资源

爱的“自我”与“操纵”*

——对穆旦《诗八章》的细读

张晓鹏

古往今来,爱情诗已经成为人类现实生活中情感体验的真实写照。从“邂逅相遇,适我愿兮”的一见倾心到“帝子降兮北渚,目眇眇兮愁予”的秋波相送;从“弹著相思曲,弦肠一时断”的相思难挨到“身无彩凤双飞翼,心有灵犀一点通”的心灵互通;从“千里孤坟,无处话凄凉”的悲伤落寞到“在天愿作比翼鸟,在地愿为连理枝”的生死相随……另有“一个神秘的微颤/经过我们两心深处”(宗白华《我们》)的怦然悸动;“我举着火把来找你/你在哪里?/你在哪里?”(艾青《火把》)的热烈追逐;“把心中燃烧的爱情/倾吐给亲爱的姑娘”(闻捷《种瓜姑娘》)的坦诚直露……如此种种,对于爱情的情感体验,不可谓不丰富多姿、美妙神秘。相对于众多的古今爱情诗,穆旦于 1942 年创作的《诗八章》却显得别树一帜。在《诗八章》中几乎没有一般爱情诗中的缠绵悱恻与温婉多情,但是它所表达的情感却更为丰富,对爱情的体验更为独到,其渗透的理性思辨意识也更为浓郁。

穆旦在西南联大时,曾受教于英国新批评派的威廉·燕卜逊,因此英美新批评的文学观念也极大地影响了穆旦的诗歌创作。深沉浑厚的诗风、凝练深邃的思想,外加现代手法的运用,使得穆旦的诗歌往往流露出更多的现代意识的美学特征.多重意象、欧化句式、哲学思辨等。穆旦的《诗八章》既可以看作体现其诗风的代表作,同时又可称之为现代派情诗的代表。学术界的许多评论者也都对这组诗进行了比较精辟的解读,如孙玉石先生就认为:“它以十分严密的结构,用初恋、热恋、宁静、赞歌这样四个乐章(每个乐章两首诗),完整地抒写和礼赞了人类生命的爱情,也包括他自己的爱情的复杂而又丰富的历程,礼赞了它的美、力量和永恒。”毋庸置疑的是,这八首诗是一个复杂且连续的整体。诗人对爱情的发生和发展过程以及本质内涵进行了阐释,并做出了属于自己的哲理性思考。但笔者并不认为这仅是一组简单的“爱情礼赞”,它有其更深广的内涵。在笔者看来,诗人是借助于“爱情”这一丰富的情感体验,来完成人性意识中的“自我”与神性意识中的“自然”之间的对话。弗洛伊德的心理人格解剖理论将人格分为三部分:“本我”、“自我”、“超我”。其中“自我”可理解为:遵循“现实原则”,能从现实条件出发,约束与驾驭人的本能欲望与冲动,以延缓或减轻快乐,以便适应环境和社会利益的需要。“我们可以说自我代表着理性和审慎。”①而本文中的“自我”即依从于弗洛伊德的理论学说。实质上,从整组诗来看“我”作为这首诗的抒

---

* 作者简介:张晓鹏,西南大学文学院现当代文学专业硕士研究生,研究方向为中国现当代文学。

①[奥地利]弗洛伊德.精神分析引论新编[M].高觉敷,译.北京:商务印书馆,1986:60.

情主人公，自始至终对于“爱情”的情感意识都是理性的，理智到熟悉整个爱情的发展过程，以及在爱情中所遭遇的种种，甚至是能够与“神”对话。杜运燮曾说过：“穆旦并非基督教徒，也不相信上帝造人，但为方便起见，有一段时间曾在诗中借用主、上帝来代表自然界和一切生物的创造者。”①同样，笔者这里的“神”并非指宗教信徒的膜拜对象，而是指《诗八章》中与“自我”相对的“自然”、“上帝”、“主”以及其他指称性代词的总称。

1

你底眼睛看见这一场火灾，
你看不见我，虽然我为你点燃；
唉，那燃烧着的不过是成熟的年代。
你底，我底。我们相隔如重山！

从这自然底蜕变底程序里，
我却爱了一个暂时的你。
即使我哭泣，变灰，变灰又新生，
姑娘，那只是上帝玩弄他自己。

在世间关乎人伦的情感范畴内，爱情应该是最复杂、最难以捉摸的，同时它也表现得最强烈，最激动人心。将爱情比喻为“我”为你点燃的火，充满着激情与热烈，但在你的眼中却是“一场火灾”且看不见为你点燃的人，这说明了在爱情萌发之初“自我”的主动与你的漠然。实质上，这也符合恋爱初期男女双方的心理意识。一般来说，女性在恋爱之初往往显得比较冷静、谨慎，不太会理会或轻易接受对方的追求，恐其“火灾”灼伤自己。接下来的“成熟的年代”具有双重含义，是男女双方自我思维意识中的对成熟的爱情的不同理解，即承接着上面的“我”的热烈的“爱情之火”和你的审慎的对“火”的态度（“火灾”）。所以会有同样“成熟的年代”，我们却仍旧“相隔如重山”。“自然”是整组诗中出现的第一个“神”的代名词，而用“暂时的”来修饰“我”爱的“你”，则是相对于大自然的永恒性而言。无论是“你”，还是我对于你的“爱情”，在“神性”的自然面前，永远都是暂时的，因为变幻、循环、蜕变等这些都是自然保有永恒性的特征。“即使我哭泣，变灰，变灰又新生”的意思是，我想尝试着用各种方式，包括毁灭与重生，使“我”对“你”的爱能够超脱这种“暂时”。但最后却发现这根本不可能，因为一切都逃脱不掉自然的永恒蜕变，一切都在“神”的操纵意识中，无法逾越。以致有“姑娘，那只是上帝玩弄他自己”的理性认知。我们都知道上帝是依据自己的模样来创造人类的，“我”也就是上帝的另一面，上帝在操纵这“你”、“我”之间的“爱情”时，也就是在无形之中对自己的玩弄。这里的“自我”意识极为冷静，“自我”在“神”的面前并不自卑，而是以一种平等的姿态与“神”进行着对话。

①杜运燮.穆旦诗选·后记[M].北京：人民文学出版社，1986.

2

水流山石间沉淀下你我，
而我们成长，在死底子宫里。
在无数的可能里一个变形的生命
永远不能完成他自己。

我和你谈话，相信你，爱你，
这时候就听见我底主暗笑，
不断地他添来另外的你我
使我们丰富而且危险。

“水流山石间沉淀下你我，/而我们成长，在死底子宫里。”其中，前半句与第一首中的“从这自然底蜕变底程序里”是相呼应的，都是指在“神”的注视下，“你”“我”的诞生。“死底子宫”、“变形的生命”、“不能完成的自己”这三者之间呈一种逻辑上的因果关系，由“你”、“我”自出生、成长、成熟之间存在的不完美性，隐喻着我们之间的爱情发展所必将遭遇的风风雨雨。“我和你谈话，相信你，爱你，/这时候就听见我底主暗笑。”如果说前一首诗是在爱情产生初期“我”对你的“思恋”的话，那么这一节则表示“我”开始对“你”的情感进行试探，并再次地吐露自我的真心。对于主的“暗笑”，其间存在着“自我”与“神性”的比较。这里有一种“神”对于处于恋爱期间“人”的情感的轻视，“我”的情感是热烈真挚的，但以“神”的意识来看“人”的情感，这些都未免显得微不足道，甚至是略显滑稽。于是“神”再次以无形的手来操纵、干预“你”“我”之间的爱情，“不断地他添来另外的你我”。爱情在经历磨炼时，一方面会使爱情本身得到升华，使爱情获得充实而丰盈的内涵，而另一方面也有可能走向截然相反的危险的边缘。也就是诗中所提到的“丰富而且危险”。

3

你底年龄里的小小野兽，
它和春草一样地呼吸，
它带来你底颜色，芳香，丰满，
它要你疯狂在温暖的黑暗里。

我越过你大理石的理智殿堂，
而为它埋藏的生命珍惜；
你我底手底接触是一片草场，
那里有它底固执，我底惊喜。

从第三首诗开始,爱情开始走到相恋的阶段。“野兽”喻之少女萌动的春心,用“小小”来形容既表现出“你”的可爱,也暗含着我对你的喜爱。接下来诗人用极富生机的春草来比拟它,并为它带来的你的“颜色,芳香,丰满”而欢欣鼓舞。“春草”在穆旦的诗歌中也是象征意义比较明显的一个意象,像《春》里的“绿色的火焰在草上摇曳,/他渴求着拥抱你,花朵”,《一个战士需要温柔的时候》里的“因为青草和花朵还在你心里,/开放着人间仅有的春天”等都与爱情相关。“黑暗”指代着少女对自己怀有的“春心”的恐惧感,是一种来自青春心理的不安。但是,诗人在前面用“温暖”来限定“黑暗”,同时也暗示了春心微醉的温和性以及它的暖色调。“我越过你大理石的理智殿堂,/而为它埋藏的生命珍惜;”将“理智”看作“殿堂”,并用大理石来修饰,化抽象为具体,同时又极具形象感。“理智”承接着上半部分“你”对于萌动春心的不安与欣喜。最终的结果是“我”终于越过了你层层的顾虑,开始与你有了第一次的亲密接触,即手与手的碰撞。在这里笔者不认同“诗人写的是性结合的美妙……爱情双方裸露自己,坦诚相见,将‘草场’比作各自身体”[4]的观点。穆旦的诗歌具有一定程度的开放性和先进意识不假,但将这一部分理解为他敢于延续“五四”以来对“爱情肉欲描写”的传统,则未免有些不合逻辑。因为就爱情的发展过程而言,此阶段尚属于相爱的初级阶段,“你”刚刚敞开心扉,甚至还带着些许的羞涩,不可能立马就坠入到肉体的性爱中。“草场”应是“你”和“我”初次接触时,所产生的情感体验的一种形象化表述。在这种“草场”般的情感体验中,“我”感受到的是“你”仍未平复的复杂的心境(“固执”),以及我内心所流露出的对爱情已至的欣喜。

4

静静地,我们拥抱在
用言语所能照明的世界里,
而那未成形的黑暗是可怕的,
那可能和不可能的使我们沉迷。

那窒息着我们的
是甜蜜的未生即死的言语,
它底幽灵笼罩,使我们游离,
游进混乱的爱底自由和美丽。

由“手与手”的接触到紧紧地“相拥”,爱情已发展到热恋期。“静静地”奠定了一种圣洁的情感基调,心无旁骛,心属彼此。热恋时的耳鬓厮磨与缠绵情话,使我们陶醉在仅属于“你”、“我”所共有的情感世界里。本节中的“黑暗”与上一首诗中的“黑暗”是两个不同的概念。这里的“黑暗”与“照明的世界”形成对比,用一种辩证的方式暗指“爱情”本身所存的危机。“那窒息着我们的,/是甜蜜的未生即死的言语,”“言语”在本首诗中出现了两次,前面的“言语”创设的是“明亮”、美好的情感世界,而后面的“言语”虽仍然是海誓山盟、生死相随的甜蜜情话，却逐渐变得压抑、窒息。这里实际上体现了福柯所说的“话语即权力”，“话语”可以是照亮爱情的一束光，同样也可能是令人窒息的幽灵，它有一定的能力来左右爱情的走向，以致这“自由和美丽”的“爱”，却不得不带有一定的“混乱”。

5

夕阳西下，一阵微风吹拂着田野，
是多么久的原因在这里积累。
那移动了景物的移动我底心
从最古老的开端流向你，安睡。

那形成了树木和屹立的岩石的，
将使我此时的渴望永存，
一切在它底过程中流露的美
教我爱你的方法，教我变更。

“夕阳西下”是具有时间意识的词语，随着时间的推进，爱情由曾经的“沉迷”与“未生即死”开始逐渐地沉淀，升华，渐归一种缓和与平静。“那移动了景物的移动我底心”也暗指着时间的流逝。“最古老的开端”是第二首诗中“水流山石间”神对“你”、“我”的创造的那段时期。“安睡”则是指爱情流动过程中达到的平稳状态，也是爱情升华期的一个明显的特征。处于这段时期的爱情是褪去了激情的美好，是一种心灵的共存。在“自我”的情感意识里，由爱情的美好自然会显现出对创造这一切的“神”的赞美。这就像我们在获得 种成功的喜悦之后，总会不自觉地发出诸如“世界真美好”、“感谢上帝”此类的感慨。“那形成了树木和屹立的岩石的”自然是指具有“神性”的造化和大自然。而它将使我的“渴望永存”，“教我爱你的方法，教我变更”。“我”将这一切美好的创造，以及爱在时间里的永恒和空间里的坚贞，都归功于具有“神性”意识的造化。

6

相同和相同溶为怠倦，
在差别间又凝固着陌生；
是一条多么危险的窄路里，
我制造自己在那上面旅行。

他存在，听从我底指使，
他保护，而把我留在孤独里，
他底痛苦是不断的寻求
你底秩序，求得了又必须背离。

这首诗是《诗八章》中最抽象的，同时它所内蕴的爱情哲学意识也最为强烈。前两句阐释了男女双方情感交流中的爱情辩证法。“你”、“我”之间走得过近，趋于相同，往往会产生“倦怠”。这种接近的程度，诗人用“溶”来形容。而对于“倦怠”，一方面可能是由于男女双方长期在一起所产生的审美疲劳，另一方面也可能是为了“趋同”而丧失自我的独立性。由后两首诗我们可以看出，诗人的爱情观是平等、自由且双向的。但是，如果爱情双方之间的差异过大，距离过远，就会萌生陌生，甚至会有解体的危险。所以爱情的道路才会显得危险而狭窄。而我在这“危险的窄路里”“旅行”，必然要谨慎，小心翼翼地去维持两者之间的平衡。“制造”这个词是值得玩味的，它体现出了自我的主动意识，这实际上与爱情发生之初，“自我”对爱情的主动追求相呼应。即使是“危险的窄路”，“我”却情愿去领略这一路上的风风雨雨。在爱情的升华阶段，有“我”对爱的执着和坚贞。孙玉石先生将下节诗中的三个“他”均看作“造物主”，但这一理解却值得商榷。因为这三个“他”分属于三个不同的思维意识层面，第一个“他”，是被动地听从“我”的“他”；第二个“他”是主动地操控“我”的“他”；第三个“他”是自我寻求的“他”。以此理解，这三个“他”可以看成“我”的人格分裂的三个部分。第一个“他”是代表欲望与“欢乐原则”的“本我”，它需要受“自我”理性意识的操控，既谓之为“听从我底指使”。第二个“他”是代表道德与良心的“超我”，“他”需要对“自我”进行监督，并以理想主义来要求“自我”。所起的是一种“保护”作用，但又因其完美主义的训导，往往造成带有自卑性质的“孤独”（弗洛伊德称之为“抑郁”）。而最后的“他”也就是理性意识下的“自我”，这个“自我”有着“丰富和丰富的痛苦”，“他”不疯狂盲目也不会不食人间烟火，“他”“不断的寻求/你底秩序”。“秩序”意味着“法则”或“规律”，“不断的寻求”也就暗示出“秩序”的动态性。因此“秩序”的不断变化，也就决定了“求得了又必须背离”，也只有这样才能够将我们的爱情“永存”。

7

风暴，远路，寂寞的夜晚，
丢失，记忆，永续的时间，
所有科学不能祛除的恐惧
让我在你底怀里得到安憩——

呵，在你底不能自主的心上，
你底随有随无的美丽的形象，
那里，我看见你孤独的爱情
笔立着，和我底平行着生长！

“风暴”、“远路”、“夜晚”，三个连续的自然意象，给人以阴森恐怖之感。“丢失”、“记忆”、“永续的时间”则是在心灵的维度上造成精神痛苦的三个意象。无论是具体的还是抽象的，这些“所有科学不能祛除的恐惧”，唯一疗救的方式就是爱情，以便“我”能在“你底怀里得到安憩”。“呵，在你底不能自主的心上，/你底随有随无的美丽的形象，/那里，我看见你孤独的爱情/笔立着，和我底平行着生长！”这是爱情在归于平静时的一种理性的思考，同时也表现出诗人的爱情观。这里的“孤独”不是指个人因无所依托而形成的感伤性“孤独”，而是指“自我”情感独立“生长”的韧性。“你孤独的爱情”、“笔立”、“我底”(孤独的爱情)、“平行”，这些都喻示爱情的公正平等与互尊互重，这里的爱情是理性思维意识下的情感共鸣与精神认同。

8

再没有更近的接近，
所有的偶然在我们间定型；
只有阳光透过缤纷的枝叶
分在两片情愿的心上，相同。

等季候一到就要各自飘落，
而赐生我们的巨树永青，
它对我们的不仁的嘲弄
(和哭泣)在合一的老根里化为平静。

“再没有更近的接近，/所有的偶然在我们间定型”，讲的是爱情中“你”、“我”之间的亲近程度。爱情发展到这里已不再是简单的肉体接触的问题，更多地涉及心灵情感上的相互感应。“没有更近”的“接近”，实质上仍然是处于一种“接近”的状态，并不像某些评论家所言的“二者融而为一”。因为任何个体都不可能达到与对方的完全相同，他们各自保有“自我”的对于爱情的独立平等意识。“只有阳光透过缤纷的枝叶/分在两片情愿的心上，相同。”这句话一方面暗示着作为造物主的“神”对处于爱情天平上的“你”、“我”的一视同仁，另一方面也再一次强调了“你”、“我”作为个体的独立平等。“两片”、“情愿”的隐含意义就是一种自我意识。“等季候一到就要各自飘落，而赐生我们的巨树永青/它对我们的不仁的嘲弄/(和哭泣)在合一的老根里化为平静。”这里讲的是一个爱情周期的结束，也是爱情成熟过后所必然要走向的终极结局。相对来讲，爱情是暂时的，但具有“神性”的大自然却是“永青”长存。“神”“赐生”了“你”、“我”，干预着我们“爱情”的成长，但当爱情消逝之时，神也必将随之“平静”。

至此，笔者已经完成了对这八首诗的文本细读，我们大致可以按照爱情的发展阶段将这八首诗划分为四个时期：爱情的生发期(思恋与试探)、相恋期(初恋与热恋)、升华期和成熟期。其中每两首诗为一个阶段，呈现了爱情由始至终的周期性。通过细读，我们不难感受到文本中无处不在，甚至是无所不能的像“自然”、“主”、“上帝”等“神性”意识化身的存在。“神”创造了“你”、“我”,并始终笼罩在“你”、“我”的爱情之上。似乎从爱情产生的最初阶段,它就已经熟知“你”、“我”所将要走过的这个爱情周期,它操纵着这世间的一切的爱(不仅仅是“你”、“我”),同时也操纵着属于“你”、“我”的爱的一切。这种“操纵”并非是恶意的牵扯与随性的搬弄,而是遵循着爱情本身所具有的规律与秩序。当然这里还有一个理智的“自我”,不迷狂、不盲目,清醒地对待爱情。“自我”意识到爱情本身的存在,并使自己成为生成爱情的一部分。同时,“自我”也明确地知道“神”的存在、“神”所“操纵”的一切。但是“自我”在“神”的面前却显得无能为力,总是在自觉或不自觉中遵循“神”的意志。显然,这种“自我”的无能为力,在面对“神”时并不自卑,而是以一种坦然的态度与“神”进行着对话,享受着爱情之花的自在生长与自然凋零。从某种意义上来讲,爱情的生发、相恋、升华与成熟是“自我”与“神”合力的结果。没有“自我”就没有所谓的“爱情”,而没有“神”更无所谓“你”、“我”。只不过是“自我”的暂时性必定决定着爱情的不能永存,而“神”作为自然或造物者的化身,必将是永恒存在的。这也印证了诗的末尾爱情的“飘零”与“巨树”的“永青”。

穆旦的《诗八章》是中国现代新诗中的杰作,在诗中他探寻了爱情情感体验中的外在表象与内在本质,使其对爱情的理解上升到形而上的维度。那可知的与不可知的,“自我”的与超越的,人性的与神性的,都在诗人冷峻的理性思维下渗透着丰富的哲学思辨意识。

摘　要:《诗八章》这组诗的风格深沉浑厚,话语陌生抽象,思维意识玄妙深奥,是诗人穆旦对爱情这一复杂情感的独到体悟。在诗中,诗人不仅以理性的思维意识呈现了关于爱情发生和发展的全过程,而且敏锐地洞察到了爱情中所存在的个体“自我”与“神性”自然的对话关系。在“人”与“神”所形成的情感张力中,将对爱情的理解引向了更为深层的哲学范畴。

关键词:穆旦;《诗八章》;“自我”;“神性”

文化研究

主持人语

这里所选的四篇论文实际上是西南大学客座教授雷纳·温特(Rainer Winter),于2016年9—10月在文学院所做一系列讲座的讲义。雷纳·温特教授,是德国社会学联合会传媒分会长,奥地利克拉根福大学(Klagenfurt University)传媒研究所所长,社会学家,文化理论家,“Transcript文化研究”丛书主编,他曾在德国、美国等多所著名大学任教,是美国教堂山北卡罗来纳大学、澳大利亚查尔斯特大学、德国比勒费尔德大学等多所大学的客座讲授。撰写有《任性的艺术——文化研究作为权力的批判》(第2版)(Weilerswist: Velbrück Wissenschaft, 2013)、《作为文化生产的观众》(第2版)(Köln: Herbert von Halem Verlag, 2010)、《文化和电影》(München: Quintessenz, 1992)等学术专著共9部。另有编著共25部,负责编辑文化研究系列丛书4个系列,共计56部,在世界各地各级刊物发表论文100余篇,是德语世界文化研究的领军人物。

从雷纳·温特教授这一系列讲座中,可以看出他的文化研究既结合了德国法兰克福学派的批判传统,又汲取了伯明翰学派受众研究的路径,在朗西埃政治哲学理论的基础上对这两大传统进行了批判和超越。在《反思文化研究》中,温特教授对文化研究的发展历程进行梳理后,认为从文化研究的早期衍生到发展成形,其旨趣就是平等、民主和解放。它不是去分析孤立的实践或事件,而是试图彻底还原文化过程,而缘于文化过程的复杂性、矛盾性和关系特性,它想要生产出政治上的有效知识以便理解事态的难题和问题,并希望帮助人们反对和改变权力结构,以促成激进民主关系得以实现。在温特教授看来,经验、实践和文本是文化研究的三重聚焦点,因此为了分析生活经验、社会实践和文化表征等,文化研究必须采用批判性方法、定性法和分析数据等跨学科方法。在《任性、反抗与政治性》中,温特教授从朗西埃的政治性角度探讨了主体性的形塑问题。在他看来,要开启一个阐释性的自我形塑过程，个体就必须批判地反思自身、自我的起源及自我所处身的社会语境。也就是说，行动者应了解自身的处境，质疑那些隐藏的、含蓄的、前结构化的阐释模式，同时，他们必须培养各项技能，扩大实践范围，以便提升自主决断力。他进一步指出，政治性不仅仅产生于造反和反叛，还可以产生于审美实践、白日梦和任性现象。最后，他还比较了福柯与朗西埃对主体性形塑的不同机制和路径：前者的主体性诉求囿于治安(Police)的范围，而后者才是真正的政治性(Political)旨趣。

本栏目的另外两篇论文——《〈黑道家族〉与21世纪的电视文化》和《米开朗基罗·安东尼奥尼影像制作中的美学政治》，可以说贯穿了温特教授"生产性观众"的说法。所谓"生产性观众"，就是指观众在和媒体文本的交互中，基于自身教育和生活的历史，能够生产性、创造性地创建多种阐释，也就是在接受过程中，观众不再是消极、被动的，而是积极的阐释者。温特教授指出，《黑道家族》是一个品质电视(quality TV)和电视文化的典范，该剧在经费和技术方面都十分昂贵和铺张，复杂的摄像和编辑，以及精心打造的配乐、演员真实的外表、故事复杂的叙事形式，以及在内容层面发掘的主题等，均代表了电视剧的新形式，传达了艺术上雄心勃勃的多元视角，以及提出例如有关道德、罪恶、生活方式和对开放形式的使用等方面的差异性观念，它激发观众思考和鼓励探索，呈现了一种把娱乐和艺术相结合的后现代文化形式。因此，它代表的是一种电视文化的先锋，也是家庭影院的营销方式。最后，温特教授认为，从文化研究的意义上来说，流行文化和艺术在21世纪依然具有重要的政治意义。

在《米开朗基罗·安东尼奥尼影像制作中的美学政治》中，温特教授根据朗西埃把西方艺术分为伦理、再现和审美三种体制，认为安东尼奥尼的电影有一个从再现体制向审美体制发展演变的历程。他通过研究发现，安东尼奥尼早期的电影，严格遵守类型和因果逻辑，再现体制曾占据着重要的地位。而在他后期的影片中，开放的叙事结构，摄影的自主化，"暂停"的技法，空间的视觉开发，像场的逐渐虚化，这些风格特点破坏了再现体制，而转向了审美体制。在这样的影片里，再现叙事所创造的世界已不再是核心，取而代之的是对现代性光学和视觉空间的现象学探究，这些空间并非由人物的动作所创造，也不触发行动。这就造成了其影片的"视觉奇效"，并形成了"空间虚化"的风格特征。影片的画面世界呈现了可见的"世界表面"，充满着歧义，意义不够明晰且模棱两可，如此一来，对其电影的阐释就显得矛盾、模棱两可和含混不清，最终变得不可判定。从某种意义上说，安东尼奥尼的电影体现了安伯托·艾柯"开放的艺术品"的概念。这样，阐释过程本身成了一个问题，也同时变成了电影的主体。

在温特教授看来，安东尼奥尼创造了一种朗西埃意义上的歧义电影，在其中，我们可以找到电影的审美真理，喑哑而转瞬即逝的事物的歧义性，以及世界本然的纹理。如此这般，视觉环境就从它们的符号中解放出来，其电影真正实现了从再现的情节虚构转向审美的符号虚构。他最后指出，香港导演王家卫是安东尼奥尼的追随者。这两位导演的影片制作之间存在着互文关系：二者不约而同地背离了艺术的再现体制而转向从电影的视觉和寓言中寻觅审美真实。王家卫接续了安东尼奥尼的电影，不过，他电影中的人际环境似乎更为糟糕。人与人之间的沟通是失败的，关系似乎难以维系。总之，在王家卫的世界里，爱神也是病态的。

概言之，不管是对文化研究理论、方法的反思，还是对媒介文本的具体分析，温特教授文化研究的立场是一以贯之的，那就是文化研究的主要旨趣在于对权力关系的批判性分析，这种权力关系经由文化来进行生产、维系和改变。同时，这种文化分析首要关注当下文化现象：它想要把握个别“事态”和权力关系的当下分布，以便接下来通过批判性知识的生产来促成它的改变。如此一来，理论就不再是纯粹的学术关切，而是批判理论意义上一种知识实践的表达，这种实践可以干预和促进民主变革及社会进步！

——肖伟胜（西南大学文学院教授，文学博士）

反思文化研究*

[奥地利]雷纳·温特(Rainer Winter)/文 王琦 肖伟胜/译

引 言

在我看来,我的文稿是“复兴文化研究”的必要组成部分(Smith, 2011)。文化研究时常招致人们的批评,他们的理由是,它缺乏拥有一整套研究方法的有效路径(cp. Cruz 2012: 257)。为了反驳这一点,我将展示在文化研究中定性研究(qualitative research)做法的共同点。为了达成某一特定目标,其中有着可使用和共同作用的一系列理论、观点和方法。我们生成不同形式的定性数据,旨在用来分析当前的特定事态。提出研究的问题,对问题予以回应并生产出有用的知识。在此情势下,是对批判性方法、定性法和分析数据深入讨论的时候了。

文化和权力的并发分析

文化研究的跨学科方法,通常是将人文社会科学不同的学科视野整合起来,用来予以分析生活经验、社会实践和文化表征等,从权力、差异和能动性角度来看,上述这些处于网络状或互文链接之中。文化研究从早期衍生到发展成形,其旨趣就是平等、民主和解放(cp. Williams, 1961)。它不是去分析孤立的实践或事件,而是试图彻底还原文化过程(Grossberg, 2010: 25)。每一项实践都与其他的实践相关联。实践的聚合是事态的一部分,也是话语、实践、权力技术以及日常生活的交汇点(Grossberg, 2010: 25)。事态和语境都在变化。文化研究正是对这些变化做出回应。它是一种坚定的、承负着智识—政治的实践,这缘于它企图描绘文化过程的复杂性、矛盾性和关系特性。它想要生产出(政治上的)有效知识以便理解事态的难题和问题。它希望帮助人们反对和改变权力结构,以促成激进民主关系的实现。

它通向文化的路径不是将其视为一个子系统或领域,而是渗透并建构了社会生活和主体性的每个方面。从这个角度看,文化不归属于单一个体,也不必对它们做出区分,而是一种媒介,借此共享的意义、仪式、社会共同体和身份得以产生。位于“内部文化”的研究者(Couldry, 2000)必须要考虑在21世纪的全球化时代,现实所呈现的复杂矛盾和多层次境

---

* 译者简介:王琦,大连大学讲师,西南大学文学院博士研究生,研究方向为当代西方美学与文化理论。
肖伟胜,西南大学文学院教授,文学博士。

脉(context)。经由文化研究产生的知识应该提升那些日常生活中行为的自反性(reflexivity),它由权力关系形成,并由一种再现的话语秩序所建构,向这些行为揭示了改变限制的、受压抑生活境况的可能性。

尽管理论可以帮助探究和阐明语境,但仍不敷使用。要理解一种事态,只有采用一种跨学科路径方才可能。这种定位可能导致一种基于不同方法的复杂理论工作,它旨在仔细地描述和分析话语和实践活动(cp. Grossberg,2005)。它也可以包括定性的经验研究。自从伯明翰文化研究(Birmingham Cultural Studies)首先使用和发展定性方法以来(cp. Willis, 1977, 1978),在文化研究情境下,定性数据分析的核心特点就是,对一特定语境中的经验、实践活动和文化文本间的关系进行理论和实证检验。研究者必须建构或重构这一境脉。

关于文化研究中的调查研究活动,我们可以在言语数据和视觉数据之间做出区分。言语数据主要通过定性访谈、小组讨论或叙述等方式生成;分析和解读媒介文本(如照片、电影、肥皂剧等)则是视觉数据的主要生成方式。经验、实践和文本这三重文化研究的聚焦点带来了对其数据分析的不同方法论取向,自文化研究伊始,它们三者之间的相互关联性就宰制了研究的方法。它的奇异性和创造性关涉到相互背书和彼此强化,也会涉及摩擦的起因,这缘于不同理论上和方法论的选择,以及它们是否被有效地运用(Saukko, 2003; Johnson et al., 2004)。

例如,媒体接受和挪用(appropriation)的定性实证研究,一方面有着一个现象学—诠释学的焦点,因为它处理的主要是以言语数据形式呈现的文化经验,旨在理解不同社会情境中经验和实践的"生活现实"。就拿我持续数年对恐怖电影的接受进行人种志研究(ethnographic study)来说,我意识到这种实践活动是被嵌入到不同情境且非常多样化的(Winter, 2010, 1999)。我与我的研究小组整合了各种不同方法:参与观察法、叙述法、传记式访谈法、小组讨论法、电影和报纸分析法、现场记录法以及田野日志等。为了让各种不同形式的接受实践活动情境化,有必要检视受众在所处生活圈中的生活方式、社交活动以及社会关系。受众的这种对媒介或媒介特定类型的使用和挪用,形成了一种特殊的媒介文化。存在着一个由恐怖电影粉丝组成的(国际性的)社交界,这是再清楚不过的事实。这种基于文化研究和符号互动论的人种志方法,弥补了这一领域中许多研究的不足。当研究者一旦着手研究特定文本,且针对成问题的文本或类型主要聚焦于文本—受众互动时,问题便出现了。在实施人种志田野调查中,我冀望对这一粉丝文化进行"深描"(Geertz,1973)。这种对恐怖片粉丝社交界的民族志研究主要基于对言语数据的分析,这种分析表明粉丝们的经验和惯行是多么的不同和多样化。所以,他们在一个独特的社交界,自身积极介入的结构,以及与某一社交界情境相应的情感管理技巧中发育成长。正如米歇尔·马费索利(Michel Maffesoli,1995)所言,粉丝们的经验、情感投入和他们的网络运营(如粉丝俱乐部)等,这些明显标识表明存在着一个"新一部落(neo-tribe)"这"新一部落"是一个审美和情感的共同体。这一理论陈述了这样一个事实,即众多的地方主义和截然对立的价值观可用来区分后现代生活("事态")每天的例行工作。

对文本接受和挪用的社会政治背景的分析，比如描述媒介接受得以达成的境脉，或是把握由越来越多媒介之流所编织的全球网络，必须具备一种现实品格。另一方面，对媒体文本（视觉数据）的分析常采用的是结构的或解构的方法。我们通过揭示潜藏在文本二进制逻辑中的文化价值，就可以推断出一部影片或电视剧的逻辑，这种逻辑的赢获也可通过检视结构媒介现实的话语框架，或通过公开媒介文本之间的互文关系，这一点凸显出我们的知识和我们对现实经验的媒介特性。

文化研究的特点是集中分析生产过程和数据分析中引起的紧张、矛盾和冲突，同时在不同视角的连接处偶尔产生令人意外的洞见。研究过程的“拼贴(bricolage)”，依解决问题而定的不同方法和理论的三角关系，这表明该研究传统已与实证主义议程相决裂。该研究的目的显然是要产生一些有关世界“事实上”发生了什么的假说或理论，如果它是“真实的”，那么就通过有条不紊地生产和控制分析（确实的）数据来予以查证。另一方面，文化研究表明，研究的问题、方法和旨趣有着社会的、政治的和历史背景上的特征。在研究中，现实不能被“客观地”分析，而研究本身构成现实的一部分，现实借由社会性（共同）生成和（共同）建构起来。由于研究者的方法论和写作风格没有反映现实，那么不同的方法会产生和呈现对现实不同的数据和观点也就合乎情理。所以视角的特殊性越明显，就越要重视它们对现实的不同建构。所获知识往往受社会性和政治性局限，所以也就要求研究者须对体现自身思想的话语和立场持有一种批判性质疑。不过，其目的是要明白语境关系的复杂性。

从认识论角度来看，文化研究像实用主义或社会建构论那样支持反客观主义的知识观。它总是针对由局部的和历史性形成的特定语境(Grossberg, 2010)。其知识对象并非独立于研究而存在，相反这些对象要由研究（共同）创建出来，它们是偶发的、理论上的对象建构。唐娜 · 哈拉维(Donna Haraway, 2004)是如此供认“偏爱(partiality)”，她既描述了时间的、物理的和社会的因素对研究的限制，以及由意识形态、利益和欲望所引发的动机，也描述了权力结构中的定位。这种退让与这种方法区别开来，因为它并不企图追求传统意义上的“客观性”，而是寻求对话、自省和自我理解。所以，自从英国在成人教育中开展文化研究伊始，就激发学生们去反思他们自身的生活状况、社会背景和个人发展，并把这些反思带入到他们的研究之中，以便用这种方式来解释他们所处的社会地位以及与研究对象之间的关系(Winter, 2004)。

然而，关于所采用方法的立场、知识的情境化和局部化的告白，并不意味着文化研究采用还原论的方式，更不是要放弃对严谨研究和系统知识的要求。与之相反，根据研究问题，各学科的理论途径和方法相结合，以达成多层面的、复杂的方式建构研究对象。“（……）从一开始，文化研究的任务恰恰是要开发一些方法，去处理那些以前从未做过的事情”(Turner, 2012：53)。在理想情况下，要从不同理论和方法的对话中多角度分析文化实践和表征(Kellner, 2009)。这就暴露并回避了单一方法论或学科方法的必要限度。文化研究要求对研究构想和研究成果介绍有共同的反思，同时为了达成对数据生成和分析的不同角度，就要求僭越单一方法论或学科方法，这样方能运用其他的方法抑或甚至整合它们一起使用(Johnson et al, 2004：42)。这里没有给“怎么做”留下任何余地，即在文化研究领域中，没有任何可用的分步骤或其他严格规范化程序的列表。该方法的激进语境特点，要求运用生成定性数据的恰当方法来审慎地建构(重构)特定语境，进而来把握它。

在研究过程中，有自省反省的意识是基本要求。如此这般，就可以明白研究者的时空定位如何在研究中起作用。甚至与其他人对话强化了对自省反省的需求。所以，文化研究的新方法完成了“表演转向(performance turn)”(Denzin, 2003)。当研究者对文化进行研究或记述时，他们认识到文化是在矛盾和冲突中进行“表演”。“自省反省表演”和(自动)民族志是最新定性研究中的焦点。

反抗的视角

在英国新左派的背景下，文化研究一开始就考察社会的权力结构及其转变的多种可能。承续安东尼奥・葛兰西对霸权的分析(Gramsci, 1971)和对流行文化的反思，尤其是米歇尔・福柯对现代权力的分析(Foucault, 1977, 1979)，“反抗”成了文化研究的一个基本概念。尽管这一概念备受指责，但在对生活经验和惯行的分析中，它仍然扮演着一个非常重要的角色。它之所以仍然如此重要，是由于文化研究认为，在社会和文化不平等语境中的文化和传播流程是权力结构的一部分。此外，它的视角始终是下层阶级、服从者或边缘化族群，这一视角指示并分析来自社会的痛苦和世界的不幸，但同时也揭示了乌托邦和社会转型的可能(Kellner, 1995)。

因此，反抗成了20世纪八九十年代这一批判性介入理论与研究实践的核心范畴，这一点丝毫不令人意外。恰恰是在文化和媒介文本的日常使用中，在它们的接受和它们(生产性)的挪用中，反抗实践和创造性“任性(Eigensinn)”(创造自己感觉的能力)的踪迹和特性才得以发现。对媒介文本的解读不同于它们当初是如何预期的，而是读者拿来用于表达他们自己的观点(Winter, 2001)。所以，问题就来了，这种对权力的反抗到底能达到什么样的程度？在当前情势下，它应该被赋予什么样的意义？这种反抗(仅)具有象征性吗？抑或它也能产生一个“实际的”效果？当然，在方法论层面上，要去把握日常经验的创造性和反抗性成分，事实证明很困难，这是缘于一直是由统治精英的话语来知会和建构它们。通常，对媒介文本复调特征的分析可以洞察到颠覆性解读(subversive readings)的可能，这种解读方式旨在反对迎合主流意识形态。

在对反抗的早期研究中，并未真正显示出存在着一个来自计划的统一惯例，不过文化研究的核心面向已清晰可辨：它的(激进)语境论(contextualism)(Grossberg, 2009, 2010)。只有当反抗实践发生和它们共同建立的语境(重新)构建起来，它们才能得以理解。所以，保罗・威利斯(Paul Willis)可以在他的，现在已是经典的，民族志研究《学会劳动》(1977)一书中展现，“伙伴们”即工人阶级的男孩子是如何创造了活跃的、叛逆的反文化，这种文化不喜欢学校的中产阶级规范，而以颠覆性方式规避它。诚然，他们创造性实践拒斥了教育社会化的无聊与异化，但并未导致“现实”权力结构的转变，因为对于那些接受不好教育的“伙伴们”来说，放学后他们没有别的选择只有去干体力活。因此，他们的抗议，只是他们主观上感觉到自由，反而积极地参与到社会不平等的再生产之中。威利斯通过对当地一所学校进行民族志调查（参与观察法），同时分析了与“伙伴们”的访谈和讨论，最终才得出了这一结论。他通过研究他们的观点和他们是如何反抗的，接下来，从中发展出一种有关社会不平等再生产的社会学理论，并将其应用到自己的民族志调查结果之中。

她如今同样著名的研究《阅读浪漫小说》(1984)一书，采用综合方法进行多层次的编排，其中历史性地反思了小说的叙事分析和读者视角的实证研究（言语数据），贾尼思 · 拉德威(Janice Radway)据此推断，浪漫小说的接受首先要不受其内容的支配，才可能对女性有本质上的积极意义。她感觉到定期的激情阅读和忘情阅读，尤其可以帮助女性远离社会义务和日常关系，从而在日常家庭喧嚣中营造出属于她们自己的一片天地。另外，她们期望这是一个专属于家人相聚的空间，并与她们各自的自我实现相连。更进一步，拉德威通过文本分析表明，浪漫小说是如何提升女性敏感度以及怎样与父权统治秩序(patriarchal order)相对抗的。看起来，无害的习惯性阅读相对标准的浪漫小说，被证明是一种任性解读，并导致了一种活力四射的、反抗的亚文化的形成。无可否认，拉德威认为渗透家庭和社会关系中的现实父权结构并未被改变。反抗甚至有助于强化它们的宰制。

文化研究对反抗的分析关注的是从属群体的实践活动和日常经验，乍一看这些都很琐碎且微不足道。它们的独特性，特别是它们如何反抗现实的权力结构，均在文化研究中予以检视。虽然在文化研究的阐释中，意识形态和霸权文化传达出主体与世界之间的关系，但他们知道，这些仰赖他们实践性知识的结构是他们抵抗的必要前提。然而，一般说来，这种反抗只停留在臆想中，所以徒然无效。

在方法论上，要认真对待日常经验和惯行。例如要进行深度访谈和小组讨论并予以分析。应当承认，研究者将言语数据情境化，运用福柯著作中的权力分析、葛兰西的霸权理论或其他的方法，这些理论方法都旨在处理文化和权力的关系，实际上也就决定了这些数据资料的意义。在这种背景下，经常会招来这样的批评，即研究者理论上的基本观点阻挠了他的自省反省。因此，他不可能意识到，例如在他分析“现实的”权力是怎样结构时，由于他自己理论的预设，仅得到一个抽象的外形(Marcus/Fischer 1986：81ff.)。尽管无可否认，这可以说是所有的实证研究，由于允许理论预设从而导致了盲点的发展，所以威利斯和拉德威均招致了批评。在新近的一些人种志的讨论中，有时会有一些略带夸张的批评，即研究者从自己理论视野所获益的，远甚于从被检视的对象人群那里。这种批评首先针对的是约翰 · 费斯克(John Fiske，1989)，他被认为是“反抗范式”最重要的代表。对于许多人来说，他对于探究在“生活世界(Lebenswelt)”(lifeworld)中发挥能动可能性的分析，得出的结论太过于乐观了。

在对当前流行现象的分析中(Fiske，1989)，他很好地利用了福柯(1977)权力与反抗之间的区别。“反抗”可以在特定的历史情境中出现，这种情境与话语结构、文化惯行和主观体验相连。追随米歇尔·德·塞托(Michel de Certeau, 1984),费斯克也把后现代日常生活设想为一场持续的战斗,这场战斗在“强者”的策略和“弱者”的游击战术之间展开。在资源利用上,可利用比如媒介文本和其他消费对象等系统。日常行动者试图独自地确定他们的生活条件和表达自己的喜好。因此,他不仅对促成社会再生产的挪用过程感兴趣,而且也关心隐秘的消费。在德·塞托(1984)看来,消费是意义的制造(fabrication)和生产,也是一种享受。消费者利用这些是让他们自身的问题更为清楚明白,并且可以(也许)促成文化和社会的逐步转型(Winter, 2001)。

在费斯克(1994)的分析中,他对麦当娜(Madonna)从《虎胆龙威(*Die Hard*, 1992)》到《拖家带口(*Married…With Children*)》等影视剧中的表演进行了批判性解构,其目的旨在揭示这些通俗文本蕴含着多重意义的潜力,这种潜力要由观众与其相宜的特定社会历史状况有区别地实现。他运用结构主义(对叙事符码的结构分析)和后结构主义方法(对风格的分析)揭橥了媒介文本的不一致、不完整性、矛盾的结构或复调特征,他盘算着通俗文本是如何与后现代事态的特定现实紧密相连的,以及它们是怎样通过不同意识形态的表达来阐明社会差异的。正如我的研究结果所显示的(Winter, 2010, 1999),参与观察法检视的文本接受和挪用和对访谈的分析成为社会科学,它们根据上下文来锚定,其中文本作为对象并未预先确定意义,而是在社会经验的基础上方可产生出来。通过结合不同的方法和数据分析形式,费斯克(1994a)成功地揭示了发生在特定时空中文化惯行的情境独特性和意义。要特别指出的是,他的后期研究(Fiske, 1993, 1994b)企图决定20世纪90年代的美国事态,而成了激进语境论的最佳例证。

与拉德威和威利斯一样,费斯克所询问的问题是,这些符号战可能有什么超越当前语境的意义。正如费斯克(1992)有关麦当娜著名的且引发强烈争议的研究所显示的,一种明摆着的批评意见就是,由于反抗的媒介消费未能改变父权的权力结构,所以这种反抗是无效的。如果以这种方式进行争辩意味着无论如何都会忽略这一方面,所以费斯克对此没有申明。另一方面,对于他来说,更为重要的是要认真考虑作为麦当娜粉丝的意义、粉丝的主观视角,还包括尤其是在他后来的研究中,关于盘算处于特定背景中文化经验和惯行的独特性,根本不主张对权力结构的推广或直接转换。诚然,费斯克也不得不接受这样的批评,即作为一个研究者,他假装了解所检视惯行的意义,要胜过检视自身的意义。

通过从不同观点看取现象和对不同形式数据的分析,费斯克的后期著作都试图逃离这种困境,这样一来,方法论工具对他者的经验应该更为敏感(Saukko, 2003: 55ff.)。例如,传记式访谈和叙事拿来用于理解研究伙伴的文化状况(cp. Winter, 2010)。对通俗文化现象的分析要采用尽可能多的角度(Morris, 1998),以便能够揭示与主流意义结构相抗衡的不同形式的符号战,也同时揭示这些斗争所造成的差异(discrepancies)和冲突。对于这些任性的或反抗的做法是否有着更广泛的系统性影响,许多人深表质疑。所以,对于一种特定的局部反抗能够产生无论什么样的具体影响,以及这又如何影响在社会生活不同领域中的其他经验、事件和惯行(Winter, 2001),这些必须予以检视。此外,对处于多个局部情境中的经验、惯行和话语进行分析，从其结果中就可以揭示出从属和反抗的不同形式(Saukko，2003：40ff.)。在文化研究中，即使当对颠覆性媒体消费抱有乐观的希望时，对这种消费的分析仍然发挥着进一步作用，只不过不再是反省自省的中心了。

在对文化研究的当前讨论中，各种主题都得到了关注，从媒介奇观(Kellner，2012)、文化产业(Hesmondhalgh，2007)，经由体育运动(Giardina/Newman，2011)到本土声音(Denzin/Lincoln/Smith，2008)等等。一般来说，在地方性情境发生的问题，为分析选择的特殊"对象"，会产生出特殊视角下特定情境的知识。虽然如此，中心目标是要建构不同的语境和理解特殊事态及其存在的问题和冲突(Grossberg，2010)。由于历史和地理的突发事件，它们会影响全世界的文化惯行和文化环境，这就形成了民族性或区域性的各种文化研究传统，在其中，文化既未获得与语言同等的地位，也没有作为一个民族或区域的"本质"来对待，而是将其视为一个开放的、经常陷入重重困难的多音调的和关系性的过程(Frow/Morris 2003：498)。

文本和语境分析的视角

文化研究力图从尽可能多的角度分析文化过程，以便揭示构建这一过程的框架和话语、我们研究的策略以及我们对日常生活的理解。"勾勒田野(Mapping the field)"(Johnsohn et al. 2004：31)是每一种文化研究至关重要的一步。研究者必须要熟悉与他的研究主题相关的特定理论框架或方法。他的定位是跨学科的。他从不同学科那里挪用多种理论和方法，建构出特定的语境及其问题。在此过程中，研究者必须弄清楚他的那些由历史、政治和社会所形成的承诺、关切和概念。

文化研究中数据分析的一个核心方法论特征是，它不是将文化文本作为分离实体而是置入其语境背景中加以检视。它关心的是有着社会、历史或政治背景的文本和话语如何表达。从一开始，它就拒绝了传统马克思主义观点，即文化首先只有在主流意识形态的框架下才能得以把握。最重要的是，斯图亚特·霍尔(Stuart Hall)著名的"编码/解码"模型(Hall，1980)强调，在新闻节目的生产和接收中存在着为呈送事件意义的斗争。媒体文本成了不同社会群体之间论辩的场所，他们希望申明属于他们自身的对世界的诠释和观点。

因此，对质性数据的符号学和结构分析能起到重要的作用。符号是多义的，具有一系列不同的语义重点，从文化研究的角度来看，能指与所指之间的联系主要受政治驱动。媒介文本，比如众所周知的对詹姆斯·邦德(James Bond)的研究(Bennett/Woollacott，1987)，就是将其置入到互文性情境中，以便克服符号学和叙事分析往往流于形式的特点，这是针对原初文本。相反，作者分析"在特定阅读条件下文本之间关系的社会组织"(1987：45)。阅读的社会语境建构了文本的意义。鉴于文本的和社会的语境，由于通俗文本的社会意义是被置放到复杂的社会和文化权力的背景下予以分析的，所以对这些文本的分析日趋深入和复杂。例如，道格拉斯·凯尔纳(Douglas Kellner)检视《电影大战》(2010)在布什一切尼时代里,右翼言论、军国主义和种族主义如何在流行的好莱坞电影中得以表达。他也可以表明,有一些电影批评这一体系。此外,亨利·吉鲁(Henry Giroux, 2002)通过对有关种族、性别、阶级和性征影像与话语的批判,解构了好莱坞电影中的表征政治(the politics of representation)。

视觉媒体数据的研究表明,一方面,细读方法已从文学批评领域转移到对电视连续剧的解读中,由于与媒介效果研究形成对照,对媒介文本文化意义的分析成了核心议题。然而,从一开始,这里的实体并没有被视为孤立的、分离的,而是处于它们的交互(inter-)和情境关系之中。文化研究的激进语境论(Grossberg, 2009)假定文本与实践的意义只能由更复杂的社会和文化权力的关系所决定。

因此,关注点转变成研究对象的符号学"环境",以及媒体和社会生活时空情境之间的关系(Frow/Morris, 2003: 501)。这是因为,诸如像媒体文本对丑闻的报道都被置于当代美国奇观化传媒文化的背景下(Kellner, 2012)。文化文本在网络中与一种文化和社会的惯行相连,它们在其中得以发动或修正。

从文化研究的研究活动中所获得的一个基本洞见就是,解释总是不同的,每一文本常常有几种可能的用途。正如约翰·弗罗姆和米根·莫里斯(John From, Meaghan Morris, 2003:506)写道:"结构总是在使用中的结构,不能提前控制其用途。"因此,从文化研究的视角看,媒介文本的解读不存在任何"正确"或"真实"的说法。媒体文本不是独白式的,它们不是完整的实体,而是符号和意义的复杂星丛(constellation),带来的结果就是,在每一种社会背景里,对它们有着不同的、甚至相互矛盾的解释和理解。他们的社会(更远)存在是一个开放的、未完成的过程。在这个背景下,研究者的解读也须是够格的,它们务必被置放到他们的语境联系中加以考虑。

因此,贾尼斯·拉德威在她的《阅读浪漫小说》(1984)中已提到,她将受过文学批评训练的读者与那些推崇此文类的粉丝的解读相对照。她的目标是尽可能地去全面研究那些与这种通俗类型相关女性的经验和惯行。因此,她把对文学文本的分析与对定量、定性数据(经由问卷调查、小组讨论和访谈等产生)的分析结合起来。此外,她还将精神分析和女性主义的理论立场引进到讨论中。理论和方法间从容的对话有助于她克服纯文本分析的限制,同时有效地展示文本在解释共同体中如何被不同地解释和体验。

就所关切的媒体文本的分析而言,起初结构主义解释策略在文化研究中占据着主导地位。最重要的,罗兰·巴尔特的"神话学"(1972)和弗拉基米尔·普洛普、安伯托·艾柯、热拉尔·热奈特的叙事学分析,为通俗文本的分析提供了方法论基础。因此,对社会意识形态和背景的结构分析被置入到境脉之中。文类分析作为一种情境化的研究策略(Johnson et al.2004:163ff)是针对互文性的,因为它是检视电影如何,比如重演、变异或引入新的元素到文类的惯例之中。此外,对一种文类文化和政治层面的检视是通过境脉中彼此相关的文本形式和接收惯行来进行的。电影类型的流行是与观众一起创造的,他们喜欢事件的可预见秩序,同时对被纳入其中的变化感到惊奇。人气势必会与时间和地点,也包括与媒介文本置身其中且提供故事的社会与文化背景相关。在日常情境中，这些故事可以导向个人化叙事。一个研究的重要问题是，文类以什么方式来保持其趣味性，使它能成功地维持、改变观众，或重新获得观众的青睐？

文化研究其中一个目的是要考虑，在文本的生产情境和与它相连的经济关系情势下，它如何进行谋划。这种谋划是在一种更为广泛的文化情境和社会权力关系的背景下完成的。因此，文本和境脉之间的紧张关系占据着中心舞台。媒体文本成了更大文化形态的精彩瞬间。

因此，在后结构主义的方法中，在社会情境中，多义词的潜能、不同解读的可能性与矛盾性得以实现。为此，伊冯·塔斯科尔（Yvonne Tasker, 1993）展示了动作片不只是简单地复制男性主导思想，它们也戏弄这些范畴，甚至还鼓励对它们进行批判性解读。所以在文化研究的框架中，文本是情境化的，而研究者所探讨的文本、经验和实践之间的传统分类常遭废除。

检视政治霸权的过程，比如侧重于对政治演讲施以“细读”的方法，是为了揭示通俗文化和主导文化之间的勾连。因此，对小的文化单元进行分析（正如布什和布莱尔针对反恐战争的演讲）可以洞察到复杂的战略权力关系（Johnson et al, 2004：170—186）。对他们的演讲进行细读表明，两位政治家在区别善与恶时带有强烈的道德色彩。他们运用修辞手法使他们的伊斯兰敌人成了外星人和恶魔。正是由于他们对权力稳定和军事战略的辩护，在这里上述媒体文本才得以解读。

然而，这仅仅是众多方法之一种。文化研究的一个特点是，其方法上的“偏爱”，这一点允许与其他人对话，讨论有关对象构建和开启阅读的问题。唐娜·哈拉维写道：“客观性被证明是特定的、具体的体现，而绝不是允诺超越一切界限和责任的假象。寓意很简单：只有局部的透视才会有客观的看法”（Haraway, 2004：87）。因此，对数据的详细分析可以表明，在文化生产和一种通俗文类传播和接收的单一情境时刻，复杂的文化和社会的争辩潜藏其中，同时也包含着快乐（越轨）和意义建构的可能性。例如，费斯克（1994a）表明，在一所天主教大学上学的青少年观众在对《拖家带口》的接受中，是如何去反思自己与不在场的父母之间的关系。但这仅仅只是文化上意义和快乐传播特定的一小部分，它围绕着如此这般的后现代情景喜剧的生产和接受而展开。

后现代媒介文本的特性很早就被界定，它们是从可用的媒介文本档案馆中借用而来，主要在它们循环参考的境脉中得到理解——而不是作为未被媒介构建的“原初现实”的参考文献（Denzin, 1991）。因此，像《天生杀人狂》（*Natural Born Killers*）（1994）这样颇具争议的电影，运用媒体影像，以及媒体所提供给我们的有关连环杀手的知识，对自我进行了批判和反思。然而，并不是所有人都具备后现代的辨识力（sensibility），能够将电影视为对媒体暴力的戏仿（parody）。因此，文化研究强调，每一种解读都必须情境化且具有政治性。具有时空特性的文本和惯行之知识，必须总是处于特定境脉中的知识。对通俗文化的研究表明，文本和惯行是特定人群在特定地点和特定时间的表现（Jenkins, 2002 et al）。因此，媒体文本的意义永远不能最终确定。在通俗文化场域，当消费者和研究者在他们自己的社会生活和文化身份的境脉中来理解文本，其意义就会增殖而多样化。在文化研究的框架下，与媒体文本打交道的个人经验往往是批判性分析的起点(Johnsohn, et al.2004)。因此，接着要探讨以自我反思方式确定我们的解释以及这些解释限度的社会基础。

后结构主义取向的文化研究作品，也采用谱系的和解构的分析方法(cp. Saukko, 2003: Chapter 6 and 7)。福柯(1977,1979)的谱系学能够揭橥我们的看法、我们的想法和我们对问题的描述，抑或我们的科学真理，是如何从历史背景和特定的社会、政治进程中发展而来的。因此，我们了解的自己、我们的社会和我们的历史之形象永远不是完整的或独立自洽的。这些形象仍然与它们得以出现的社会惯行相连。谱系学者试图理解我们文化的媒体实践，这种实践既让我们与他人分享，同时也塑造了我们今天的形貌。

解构主义使得对媒体文本内在逻辑的批判性分析成为可能(cp. Bowman, 2008)。因此，在这些隐藏的价值、意识形态预设和文化等级的背后，比如二元对立就得到揭示和探讨。更进一步，解构阅读揭示了媒介文本意义在本质上的不确定性，这些文本由一种差异的无限嬉戏构成，其接受是在不同语境下以多种解读方式展开的。因此，解构性的文化研究也具有介入的特点。因此，它旨在"揭露组织文本的潜在的'结构性'前见(preconceptions)，并展现它们压制的自由状况"(Denzin, 1994: 196)。

自传式民族志和新形式的民族志

在对接受和挪用过程的分析中，民族志研究视角在文化研究中脱颖而出。不过与此同时，一般说来，这并不意味着为了产出作为社会学和人类学的质性数据，而进行一种广泛的民族志田野调查，而是要(短期)采取参与观察法检视处于现代和后现代生活中的文化惯行。这应该使探究意义传播的方法成为可能，由此，进入到文化传播之中(Johnson et al, 2004)。此外，民族志的视角往往与自传式的元素相连。

例如，伊恩·昂(Ien Ang, 1985)在对《达拉斯》(*Dallas*)(1978—1991)所进行的研究中，把她对于女性观众反应的分析与自己对这部连续剧的评价勾连起来。对研究对象的个人亲和力，有时甚至是作为一名粉丝的确切事实和自省反省，都是文化研究过程中的重要资源。"我作为一名粉丝的经历，连同任何其他的可用来描述通俗惯行领域的反应，以及它们对社会和政治立场的表达，都是批判性研究的原材料和起点"(Grossberg, 1988: 68)。

正如上文已提到的，对研究过于理论性的批评，表明研究者的理论观点胜过了所研究的生活现实，这导致在文化研究界兴起了对新的研究策略的讨论，这些新策略应该更宜于对生活经验和现实进行检视。因此，研究者自我与他者的视角，以及研究对象之间的对话，就被赋予了重要的意义(Lincoln/Denzin, 2003)。研究者的世界不应该从外部来描述，而应从不同世界之间的互动或会合来操演，其中，他者的视角由于其积极的贡献应尽可能被理解为"真实可靠的"。因此，研究者必须首先弄清楚到底是什么妨碍了自己去理解他者的世界，诸如那些看恐怖电影或听帮匪说唱之类的经验。为了意识到自身理解框架的局限性，就要求有对陌生和完全不同经验世界的敏感性。鉴于此，文化研究的研究者要强调所承担的道德责任，尽可能地公平对待他人的世界。研究者和受试者之间的对话应该成为可能。如果做到了这些，肯定会减少偏见，也应该会克服个人理解的局限性。从参与者的视角来看，这应该恰恰是一种更切合生活经验纹理的途径。

在此背景下，自我反思是这种新的民族志形式的一个重要特征。研究者应该仔细地反思自身的处境、自己承负的社会和政治义务，以及他的理论前提，以便找到更易进入受试者世界的入口。因此，自省反省也并不意味着一种有关世界的“真实”知识是可能的(Haraway，2004)。相反，它显示出我们的世界观的局限性，甚至有可能显示对我们自己的和他人的世界的不同解释。在批判性自传式民族志的形式中，自省反省有助于研究者检视是哪些事件和社会话语确定了自身的经历(Bochner/Ellis，2002)。反思的这一过程经由新的写作形式而变得完整(Richardson，2000年)。以这种个人的、文字的和实验的新途径，它们展现了研究者经验的多重面相，这种经验并不合理，它所关切的是其他人的(媒体)世界。

因此，在文化研究框架下的民族志实践证明了，21世纪的全球媒体世界也是一种道德话语(Denzin，2010)，它使(不确定的)生活和媒体经验可资利用，并且能够洞察社会和文化不平等的(新的)形式。更进一步，即便是日常存在的权力关系都应该予以质疑。“具有更充分参与意愿的研究旨在利用研究过程本身，赋权给那些被研究者”(Johnson et al，2004:215)。

此外，在人种志研究中捕获到田野中的多声部很重要。生活经验应该由不同声音来描绘，以避免代表了经验“真相”的单一声音，进而恰当地把握个人经验的特性(Saukko，2003:64ff)，即使在研究成果的介绍中，它涉及研究者声音与其他人声音之间的交互。考虑到自传式经验也会导致研究成果的介绍具有实验性，甚至可能成为一场经验和惯行的“表演”(Denzin ,2003,2010)，比如在定性媒体研究中，这种方法论上的重新定位被赋予了重要意义。一方面，对话关系呼吁研究员对其自身的媒体经验和惯行、喜恶偏好进行挑战。另一方面，例如汇报了各种有问题的媒介消费形式的举报人，他们也应该像那些发展出自己观点的人一样予以认真对待。此外，他们还被要求把这种方式带入情况介绍之中。研究者不扮演独立观察者的角色。他扮演的更多是一位支持同伴。像他的研究合作伙伴一样，他的主体性是通过现代社会中的媒体实践，特别是通俗文化来辨识的，在研究过程中他应该明白这一点。“通俗文化的矛盾……恰恰是因为它的意义、效果、影响和意识形态不能板上钉钉地确定。作为消费者和批评者，我们同这种意义的增殖做斗争，恰恰是让我们弄清楚我们自己的社会生活和文化身份”(Jenkins et al，2002:11)。

我业已表明，在研究恐怖电影的接受和挪用过程中，我整合了不同的方法，以便分析接受和挪用的微分过程(differential processes)，以及确定观众赋予自身实践的意义。据此，观众，特别是恐怖电影的影迷，可以把他们的生活现实描述得尽可能的真实可信，并被当作研究过程中的受试者予以认真对待。在新闻或学术论述中，恐怖电影迷主要表现为负面形象。他们通常被描绘成孤独的偏执狂(obsessive lone wolfs)，或心理失常且脆弱。由于这个原因，问卷调查的目的是从他们自身的视角来描述他们的文化惯行。我很快就发现，将自己置身于恐怖电影，特别是学术研究少有涉猎的暴力片之中很有必要，这样方能开展这样的研究。我曾撰写了一本日记，记述了我观看这些影片时最初的惊吓和负面的体验。我努力观看了这一类型中最重要的电影，这于我可以说毫无愉快可言。不过，只有在自己亲身主观体验过这些影片之后，我才可能开始去理解影迷们的做法。

以问题为中心的访谈和小组讨论，它们的第一阶段是令人失望的。我意识到，因为粉丝们认为自己是学术研究的纯粹对象，所以他们不想谈论私人的和禁忌的经验。此外，他们相信自己不会对这项研究有深刻理解，而且，这项研究将被用来反对他们，正如在其它调查中的情况一样。为了获得他们的信任并与他们建立起对话关系，这是一件很乏味的工作。只有当我开始谈论自身观看恐怖电影的亲身经历，并且讨论我对他们的态度时，他们才对我敞开心扉。一旦发生这种情况，随着时间的推移，我们之间就会建立起一些个人的、甚至友好的关系。在明了他们自身的个人状况和简介的背景下，我现在能理解他们的文化惯行了。

持一种自省反省的态度使我能够反思自己的假设和构想，并让我对新的体验持一种开放的心态。如果缺少这一点，就无以深入地理解粉丝们的生活现实。我甚至就我的问卷调查结果与他们进行了深入探讨。他们意识到了调查中他们自己的观点，并且很感激这些观点没有被褫夺。在这种人种志研究期间，我意识到自传式民族志是实证研究的一个重要组成部分。投入到自己的亲身经历中，可能成为理解不同经验和实践的基础。只有保持对话的意愿，才能达到理解他者观点的程度。定性研究涉及受试者，因此包含着道德的承诺。总之，现实生活的实质要求必须公正对待那些受试者的观点。

即使在民族志这种新形式中，对不公正社会形态的批判性分析仍然是重心（Denzin，2009；Niederer/Winter，2009）。应该揭露这些不公正现象，并从不同的角度予以分析，同时检查改变的可能性，以及提高那些研究对象的能动性（agency）。总而言之，文化研究领域的批判教育学的目的在于，将知识奉献给这场斗争，以改善那些受社会不公平影响的生活（cp. Kincheloe/McLaren/Steinberg，2011）。

结　语

长期以来，文化研究中没有任何明确的对方法论和数据分析的讨论。其实践者拒斥学科的界限，运用和整合不同知识领域的理论、观点和方法，以便使人文科学和社会科学之间实现跨学科的对话与协作。为了促成本卷，我考虑了不同方法论上的注意事项与路径。在最近的十年中，已经开始讨论定性方法和方法论上的问题了。这可能与如下的事实相关，即跨学科取向的研究本身形成了一些学者所认可的学科。不过，文化研究仍然忠实于它的起源，寻求把对权力的批评与干预和民主变革机会联系起来。文化研究总是用于分析和理解语境。因此，它没有发展出一种普遍理论和仰赖各自的质问来应用的特定方法。对个体文化元素的分析包含了它与其他文化元素以及社会力量的复杂关系。

文化研究在广泛的文化与社会分析框架里进行定性研究，其理论和模型的开发是作为对社会问题和特定情境与事态中问题的回应。文化研究的取向既是建构主义的，比如在语境的生产中，同时又是批判性的，比如在对权力关系的分析中。斯图亚特·霍尔确定其目的在于“使人们理解什么正在进行，尤其是给他们提供思考的方式、生存的策略和反抗的资源”(Hall，1990:22)。

Literature

Ang, Ien (1985) *Watching Dallas. Soap Opera and the Melodramatic Imagination.* London: Methuen.

Barthes, Roland (1972) *Mythologies* . London: Cape.

Bennett, Tony & Woollacott, Janet (1987) *Bond and Beyond. The Political Career of a Popular Hero.* London: Macmillan Press.

Bochner, Arthur P. & Ellis, Carolyn (Eds) (2002) *Ethnographically Speaking. Autoethnography, Literature, and Aesthetics* . Walnut Creek, Ca.: Altamira Press.

Bowman, Paul (2008) *Deconstructing Popular Culture* . New York: Palgrave.

Couldry, Nick (2000) *Inside Culture. Re-imagining the Method in Cultural Studies.* London/ Thousand Oaks/New Delhi: Sage Publications.

Cruz , John D. (2012) "Cultural studies and social movements: A crucial nexus in the American case". In: *European Journal of Cultural Studies* . Volume 15, Number 3, June: 254—301.

Denzin, Norman K. (1991) *Images of Postmodern Society. Social Theory and Contemporary Cinema.* London/Newbury Park/New Delhi: Sage Publications.

Denzin, Norman K. (1994) "Postmodernism and Deconstructionism", in: David Dickens/ AndreaFontana (Eds) *Postmodernism and Social Inquiry* . London: UCL Press, 182—202.

Denzin, Norman K. (2003) *Performance Ethnography* . London/Thousand Oaks/New Delhi: Sage Publications.

Denzin, Norman K. (2009) *Qualitative Inquiry Under Fire. Toward a New Paradigm Dialogue.* Walnut Creek, Ca.: Left Coast Press.

Denzin, Norman K. (2010) *The Qualitative Manifesto. A Call to Arms.* Walnut Creek, Ca.: Left Coast Press.

Denzin, Norman K. & Lincoln, Yvonna S. & Tuhiwai Smith, Linda (Eds) (2008) *Handbook of Critical and Indigenous Methodologies* . London/Thousand Oaks/New Delhi: Sage Publications.

Fiske, John (1989) *Understanding Popular Culture* . London/Sidney/Wellington. Unwin Hyman.

Fiske, John (1992) "British Cultural Studies and Television" in: Robert C. Allen (ed) *Channels of Discourse, Reassembled.* Durham/London: Duke, 284—326.

Fske, John (1993) *Power Plays - Power Works*. London/New York: Verso.

Fiske, John (1994a) "Audiencing: Cultural Practice and Cultural Studies", in: Norman K. Denzin/Yvonna S. Lincoln (Eds) *Handbook of Qualitative Research, First Edition.* London/Newbury Park/New Delhi: Sage Publications, 189—198.

Fiske, John (1994b) *Media Matters. Everyday Culture and Political Change.* Minneapolis/London: University of Minnesota Press.

Foucault, Michel (1977) *Discipline and Punish: The Birth of the Prison*. London: Allen Lane.

Foucault, Michel (1979) *History of Sexuality. An Introduction*, vol. 1. London: Allen Lane.

Frow, John & Morris, Meaghan (2003) "Cultural Studies", in: Norman K. Denzin/YvonnaS. Lincoln (Eds) The Landscape of Qualitative Research. Theories and Issues. London/Thousand Oaks/New Delhi: Sage Publications, 489—539.

Geertz, Clifford (1973) *The Interpretation of Cultures*. London: Hutchinson.

Giardina, Michael D. & Newman, Joshua L. (2011) "Cultural Studies: Performative Imperatives and Bodily Articulations", in: Norman K. Denzin/YvonnaS. Lincoln (Eds) *The Sage Handbook of Qualitative Research, Fourth Edition*. London/Thousand Oaks/New Delhi: Sage Publications, 179—194.

Giroux, Henry A. (2002) *Breaking in to the Movies. Film and the Culture of Politics.* Oxford: Blackwell.

Gramsci, Antonio (1971) *Selections from the Prison Notebooks of Antonio Gramsci*. Q. Hoare und G. Smith Nowell (ed. and tr.). London: Lawrence & Wishart.

Grossberg, Lawrence (1988) *It's a Sin. Essays on Postmodernism, Politics & Culture.* Sidney: Power Publications.

Grossberg, Lawrence (2005) *Caught in the Crossfire. Kids, Politics and America's Future.* Boulder/London: Paradigm Publishers.

Grossberg, Lawrence (2009) "Cultural Studies. What's in a Name", in: Rhonda Hammer & Douglas Kellner (Eds), Media/Cultural Studies. Critical Approaches. New York. Peter Lang, 25—48.

Grossberg, Lawrence (2010) *Cultural Studies in the Future Tense.* Durham/London: Duke University Press.

Hall, Stuart (1980) "Encoding/Decoding", in: Stuart Hall/Dorothy Hobson/Andrew Lowe/Paul Willis (Eds), *Culture, Media, Language.* London: Hutchinson, 128—138.

Hall, Stuart (1990) "The Emergence of Cultural Studies and the Crisis of Humanities". *October* Jg. 53, 11—23.

Haraway, Donna (2004) "Situated Knowledges: The Science Question in Feminism and the Privilege of Partial Perspective", in: Sandra Harding (Ed) *The Feminist Standpoint Theory Reader.* New York/London: Routledge, 81—102.

Hesmondhalgh, David (2007) *Cultural Industries. An Introduction* , 2nd edn. London et al.: Sage.

Jenkins, Henry/McPherson, Tara/Shattuc, Jane (Eds) (2002) *Hop on Pop. The Politics and Pleasure of Popular Culture.* Durham/London: Duke University Press.

Johnsohn, Richard & Chambers, Deborah & Raghuram, Parvati & Tincknell, Estella (2004) *The Practice of Cultural Studies.* London/Thousand Oaks/New Delhi: Sage Publications.

Kellner, Douglas (1995) *Media Culture* . London/New York: Routledge.

Kellner, Douglas (2009) "Toward a Critical/Media Cultural Studies", in: Rhonda Hammer & Douglas Kellner (Eds), Media/Cultural Studies. Critical Approaches. New York. Peter Lang, 5—24.

Kellner, Douglas (2010) *Cinema Wars. Hollywood Film and Politics in the Bush-Cheney Era.* Oxford: Wiley-Blackwell.

Kellner, Douglas (2012) *Time of the Spectacle* . Oxford: Wiley-Blackwell.

Kincheloe, Joe & McLaren, Peter & Steinberg, Shirley R. Steinberg (2011) "Critical Pedagogy and Qualitative Research. Moving to the Bricolage", in: Denzin, Norman K. & Lincoln, Yvonna S. (Eds) *The Sage Handbook of Qualitative Research 4.* Los Angeles et al.: Sage, 163—178.

Lincoln, Yvonna S. & Denzin, Norman K. (Eds) (2003) *Turning Points in Qualitative Research.* Walnut Creek, Ca.: Altamira Press.

Maffesoli, Michel (1995) *The Time of the Tribes. The Decline of Individualism in Mass Society.* London et al.: Sage.

Marcus, George E. & Fischer, Michael M. (1986) *Anthropology as Cultural Critique. An Experimental Moment in the Human Sciences.* Chicago: University of Chicago Press.

Morris, Meaghan (1998) *Too Soon Too Late. History in Popular Culture.* Bloomington: Indiana University Press.

Niederer, Elisabeth & Winter, Rainer (2010) "Poverty and Social Exclusion: The Everyday Life of the Poor as the Research Field of a Critical Ethnography", in: Norman K. Denzin/Michael D. Giardina (Eds) *Qualitative Inquiry and Human Rights* . Walnut Creek, Ca.: Left Coast Press, 205—217.

Radway, Janice A. (1984) *Reading the Romance. Women, Patriarchy, and Popular Literature.* London/New York: Verso.

Richardson, Laurel (2000) “Writing: a Method of Inquiry”, in: Norman K. Denzion/Yvonna S. Lincoln, *Handbook of Qualitative Research, Second Edition*. London/Thousand Oaks/New Delhi: Sage Publications, 923—948.

Saukko, Paula (2003) *Doing Research in Cultural Studies. An Introduction to Classical and New Methodological Approaches.* London/Thousand Oaks/New Delhi: Sage Publications.

Smith, Paul (Ed) (2011) *The Renewal of Cultural Studies*. Philadelphia: Temple University Press.

Tasker, Yvonne (1993) *Spectacular Bodies. Gender, Genre and the Action Cinema.* London/New York: Routledge.

Turner, Graeme (2012) *What's Become of Cultural Studies?* London et al.: Sage.

Williams, Raymond (1961) *The Long Revolution*. New York: Columbia University Press.

Willis, Paul (1977) *Learning to Labour: How Working-Class Kids Get Working-Class Jobs.* Westmead: Saxon House.

Willis, Paul (1978) *Profane Culture*. London: Routledge and Kegan Paul-

Winter, Rainer (1999) “The Search for Lost Fear: The Social World of the Horror Fan in Terms of Symbolic Interactionism and Cultural Studies”, in: Norman K. Denzin (Ed), *Cultural Studies. A Research Volume* No. 4. Stamforf, Co.: JAI Press Inc., 277—298.

Winter, Rainer (2001) *Die Kunst des Eigensinns. Cultural Studies als Kritik der Macht.* Weilerswist: Velbrück Wissenschaft.

Winter, Rainer (2004) “Critical Pedagogy”, in: George Ritzer (Ed), *Encyclopedia of Social Theory*, Vol. 1. London/Thousand Oaks/New Delhi: Sage Publications, 163—167.

Winter, Rainer (2010) *Der produktive Zuschauer. Medienaneignung als kultureller und ästhetischer Prozess.* Second enlarged edition. Köln: Herbert von Halem.

FurtherReading:

Grossberg, Lawrence (2010) *Cultural Studies in the Future Tense.* Durham/London: Duke University Press.

Johnsohn, Richard & Chambers, Deborah & Raghuram, Parvati & Tincknell, Estella (2004) *The Practice of Cultural Studies.* London/Thousand Oaks/New Delhi: Sage Publications.

Saukko, Paula (2003) *Doing Research in Cultural Studies. An Introduction to Classical and New Methodological Approaches.* London/Thousand Oaks/New Delhi: Sage Publications.

任性、反抗与政治性*

［奥地利］雷纳·温特(Rainer Winter)/文　张忠梅　肖伟胜/译

一、任性的艺术

在《任性的艺术——文化研究作为权力的批判》(2001)①一书中，我从历史—理论方面对文化研究的源流进行了梳理，揭橥了文化研究的主要旨趣在于对权力关系的批判性分析，这种权力关系经由文化来进行生产、维系和改变。同时，这种文化分析的传统首要关注当下文化现象：它想要把握个别“事态”和权力关系的当下分布(constellation)，以便接下来通过批判性知识的生产来促成其改变(modification)。这就是为何它的理论工作、文化分析常以政治性为导向。它与新左派、女性主义或种族主义斗争等社会运动联系在一起，这些运动影响着它的研究目标(objectives)和关注点。正如斯图亚特·霍尔所说：“社会运动触发理论契机，历史性事态凸显出理论的重要性：它们是理论演变中的关键点。”②

在这样的背景下，理论并非是纯粹的学术关切，而是批判理论意义上(霍克海默，1937/1970)③的一种知识实践的表达，这种知识实践可以干预和促进民主变革及社会进步。自20世纪70年代以来，安东尼奥·葛兰西的知识实践就一直是学界的聚焦点，在他之后，智识工作就被当成一种具有策略性、干涉主义和施为性(performative)等特征的政治形式。鉴于此，所生成的知识被认为是“竞争的”、“局部的”和“紧要的”(霍尔，1992，286)④。通过与相关人员的对话，文化研究理应有助于经济的、社团的(societal)和社会问题的解决，抑或至少让它们更易改变。这种批判取向将文化研究项目区分为两类，一类是由当代文化研究中心(CCCS)发展而来，它直至今天依然在追求和发展这种批判维度(见格罗斯伯格⑤，2010；温

---

*译者简介：张忠梅，西南大学外国语学院讲师，西南大学文学院博士研究生，研究方向为视觉文化。
肖伟胜，西南大学文学院教授，文学博士。

①Winter, R. (2001): Die Kunst des Eigensinns. Cultural Studies als Kritik der Macht. Velbrück Wissenschaft: Weilerswist.

②Hall, S. (1981): Notes on Deconstructing the Popular. In: Samuel, R. (ed.): People's History and Socialist Theory. Routledge & Kegan: London, 227—240.

③Horkheimer, M. ([1937] 1970): Traditionelle und kritische Theorie. In: Id.: Traditionelle und kritische Theorie. Fischer: Frankfurt am Main, pp. 12—56.

④Hall, S. (1992): Cultural Studies and its Theoretical Legacies. In: Grossberg, L.; Nelson, C., Treichler, P. (eds.): Cultural Studies. Routledge: London/New York, 277—285.

⑤Grossberg, L. (2010): Cultural Studies in the Future Tense. Duke University Press: Durham/London.

特[①],2011),另一类由世界其它学派奉行,并不持有这一批判立场。尽管如此,它们都同样强调对当代文化的分析,可能还会借鉴德语世界的文化科学(Kulturwissenschaften),尤其是那些占据着历史制高点的文化史。

在《任性的艺术——文化研究作为权力的批判》(温特,2001)一书中,我阐明了文化研究的明确立场是如何与以任性为主题的艺术联系在一起的。奥斯卡·内格特(Oskar Negt)和亚历山大·克鲁格(Alexander Kluge)[②]早先在《历史与任性》(1981)一书中抱着类似目的使用了这一概念。然而,他们主要采取引用文学和民间故事中的例证的方式,而非系统的方式进行阐明。在模块化更新马克思主义以反对具有决定论和结构主义色彩的历史概念上,这一概念很有用。只不过,在这本书中,他们讨论的重点是劳动生产率的历史演变,以及与之相随的矛盾与变革动力。

不过,文化研究严重忽视了西格蒙德·弗洛伊德这样一位创始人,他描述出一个系统有力且颇具影响的任性概念。在对个体生活的分析中,他发现每个人都有一种偶发而独特的潜意识,它依靠社会和历史的偶然事件产生与文化和社会相左的任性意义。弗洛伊德恰恰对这种怪异方式感兴趣,在这种特殊方式中,个体无意识地将欲望与那些跟社会需求和压抑相对的经历和记忆维系在一起。这产生了“一种属于个体内在的、典型的任性的原动力”(扎列特茨基,2006, p. 30)[③]。这种分析旨在“理解个体本性中的任性特质”,这一特质在其个人生活史中得以发展。在以政治为导向的文化研究分析中,这种既是个体的同时也是社会的生命维度依旧被严重忽视了,即便这种生命维度暗中存在并因此成为任性艺术的一部分。(《任性的艺术》)

在《作为文化和审美生产的观众》(1995 / 2010)[④]一书中,我描述了如何通过生产和创造过程来影响媒体文本的接受和挪用。比如恐怖片,就可以在与个体的自身生活、问题、恐惧和创伤的范围内被任意地改编。观看这类电影的兴趣将会随之带来对个体亲身恐惧的图绘,并顾及一种高度的自我意识。在与文化工业产品日益频繁地打交道的过程中,粉丝们创造了区别于其他人而属于自身的文化和审美共同体,这对于他们自身的独特生活方式非常重要。研究青年文化和大众文化的保罗·威利斯(Paul Willis)、西蒙·琼斯(Simon Jones)、乔伊斯·迦南(Joyce Canaan)等(1991)[⑤]、约翰·费斯克(1989a[⑥], 1989b[⑦])、温特,

---

①Winter, R. (ed.) (2011): Die Zukunft der Cultural Studies. Theorie, Kultur und Gesellschaft im 21. Jahrhundert. Transcript: Bielefeld.

②Negt, O.; Kluge, A. (1981): Geschichte und Eigensinn. Rogner & Bernhard bei Zweitausendeins: Hamburg.

③Zaretsky, E. (2006): Freuds Jahrhundert. Die Geschichte der Psychoanalyse. Paul Zsolnay Verlag: Vienna.

④Winter, R. ([1995] 2010): Der produktive Zuschauer. Medienaneignung als kultureller und ästhetischer Prozess. Herbert von Halem Verlag: München/Köln, 2nd expanded ed.

⑤Willis, P.; Jones, S.; Canaan, J. et al. (1991): Jugend-Stile. Zur Ästhetik der gemeinsamen Kultur. Argument Verlag: Berlin.

⑥Fiske, J. (1989a): Understanding Popular Culture. Unwin Hyman: Boston etc.

⑦Fiske, J. (1989b): Reading the Popular. Unwin Hyman: Boston etc.

米克斯(2001①)等学者,都强调在日常生活中如何能够自发地和不可预知地培养创造力。数字媒体大幅增加了这种生产性交互的机会。

拉康主义者米歇尔 · 德 · 塞托②(Michel de Certeau)对上述观点的演进做出了开拓性贡献,他在《艺术的交易》(1988)一书中指出,日常生活实践在应对战略性组织权力时,可以是创新的、睿智的、策略的、异质的或任性的。日常生活是一个充满文化冲突和社会斗争的场所。德 · 塞托认为文化和社会变迁不是一个彻底断裂的过程,而是日常实践中固有潜力释放的过程。它们的发展仰赖于权力关系各自的配置。约翰 · 费斯克(John Fiske)和劳伦斯 · 格罗斯伯格(Lawrence Grossberg)(温特,2001,第4章)对这种存在于日常社会实践中现实的和可能的事物之间潜在的紧张关系也有所关注。对费斯克③(1993)来说,人们正是运用日常实践来定位自身,扩大对所接触环境的控制,进而发展出一种"抗衡力量"的。"行动者就是处理他自己所做之事,这是一种社会关系行为,它始终牵涉到对控制权的争夺"(费斯克,1993, 21f)。

此外,格罗斯伯格的摇滚乐研究④(格罗斯伯格,1992)强调,情感赋权可能是行动者的一个重要条件,因为它表达了对自身生活一定程度的控制感。通过"自下而上"的权力形式来改变权力关系,对这种可能性费斯克倾向于一种乐观态度,不过,他认为这种(再)联盟是暂时的。尽管如此,他在一个有关社会话语形态的事态分析中表明,"新右派"使用摇滚乐就是为了维护其霸权地位。不过,在霍尔⑤(1981)看来,格罗斯伯格的研究也是奔着为民众的斗争而来的。我所谓的"民众的政治",并不单单指大众文本的政治变化,以及这类文本与意识形态立场、主体性或快乐之间的关系,而是指大众文化、民众政治(或政治认同)和系统性结构之间的交叉点,以及政治和经济上不平等和宰控的力量(格罗斯伯格⑥,1997, 199f)。格罗斯伯格强调对当前历史性事态进行理论分析的重大意义,它有助于让人们理解进步的文化和社会变迁最终是否以及如何可能。

在对日常实践衍生的任性艺术的分析过程中,我试图对当下进行一种"认知图绘(cognitive mapping)"(詹姆逊⑦,1986),像葛兰西一样,这种认知图绘不仅要充分考虑日常行动

①Winter, R.; Mikos, L. (eds.) (2001): Die Fabrikation des Populären. Der John Fiske Reader. Transcript: Bielefeld.

②De Certeau, M. (1988): Kunst des Handelns. Merve: Berlin.

③Fiske, J. (1993): Power Plays - Power Works. Verso: London/New York.

④Grossberg, L. (1992): We Gotta Get Out of This Place. Popular Conservatism and Postmodern Culture. Routledge: London/New York.

⑤Hall, S. (1981): Notes on Deconstructing the Popular. In: Samuel, R. (ed.): People's History and Socialist Theory. Routledge & Kegan: London, 227—240.

⑥Grossberg, L. (1997): Re—placing Popular Culture. In: Redhead, S.; Wynne, D.; O'Connor, J. (eds.): The Clubcultures Reader. Readings in Popular Cultural Studies, Blackwell: Oxford, 199—219.

⑦Jameson, F. (1986): Postmoderne - zur Logik der Kultur im Spätkapitalismus. In: Huyssen, A.; Scherpe, K. F. (eds.): Postmoderne - Zeichen eines kulturellen Wandels. Rowohlt: Reinbek, 45—102.

者的个体视角，这种视角作为阿尔弗雷德·洛伦泽①(1974)深度解释学方法或汉斯·吉莉恩辩证心理学(见斯特劳布，雷巴内、佐恩等②,2011)中不一样的案例，也要充分关注经验和实践中的任性现象。这一做法不会使霸权的理论分析和模型成为多余，反而更进一步强调了日常实践中的创造潜力，以及任性与反抗之间的联系，而这一点对行动者而言至关重要。这也提出了有关政治性的问题(见弗吕格尔，海尔，黑泽尔③,2011)。最近占领运动(Occupy Movement)令人信服地证明了，政治性并非经常而是偶尔发生，不过它的确发生了。如此这般，一系列问题就提了出来：政治性如何从任性和反抗实践中衍生出来？文化的政治学和政治性的发展之间有什么关系？我认为，回答这些问题对于如今继续进行有意义的文化研究课题至关重要。

为了更好地确定政治性的起源和大致模样，很有必要对哲学家雅克·朗西埃(Jacques Rancière)的著作进行探讨，在这之前，我首先要考虑米歇尔·福柯是如何构想反抗的。他和葛兰西都对这一概念做出了重要贡献，并推动了文化研究的演变，这从米歇尔·德·塞托、约翰·费斯克和劳伦斯·格罗斯伯格，当然也包括朗西埃等人的著作中可以窥见一斑。与此同时，我特别检视了任性地反对权力关系的各种反抗形式。

当一种力量(行动)与另一种力量(行动)发生冲突时，它经历一种反抗，这种反抗使它偏离、动摇、抑制，或者促使它寻找一个新的出口。因此，福柯④(1977, 113)认为权力是一张"图表"，"作为力量关系的叠加，它内在于其作用范围，并构建了自己的组织；作为一个过程，通过不断的斗争和对抗，变换、增强或逆转它们。"(《性史》，卷 1,26)在此情形下，反抗形式呈现为一种异质形态，随情境产生并任意地显现。反抗同时包含各种行动和反作用。它对事件做出反应，也从属于它所反对的权力。与此同时，它否认现状从而彰显出创造和任性的精神。

反抗与权力相随。它反映出无法屈从既有的情境。当赫尔曼·梅尔维尔(Hermann Melville)笔下的巴特尔比(Bartleby)在说"我不愿意"时，表达了一种绝对的不服从，这种态度表明对普遍的日常惯例和期待的质疑。尽管这位书记员最终丧失了理智，但他的任性行为——他的反抗品质似乎与生俱来——让他能够集中精力去改变自身的处境，并创造新的可能(尽管结果并不如人所愿)。类似地，社会运动中发生反抗，不过在可预见的未来，却无法提供切实可行的替代方案。居于全球首位的资本逻辑使劳工状况愈发不稳定。同样地，如示威者要求实行每人每周 30 小时工作制和最低工薪水平，这种乌托邦式的基础并没有

①Lorenzer, A. (1974): Die Wahrheit der psychoanalytischen Erkenntnis. Suhrkamp: Frankfurt am Main.

②Straub, J.; Zorn, D.－P.; Rebane, G. et al. (2011): Hans Kilians Dialektische Sozialpsychologie. Ein vorausschauender Rückblick auf die Psychoanalyse als Sozial－ und Kulturwissenschaft. In: Köhler, L.; Reulecke, J.; Straub, J. (eds.): Kulturelle Evolution und Bewusstseinswandel. Hans Kilians historische Psychologie und integrative Anthropologie. Psychosozial Verlag: Gießen, 27－100.

③Flügel, O.; Heil, R.; Hetzel, A. (eds.) (2004): Die Rückkehr des Politischen. Demokratietheorien heute. Wissenschaftliche Buchgesellschaft: Darmstadt.

④Foucault, M. (1977): Der Wille zum Wissen. Sexualität und Wahrheit. Vol. 1. Suhrkamp: Frankfurt am Main,26, 113.

使反抗变得不可理喻，相反，恰恰是由于它动摇了现存秩序，从而为辩论和集体行动创造了新的机会。

“互联网时代”的社会——曼纽尔·卡斯特尔（Manuel Castells①，2012）称之为“网络社会”——也见证了权力向网络的集中。因此，旨在改变权力关系的抗衡力量形式也主要依赖数字媒介（温特②，2010）。新的社会运动，从西雅图的抗议活动，到“阿拉伯之春”，到“占领华尔街”运动，无不利用权力的数字化机制。“通过参与大众媒介信息的生产，发展横向沟通的自治网络，信息时代的公民逐渐能够利用他们的苦难、恐惧、梦想和希望等素材，为他们的生活创造新的节目”（卡斯特尔，2012，9）。这种颠覆性的交往实践，通过创造性地运用媒体来表达个体经验，开展抵抗和创造团结关系。

这种抵抗可能确实显得缺乏理性，过于激昂，难以理喻，不计后果或缺乏目标。行动者在行动过程中或随着行动过程的推进，能够更清楚地认识到抗议活动的深层次动机，他们在活动一开始可能并没有感受到这一点。事实上，展开反抗行动，没有必要事先交流原因或评估其后果。社会运动的实例表明，抵抗过程产生出新的价值观和目标。抵抗似乎既是一个事件，又是一种存在法则，正如弗朗西斯科·普鲁斯特（Françoise Proust③，1997）在她的抵抗哲学中所表述的——它与其说是一种伦理责任，毋宁说是现存权力结构产生的逻辑结果。尽管抵抗绝不会化约为这些事物，但它是一种自由的实验，也是自由的表达。因此，反抗形式总是与主体化形式如影相随。

二、米歇尔·福柯研究中的反抗与权力

反抗情境性地与它所反对的特定社会结构紧密相连。正如福柯④（2005，917）指出的：“反抗总是基于它所对抗的情境。”福柯在分析权力时指出，现代人能够分辨反抗的不同形式，尽管这些形式彼此紧密相连：反抗各种制度力量中展示的规训权力（福柯⑤，1976）；反抗忏悔中的同一性（福柯⑥，1977）；反抗旨在通过国家管理、社会—政治措施以控制人口的生命权；等。

此外，福柯运用谱系学的方法着手考察了权力、知识和身体彼此间的关系（见德莱弗

---

①Castells, M. (2012): Networks of Outrage and Hope. Social Movements in the Internet Age. Polity Press: Cambridge.

②Winter, R. (2010): Widerstand im Netz. Zur Herausbildung einer transnationalen Öffentlichkeit durch netzbasierte Kommunikation. Transcript: Bielefeld.

③Proust, F. (1997): De la résistance. Le Cerf: Paris.

④Foucault, M. (2005): Schriften. Vol. 4. Suhrkamp: Frankfurt am Main.

⑤Foucault, M. (1976): Überwachen und Strafen. Die Geburt des Gefängnisses. Suhrkamp: Frankfurt am Main.

⑥Foucault, M. (1977): Der Wille zum Wissen. Sexualität und Wahrheit. Vol. 1. Suhrkamp: Frankfurt am Main.

斯,拉比诺[①],1987,133ff.)。他诊断真实情境,或更确切地说,检视与反抗所展现相连的背景实践。大卫·霍伊[②](David Hoy)认为,雅克·德里达、吉尔·德勒兹和福柯一样均采用了这种解释学方法。"后结构主义倾向于对具体社会情境的解放潜力进行彻底的谱系学批判"(霍伊,2004,5)。谱系学视角确定我们的实践和具身性的自我理解,以及由社会决定的权力关系背景实践,这种实践对我们而言并非全然不知,这是由于它们本身构成了我们的存在。因此,这些实践活动创造了特定形式的身份,建构了我们的自我指涉。伯特·考格勒[③](Bert Kögler ,2004,194)建议假定无意识也是一种"隐含的解释模式"。这些推测决定我们的行为,不过并非全部,因为由权威决定的前结构能够被改变,甚至可能被逆转。

尼采是推动后结构主义发展的中流砥柱,他的作品包含了一种解释哲学(或更准确地说是解释主体的哲学),这种哲学旨在对文化和社会实践进行解码,同时强调世界上有多种理解和存在方式。对尼采而言,解释的过程永无止境。此外,身体成了一个多种互为竞争且不一样解释的储藏库(见布隆德[④],1986,第 9 章),这些解释以其各自的形式铸就了我们的形态。福柯抓住了这一要点:他的批判不仅要把我们的自我认知问题化,而且还介绍了"去主体化(de-subjectivization)"过程。福柯并没有告诉我们,我们是谁,我们理应做什么。换言之,他的谱系学分析倾向于帮助我们,抵制借由文化和社会的实践活动传递给我们的身份,而我们置身于这些构建我们自身存在的实践活动之中。因此,他在采访中说道:"我努力更好地去理解权力运作的有效机制;我之所以这样做,是为了让那些被权力关系束缚或牵绊的人们,能够以他们自身的行动、抵抗甚至反叛等方式逃离和变换这些权力关系,简言之,就是不再服从于它们"(福柯,2005,115)。

从福柯的立场来看,组织化的权力结构生产出我们的身份。在《规训与惩罚》(1976)一书中,他不仅展示了身体是如何被规训的,还指出当身体屈从于标准化程序时,身体变得畸形,其发展的可能性也会受限。个体置身于这些过程之中,以至于他们逐渐学会了自我规范。福柯批评说,常态正在变为社会规范,并据此规范来评判人们的行为,同时人们还形成了这样一种想法,即只存在一种有约束力的规范行为。不过,当人们在强调权力的生产力时,他们通常倾向于不去质疑纪律和自律(如禁欲主义的技术)。只有当规范化程序渗透到我们的日常存在程度如此之深,以至于这些规范似乎成了必需的、无可替代和普遍存在的,换言之,只有当人们忘记了现实只是反映出可能性的某一方面时(塔得[⑤],1890 / 2003),批判和反抗这种统治形式才变得至关重要。"因此,批评性反抗源于以下认识:目前的自我解释仅仅只是众多可行性解释之一,应对不同的解释持开放态度"(霍伊,2004,72)。

---

①Dreyfus, H. L.; Rabinow, P. (1987): Michel Foucault. Jenseits von Strukturalismus und Hermeneutik. Syndikat: Frankfurt am Main.

②Hoy, D. (2004): Critical Resistance. From Poststructuralism to Post－Critique. The MIT Press: Cambridge, Ma/London.

③Kögler, Bert. (2004): Michel Foucault. Metzler: Stuttgart/Weimar, 2. Ausgabe.

④Blondel, E. (1986): Nietzsche. The Body and Culture. Stanford University Press: Stanford.

⑤Tarde, G. ([1890] 2003): Die Gesetze der Nachahmung. Suhrkamp: Frankfurt am Main.

福柯提出了一种关于反抗的社会本体论,因为反抗不仅仅是权力的后续效应。德勒兹[①](1992, 99ff.)也强调这一点,他吊诡性地坚持认为反抗先于权力。在《性史》的第一卷中,福柯(1977)观察到,一旦权力确立,反抗就形成了。它涉及多个反抗点,在这些反抗点上,片段整合并产生社会分化,而且也导致产生新的联合和新的抵抗形式。“社会本体论意义上的反抗从一开始就存在。如果没有权力网络,不论是谈论反抗或是统治都没有意义,反抗和统治的模式是权力网络存在的标志”(霍伊,2004,82)。权力最终需要反抗点才能得以运行,有时,权力甚至会因反抗而变得强大。福柯无法设想一个社会可以没有权力关系或组织化的统治形式。他认为谱系学分析的价值就在于,让它们通过诊断性批评帮助其对权力关系的自觉,化约统治的非对称关系,并使权力关系向更为平等的方向发展。对于福柯而言,权力常与社会实践纠缠在一起。在行使权力时,一个人试图对他人行为的可能性施加影响。约翰・费斯克[②](1993, 11ff.)指出,从属社会群体会努力去发展各种抗衡力量。这些抗衡力量往往具有地方性,这是由于它们旨在进一步深入和扩大对眼前生活环境的人为控制。这样一来,权力就变得不稳定或被延迟。

对身体的规训也能使健康、欲望和快感等价值的重要性超出原先的预期。诚然,这种反抗也可以再次用来反对压制,譬如,在消费领域以更加精妙的控制方式,或通过外科整形等手段来实施。在他的后期著作中,福柯[③](1993)描述了主体如何借助包括规训技巧在内的自我技术手段,来审美地形塑和彻底改造自我。如此一来,生活成了一件圆融的艺术品。自我实践被用来改变自我的生存方式,并以此来抵制主导性的常态观念。关键问题在于隔离习惯上内化了的社会结构和权力机制,要创造机会远离它们,进而转变它们(见考格勒,2004,161ff.)。

基于此,福柯(2005)更加明确地界定了批评的作用。它质疑自我自身理解的界限,肯定其他体验世界和自我形式的可能。因此,应扩展自我创造的空间,在其中我们将自身作为一件艺术品进行重塑。“因此,如果控制限制了行动者的可能性范围,那么它就必须予以反抗。这就是为什么福柯认为自己的哲学精神就是不断揭露和挑战压迫。他自身批评性反抗的关键之处就在于,尽可能地确保权力游戏中掺杂最少量的控制”(霍伊,2004,92ff.)。因此,福柯的谱系学旨在通过反抗和批评为个体开辟新的行动空间。

鉴于此,个体必须批判地反思自身、自我的起源及自我所身处的社会语境。这就可能开启一个阐释性的自我形塑过程。伯特・考格勒(2004,197)形象地描述这一过程为“反思性叙事的自我定位行为”。在他看来,福柯呼吁一种具有重大政治意义的“主体批判反抗精神”(同上,199),考格勒自己(1996)也主张“自我赋权”。行动者们应了解自身的处境,质疑那些隐藏的、含蓄的、前结构化的阐释模式,由于这些模式限制了他们体验和代理的机会,

---

①Deleuze, G. (1992): Foucault. Suhrkamp: Frankfurt am Main.

②Fiske, J. (1993): Power Plays - Power Works. Verso: London/New York.

③Foucault, M. (1993): Technologien des Selbst. In: Foucault, M.; Martin, R.; Martin, L. H. (eds.): Technologien des Selbst. S. Fischer: Frankfurt am Main. 24—62.

同时，他们必须培养各项技能，扩大实践范围，以便提升自主决断力。“自我赋权是一个复杂的概念，既包括自主决断——行动者能控制自身行动的能力，也包括自我实现——选择和实现其理想生活方式的能力”（考格勒[①]，1996，14）。与霍伊一样（1994），考格勒也把福柯的思想与解释学传统和批判理论联系起来。他们都发现，反思性是生活世界中必不可少的组成部分。可惜的是，福柯直到晚年才在他对自我实践的分析中纳入了反思性。持续的反思工作本身可被视为对权力结构的反抗。所以，应当揭露和克服由权威决定的经验和实践的前结构。自我实践应当培养和鼓励打破陈规。

对自我实践的强调代表着文化研究的另一重要路径，关于这一点学界并没有明确地提出来，所以福柯关于“生存美学”的论述未能引起大家足够的重视。不过，我在《任性的艺术——文化研究作为权力的批判》（2001）一书中对他的权力分析进行了集中探讨。这可能要归咎于这样一个事实，即文化研究长期以来热衷于对流行现象的分析。其风靡全球的魅力在相当程度上应归功于，它对流行现象的认真反思，和对流行文化的多样性和复杂性如何可能的揭示。它研究大众文化对社会主体性构成以及政治机构所能做的贡献。因此，了解流行音乐和电影如何被体验和理解从而得以（或可能）发挥其政治影响，这一点非常重要。总体上说，自我实践分析仍有待进一步深入（见温特，1995，190ff.）。

这里需要强调的是，文化研究并不排斥审美。相反，它表明在社会中存在不同形式的审美，由此而来也有不同的价值判断。“文化研究提醒我们，除了在课堂上占统治地位的种种惯习，还存在着其他不同的观点、价值、欣赏和鉴别作品的方式”（费尔斯基[②]，2005，35）。迪克·赫伯迪格[③]（Dick Hebdige，1979）以朋克为例描述了亚文化的任性美学；保罗·威利斯[④]（1991）详细分析了日常生活的残遗美学（rudimentary aesthetics）；类似地，约翰·费斯克（1989a，1986b；温特，迈克斯，2001）深入考察了媒体文化的大众审美。通过对亚文化或流行文化领域中自我实践更为集中的探讨，使得上述研究更富有意义。这将有利于识别、修改和远离结构的束缚，也打开了通向前所未知可能性的方便之门。

然而，据观察，自从针对 1999 西雅图世贸会议的抗议以来，文化研究日趋关注对当下政治性现象的分析。继西雅图事件之后，全球民主化的社会运动浪潮席卷了整个世界（见史密斯[⑤]，2008）。文化研究从一开始就可被视为一个政治工程，它超越了福柯的权力分析，尤其借鉴了葛兰西的霸权分析。同时，其激进的社会民主化诉求不仅由积极分子所推动和

---

①Kögler, Bert. (1996): The self—empowered subject. Habermas, Foucault and hermeneutic reflexivity. In: Philosophy & Social Criticism 22 (4), 13—44.

②Felski, R. (2005): The Role of Aesthetics in Cultural Studies. In: Bérubé, M. (ed.): The Aesthetics of Cultural Studies. Blackwell: Oxford, 28—43.

③Hebdige, D. (1979): Subculture. The Meaning of Style. Routledge: London/New York.

④Willis, P.; Jones, S.; Canaan, J. et al. (1991): Jugend—Stile. Zur Ästhetik der gemeinsamen Kultur. Argument Verlag: Berlin.

⑤Smith, J. (2008): Social Movements for Global Democracy. The John Hopkins University Press: Baltimore.

延续，而且我们也能看到在政治哲学领域中出现了类似的潮流(见费吕格，海尔，黑策尔[1]，2004)。鉴于雅克·朗西埃(Jacques Rancière)提出的问题和难题与文化研究相似，因此讨论其论著可谓切中肯綮。如此一来，有关政治性是如何从反抗和任性中衍生出来的，我们理解起来也就轻车熟路了。

三、政治性的出现

2012年7月，雅克·朗西埃在巴黎召开的第九届题为"文化研究之何去何从"的会议上发表了主旨演讲。总而言之，迄今为止他的研究仍被文化研究所忽视。在《新的文化研究——理论的冒险》(霍尔，伯查尔[2]，2006)这样一部颇具雄心且富创见的论著中，它以新颖且富启发的方式，将现有的理论及进展与文化研究的传统联系起来，其中你可以发现有对阿兰·巴迪欧(Alain Badiou)、托尼·奈格里(Toni Negri)、迈克尔·哈特(Michael Hardt)或吉奥乔·阿甘本(Giorgio Agamben)等理论家的探讨，却只字未提朗西埃的政治哲学。这种现象在另一项著名的研究，杰米·吉尔伯特[3]的《反资本主义和文化——激进理论与大众政治》(2008)中同样如此。这些令人惊讶的忽视可能主要与人们对朗西埃研究的滞后接受有关，他的研究常因其非时间性(atemporality)而被认为很怪异。譬如，朗西埃[4](2002)就集中考察了希腊哲学。不过，我将表明他提出的议题与文化研究方法非常契合。诚然，他关于19世纪工人运动的研究(朗西埃[5]，1981)没有明确地运用伯明翰学派的概念形态或文化的概念，但可以肯定的是，其研究最重要的是在回应文化研究的挑战(见尼德伯格[6]，2004，132)。对朗西埃而言，福柯、布尔迪厄，甚至德·塞托都是其重要的参考点：在对他们的研究批评的基础上，朗西埃确定了自己的研究路径。然而，朗西埃并未囿于民族学或人种志学路径，与福柯一样，他的分析建基于对历史档案文献的考察。

朗西埃的研究也以唤醒特别人物的不寻常声音而著称。例如，他探讨了一群19世纪的工人，他们晚上不是睡觉或休息，而是创作诗歌和其他形式的作品。工人们通过梦幻般的时尚和追求诗意的另类生存方式，超越了日常的刻板重复，并积极地利用上述机会以此反抗占统治地位的"感性的分配(division of sensuality)"。正如朗西埃(1981)所揭示的那

---

①Flügel, O.; Heil, R.; Hetzel, A. (eds.) (2004): Die Rückkehr des Politischen. Demokratietheorien heute. Wissenschaftliche Buchgesellschaft: Darmstadt.

②Hall, G.; Birchall, C. (eds.) (2006): New Cultural Studies. Adventures in Theory. Edinburgh University Press: Edinburgh.

③Gilbert, J. (2008): Anticapitalism and Culture. Radical Theory and Popular Politics. Berg: Oxford/New York.

④Rancière, J. (2002): Das Unvernehmen. Politik und Philosophie. Suhrkamp: Frankfurt am Main.

⑤Rancière, J. (1981): La nuit des prolétaires: archives du rêve ouvrier. Fayard : Paris.

⑥Niederberger, A. (2004): Aufteilung(en) unter Gleichen. Zur Theorie der demokratischen Konstitution der Welt bei Jacques Rancière. In: Flügel, O.; Heil, R.; Hetzel, A. (eds.): Die Rückkehr des Politischen. Demokratietheorien heute. Wissenschaftliche Buchgesellschaft: Darmstadt, 129—146.

样,夜间的这种超越日常工作惯例的任性行动,随后以一个短暂的反叛而告终。工人知识分子的事例清楚地表明,工人运动并没有产生均质的经验空间。朗西埃想要捕捉不同的声音和主体性、自我理解的多种形式,并观察文化生产的关联类型,进而理解政治性是如何发展的。他坚定地相信,政治性不仅仅产生于造反和反叛,还可以产生于审美实践、白日梦和任性现象。“在这个意义上,朗西埃的研究可谓处在反同一性这类文化研究的最前沿。文化概念上的文化研究从一开始就遭到摈弃,同一性事物扭曲成一种意义误识的流动的、非预定的缺乏有效组织的体系”(罗斯①,2009,21)。

工人诗人或工人知识分子的经验和做法能够被推广吗?或者他们代表的只是反常的少数例外?朗西埃很清楚,尽管政治性只是偶尔发生,但它的确发生并质疑现状,尤其是传统的政治形式。它主张平等条件,朗西埃将其视为一个积极的原则。必须通过斗争来达成和赢得平等,这种平等区别于消极的平等,即由统治制度确保和保护的平等。这就是为什么在现有体制下,积极的平等无法通过一种更公正的分配来实现。积极的平等打着那些未从体制获利或被体制排除在外的人民的旗号,挑战系统性的体制和政治传统。它具有暴动性,并力图摧毁各种层级的不平等。“平等的本质与其说是统一,不如说是进行归类,破除所谓的自然秩序,并用引起争议的分配方式取而代之。平等是一种力量,它处于矛盾的、分裂的和始终博弈的分配状态”(朗西埃②,1995,32f.)。与雷蒙·威廉斯、理查德·霍加特、约翰·费斯克一样,朗西埃也认为每个人都能够思考,具有相似的智力,能够领会自身的社会处境,并且不受其可能从属的社会地位的支配。如此一来,要求平等就意味着主动抵触组织化的权力结构,并为此进行不断的抗争。

朗西埃用“治安(police)”表示统治秩序,这种秩序按等级分配地点和功能,并建立起它们的合法性制度。在这里,他参考了福柯③(2004)的观点,后者确认“治安”这一术语源自17世纪。治安这样的实践,包括对大众行为的规范以增强、发展和壮大国家权力(福柯,2004,471),它们是统治实践的必要构件。朗西埃(2002,73ff.)在福柯的基础上更进一步,他表示早在柏拉图那里就已推崇一种洽切的、结构化的社会秩序。一切事物都应该在和谐的秩序中找到并保持它合适的位置。在他的构想中,治安和政治可典型地融合在一块儿。“政治的哲学家原则在于将政治原则视为一种治安行动,这种行动决定了感觉的分配,从而规定了个体和各部分自身的分配。”(朗西埃,2002,75)。相反,追求平等则意味着取消将人指派给特定位置和角色的秩序。朗西埃将这种民主政治的概念与治安相对。“另一方面,政治开启了这样一个独特过程,其中无数人通过表达所遭受的不公来打破这种分割的空间,并

---

①Ross, K. (2009): Historicizing Untimeliness. In: Rockhill, G.; Watts, Ph. (eds.): Jacques Rancière. History, Politics, Aesthetics. Duke University Press: Durham/London, 15－29.

②Rancière, J. (1995): On the Shores of Politics. Verso: London/New York.

③Foucault, M. (2004): Geschichte der Gouvernementalität. Vol. 1. Sicherheit, Territorium, Bevölkerung. Suhrkamp: Frankfurt am Main.

挑战事物的自然秩序，进而使隐藏在自然法则浓厚面纱下的事物变得可见”（普瓦里耶，朗西埃[1]，2012，123）。

治安秩序带来了感性的分配，并建立起针对集体世界的社会感知、解释和分类的框架和惯习。相关的事件和实践被挑选出来，而其余的则被视为是不相干的或可轻易忽略的。于是，朗西埃[2]（2006，25）写道：“‘感性的分配’就是我所说的感性凭证的任何制度。它使共享之物的存在立即变得可见，其中的分类规定了每个人各自的位置和配给。”分配建立起一个大多数人遵循的规范。当感性的分配遭到质疑和挑战时，政治就出现了。

要求平等意味着对主导秩序及其经验形式提出异议，它也表现在感觉与其自身的间距上。在这种情况下，不存在任何利益和意见之间的冲突；相反，一个政治主体形成于为了平等而拒绝被指派的边缘化位置的过程。这类“人”就可以由诸如少数族裔或性取向少数群体所构成。他们在治安秩序框架内是不可见的，且无法参与公众讨论。对朗西埃而言，政治涉及对预定位置的拒斥和祛除分类的过程。随着被压迫群体看法的放大和为他们的承认而斗争的社会运动的展开，分类好的从属身份被取消了，然而它们并没有被新的身份政治所取代。要求平等恰恰意味着质疑分配类别本身，以便不再需要区分“白色”与“黑色”。

朗西埃认为，福柯（2004）令人信服地描述要对治安秩序进行反抗，唯一的办法只能通过政治，这种政治否认指派的身份，并呼吁相应个人主体的平等。在他的解释中，政治成为一种主体化的模式。“我认为，政治主体化是一种重新分类的形式，这种分类包括对共享的感性和构成它的对象，采取的方式是主体指定客体，并能对它们进行争辩。”（朗西埃，2012，127）。政治是一个通过声明策略和示威游行加以确定的集合体。与爱德华·P.汤普森[3]（1963，1987）和其他文化研究的倡议者一样，朗西埃还假定主体、群体或“阶级”等首先形成于政治冲突中。政治场域本身没有任何预定的利益或阶级。鉴于规则是以划界和分类为基础的，那么反叛就创造出无序和生产出基于平等的主体。它带来感性和可见的重新配置。新的集合体分享相关的框架和模式，它们确定什么是可见的，什么可经验，重要，并应该观照。

最近的罢工、占领运动和示威赫然表明，对朗西埃而言，政治也具有戏剧性、奇观化和即兴的特点。主体在临时搭建的舞台上操演，游戏般地上演着冲突和对立，展示暂时的和局部确定的小型个体世界的存在。集体赋权和彼此改进发展的过程，为复杂的群体动力创造出一种新空间，同时也为个体成长提供了机会。与平等原则相一致，这里关心的不是去展示一个坚持要得到承认的特殊身份。“上演的不是一个身份，而是一种间距，是在正在演

---

①Rancière, J. (2012): Die Politik deckt sich weder mit dem Leben noch mit dem Staat. Interview mit Nicolas Poirier (2001). In: Id.: Die Wörter des Dissenses. Interviews 2000—2002. Passagen Verlag: Vienna, 123—140.

②Rancière, J. (2006): Die Aufteilung des Sinnlichen. Die Politik der Kunst und ihre Paradoxien. B_books: Berlin.

③Thompson, E. P. ([1963] 1987): Die Entstehung der englischen Arbeiterklasse, 2 vols. Suhrkamp: Frankfurt am Main.

讲的‘我们’与‘我们’声称所代表的‘人民’之间的裂隙”(茨特恩①,2009,133)。

因此,例如占领运动就使政治舞台变得随时可用,这促进了赋权的时空过程。通过巧妙上演舞台奇观,占领公共空间和运用数字技术,它成功地吸引了人们的眼球,并将自己展示为那被排除的“99%”的人群。“风靡世界象征阴谋和无名的盖伊·福克斯(Guy Fawkes)面具,迅速散布的运动口号和标语,作为游牧生活新象征的帐篷城市,以及无数互联网论坛全体会议上报道的宗教仪式,还有‘人类麦克风’和直接民主等,对许多人而言,这些共同成了适合本土的自我赋权机制”(莫尔滕伯克,莫斯哈默尔②,2012,87)。比例高达99%争取平等权的人群并未从金融资本主义中获益,反而深受其害。“占领华尔街”这场戏并不是以那些积极参与抗议活动的人的身份上演。相反,它通过一种主体化的反抗形式表达抗议和不满,这一主体化也意味着包括那些未参与示威者(即那99%的人群)。

朗西埃强有力地表明,民主政治只有首先摆脱了国家的治安秩序才可能得到理解。在福柯关于治理术史的研究以及他由此阐发的大量关于生命政治的著作中,他所关注的焦点都不是民主政治(见布罗克林格、克拉斯曼、伦克③,2000)。朗西埃总结出这些作品里常传达出一种近乎绝望的不安:“我认为他④[福柯;RW]缺乏对政治的理论兴趣。事实上,他对政治概念理论上的兴趣,仅在于国家权力与人口管理方式及个体生产之间的关系。对我来说,这属于治安的范围。严格地说,福柯表达了一种治安国家理论”(朗西埃,2012,128)。以功能主义导向的治理术研究在很大程度上忽略了政治行动者,以及他的任性和反抗等因素。这些研究不能设想废除“治安国家”的状态。不过,批判理论的任务就是超越当下情境和展现变革的可能性,无论它们看似多么的不可能。雅克·朗西埃就是以一种非同一般的方式从事着这一项工作。

四、结论

通过对文化研究的检视,我在《任性的艺术——文化研究作为权力的批判》(温特,2001)一书中分析了权力和反抗之间的关系,这种分析旨在表明,如果我们把各种形式的任性的接收和挪用理解为时空上本土的反抗行为,那么福柯的权力分析就更具阐释力。即便这些过程实际上并不经常发生,不过它们的确存在。它们由文化研究意义上的流行现象所构成。“人民”并不是预先建立起的范畴,而是与“权力集团”斗争的各种形式(见费斯克⑤,1993)。

---

①Citton, Y. (2009): Political Agency and the Ambivalence of the Sensible. In: Rockhill, G.; Watts, Ph. (eds.): Jacques Rancière. History, Politics, Aesthetics. Duke Univeristy Press: Durham/London, 120—139.

②Mörtenböck, P.; Mooshammer, H. (2012): Occupy. Räume des Protests. Transcript: Bielefeld.

③Bröckling, U.; Krasmann, S.; Lemke, Th. (eds.) (2000): Gouvernementalität der Gegenwart. Studien zur Ökonomisierung des Sozialen. Suhrkamp: Frankfurt am Main.

④“他”这里指的是福柯。——作者注

⑤Fiske, J. (1993): Power Plays-Power Works. Verso: London/New York.

朗西埃表示，当前社会运动有力地证明了政治性现象的罕见——不过它发生。他的研究阐明了民主政治如何导致各种的主体化。反抗预示着平等，然而令人吊诡的是，反抗想要积极地创造平等首先要借助集体行动。如此看来，朗西埃的论著能有助于富有成效地推进文化研究这一项政治工程。

Reference List

Blondel, E. (1986): Nietzsche. The Body and Culture.Stanford University Press: Stanford.

Bröckling, U.; Krasmann, S.; Lemke, Th. (eds.) (2000): Gouvernementalität der Gegenwart. Studien zur Ökonomisierung des Sozialen. Suhrkamp: Frankfurt am Main.

Castells, M. (2012): Networks of Outrage and Hope. Social Movements in the Internet Age. Polity Press: Cambridge.

Citton, Y. (2009): Political Agency and the Ambivalence of the Sensible. In: Rockhill, G.; Watts, Ph. (eds.): Jacques Rancière. History, Politics, Aesthetics. Duke Univeristy Press: Durham/London, 120—139.

De Certeau, M. (1988): Kunst des Handelns. Merve: Berlin.

Deleuze, G. (1992): Foucault. Suhrkamp: Frankfurt am Main.

Dreyfus, H. L.; Rabinow, P. (1987): Michel Foucault. Jenseits von Strukturalismus und Hermeneutik. Syndikat: Frankfurt am Main.

Felski, R. (2005): The Role of Aesthetics in Cultural Studies. In: Bérubé, M. (ed.): The Aesthetics of Cultural Studies. Blackwell: Oxford, 28—43.

Fiske, J. (1989a): Understanding Popular Culture. Unwin Hyman:Boston etc.

Fiske, J. (1989b): Reading the Popular. Unwin Hyman:Boston etc.

Fiske, J. (1993): Power Plays-Power Works.Verso: London/New York.

Flügel, O.; Heil, R.; Hetzel, A. (eds.) (2004): Die Rückkehr des Politischen. Demokratietheorien heute. Wissenschaftliche Buchgesellschaft: Darmstadt.

Foucault, M. (1976): Überwachen und Strafen. Die Geburt des Gefängnisses. Suhrkamp: Frankfurt am Main.

Foucault, M. (1977): Der Wille zum Wissen. Sexualität und Wahrheit. Vol. 1. Suhrkamp: Frankfurt am Main,26,113.

Foucault, M. (1993): Technologien des Selbst. In: Foucault, M.; Martin, R.; Martin, L. H. (eds.): Technologien des Selbst. S. Fischer: Frankfurt am Main. 24—62.

Foucault, M. (2004): Geschichte der Gouvernementalität. Vol. 1. Sicherheit, Territorium, Bevölkerung.Suhrkamp: Frankfurt am Main.

Foucault, M. (2005): Schriften. Vol. 4. Suhrkamp: Frankfurt am Main.

Gilbert, J. (2008): Anticapitalism and Culture. Radical Theory and Popular Politics. Berg: Oxford/New York.

Grossberg, L. (1992): We Gotta Get Out of This Place. Popular Conservatism and Postmodern Culture. Routledge: London/New York.

Grossberg, L. (1997): Re—placing Popular Culture. In: Redhead, S.; Wynne, D.; O'Connor, J. (eds.): The Clubcultures Reader. Readings in Popular Cultural Studies, Blackwell: Oxford, 199—219.

Grossberg, L. (2005): Caught in the Crossfire. Kids, Politics, and American Future. Paradigm Publishers: Boulder/London.

Grossberg, L. (2010): Cultural Studies in the Future Tense. Duke University Press: Durham/London.

Hall, G.; Birchall, C. (eds.) (2006): New Cultural Studies. Adventures in Theory. Edinburgh University Press: Edinburgh.

Hall, S. (1981): Notes on Deconstructing the Popular. In: Samuel, R. (ed.): People's History and Socialist Theory. Routledge & Kegan: London, 227—240.

Hall, S. (1992): Cultural Studies and its Theoretical Legacies. In: Grossberg, L.; Nelson, C., Treichler, P. (eds.):Cultural Studies. Routledge: London/New York, 277—285.

Hebdige, D. (1979): Subculture. The Meaning of Style. Routledge:London/New York.

Horkheimer, M. ([1937] 1970): Traditionelle und kritische Theorie. In: Id.: Traditionelle und kritische Theorie. Fischer: Frankfurt am Main, pp. 12—56.

Hoy,D. (2004): Critical Resistance. From Poststructuralism to Post—Critique. The MIT Press: Cambridge, Ma/London.

Jameson, F. (1986): Postmoderne-zur Logik der Kultur im Spätkapitalismus. In: Huyssen, A.; Scherpe, K. F. (eds.): Postmoderne-Zeichen eines kulturellen Wandels. Rowohlt: Reinbek, 45—102.

Kögler,Bert. (2004): Michel Foucault. Metzler: Stuttgart/Weimar, 2. Ausgabe.

Kögler,Bert. (1996): The self—empowered subject. Habermas, Foucault and hermeneutic reflexivity. In: Philosophy & Social Criticism 22 (4), 13—44.

Lorenzer, A. (1974): Die Wahrheit der psychoanalytischen Erkenntnis. Suhrkamp: Frankfurt am Main.

Mörtenböck, P.; Mooshammer, H. (2012): Occupy. Räume des Protests. Transcript: Bielefeld.

Negt, O.; Kluge, A. (1981): Geschichte und Eigensinn. Rogner & Bernhard bei Zweitausendeins: Hamburg.

Niederberger, A. (2004): Aufteilung(en) unter Gleichen. Zur Theorie der demokratischen

Konstitution der Welt bei Jacques Rancière. In：Flügel, O.；Heil, R.；Hetzel, A. (eds.)：Die Rückkehr des Politischen. Demokratietheorien heute. Wissenschaftliche Buchgesellschaft：Darmstadt, 129－146.

Proust, F. (1997)：De la résistance. Le Cerf：Paris.

Rancière, J. (1981)：La nuit des prolétaires：archives du rêve ouvrier. Fayard ：Paris.

Rancière, J. (1995)：On the Shores of Politics. Verso：London/New York.

Rancière, J. (2002)：Das Unvernehmen. Politik und Philosophie. Suhrkamp：Frankfurt am Main.

Rancière, J. (2006)：Die Aufteilung des Sinnlichen. Die Politik der Kunst und ihre Paradoxien. B_books：Berlin.

Rancière, J. (2012)：Die Politik deckt sich weder mit dem Leben noch mit dem Staat. Interview mit Nicolas Poirier (2001). In：Id.：Die Wörter des Dissenses. Interviews 2000－2002. Passagen Verlag：Vienna, 123－140.

Rockhill, G.；Watts, Ph. (eds.) (2009)：Jacques Rancière. History, Politics, Aesthetics. Duke University Press： Durham/London.

Ross , K. (2009)：Historicizing Untimeliness. In：Rockhill, G.；Watts, Ph. (eds.)：Jacques Rancière. History, Politics, Aesthetics. Duke University Press：Durham/London, 15－29.

Smith, J. (2008)：Social Movements for Global Democracy. The John Hopkins University Press：Baltimore.

Straub, J.；Zorn, D.－P.；Rebane, G. et al. (2011)：Hans Kilians Dialektische Sozialpsychologie. Ein vorausschauender Rückblick auf die Psychoanalyse als Sozial－ und Kulturwissenschaft. In：Köhler, L.；Reulecke, J.；Straub, J. (eds.)：Kulturelle Evolution und Bewusstseinswandel. Hans Kilians historische Psychologie und integrative Anthropologie. Psychosozial Verlag：Gießen, 27－100.

Tarde, G. ([1890] 2003)：Die Gesetze der Nachahmung. Suhrkamp：Frankfurt am Main.

Thompson, E. P. ([1963] 1987)：Die Entstehung der englischen Arbeiterklasse, 2 vols. Suhrkamp：Frankfurt am Main.

Willis, P.；Jones, S.；Canaan, J. et al. (1991)：Jugend－Stile. Zur Ästhetik der gemeinsamen Kultur. Argument Verlag：Berlin.

Winter, R. ([1995] 2010)：Der produktive Zuschauer. Medienaneignung als kultureller und ästhetischer Prozess. Herbert von Halem Verlag：München/Köln, 2nd expanded ed.

Winter, R. (2001)：Die Kunst des Eigensinns. Cultural Studies als Kritik der Macht. VelbrückWissenschaft：Weilerswist.

Winter, R. (2010): Widerstand im Netz. Zur Herausbildung einer transnationalen Öffentlichkeit durch netzbasierte Kommunikation. Transcript: Bielefeld.

Winter, R. (ed.) (2011): Die Zukunft der Cultural Studies. Theorie, Kultur und Gesellschaft im 21.Jahrhundert. Transcript: Bielefeld.

Winter, R.; Mikos, L. (eds.) (2001): Die Fabrikation des Populären. Der John Fiske Reader. Transcript: Bielefeld.

Zaretsky, E. (2006): Freuds Jahrhundert. Die Geschichte der Psychoanalyse. Paul Zsolnay Verlag: Vienna.

《黑道家族》与21世纪的电视文化*

[奥地利]雷纳·温特(Rainer Winter)/文 杨媛 李应志/译**

一、成为家庭中的一员

一月初的纽约非常冷,而我依然带着好心情赶赴曼哈顿。我和我的朋友赫尔曼一起,一直在寻找《黑道家族》巴士之旅的汇集点。这就是我一直计划着的新年短途旅行中的最精彩部分。我迷了这部剧7年。来自伦敦的同事激动地给我讲他新泽西的旅行。在车站迎接我们的是一个穿运动服戴棒球帽,顶着一头灰发的家伙。他把我们通过电话预定的票交给我们,并把我们介绍给导游。这位导游看上去非常面熟,后来他告诉我们他参演了这部剧里的一些小角色。

我们到得很早。灰头发的家伙暗示我们,一名"家庭"成员已经在角落里的车里了。我走过去,赫尔曼跟在后面。起初,我只能从后面看见他。车尾门是开着的,他似乎在找什么。他也穿着一身运动装,外面套了一件夹克。当他注意到我们在那里时,便很快转过身来。是维托。起初,我简直不敢相信自己的眼睛。他看了我一眼之后问我:"你想要什么?"我走近了一看,行李箱塞满了东西。那会儿我真怕他想向我们售卖那些偷来的DVD刻录机、毛皮大衣或设计师产品,因为这在《黑道家族》中很常见,但是最初的兴奋以后,我意识到他是想给我们一些粉丝福利。我挑了一张维托站在边上的"家庭"照,赫尔曼买了一张印有俱乐部名称的车牌。维托待人友好而专业,并且很忙碌。在车后面,另外两名参演者也已经来了,他们身材稍小但墩实,穿着皮夹克。笑着和跟维托开玩笑。从他们的外表看来,可能是"家庭"的成员。然而也可能不是,因为在旅途中,他们变成了铁杆影迷。

离开了林肯隧道后,我们在新泽西度过了接下来的四个小时。我们游览了剧中出现的其他地点和酒吧。第一个精彩的景点是到访了一个在最后一集结束时托尼和他的家人用餐的小餐馆。尽管冰淇淋相当普通,但当坐在托尼的位置上时,我能够感受到洋葱圈吃起来是多么的美味。最后,我们去了脱衣舞聚乐部Bada Bing,一路上用剧中恶作剧,趣事和幕后故事娱乐我们的导游,最先走进去。然后我们去了"家族"的商业总部。在里面不允许拍照。那时已经是傍晚时分了,只有几个游客在游览。一个脱衣女郎在跳舞。旁边的一个小

---

* A first version of this article was presented at Shanghai International Studies University. I'd like to thank Prof. Dr. Jin Huimin (Chinese Academy of Social Sciences), Prof. Dr. Min Zhou (SISU) and Prof. Dr. Yu Jianhua (SISU).

** 译者简介:杨媛,西南大学文学院博士研究生,研究方向为广告美学。
李应志,西南大学文学院教授,文学博士。

屋里售卖着粉丝商品。然而，就像是在“家族”剧中一样。[①]

从我观察日记的摘要看来，作为一个粉丝，意味着常常需要在现实和虚构之间的界线上徘徊，去跨越它。在旅行期间的遭遇、购买的粉丝商品，以及游览的重要电影取景地构成了有趣好玩和放松的文化参与形式。经验丰富的观众能够记得剧中相对应的场景，并把自身融入虚拟世界中。参观《黑道家族》的生活世界，哪怕只是短时间的体验，都能增强与角色人物的亲近感，这反过来又能从他们自然和令人信服的表演中显露出来。

然而，这趟旅行也同样引起了间离效果，因为它揭示了《黑道家族》其实只是虚构的世界。从一开始就很明显，托尼家之旅的路线从地理上来说是不可能的。我们发现出现在片头里的一些路边房子和标志，在剧中都被以不同的顺序编辑出现。此外，我们发现剧中另一个家庭聚会地点——莎特瑞尔的猪肉店，在现实中就是一个门前没有任何招牌和提示的空房子。在不同地方，导游解释了场景是如何制作出来的。由于他在讲电影的制作、演员以及演员传记的时候带着嘲讽的基调，因此故事的现实感被削弱，有了一种距离感。

与此同时，这部剧的魅力，正是由那种被 HBO 电视网大力推崇，甚至被用于广告目的的讽刺的阅读所提供。就这点来说，虽然我们被带到俱乐部前等候时还太早，整个俱乐部几乎没人，但此次旅行的最精彩的部分已经达到。通过听导游在每个旅行团都重复讲解的内容和这场旅行本身，我们开始意识到，需要对夜总会致以一种“敬意”，根据家族中针对有价值成员的荣誉法典来看，它作为《黑道家族》的总部，也值得被尊重。从这次相遇很明显能看出来，只有那些非常了解剧情，并且沉浸在剧中世界，却知道要使自己从这一切中抽离出来的游客，才会体验到其中的乐趣。《黑道家族》之旅把游客们变成了一场后现代秀中的知识型选手，这场后现代秀，因其戏剧性的反讽手法以及所经历的路而变得与众不同。

二、作为后现代文化现象的《黑道家族》

《黑道家族》是一个独特的文化现象，它不仅谱写了电视历史，同时还因其对自身社会文化背景进行的复杂激烈的讨论，从而引发了人们的共鸣。“美国电视在 1999 年《黑道家族》首映以后发生了根本性的改变。这部电视剧为美国和国际电视业带来了时代的划分。”[②]文化评论家艾伦 · 威利斯[③]也把《黑道家族》看作“影视业甚至大众文化和过去的二十年里，最珍贵和最引人注目的作品。”该剧被认为包含了有关道德，生命意义以及救赎等问题的哲思性的讨论。此外，它还展示了精神分析实践的重要性和调查结果。由于它的多面性以及各方面和各角度的发展，常常不会按照人们的预期来发展剧情。

---

①Extract from my field notes in January 2010, Manhattan—New Jersey.

②Gary R. Edgerton, *The Sopranos*, 2013, 1.

③Ellen Willis, “Our Mobsters, Ourselves”, 2002, 2.

"《黑道家族》不只是另一部标准的黑帮剧。不只是关于坏人。不只是关于好人抓坏人。不只是关于成为一名意大利暴徒。甚至不只是关于黑帮。它是一部戏剧。是一个故事。是关于一群人,用不寻常和不正规的工作方式去努力生活的故事。"①

《黑道家族》展示了一个品质电视②和电视文化的典范,这在文化研究学者约翰·菲斯克③的基础工作中被以相同的名字进行了界定。该剧在经费上和技术上都出手大方,因其美学上更复杂的摄像技术和编辑,使其与其他标准电视剧的视觉风格不同。该剧在其他方面也很出彩,比如精心打造的配乐、演员真实的外表、故事复杂的叙事形式,以及在内容层面探究的主题。在对本剧的回顾中,佛朗哥·里奇④说道:

"该剧如此吸引人的原因,在于它纯朴的对话、故事的复杂性、极佳的性格描述,以及对电影制作价值的细致关注。像是崇高的艺术,《黑道家族》牢牢抓住我们的心,因为剧中的每一刻都反映了我们共同灵魂中的一部分。"

日常生活的平庸没有在剧中被重复上演。而是更多关注日常事件,习惯和礼仪,对存在性问题、伦理性问题、哲学性问题进行解释和讨论。它反映了社会和文化的意识形态。《黑道家族》类似于一本好的小说。它巧妙地给观众提出建议,比如如何仔细研读故事,如何用解释学来破译深层含义,以及如何专注于该剧的叙事空间,这样就可能会更加了解一些现实情况、观看者的生活和他们的人际关系。

"《黑道家族》是如今破产价值(bankrupt values)的试金石,是时下流行的测量当前社会文化低靡程度的标尺。它所呈现的现实就是我们的信息。托尼·瑟普拉诺在本质上反映了一种肤浅、失调、不正常的,以及我们已经无法控制的金钱至上的社会。所有这些都应该得到某种程度的仔细思考和重读。"⑤

品质电视是21世纪电视文化中的基本元素。它全面地影响了媒体和大众文化。它呈现了一种与娱乐和艺术相连的后现代文化形式。⑥ 它激发想象,鼓励探索。在它确立之前,

---

①Al Gini,"Bada-Being and Nothingness. Murderous Melodrama or Morality Play?", 2004, 13.

②For a detailed discussion and analysis of *quality TV* in the US context cf: *Quality TV. Contemporary American Television and Beyond*, edited by Janet McCabe and Kim Akass, 2007.

③John Fiske, *Television Culture*, 1987.

④Franco Ricci, *The Sopranos. Born under a Bad Sign*, 2014, 17.

⑤Franco Ricci, *The Sopranos. Born under a Bad Sign*, 2014, 18.

⑥For the visible effects how HBO reflects and influences our contemporary culture cp. DeFino (2014), for the development of a transnational serial culture cp. Susanne/Lothar Mikos/Rainer Winter, *Transnationale Serienkultur. Zur Theorie, Aesthetik, Narration und Rezeption neuer Fernsehserien*, 2013.

约翰·菲斯克[1]已经在20世纪80年代后半期提出了电视文化的概念。在他以同样名字命名的书里,将一些先前的分析进行整合,为电视研究提供了一个基础,从那以后电视研究也成为了一门学科。[2] 它站在传统文化研究领域,与媒介分析一起,对社会和文化进行研究。[3]

菲斯克专注的研究,偶尔也会颂扬那些有趣的、讽刺的、创新性的、颠覆性的以及反抗性的电视文本的处理方式,这同样是对20世纪80年代幽默、超越、古怪的后现代主义精神的一种表达。在很短的一段时间里,消费虽然对晚期资本主义时期人们的生存至关重要,但似乎也为人们提供了一种逃避方式(至少暂时性来说),尤其是,例如,通过帮助观众理解并表达他们的兴趣。他们与志同道合的人建立联盟,在那里审美偏好可能会与伦理问题相连,然后表现在政治行动中,这反过来可能会导致与权势之间的关系转变。[4] 然而,这些政治理想很少实现。他们至多能够在一些政治活动领域表达愿望,例如,消费的流行音乐以及社会联盟的电影,与反对新自由主义秩序并且支持全球民权社会的街头表演或者好玩的示威游行彼此相连。[5]

由于他乐观的评定,菲斯克常常受到激烈批评。然而,作为一个规则,没有任何令人信服的论据,有的只是那些缺乏科学性的战略思考和政治上保守的,试图在损害一个作者的情况下来声称自己位置的人。[6] 事实上,菲斯克的主要兴趣根本不在对政治抵抗之类的理解之上。更让他感兴趣的是对提供了解释的传播和情感能量,因而在每天的日常环境中创作了《电视文化》的,令人兴奋的和富有成效的影视文本的利用。从这个意义上看来,通过使用媒体,可以出现重要形式的反抗,来对主流意识形态提出质疑和颠覆,以及找到社会和文化的替代品。

菲斯克[7]对一系列电视剧做了细致的分析,例如《家族风云》(哥伦比亚广播公司1978—1991),《通天奇兵》(美国国家广播公司1982—1987),或者是《迈阿密风暴》(美国国家广播公司1984—1989),这些在20世纪80年代都非常受欢迎,在今天也仍然在被播放。然而,那时它们却并不被认为是包含在90年代中期发展起来的品质电视剧名单以内的,《黑道家族》不包含在内。同样,《六英尺下》(美国家庭影院2001—2005),《白宫风云》(美国国家广

①John Fiske, *Television Culture*, 1987.

②Lothar Mikos, *Fernsehen im Erleben der Zuschauer*, 1994; Lothar Mikos, *Fern-Sehen. Bausteine zu einer Rezeptionsaesthetik des Fernsehens*, 2001; Toby Miller (Ed.), *Television Studies*, 2002; Rainer Winter,"Gegenwart und Zukunft der Television Studies. Eine Bestandsaufnahme", 2007.

③Cp. Rainer Winter,"Cultural Studies", 2014.

④John Fiske, *Power Plays-Power Works*, 1993; Rainer Winter, *Die Kunst des Eigensinns. Cultural Studies als Kritik der Macht*, 2001.

⑤Rainer Winter, *Widerstand im Netz. Zur Herausbildung einer transnationalen Oeffentlichkeit durch netzbasierte Kommunikation*, 2010a.

⑥For a nuanced examination of the works of John Fiske cf. my monograph *Die Kunst des Eigensinns. Cultural Studies als Kritik der Macht*, 2001, Chp. 4.1 and 4.2 and for an important criticism from the view of the Frankfurt School cf. the deliberations in Douglas Kellner, *Media Culture*, 1995.

⑦John Fiske, *Television Culture*, 1987.

播公司1999—2006)，《盾牌》(福克斯有线电视网2002—2008)，《死木》(美国家庭影院2004—2006)，《嗜血法医》(Showtime 频道 2006—2013)，《广告狂人》(美国古典电影2007—2015)，《真爱如血》(2008—2014)或者《纸牌屋》(2013—)也不包含在内。新系列同样采取电视剧的形式，然而它们却在电视剧的边缘徘徊，有时交叉甚至有时解构它。一个系列并不包含完整的故事，而是由一个稳定的叙事流形成。一集中的动机，主题和故事线可以再次被用到其他集中。虽然像《家族风云》或者《橡树街》(WDR 1985—)等电视剧打算一直演下去，但一般来说，品质电视剧都有着集数的限制，最后，都会出现一个"结局"。至少是大多数观众期望的那样。然而，像《黑客家族》却一直没有出现这个"结局"。①

但是，所有这些连续剧并不是完全都针对电视，也考虑到了其他媒体，比如艺术电影，小说或者剧场。例如大卫·蔡司(《黑道家族》的制作者)最喜欢的系列之一《迈阿密风云》，在视觉审美方面引领着潮流。然而，新剧与老剧之间有着很大差别，在于新系列中更复杂的叙事结构和人物，以及精心安排的地点。它们对那些在剧中找到共鸣的读者的阅读，理解和评价持开放态度。在我看来，正是这些高质量节目的新形式，显示了电视文化的潜力和实用性，在其中传播的价值和情感也会在消费者和粉丝的生活中产生重要的影响。在与连续剧的密切互动中，便可以形成理解框架，这些框架，可以通过质疑决定性的态度观念以及提供其他观点等方式带来人生的新启发。②

最重要的是，《黑道家族》是一部在艺术上精心制作的、复杂的、讽刺的和自省的后现代大众文化作品，具有模糊性和开放性的特点，同时通过复杂的接受和使用，取得了其在商业上的成功，构成了它的审美意义和实践意义。借助于电视文化，我想要为这部剧的一些重要特征下定义——它的接收和经费拨款。通过这种方式就可以弄清楚，菲斯克的后结构主义启发研究与理解新电视剧和电视文化改变方式之间到底有着多大的联系。

三、《黑道家族》的制作和销售

《黑道家族》很长一段时间都是付费电视频道家庭影院的主打作品，由于它广受欢迎，也成功确立了其创新，新颖和时髦的名声。它的广告语"这不是电视，而是家庭影院"，非常尖锐地表达了它在大众文化领域中自信的先锋形象。在美国，它主要对那些在文化上有所参与，在经济上有能力并且愿意为广播公司支付订阅费的观众产生影响。此外，他们应该能够欣赏一种电视剧，这种电视剧鲜有激情，但是，却带有黑色幽默的特点，并且，对演员细微生活和人际关系的关注是多样性的，嘲讽的，有时甚至是颠覆性的。家庭影院有意吸引电视行家们，对他们来说，复杂的和形式独特的电视剧是个人生活方式的一种表现。选择

---

①Cf. on the finale of *The Sopranos* the entries on www.missyarvis.wordpress.com/2007/12/07/die—sopranos—made—in—america—das—ende—das—finale—oder—oh—gott—es—ist—vorbei/ (Accessed 16.01.2014)

②Cf. Douglas Kellner, *Media Culture*, 1995; Sarah Cardwell, „Is Quality Television Any Good? Generic Distinctions, Evaluations and the Troubling Matter of Critical Judgement", 2007; Franco Ricci, *The Sopranos. Born under a Bad Sign*, 2014.

性的品牌消费有助于使个人与他人相区分，使个体身份特殊化。同时，这意味着成为专业（独特）文化的一部分。[1]“这些就是我们支持的，被保存在家庭录像中为了方便再次观看的节目，以及在每日与其他观众们之间的互动的指引。它们变成我们社会环境的一部分，甚至在某些情况下成为了一种石蕊试验。”[2]

因此，家庭影院可以被认为是一个品牌，这个品牌代表着品质，试图吸引那些拥有文化资本并对身份区别情有独钟的观众。众多的艾米奖提名和奖项维护着它的这一形象。作为订阅频道，家庭影院对于性、暴力和淫秽内容有着相对宽松的态度。与此同时，即使是在这样的背景下，一个忠实的订阅用户因为被视为能够充分应对这些成人内容，所以比普通用户多了一种优越感。

在时代华纳集团内部，家庭影院已经成功建立了一个典型后福特式的、高度专业化以及灵活的利基内容(niche content)的组织和生产模式，这一模式已经为更多的创新和尝试开辟了空间。然而，不是每部家庭影院的电视剧都成功了。比如《奇幻嘉年华》(2003—2005)和《罗马》(2005—2007)，仅仅播放了两季以后就停了，《死木》仅播放了三季。然而，家庭影院能够为员工提供无限可能，特别是对制片人。这项策略的意义被大卫·蔡司下面的这番话给破坏了，他在过去制作传统电视时有过许多不愉快的经历。

“所有人都有自由去设计开展得很慢的故事情节。所有人都有自由去塑造复杂而矛盾的人物角色。……所有人都有自由去讲述愚蠢乏味而最后却可能变得有趣的冷笑话。所有人都有自由让观众来指出到底发生了什么，而不是去告诉他们。”[3]

这里，蔡司似乎是在提及他学生时代从事的艺术电影。他被其所激发，并将其引入《黑道家族》来定义电视剧的风格。他把《黑道家族》理解为汇聚在一起的各式小电影。因此，家庭影院允许他讲述复杂多面并且有分支的故事，它的收视率，相比于主流电视来说，已经非常了不起了。

当然，即便是家庭影院也意在获得更多观众。为了实现这个目标，它制作了特别的高品质内容，打着家庭影院的品牌被推向全球市场。光盘、唱片、衣服、雨伞、钢笔和咖啡都为《欲望都市》(1998—2004)打广告，《明星伙伴》(2004—2011) 和《真爱如血》(2008—2014)都是赚钱的好例子。因此，爱泼斯坦/里夫斯/罗杰斯[4]得出了如下结论：“对家庭影院来说，《黑道家族》可能是在以多种频道，按需分布和光盘销售为特征的第三代电视时代里，一种全新后福特式品牌制作和分配的测试案例。在数字时代，收视率(幸运地)失去了意义。相

①For the relationship between the specialization of identity and the constitution of media－centered specialist cultures cf. Rainer Winter and Roland Eckert, *Mediengeschichte und kulturelle Differenzierung*, 1990.

②Dean J. DeFino, *HBO Effect*, 2014, 12.

③David Chase according to David Lavery (Ed.), *Reading The Sopranos. Hit TV from HBO*, 2006, 5.

④Michael M. Epstein/Jimmie L. Reeves/Mark C. Rogers, “Surviving the Hit: Will the Sopranos Still Sing for HBO?”, 2006, 19.

反,在电视剧领域,更多的是关于品牌的创作,因为这能在全世界的各种媒体领域内创造经济收益。”

《黑道家族》也同样有了各种附属商品,例如体恤、棒球帽、毛衣、带领你走进剧中的精美画册、印有安妮·莱柏维兹拍的家族照片的明信片、一些脚本集、电脑游戏、视频光碟,以及含有许多用过度的、不完整的,甚至讽刺的方式来赞美意大利食品的图片,并被翻译成各种语言版本的家庭烹饪书。意大利面、奶酪和蕃茄酱的淳朴、粗犷的烹饪方式使我们相信是回到了“真实场景”。当电视剧在电视上播放的时候,会有许多黑道家族的聚会,人们在看剧之前或者之后会在一起试验菜谱。食物在这部剧中起到了十分重要的作用。在最后一季播放结束以后,一个有关进一步营销的重要问题出现了,那便是时代华纳公司是否能像《星际迷航》制片人那样,将这个伟大的商业成功长久保护?是否还会有其它电影获得如同《欲望都市》一样的成功?至少,从网上传播的谣言看来,这方面相关的计划似乎存在。但是在2013年詹姆士·甘多费尼突然去世后,他们没了动静。总之,《黑道家族》的巨大成功表明,家庭影院给予艺术表达以自由,同时它的自信的,有时甚至激进的营销观念起作用了。

约翰·菲斯克[①]表示,对于主流电视剧,获得像《家族风云》一样的成功是可能的,因为它有回应世界上不同观众的能力,这些观众根据他们自己的文化和社会背景产生不同的理解。通常体现在电视剧中的美国主流意识会显得有些格格不入。然而,《黑道家族》主要针对富裕的、受过教育的一类电影爱好者,他们喜欢讽刺,对他们来说对电视剧的接受仍然是一种鲜明的特征。在《家族风云》中,出现开放性的文本更多是因为脚本以及脚本的实现需要观众来巧妙完成,观众们能够有意义地解释在叙述框架内的代沟、陈词滥调以及矛盾,并且将它们与日常生活相连。同样地,有时说服力不那么强的表演迫使观众要努力去理解到底发生了什么事。相反,《黑道家族》的显著特征在于其优秀的脚本、演员杰出的表演以及电影式的播出,这些都说明了这部剧收获众多奖项的原因。最重要的是,夺得了几项大奖的詹姆士·甘多费尼(托尼)能够出色地演绎各种情绪,例如愤怒、残忍、温柔、沮丧或者敏感。在剧中,我们看到他不仅饰演了一个强盗,同时还有儿子、父亲、丈夫和朋友等身份。他的那些表现自己的不同方式,形成了与众不同有时又充满矛盾的叙事视角。

这种在安伯托·艾柯[②]的基础研究中被视为前卫艺术的开放形式,是被有意选择的,在剧中也能不断地被找到。在艾柯早期有关电视的作品里,认为电视文本显示了一个封闭的意识形态模式。[③] 这对于20世纪60年代和70年代的作品来说情况可能的确如此。而《黑道家族》则恰恰相反,它代表了电视剧的新形式,传达了雄心勃勃的多元艺术视角,以及在大结局时明确提出的有关道德、罪恶、生活方式和对开放形式使用的不同观点。它代表的

①John Fiske, *Television Culture*, 1987.

②Umberto Eco, *Das offene Kunstwerk*, 1973.

③Umberto Eco,“Für eine semiologische Guerilla”, 1985.

不是斯忒法·马拉美或者詹姆斯·乔伊斯看来的前卫高雅文化，而是一种前卫电视文化，也同样代表了家庭影院的营销方式。艺术和商业相结合，这对晚期资本主义的后现代艺术来说很常见。①

四、《黑道家族》的文本形式和叙事结构

首先，《黑道家族》可以被看作一部雅致的、在艺术上成熟的、自省的和复杂的②电视剧，是对黑手党电影类型的再创和延续。类似于警匪片，它引起关于权力的谈论，并与特殊类型的规则、规范和惯例相连。集团犯罪的形象在日常实践中上演得非常真实并包含了暴力内容。在这方面，这部剧是建立在现实小说和电影的叙事传统之上的，然而，它却是通过媒体对黑手党及其形成原因的展现来表达幽默的，尤其是当与小说（马里奥·普佐，美国，1969）和它的银屏改编《教父》（弗朗西斯·福特·科波拉，美国，1972）以及其他黑帮电影相对比时，因此，还是有一定区别。

《黑道家族》在它自身的叙事世界中利用《教父》和其他黑帮电影的接受是很常见的事情。希尔维奥·但丁是托尼的朋友和脱衣舞聚乐部的经理，他常常模仿《教父 III》（1990）里麦可·柯里昂的动作和语调来娱乐大家。该剧中的一些演员又参演了马丁·斯科塞斯的《好家伙》（1990），詹姆士·甘多费尼（托尼·瑟普拉诺）也在《浪漫风暴》（1993）中饰演了一名歹徒。通过在电视上播放的法庭审理程序以及联邦调查局的窃听纪录，我们知道该剧里的黑手党是以《教父》里的黑帮为指导的，模仿他们的服装风格和他们的外观。

不仅仅是黑帮题材的现实叙事和道德世界，肥皂剧和情景喜剧的主体结构也在整个剧中被使用。举个例子，在《黑道家族》中有两种家庭类型：黑手党家庭，以及托尼·瑟普拉诺与妻子、孩子、母亲和其他亲戚组成的家庭。人物角色的私人生活成为一个关键的叙事元素。此外，也有梦想序列，让我想起了《双峰》（1990—1991）。托尼·瑟普拉诺的治疗建立在电影中很有代表性的精神分析和精神疗法之上，这也有着悠久历史。③

最重要的是，《黑道家族》与肥皂剧具有一些共同的特征，比如，多元叙事结构以及多个平行展开的故事使电视剧不会结束得太快。像肥皂剧一样，该剧也希望能够吸引观众注意，使他们能够理解人物以及人物的情绪状态和发展。同样，缓慢地对被特殊事件、问题以及犯罪不断打断的日常生活进行叙述的方式，是值得我们注意的。这样，一种被竞争、对抗、身份地位、男性气概以及暴力控制的，与黑帮世界形成鲜明对比的方式产生了。通过构建和使用不同的主题结构，出现了一种多层架构的虚构世界，在里面能够重复地开发新故事、改变角色以及创造新的情景。许多角色带着自己的故事与其他人交往，又引发新的故事，产生一些小插曲，并变成《黑道家族》叙事世界中的一部分。

---

①Fredric Jameson, *Postmodernism, or the Cultural Logic of Late Capitalism*, 1991.

②Jason Mittel, in *Complex TV. The Poetics of Contemporary Television Storytelling* (2015), conceptualizes quality TV as "complex TV" because of its highly and complex forms of storytelling.

③Cf. Kim Gabbard and Glen O. Gabbard, *Psychiatry and the Cinema*, 1987.

在某种程度上来说，许多情节在内部上也同样是统一的。然而，也有一些故事情节会戛然而止，因而，让观众感到失望或者让他们意识到他们的期望。在第三季中，当托尼的心理治疗师梅尔菲被强奸时，我们都希望她会告诉托尼，然后托尼去报仇。然而，梅尔菲只承认她有想报复她的监督治疗师的冲动，因为她想要控制梅尔菲的生活，这对于一个在此帮派中的女性角色来说并不容易。[①] 因此，观众也被迫去检查他们的期望。新的电视剧，像《拉字至上》、《绝命毒师》或者《广告狂人》依靠他们不同的性格、问题、顿悟以及命运生存。观众们感受着他们个人的改变和发展，意味着这部剧在观众的生命中收获了一个传记式的维度。观众和剧中的虚拟角色一起变老，或者说看着他们长大。比方说，在影片开头，托尼的女儿梅多还是一个小孩，但是在该剧结束的时候她已经成年了。

在《黑道家族》中，我们用新巴洛克的形式来讲故事，这种形式以有多个中心的动态叙事结构为特征。[②] 这里没有需要解决的主要故事线或者核心矛盾。该系列被设计成一个电视剧，剧中每一集独立，但是集与集之间是开放叙事的。有时剧情并不是等到下一集才再次出现，这使观众意识到，单独一集里的事件与更广的叙事空间是联系在一起的，并且很自然地就将它们联系在了一起。即使单个情节也能够独立地被理解，从上下文中可以看出，它们传达了更多的乐趣。只有当观众在整个叙事背景下看完一集以后，才能理解大部分的含义。那么，故事中人物动机和行为的形成才能显得一致和连贯。在《黑道家族》里，一种开放和多中心的结构取代了封闭的意识形态的形式，形成了一个理论上的无限叙事空间。[③] 传统叙事中如线性和因果关系的特点被有意地回避了。在一个有可能无尽的过程中，一集会不断地与后面集重叠。对于那些看完整部剧或者重新看剧的人来说，有时就像身在迷宫，而在里面你却并不想逃离，因为你已经习惯了探索的乐趣以及它带给你的满足。

《黑道家族》后现代的文本互涉同样值得注意。它表现为文化的一部分，包含在一个由引用和典故编织起来的密实结构中。比方说，大卫·拉维利[④]已经在第四季和第五季中详尽地呈现了对多种电影、电视剧、歌曲、哲学、心理或者历史话语、体育赛事以及历史事件材料的引用。许多情景都在处理大众文化。托尼和他的侄子克里斯托弗，都爱黑帮电影。克里斯托弗非常想要变成一名成功的编剧，甚至在电影事业中做了一些失败的尝试(cf “D—Girl”，第二季，第7集，2000/“Luxury Lounge”，第六季，第7集，2006)。这样做，该系列就将自己编入了现代西方文化体系当中。文本互涉的关系扩大了可能含义的范围，为它们打开了越来越多的特定观众群体的大门，并且让《黑道家族》进入了为文化含义做出贡献的所有文本的中介空间中。

大卫·蔡斯和他的团队通过联合各种体裁，吸取电影和电视节目中的元素并制作好的

---

①Jessica Baldanzi, “Bloodlust for the Common Man: *The Sopranos* Confronts Its Volatile American Audience”, 2006, 80ff.

②Angela Ndalianis, “Television and the Neo-Baroque”, 2005.

③Omar Calabrese, *Neo—Baroque: A Sign of the Times*, 1992.

④David Lavery (Ed), 2006, 217—232.

剧本,成功地创作了一部新颖的电视剧。同时,蔡斯只指导了几集;大部分脚本都是定制的,虽然最后他有权修改和编译它们的终极版本。拉威利[1]这样评价这个方法的优势和特点:

"《黑道家族》与其说是一位作者写的电视小说,不如说是一群作者写的短故事合集,通过特征和主题,被一位编辑细心地安排在一起。蔡斯的模型使这个系列的潜力得以最大化,同时防止其变成一部传统的电视剧。"

对该体裁元素自省式的使用,带来了复杂密集的叙事结构,同时将观众的注意力吸引到了它们是如何构建问题以及它的批评价值上。在这种情况下,正如詹姆斯·卡格尼在《歼匪喋血战》(拉乌尔·沃尔什, 美国, 1949)中预言的那样,《黑道家族》同样也促进了一直盛传不衰,可以被称为"世界第一"的黑帮电影[2]的革新。然而,即使是就《黑道家族》而言,仍然存在下面的问题,那就是为什么观众会对黑帮的虚构世界如此着迷?为什么他们愿意花那么多时间去看这部剧?是什么特别的东西使这部剧如此吸引人?

五、《黑道家族》的模糊性、讽刺性和接受性

按照约翰·菲斯克[3]所说,一部电视文本的多义性是其被以不同方式接受的必要条件。《黑道家族》不仅因为它开放的叙事结构,还因其角色的复杂性和对意义生产的吸引力满足了这一特性。最重要的是,家族首领安东尼·(托尼)瑟普拉诺,提起了观众的兴趣,诱导人们去追随他那有着各种性格特征的世界,在家庭里他可以是富有同情心和乐于助人的人,但同时他还是一名臭名昭著的奸夫和残忍的罪犯。他自私、强大,同时喜欢追逐各种感官享受。他非常喜欢自己所扮演的"白手起家"以及黑帮帮主的角色。在《幸运之子》(第三季,第3集,2001)中,他说:"家庭出现在任何东西之前,出现在你的妻子、孩子、父母亲出现之前。"他因他的冷血无情,剥削腐败和暴力得到了现在的地位。尽管如此,他还是希望被爱、被接受。对立和矛盾的生活使他患上了无端恐惧症,不得不接受梅尔菲医生的心理治疗。在实际的治疗中,他再次试图控制自己。他认为发怒在生意场上是必要的,这同样是对来自家庭的潜在怒气的一种宣泄,尤其是与他妈妈奥利维亚的关系之间,因为她想和他的叔叔朱尼尔一起杀了他。托尼为了自明、智慧和救赎而奋斗。

"托尼与其他同伴之间最根本的区别,在于他很想找到他在世上最关键的路径。他想了解他的弱点,找到对策以更好地掌控自己的命运。这是对命运的古老探求,即使命运认

①David Lavery/Robert J. Thompson, "David Chase, The Sopranos, and Television Creativity", 2002, 23.

②Glen Creeber, *Serial Television. Big Drama on the Small Screen*, 2004, 108; *Asokan Nirmalarajah, Gangster Melodrama. The Sopranos und die Tradition des amerikanischen Gangsterfilms*, 2012.

③John Fiske, *Television Culture*, 1987.

定自身是一个无情的怪物。这个奇异特点是其他人都羡慕的,也是他的竞争者都缺乏的。由于社交必要性和心理上的身份,他有一种反复无常的性格,能够在个性和身份之间无缝转变。"①

托尼意识到他的世界与普通黑手党的世界不同。那是一个以规则、责任和荣誉为特征的世界。《教父》里的维托 · 柯里昂被认为是一个令人敬重的男人,因为他做了造福于家庭的事情。另一方面,托尼效仿他的父亲,自愿以一个黑手党的身份去赚钱。狩猎的快乐,以及用非常规和可疑的方法迅速致富,使得托尼做出了这样的选择,这恰恰使他变得不讨人喜欢。尽管如此,他仍然散发着巨大的魅力。毋庸置疑,他出现在反英雄的传统中,这同样也是大卫 · 蔡斯的目的。"反英雄角色既要可怕又要可爱,需要在淘气与和善、强硬与柔和、强大与怜悯之间找到平衡点。"②

即使几乎没有人愿意在他的日常生活中遇到托尼,但在故事世界中托尼依然是一个充满魅力的人物。他不仅是最聪明、最强大、最自信的角色,同时,他忠于朋友,他看起来像是一个公平的对手,富于同情,遵守规则,虽然这些规则都是黑手党制定的。

"但是大多数情况下,当我们将托尼 · 瑟普拉诺置于该剧里相关的角色领域,他又成为了从道德上来说最好的。这并不是否认托尼 · 瑟普拉诺的道德缺陷,只是想表明在挑战道德底线的一群人当中,他是最幸运的。"③

此外,法律的代表,比如,联邦调查局或者教堂并非算得上是道德权威。他们利用不可靠的手段去贪污腐败或者变成伪君子。一名黑人积极分子甚至与黑帮共事。因为没有人能与托尼进行道德对抗,他的观点常常被放在首位,因此观众很同情他。然而,这种同情的理解能发挥很大作用,并且替托尼在日常生活中本应受到谴责的行为做出辩护。这正是该剧更加吸引人的魅力所在,因为它使我们注意到了我们在道德观念上可能不确定的层面,以及将错误合理化的危险性。

《黑道家族》不仅带来了伦理上的问题,同时还以复杂的方式引发了哲学性的问题,正如其在一本非常值得读的书《黑道家族和哲学》④中呈现的一样。它包含关于生命意义、死亡的荒谬、救赎的可能、家庭价值观的作用、男性危机以及战争艺术的问题。这样,该剧就提供了各种相关的链接,从而引起不同的解读、理解和反思过程。该剧的接受和分配就变成了积极和创造性的意义生产过程⑤。它们有助于更深入地理解人类的冲突和当前的文化

---

①Franco Ricci, *The Sopranos. Born Under a Bad Sign*, 2014, 165f.

②Al Gini, "Bada-Being and Nothingness: Murderous Melodrama of Morality Play?", 2004, 9.

③Noel Carroll, "Sympathy fort he Devil", 2004, 132.

④Richard Greene/Peter Vernezzo, *The Sopranos and Philosophy. I Kill Therefore I Am*, 2004.

⑤For media appropriation as a cultural and aesthetic process cf. Rainer Winter, *Der productive Zuschauer. Medienaneignung als kultureller und ästhetischer Prozess*, 2010.

建设。对艾伦·威利斯[1]来说,《黑道家族》是一种文化的"墨迹测验":

> "它一直被称为后现代中产阶级腐败和伪善的隐喻;是关于性、家庭以及后女权主义下男女关系的一种批判。但是在最原始的层面,墨迹是无意识的。凶残的暴徒是我们所有人内心掠夺欲望和侵犯的写照;他的谎言隐藏了我们的……问题是,我们也不能生活在谎言中。所以一点点地面对恐惧,就变成了通向理智的唯一途径。"

艾伦认为该系列延续了精神分析启蒙运动的传统。这一传统早已湮没无闻,但却在《黑道家族》[2]中得到复兴。因为这部剧以诊断性的方式表达了对晚期资本主义后现代文化的不安和批判,所以她着重展示了该剧是如何被解读为一个文化和社会环境寓言的。[3]

按照菲斯克[4]的说法,大众文化的艺术在于将文化产业的产品用于新目的和新利益。着眼于20世纪80年代的电视剧,他认为这个再利用的过程需要技巧,伪装以及发明的精神,因为它们的生产和上演通常都是标准化的,遵循可预见的模型,只留给艺术表达一点点自由空间。然而,《黑道家族》和其他形式的质量电视已经被那些包含在生产过程中的创造力所定型了。它们被安排为多义的和多样化的,这使得其在接受和挪用的过程中更容易产生文本的愉快性和任性性。[5] 愉快和自由的见解则可能出现,这又能与一个人日常的生活相联系。它们可能引起对自我以及社会关系的重新考虑和重新构建。

毫无疑问,《黑道家族》利用了这种愉快性,但是该剧是以多种方式进行编码的,同样呈现了一种后现代艺术的形式,不仅能够通过它的意义的接受和挪用,还能通过它自身来被分析。这部剧涉及的话题能在观众日常的生活中找到共鸣,并且对挑战来说意义重大。例如,性别角色的改变、男性危机、传统价值和个性化的遗失引起家庭生活的转变。采取的位置以及(精心开发的)视角常常表现出不明确、被修订或者被讽刺的质疑。由于这就是后现代文本的特点,不同的观点以这种方式在《黑道家族》中被提出,找不到任何明确的见解或者坚定的道德观念。因此,我们能够辨认出托尼,但是当他暴露出他反社会的性格特征时,我们可能又会被吓到。

所以维托逃到了新英格兰,因为黑帮家族发现了他是同性恋。在那里,他重新建立起他的生活,并与一位当地的消防员开始了一段关系。然而,最后,他并没有因为杀死了消防员而感到不安,因为他害怕被发现("Moe n' Joe",第六集,第10集,2006)。后来,他被自己"黑帮家族"里的人杀害("Cold Stones",第六季,第11季,2006)。以这种方式,该剧邀请观众进入一

---

①Ellen Willis, "Our Mobsters, Ourselves", 2002, 8.

②HBO serial, *In Treatment* (2008—2010) continues this cultural trend

③For the meaning of diagnostic criticism in media analysis cf. Douglas Kellner, *Cinema Wars. Hollywood Film and the Bush—Cheney Era*, 2010, 34ff.

④John Fiske, *Understanding Popular Culture*, 1989; Rainer Winter, *Die Kunst des Eigensinns. Cultural Studies als Kritik der Macht*, 2001.

⑤Rainer Winter, *Die Kunst des Eigensinns. Cultural Studies als Kritik der Macht*, 2001, 211ff.

部身份和位置被构建,最后又被解构的讽刺的和变化的电影中。它并没有建立在坚定的伦理价值观上,没有按照人们的期望来发展,把意义放在次要地位,并拒绝给出最终解释。

在菲斯克看来[①],《黑道家族》的特点就是具有太多的意义。几乎每一幕都值得重看,因为它很可能包含着对一些(隐藏)意义的提示,这些提示在整部剧中彼此纠葛在一起。类似于《双峰》,有被符号和隐喻充盈的梦境系列,这些符号和隐喻只能被大致理解,却能产生出神秘和不可思议的时刻,同时能扩大叙事世界。该剧开放性的结局以一种后现代的方式讽刺地玩弄了观众的期待,他们中的许多人都在期待一个更深入、更全面的理解,但是却免不了失望了。就这一点而言,得纳·波朗[②]做出了一个总结:

> "为此,在后现代的文化内,《黑道家族》最值得我们关注的是它合并场景的方式,展示了剧中演绎的戏拟性以及对这种行为的温和嘲讽。演员及他们带来的演绎经常成为剧中的嘲讽对象。该剧无休止地展示了这种演绎行为并且暗示了整个事情的不可靠性。"

波朗根据苏珊·桑塔格[③]的后现代主义美学观点来展开他的论点。她反对在分析作品的时候将意义和见解放在首位,而是强调作为意符的表面。她鼓励我们吸取感性艺术的影响,并将其与日常生活实践联系起来。[④] 以这样的审美方式来欣赏《黑道家族》,去看和体验,而不是去解释和寻找深层含义,这无疑是一种重要的后现代的接受形式。然而,现代性推动着透明度和理解继续存在。因此,在媒介充斥的日常环境中,可能还是会得出一个终极阐释,这会暂时干扰后现代戏剧的讽刺性。

六、总结

《黑道家族》的例子表明,21世纪的电视文化,正如约翰·菲斯克对其所下的定义,已经变得更加复杂,分层更多,更加模糊了。品质电视表现为一种后现代的艺术形式,吸引了不同群体的观众。不再只有那些上瘾的影迷了,同时也有一些在后现代时期想要更好地了解他们自身以及生活的批判性观影者,还包括一些收藏家和艺术爱好者,对他们来说,对电视剧的理解是他们的一个鲜明特征。长期以来都在关注电视剧的接受和分配,并将电视剧看作一种流行艺术品的文化研究,为了能够分析和理解像《黑道家族》以及其他形式的品质电视的复杂性和内容密度,越发地需要提出一些审美的问题。这是洞察主体性、媒体和权力之间现代关系的基本条件。因此,很明显,从文化研究的意义上来说,流行文化和艺术在21世纪依然具有重要的政治意义。

---

①John Fiske, *Television Culture*, 1987, 90ff.

②Dana Polan, *The Sopranos*, 2009, 125.

③Susan Sontag, *Kunst und Anti-Kunst*, 1980.

④For the analysis of the position of Sontag's argument cf. Rainer Winter, *Der productive Zuschauer. Medienaneignung als kultureller und aesthetischer Prozess*, 2010b, 72-92.

米开朗基罗·安东尼奥尼影像制作中的美学政治*

[奥地利]雷纳·温特(Rainer Winter)/文　唐晓莉　肖伟胜/译

一、关于安东尼奥尼影像制作的美学讨论

米开朗基罗·安东尼奥尼的影片作为一种现代主义范式的表达,被认为在电影业中具有开拓性意义。即便在今天,其影像制作仍然对电影风格产生影响且在电影艺术史上占据着关键一席。[②] 此荣誉始于《情事》这一作品,当这部视觉性极为震撼的电影在1960年戛纳电影节上首映时,却遭来了人们的诸多非议。影片中,他用一种新颖且复杂的可视方式呈现空间、身体和世界表面。影评家迈克尔·奥尔森在这位导演的讣告中写道:"我们必须感谢他为现代电影所做的一切。"[③]安东尼奥尼的电影一贯以自我反思和复杂审美而著称,它通过挫败观众对叙事电影的固有期待,以及让影片自身成为和主人公一样的主体,从而打破和消解"经典电影"[④]的天然特性。[⑤] 经典电影作为一种叙事媒介并不自身指涉,相反,它宁愿通过其叙述来呈现一个可信世界。因此,片中人物的行为就打上了因果关系、易于理解和透明化的标识。他们总是目的明确。角色的行动就是为了改变。而安东尼奥尼电影则相反,自从导演处女作《某种爱的记录》(1950)以来,就显现出德勒兹所谓的"将行动转换为光学和声音的描述"之倾向。[⑥] 德勒兹还认为,从1962年的《蚀》开始,安东尼奥尼的影像制作就彰显出如下特征,即"对有限情境的处理,以至于将这些情境推进到非人化的景观和空虚空间的程度,就好像角色和行为已被它们吞噬,只剩下地球物理学的描绘,以及情境的

---

* 译者简介:唐晓莉,陆军军区大学讲师,西南大学文学院博士研究生,研究方向为视觉文化。
肖伟胜,西南大学文学院教授,文学博士。

②Cf. Geoffrey Nowell-Smith, *L'avventura*, London: BFI, 1997; Irmbert Schenk, "Antonionis radikaler ästhetischer Aufbruch. Zwischen Moderne und Postmoderne," in *Das goldene Zeitalter des italienischen Films. Die 1960er Jahre*, eds. Thomas Koebner and Irmbert Schenk, Munich: Fink: text und kritik, 2008, 67—89; Jörn Glassenapp, "Ein Modernist bis zum Schluss," in *Michelangelo Antonioni-Wege in die filmische Moderne*, ed. Jörn Glassenapp, Munich: Fink, 2012, 7—12.

③Michael Althen, "Die zärtliche Gleichgultigkeit der Welt," *Frankfurter Allgemeine Zeitung* (1 August 2007): 31.

④David Bordwell, *Narration in the Fiction Film*, Madison, Wisconsin: The University of Wisconsin Press, 1985.

⑤Oliver Fahle, *Bilder der Zweiten Moderne*, Weimar: Bauhaus Verlag, 2005.

⑥Gilles Deleuze, *Cinema 2. The Time—Image*, Minneapolis: University of Minnesota Press, 1989.

抽象清单。"①德勒兹认为安东尼奥尼是一个"挑剔的客观主义者",他渴望从自己的影片中寻取抽象概念。② 在德勒兹看来,安东尼奥尼的拍摄警觉、精准和富有洞察力,他努力和所拍摄的世界保持一种冷静的、不带情感的距离,这使得后者看起来毫无意义和目的。为达成此目的,安东尼奥尼祛除了情节中的戏剧成分,构建起开放式的、去中心化的和概述式的结构。其中对环境和状态的描绘常常代替了人物的行动。人物变成了缺少行动的观察者。动作画面作为经典电影中的典型样态,它遵循刺激—响应模式,这在安东尼奥尼的电影中遭致废黜。主人公的观察并非促发行动,而是它们自身成了反思的对象。行动的触发不再有明显的因果性,它们看起来像是蓄意的意外。影片的主体就是影像本身。"最根本的关切并不是意义的叙述发展,而是意义的视觉生产。"③影像通过生产和利用世界表面来开发空间。因此,安东尼奥尼的电影令人印象最为深刻的是电影画面和它们的涌流。

在安东尼奥尼的电影里,再现叙事所创造的世界已不再是影片的核心,取而代之的是对现代性光学和视觉空间的现象学探究,这些空间并非由人物的动作所创造,也不触发行动。叙述故事的情境成了背景。期望在人物动作中有所斩获的观众,他们只是对安东尼奥尼本人一时感兴趣而已。对安东尼奥尼来说,景观、情境、物体、公路或建筑物很重要,有时这些比人物来得更为重要。基弗(2008:36)认为,这种移位是安东尼奥尼电影里最有难度的一种表现:"去中心化的体验,人物的无地方性,也包括试图对不透明的、偶然的和碎片化现实进行重新界定和重新定位。"④

观众试图理解他所看到的。因为在这些电影中,叙述缺乏统筹一切的力量,观众被迫将注意力放置在图像的可能性上。⑤ 在经典电影中,画面是一扇视窗,它即将打开一个叙述的世界,其中显现的画面将现实、梦想、想象和记忆彼此联系起来。现实与虚拟之间的不断变化产生了"晶体—影像"⑥的概念。

与此密切相关的是,对安东尼奥尼电影的阐释就显得矛盾、模棱两可和含混不清,最终变得不可判定。他的画面世界呈现可见的"世界表面",⑦充满着歧义,其意义仍旧不够明晰且模棱两可。如此一来,就没有一览无余的明确阐释。从某种意义上说,安东尼奥尼的电影体现了安伯托·艾柯"开放的艺术品"的概念。⑧ 这样,阐释过程本身成了一个问题,也

---

①*Ibid.*

②*Ibid.*, 6.

③Cornelia Bohn, "Volatilität des Geldes, der Bilder und der Gefühle. Michelangelos Antonionis Eclisse", in *Was ist ein Bild? Antworten in Bildern*ed. Sebastian Egenhofer, Inge Hinterwaldner and Christian Spies, München: Fink, 321—323.

④Bernd Kiefer, "Michelangelo Antonioni (1912 — 2007)," in *Filmregisseure*, ed. Thomas Koebner, Stuttgart: Reclam, 2008, 36—43.

⑤Schenk, 71.

⑥Deleuze, 95ff.

⑦Seymour Chatman, *Antonioni or, the Surface of the World*, Berkeley and Los Angeles: The University of California Press, 1985; Bernhard Kock, *Michelangelo Antonionis Bilderwelt*, Munich: Fink, 1994.

⑧Umberto Eco, *Das offene Kunstwerk*, Frankfurt a/M: Suhrkamp, 1973.

同时变成了电影的主体。罗兰·巴尔特将安东尼奥尼电影的这种特质描述成“意义的颤动”。[①] 意义不是设定的或者强加于人的，而是微妙地处于悬疑状态。故安东尼奥尼电影的意义也不可能被强势者所挪用，后者更乐于设置、界定和占有意义。在这场反对“意义狂热”的斗争中，安东尼奥尼的政治现代性显示了出来。当经典电影在不断生产相对明确且一致的意义时，安东尼奥尼的电影却在拒绝类似于法西斯主义语言强迫我们“说话”的约束，就像巴尔特在法兰西学院就职演讲中所指出的那样。[②]

下文我将在安东尼奥尼美学的政治品格语境中讨论和扩展其影像制作的阐释。我打算将社会批评囊括进来，这种批评与20世纪60年代对意大利资产阶级中诸如颓废、无关紧要和厌世等成员的银幕直呈相关联。我在论文中提出这样的观点，安东尼奥尼电影中的政治存在于其美学经验中，这种美学经验唯有通过其影片方能实现。如雅克·朗西埃所说，审美经验与民主经验密切相联。那种认为意义的主要框架和社会与文化秩序的意义一成不变，只能是这样而不能是那样的理论，安东尼奥尼和朗西埃均认为有问题。他们激赏偶然性和可能的变化。而且，朗西埃认为只有通过集体行动才能带来平等。艺术和政治欲祛除等级，同时质疑现有的身份并改变它。如此这般，将会达成一种新的可感事物的分类。

对齐格弗里德·克拉考尔来说，电影的中心特点就是呈现物理现实以及通过这些途径让其可见。电影记录并揭示世界事物的物质性、表面和细节。[③] 朗西埃认为这种表现性功能才是电影的中心特点。[④] 电影叙事和意识形态的决定性力量亟待被颠覆，所呈现出来的物质及人的世界应由多种因素决定，其含义也应最先由观众来决定。毫无疑问，安东尼奥尼的电影表现了这一特性。不仅如此，就艺术的审美体制或政体来说，它们体现了一种美，一种从未出现在再现或模仿中的美。所以，它们既不可能被轻易消费，也不可能被概念性定义所穷尽。如雅克·朗西埃(2008)所示，德勒兹认为美是“抵抗”的，而艺术本身是政治的，那么这就不单单只是对政治的评论或扩展，而是宣称“艺术就是政治”。[⑤] 在不限于艺术体验的审美体验中，可以找到能够导致产生一种新共同体的共同点。因此，艺术的“抵抗”包含了“一种新人的承诺”。[⑥]

从这个背景出发，我将在电影语境下更为贴近地界定安东尼奥尼艺术的抵抗。为使之更深入，我将转而分析中国电影导演王家卫的影像制作，表层美学在其作品中同样扮演了重要的角色。我将展示他与安东尼奥尼之间的关系，并分析这种视觉美学在当今的表现。在结语处，我将把最终结果置放到“被解放的观众”[⑦]这一概念语境中予以讨论。

---

①Roland Barthes, “Weisheit des Künstlers,“ in *Michelangelo Antonioni*, *Rehe Film 31*, Munich: Hanser, 1984, 65—70.

②Roland Barthes, *Leçon/Lektion*, Antrittsvorlesung am Collège de France, Frankfurt a. M.: Suhrkamp, 1980.

③Siegfried Kracauer, *Theorie des Films. Die Errettung der äußeren Wirklichkeit*, Frankfurt a.M.: Suhrkamp, 1985, 71ff.

④Jacques Rancière, *Film Fables* , ed. Emiliano Battista), Oxford: Berg Publishers, 2006.

⑤Jacques Rancière, *Ist Kunst widerständig?* Berlin: Merve, 2008, 13.

⑥*Ibid.*, 22.

⑦Jacques Rancière, *Der emanzipierte Zuschauer*, Wien: Passagen Verlag, 2009.

二、安东尼奥尼艺术的抵抗

安东尼奥尼的电影过去常常被置放到存在主义“情感结构”的语境中进行解读。① 它们描绘了现代人性中的恐惧、异化、孤独、寂寞和孤立等情感,这些也就是所谓的“存在主义体验”②,以及在无意义的世界为生命寻找意义的挑战,而这个世界已不再拥有给予一致性的任何阐释框架。这样解释的话,《呐喊》(1957)就是对现代世界冷漠的控诉。

影片的主角是无产者奥尔多,他无法在世界上找到立足之地,也体会不到家的温暖。他人生的最后旅程也不知是死于事故还是自杀。奥尔多漫游晃荡的死亡结局揭示了现代存在的荒谬性。③ 从这个方面来看,安东尼奥尼的电影表现的是现代性的消极面。④ 评论家还谈及“安东尼奥尼的倦怠”⑤,那是一种了无生气、迷失和空虚的状态,在《情事》(1960)的主人公身上表现明显。

安东尼奥尼自己在一次著名的访谈中说道,爱神生病了⑥,在一个传统道德规范没有任何价值的世界里,人们被性欲驱动并乐此不疲,因为他们迷失了方向,一点也不快乐。⑦ 例如,在《情事》中,桑德罗放弃了他作为建筑师的艺术抱负,转而从事薪酬更为优厚的评审员工作。因为这,他变得受挫失意,一些评论认为这导致了一种更强迫和冲动的性欲。关于这一点,安东尼奥尼认为:“《情事》的悲剧直接源自这种——不快乐、痛苦和徒劳的性冲动。”⑧桑德罗感到厌烦、不满意,但又不能改变任何事,因为他不能成功地发展和遵循他行为中的伦理规则。“由此,当今对科学未知毫无畏惧的德性之人却恐惧伦理的未知。”⑨按照一些评论的说法,《红色沙漠》(1963/64)表现了资本主义和现代技术改变周遭环境所带来的异化。其中人物情感和周遭环境之间的剧烈反差被生产出来。⑩ 因此,战后繁荣的意大利资产阶级生活在“情感和伦理的真空之中”(基弗,2008:38)。⑪ 在世界社会主义网站上,理查德·菲利普斯在安东尼奥尼的讣告中写道,他在创作中渐渐丧失了“为现代生活内在复杂性情感寻找影像并表达某种抗议”的能力,他甚至还谈及“一种艺术的衰退”。在菲利

①Raymond Williams, *Marxism and Literature* , Oxford: Oxford University Press, 1977, 188ff.

②Martin Schaub, “Sisyphus,” in *Michelangelo Antonioni: Rehe Film 31*, 18ff.

③Schenk, 84.

④Kiefer, 36.

⑤Seymour Chatman and Paul Duncan, *Michelangelo Antonioni-Sämtliche Filme* , Cologne: Taschen, 2004, 62.

⑥Michelangelo Antonioni, “A talk with Michelangelo Antonioni on his work in *Film Culture* ” (1962), in *Michelangelo Antonioni Interviews* , ed. Bert Cardullo, Jackson: University Press of Mississippi, 2008, 32ff.

⑦Chatman and Duncan, 63.

⑧Antonioni, 33.

⑨*Ibid.*

⑩Chatman and Duncan, 95.

⑪Kiefer, 38.

普斯看来，安东尼奥尼已经开始迎合“政治和社会现状”。① 一旦首要关注的是其影片的内容和主题时，那么所有后来对其影像制作的阐释都显示出，他的审美是多么地遭致漠视或误解。这样的话，《放大》(1966)或《一个女人的身份证明》(1982)就没有任何明显的表明社会变化的政治信息。但不可否认的是，安东尼奥尼在这些影片中也创造了一些影像，用来呈现由复杂和艰难的现代生活形塑的“在世存在”。安东尼奥尼是精准、细心观察的大师。如此一来，他的影片可以被当作反思一系列问题的评注来进行读解。另一些时候，它们又可视为一种寓言表征，这种表征对所处时代的发展进行了描绘和批判性诊断。② 在此意义上，它们明确有力地表达了所处时代的境况和引发的争议，不过并未做出最终的诠释。因此，从社会复杂性层面对影片进行解读可以深入洞察有关存在的问题和人的境况。

然而，安东尼奥尼影像制作所表达的艺术抵抗没有和其引发的时代联系起来进行分析，这样的做法显然不值得推崇。因此，例如像世界社会主义网站的评论家就抱怨自《放大》(1966)以后，安东尼奥尼电影中所谓的政治琐事就丧失了其美学中内在的政治品格，其中内容变成了形式。所以这就不能通过对内容的分析来界定，唯有将其影片放置在艺术的审美体制下进行解析，在朗西埃的著作中，这种体制取代了现代性和后现代性概念的时期划分。

雅克·朗西埃将西方传统对艺术的定义甄别为三类。③ 在每种体制中，艺术根据某一时期人类的表达和世界之间的关系加以界定。而每种体制不仅由其引发的构成规则，也包括所触发的矛盾予以界定。对朗西埃来说，审美实践可见性的关键问题在于，它们所占据的位置和所生产的可感事物的分类。④ 他在其中辨认出一系列可感的证据，后者生产了生命共同体，同时也排除了某些元素。朗西埃区别了形象的伦理、再现和审美体制。前两者体现在古典艺术中，而后者则代表现代艺术。

图像的伦理体制一方面关乎艺术实践及艺术品对个体与社会的影响；另一方面关乎柏拉图在艺术反映中所描绘的问题，即艺术品如何合理地表现理念或理想模型。与此相反，艺术的再现体制则认为相似性并不能被用来界定模仿和艺术品。“这不是艺术技巧问题，而是一种艺术的可见体制。”⑤再现体制按照等级进行组织，“这种等级确定了行动高于人物形象，居于再现的首要位置，正如同叙事高于描述一样。”⑥甚至选择的再现形式(文体类型和语言)必须符合表达主题在社会阶层中的地位。因此，我们会看到譬如悲剧与贵族相关，

①Richard Phillips, “Michelangelo Antonioni - Kein makelloses Vermächtnis,” World Socialist Website, 11.8. 2007, http://www.wsws.org/de/articles/2007/08/antoa11.html , accessed 8.7.2013.

②Douglas Kellner, *Cinema Wars. Hollywood Film in the Bush-Cheney Era* , Oxford: Wiley/Blackwell, 2010.

③Jacques Rancière, *Die Aufteilung des Sinnlichen. Die Politik der Kunst und ihre Paradoxien*, Berlin: b—books, 2006, 38ff.

④*Ibid.*, 27.

⑤*Ibid.*, 38.

⑥Ibid., 39.

而喜剧表现的都是普通人。[①]

距今200年前出现的审美体制解除了主体与其肖像之间的联系。19世纪初“文学”的涌现导致语言和表现处于支配地位。[②] 语言的力量在于它能处理和解释那些远距离（在空间或时间上）的事情，或是那些公开不能获得之物，如人物内在的动机。艺术因此远离了特定的规则或主体等级制度。[③] 在被表现的主体中存在着一种平等：“审美状况是瞬间的纯粹悬置，形式本身即被感知到。正是在此瞬间一种特殊的人性得以形成。”[④]在巴尔扎克的小说，尤其是福楼拜的小说中，摧毁了等级性再现，如此这般，叙事就胜过描述而居于首要位置。[⑤] 艺术品成为感性经验的对象，成为被艺术存在所改变的世界的一部分。衍生于政治革命语境下的审美制度，由平等原则所塑造。它在艺术领域攻击等级结构，由此产生了艺术现代性。然而，就像在政治世界中一样，等级是不会消失的。即使在审美体制内，虽然有新的机会，再现逻辑仍然占据一角。电影就是这方面很好的例子。在众多电影，如“经典电影”的制作中，传统的、再现的叙事逻辑仍持续占据着主导性地位。对朗西埃来说，因为电影连续将这两种诗学结合起来，所以这种艺术形式能深刻地表现两者之间的冲突。

先锋电影自诞生伊始就努力追求审美规则的实现。在法国电影批评的印象派传统中，路易·德吕克20世纪20年代形成了“上镜头性”概念。鉴于此，他认为唯有通过电影语言方能捕捉和传达物和人诗意的面相。“在这个光影游戏中，在运动和节奏中，在物体的风格化中，影片中影像的暗示力量也在增长——我们在光鲜的视觉符号中可感觉到影像在有节奏地流动，就像某种特别类型的‘音乐’。然而，与其说单独对材料的节奏安排——它被认为是暂时的——还不如说不能言说的暗示才是电影的主要目的，电影所能叙述的另一面即唤起受众的心情、思想和感情。”(1962：80)[⑥]

让·爱泼斯坦是德吕克所在导演和评论家圈子中的一员，他在1921年发表的《向电影致敬》一文，对朗西埃来说具有特别重要的意义。当然这是一种纯粹主义者的论调：“电影即真理，故事乃谎言。”[⑦]爱泼斯坦看到了现代文学和电影之间的紧密联系，因为它们都脱离了戏剧。爱泼斯坦认为，电影与其说是叙事，不如说是指向某物。“我希望电影里什么也没有或几乎什么也不要发生……其中一个适度的细节即显示出一场隐藏戏剧的基调。”[⑧]爱泼斯坦发展了如下的观点，即电影是光影或运动的脚本，它不是描述而是捕获“感性物质的振

---

①*Ibid.*, 52.

②Jacques Rancière, *Die stumme Sprache. Essay über die Widersprüche der Literatur*, Zürich: Diaphanes, 2010.

③Rancière, *Die Aufteilung des Sinnlichen* , 37.

④*Ibid.*, 40ff.

⑤*Ibid.*, 41.

⑥Ulrich Gregor and Enno Patalas, *Geschichte des Films* , Gütersloh: Bertelsmann, 1962, 80.

⑦Epstein, quoted by Jacques Rancière in *Spielräume des Kinos*, Vienna: Passagen Verlag, 2012, 22.

⑧Epstein, quoted by Gregor and Patalas, 82.

动”。[1] 他认为当电影告别了讲述故事这种再现体制的特性时，它就成了艺术。在故事里，情节依因果性组织，遵循可能性规则，模仿的合理性基于虚构。不过，在爱泼斯坦看来，电影应该捕获世界的纹理和图绘事物，“在它们形成之初，还处于波动和振动的状态，也就是在这些事物因其描述和叙述的性能而能够作为可识别的物体、人物或事件之前”。[2] 在他看来，电影成了艺术审美体制的典范。不过，朗西埃指出了这样一个事实，那就是电影主要朝另一个方向发展，它继续保留着文学和绘画所遗留下来的再现秩序。

鉴于上述情形，朗西埃首先批评了“共识电影”，它所虚构的故事通过复制现实而使现实合法化。与之相反，朗西埃寻找到“歧义电影”的案例，在其中现实对它自身变得陌生，而共识则被显示为虚构。很明显，对朗西埃来说，存在着其它经验的可能性。如此，朗西埃发现审美虚构可以从理性模仿中解放出来。“作为人为世界的虚构，它并不承担现实之责，而仅被用来界定一定范围内参考与借鉴的经验。”[3]虚构绝不可以用来验证现实；相反地，在模仿的过程中，现实要与其自身有所不同，同时又须创建它们二者的共同点。如此这般，现实的偶然性必须变得可见。

现在我们可以更为贴切地界定安东尼奥尼美学的政治意义。安东尼奥尼早期的电影，因严格遵守类型和因果逻辑，所以再现体制曾占据着重要的地位。在他后期的影片中，开放的叙事结构、摄影的自主化、“暂停”的技法、空间的视觉开发或像场的逐渐虚化，这些风格特点破坏了再现体制。毋庸置疑，安东尼奥尼的影像制作受惠于审美体制。他常常将自己的电影和诗人的作品相比较。我们也应该想到他对德吕克和爱泼斯坦的工作非常熟悉，因为他非常推崇法国电影，而且其自我陈述和法国印象派的著作有着诸多相似点。[4] 例如，他谈及风的上镜头性。风虽然不可见，但观众可以藉风所影响的物体来进行想象。科克详细描述道：“在安东尼奥尼的众多电影中，经常会出现这样的段落，画面中严格说来看不见的风，突然间看得见也听得到了，这些构成了他作品中最具视觉冲击力和令人深思时刻的部分：《放大》中的风暗自让草坪生机勃勃；《扎布里斯基角》结尾片段中的雪松和仙人掌，在风中优雅地摇曳着；同样是在《情事》的结尾部分，风吹得树叶飒飒作响；而《蚀》中林荫道上的落叶似乎在一阵风的吹拂下获得了生命，抑或是由于风吹动了旗杆的系绳，飘扬的旗帜仿佛奏起一曲神秘又遥远的音乐。”[5]

叙事的撤离转向于对影像的精心打造，这无疑对观众构成了挑战，为了揭橥到底发生了什么，又是什么促使主人公采取行动，观众必须要去破解复杂的影像和表面的细节。就像古斯塔夫·福楼拜和弗吉尼亚·伍尔夫的小说一样，读者必须学会解读其中迥异的面部

---

①*Ibid.*

②Rancière，*Film Fables*，2.

③Jacques Rancière，*Und das Kino geht weiter. Schriften zum Film*，eds. Sulgi Lie and Julian Radlmaier，Vienna：Passagen Verlag，2012，21.

④Kock，323ff.

⑤*Ibid.*，325.

表情或动作，这样方能理解人物的动机和引发事件的原委。

安东尼奥尼的视觉技巧将人、建筑或物体相互联系起来，甚至包括用一些物体去指涉另一些物体。我在论文中曾指出，这种现象是由平等原则所决定的。他甚至在单帧画面里将重要的和不重要的事物放置在一块。相似性使影像之间建立起彼此的联系。他的美学注重影像的表面结构，在影片中这一点远比对话或动作来得重要。这样一来，既有的等级秩序被解构，在影像内部和影像之间平等产生了。安东尼奥尼也拆除存在于艺术形态间的现有等级。由于他既是作家又是画家，所以他的电影深受文学和绘画的影响。在《放大》(1966)这一影片中，摄影、美工、造型、建筑、爵士乐和流行音乐均被平等利用来表明意义。

“视觉奇效”是安东尼奥尼电影的出发点，它表露出对他周遭世界的印象。① 而用文字很难将这些予以揭示或概述。在安东尼奥尼这里，如果视觉奇效成了视觉运动，它们就留存有相对于动作的个人意义。这些成了他影像美学的重要元素。在设置的影像细节敲定后，安东尼奥尼会全面细致地改编影像表层。到时候就会反复出现如窗户、栅栏、水或雾等意象的视觉运动，它们的多重变化过程是安东尼奥尼影片风格的一个重要基础。②

安东尼奥尼影片一个更深层次的风格特征就是空间的虚化。片中的主人公一点一点地或突然和意外地失踪了。有时候镜头会移开，人物似乎被留在空旷的空间中。安东尼奥尼运用了各种不同方法来营造空漠和陌生感。就像德·基里柯的画作一样，我们也可以发现安东尼奥尼影片的画面也是不动的、永恒的，画面的静默使得它们神秘莫测。即便是“暂停”影像，它们作为安东尼奥尼图像语言的电影化元素，也传达出一种空虚和疏离感。如果在某一场景的最末，人物不再在他们原来的位置出现，运动就会停滞下来。这导致了戏剧性的丧失。在无数场景的开头和结尾，我们也只看到一些景观元素。

除此之外，安东尼奥尼影片中的背景被精心设计成为对事件的评论。西摩·查特曼(在《安东尼奥尼，或世界表面》中着重指出，布景不是以人物形象来界定，它以转喻方式来传达意义。不过，影像的表面结构并不规制意义。导演和观众拥有同等权利评论和解读这些影像。“安东尼奥尼的电影创造意义，即便这些影片经常不断地改变意义甚或予以撤销，它们也有着开放艺术品的特征……它们检视价值观和确然之事，并邀约观众和作者来分享影像不同的结构形式，以及对它作为广阔的可能性领域的多种解读。”③更为重要的是，安东尼奥尼经常把画作和其他偶然拾到之物放在一块作为影片的布景。④ 它们对人物行动的评论，也暗示着一个真实的世界。观众能够或应该考虑这些物品的意义，即使这意义最终暧昧未明。如果一种(当代的)解读未成功，它们仍不失为转移行动而引发失实联想的审美对象。在安东尼奥尼的影片中，不仅单帧画面会引发观众的联想，他也广泛地采用蒙太奇技巧以加强画面的联想。这种联想能够促进我们对人物形象的理解。不过，它们也能形成自

①Chatman，99.

②Kock，Chapter 5.

③Kock，247.

④Chatman，99ff.

身的意义。例如，在《蚀》中，一座蘑菇状的水塔，提醒我们核爆后的蘑菇云，并与影片中一张报纸上刊有“核战争”的标题相对应。然而，这些(隐藏的)解读一般来说仍处于一种前意识层面，它们只能建立在一种基于反复观看的深层分析之上。否则，它们可能会引发仓皇失措和焦虑的情绪。即便采用这种技巧，安东尼奥尼的目的旨在激励自由联想，而非设定明确的意义。

影片中的建筑同样构成对动作的评论，例如在《夜》(1961)和《蚀》(1962)这些影片中，我们感觉到——就像德·基里柯的画一样——建筑才是真正的主人公。和安东尼奥尼电影中的景观一样，建筑也创造了一种视觉框架，其中的人物就像在棋盘上移动一般。而这是对他们内在生命的评论。在此语境下，我们也必须提到摄影机的视觉自主性，这种自主性在《旅客》(1975)里达到了极致。其中摄影机经常会客观地游离，让我们觉得叙述者有点心不在焉。① 这导致了观众对空间的迷惑，尤其是在沙漠场景中。电影摄影不断地在削弱视图，这样主人公洛克的“视角”就成了影片的中心。②

我在上面已提到，安东尼奥尼的电影艺术特征揭示了这样一个事实，正如朗西埃所说的，其影片受惠于艺术的审美体制，也同样受惠于爱泼斯坦的纯粹视觉理念。通过不同的文体手段，安东尼奥尼潜入了再现体制之中，使之成为背景并夺走了它的结构力。通过其影像的歧义性，安东尼奥尼对以再现体制和现实为标志的共识虚构提出了质疑。安东尼奥尼创造了一种歧义电影，我们从中可以找到电影的审美真理，暗哑而转瞬即逝事物的歧义性，以及世界本然的纹理。如此这般，视觉环境就从它们的符号中解放出来。其电影真正实现了从再现的情节虚构转向审美的符号虚构。在这一点上，王家卫是安东尼奥尼的追随者。

三、王家卫作品的审美表层

在彼得·布鲁内特的一次访谈中，③王家卫说到安东尼奥尼对他有着重要影响。他更明确地指出，一部影片的中心主角不是演员而是背景，就像安东尼奥尼在《蚀》中表现的那样。此外，布鲁内特还补充道：“抽象的线条、形式、形状和颜色等能够传达情感意义和表情，正如同叙事线索、对话和角色的功能一样，这种想法很正常。”④这样一来，经由主人公世界所传达的意义就显得抽象且模糊，因此就永远不能被精确界定。例如，在《重庆森林》(1994)中，阿菲的形象被再三地反射到一面金属墙上，直至最后占满整个屏幕。通过这种方式阿菲的内心状态得以暗示出来。她似乎有点迷茫且迟疑不决。在王家卫的电影中，为了刻画人物的内心体验，他经常运用一些视觉性表达技巧。在这一点上和安东尼奥尼很像，即由观众来决定如何准确地解读某个场景。例如，在《呐喊》中，波河流域的景观间接地

---

①Chatman，196ff.

②*Ibid*.，199.

③Kar-wai Wong，“Interview with Peter Brunette，” in Brunette，*Wong Kar-wai*，Urbana and Chicago：The University of Illinois Press，2005，119.

④*Ibid.*

传达出了奥尔多的内心生活。

在王家卫的电影中，叙事结构也丧失其中心权能，呈现出一种碎片化状态。情节和地点被松散地聚集在一起。所以，《重庆森林》没有多少戏剧情节发生。影片也是开放性结尾，许多问题最终都没有得以解决。人物都很孤独、孤僻，就像导演之前作品里的一样。他们坚信是命运使他们错失了爱的机会。《重庆森林》讲述了两个有着相似情节和人物的故事，这两个故事彼此映照。这样就产生了对影片并置的不同阐释，不过它们都有其存在的合理性。这两个故事不是连续发生的，而是同时进行的。叙事转变成为行动散落在故事的时空中。正缘此，我们要在影片中寻找到可靠的方向有些困难，这就导致了电影聚焦于视觉感、感官印象和经验视角之上。即便在后期作品中，王家卫仍保持忠实于一种省略的、碎片化的故事讲述方式。

王家卫电影与安东尼奥尼电影相比，其人物显得还要孤独，社交障碍严重，以及更为孤僻。《重庆森林》里的一些物件如成筐的菠萝，有助于人物去处理寂寞、忧伤和缺失的情感。这些人物试图克服自身的处境，从而建立起一种稳定的、常见的关系，但在迅捷变动的香港似乎不太现实。王家卫电影中的空间结构也反映了人物的孤独感。对王家卫来说，利用香港的建筑作为影片的框架并不是关键，他更注重将我们周遭的事物陌生化来表达人物的主观感受和情感。所以，他并不是要展示香港的天际线或旅游景点。相反，从一开始，观众所遭遇到的香港就是疏离和碎片化的。不可避免地，他们很难在这种地方和视觉印象的异质性中找到出路。王家卫试图通过哪怕是变形的空间来暗示出其人物内在的精神生活。

王家卫同样采用了安东尼奥尼的腾空空间概念。在影片《阿飞正传》(1991)中，沮丧痛苦的阿飞离开了自己的养母。镜头在一个虚化的空间缓缓地推进，那正是阿飞刚逗留过的地方。因此，一种生离死别的忧郁感在画面中荡漾开来。此外，影片的最后段落与《蚀》(1962)的结尾构成了对话关系。摄影机最后展现的是，孤独的苏丽珍和警察超仔他们分离之前约会的地方。如今却已物是人非，观众也不禁追忆感怀。腾空空间在存在和缺席间已做了评判。① 它不再聚焦于自身，而是流动的、开放的和转瞬即逝的。从总体上看，王家卫运用空间的结构创造了一种地方印象，其中的人物身份变得短促、碎片化和不确定。

根据弗雷德里克·杰姆逊的观点，②我们可以将之理解为(后现代的)身份危机。《重庆森林》里表现的人物之间的疏离和置换让我们想起他有关对个体和文化精神分裂症的诊断。后资本主义世界中的人们彼此隔离，他们孤芳自赏、互不关心，只注重他们的主体性，经常表现出多重人格。而且，影片中的核心角色经常伪装。他们似乎没有任何一个人知道自己是谁，也不知道该如何表现。他们改变语言，甚至身份。影片通过频繁运用镜子和窗户所反射的形象来表现这种混乱状态。

---

①Wolf Lindner, "Impressionen von einem unsteten Ort. Zur Raumkonstruktion bei Wong Kar－wai," in *Wong Kar-wai. Film-Konzepte 12*, ed. Roman Maurer, Munich: Text und kritik, 2008, 71.

②Fredric Jameson, "Postmodernism or The Cultural Logic of Late Capitalism. London and New York: Verso, 1991, 16ff.

这里所举的这些特点表明在王家卫的电影和安东尼奥尼的影片制作之间存在着互文关系。二者不约而同地背离了艺术的再现体制转而去电影的视觉和寓言中寻觅其审美真实。他们设计了世界表面的感性景观，打破了原因和结果之间的线性关系，在朗西埃看来，这些是由审美效果来界定的。[①] 王家卫接续了安东尼奥尼的电影。不过，他电影中的人际环境似乎更为糟糕。人与人之间的沟通是失败的，关系似乎难以维系。总之，在王家卫的世界里，爱神也是病态的。

结　语

笔者尝试说明安东尼奥尼（包括王家卫）电影中的政治特性不能通过以内容核心为导向的分析来推断实现。安东尼奥尼始终如一、毫不妥协地把影像解放了出来。他不再依赖于情节，而是追求上镜头性和影像的诗意化。一帧影像的印象对应一个瞬间。对此瞬间的寻觅以及在影片中的拍摄定格确立了安东尼奥尼的艺术创造。在影像的视觉力量和复杂性中，因其揭橥了虚构的统治性共识，于是，美学的“固执”（自我意志）得以彰显，机遇性空间也敞开来。

安东尼奥尼呼吁“被解放的观众”，[②]他能担任积极的阐释者角色。其影像鼓励联想。我曾在其它地方提及“生产性观众”[③]的说法。所谓“生产性观众”，就是指在和媒体文本的交互中，他基于自身教育和生活的历史能够生产性、创造性地创建多种阐释。朗西埃正是从这种联想和也是分离的能力中领会到观众的解放。“每一个观众在其历史中已然是一名演员。”[④]因此为了将安东尼奥尼的电影变成自己的历史，他必须生产出对其影片制作个人化的解读。这种阐释工作就是一种“平等性演示”。[⑤] 叙事者和翻译者生产出一个共享着审美经验的解放共同体。安东尼奥尼影像制作的不朽价值表明，即便在今天和他的电影进行互动仍是可能的。

---

①Rancière，*Ist Kunst widerständig?* ，57.

②Jacques Rancière，*Der emanzipierte Zuschauer*，Vienna：Passagen Verlag，2009，33.

③Rainer Winter，*Der produktive Zuschauer. Medienaneignung als kultureller und ästhetischer Prozess*，Cologne：Herbert von Halem Verlag，2010 (second enlarged edition).

④Rancière，*Der emanzipierte Zuschauer*，*28.*

⑤*Ibid.*，30.

电影·图像

主持人语

这一专栏中的三篇译文，都属于分析哲学影响下的电影哲学研究。

一般认为，电影理论研究分为“经典电影理论”和“当代电影理论”，而西方的“当代电影理论”开始于20世纪70年代前后。但国内学界鲜少注意到，西方电影理论是在两个不同的学术传统之下展开：“欧陆传统”与“英美传统”。这两大传统的分立不仅限于电影研究，也明显体现在各种文艺理论、艺术哲学等人文学科之中，使当代西方人文学术呈现出两种明显不同的风貌。

所谓“英美传统”，并不是简单地按地域或种族来确定的，而是根源于一个哲学传统：分析哲学。分析哲学兴盛于剑桥和牛津，并至今主宰着主要英语国家（英国、美国、加拿大、澳大利亚等）的形而上学、语言哲学、历史哲学、政治哲学等——当然也包括艺术哲学。按照格利高里·居里（G.Currie）的表述，“分析的”意味着一种研究风格和表达风格：要求表述清晰、论证严密、注重逻辑、强调对当代科学成果的关注。这些要求无疑正是英美传统的经验主义、实用主义的思想根基①。

本专栏选择的三篇论文，分别涉及当代电影哲学中三个彼此相关但又相对独立的重要问题领域：电影本体论、摄影写实主义问题，以及观影的情感经验的问题。

一

诺埃尔·卡罗尔（N. Carroll）的《定义运动影像》是当代探讨电影本体论问题的重要文献。

---

①Greg. Currie, “The Long Goodbye: The Imaginary Language of Film”, British Journal of Aesthetics, (1993), vol.33, 7, 3, pp.207 - 19.

“电影是什么?”被称为“本体论问题”,在整个电影理论史中被不断追问。多数理论家并不是将之作为一个纯理论问题来探讨,而是联系着不同的艺术主张来进行回答。历来对电影“是什么”的追问,不仅是对电影的本质特征的探寻,还包含了审美判断,涉及对不同艺术风格的推崇。不仅经典理论家普遍如此,稍后的反对“电影本体论”的欧陆电影理论家其实同样如此。例如对电影作为语言、梦或各种精神病理学意义上的幻觉的主张,同样是一种本质主义观点,并且同样关联于对一些电影艺术特征的贬斥(例如“缝合系统”、“看不见的叙事”),或者对一些特征的崇尚(例如创造布莱希特式的间离效果)。

在分析的传统下,电影学者不是断然否认“电影本体论”,而是通过澄清概念,把形形色色缠绕在“电影是什么?”之下的问题区分出来。在分析美学中,“艺术的定义”和“媒介的定义”属于不同的问题,二者并无必然联系。艺术的定义,包括对部门艺术的定义,被视为一个关乎历史语境的问题——因为不存在脱离具体历史的“艺术”概念。“艺术”这个概念必定是历史的,也是开放的,它在艺术史、艺术制度、公众观念、艺术家的意图和创造活动中不断生成。不管电影媒介是否具有不同于其他媒介的独一无二的“独特性”(specificity),它们都不足以构成电影艺术的基础或本质。认为电影媒介具有这样那样的“独特性”,进而认为这些“独特性”构成了电影艺术的基础,这种论点被称为“媒介独特性本质主义”,在阿瑟·丹托和后来的卡罗尔那里被加以分析和批评。

哲学家丹托(A. Danto)率先对电影的存在方式进行了哲学分析,这标志着电影本体论的一个重要改变:由本质论转向存在论。即,从假定并追问定义电影的某种本质性特征,转向对电影作品的存在方式的思考。丹托借用形而上学中的运动与空间、类与例等重要区分,将电影清楚地区别于人工绘画、静态图像以及戏剧等其他艺术门类,刻画了电影的独特存在方式。在他的工作的基础上,美学家诺埃尔·卡罗尔继续了“定义电影”的话题。

在《定义运动图像》一文中,卡罗尔将丹托的“运动图画”这一条件改成“运动图像”,以便包括抽象电影,并将之作为电影作品的一个必要条件。此外,卡罗尔提出了其他四个必要条件,以定义包括电影、计算机视频、DVD影像等等“运动的影像”。卡罗尔的论文为我们更深入地理解电影媒介的独特性提供了清晰的概念框架。

二

贝瑞斯·高特(B. Gaut)的《不透明的图像》一文,涉及分析的电影哲学的另一个重要问题域——摄影影像的写实主义论题,也称为“实在论”论题(Realism)。

以巴赞、潘诺夫斯基等为代表的经典理论家把电影称之为“写实主义媒介”,并将这一点视为电影与其他媒介的重要区别。对于摄影影像与实在的关系,巴赞有着深刻的理解,然而他并没有进行系统、严密的理论表述。哲学家肯德尔·瓦尔顿(K.Walton)的《透明的图像》一文,以更严密、精致的理论来复活巴赞的“透明说”,激起了人们重新探讨这一论题的兴趣。瓦尔顿在当代心灵哲学的背景之下,将摄影影像的“透明性论证”奠定在一种知觉因果论上,即知觉对实在的反事实依赖性关系。这一依赖性关系被居里等理论家更细致地分析为“自然的反事实依赖性关系”。

瓦尔顿的论文及其论证成为当代电影写实主义论题中的经典文献。但由于它推出了高度反常识的结论(“电影是透明的”),这篇文章也成为电影哲学中最重要的靶子论文,激发了众多理论家的反驳和批判。高特的《不透明的图像》是诸多驳论中最具有代表性的一篇。这篇论文从标题上就与瓦尔顿的《透明的图像》针锋相对,通篇文章对瓦尔顿用以支持“透明说”的主要论证逐一进行了反驳,并证明对摄影影像写实性的解释不需要诉诸“透明说”。此外,《不透明的图像》中用以反驳“透明说”的几个思想实验,已经成为分析美学中讨论视觉因果性的经典案例。

三

电影被心理学家称之为“情感机器”,对电影的各种情感反应与我们对电影叙事和人物的理解相伴随,甚至直接影响到我们对电影类型的划分——例如恐惧片、悬念片、喜剧片等类型,都是根据影片引起的主要情感类型来划分的。但是,观众为什么会对某些情节或角色有如此强烈的情感反应?毕竟观众知道吸血鬼、异形等银幕角色都是虚构的,那么,他们为什么会恐惧明知不存在的东西?

20 世纪 70 年代以来的当代电影理论格外依赖精神分析学来解释观影经验中看起来的矛盾之处或令人困惑之处。这些理论将观众的情感反应基础归为某种退化性幻觉,即观众在“梦经验”或各种类似于婴儿阶段的退化性幻觉中误以为自己看见的东西是真的。在这样的思维方式下,“认同”这一精神分析学术语成为各种当代电影理论都诉诸的一个核心概念。

分析传统下的电影理论反对将观影过程视为以这类认知幻觉为主导的过程,而是要求对其中涉及的概念、判断、推理和想象活动等等进行澄清。基于此,分析的电影理论家对形形色色的“认同观”进行了分析与驳斥。贝瑞斯·高特的《电影中的同情与认同》一文详细阐明了电影观众对角色的情感反应的复杂性:观众可能因为电影叙事的各种特征,对角色产生与之相同的感情,或为角色感到某种他自己并未感到的感受,或对之产生某种感情……这些心理状态或过程来自我们运用自身的各种认知能力,而不是“认同”幻觉的结果。

——黎萌(西南大学文学院教授,哲学博士)

定义运动图像*

[美国]诺埃尔·卡罗尔(Noël Carroll)/文　罗朗　黎萌/译

一、背景:媒介本质主义问题

贯穿20世纪的大部分时间,“电影是什么”一直是困扰着许多电影理论家的重要问题之一。本文旨在尝试为该问题提供一种回答。换言之,我将尝试捍卫关于运动图像这种东西所构成的类(the class)的一个定义。我相信,电影属于这个类,并且,用它来给电影分类最恰当。我选择使用“运动图像”而非“电影”一词的原因将成为我接下来的论点。此外,我也要提醒读者,尽管我打算定义运动图像,我的定义也绝非所谓“真正的”、“分析的”或一种“本质的”定义——一个根据其合取是充分条件(jointly sufficient)的诸必要条件构成的定义。相反,我对运动图像的定义由运动图像所需要的五个必要条件构成。我并不断言它们的合取构成了充分条件。因为我怀疑,那会将超过这个主题所应有的精确性包括进来。当然,和亚里士多德(Aristotle)一样,我也认为尊重某个研究范围内的精确性限度是明智的。

如果你已读过本书①之前的文章,也许会对我现在才开始尝试回答“电影是什么”之类的问题而感到奇怪。因为,“电影是什么”的问题通常被要求做出本质主义的回答,而我一直持有坚定的反本质主义立场。难道现在我要推翻自己先前的立场吗?事实并非如此。希望我已表明,电影理论家们历来寻求的那种本质主义是误入歧途。但这并不排除电影可能具有一些必要的一般性特征,对它们的确认有助于定位(尽管可能并不精确)电影在各种艺术中的位置。因此,我打算探寻“电影是什么”的问题,同时避免对这个问题做本质主义的回答。

当然,这样的说法有些模糊,因为本质主义具有许多形态。所以,为了阐明我的方法,我应该直白地说明我所希望回避的多种多样的本质主义。首先,在回答“电影是什么”的问题时,我想避免掉入媒介本质主义(medium-essentialism)的陷阱,我相信,这是电影理论家们最容易倾向的一种本质主义。我对“电影是什么”这一问题的回答,一方面不能被称为真正定义的本质主义;另一方面,也不是希腊式的本质主义。但后面要说的更为重要,现在,最有意义的是指出我的方法如何对媒介本质主义做出回应,因为媒介本质主义一直是电影理论家们首要的关注点。

---

* 译者简介:罗朗,南京师范大学文学院博士研究生,研究方向为戏剧与影视学。

黎萌,西南大学文学院教授,哲学博士。

①本文选自诺埃尔·卡罗尔(Noël Carroll)和崔静熙(Jinhee Choi)主编:《电影哲学与活动图画文选》(*Philosophy of Film and Motion Pictures: An Anthology*),新泽西:威利-布莱克威尔出版社,2005年,第113—133页。——译者

什么是媒介本质主义？大致说来，它是这样一种学说：每种艺术形式都有其独特的媒介，一种使它区别于其他艺术形式的媒介。这是一条被跨艺术门类的许多理论家支持的普遍教条。也许，它对电影理论家特别有吸引力，因为它开始提供一种方法，以抵挡关于电影只是戏剧业种的攻击。

此外，这类本质主义者把媒介视为如下意义上的一种本质：此种媒介或本质会造成目的论的影响。也就是说，这种**作为**本质的媒介规定了用这种媒介做什么才是合适的。这个论点的一个较弱的、否定性的版本是“局限”观，它坚持认为，通过辨识媒介，某些艺术形式不应追求某些效果。正因此，莱辛(Lessing)①谴责用静止的石头来摹仿激烈形体扭曲的尝试。

另外，一种更强的媒介本质主义版本认为，媒介为用该媒介创作的艺术家规定了在风格或内容上会发挥最佳效果的是什么；并且艺术家应该追求那些，也只有那些才是该媒介的本质最有效地容纳的，甚至被该媒介的本性所规定的。例如，根据这个，画家可能会被要求专门再现静止的瞬间而非事件。②

媒介本质主义是一种令人兴奋的想法。因为它不仅承诺了区分各种艺术形式的方法，还承诺了解释为什么有些艺术品失败而另一些却成功的方法。对于那些失败的作品，可以说因为它们没有注意到媒介的局限，它们往往试图做其它媒介从本质上就更适合执行的事情。而另一些艺术品之所以成功，是因为它们做了从本质上就适合该媒介做的，它们实现了该媒介内在的目的。媒介本质主义或许也是充满诱惑力的，因为它定位了艺术家的位置。这并不是继某些存在论官僚主义的方式之后出现的枯燥的哲学编目。媒介本质主义给艺术家提供有益的忠告，它告诉艺术家什么应该做，什么又是不合适的。③ 媒介本质主义并非对定义进行枯燥乏味的、学究式的练习，它具有解释性和实用价值。但很不幸，它是假的。

媒介本质主义依赖于一些预设，其中许多都极富争议性。譬如：每一种艺术形式都有独特的媒介；一种艺术形式的材料因——其媒介——也是其本质(在目的论意义上)；一种艺术形式的本质——其媒介——指示、限制或规定了该艺术形式的风格和/或内容；最后，电影也具有这样一个本质。

每一种艺术形式都有一种独特媒介的观点在几个方面都显得虚假。首先，目前根本不能确定每种艺术形式都有媒介。文学有一种媒介吗？你可能会说，语词(words)。但是，语词是构成一种媒介的正当事物吗？从最直接的意义上看，媒介难道不应该是物理的吗？那么语词在何种有趣的意义上是物理的呢？但是出于得到启发的目的，我们暂且将这一系列问题搁置。即使语词可以被当做构成文学的媒介，它们会形成独特的艺术媒介吗？一方

①戈特霍尔德·埃夫莱姆·莱辛(Gotthold Ephraim Lessing，1729年1月22日—1781年2月15日)，德国启蒙运动时期重要的作家和文艺理论家，其著作主要有《关于当代文学的通讯》、《拉奥孔》、《汉堡剧评》等。——译者

②认为每门艺术都有自己的领域，因此它具有独特特征的想法，至少可追溯到文艺复兴和传统的比较论。这也是世纪之交现代主义的一个突出特征。那些乐于把电影视为一门艺术的理论家，会自然地吸收已被传统的高雅艺术所认可的前提，这似乎是合理的。

③至少，这是当艺术家倾心于媒介本质主义者时对此的看法。他们一旦不再抱有幻想，就很容易将媒介本质主义轻视为一种狭隘的、缺乏创造力的、令人反感的，以及完全不恰当的限制性运用。

面，所有类型的演讲和写作都要运用语词；另一方面，其他艺术形式如戏剧、歌剧、歌唱，甚至绘画和雕塑也会使用它。同样，如果说文学的媒介包含人的事件、行动和感受，那么由于类似的原因，它们都很难成为独特的。

所以，作为艺术的普遍理论，媒介本质主义的第一个前提就是假的。并非所有艺术形式都有独特的媒介。文学就没有——它所辖的诸领域，包括小说、诗歌和短篇小说等，同样也没有。但是，或许该立场能通过某种有用的方式被加以量化，只断定一些艺术形式拥有独特的媒介，并且这些艺术形式确实具有媒介本质主义所描述的那种目的论结构。那么，我们的问题就变成了：电影是否也是这样一种艺术形式？当然，这取决于电影的媒介是什么。如果它被确定为光和影，那么电影就没有独特的媒介，因为光和影无疑也是绘画、雕塑、摄影、幻灯片演示等的媒介。类似地，出于同样的原因，光和影不能借助电影独有的风格和内容来规定任何东西。

当然，“每一种艺术形式都有其自身的独特媒介”这一前提是错误的，还有另一个原因——在一种媒介可能是什么的最字面的意义上——因为许多（大多数？所有？）艺术形式拥有不止一种媒介，其中一些很难说是独特的。也就是说，每种艺术形式都必定有特殊的、独有的单一媒介的观点是错误的，因为艺术形式通常涉及多个媒介，包括那些常常交叉重叠的媒介。

例如，如果把媒介视为制作艺术品的材料，那么绘画就包含了几种媒介：油彩、水彩、蛋彩画颜料、丙烯酸颜料等。此外，在媒介的相当直接的意义上，雕塑包含了各种各样的媒介，至少有青铜、金、银、木材、大理石、花岗石、粘土、赛璐珞，（也有）丙烯酸颜料等。

另一方面，如果我们把媒介视为用来制作艺术品的某种工具，绘画可通过刷子、调色刀、手指甚至人体（请想一想伊夫·克莱因①的作品）制成；而雕塑可通过凿子、喷灯、铸模以及其他——如手指——制成。或许，每种乐器都是这一意义上的一个独立的音乐媒介，但这样一来，人的声音也是这样的媒介，同样，手指也是这样的媒介。

因此，每一种艺术形式都有自己独特的媒介是不可能的，因为许多（大多数？所有？）艺术形式拥有不止一种媒介，其中许多媒介本身就具有大相径庭的可能。正如下列例子表明的，这些媒介也并不总是出现在独一无二的艺术形式里。塑料丙烯人像出现在绘画和雕塑中；赛璐珞出现在电影和雕塑中；人体出现在绘画、雕塑和舞蹈中；而手指，以各种方式无处不在。此外，如果以其独特的形式元素来考察艺术形式的媒介，那就完全失去了理由。就线条、颜色、体积、形状和运动这些特征而言，它们在各种艺术形式中都是最基本的，对任何一种艺术形式都不是独一无二的。

①伊夫·克莱因（Yves Klein，1928年4月28日—1962年6月6日），法国艺术家，他不仅是新现实主义运动的推动者，也是波普艺术重要的代表人物。1960年3月9日，克莱因创作了一个名为《蓝色时代的人体测量》（*Anthropométrie de l'époque bleue*）的表演艺术作品：他将三个裸体女模特的身体涂满颜料，指挥她们在画布上翻滚或按压，把她们的身体形态的痕迹留在画布上，并在表演现场同时演奏由他本人创作的《单调交响曲》。——译者

显然，“艺术媒介”(artistic medium)这个短语的含义是高度模糊的，有时指构造艺术品的物理材料，有时指用以构造的工具，有时指在特定实践中可供艺术家设计的形式元素。这种模糊性本身可能会阻碍我们把媒介的概念作为理论上有用的概念。事实上，我认为至少就美学家规范应用的方式而言，我们可以彻底地放弃它。话虽如此，应当清楚的是，大多数艺术形式不能在单个媒介的基础上被识别，因为大多数艺术形式都与不止一种媒介相关。

电影无疑也是如此。如果我们根据制作影像的材料来考察媒介，我们的第一个念头可能是：媒介显然是带有摄影感光乳剂的胶片。但闪烁电影(flicker films)，如库贝卡(Kubelka)①的《阿努夫·赖内》(*Arnulf Rainer*，1960)，可通过交替透明和不透明的牵引片完成，不使用摄影感光乳剂。而且，我们也可以在一条清晰的胶卷上绘画，然后投影出来。此外，原则上，录像可以被开发到这样的程度：在高清度方面它可能难以与胶片区分，或者至少，大多数人在分辨由全高清录像制成的商业叙事片和胶片电影时会遇到麻烦。当然，如果电影可以由磁带制成，电影将与音乐共享一种媒介。

如果我们根据通常用于制作电影的工具来考察电影的媒介，那么摄影机无疑会出现在脑海里。但正如之前闪烁电影和绘画电影的例子所表明的，电影制作可以不使用摄影机，划痕电影(scratch films)的存在强化了这一点。人们可以想象电影完全只在大容量光盘内制作；同时，电影的形式特征如线条、形状、空间、运动、时间和叙事结构，是与许多其他艺术共享的。因此，应当清楚地表明，严格地说电影没有单一的媒介可以使电影理论家由之推断出风格指令。最多只能说，存在各种电影媒介，一些电影媒介也许至今仍有待发明。

迄今为止我们提到媒介时的主张看起来可能是反直觉的。但它不应如此。毫无疑问，摄影由许多媒介构成，既有银版摄影术和锡版摄影术，也有偏光摄影术。我们应该如何对个性化媒介进行细化可能也存在问题。全色和正色胶片材料是不同的媒介吗？硝酸盐和醋酸盐制成的都是胶片吗？鱼眼镜头和所谓的普通镜头是不同的媒介吗？我们可以想象这些问题的两面都有令人信服的论点。但是尽管存在这样的争论，艺术形式涉及多种媒介，并且它们反过来又可能常常混合，这样的观察无可辩驳。关于艺术形式有(独一无二的)媒介的观点，通常是一种误导性的简化或抽象化。实际上在我看来，我们无法(从构成特定艺术形式的各种媒介中)在物理层面为这种艺术形式选择性地规定一种具体媒介，物理层面是不受该艺术形式的正当的功能概念所引导的，而这个正当的功能概念显示出一个人的风格性兴趣。

当然，否定诸艺术形式像一般认为的那样拥有某种媒介，我并不是打算说艺术品缺乏材料基础，或它们不是由物理要素形成的。我的观点只不过是，特定艺术形式的艺术品可以使用不同的媒介，有时，它们同时还可以通过不同的工具来制作。在所谓**大媒介**(*The Medium*)的题目下将这种差异具体化，掩盖了艺术形式与其物质基础之间关系的丰富性与

①彼得·奎贝卡(Peter Kubelka，1934年3月23日—)，奥地利实验电影导演，其实验作品常通过逐格拍摄纯抽象图案而完成。——译者

复杂性。毫无疑问,有人或许会以我对媒介的解释太过狭隘为由,抵制我此处关于媒介的怀疑论。然而,在辩证的原则下,举证责任转到对方,他们需要提出一个豁免于我的反对意见的关于媒介的概念。

目前,我已经质疑了两个关于媒介本质主义的预设,即每种艺术形式都有独一无二的媒介,以及,电影也是如此。但是还有一些关于媒介本质主义的预设同样值得仔细推敲,它们通常是与我们已开始谈论的问题相关的原因。

媒介本质主义者认为,一种艺术形式的所谓媒介也是这种艺术形式的本质,在如下意义上:它负载了这种形式特殊的终极目的,以类似于某种基因的方式。这是一种令人震惊的学说,不仅因为我们面对的媒介的许多候选者被不同的艺术形式所共享,也因为在许多情况下——如油画或赛璐珞——那些候选者可能用来做什么似乎是尚未确定的。

但是,当人们想到艺术形式通常不具有单一的媒介,但根据媒介来思考更好时,该学说也会受到质疑。因为如果艺术形式拥有若干媒介,就没有理由假定它们都将集中产生某种单一的效果或单一范围的效果。构成某一艺术形式的媒介可以保持截然不同的潜力和可能性。没有事先的理由认为构成一种艺术形式的所有媒介会倾向相同范围的效果。事实上,构成一种艺术形式的媒介越多,在统计学的意义上它们产生不同效果的种类就可能越多。因此,当一种艺术形式的媒介是多样的,这往往会削弱"艺术形式的唯一媒介可以将这种艺术形式的目的定义为一个整体"这一假设。不可否认,甚至单个媒介也可能会产生不同范围的效果,使它无法为该艺术形式指定一个单一、一致的结果。而当艺术形式是由多个媒介构成的可能性增加时,推断媒介可能相当于某个艺术形式的本质或目的的概率就变得非常可疑。

在评论构成艺术形式的媒介的多样性时,我提到可能还有些相关的媒介暂未被发明。随着时间的推移,艺术形式的媒介也在增加。贝利尼(Bellini)①不可能知道塑料将成为雕塑的媒介。此外,更不用说,当一种艺术形式的媒介增加时,它们或许会带来意想不到和前所未有的可能性,它们也可能并不符合艺术家熟悉的现有效果。鼓机和采样器最近已被添加到音乐媒介的工具库中以模仿现有的声音,但人们很快就发现,它们同样能用于创造性地制造此前难以想象的声音。例如,有了采样器,人们可以通过仔细的拼接来合成小军鼓的敲击声和吉他的持续声。而且,艺术形式不是静止不动的,因为至少它能从新的媒介上获得意想不到的、前所未有的可能性,这也表明,人们不能指望在构成它的媒介的基础上规定一种艺术形式的目的。

或许,各种艺术形式并不像传统所假设的那样具有融贯的本质。但即使它们是那样,也没有一种单一的媒介可构成艺术形式的本质或目的。也许过去的理论家们误解了这一点,因为他们倾向于从特定艺术形式中选出某个媒介,把它当作(或者正如他们所说的,让它"优先成为")唯一的**那个**(*the*)媒介。至少从表面看来,这种操纵使得关于艺术形式的一

---

①乔凡尼·贝利尼(Giovanni Bellini,1430年—1516年),意大利威尼斯画派画家。——译者

致目的的推导看起来更为可信。但这忽略了艺术形式也在不断扩大其生产性能力的事实。原则上,新的媒介对艺术形式而言总是可用的,从而为实践开辟新的可能性。人们不能再通过赋予特定艺术形式中某一媒介优越地位的理论来束缚这些发展,正如不能通过意识形态来束缚生产方式。

人们不能根据所谓媒介来识别诸如电影之类的艺术形式的本质或目的,这种所谓的媒介也不能说明或规定关于某种艺术实践的风格或内容方面探索的合法领域。要检视媒介本质主义在这方面的不足,可以比较其对风格形成与现实的观点的种种蕴涵。

媒介本质主义的最强版本,似乎把艺术形式视作装备了规定风格性发展的类似于基因程序的自然种类(natural kinds)。艺术形式有一种镌刻在媒介中的不可移易的本性,而且这种不可移易的本性决定了风格。但这显然是错误的想法。艺术形式不同于自然种类。艺术形式是人类为了服务于人的目的而创造的。艺术形式并非不可移易的,它们往往会被调整、改变和再造,常常服务于预先规定的风格目的。而且,这与媒介本质主义者预测的事件过程正好相反。

考虑一下乐器。从它们是用于建构艺术品的物理工具的意义上说,它们有权被视作艺术媒介。它们是媒介,那么在同样的意义上,粉笔和蜡笔也是媒介。与此同时,新的乐器不断被制作和重新改造。而且在很多情况下,这些发展是由风格性兴趣所驱动的。例如,钢琴每次都在作曲家对持续渐强越来越有兴趣时被引入。在这里,风格性兴趣出现在对媒介形态的改易之中。同样,个别音乐家改变了音乐媒介以适应他们的风格目标,如爵士乐演奏家杰克·蒂加登(Jack Teagarden)①,他把拉管从长号上取下,用一只威士忌杯子托住喇叭。在这种情况下,媒介没有固定风格的范围,反而是风格的野心决定了媒介的制作和再造。

这种现象也不为音乐所独有。在电影中,某种程度上,为了促成从业人员在早期格式中不完全实现的"写实主义"风格效果,开启了转向各种宽银幕的进程。② 同样,在20世纪头10年的后期和20年代初,正如克里斯汀·汤普森(Kristen Thompson)所示,电影制作者引入了人像镜头和在镜头上使用薄纱的方法,为某些风格效果创造明显的柔和的影像。③

---

①杰克·蒂加登(Jack Teagarden,1905年8月29日—1964年1月15日),美国爵士乐演奏家。——译者

②这一解释在查尔斯·巴尔(Charles Barr),《宽银幕电影:此前和此后》(Cinemascope: Before and After),载《电影理论与批评导读》(*Film Theory and Criticism: Introductory Readings*)第二版中提到过,该书由杰拉德·马斯特(Gerald Mast)和马歇尔·科恩(Marshall Cohen)编辑,纽约:牛津大学出版社,1979年。当然,我并非暗示风格因素是采用写实主义的唯一甚至最重要的原因。但是正如巴尔提到的,它们是激发性的因素。同时,应该指出的是,巴尔倾向于使用宽银幕电影来做"写实主义者/本质主义者"的解读,是能够被轻易挑战的。例如,赛尔乔·莱昂内(Sergio Leone)在他的通心粉西部片中,对克林特·伊斯特伍德(Clint Eastwood)和李·范·克里夫(Lee Van Cleef)眼神的宽银幕特写镜头所做的令人眼花缭乱的剪辑处理。

③参见大卫·波德维尔(David Bordwell),珍妮特·施泰格(Janet Staiger)和克里斯汀·汤普森(Kristen Thompson):《经典好莱坞电影:1960年之前的电影风格和制作模式》(*The Classical Hollywood Cinema: Film Style and Mode of Production to 1960*),纽约:哥伦比亚大学出版社,1985年,第287—293页。

还有一种情况是，为黑白摄影重新引入弧光灯的用法，威尔斯(Welles)①和托兰德(Toland)②在《公民凯恩》(Citizen Kane，1941)中开创的关于景深的风格效果在19世纪40年代被拾起。在这种情况下，为了服务于风格目的，“媒介”被改变或再造。所谓的媒介被物理地改变以符合风格的要求，而不是让风格顺从一些固定媒介的指令。

当然，与媒介本质主义者的主张相反，这样的情况表明，风格的发展不需要遵循所谓媒介的“指令”(即使人们能够识别所谓的“指令”)，因为在许多情况下，正是风格因素影响了艺术媒介的发明、改变和再造。这并不否认有时艺术家通过考虑接受媒介(我宁愿称之为“那个媒介”)的特征以达到他们独特的风格选择。我只想质疑媒介本质主义者的关键前提——他们坚持认为风格是由媒介的结构(尤其是物理结构)所决定的。这必定是假的，因为时常恰恰是风格决定了媒介的结构。

我假定，媒介本质主义从与如下观点的联系中获得了许多吸引力，这种貌似常识的观点认为艺术家不应尝试让媒介做它无法做到的事。一旦媒介本质主义者与这种否定性的预测达成协议，他接着就会建议，就艺术家应该如何使用媒介来说，人们也可以说明某些确定的事。但是在这里，有两点值得注意。

首先，从逻辑上讲，关于艺术家应该如何使用媒介，我们无法从那个平凡的、否定性预测中获得任何强有力的、肯定性的规定性指令。其次，否定性的预测本身就是无意义的。原因很简单，这是一句空洞的警告，因为如果某件事情真的不能借助某些媒介完成，那么就没人会去做。没人能做不可能的事。这个案例就结束了。而且同样的，从人们不应做用那种媒介不可能做到的事这样空洞的警告中，推导不出关于艺术家应该追求的媒介的现实可能性是什么。媒介本质主义者给我们留下了这样的印象——他们阻止用媒介做其不能做到之事，这一否定性命令中隐含着他们肯定性的推荐——但他们只是在进行不合逻辑的推论。

我已经花了很多时间讨论媒介本质主义的前提，因为我相信，这种方法不幸地主导了此前回答“电影是什么”这一问题的尝试。因此在下文中，我将定义电影或我所谓的运动图像，我的定义既不涉及特殊的物理媒介，也不会提出决定电影艺术家应该做和不应做的风格效果。换言之，媒介本质主义的问题成了对我的理论的限制，划定了我不会去踩的思想领域的界限。作为预览，我打算提出我所谓运动图像的五个必要条件。此外，我将尝试解释它不会构成一种新的本质主义断言——既不关乎真正的定义也不关乎希腊式定义——我将在结束语中为其理由而辩护。

①奥逊·威尔斯(Orson Welles，1915年5月6日—1985年10月10日)，美国电影导演、编剧、演员，代表作有《公民凯恩》(*Citizen Kane*，1941)、《历劫佳人》(*Touch of Evil*，1958)等。——译者

②格雷格·托兰德(Gregg Toland，1904年5月29日—1948年9月26日)，美国电影摄影师，《公民凯恩》的摄影师，曾与奥逊·威尔斯一同进行大胆的技术实验和创新。——译者

二、重思摄影写实主义

在这一节,我将尝试引入我所说的运动图像的一个必要条件。我将为这一条件辩证地论证,通过说明需要它的理由如何能出现在关于电影之本质的一种传统观点——即摄影写实主义——的缺陷的证明过程之中。

众所周知,安德烈・巴赞(André Bazin)①通过强调电影的摄影基础来回答"电影是什么"的问题。对他而言,摄影使电影图像区别于其他类型的图像艺术,例如绘画。巴赞坚称,手工的图像实践如绘画,是通过相似性来描绘对象、人物和事件;而机械生成的图像如照片和电影,可以在字面意义上对观者呈现(presented)或再一呈现(re-presented)过去的对象、人物和事件。如果绘画与其对象的关系是相似性(resemblance),那么照片及其进一步引申的电影图像与其所指的关系就是同一性(identity)。伍德罗・威尔逊(Woodrow Wilson)②的照片就是以视觉形象对当代见证人再次呈现的伍德罗・威尔逊本人。可以说,电影和摄影为我们提供了回望过去的望远镜。巴赞说过:"摄影图像就是那个对象本身……它凭借自身生成的过程,共享它作为其复制品的模特的存在;它就是那个模特。"③

此外,巴赞试图通过强调电影的摄影基础来说明电影与其他图画制作过程如绘画的本质区别。传统的图画制作过程是再现性的,在巴赞看来,再现(represent)的独特之处在于它根植于相似性。根据巴赞的说法,电影和摄影一样,是呈现(present),而非再现。它再次呈现对象、人物和事件,因此,"X"的照片及电影图像与"X"本身之间存在某种同一性关系。而且,对巴赞来说,呈现性图像和再现性图像之间的区别与一个事实相关,即照片和电影图像是机械生成的,而更传统的图像却是人工的。

机械生成的图像与人工图像之间真的存在如此大的差异吗?要支持对于此处暗藏着某种深刻差异的直觉,巴赞主义者可以要求我们思考以下的对比情况。④ 很多时候,摄影师在前期拍摄时完全没有注意到的某些对象会出现在照片或电影图像之中。有时可能会相当令人尴尬,例如,波音 707 出现在《万世英雄》(El Cid,1961)一个镜头的后景中,或《第一武士》(*First Knight*,1995)的画面中冒出一根电线杆。不过即使在不尴尬的情况下,摄影师也承认,他们常在照片里发现按下快门曝光胶卷时未曾留意到的东西。原因很简单,摄影是一个机械过程。不管摄影师是否留意到,机器会自动记录出现在它视野中的一切。

---

①安德烈・巴赞(André Bazin,1918 年 4 月 18 日—1958 年 11 月 11 日),法国《电影手册》(*Cahiers du cinéma*)创办人之一,亦是"二战"后西方最重要的电影批评家、理论家之一。——译者

②伍德罗・威尔逊(Woodrow Wilson,1856 年 12 月 28 日—1924 年 2 月 3 日),美国第 28 届总统。——译者

③参见安德烈・巴赞(André Bazin):《电影是什么?》(*What is Cinema?*)第一卷,休・格雷(Hugh Gray)译,伯克利:加州大学出版社,1967 年,第 14 页和第 96—97 页。交谈中,大卫・波德维尔认为上述引文的翻译质量不佳。然而,即使这是真的,译文所代表的立场仍然值得讨论,因为它已经产生了一种或许可称为"巴赞主义者"的立场。我们需要反驳这一立场,即使它并不是巴赞提出的。

④此处换用"巴赞主义者"这一习语意味着以下的论证不是由巴赞本人提出的,虽然我相信如果巴赞想到了这种"直觉泵"(intuition pump),他也会乐于使用它。

但另一方面,巴赞主义者可能提议,这样的突发情况不可能出现在绘画里。我们根本无法想象,画家回头看自己的作品时会被突然发现的画里的建筑物吓到。绘画是一种有意图的行为,每个对象之所以出现在画中是因为画家意图它在那里。画家看着自己的画作不会遭遇摄影师常常遇到的那种令人吃惊的情况——除非他有健忘症或有人篡改了它——因为画中的每个人、对象或事件都是作为画家意图的结果而存在的。

由于绘画是人工的,即依赖于画家描绘这个或那个的意图,所以画家不可能为发现波音707出现在自己的英雄肖像中而震惊。但这种震惊在摄影里不仅可能,而且相当常见。拍摄时若有没注意到的东西闯入取景框,那么电影的许多场景都必须重拍。一个导演回看样片时也许会问:“**那个**是怎么跑到我镜头里的?”但画家永远不会有这样的疑问。他已经知道了,因为是他将它置于那里的——不管它是什么。

因此,巴赞主义者推断,机械生成的图画与人工图画之间的差异并非技术选择上微不足道的小事。它位于一种存在论的分裂之上,那个分裂在划分什么可能和什么不可能的层次上深入世界的结构。正因为在电影中可能的(因为它是机械生成的图画)在绘画中是不可能的(因为它是人工图画),巴赞式的摄影写实主义者相信,他发现了一种根本性的区别性特征,能够区分传统的图像再现与摄影影像呈现。

毫无疑问,这位摄影写实主义者可以列出一些非常强大的直觉作为后盾。但迄今为止,这一立场仍牵涉许多责任。其中之一,巴赞自己从未有效地解释过我们要如何理解“X”的照片或镜头与“X”本身之间的假定的同一性关系。显然,一个关于丹泽尔·华盛顿(Denzel Washington)①的镜头与这个人本身不是同一个东西。那么,在什么意义上,图像**是**(*is*)它的模特呢?除非能为该问题提供一个合理的回答,不然摄影写实主义就会陷入绝境。②

其次,诸如巴赞所倡导的那种摄影写实主义代表了媒介本质主义者保留的另一种说法,并因此涉及本文刚刚详述的诸多缺陷。所以,除了它对电影图像与其所指之间关系的潜在的不融贯的解释之外,巴赞式的摄影写实主义还无法避免如下指责:它试图在可疑的存在论主张的基础上规定审美选择。

但这些问题也许并不那么吓人。一方面,摄影写实主义者可以使自己的立场超离巴赞的媒介本质主义者倾向。他也许会同意,他的立场并不具有关于借助电影风格必须做什么和不做什么的风格蕴含,同时他坚称,电影本质上是摄影的。也就是说,摄影写实主义者可以断定电影的摄影基础是电影的本质特征,同时无需承诺如下观点:这在逻辑上为电影制作者蕴含了某种确定性的风格或风格范围。

此外,还应该谈一谈摄影写实主义的另一个难题,许多哲学家包括罗杰·斯克鲁顿

①丹泽尔·华盛顿(Denzel Washington,1954年12月28日—),美国男演员、导演及制片人。——译者

②对巴赞“影像与其模特之间的同一性”这一主张的合理性的质疑,参见我的论文《论摄影与电影再现的独特性主张》(Concerning Uniqueness Claims for Photographic and Cinematographic Representation),载《推论运动图像》(*Theorizing the Moving Image*),纽约:剑桥大学出版社,1996年。

(Roger Scruton)、肯德尔・沃尔顿(Kendall Walton)和帕特里克・梅纳德(Patrick Maynard)都已经开始研究巴赞模糊暗示过的那种使人可以理解的——即便不令人信服的——同一性主张。[①] 因此,如果他们能为摄影如何是一种呈现的而非再现的艺术提供一种融贯的解释,那么就又有理由问,摄影到底是不是电影的本质特征,并使其区别于传统的图画再现形式,如绘画?

摄影写实主义出现了一种新的辩护,它把电影类比为望远镜、显微镜、潜望镜以及能让人环顾拐角的停车场反光镜。通过这些设备观看时,可以说我们看到了这些设备允许我们看到的对象。我们通过望远镜观看群星;通过显微镜观察细菌;通过潜望镜看到航空母舰和原子弹爆炸;通过停车场反光镜注意斜侧面的车流。这些设备是视觉的辅助。也就是说,我们可以把它们视作辅助装置。[②] 而且,这些辅助装置使我们看见事物本身,而非事物的再现。

当我通过观剧镜观看天真无邪的少女时,我看到的是少女,而非少女的再现。眼镜及上面提到的设备,增强了我的视觉能力。例如,它们使我看到遥远或微小的事物。事实上,它们使我们看到事物本身,而不仅仅是事物的再现。原则上,这些设备与用以矫正视力的眼镜没什么不同。它们使我们克服视觉缺陷,与原本无法接触的对象进行直接的视觉接触。

但是,如果我们愿意以这种方式谈论显微镜和望远镜,那么摄影写实主义者就会问,为何不以同样的方式看待摄影?图片摄影和电影摄影也是视觉的辅助装置。它们使我们与过去的人、地点和事件进行直接的视觉接触,这种方式类似于望远镜使我们与遥远的太阳系进行直接视觉接触的方式。照片让妻子在结婚纪念日再次见到她去世的丈夫,旧新闻短片的一个镜头让人看到打棒球的贝比・鲁斯(Babe Ruth)[③]。

这个论证采取了滑坡论证(slippery slope)的形式。如果潜望镜使我们能够直接穿透墙壁看到隔壁房间,那为什么视频设备不行呢?人们的第一反应是说,当我们看视频监视器时,我们不能直接地看隔壁房间的东西。但是,"直接地看"(to see directly)又是什么意思呢?

---

①参见罗杰・斯克鲁顿(Roger Scruton),《摄影与再现》(Photography and Representation),载《审美理解》(*The Aesthetic Understanding*),伦敦:梅休因出版公司,1983 年;肯德尔・沃尔顿(Kendall Walton),《透明的图画:论摄影写实主义的本性》(Transparent Pictures: On the Nature of Photographic Realism),载《批判性研究》(*Critical Inquiry*),第 11 卷,第 2 号,1984 年 12 月;帕特里克・梅纳德(Patrick Maynard),《绘画和摄影:描绘的因果关系》(Drawing and Shooting: Causality in Depiction),载《美学与艺术批评杂志》(*Journal of Aesthetics and Art Criticism*),第 44 卷,1985 年。在《再次透过照片看》(Looking Again through Photographs)一文中,肯德尔・沃尔顿(Kendall Walton)捍卫了自己的立场,回应艾德文・马丁(Edwin Martin)在《论看见沃尔顿的曾祖父》(On Seeing Walton's Great—Grandfather)一文中的质疑,两篇文章皆载于《批判性研究》(*Critical Inquiry*),第 12 卷,第 4 号,1986 年夏。

②参见大卫・刘易斯(David Lewis),《真实幻觉和人工视觉》(Veridical Hallucination and Prosthetic Vision),载《哲学论文》(*Philosophical Papers*),第 2 卷,牛津:牛津大学出版社,1986 年;E.M.塞蒙克(E.M. Zemach),《观看,及"看"与感受》(Seeing,'Seeing'and Feeling),载《形而上学评论》(*Review of Metaphysics*),第 23 卷,1969 年 9 月。

③乔治・赫曼・"贝比"・鲁斯(George Herman "Babe" Ruth, Jr.,1895 年 2 月 6 日—1948 年 8 月 16 日),美国职业棒球赛史上 19 世纪二三十年代的洋基强打者,带领洋基取得多次世界大赛冠军。——译者

它意谓的一件事是，我们的知觉反事实地依赖于我们感知的对象的视觉属性——即，如果那些对象的视觉属性原本不同，那么我们的知觉也会不同。在我们的感知对象和知觉之间存在着一条物理事件的因果链，使得一旦该链接的起点发生变化，我们的知觉也将相应地改变。例如，我看见那个苹果的红，因为那个苹果是红的；如果那个苹果原本是绿的，那么我会看到的也是绿的。而如果那个对象原本是一只香蕉而不是苹果，在同等条件下，我看到的就会是一只香蕉。

同样地，当我透过潜望镜看时，我所看见的也反事实地依赖于引起我的知觉的对象。正因此我才愿意说，我透过潜望镜或观剧镜所看见的是直接的看。这些设备增强了直接感知的能力。在使我们获得反事实依赖的属性的意义上，它们处于与借助裸眼看的连续之中。如果这些设备所针对对象的视觉属性原本不同，那么我们透过它们看到的也会不同。与无辅助的裸眼观看相比，透过观剧镜观看中涉及的物理事件的因果链会增加一个步骤。但是，这一步骤在类型上并没有什么不同。这仍然是一个保持了反事实依赖特征的因果过程。它与无辅助的裸眼观看一样，所以我们愿意说，观剧镜如同裸眼观看，使我们与对象直接地(反事实依赖地，因果地)接触。

但是，这种情况会与摄影和电影如此不同吗？(一般)摄影和电影摄影的“所见”(visions)与无辅助的“正常”所见之间的关系，惊人地相似于观剧镜的“所见”与“正常”所见之间的关系，因为三者都展示了与它们作为“所见”的对象之间的反事实依赖关系。我们希望“X”的照片以如下方式呈现“X”的视觉属性：如果“X”的视觉属性原本发生了变化，那么照片也会在相应方面发生变化。例如，我们希望一所白色教堂的照片或电影图像是白色的，但如果事实相反，那所教堂原本是黑色的，至少在直接拍摄的情况下我们会希望摄影性描绘将其显示为黑色。

当然，这又与我对“X”的修复性意义上的裸眼视觉经验相关，在此假设我关于“X”的视觉经验以如下方式依赖于“X”的视觉特征：如果“X”的视觉特征原本不同，则我的视觉经验也会不同——如果一只棕褐色的狮子原本是红色的，我就会看见一只红色的狮子。辅助性裸眼所见和摄影以相同的方式反事实地依赖于诸视觉属性，因为这种所见与它们作为其“所见”的对象之间存在特定的物理因果路径。正因为这种物理性的因果过程，无论我们所见是否借助观剧镜的辅助，我们都处于直接的视觉接触中。由于摄影和电影的所见都涉及同样的物理性因果过程，原则上，没有理由说它们不直接向我们展示被看的事物，例如肯尼迪(JFK)①暗杀事件。

人们可能会说：“慢着，新闻短片中的事件与事件本身之间的时间差该如何解释呢？”但是，摄影写实主义者可以这样回答，在理论上这与如下情形事实上没什么差别：来自过去的星星的图像被望远镜——我们透过它直接地看——传递给我们。

①约翰·费茨杰拉德·肯尼迪(John Fitzgerald Kennedy，1917年5月29日—1963年11月22日)，美国第35任总统，他的执政时间从1961年1月20日起到1963年11月22日在达拉斯遇刺身亡为止。——译者

通过以上论证,摄影写实主义者认为照片和电影图像是透明的——我们通过它们看到引起它们的对象、人物和事件。① 人们猜想,巴赞在根据同一性来讨论摄影图像与所指之间的关系时,所想的正是这种透明性。借助这种透明性,我们可以透过照片看见被摄对象。那照片是关于来自过去的某个东西的透明的呈现,我们直接看见那个东西,在反事实依赖性的意义上——即,如果相关对象原本是不同的,作为摄影所包含的那种物理过程的一个结果,那张照片也会以相应的方式成为不同的。

此外,传统的图画制作实践,例如绘画,并非如此透明。绘画不需要反事实地依赖于它们所描绘的对象的视觉属性。它们依赖于画家对那些对象持有的信念。从对象到关于对象的绘画的事件链条,不是我前面所说的在裸眼的"正常"所见中发现的那些物理因果链条。这种关系被画家的信念和意图所介入。一个绿色的苹果在画中也可以是蓝色的,只要画家想要那个苹果是不一样的。这里涉及的不仅仅是"自然的"物理因果链。正因此,在法庭上绘画不会像录像带一样被当作证据而加以承认。正因如此,一幅关于罗德尼·金(Rodney King)②被殴打的画作无法拥有录像带那样的证明效力。

我们不能透过绘画直接地看。绘画是再现,它们由意图介入。它们不是透明的呈现形式。一幅画提供的是一个关于对象的再现,而一张照片,以及进一步的电影图像,为我们提供了产生图像的对象,就像显微镜增强了我们的感知能力一样,它以与"正常"的所见相连续的方式使我们直接看到微小的事物。(一般)摄影与电影摄影使我们能透明地看见的,正是开启了因致这些图像的机械过程的那些来自过去的事物。

为了"透过"一张图"看",一个必要条件是摄影过程要通过纯粹的机械手段使我们与其对象接触。但是,尽管这是某个东西要算作一个透明的摄影性呈现所需要的一个必要条件,但它仍不是充分的。为什么呢?想象一台计算机,它能扫描一个视觉阵列,继而打印出关于它的一个描述。它不必是一个复杂的视觉阵列,可以由非常简单的几何图形组成。当然,制造一台能识别这样的形状并把它们关联于简单描述的计算机是不成问题的。然而在这种情况下,我们看上去是在与视觉阵列进行机械接触,确保了透明的看的归因。但仍存在一些问题,因为诸描述并非透明的图画,原因很简单——它们根本不是图画。那么,除了机械接触,还应该加上什么条件,才能区分计算机生成的描述与我们可以透过其看的那种图像呢?

找出这种区别的一个办法是,注意对比我们有可能混淆图画的方式和混淆描述的方式。例如阅读,我们可能会把"mud"(泥坑)错认为"mut"(杂种犬),因为其文字是如此相

①这一观点不应与阿尔都塞—拉康式的(Althusserian—Lacanian)电影理论家所采用的透明性理论混淆。对他们来说,观众误以为电影图像是透明的,但事实并非如此。另一方面,摄影写实主义者认为照片和电影图像——或者,至少它们中的大部分——在某些相关方面确实是透明的。

②罗德尼·格伦·金(Rodney Glen King,1965 年 4 月 2 日—2012 年 6 月 17 日),非裔美国人,1991 年 3 月 3 日,因超速被洛杉矶警方追逐,被截停后拒捕袭警,遭到警方用警棍暴力制服,1992 年,法院判决逮捕他的四名白人警察无罪,从而引发了 1992 年洛杉矶暴动。——译者

似，当我们迷糊或草率时，很容易误认。然而在现实世界中我们看自然中的对象，只要光线足够、视力正常、距离适中，以及视觉范畴的指挥到位，就不大可能把一个泥坑误当作一只杂种犬。

另一方面，自然地看时，更容易将车库的背面误认为房子的背面，而即使在疲劳的情况下，也很难将“garage”（车库）这个单词与“house”（房子）一词混淆。产生这种差异的原因是什么？一个非常合理的假设是，当我们自然地看时，产生混淆的原因是基于被看对象之间真实的相似性；而对字词的混淆则基于某种意义上是完全任意的文字的相似性。因此，摄影写实主义者可以说，混淆摄影或电影图像的对象时，只有通过摄影过程的看所获得的才是真正的相似性关系。而描述，即使是机械生成的，也不会在其所指对象之间的真实相似性基础上引起视觉混淆，它只是通过文字引起视觉混淆，而文字是任意的。相反，透明的呈现交换着真正的或自然的相似性，而描述并非如此。

因此，为了阻止如“机械生成的描述”这样的反例，“透明的看”或“透过图画看”必须补充如下规定：呈现保持了照片与被摄对象之间真实的相似性关系。

所以，总结如下：“X”是透明的呈现，只要：(1)“X”让我们与其对象进行机械接触；(2)“X”保留了事物之间真实的相似性关系。对透明的图画或透明的呈现而言，这些条件分别是必要条件，它们的合取是充分条件。此外，第一个条件指出了诸如绘画这样的**再现形式**与诸如照片这样透明的呈现形式之间的关键差异。

前文长篇幅的复杂的论证是为了说明，与巴赞不同，当代的摄影写实主义者可以就透过一张照片看见其所指到底是什么给出一个清楚的解释。因此，摄影写实主义者可以倡导如下主张：透明的看是摄影的本质特征，或者至少是必要的特征。他们也论证了电影的摄影基础是电影的本质特征，摄影写实主义者只要愿意，就可以继续论证透明的看是电影的本质特征，或至少是必要的特征，由此重新安置类似于巴赞的洞见，尽管是在理论意义上更精致的框架之中。

但是，即使摄影写实主义的主张能以前述方式表述得可以理解，似乎仍不能承认透明的看是电影乃至摄影的本质或必要条件。因为摄影不是电影唯一的媒介。电影（和摄影）可由计算机生成，例如《侏罗纪公园》（*Jurassic Park*，1993）中乱窜的恐龙所充分展示的。这些图像当然是电影，但不存在要让观众借助它们直接看的任何东西。最早的由计算机生成的镜头出现在主流电影之中，例如20世纪80年代的《星际迷航2：可汗之怒》（*Star Trek II*，1982），自此之后计算机模拟的使用不断增多，如罗杰·科尔曼（Roger Corman）[①]的《神奇四侠》（*The Fantastic Four*，1994）。自20世纪80年代以来，电影中的一些镜头已经完全是合成的：一些绘景、动画等被“拼在一起”，其中没有任何三维物体的摄影影像。在这种情况下我们看到的视觉阵列，部分或全部对应于没有独立存在的空间场。

①罗杰·科尔曼（Roger Corman，1926年4月5日—　），美国独立电影导演、制片人。——译者

也许摄影写实主义者会反驳说,每个建构的图像都含有一些我们可以透过其直接看的摄影元素。但是,我们无疑已处在完全由数字合成的电影的边缘。马特·埃尔森(Matt Elson)①制作的动画短片《触手可及》(*Virtually Yours*)中的女主角洛塔·狄再尔(Lotta Desire)完全由计算机建构,就证明了这种可能性。②此外,如今电影演员的高昂成本给电影转向发展完全由计算机合成的人物提供了强大的经济动力。③

极有可能,电影未来会成为数字合成图像的天下,直接地看的概念将不再重要,因为这样的图像不需要具有我们能直接看的自然中的模特。没有原则上的理由说不会如此。④ 那么,胶片时代可能只代表这种艺术形式中一段短暂的插曲。但是,即使这些预言未能成真,直接地看就算在现在也既非电影的本质特征,也非必要特征,因为现在我们已经拥有了一些完全由计算机生成的图像。我们能用以论证的反例来源也不必然只在当代。另一种推翻直接地看的技术——遮罩镜头,好莱坞已经使用了几十年,虽然这些镜头通常只是被部分地使用,原则上没有理由不把一个完全建构的遮罩镜头或"合成物"视为电影的实例。⑤在这种情况下,正如计算机生成的图像,电影已接近绘画的状态。

先前的直觉之所以认为电影镜头和绘画必然有本质的区别的一个重要原因是,电影制作者会为发现波音707出现在他们的图像中而惊讶,但画家却不会如此。事实上,这种直觉是草率的。电影镜头和绘画之间并没有原则上的区别。毕加索(Picasso)⑥讲述了这样一个故事——他在布拉克(Braque)⑦的绘画中找到了一只松鼠的轮廓。⑧ 布拉克没有意识到松鼠的存在,因为松鼠躲在图像的负空间(negative space),就像存在于脸轮廓图画中的花瓶。这样的切换图像(switch images)——诸如鸭子/兔子和老妇人/年轻女人——是众所周知的,不难想象,一个画家知道自己正在描画这样一个图像的一个面相(aspect),同时不知道描画了另一个面相。正如发生在布拉克身上的情况一样。毕加索讲这个故事,是为了好

---

①马特·埃尔森(Matt Elson),美国动画短片导演。——译者

②参见罗宾·巴克(Robin Baker),《当代电影中的计算机技术与特效》(Computer Technology and Special Effects in Contemporary Cinema),载《未来的所见:银幕新技术》(*Future Visions: New Technologies of the Screen*),该书由菲利普·哈瓦德(Philip Hayward)和塔纳·伍伦(Tana Wollen)编辑,伦敦:BFI出版社,1993年。

③参见《虚拟演播室:计算机来到好莱坞》(Virtual Studio: Computers Come to Tinseltown),载《经济学家》(*The Economist*),第333期,7895号,1994年12月24日—1995年1月6日,第88页。

④对此,摄影写实主义者也许会反驳,无论如何都存在一些透明的图画,而且这确实是其理论的底线。但如果是这样,透明性就不能算作电影图像的必要条件。

⑤关于遮罩,参见弗莱德·M.瑟森(Fred M. Sersen),"拍摄遮罩镜头"(Making Matte Shots),载《美国电影摄影师协会视觉效果图库》(*The ASC Treasury of Visual Effects*),该书由乔治·E.特纳(George E. Turner)编辑,好莱坞:美国电影摄影师协会,1983年;和克里斯托弗·芬奇(Christopher Finch):《特效:创造电影魔术》(*Special Effects: Creating Movie Magic*),纽约:阿布维尔出版社,1984年。

⑥巴勃罗·毕加索(Pablo Picasso,1881年10月25日—1973年4月8日),西班牙画家、雕塑家,其作品《亚威农少女》(*Avignon girls*)是第一张被认为有立体主义倾向的作品。——译者

⑦乔治·布拉克(Georges Braque,1882年5月13日—1963年8月31日),法国画家,与毕加索共同发起立体主义绘画运动,且"立体主义"这一名称就是由他的作品而来。——译者

⑧参见弗朗西斯科·吉洛特(Franciseo Gilot)和卡尔顿·莱克(Carlton Lake):《与毕加索在一起的生活》(*Life with Picasso*),纽约:铁锚出版社,1989年,第76页。

玩。但它也有理论上的重要性。为了记录这种可能性，毕加索展示了一个画家如何可能像电影摄影师一样惊讶地发现了一些生物或对象潜伏在他的画中——而他原本没有意图它们存在。

对摄影写实主义者而言，电影图像是一种呈现，而不是与绘画相关的那种标准术语意义上的再现。电影图像呈现了我们直接看到的事物，而且它是一种透明的呈现。因为它使我们机械地接触我们所见到的，并保留了事物之间真实的相似性关系。但是人们怀疑要把它称为呈现而非再现（在这个词的常规意义上）是否真的充分。

想象一个铁路站台。假设我们修建了一个逐点复制的铁路站台模型。然后设想将站台的每英寸都连接到一台超级计算机上，使得站台表面的每个变化都会在模型上登记一个变化。接下来想象一下，把模型放在我们和铁路站台之间，这样我们就不会直接看到站台的任何部分，而模型占据我们的视野，以如果没有它横亘于我们与站台之间，站台原本所在的角度和规模。在这种情况下，我们将与站台进行直接的机械接触，并且我们在模型中感知到的每一个变化都指示站台的一个变化。此外，在我们容易混淆的站台上的对象（如铁锹和锄头）之处，我们也容易在模型中混淆那些对象，因为该模型保留了事物之间真实的相似性关系。

我们是否会称模型为铁路站台的一个呈现，而不是一个（标准意义上的）再现呢？我们会说我们透过模型直接看到了站台吗？我认为这两个问题的答案都是否定的。因此，摄影写实主义者提出的识别在存在论意义上独立于再现形式的类的透明的呈现形式的类的条件，对于这一任务是不充分的，这反过来意味着，摄影写实主义者前述对透明的呈现形式的讨论，不足以支持关于照片和电影图像的独一无二性的主张。

摄影写实主义者认为，电影图像是透明的呈现形式，而非再现形式（在该术语的标准意义上）。我们透过它们看。这一结论是通过照片、电影图像与显微镜、望远镜之间的类比得出的。如果同意我们透过后二者看，那么为什么要犹豫对前二者下同样的结论呢？摄影写实主义者把我们带入了滑坡论证。我们有任何原则性的理由把望远镜视为视觉辅助装置，却否定照片和电影图像同样也是如此吗？我认为是可以的。

如果我通过双筒望远镜看到一对赛马奔向终点线，我获得的视觉阵列虽然放大了，却仍然在如下意义上与我自己的身体相联系：只要我愿意，我就能找到自己抵达终点线的路径。也就是说，当我使用双筒望远镜时，我仍然可以在空间上朝着终点线定位我自己。我对我感知的事物的身体朝向得以保留。显微镜和望远镜也同样如此。当我透过它们看时，我仍能指出我的身体大约在它们对我揭示出的细菌和流星的哪个方向。

但照片和电影图像并非如此。假设我正在看《卡萨布兰卡》（*Casablanca*，1942），我在银幕上看见的是瑞克的酒吧。基于那图像，我不能将自己的身体朝向那酒吧——朝向那个只在20世纪40年代初的某个时间在加利福尼亚存在过的结构的空间座标（我也不能借助图像将自己的身体朝向电影中位于北非的假定虚构地点）。看着酒吧的电影图像，我不知道如何将我的身体朝向或偏离瑞克的酒吧（布景）。也就是说，看着银幕上的图像，我不知道如何让我的身体朝着正确的方向，以便走到或驱车前往或飞往瑞克的酒吧（即，洛杉矶的摄影棚中的某个布景）。假设该布景仍然存在，图像本身不会告诉我该如何走向它，如果它不再存在，我就更不知该如何抵达它了。可以说，这是因为瑞克的酒吧与我的身体之间的空间是非连续的；从现象学意义上说，它与我寓居其中的空间是分离的。①

按照弗朗西斯·斯帕肖特(Francis Sparshott)的说法，我们可以把观看电影的这种特征称为“疏离的视野”(alienated vision)。② 通常，我们对自己所在位置的感觉依赖于平衡感和动觉。我们所看到的是对这些线索的一种整合，这产生了关于我们所处位置的感觉。但是，如果我们把在银幕上所见的称为“观看”(view)，那么它是一种不具身的(disembodied)观看。我看到一个视觉阵列，例如瑞克的酒吧，但我不知道这个被展现的空间实际上在哪里关联于我的身体。另一方面，在通过双筒望远镜、望远镜和显微镜等辅助装置看时——至少在常规情况下——我可以在我寓居的空间中将身体朝向这些设备使我能看到的对象。事实上我认为，除非我能够明了地将自己在空间上关联于对象——即，除非我（大致地）知道它们处于我所在空间的什么位置——否则我们不会说在字面意义上看见了对象。

然而，如果这个要求是正确的，那么我就没有在字面意义上看见因致(cause)照片和电影图像的那些对象。我看到的是标准意义上的再现或显示(displays)——显示的虚拟空间与我的经验空间是分离的。但是在这个范围内，电影图像被理解为标准术语意义上的再现或我所说的“分离的显示”(detached displays)，它们最好被划入绘画和传统图画的范畴，而不是被划入望远镜和镜子的范畴。

那么，摄影写实主义就是错的。照片和电影图像不是提供直接地看的透明呈现的实例。照片和电影图像不能被推定为属于诸如双筒望远镜这类装置，即能透过它们增强关于遥远之物的视力的装置。对于真实的视觉(authentic visual)，辅助装置保持了身体对可接触的对象的方向感；而照片和电影图像向观看者呈现的是一个不具身的或与其视角相分离的空间。同样因此，我们也不能说这是直接地看。

毫无疑问，摄影写实主义者会回应，我强调为本质特征的“正常”视觉和辅助性视觉的特征，只是偶然的特征，不应被用来阻碍摄影写实主义者将电影与这二者进行类比。但我不同意这样的观点。事实上，正常视觉使我们在空间上与视觉对象相关联，这解释了它在进化中的价值。这种视觉给予我们如何移动以趋利避害的信息，这也部分地解释了为什么视觉是我们所知的一种适应性选择属性。除了常识的压力，认为我为了给摄影写实主义者的滑坡论证踩刹车而强调的那种视觉特征是无法避免的，还有进一步的理由：那特征在视

①这种相异性的观点参见奈吉尔·瓦伯顿(Nigel Warburton)，《透过“透过”照片“看”的看》(Seeing Through ' Seeing Through' Photographs)，载《比例》(*Ratio*)，新系列第1卷，1988年；和格利高里·居里(Gregory Currie)，《摄影、绘画与知觉》(Photography, Painting and Perception)，载《美学与艺术批评杂志》(*Journal of Aesthetics and Art Criticism*)，第49卷，第1号，1991年冬。

②见F.E.斯帕肖特(F. E. Sparshott)，《电影中的所见和梦》(Vision and Dream in the Cinema)，载《哲学交流》(*Philosophic Exchange*)，1975年夏，第115页。

觉的进化论中扮演的重要角色。摄影写实主义者也不能否认,这种类比无法成立,因为镜子的视觉是直接的,但是还存在一些镜子组合,使光沿着复杂的路径传递,导致我们不能定位反射在我们面前的图像的来源。虽然我们可以说自己通过一些镜子直接看,我也没有理由相信在任何想象的镜子组合前我们能够直接地看。那些使空间定向变得混乱的镜子组合,我们的确是无法透过它们看的。

我已经花了大量时间驳斥摄影写实主义者所列举的电影的本质或必要特征的备选项(candidate)。① 虽然迄今为止我的论证主要是否定的,但至少得出了一个肯定的结论。因为在质疑摄影写实主义的过程中,我们发现了电影图像的一个必要条件:所有的照片和电影图像都是"分离的显示"。正是图像的这个特征否定了这一主张:摄影图像不是术语的常规意义上的再现,而是使我们能透过它们看到它们显示的对象的透明的呈现。这一特征否定了摄影写实主义对这个问题的解释,也揭示了所有电影图像的一个突出的属性——它们都涉及疏离的视觉、不具身的视点,或我更偏爱的"分离的显示"。也就是说,所有电影图像都是这样的:除了在怪异的情况下,观众将自己朝向银幕上描绘的那个真实的、前电影(profilmic)的物理空间,是极为不可能的。

那么,视频监视器向我们展示隔壁房间的情况又是怎么回事?这难道不是"分离的显示"这一论点的反例吗?当然不是,因为提供方向信息的不是图像本身,而是除图像中可用的信息外,我们还清楚摄像头的位置。如果同一个房间的图像从远程位置发送到我们的显示器,在这种情况下,我们可能很容易被欺骗。

因此,运动图画的一个必要特征是,它是一个分离的显示。只有当某物是分离的显示时,它才是一个运动图像。这样的图像给我们提供了一个视觉阵列,它的来源基于图像本身,我们无法在与自身身体连续的空间中将自己朝向该视觉阵列。无论这些分离的显示是照片还是电影图像,我们都必然与其空间"疏离"。

然而,尽管电影放映出的是分离的显示这一特征是运动图像貌似合理的必要条件,但它并没有为我们提供足够的概念工具来区分电影与其他视觉再现,例如绘画。因此,我们必须引入对电影的另一个必要条件的考虑因素。

三、运动图像

即使是一个分离的显示是电影图像的必要条件,该特征也不能使我们区分电影与绘画。和电影一样,一幅风景画通常也是分离的显示或不具身的视点。因为我们不能基于这幅画,在空间意义上将我们的身体朝向画作所描绘的自然中的景象。也就是说,当我坐在位于威斯康星州麦迪逊市的书房观看一幅描绘墨西哥城的街景画,在这幅画的基础上,我不知该如何走到那条街上。和电影图像一样,这幅画也是一个分离的显示。那么,绘画和

---

①在此使用单数的原因是,摄影写实主义者必须至少再引入一个特征来区分电影和摄影。也许他可以利用我将在下一节论证的"运动图像"的特征。

电影图像的区别到底在哪儿呢？

其实，在日常语言中已经出现了一个有用的线索，在日常语言中我们把这种现象称为**活动**图画（*motion pictures*）或**运动**图画（*moving pictures*）。[①] 但是，我们应该谨慎地利用这条线索。例如，罗曼・茵加登（Roman Ingarden）就认为，在电影里事情总是正在发生，而在绘画、绘图、幻灯片等等里面却总是静止的。[②] 但是，这种说法并不完全准确。因为有许多电影，在其中是没有运动的。例如，大岛渚（Nagisa Ôshima）[③]的《忍者武艺帐》（*Band of Ninjas*，1967）（一部拍摄纸质连环漫画的电影）、迈克尔・斯诺（Michael Snow）[④]的《蒙特利尔的瞬间》（*One Second in Montreal*，1969）（一部拍摄照片的电影）和《亦如此》（*So Is This*，1982）（一部关于句子的电影）、荷利斯・法朗普顿（Hollis Frampton）[⑤]的《因果循环》（*Poetic Justice*，1972）（一部拍摄放在桌面上的纸质剧本的电影）、让－吕克・戈达尔（Jean－Luc Godard）[⑥]和让－皮埃尔・高兰（Jean-Pierre Gorin）[⑦]的《给简的信》（*Letter to Jane*，1972）（一部也是拍摄照片的电影），以及饭村隆彦（Takahiko Iimura）[⑧]的《十分之一》（1 *in* 10）（一部拍摄加减表格的电影）。

或许还有一个比上述电影更有名的例子，那就是克里斯・马克（Chris Marker）[⑨]的《堤》（*La jetée*，1962）。这部电影几乎没有运动，它主要通过静止的图片的放映来讲述时间旅行的故事。当然，马克的电影中也存在运动，但是应该很容易想象一部和《堤》类似的没有任何运动的电影。

对于以上案例，人们可能会回应：这些没有运动的电影肯定没有前景，甚至是自相矛盾的。类似的实验可能被指责为不过是为了更有效地投影而安装在赛璐珞上的幻灯片。

但是，我们想象中的《堤》的一个版本中一个角色的电影图像，与它的幻灯片之间有深

①此处及整节内容都受到了阿瑟・丹托（Arthur Danto）雄文的深刻影响。阿瑟・丹托（Arthur Danto），《运动图画》（Moving Pictures），载《电影研究评论季刊》（*Quarterly Review of Film Studies*），第 4 卷，第 1 号，1979 年冬。

②罗曼・茵加登（Roman Ingarden），《论文学与绘画的界线》（*On the Borderline between Literature and Painting*），载《艺术作品的存在论：音乐、图画、建筑和电影》（*Ontology of the Work of Art*: *The Musical Work*, *The Picture*, *The Architectural Work*, *The Film*），雷蒙德・迈尔（Raymond Meyer）和 J. T.戈德思韦特（J. T. Goldwait）译，雅典：俄亥俄大学出版社，1989 年，第 324－325 页。

③大岛渚（Nagisa Ôshima，1932 年 3 月 31 日—2013 年 1 月 15 日），日本电影导演、编剧，日本“新浪潮”电影的代表人物。——译者

④迈克尔・斯诺（Michael Snow，1929 年 12 月 10 日— ），加拿大电影导演，主要拍摄实验电影。——译者

⑤荷利斯・法朗普顿（Hollis Frampton，1936 年 3 月 11 日—1984 年 3 月 30 日），美国电影导演、演员，主要拍摄实验电影，曾与迈克尔・斯诺有过合作。——译者

⑥让－吕克・戈达尔（Jean-Luc Godard，1930 年 12 月 3 日— ），法国电影导演、编剧，法国“新浪潮”电影的奠基者之一。——译者

⑦让－皮埃尔・高兰（Jean-Pierre Gorin，1943 年 4 月 17 日— ），法国电影导演、编剧，曾与让－吕克・戈达尔搭档合作。——译者

⑧饭村隆彦（Takahiko Iimura，1937 年 2 月 20 日— ），日本电影导演，20 世纪 60 年代日本实验电影的活跃人物。——译者

⑨克里斯・马克（Chris Marker，1921 年 7 月 29 日—2012 年 7 月 29 日），法国电影导演、影评人，法国电影“新浪潮”左岸派的代表人物。——译者

刻的区别。因为,只要你明白自己正在看的是一部电影,哪怕是一部显得像是一张照片的电影,接受那图像**可能**运动这一可能性总是合理的。另一方面,如果你知道自己正在看的是一张幻灯片,那图像可能会动在概念上是不可能的。图像绝不可能运动。因此,如果你明白自己在看幻灯片,并且明白幻灯片是什么,那么假设那图像能运动就是不合理的——实际上,这在概念上是荒谬的。

一张幻灯片中的运动需要奇迹;一个电影图像中的运动却是一种艺术选择,在技术上它总是可行的。在《忍者武艺帐》结束之前,也就是说,直到最后的图像闪过投影栅之前,如果观众知道自己正在看电影,那么观众可以假设图像中可能还会有运动。在电影中,永远都有出现运动的可能性。但是,如果观众知道自己正在看幻灯片,他对它会动起来的可能性的接受就是非理性的。这当然是非理性的,因为如果它是一张幻灯片,那图像要运动就是不可能的,而如果他知道幻灯片是什么,那他就必然明白这一点。

此外,幻灯片和电影之间的区分普遍适用于所有静态图画(包括油画、素描和静态摄影等)与所有运动图画(包括视频、妙透镜[mutoscope]和电影)之间的区分。对静态图画而言,如果人们期待它运动,则犯了范畴错误。根据定义,静态图画会运动是自相矛盾的。那正是它们被称为**静态**图画的原因。因此,如果人们观看明知是油画的静态图画而期待它会运动,就是荒谬的。但是,人们期待电影中出现运动则是完全合理且毫不荒谬的,因为电影就是一种运动的图画。即使存在像《因果循环》这样静止的电影,在放映结束之前人们如果一直琢磨是否会发生运动,也绝对合理。

例如对于《因果循环》这样的电影,问导演荷利斯·法朗普顿为何要制作一部静止的电影,这个问题是可以理解的,因为他能够把运动当作真正的选择。但是,问拉斐尔(Raphael)[①]为什么要在画作《雅典学院》(*School of Athens*)[②]里摈弃运动,则是没有意义的。因为和法朗普顿不同,拉斐尔别无选择。问为什么拉斐尔画中的哲学家不会动,就像问蚂蚁为什么不会唱《塞维利亚的理发师》(*The Barber of Seville*)[③]。

当然,一旦人们已经将一部静态电影从头看到尾,在重复观看时期待运动就不再是合理的,除非你怀疑电影在你第一次看完后被篡改了。第一次观看时,在电影结束前一直猜想银幕上是否会有运动,是合理的,或者至少不是非理性的。而在第二次和其后的观看过程中,再产生这种期待就不合适了。然而,第一次观看时,不到电影结束,人们都不能确定电影是完全静止的。这使得第一次观看静态电影的过程对运动的可能性持开放态度显得合理。但是,明知观看的是幻灯片或绘画,还期待其中会有运动,就是概念混乱。

---

①拉斐尔·桑西(Raffaello Santi,1483年—1520年),意大利画家,文艺复兴意大利三杰之一。——译者

②《雅典学院》(School of Athens)是拉斐尔于1510—1511年创作的经典作品,题目来自古希腊哲学家柏拉图所建立的雅典学院。——译者

③《塞维利亚的理发师》(The Barber of Seville)是法国作家皮埃尔—奥古斯丁·加隆·德·博马舍(Pierre-Augustin Caron de Beaumarchais)于1775年完成的剧本。以该剧本为基础所创作的歌剧,最著名的是由焦阿基诺·安东尼奥·罗西尼(Gioachino Antonio Rossini)作曲的。——译者

为什么将静态电影归类为电影，而不是幻灯片或其他类型的静态图画？因为，正如我已经指出的，静止是静态电影的一种风格选择。这是一个有助于一部影片的风格效果的选择。它是观众在试图理解电影时的沉思其意义的东西。说一部电影是静态的是增进信息的，它提醒一个潜在的观众留意那个作品中相关的风格表达层面。反之，说一幅画是在字面意义上静止的画，是没有意义的。它完全没有增进信息。绘画不可能不是那样。说一幅画或一张幻灯片是静止的绘画或静止的幻灯片，是冗余的。

实际上，可以想象一张关于一场游行的幻灯片，与关于游行中恰恰同一时刻的一个电影定格画面。事实上，这两个图像在知觉上难以分辨。然而它们在形而上学的意义上是不同的。当观众知道他所面对的图像是哪一个范畴——幻灯片或电影——时，分别会导致他做出的认识论陈述是不一样的。观看电影时，对将来可能的运动的预期是合理的，或者至少是概念上容许的。但是对于静态图画如幻灯片，那绝不是概念上容许的。原因也非常清楚。电影属于这类事物：在其中，运动是技术上可能的；而绘画、幻灯片等等，属于另一类根据其定义就是静止的事物。

日常语言把电影称为“活动图画”，它提醒我们注意电影的一个必要特征。但是，日常语言中隐含的智慧需要得到进一步的解释。并非每个电影图像或每部电影都给我们留下运动的印象。可能有静态的电影。然而，静态电影属于这类事物：运动的可能性在技术上总是可以获得的，静止只是电影的一个风格变项，以静态图画在这方面不可能是的方式。或许，“运动图画”的称谓比“电影”更为可取，因为它宣扬了这种艺术形式的深层特征。

当然，**运动图画**这一范畴比传统意义上电影理论家们所讨论的更宽，因为它还包括诸如录像和计算机成像之类的事物。在我看来，把那些考虑因素之下的对象的类拓展到一般意义上的运动图画，在理论的意义上是明智的，因为我预测在未来，我们现在所说的电影和视频、电视、大容量光盘以及一些待发明的事物将被视为同一个种系。

尽管如此，把相关艺术形式称为**运动图画**，至少有一个限制。“图画”这一术语蕴含有意图的视觉性人工制品，其中，人们通过看来识认关于对象、人物和事件的描绘。但是，许多电影和视频是抽象的，或非再现性的，或无对象的。请考虑像维京·艾格林（Viking Eggeling）①和斯坦·布拉奇治（Stan Brakhage）②这样的艺术家的一些作品。这些作品可以由不可识认的形状和纯视觉结构组成。因此，正如本文标题所示，比起“运动图像”（moving pictures），我更喜欢称之为“运动**影像**”（moving *images*）。因为“**影像**”（*image*）这一术语包括了图片和抽象的形式。图像是图画的还是抽象的，对我的研究的相关性都不如它是运动的图像，在它作为图像属于运动是技术上可能的那类事物的意义上。

目前为止，我们不仅评论了电影理论研究领域的一个变化——即从电影到运动图

①维京·艾格林（Viking Eggeling，1880年10月21日—1925年5月19日），德裔瑞典人，电影导演、先锋派艺术家。——译者

②斯坦·布拉奇治（Stan Brakhage，1933年1月14日—2003年3月9日），美国实验电影导演。——译者

像——我们还识别了运动图像的两个必要条件。回答"运动图像是什么?"的问题时,我们断定"X"是一个运动图像(1)只有当它是分离的显示时,以及(2)只有当它属于在技术上可能产生运动印象的那类事物时。第二个条件使我们能够将电影或我所说的运动图像区别于绘画,但这仍无法将之与戏剧区分开来,因为戏剧性再现也满足了观众对运动的期待。那么,我们应该如何区分运动图像和戏剧性再现呢?

四、上演标记

一出戏剧表演是一个分离的显示。观看《欲望号街车》(*A Streetcar Named Desire*)[①]的一场戏剧表演,我们无法在舞台图像的基础上把自己的身体朝向新奥尔良的方向。戏剧的空间不是我们的空间。哈姆雷特就死在离我三英尺远的地方,这不是真的,即使我坐在第一排。我不能根据眼前的戏剧图像把自己的身体转向艾尔西诺。

而且,虽然可能存在字面意义上静止的戏剧作品——丧失了运动的表演,例如道格拉斯·邓恩(Douglas Dunn)[②]的《101》(*101*)[③]——在这样的情形下,就像在电影的情形中一样,观众猜想在演出结束前可能出现运动,这是合理的。因为运动在戏剧中是永远可能发生的,即使在那些不把运动当作风格选择的戏剧作品中。因此,戏剧满足迄今为止我们为运动图像规定的两个条件。是否有其他方法来划定这两种艺术形式之间的界线?

罗曼·茵加登认为戏剧和电影的区别是,在戏剧中语词占据主导地位,而场景(亚里士多德会同意)只是附属;然而在电影中,行动占据主导地位,语词辅助我们理解行动。但这一观点忽视了像让-马里·斯特劳布(Jean-Marie Straub)[④]和丹尼奥勒·惠莱特(Daniele Huillet)[⑤]的《历史课》(*History Lessons*,1972)与《西奈之犬》(*Fortini Cani*,1977)、伊冯·雷奈尔(Yvonne Rainer)[⑥]的《从柏林开始的旅行》(*Journeys from Berlin*,1980)这样的电影,以及戈达尔的录像带,更别说如《梅森探案集》(Perry Mason)[⑦]这样的普通电视剧。

---

①《欲望号街车》(*A Streetcar Named Desire*),美国剧作家田纳西·威廉斯(Tennessee Williams)创作的剧本,该剧获得美国三项戏剧大奖:普利策奖、纽约戏剧奖和唐纳德森奖。后被多次改编为电影。——译者

②道格拉斯·邓恩(Douglas Dunn,1942年10月19日—),美国男舞者、编舞家。——译者

③关于这件作品的描述,参见萨利·贝恩斯(Sally Banes):《穿帆布鞋的特耳西科瑞》(*Terpsichore in Sneakers*),波士顿:霍格顿·米弗林出版社,1980年,第189页;诺埃尔·卡罗尔(Noël Carroll),《道格拉斯·邓恩,百老汇308号》(Douglas Dunn,308 Broadway),载《艺术论坛》(*Artforum*),第13卷,1974年9月,第86页。

④让-马里·斯特劳布(Jean-Marie Straub,1933年1月8日—),法国电影导演,其作品以严谨闻名。——译者

⑤丹尼奥勒·惠莱特(Daniele Huillet,1936年5月1日—2006年10月9日),法国电影导演,常与让-马里·斯特劳布合作。——译者

⑥伊冯·雷奈尔(Yvonne Rainer,1934年11月24日—),美国电影导演、女舞者。——译者

⑦《梅森探案集》(Perry Mason),美国电视连续剧,首播于1957年9月21日。——译者

一些摄影写实主义者试图通过关注表演者来划分电影和戏剧之间的界线。① 由于摄影镜头与其主体之间的亲密关系，诸如斯坦利·卡维尔(Stanley Cavell)等一些人认为电影表演主要基于明星的人格，而舞台表演者则是进入了角色的演员。对欧文·帕诺夫斯基(Erwin Panofsky)而言，舞台演员诠释他们的角色，而电影演员同样因为镜头与他们的亲密关系，展现的是他们自己。说到电影，我们可以看看克林特·伊斯特伍德(Clint Eastwood)②的电影；而戏剧，我们可以去看保罗·斯科菲尔德(Paul Scofield)③所诠释的李尔王。

但是，这种对比似乎并不符合事实。人们当然可以去剧院观看巴里什尼科夫(Baryshnikov)④的舞蹈，聆听卡拉斯(Callas)⑤歌唱，而不在意他们的角色，就像他们去看莎拉·伯恩哈特(Sarah Bernhardt)⑥和芬妮·艾丝勒(Fanny Elssler)⑦一样。我们可以说"山姆·史派德(Sam Spade)⑧是鲍嘉(Bogart)⑨"，但人们同样也曾说过吉列特(Gilette)⑩是夏洛克·福尔摩斯(Sherlock Holmes)⑪或奥尼尔(O'Neill)就是"戴面具的人"⑫。

因此，通过对比表演者仍不能体现电影和戏剧的区别，但它可能存在于这两种艺术形式的上演标记之中。戏剧和电影都有表演。在某个夜晚，我们可以选择看张家平(Ping Chong)⑬的戏剧《善意》(*Kindness*)⑭的现场上演(performance)或罗伯特·奥特曼(Robert Altman)⑮的电影《云裳风暴》(*Ready to Wear*，1994)的上演(performance)(screening)。二

---

①参见，斯坦利·卡维尔(Stanley Cavell)：《看见的世界：对电影存在论的反思》(The World Viewed: Reflections on the Ontology of Film)增订版，哈佛大学出版社，第27—28页；欧文·帕诺夫斯基(Erwin Panofsky)，《活动图画的风格与媒介》(Style and Medium in the Motion Pictures)，载《电影理论与批评》(Film Theory and Criticism)，由杰拉尔德·马斯特(Gerald Mast)和马歇尔·利恩(Marshall Cohen)编辑，牛津大学出版社，1985年。

②克林特·伊斯特伍德(Clint Eastwood，1930年5月31日—)，美国电影导演、演员、制片人。——译者

③保罗·斯科菲尔德(Paul Scofield，1922年1月21日—2008年3月19日)，英国舞台演员、电影演员，以独特的声线及风格著称。——译者

④米哈伊尔·巴里什尼科夫(Mikhail Baryshnikov，1948年1月28日—)，出生于前苏联拉脱维亚里加的美籍芭蕾舞者。——译者

⑤玛丽亚·卡拉斯(Maria Callas，1923年12月2日—1977年9月16日)，美籍希腊女高音歌唱家。——译者

⑥莎拉·伯恩哈特(Sarah Bernhardt，1844年10月23日—1923年3月26日)，法国电影演员，她是19世纪末20世纪初最有名的女演员。——译者

⑦芬妮·艾丝勒(Fanny Elssler，1810年6月23日—1884年11月27日)，浪漫主义时期的奥地利芭蕾舞者。——译者

⑧山姆·史派德(Sam Spade)，美国导演约翰·休斯顿(John Huston)执导的电影《马耳他之鹰》(*The Maltese Falcon*，1941)中的男主角，该角色由亨弗莱·鲍嘉(Humphrey Bogart)扮演。——译者

⑨亨弗莱·鲍嘉(Humphrey Bogart，1899年12月25日—1957年1月14日)，美国男演员。——译者

⑩威廉·吉列特(William Gillette，1853年7月24日—1937年4月29日)，美国男演员。——译者

⑪夏洛克·福尔摩斯(Sherlock Holmes)，由19世纪末的英国侦探小说家阿瑟·柯南·道尔(Arthur Conan Doyle)所塑造的一个才华横溢的侦探。——译者

⑫尤金·奥尼尔(Eugene O'Neill，1888—1953)，美国著名戏剧家，诺贝尔文学奖获得者。著有散文集《戴面具的人生》。——译者

⑬张家平(Ping Chong，1946—)，华裔美国戏剧导演、编舞家和影像装置艺术家。——译者

⑭《善意》(*Kindness*)，张家平创作于1988年的戏剧作品。——译者

⑮罗伯特·奥特曼(Robert Altman，1925年2月20日—2006年11月20日)，美国电影导演。——译者

者可能都是八点开始。在这两种情况下,我们都将坐在观众席,又或许都以掀起帘幕开始演出。但尽管有相似之处,戏剧上演和电影上演之间也存在深刻的差异。

毫无疑问,这个假设在某些哲学家看来似乎很奇怪。因为他们更倾向于将艺术划分为拥有独特的单个(singular)对象的艺术(如绘画和雕塑)与同一艺术品拥有多个(multiple)拷贝的艺术——例如电影《名利场》(*Vanity Fair*,2004)可能有超过一百万份的拷贝。[①] 因为已经把一些艺术形式划定为复多的,哲学家经常继续根据类(type)/标记(token)关系来划分复多的艺术(multiple arts),如小说、戏剧和电影。在这种划分的基础上,戏剧上演和电影上演看起来并没有很大区别,这两种情况下的表演都是一个类的一个标记。今晚的电影上演是罗伯特·奥特曼的《云裳风暴》这个类的一个标记,而今晚的戏剧上演是张家平的《善意》的一个标记。因此,我们似乎可以得出结论,戏剧上演和电影上演之间确实没有深刻的差异。

但是,尽管这种简单的类/标记区分目前可能有用,但它还远远不够。即使戏剧上演和电影上演都被看作标记,但是在戏剧的情形下,标记通过诠释生成,而在电影的情形下,标记却通过模板生成。反过来,这造成了二者之间重要的审美差异。戏剧上演凭借自身就是艺术品,因此可以成为审美评价的对象,但电影上演本身既不是艺术品,也不是审美评价的合法候选人。

电影的上演——一次电影放映或演映(showing/screening)——是由一个模板生成的。在常规意义上,它是发行拷贝,也可以是录像带、光碟或计算机程序。这些模板是标记;它们每一个都可以被损坏,并且每一个都可以被分派到一个时空位置。但是那部电影——例如雷诺阿(Jean Renoir)[②]的《托尼》(*Toni*,1935)——并不会在其任一拷贝受损时受损。人们可能认为原始拷贝或底片有优先地位。但是,茂瑙(F.W. Murnau)[③]的《诺斯费拉图》(*Nosferatu*,1922)的底片由于法院的命令被销毁了,然而《诺斯费拉图》(这部电影,不是吸血鬼)却幸存下来。事实上,即使那部电影的所有胶片拷贝都损坏了,电影依然可能存在,只要它的光碟还存在,或它的每一格画面的照片集还存在[④],或关于它的计算机程序还存在,不管这个程序是在光盘、磁带还是在纸上或人们的记忆中。[⑤]

为了获得《低俗小说》(*Pulp Fiction*,1994)今晚放映的一个电影上演标记,我们需要一

---

①参见理查德·沃尔海姆(Richard Wollheim):《艺术及其对象》(*Art and Its Objects*),剑桥:剑桥大学出版社,1980年,第35—38节。

②让·雷诺阿(Jean Renoir,1894年9月5日—1979年2月12日),法国电影导演,法国诗意现实主义电影的大师。——译者

③F.W.茂瑙(F.W. Murnau,1888年12月28日—1931年3月11日),德国电影导演,20世纪20年代德国表现主义电影的代表人物。——译者

④这对无声电影适用。如果我们涉及的是一部有声电影,那么原声带也可以被检索到。

⑤如果你能打印出代码,那么理论上就可能记住它,若不是由一个人,那么就由一个群体——如中国庞大的人口。因此至少可以想象,我们可能会像电影《华氏451度》(*Fahrenheit* 451)中的情景那样行动,组成不被官方认可的电影爱好者群体,观看被禁电影以反抗极权主义的审查。

个模板,该模板本身就是那个电影一类的一个标记。然而,马格里特(Magritte)①的《比利牛斯山之城》(Le Château des Pyrénées)②上的颜料是这幅独一无二的画作的组成部分,小说《弗罗斯河上的磨房》(*The Mill on the Floss*)③复制品上的印刷文字把乔治·艾略特(George Eliot)④的艺术作品传达给读者。类似地,电影的上演——那个放映或演映事件——是一个类的一个标记,这个类的标记对观众传达《低俗小说》那个类。

然而涉及戏剧时,解释就变得不同且更为复杂,因为戏剧既将对象又将上演作为标记。也就是说,当把它作为一部文学作品来考虑时,《奠酒人》(*The Libation Bearers*)⑤的标记是一个文字文本,与我关于《养老院院长》(*The Warden*)⑥的复制品是同一级的。但是从戏剧的角度考虑,《奠酒人》的一个标记是发生在特定时空中的一次上演。与电影上演不同,戏剧上演并非由一个模板生成的。它是由一个诠释生成的。从戏剧演出的角度考虑,埃斯库罗斯(Aeschylus)⑦的剧本类似于一个配方,必须由其他艺术家包括导演、演员、布景师、照明设计师和服饰供应商等来加以填充。

这种诠释是一个关于那个剧本的概念,正是关于那个剧本的这一概念夜复一夜地支配着一场场演出。那个诠释可以在不同的剧院中上演,它也可能经过一段时间的沉寂后复兴。因为那诠释是一个类,它反过来又生成作为标记的演出。因此,那部戏与其演出的关系中介入了一个诠释,这表明该诠释是一个类中的类。把我们从那部戏带到一个演出的并非一个模板——它是一个标记,而是一个诠释——它是一个类。

一部戏剧的上演和一部电影的上演之间的一个区别是,前者由诠释生成,而后者由模板生成。此外,这种区别与另一个因素相关,即戏剧的上演凭借自身成为艺术作品,并且足以成为审美评价的对象,而电影和录像的上演却不是艺术作品。对它们如此这般的评价也是无意义的。胶片可能被投影失焦,视频的字间距可能有严重误差,但这些都不是艺术上的失败。它们是机器或电子故障。也就是说,电影放映员可能在机械操作上不称职,这并不代表他在艺术上欠缺能力。

在戏剧中,剧本、诠释和表演在艺术成就上各有其分散的竞技场。当然,我们希望它们被整合在一起。在最好的情况下它们也的确如此。然而,我们意识到它们区分了艺术性的不同层次。我们经常说一个好剧本被拙劣地诠释,表演平淡无趣;或一个平庸的剧本,得到了巧妙的诠释和出色的表演;或类似的其他组合。当然,这种讨论方式预设了我们将剧本、

①勒内·弗朗索瓦·吉兰·马格里特(René François Ghislain Magritte,1898 年 11 月 21 日—1967 年 8 月 15 日),比利时超现实主义画家。——译者

②《比利牛斯山之城》(Le Château des Pyrénées),马格里特创作于 1959 年的画作。——译者

③《弗罗斯河上的磨房》(The Mill on the Floss),乔治·艾略特(George Eliot)出版于 1860 年的小说。——译者

④乔治·艾略特(George Eliot,1819 年 11 月 22 日—1880 年 12 月 22 日),英国女作家。——译者

⑤《奠酒人》(*The Libation Bearers*),埃斯库罗斯(Aeschylus)的戏剧作品《奥瑞斯提亚三部曲》(*The Oresteian Trilogy*)的一部分。——译者

⑥《养老院院长》(*The Warden*),英国作家安东尼·特罗洛普(Anthony Trollope)出版于 1855 年的小说。——译者

⑦埃斯库罗斯(Aeschylus,公元前 525 年—前 456 年),古希腊悲剧诗人、剧作家。——译者

诠释和表演理解为艺术成就的不同层次——即使那部戏是由某人自编、自导、自演也同样如此。剧作家的剧本是一件艺术品，接着它像一个配方或一组指令，在制作另一件或一系列艺术品的过程中被导演和其他工作人员所诠释。

但我们与电影有关的实践却并非如此。如果在戏剧中，剧本一类是导演所诠释的配方，并且那配方和导演的诠释可以被看作相关又不同的艺术品，那么在电影中，那配方和导演的诠释则是同一个艺术作品的构成成分。当剧作家撰写一部戏剧时，我们可以脱离其所有舞台诠释而独立地欣赏它。但是在电影的世界里，正如我们所知，电影脚本不是像剧本、小说那样被阅读的，它是电影(或者更准确地说，运动图像)的构成成分。也就是说，打个比方，对于电影，那个配方与它的诠释被打成了一个不可分解的整包。

有时人们会这样说："很多女演员都能演罗莎琳德(Rosalind)①，演出也仍然是《皆大欢喜》(*As You Like It*)②那个戏剧一类的演出，但是如果没有詹姆斯·卡格尼(James Cagney)③，就没有《歼匪喋血战》(*White Heat*，1949)这一电影一类的示例。"这是因为，卡格尼对科迪这一角色的表演——他的诠释——与导演拉乌尔·沃尔什(Raoul Walsh)④一同成为这部电影不可分割的构成成分。可以说，他的表演被蚀刻在赛璐珞胶片上。在电影的情形下，那个诠释不能与该电影一类分离，而在戏剧中，诠释与戏剧一类却是可分的。

电影的上演由作为记号的模板生成，而戏剧的上演由诠释一类生成。因此，电影的上演反事实地依赖于电子、化学、机械和其他规则性过程和程序，而戏剧的上演则反事实地依赖于演员、灯光师、化妆师等人的信念、意图和判断。虽然在现代西方戏剧中，通常都有对剧作家的剧本的总体的导演诠释，但考虑到每个独一无二的演出情境中的特殊情况，特定演出一标记的实现依赖于对剧本的持续诠释。正是因为在演出的产生做出的诠释的贡献，那上演才具有获得艺术欣赏的资格；而电影的上演——电影的演映——不具备获得艺术欣赏的资格，因为它只是正确使用模板的物理机制的功能。或者换句话说，它只不过涉及正确运行相关设备的问题。

一次成功的电影上演——胶片放映或录像带的运行——并不要求审美欣赏，它也不是艺术作品。我们不会像对待小提琴演奏家那样为放映员鼓掌喝彩。如果电影放映中的胶片乳化了，我们很可能会抱怨，或许还会要求退票，但这是一个技术故障，并非审美上的失败。假设这是美学上的失败，我们会期望观众在电影正常运行时欢呼雀跃。但他们并没有。因为顺畅的电影上演仅仅依赖于按指定要求操作设备，并且由于它一般只涉及很少的机械知识，通过机器运行模板不能被视为美学成就。另一方面，一次成功的戏剧上演涉及对一个诠释一类的一个诠释一标记，由于那依赖于艺术理解和判断，它是审美欣赏的适合对象。

---

①罗莎琳德(*Rosalind*)，莎士比亚的喜剧作品《皆大欢喜》(*As You Like It*)中的女主角。——译者

②《皆大欢喜》(*As You Like It*)，英国剧作家威廉·莎士比亚(William Shakespeare)创作于1599年的喜剧作品。——译者

③詹姆斯·卡格尼(James Cagney，1899年7月17日—1986年3月30日)，美国男演员。——译者

④拉乌尔·沃尔什(Raoul Walsh，1887年3月11日—1980年12月31日)，美国电影导演。——译者

此外，如果上述说法正确，那么我们可以推测，电影（或运动图像）的上演与戏剧的上演之间的主要差别是，后者是艺术作品而前者不是，并且，因此电影之上演不是艺术评价的对象，而戏剧之上演却是。或者，另一种陈述这一结论的方式是，在某种意义上，电影不是一门行为艺术（performing art），即它们不是这样的东西：其上演本身是一种艺术。

这听起来很奇怪，而且能轻易举出反例。在此我先列举三个。第一个，放映机还未安装发动机之前，电影放映员通过手摇来放映电影，据说当时有一些放映员比其他放映员更受观众喜爱。在这种情况下，我们或许可以说放映员是表演者，他的表演引起了艺术欣赏。第二个，先锋派电影导演哈里・史密斯（Harry Smith）①在他的一些电影演映时，偶尔会亲自在放映机镜头前交替放置彩色滤光板。在这种情况下，和小提琴演奏家相比，他难道不能被看作表演艺术家吗？第三个，马尔科姆・里格莱斯（Malcolm LeGrice）②在 20 世纪 70 年代初创作了一件作品，他称之为"怪物电影"（Monster Film）。其中，他光着膀子走进放映机的光束，他的影子逐渐变大（就像一个怪物），同时巨大的碎裂声在空间中回荡。如果"怪物电影"是一部电影，那么它的上演肯定也是一件艺术作品。

然而，这些反例并不足以令人信服。因为据说早期的放映员常常对他们认为乏味的电影加速手摇，从而产生喜剧性的快动作，我怀疑他们的表演是那个被宣传的电影一类的真正的表演，而不是对它的戏仿或滑稽模仿——它们本身是喜剧套路。另一方面，史密斯和里格莱斯似乎都制作了多媒体的艺术作品，其中电影或电影设备起了重要作用，但它们不能被简单地视为电影。

我否认运动图画（和/或图像）是行为艺术的实例，但有种观点可能会干扰我的看法，这种观点认为电影一类往往由我们通常认为是表演艺术家的人——演员、导演、编舞家等等——所创作的。但是必须注意，这些艺术家贡献给电影一类的诠释和表演，作为那个电影一类的构成成分，被整合和剪辑在最终的作品之中。

当我们看《白鲸记》（*Moby Dick*，1956），我们不是去看格利高里・派克（Gregory Peck）③表演，而是看《白鲸记》的上演。虽然格利高里・派克的表演需要艺术技巧，但《白鲸记》的上演——对它的放映——却不需要，它只需要正确地操作模板和设备。反之，一次戏剧的上演包含了格利高里・派克展示的某种天赋，它先于《白鲸记》第一个模板的出现。这就是为什么一次戏剧的上演是一个艺术事件，而电影的上演不是。

因此，电影的上演和戏剧的上演之间有重要差异。其中有两点，戏剧的上演通过作为一个类的诠释而生成，而电影的上演则由作为一个标记的模板生成；**并且**，一部戏的上演本身是艺术作品，以及审美评价的适合对象，而电影的上演二者都不是。此外，这些对比中的第一组对比有助于解释第二组。因为，只要电影的上演是通过模板机械生成的，它就不会像由一个或一组诠释所生成的演出那样，成为艺术评价的合适对象。电影之上演的这两个特征足以将其与戏剧之上演区分开来。此外，这两点差异适用于所有的电影、视频等，无论它们是否是艺术作品。

---

①哈里・史密斯（Harry Smith，1923 年 5 月 29 日—1991 年 11 月 27 日），美国电影导演、视觉艺术家。——译者

②马尔科姆・里格莱斯（Malcolm LeGrice，1940 年 5 月 15 日—　），英国电影导演、录像先锋艺术家。——译者

③格里高利・派克（Gregory Peck，1916 年 4 月 5 日—2003 年 6 月 12 日），美国男演员。——译者

五、二维平面

至此，我们已经识别了运动图像的四个必要条件。总结一下，我们可以说“X”是一个运动图像：(1)仅当“X”是一个分离的显示；(2)仅当“X”属于这类事物：从它产生运动的印象是技术上可能的；(3)仅当“X”的上演标记由作为一个标记的模板生成；(4)仅当“X”的上演标记不能凭自身成为艺术作品。此外，这些条件为我们提供了区分运动图像与相邻艺术形式，如绘画和戏剧的概念性手段。

然而，这些条件似乎仍不够充分，至少还存在一种反例。想一想音乐盒所例示的那种可称为移动雕塑的东西。一旦上紧发条，音乐盒开始演奏曲子，同时芭蕾舞者形状的机械小雕像旋转跳跃。这是一个分离的显示，芭蕾舞者的虚拟空间不是我们的空间。那图像运动。它由一个模板生成，并且机械舞蹈也不是一件艺术作品。但是，这显然不是我们通常所说的电影甚至运动图像。

为了预先阻止这种情况，我们需要在之前四个条件下再添加第五个条件，即：“X”是一个运动图像，仅当它是二维的。或许，没有必要以这种方式补充前面的表述，因为人们可能会认为，二维平面性已经被蕴含在如下事实之中：我们正在讨论的是本质上是二维的电影和运动图像。这对图画而言或许是对的，但对于运动图像，确定它是二维的也肯定不会错。

当然在这里，疲惫的读者可能会抱怨：“为什么不早点提出二维平面，因为它轻易就划出了电影和戏剧的界线?”“为什么我们需要讨论由模板生成的标记那种多余的东西?”我认为答案很简单：戏剧也可以是二维的。想一想巴厘岛（哇杨戏）和中国的皮影戏，为了证明它们是戏剧而非电影，我们需要诉诸这个概念——电影，以及更宽泛意义上的运动图像，是由本身作为标记的模板生成的标记。

结　语

我已经提出了运动图像的五个必要条件。当然，一旦积累了这么多必要条件，我们自然会猜测它们的合取是不是我们通常称之为电影的东西的充分条件。但它们并不是，因为将它们作为电影的一组合起来充分的条件，它们包含得过多。例如，在阿琳·克罗斯(Arlene Croce)的《弗雷德·阿斯泰尔与琴吉·罗杰斯之书》(*The Fred Astaire and Ginger Rogers Book*)的右上角，①你会发现阿斯泰尔与罗杰斯跳舞的照片。如果快速翻页，用手翻书的方式可以让舞者产生动画效果。尽管我的理论的第三个条件——电影的上演标记由模板生成——排除了手工制作的单本翻页书成为运动图像的可能性，但是无论使用摄影或其他种类的机械制作，就像任一批量生产的翻页书的实例，阿斯泰尔/罗杰斯的例子显然满

①参见阿琳·克罗斯(Arlene Croce)：《弗雷德·阿斯泰尔与琴吉·罗杰斯之书》(*The Fred Astaire and Ginger Rogers Book*)，纽约：古典书局，1972年。

足了所述条件。同样,慕布里奇(Muybridge)①式奔马的照片经过19世纪西洋镜(zoetrope)的动画化处理,也符合运动图像的必要条件。但这些似乎并不是我们印象中通常所说的电影,或我的略严格的语言中的运动图像。

你或许会尝试要求电影(或运动图像)必须被投射,来排除上述反例。但这会造成不良的后果,例如将爱迪生(Edison)②早期的活动电影放映机(kinetoscope)驱逐出电影的领域。显然,我们很难在电影(或运动图像)与促使电影发明的原始设备之间画出固定的界线,事实上,我们应该期待通过它找到产生问题的边界。但无论如何,除非打破我们日常的直觉,否则我不认为可以把这五个必要条件的合取作为电影的充分条件。

因此,本文对电影(或运动图像)的刻画并非哲学意义上的本质主义,那种本质主义假定电影的本质性定义将由一组合取是充分条件的必要条件组成。也就是说,我的解释不是真正定义的本质主义。它也不是我先前所说的希腊式本质主义。

我用希腊式本质主义指的是"X"的一种必要条件,理论家相信对它的引用有助于我们理解"X"。当柏拉图(Plato)③声称戏剧本质上是摹仿时,他不认为摹仿是戏剧的独特特征,他只认为它是戏剧的一个必要特征(正如他所知的那样),它有利于吸引我们的注意力,如果我们想了解戏剧如何起作用的话。然而,尽管我已经列出了电影的五个必要特征,我并不认为它们对理解运动图像如何起作用特别重要。例如,至少就目前的情况,我们不能通过考虑这五个条件获得任何对电影效果或电影风格的深刻见解。

此外,我的立场不是之前谈到的媒介本质主义。因为我的分析不与任何特定媒介相关联。正如我对它们的称呼——运动图像,它可以在多种多样的媒介中例示。运动图像不是一个特殊媒介(medium-specific)的概念,原因很简单——虽然我们是从电影开始讨论,但我们关注的艺术形式随着新媒体的发明与整合已经经历了,并且还将继续发生变化。

最后我要强调,我的立场绝不是媒介本质主义的,因为我所列举的五个条件对电影/视频/计算机成像应采取的风格方向没有任何蕴涵。上述五个条件与任何运动图像风格都兼容,包括可能彼此冲突的风格。因此,如果我确实找出了电影(运动图像)的五个必要条件,那么我也已经说明,与之前的电影理论传统相反,我们可以对运动图像的本性进行哲学研究,同时避免明确或含蓄地规定电影、视频和计算机艺术家们该做什么或不该做什么。④

---

①埃德沃德·J.慕布里奇(Eadweard J. Muybridge,1830年4月9日—1904年5月8日),英国摄影师,他因使用多个相机拍摄运动的物体而著名。——译者

②托马斯·阿尔瓦·爱迪生(Thomas Alva Edison,1847年2月11日—1931年10月18日),美国发明家、企业家。——译者

③柏拉图(Plato,公元前427年—前347年),古希腊哲学家,他与苏格拉底、亚里士多德并称为希腊三贤。——译者

④本文是对我之前的文章《关于运动图像的存在论》(Towards an Ontology of the Moving Image)的大量改写和补充,该文载《电影与哲学》(*Film and Philosophy*),由辛西娅·弗里兰(Cynthia Freeland)和汤姆·瓦滕伯格(Tom Wartenberg)编辑,纽约:罗德里奇出版社,1995年。我还要感谢大卫·波德维尔(David Bordwell)、阿瑟·丹托(Arthur Danto)、斯蒂芬·戴维斯(Stephen Davies)、杰罗尔德·列文森(Jerrold Levinson)和艾伦·席德乐(Alan Sidelle)对本文早期版本的批评建议。

不透明的图像*

[英国]贝瑞斯·高特(Berys Gaut)/文　杨佳凝　黎萌/译

一些哲学家认为,当我们看照片时,我们在字面意义上看见被摄对象。看一幅关于已故的祖母的照片,你在字面意义上看见她。在这个意义上,照片是透明的。这一观点最杰出的倡导者是肯德尔·瓦尔顿(Kendall Walton),他的观点也受到了许多批评的关注[②]。而相比之下,多米尼克·洛佩斯(Dominic Mclver Lopes)将"透明说"令人瞩目地拓展到油画和素描上,引发的讨论却少得多。洛佩斯认为当我们观看一幅关于一个真实对象的绘画的时候,我们在字面意义上看见那个对象。[③] 洛佩斯的观点被认为严重违反直觉,甚至连一些照片透明性的支持者都不认同他。比如瓦尔顿,他认为"透明说"仅适用于照片和"机械执行的"绘画作品,例如动作捕捉。但是,洛佩斯做了一些有力且精巧的论证以支持他对整体意义上的图像透明性的断定。他的观点也有相当重要的价值:他提供了一个关于图像透明性的整体解释,认为机械生产的和手工制作的图像都是透明的。数字影像的兴起,使得对单个图像中的机械复制和手工元素甚至在专业的眼中都难以分辨,这就使得这类整体性学说更受欢迎。

此文的目的之一在于分析洛佩斯将透明性对一般意义上的图画的延展,并且论证:即使人们接受了某种瓦尔顿式的关于照片透明性的观点,持有以下观点仍然是错误的,即:人工图像也是透明的。另一个目的是,通过借鉴并延展笔者在其他地方表达的观点,来论证我们应当反对瓦尔顿关于摄影透明性的观点。[④] 因此,尽管抛弃了洛佩斯的立场,笔者仍保留他为图像提供的整体性解释这一优点:无论如何,并非一切图像都是透明的。它们都是不透明的。

---

* 译者简介:杨佳凝,南京大学文学院戏剧专业硕士研究生,研究方向为电影学。
黎萌,西南大学文学院教授,哲学博士。

②Kendall Walton, "Transparent Pictures", Critical Inquiry, 11 (1984), pp. 246—77. Critics of the view include Nigel Warburton, "Seeing Through'Seeing Through Photographs'", Ratio, NS, 1 (1988); Gregory Currie, *Image and Mind: Film, Philosophy and Cognitive Science*, Cambridge University Press, 1995, chapter 2; and Noël Carroll, "Towards an Ontology of the Moving Image" in Cynthia A. Freeland and Thomas E. Wartenberg (eds.), *Philosophy and Film*, *Routledge*, 1995.

③Dominic Lopes, *Understanding Pictures*, Oxford University Press, 1996, chapter9.

④Berys Gaut, "Film", section 4, in Jerrold Levinson (ed.), The Oxford Handbook of Aesthetics, Oxford University Press, 2003.

一

洛佩斯通过质疑瓦尔顿的某些观点，但也通过使用一些其他人修正后的观点来论证一般意义上的图像的透明性。因此，我首先简要勾勒瓦尔顿的立场。

瓦尔顿给出了两种一般性的考察，以支持照片透明性。第一种是一个滑坡论证(slippery slope arguement)：我们用裸眼看事物，但我们也透过眼镜、望远镜和镜子看。要谈起在电视直播中看事物的话，就更轻而易举了。那么，为什么要反对在字面意义上我们说透过照片看到某个人呢？他们逝去已久这一事实，并不妨碍我们看见他们。我们在夜晚看见的那些星星，有一些可能早已不存在了。那为什么不能顺着滑坡再往下滑一些呢？为什么不坚持认为我们也透过绘画看呢？这里就要涉及瓦尔顿的第二个论断了：看是一个因果过程，借助这个过程我们具有反事实条件地(counterfactually)依赖于对象的可视属性的视觉经验。然而，这些反事实条件关系必须独立于他人的信念(以及其他意向性状态)。假设海伦(Helen)，她的视神经脱离了眼球，但是通过一位神经外科医生的帮助，她获得了视觉经验，能看到视神经正常情况下应该看到的东西。瓦尔顿认为这不能算作看，因为海伦的视觉经验依赖于外科医生的信念，而非直接反事实条件地依赖于真实世界的特征。现在，照片的内容也是独立于信念(belief-independent)的。假设一个探险者声称在森林中看到了恐龙，如果他确实看到了，他可以拍照证明，因为照片对场景的依赖性是不受他的信念所干预的。但如果探险者给恐龙画了一幅画，哪怕他非常诚实，也仅能说明他相信有一头恐龙曾经出现过，而不是一头恐龙真的出现过。如果他的幻觉中出现了一头恐龙，他的速写会展示幻觉中的恐龙；但一张照片会呈现出空无一物的森林。所以绘画的反事实条件关系可能被图画创作者的信念所介入，因此我们无法透过它们看世界。①

然而，独立于信念的反事实依赖关系对于看还不充分。一台不具有信念的电脑，可以打印出关于一头恐龙的语言描述，但看那些描述并不算是看那头恐龙。因此我们需要补充：看还需要维持真正的相似性关系。瓦尔顿根据我们可能犯的辨别错误来表达这个概念。当我们看到一栋房子和一座谷仓时，我们很容易混淆它们，同样地，我们也很容易混淆一张照片(和一幅画)上的房子和谷仓。但我们更容易把“house”这个单词和“hearse”混淆，而不是和“barn”混淆。照片保存了事物间真正的相似性关系，但是文字描述却打乱了这些相似性关系。因此人们无法透过对对象的描述来看对象，哪怕这种描述是机械生成的；但人们却能透过对象的照片看到对象，因为照片满足了看某物的维持相似性这一条件。

瓦尔顿否认独立于信念的反事实依赖性和视觉经验的相似性保存是看见事物的充分

①值得注意的是，瓦尔顿的看见必须独立于他人的信念，并且相应地观者能透过照片看见是因为照片内容不依赖于摄影师的信念。瓦尔顿并不认为看见需要观者信念的独立性，相应地也不认为看见一张照片必须独立于观者的信念。(“Transparent Pictures”, pp. 264—5).

条件。[1] 因此,这些论证并不能构成一个证明:给定了这些条件,人们就能透过一张照片在字面意义上看见其对象。相反,瓦尔顿将自身解释为向反对者发起了“挑战”:既然我们能透过镜子和望远镜看,真正的挑战在于找出我们无法透过照片看的理由。独立于信念和相似性保存条件的作用,在于在照片和手工图像之间画出透明性终止的界限提供了原则上的理论依据。[2] 接下来,我将迎接瓦尔顿的挑战,论证我们能透过镜子和望远镜看,而不能透过照片或手工图像看,二者之间有原则性的区分。

二

洛佩斯认为,原则性的区分还可以顺着那个斜坡再往下滑。他提供了三个因素来论证人们可以透过人工绘画看。

首先,他认为这是不正确的:如果我们发现原以为是照片的东西其实是一幅画,我们关于它的经验和对待它的态度就会因此而转变。如果计算机用画笔工具绘制出一副梵高风格的鸢尾花,那么瓦尔顿就会认为人可以透过这幅画看(因为它对鸢尾花属性的反事实依赖性是独立于信念的,所以从这个角度说它就像一张照片一样)。然而,如果一个人在电脑的精准指示下完成了一幅鸢尾花的画作 ,瓦尔顿就不得不承认我们不再能透过这幅画在字面意义上看见鸢尾花了。洛佩斯认为,这是违反直觉的。此外,大量的照片是经过修改的,而我们有时根本认不出这些修改。他认为,如果我们这样怀疑,那我们透过一张照片看的感觉就应该减弱,但其实并没有。[3]

我认为手绘和摄影的图像都是不透明的,因此我赞同人在两种不同情况下关于透明性的经验没有转变。然而,我在本章的目标是考察相信照片透明性的人是否能够拒斥滑坡论证下滑到一般性的图像透明性。就这一观点来说,他们想拒斥应该毫不费力。

第一点,瓦尔顿认为特定的“机械生成”的绘画是透明的:在窗户上覆一张透明的纸,勾勒出透过窗户所见的物体轮廓,或在不知道一张照片再现(represent)什么的情况下对其进行复制,这样人就可以制作出透明的绘画。[4] 或许瓦尔顿检验的是图像制作者是否利用了关于图像对象的某个信念。如果是那样,他会同意一个对电脑制作的鸢尾花图像的人工复制可能是透明的,同时否认所有手绘的图像都是透明的,因为它们通常都涉及关于作品对象的信念。

第二点,也更重要的是,洛佩斯似乎援用了一个普遍原则:当我们发现我们原本以为是照片的图像实际上是一幅画时,我们的经验和态度不应该被改变。但是这个普遍原则是错误的:当我们知道图像是用不同方法制作的时候,我们关于图像的体验常常会被改变。假

---

①Walton, “On Pictures and Photographs: Objections Answered” in Richard Allen and Murray Smith (eds.), *Film Theory and Philosophy*, Oxford University Press, 1997, p. 74, footnote 36.

②Walton, “On Pictures and Photographs”, p. 69.

③Lopes, *Understanding Pictures*, p. 182.

④Walton, “Transparent Pictures”, p. 267.

设我错把一幅照相写实主义绘画(photorealist painting)当成了一张照片,在发现真相的时候我的经验理当有很多改变。例如,曾经不相关的风格选择的问题,现在就变得相关了。一张照片总是在一个"照相的"风格中的,但一幅画则不然。那我可能就会好奇,为什么绘画者会选择这一种特别的风格呢?而且,当我们将这个作品理解为一幅经过细致而艰巨的工作画出的画时,关于艺术家动机的诸多问题就会突显出来,而对于瞬间拍成的照片,这些问题并不会以同样的方式出现。因此,如果这种转化的经验会对某些特性发生,那么对于透明性,为什么它就不会同样发生呢?

也许,洛佩斯只是报告他关于透明性的直觉,并没有过多地考虑普遍原则。但如果是这样,那些与他持不同直觉的人就没有理由去赞同他。再思考一下他举出的例子:发现一张照片被修改并不会减弱我们透过它看的感觉。那些认为手绘/照片之别对于透明性至关重要的人,这个例子并不会挑战他们的直觉。一张被修改过的照片是一张照片和一张手绘图像的混合物:逐渐增加它修改的区域,最终这幅画会覆盖这张照片。所以,瓦尔顿的支持者仅仅是注意到所谓的那些直觉都只不过是与他们自己的直觉完全相反,而非给出他们一个理由去拒斥它们。

洛佩斯的第二个观点在理论上更加重要。瓦尔顿认为,如果一个人是真正地看,独立于信念是一个必要条件。海伦没有看,因为她的视觉经验依赖于神经外科医生的信念,而非直接依赖于世界的诸可见特征。但是洛佩斯支持居里的观点:独立于信念不是看的必要条件。马勒伯朗士(Malebranche)认为不存在真正的因果关系:我们所有的知觉都被上帝所介入。因此,在马勒伯朗士所理解的那个世界里,我们所有的视觉经验都依赖于上帝的信念,但尽管如此,我们依然能在那个世界里看。① 所以,洛佩斯指出,即使在这些范围内的图像独立于制作者的信念,也没有理由否认它们的透明性。②

我们将马勒伯朗士所理解的世界,称作"马勒伯朗士世界(Malebranche—world)"。对此论证可能有两种回应。第一,即使马勒伯朗士世界的居民说他们看,这并不表明他们用"看"指的是我们的看。假设我们旨在用这个词来识别视觉经验对于世界可视特征的独立于信念的反事实条件依赖性。在发现马勒伯朗士世界中并没有这样的依赖性之后,这里的居民为"看"选择了最好的继任概念(successor-concept):即它是由上帝的信念所介入的。他们用"看"意谓这个,并不表明没有生活在马勒伯朗士世界中的我们用"看"同样意谓这个。③我们还可以补充,这甚至也并不能说明马勒伯朗士世界的居民对于海伦案例会给出与瓦尔顿不同的评价:神经外科医生并不是上帝,来自他意志的调度也并不能作为看的继任概念。

第二个非常不同的回应认为,相关的独立于信念的反事实依赖性在马勒伯朗士世界中事实上成立,这也就是为什么我们会倾向于赞成我们会在这个世界中看(在我们的意义

①Currie, *Image and Mind*, p. 62.

②Lopes, *Understanding Pictures*, pp. 182—3.

③Walton 很多相似的观点参看"On Pictures and Photographs", p. 75, footnote 47.

上)。因为马勒伯朗士思想实验被设想为产生了一个比海伦案例更加强大的直觉系统。但是即便如此,这也是因为在执行介入的,是上帝而非神经外科医生。上帝是全知、至善和全能的。由他的全知可以推出,如果事态 p 实现,则他相信 p;相反,如果他相信 p,则 p。从他的至善可以推出,他不会有系统地欺骗我们,而从他的全能可以推出,他可以使不欺骗我们的意志生效。由于上帝必然地拥有这三个特性,我们获得了一种形而上的保证:我们的视觉经验也直接依赖于事态 p,正如被上帝关于 p 的信念所介入。因此,相关的信念独立性和信念依赖性,都在马勒伯朗士世界中获得了。所以,在马勒伯朗士居民之前用"看"所指的意义上,他们是像我们一样说的,并且在他们在他们的世界中看这方面,我们也可以赞同他们。只有在他们指的是被上帝的信念介入的意义上,才将对"看"使用那个继任概念。① 因此,同样地,马勒伯朗士世界并没有削弱破坏以下论点:看,在我们的意义上,需要独立于信念的反事实依赖性。

洛佩斯为将滑坡下降到手工图像给出的最后一个论证,是这三个论证中最有趣也最重要的一个。他认为,即使**沿着**之前的论证,看要求独立于信念的反事实依赖性,手工图像可以满足这种需求,因此也是透明的。手工图像与其对象之间的反事实依赖性并不一定受图像制作者的信念所介入,反而可能直接依赖于他的体验。这种独立于信念在两种情况下是成立的:第一,一幅手工图像所再现的,是它的起源,它的对象,而它的起源和照片的对象一样,并不由艺术家的信念或意图所决定。第二,绘画的过程只是基于识认(recognition)的技巧,而识认是一种知觉的、经验的过程。洛佩斯相信,经验包含非概念性的内容,即,概念在其中并不必然起作用。我可以体验浩瀚无穷的颜色,即使不知道它们每一种的概念;我可以画出皮卡迪利广场,即使不知道它的名字;我还可以在纸上用一个特殊的梯形形状来画一个正方形的透视,即使我没有这种形状的概念。② 由于信念(belief)是由概念构成的,因而由经验包含非概念的内容这一论断可以得出,某人可以经验到某物,而无需具有关于它的信念。所以一个艺术家的绘画可以只反映他关于世界的经验,而没有依赖于他的信念:"在画画的时候,眼睛和手是一起工作的,也许是绕过心智的,或者更确切地说是绕过心智中处理概念和信念的部分。"③手工图像因此满足瓦尔顿的独立于信念的要求,所以是透明的。

这个论证有趣且巧妙,而且它还有一个优点是基于一个被广泛持有同时也广受争议的论断:经验包含非概念的内容。尽管如此,这依旧不能证明手工图像的透明性。

首先,假设它确实说明了手工图像与其对象可以处于独立于信念的反事实依赖关系

---

①对事物状态直接的反事实依赖的获得,难道不会削弱在马勒伯朗士世界没有真正因果关系的这一最初规定吗?如果我们在不同于反事实的其他条件下分析因果关系,就发现并非如此。但是如果我们在这些条件下分析因果关系,那么论证表明,马勒伯朗士世界存在真正的因果关系,因此关于这个世界的想法是不连贯的(不统一的)。但是如果是不连贯(不统一)的,那么它就不能作为看见的一个反例。

②Lopes, *Understanding Pictures*, pp. 184—6.

③Lopes, *Understanding Pictures*, p. 186.

中。那个条件(假定满足了其他条件,比如保存相似关系)是否能证明手工图像是透明的呢?瓦尔顿从总体上根据信念提出他的要求,尽管他又补充说,这种独立性必然也来自其他意向性状态(intentional states)。① 但为何如此吝啬呢?为何不将对他人的视觉经验的独立性也包括进来呢?我们重新回到海伦案例:假设神经外科医生基于自己的经验给海伦提供了视觉经验,而不是基于自己的信念。这样一来,关于海伦不是真正地在看的直觉,与在外科医生的信念控制海伦的视觉输入的案例中是同样强的。同样,回到恐龙故事中,如果探险者的幻觉中出现了一头恐龙,他关于自己面前有一头恐龙的信念会被展示在他的速写中,但并不会出现在关于这个场景的照片中。而归根结底,造成速写与照片之间差异的,是因为前者而非后者依赖于探险者的**视觉经验**——他的幻觉——因为他的经验也解释了他的信念。因此修正一下:海伦的例子说明,看不仅需要独立于他人的信念(以及其他意向性状态),也需要独立于他人的视觉经验。恐龙的例子说明,一张照片的内容是独立于图像制作者的视觉经验的,但是一张手工图像的内容是依赖于图像制作者的视觉经验的。所以我们无法透过一张被修改过的、需要经验的手工图像而看。拓宽到包括他人的视觉经验,以及诸如信念等意向性状态,瓦尔顿反对手工图像之透明性的论证就行得通了。而洛佩斯的反对无法减弱它,因为洛佩斯也赞成手工图像与其对象间的关系是被艺术家的视觉经验所介入的。②

这一点足以破坏洛佩斯的第三个论证。然而我还要考虑,如果我们保留根据对于他人信念和整体性的意向性状态的独立性来表述的限制,而不是扩展到将他人的视觉经验也包含进来,那么这个问题该如何回答。这样做不仅显示了对第三个论证的进一步反对,同时也使我们可以思考绘画过程的性质。

首先考虑一幅绘画的对象。如我们之前所见,洛佩斯认为一幅画所再现的是它的起源,是在其生成中具有特定作用的那个对象,在生成中这一作用是独立于艺术家的意图和信念之外的,同样的说法用于照片也成立。现在来设想一位画家,他受人委托为富先生画肖像画。这位富先生有钱但没时间,于是让他的双胞胎兄弟穷先生坐下来当模特。于是画家画了穷先生的肖像。谁才是这幅画的对象?画布前的那个人,其相貌引导艺术家行动的那个人是穷先生,但被意图的对象是富先生,而且在这幅肖像画中可以同时看到穷先生和富先生。一个合理的结论是:他们都是对象,穷先生是这幅画的模特,富先生是画所描绘的人,就好比一位画家的模特可以是一幅关于尤利乌斯·凯撒的画的模特,他和凯撒都被描绘在画像中。穷先生与那幅画之间所处的关系和他会与一幅照片之间所处的关系并非完全不一样,因为他出现在图像创造者面前,而人们可以设法构造出在描绘穷先生时画家的信念成为无关的的例子。那么对于富先生呢?那种相关的关系貌似是一种意图关系:只是

---

①Walton, “Transparent Pictures”, p. 264.

②有趣的是,在“Transparent Pictures”, p. 276, 注释 22 中,瓦尔顿说,在某些案例中,相关的反事实条件依赖性可能“与其说是基于图片制作者的信念,不如说基于他自己的视觉经验或者想法,或者可能是他的意图”。他并未解释为什么在某些案例中限制了这个论断,正如刚刚讲的,独立于他人的视觉经验的要求应该是普遍的。

因为画家意图描绘富先生,这肖像才是关于他的。假设这位没有富人朋友的画家,他决定忽视富先生的愿望,仅仅只是描绘穷先生,那么之后的这幅画,虽然是由被欺骗的富先生出资,但不折不扣就是关于穷先生的画。洛佩斯讨论了这个双胞胎例子,认为富先生被描绘,是凭借他处在一个连接到图像的信息传输因果链之中。① 但即便我们接受这个论点,它仍然以如下结论为基础:在图像内容建立的过程中,诸信念和意图是必然被涉及的,因为画家与富先生的信念和意图间维持了相关因果关系。另外,对比一下绘画的例子与意图不起作用的照片。假设富先生要求摄影师让穷先生坐在他的位置上,无论参与者们的意图是什么,最终的照片是且仅仅是关于穷先生的。因此,至少在一部分例子中,艺术家的意图在构成一幅手工绘画的内容中具有不可取消的作用,但是在相同情况的照片中,却并非如此。因此,手工图像描绘的内容是不独立于所有意向性状态的。

洛佩斯也论证绘画过程的本质是这样的性质,信念在其中没有必然的作用:“绘画就是应用识认罢了”②。因为识认是一个经验过程,而经验包含非概念的内容,绘画的过程因此可以独立于艺术家的信念。③

我不否认一般意义上的经验包含非概念的内容。④ 但相关问题关注的是绘画能否包含非概念性的描述内容。一般而言,经验可以包含非概念性的内容,但在画画时,艺术家必然会运用某些概念。但洛佩斯否认这一点:“仅仅通过影响一个艺术家的经验并由此影响他画的方式,对象中的一个差异就可能造成一幅关于它的图像中的一个差异。”⑤因此,引导一个人绘画行为的是经验而非信念,信念退出了,成了没有必然作用的。但再想一想,根据这种解释,艺术家当如何对绘画进行调整,才能达到捕捉绘画对象样貌的目的。既然只有经验可能被包含在内,她大概就只是看,比方说画像里的猫没有真猫那么黑,她就适当地去修改这幅画。但这种说法只是阻隔了信念和意图在绘画过程中的作用。看见P——一幅图像——比O——其对象——更黑,就是做出一类判断:**看那**(*see that*)涉及一种判断,而仅仅**看**(see)一个对象不涉及判断。此外,要在画上做出调整,艺术家必须想要做出它,因而必须具有一个愿望。绘画活动中必然涉及诸意向性状态。

之所以会如此,有一个一般性原因。绘画根据其定义就是一种行动的产物,是画某个事物的行动。一个行动(action)有别于单纯的行为(behaviour)(比如痉挛),因为那个行动在某个描述语之下是意向性的,并因而被行动者纳入一个概念之下。因此,一幅绘画必然是在一些意向性描述语之下被创作出来的,比如,**画一只猫**。行动具有意向性解释:每一个行动都是根据行动者的信念和愿望来解释的。信念和愿望都是由概念构成的。所以,如果

①Lopes,*Understanding Pictures*,pp.163—5.

②Lopes,*Understanding Pictures*,p.184.

③非概念内容的要求是模态的:它认为人们可以拥有关于某物的经验,同时完全缺少识别那物的概念;这与“一个人事实上拥有这些概念”的说法是一致的。

④这个观点确实一直被质疑。对此观点最有影响力的反对之音参见 John McDowell,*Mind and World*, Harvard University Press,1994, Lecture Ⅲ.

⑤Lopes,*Understanding Pictures*,p.187.

一幅画被画出，创作它的过程必然是被概念支配的。打个比方，一个人想去画一只猫，他相信通过做出如此这般(such-and-such)的色块，他就能够画出来，所以他的行动是被关于猫的概念支配的。画画通常不是由单个行动完成，而是由一系列相协调的行动共同构成：要想画猫，人们必须画出猫的诸部分，并相应地具有一系列画猫各个部分的欲望。画的时候，人们还必须比较绘画和真实的猫，这包含了运用进一步的信念和愿望：可能画家相信画上的某处不如真猫黑，意欲这不是如此，并因此将画上的黑色加深。因此绘画——绘画行动的产物——具有其不可避免地需要通过诉诸艺术家的信念和欲望来解释的部分内容，那些信念和欲望解释了为什么绘画会具有它的确具有的那些内容。所以，绘画的描述性内容部分地依赖于诸概念，那些概念是由解释了艺术家之行动的他的相关信念和欲望构成的。这必然是真的，因为绘画是一种行动。因此，瓦尔顿是正确的。绘画，作为行动的产物，体现了对事物可见属性的反事实条件依赖性，这种依赖性必定被艺术家的信念和诸如欲望等其他意向性状态所介入。这种介入不可能如洛佩斯假设的，仅仅通过艺术家的经验来完成，不然他(艺术家)就无法参与到绘画**行动**中去了。

正如我们所提到的，洛佩斯在断言艺术家不需要运用——甚至非常不可能运用——概念时，也给出了几种情形为例：她不需要知道她正在画的是尤利乌斯·凯撒，也不需要掌握她绘画所用的那层颜色的概念，也不需要知道为了从特定角度画正方形的透视画而使用的特殊梯形的概念。后两个例子中可能涉及的颜色和形状的数量远远超过了我们已掌握的概念数量，因此我们往往没有关于它们的概念，即便我们可以涂画它们。那么，我关于绘画的解释怎么能是正确的呢?

我并未断言艺术家需要将景物的**每一个**特征都概念化。一般而言，并非一个行动的每一个特征都是有意图的：我开灯的行动可能打扰到猫，但是我并不是有意去惊扰它，我甚至都不知道它在那儿。同样地，并不是绘画行动中的每一个特征都必须是有意图的，所以绘画可能包含一些无意的描述性内容。但是，“艺术家必须将**某些**内容纳入概念之下”这一观点已经足够削弱洛佩斯的论证了，因为为了确保对信念的独立性，他不得不宣称艺术家不运用任何概念是可能的，如他所言：“我实在想不出为什么艺术家必须对他正在画的那幅画的内容运用任何概念。”①

无论如何，这些特例不能证明艺术家没有运用任何概念。一个艺术家可能在画皮卡迪利广场而不知道它是那个广场，但是为了要画它，他不得不通过某些方式将其概念化，哪怕只是将它纳入具有一定大小、形状和外观的某个东西的普遍概念之下。一位艺术家可能在看到一种特殊的粉色阴影之前，对它并没有概念。但是在尝试在纸上复制出相似的某种色彩时，他的确在使用某个概念，事实上是一个语言意义上可表达的概念。他想到**那**具体的粉色阴影，索引式地(indexically)将其识别出来。这并不意味着颜色经验(colour-experience)缺乏非概念内容。在看到颜色之前，他可能没有关于这个颜色的概念。但是看

① Lopes, *Understanding Pictures*, p.186.

过之后，他现在拥有了关于这个颜色的一个概念，并且可以在他制作图像的过程中用这一概念来判断他画的颜色和本来的颜色的关系。同样地，一个艺术家可以画出一个形状，并将其概念化为那形状，然后通过改变它，弄清它从特定角度看是不是和正方形一样。因此，如果艺术家要介入绘画行动，在这些例子中能运用的、事实上必须运用的概念是存在的，我们已经给出了理由。

三

由于上述三种关于手工图像透明性的论证都失败了，也由于这一观点是极度违反直觉的，我们该拒斥它。可接下来我们要在滑坡论证里，从哪里画出一条线来，把我们能透过它们看的——比如镜子和望远镜——和那些我们无法透过它们看的分隔开来呢？瓦尔顿在照片和(绝大多数的)手工图像间画出了这条线。他这样画对吗？

这里没有篇幅详细讨论有关瓦尔顿观点的长篇文献，但我想选择一些我最坚决反对的观点。设想一下两个时钟：A和B，它们完全相似，并且A通过自动无线电链接控制着B的指针位置。这样一来，看B就满足瓦尔顿的透过它看到A的条件了：B对A的依赖性是独立于信念的，并且相似性关系也被保存了。然而，当我看见B的时候，我并不因此看到A。[①]瓦尔顿已经反驳说，B对A的反事实依赖性不够充分：B只有表针的位置和运动是依赖于A的那些位置和运动的。如果我们增加B依赖于A的特征的数量，我们就可以透过B看到A了。[②]

然而，即使最充分的独立于信念的反事实依赖性也不足以使我们透过一个对象看见另一个对象。假设有人制作了一些机器人大猩猩，它们的动作和形状都和几英里外真正的大猩猩分毫不差。真正大猩猩的任何动作，不管有多微小，都被自动监测到并且通过信号传输到对应的机器人大猩猩身上。真的大猩猩身上出现的任何哪怕非常小的变化，也都被监控着并且机器人大猩猩身上也会发生相应的变化。机器人大猩猩和对应的真实大猩猩之间的反事实依赖性近乎理想化。但是，我们真的能透过机器人大猩猩看到原本的大猩猩吗？并非如此：在发现你在看的不是你预想中真正的大猩猩，而只是惟妙惟肖的复制品时，你可能真正地并且合理地失望。[③] 或者我们讨论一个现实生活中的例子。伦敦的维多利亚和阿尔伯特博物馆(Victoria and Albert Museum)拥有从颜色到细节都极尽真实的文物石膏复制品，比如图拉真柱(trajan's column)。因为这些石膏模型都是机械复制的，保存了真实的相似关系(比照片更加真实)，因此，按照瓦尔顿的观点，我能够透过图拉真柱的石膏复制品看到真的图拉真柱了。重复一次，这听起来太违反直觉了。我现在看的只是仿制品罢了，没有看到原作。

---

①Currie, *Image and Mind*, pp. 64—5.

②Walton, "On Pictures and Photographs", p. 75, footnote 47.

③Gaut, "Film", p. 637.

瓦尔顿可能会干脆直接死守自己的立场，并且坚称我们真的可以看到大猩猩和图拉真柱。但他还可以给出另外一个不那么违反直觉的回应。在引入我们在字面意义上透过照片看这一论点时，他询问这是不是“看”的日常用法，或者是不是这个词的引申用法。在这一点上，他坚持不可知论，但评论道：“如果这是一个引申，那一定是个非常自然(natural)的引申。”①现在，在一个意义上一个引申是自然的，如果它是合理的：保留了那个词项的核心意义，同时又能判定边缘的例子。这种“自然”的意义在这里不会有多大说服力，因为我们大多都很清楚我们没有看到大猩猩或者图拉真柱，这些不是边缘的例子。任何关于“看”这一词项的引申都只是在日常意义上添加了一个不同的意义，仅仅包含了一种独立于信念的因果关系，而认为我们能透过照片看这个观点将会因此丧失其吸引力。但“概念的引申是自然的”这一观点有一个更具说服力的意义。瓦尔顿讨论一个人看到化石的例子，并思考了可能的反驳意见：他不能透过化石看到成为化石的远古动物本身。他的回应是，可能我们应该只是说正在接触远古生物，因为“看”的日常意义可能根本没有把握任何自然类型。人们必须拓展“看”的概念以把握一种自然类型的区分，区分以无信念介入地接触某物（例如与化石，或者在照片中看见的东西）与以有信念介入的方式关联于它（例如某人与画中被描绘之人的关系）。因此，日常意义上的感知事物和不感知事物之间，可能并没有重要的区别。为了把握真正的、自然类型的区分，可能我们不得不彻底地重构“看”这一概念。②

所以瓦尔顿可以这样回应那些反对意见：按照日常意义上的“看”，我们可能看不到大猩猩或者图拉真柱；但日常意义的“看”没有把握出任何有趣的区分，而且确实也不是基于某种自然类型的差异。根据他之后提出的“接触”的概念，我们确实接触到了古生物和图拉真柱，而我们只需要表明这些就够了。

此处显然有变得无聊的危险，因为我们貌似把使得“透明说”有趣的大部分实质之处都摈弃了。尽管如此，如果日常意义上的“看”确实无法把握任何重要的区分，那么这仍是一个很有前途的回应。而且这也很符合瓦尔顿将自己的论证当作一个“挑战”的刻画——“挑战”那些希望在滑落到照片之前终止滑坡论证的人。这个挑战的一部分在于，找到容许它的一个相关的自然类型的区分。

因此，对于这一挑战有这样一种回应：日常意义上的“看”确实把握了一个明晰的区分，而且确实是包含自然类型区分的一种区分。看这一概念包含了**不被介入地**或**直接地**与某个对象接触。介入在此被理解为一个自然类型的词项。因为在生物学意义上如此构成的我们，只有当来自一个对象的光线不间断地到达我们眼中，我们才能看见它。在写这篇论文时我看见我的电脑，因为来自电脑的光线不间断地到达我的眼中。我从光学望远镜和镜子中看到对象，因为来自对象的光线在透过镜头或者从镜面上反射之后，这些同样的光线到达我们的眼睛。我无法在照片中看到我死去的祖母，因为从她身上进入到相机底片上的

---

①Walton, “Transparent Pictures”, p. 252.

②Walton, “Transparent Pictures”, p.275, 注释 13.

光线与我看照片时进入到我眼中的光线是不同的。我也同样无法看到大猩猩和图拉真柱以及其它的古生物，因为在我和这些对象之间，并没有不间断的光线。“看”的常规意义是非常坚固的，并且排除了透过照片或者透过其他任何类型的图像看。

出人意料的是，一位赞成所有图像都不透明的人也拒斥这一解释。格雷戈里·居里反对光是看见的必要条件：可以想象像蝙蝠一样的生物，它们具有由声纳因致的关于对象的视觉经验，因而它们在看。另外，假设有人将这个论点弱化到如下论断：**不间断传输**(uninterrupted transmission)才是核心概念，它可以是某种并非光线，只是在功能上等价于它的东西。居里认为，这一观点也应当被驳回：一个传感屏幕，一侧有一个来自对象本身的光模式，而另外一侧同时发射出不同的光线去制造一个性质上相同的模式。无疑，在这个例子中，你会承认你可以从屏幕的另一侧看到这个对象，尽管没有一条光线是从对象本身发射到观者眼中的。①

我认为，居里的蝙蝠类生物通过声纳“看”这个例子的融贯性是高度可疑的。想想那些构成视力的性质敏感性。比方说，我们看到物体的大小、形状、距离、色调和颜色。它们中的一些可能被声纳探测到，比如，人可以通过回声定位知道物体的距离、大小和形状，但是却无法通过声音知道物体的色调(相对亮度)或颜色。这是因为相对亮度和颜色是光的特性，因此要测知这些特性，人们需要视力——涉及对光的敏感性的官能。此外，如果这些生物真的看见了，它们就能够做出真的陈述，比如“没有光我也能看见”；“噪音太大了，我什么也看不见”；“现在特别安静，难怪能见度这么高”；“这是真空的——我什么都看不见”。很显然，在这些语境中，“看”应该被加引号。这说明了这些生物最多是准意义上的看(quasi-seeing)或修正意义上的看(para-seeing)，这些都并非日常意义上的“看”，而是一个新的、引申的意义。

然而，即使上述的言论错误且居里的思想试验是融贯的，仍然无法削弱看需要不间断的光传输这一条件。我们可以因此断定：我们用“看”这个词所**意谓**的，包含着无介入的或直接接触这个更宽的概念。对不间断光传输的诉求，是对我们看见某物需要的**物理意义上的必要**条件的断定。生物学意义上如此构成的我们(constituded biologically as we are)，这个必要条件是不间断的光传输。如果蝙蝠似的生物是可能的，那么考虑到声波的特性，它们的看需要的物理必要条件可能会有所差异。但是这并不证明我们看的物理必要条件不是不间断的光传输。

居里也反对不间断不能成为看的必要条件这种说法，因为我们透过传输屏幕能看到对象。这块屏幕实际上是一块电视屏幕，相机实时记录着屏幕前发生的一切，尽管屏幕阻挡了人的视线。否认我们能透过照片看的人，会有同样好的理由否认我们可以在电视直播上看到事物。电视媒介是电子的，摄影媒介是化学的，但是它们都是制作图像的机械形式，都阻碍了人与对象的直接接触，而这种直接接触是我们要看它们就会需要的。传感器屏幕只

①Currie, *Image and Mind*, pp.58—60.

是电视屏幕的一个变体，因此那些拒绝“照片透明说”的人也可以拒绝这一观点：我们可以透过传感器屏幕看。

四

我们的滑坡论证开始于用裸眼看，然后用眼镜看，之后是透过镜子和望远镜看，然后在电视中看，再然后是透过照片看，最终透过手工图像看，现在终于到达了能够站稳脚跟的点。洛佩斯的最终观点中认为手工图像是透明的，这是违反直觉的，且都是基于一些应该被摈弃的论证。瓦尔顿的最终观点认为照片是透明的而（大部分）手工图像都不透明，这一观点被反例推翻了。当我们真的看事物时，有一些简单并且直觉上正确的必要条件：只有当来自对象的光线直接传送到我们的眼睛时，我们才能看见。这个条件意味着我们无法透过任何图像看。所有的图像都是不透明的。①

圣安德鲁斯大学

①对于这篇文章的有益讨论，我要感谢肯德尔·瓦尔顿和约翰·海曼、圣安德鲁斯大学和利兹大学的听众们，以及我 2008 年为文学硕士开设的电影哲学课的学生们。

电影中的同情与认同*

[英国]贝瑞斯·高特(Berys Gaut)/文　王琦　黎萌/译

人们对电影作品的情绪反应有两种对象。我们可能会惊叹于电影的华美,欣赏其剪辑、声效和技术的使用。这种情绪是指向电影本身的,卡尔·普兰丁格(Carl Plantinga, 2009)①称之为"人为情感"。第二种情感——被称为"再现性情感"——指向电影中再现的故事事件或角色。指向故事的情绪包括悬疑和好奇的感觉;指向角色的情绪包括为他们而恐惧、对他们愤怒和爱慕他们等等。人为情感和再现性情感在我们的电影体验中都发挥着至关重要的作用。

电影理论家和哲学家对于指向角色的情感(即我们对角色的**情感介入**)的性质和解释存在着相当大的分歧。包括艾米·科普兰(Amy Coplan 2004, 2009)②、托本·戈柔窦(Torben Grodal 1997, chap. 4)③、亚历克斯·尼尔(Alex Neill, 1996)④、默里·史密斯(Murray Smith, 1995, 1997)⑤和贝瑞斯·高特 Berys Gaut(1999;2010, chap. 6)⑥在内,他们认为电影观众可以认同或同情角色,而这也是观众对角色的情感介入中的重要方面。另一

---

* 译者简介:王琦,大连大学讲师,西南大学文学院博士研究生,研究方向为当代西方美学与文化理论。
黎萌,西南大学文学院教授,哲学博士,硕士生导师。

①Carl Plantinga, *Moving Viewers: American Film and the Spectator's Experience*. Berkeley: University of California Press, (2009), p.74.

②Amy Coplan, "Empathic Engagement with Narrative Fictions." *Journal of Aesthetics and Art Criticism* 62, (2004), pp.141—52; "Empathy and Character Engagement." *The Routledge Companion to Philosophy and Film*, ed. Paisley Livingston and Carl Plantinga, pp.97—110. Abingdon: Routledge.(2009).

③Torben Grodal, *Moving Pictures: A New Theory of Film Genres, Feelings, and Cognitions*. Oxford: Clarendon Press, (1997), chap.4.

④Alex Neill, "Empathy and (Film) Fiction." In *Post-Theory: Reconstructing Film Studies*, ed. David Bordwell and Noël Carroll, pp.175—94. Madison: University of Wisconsin Press.(1996).

⑤Murray Smith, *Engaging Characters: Fiction, Emotion, and the Cinema*. Oxford: Clarendon Press. (1995); "Imagining from the Inside." In *Film Theory and Philosophy*, ed. Richard Allen and Murray Smith, pp. 412—30. Oxford: Clarendon Press.(1997).

⑥Berys Gaut, "Identification and Emotion in Narrative Film." In *Passionate Views: Film, Cognition, and Emotion*, ed. Carl Plantinga and Greg M. Smith, pp.200—16. Baltimore, MD: The Johns Hopkins University Press. (1999); *A Philosophy of Cinematic Art*. Cambridge: Cambridge University Press. (2010), chap.6.

些人,如诺埃尔・卡罗尔(Noël Carroll,1990;1998,chap.4,5;2004;2007;2008,chap.6)[①]和卡尔・普兰丁格(Carl Plantinga,1999;2009)[②]则认为角色认同从不发生或很难发生,此外,这一意义上的同情也很难与认同的概念相关联。他们关于人物角色的主要观点是同情或反感。卡罗尔(Carroll,1998;1990)[③]拥有比普兰丁格(Plantinga)更强的反认同观点,他认为"我们作为外部观察者对虚构情境做出反应,将我们对角色的心理状态的概念同化到我们的整体反应中,作为一种关于角色发现自己所处的情境的旁观者……"因此,以大致上的、有待于澄清的方式,我们可以区分两种主张,一种主张是关于电影观众经常通过想象将自己投射到角色的心灵中,并从那个视角产生情绪反应,另外一种主张是观众不这样做,他们的反应是作为角色的困境的外部观察者。我们可以将这两种观点称为**认同观点**和**同化观点**。

基于我之前关于此话题的工作,我将针对卡罗尔(Carroll)和普兰丁格(Plantinga)的批评意见为认同观点做辩护。我的辩护将涉及澄清这个观点;区分它的两个版本;详细阐明它,特别是想象力的相关作用;并说明它如何能够经受住针对它的批评。我们将看到,认同观点可以并且应该允许采纳角色的外部视角,并由此承认存在多种模式的角色介入。我将证明认同的多样化版本和同化观点的较弱的版本是完全相容的。

一、认同、同感、同情

首先,我总结下我的认同观点(Gout,1999;2010,chap.6)[④],并在某些方面进行阐述。

当我说就某个目标 T 认同某人,我的意思是什么?正如我们有时说的,我们"站到别人的鞋子里"。这里的一个意思是**想象**自己身处在那人的情境里。我们称此为**想象性认同**(*imaginative identification*)。某人的情境的概念应该被广泛地解释,由此不仅包括他的外部情况,而且包括他的所有属性,包括他的精神属性。我们可以说想象信其所信,想象感其所感等。因为一个人的情境有很多方面,所以认同是**方面化**(*aspectual*)的:我可以认同一

---

①Noël Carroll, *The Philosophy of Horror or Paradoxes of the Heart*. London: Routledge.(1990); *A Philosophy of Mass Art*. Oxford: Clarendon Press.(1998); "Sympathy for the Devil" In *The Sopranos and Philosophy: I Kill Therefore I Am*, ed. Richard Greene and Peter Vernezze, pp.121—36. Chicago: Open Court.(2004); "On Ties that Bind: Characters, the Emotions, and Popular Fictions."In *Philosophy and the Interpretation of Pop Culture*, ed. William Irwin and Jorge J. E. Gracia, pp.89—116. Lanham, MD: Rowman and Littlefield.(2007); *The Philosophy of Motion Pictures*. Malden, MA: Blackwell.(2008).

②Carl Plantinga, "The Scene of Empathy and the Human Face on Film." In *Passionate Views: Film, Cognition, and Emotion*, ed. Carl Plantinga and Greg M. Smith, pp.239—55. Baltimore, MD: The Johns Hopkins University Press.(1999); *Moving Viewers: American Film and the Spectator's Experience*. Berkeley: University of California Press.(2009).

③Noël Carroll, *A Philosophy of Mass Art*. Oxford: Clarendon Press. p.350, (1998); *The Philosophy of Horror or Paradoxes of the Heart*. London: Routledge. pp.95—96, (1990).

④Berys Gaut, "Identification and Emotion in Narrative Film." In *Passionate Views: Film, Cognition, and Emotion*, ed. Carl Plantinga and Greg M. Smith, pp.200—16. Baltimore, MD: The Johns Hopkins University Press.(1999);*A Philosophy of Cinematic Art*. Cambridge: Cambridge University Press. (2010), chap. 6.

个人的信念、他的感觉、他的感知,等等。在认识论意义上就T而认同某人,就是想象相信他所相信的;在情感意义上认同他,就是想象感受到他所感受的;在知觉意义上认同他,就是想象看见他所看见的。我们可以使这一概念更精致。在虚构性角色的情况下,我们需要将"他所相信的"解释为"在虚构的意义上他所相信的",等等。此外,我们需排除巧合。假设我想象一种旨在消灭癌症的病毒,它几乎毁掉了除我自己以外的所有人,并让疯狂和恶毒的突变体来试图杀死我;我想象着关于人类生命的毁灭和突变的痛苦感觉。我从此想象感受着,在虚构的意义上罗伯特·内维尔[①](Robert Neville)(威尔·史密斯饰)在《我是传奇》(*I Am Legend*)(2007)中的感觉,但不能由此推出我在情感意义上认同他的这些方面:也许我从来没看过,甚至没听说过这部电影。这只是个巧合,我想象感受到在虚构意义上内维尔所感受的。所以,如果我想象感受到E是**因为**我知道T(在虚构意义上)感受到E,即在情感意义上我在情绪E方面认同T。"因为"在这里不是纯粹的因果,而应该根据这样来理解:我的想象是被我关于(虚构意义上的)事实是什么的意识所引导,以排除偏差的因果链。一个人认同于某人,并因此必须具有关于他和他所处的状态的概念,并且这一概念必须引导此人的想象。(其他类型的想象性认同的充分说明也需要引导从句,并在细节上做必要的修改。)

与情感认同不同的是同感性认同(*empathic identification*)或同感(empathy)。我们可以想象在人类近乎毁灭时会感受到的恐惧,但是实际上对想象的场景而感到真正的恐惧也是完全可能的:我们可以对完全是想象的或虚构的场景感到真正的情感。(Gaut,2007,chap.9)[②]。在非虚构的情况下,我们经常希望我们的朋友通过感受我们感觉到的情感来与我们同感,而不仅仅是想象感觉这样的情感。也就是说,我们希望我们的朋友分享我们感到的情绪。想象的情感不是实际的情感,就像想象的财富不是真实的财富一样:所以情感认同不同于同情。然而,合理的同感至少在某些方面需要有想象力的认同。它是从德语(Einfühlung)翻译来的,字面意思是"感到进入"某人的情境。[③] 此外,虽然没有从他的角度想象,我也可以感受到他的感受,这不同于我们通常谈论的同感,即立足于想象性地把握那人对待世界的角度从而与他分享切近的情感,以感受到某些东西。所以,我在某种情感E方面与T同感,需要我**真正地**感受E,因为我想象自己处在T感受到E的(虚构性)情境之中。"因为"同样是在引导从句的意义上来理解,想象自己在T的情境之中是根据前述的方面性想象认同来分析的。

不同于情感认同和同感的是同情(sympathy)。同情某人就是关切他,因为他受苦受难或他的幸福受到了威胁,这里的关切他,是为他自己的缘故——后一个概念需要排除单纯

①罗伯特·内维尔(Robert Neville):电影《我是传奇》(*I Am Legend*)(2007)中的男主角——译者

②Berys Gaut, *Art*, *Emotion and Ethics*. Oxford: Oxford University Press.(2007), chap.9.

③"同感"于1909年由爱德华蒂·切纳引入英语中,他用它来翻译西奥多·利普斯的"移情(Einfühlung)"一词,利普斯首次将它用于美学语境中。Karsten Stueber, "Empathy" In Stanford Encyclopedia of Philosophy. http://plato.stanford.edu/entries/empathy/, (2008).

对他的幸福的工具性兴趣(Darwall,1998)①。与之相反的概念是反感(antipathy),是一种意欲事情对于他变糟的状态(尽管这不需要我们为了这本身意欲如此)。

一方面是认同和同感之间的区分,另一方面是同情与其他的区分,时常被表述为从内部想象和从外部想象(Smith,1995,chap.3;1997)②。史密斯认为认同和同感需要从内部想象,而同情涉及从外部想象。假定我们理解得正确,那么前述的认同和同感概念适合用这一区分来刻画。我们需要对比想象感到害怕,和想象某人(也许你自己)感到害怕。想象感到害怕是**归属性想象**(*attributive imagining*)的一个例子,想象某个属性对某人自己的掌控。想象某人感到害怕是**命题性想象**(*propositional imagining*)的一个例子,想象某个命题成立。区别不只是一种逻辑形式。如果我想象某事是真的,总是有错误识别的可能性:我可能认为我正想象乔正在戴帽子,但是经过反思我意识到,我在想象中把他误当作约翰了;因为当我反思我的想象时,我可能意识到,我想象的戴帽子的人有约翰的属性,而不是乔的。甚至在我想象**我**戴着帽子的情形下,这也是可能的。经过反思,我可能意识到,我想象的那个人不是我,而是别人(这种事情可能发生在梦中;或考虑这样的例子:我有一个想象出来替代我的孪生兄弟)。但是,如果我想象戴着帽子的话,就不存在错误识别我想象戴着帽子的是谁的可能性,它必须是我,因为我直接把戴着帽子的属性归属于我自己。简言之,归属性想象体现出对错误识认造成的错误的免疫性,然而命题性想象则没有。

因此,我的主张是,认同和同感**必然**涉及从内部想象(我将称之为内部想象),在此它被理解为归属性想象。这根植于情感认同与同感的概念之中。相反,同情**可能**涉及从内部想象,因为人们能够同情自己想象性地采纳其视角的某个人。但它也可转而涉及从外部想象(我也称之为外部想象)。我可以想象"乔觉得不舒服"并同情他。

理查德·沃尔海姆(Richard Wollheim, 1984;1987)③已经提供了一个有影响力的解释,借助他所谓的"中心想象"(central imagining)来识别"从内部想象"。默里·史密斯(Murray Smith,1995,chap. 3;1997)④和彼得·戈尔迪(Peter Goldie,2000)⑤在此处跟从他。但是,这些概念,至少我使用的短语"从内部想象",略有不同。沃尔海姆(Wollheim,1984)⑥要求,要中心地想象一个人,你必须能够指涉那个人,并为他形成一个"实质性的剧目",也就是说,归属给他一系列以各种方式回应的倾向。但是在想象中感到害怕,在我的意义上

---

①Stephen Darwall, "Empathy, Sympathy, Care." *Philosophical Studies* 89(1998), p.261.

②Murray Smith, *Engaging Characters: Fiction, Emotion, and the Cinema*. Oxford: Clarendon Press.(1995), chap.3;"Imagining from the Inside."In *Film Theory and Philosophy*, ed. Richard Allen and Murray Smith,(1997). Oxford: Clarendon Press.

③Richard Wollheim, *The Thread of Life*. *Cambridge*, MA: Harvard University Press, (1984), pp.72—76; *Painting as an Art*. Princeton, NJ: Princeton University Press, (1987), pp.101—30.

④Murray Smith, *Engaging Characters: Fiction, Emotion, and the Cinema*. Oxford: Clarendon Press, (1995), chap.3;"Imagining from the Inside."In *Film Theory and Philosophy*, ed. Richard Allen and Murray Smith,Oxford: Clarendon Press, (1997).

⑤Peter Goldie, *The Emotions*. Oxford: Clarendon Press, (2000). pp.194—95.

⑥Richard Wollheim, *The Thread of Life*. *Cambridge*, MA: Harvard University Press, (1984), pp.74.

的从内部想象，我不需要具有关于自己或我的剧目的概念，我甚至可以在完全失忆时想象在害怕。其次，在我的意义上从内部想象，只是想象性认同这一概念的一个组成部分，它需要一个关于某人情境的概念；但根据沃尔海姆(Wollheim，1987)①的观点，中心地想象某人**就是**认同他，他在谈论中心地想象一幅画的内部观众时，使用了“认同”一词。再次，沃尔海姆(Wollheim，1984)②否认在中心地想象中我想象自己处于某人的情况下，因为他反对如果是这样我就能想象遇到那个人，而我的想象规划排除了它。例如，如果我中心地想象苏丹穆罕默德二世，这不可能是想象自己在苏丹的鞋子里，因为这样一来我就能想象遇到苏丹，而这是被我的规划所排除的。然而，在想象自己在某人的情境之中时，我为我的规划想象其显著特点；并且，按照我的解释，一个人的情境包括他的所有属性，包括模态属性，例如，他必然不能遇见他自己。所以，当我想象自己在苏丹的情境之中时，我的想象规划排除了遇见苏丹的可能性。因此，虽然密切相关，我的“从内部想象”的意义不同于沃尔海姆的，并且我认为，这更好地把握了这个短语的日常含义。

还有第二种想象，很容易与内部想象相混淆，此即现象性想象(phenomenal imagining)，具有某种现象的质的想象。其例子包括想象感到、听到和看到某个东西是什么样。除了想象各种感受，我可以想象各种信念(beliefs)和其他纯粹的认知状态(cognitive states)。但是，不需要有任何类似于相信某事的状态。所以从内部想象可能是现象性的，但它不必定是。从外部想象可能是现象性的，也可能不是。想象猫在垫子上不必定是现象性的，但如果我形成了猫在垫子上的思维图像，那么它就是现象性的。视觉想象(一种命题性想像)与想象看见(一种归属性想象)不一样。因为我可以无需想象看某个东西而在视觉意义上想象(我的想象有一个再现的视觉模式)，并由此想象是一个想象出来的场景的一部分。例如，我可以在视觉上想象一个看不见的谋杀，如果视觉想象需要想象看到，这将需要想象一个矛盾(Currie 1995)③。因此，归属性/命题性想象的区别与现象性/非现象性想象的区别，是一种正交关系。然而，在电影中内部想象的一般情况有着重要的现象性方面。

说明情感认同、同感和同情的概念的逻辑独立性是有意义的。考虑一下这个有**想象力的拷问者**(the *imaginative torturer*)：他想象他正在被他自己拷问受害者的方式所拷问，以使他的拷问更有效，帮助他发现什么会给受害者造成最大的痛苦。也许他发现，与受害者的一些表面的友情和临时停止酷刑将使他的再次拷问更具毁灭性。他比没有想象体验过拷问的**残忍的拷问者**更有效。这个有想象力的拷问者与受害者有情感认同，但没有同感(他感觉不到痛苦)。他也不同情他。所以情感认同不需要同感或同情(实际上它可能是由其目标的反感所引发的)。

①Richard Wollheim, *Painting as an Art*. Princeton, NJ: Princeton University Press, (1987), p.104,129.

②Richard Wollheim, *The Thread of Life*. *Cambridge*, MA: Harvard University Press, (1984), pp.75—6.

③Gregory Currie, *Image and Mind*: *Film*, *Philosophy and Cognitive Science*. Cambridge: Cambridge University Press, (1995), pp.170—79.

接下来考虑**同感的拷问者**（the *empathic torturer*）。与有想象力的拷问者不同，他感受受害者的痛苦，但他在每次拷打后都会将自己的注意力从受害者的痛苦中转移出来，而不是表现出对他的任何关注。或者考虑同感于某个感到自我厌恶的人：分享他的情感涉及对他感到反感，而不是同情。因此，与某人同感并不意味着同情他，即使这是这样做的正常的心理结果。

同情既不需要我们去想象性感受（情感性地认同），也不需要我们去真实性感受（同感）目标对象的（虚构性的）感受。我可以同情那个处于昏迷状态而什么也感觉不到的人。我也可以同情那个遭到侵犯而愤怒的人，虽然我并不感到愤怒而仅仅觉得为他担心。所以，同情既不需要想象，也不需要真实感受别人的（虚构性的）感受。而且如上所述，人们可以不必同情地情感性认同和同感于一个人。我也可以不用想象关于他的任何事情而去同情一个人：我仅仅相信他正在经历痛苦。

鉴于这些概念的逻辑独立性，人们可以从多个情感和想象力的角度对一个人做出反应。例如，人们可以情感认同某个角色，也可以（并不是必须）与他同感，也可以（并不是必须）同情他。人们也可以同情某个角色，而无需与他同感，或情感认同他。

二、术语的变化

尽管其他几位作家经常使用不同的术语，但他们已经论证了大致类似于前面勾画的对角色的情感介入的观点。有时，他们拒绝或质疑使用术语“认同”（Neill，1996；Smith，1995）①，但之后采用的是与上述发展的想象认同的概念几乎相同的概念。术语在这里可以合理地发生变化。

有时，同感被用来指我所说的“想象性认同”，包括在电影理论之外的语境中。高德曼（Goldman，2006）②指出，模拟理论（simulation theory）通常被称为“同感理论”。例如柯里（Currie，1995）③，是根据想象在某人的情境之中来解释的，按照这种解释，作为模拟的同感的用法，就与我所称的“想象的认同”无异。彼得·葛尔迪（Peter Goldie，2000）④理解同感，也是根据从另一个人的角度想象，而无需真正感到另一个人被想象为感到的什么，尽管真正的感受也可能出现。类似地，亚历克斯·尼尔（Alex Neill，1996）⑤也认为，同感关乎从某

---

①Alex Neill，“Empathy and (Film) Fiction.” In *Post-Theory*：*Reconstructing Film Studies*，ed. David Bordwell and Noël Carroll，pp.192－93. Madison：University of Wisconsin Press.（1996）；Murray Smith，*Engaging Characters*：*Fiction*，*Emotion*，*and the Cinema*. Oxford：Clarendon Press，（1995），p.93.

②Alvin I Goldman，*Simulating Minds*：*The Philosophy*，*Psychology*，*and Neuroscience of Mindreading*. Oxford：Oxford University Press，（2006），p.17.

③Gregory Currie，*Image and Mind*：*Film*，*Philosophy and Cognitive Science*. Cambridge：Cambridge University Press，（1995），p.144..

④Peter Goldie，*The Emotions*. Oxford：Clarendon Press，(2000)，pp.195－99.

⑤Alex Neill，“Empathy and (Film) Fiction.” In *Post-Theory*：*Reconstructing Film Studies*，ed. David Bordwell and Noël Carroll，p.191. Madison：University of Wisconsin Press，(1996).

人的视角想象他的情境,并否认这需要某人真的感到他所感到的那种同感,虽然他可能感受到。这种"同感"的用法在日常语言使用中有一定的基础,但是如果有人在此意义上使用它,他就需要另一个不同的术语来指称我所谓的"同感",那要求某人真的感受到另一个人所感受到的被解释为感受的东西。一些心理学家以**认知性**同感(*cognitive* empathy)(从另一个人的角度想象)和与之相对的**情绪**或**情感性**同感(*affective* or *emotional* empathy)(其中某人需要真正地感受到情绪)来区分。(高德曼 Goldman 2006;斯图贝尔 Stueber 2008)①。只要标示了应该做出的区分,所使用的术语是无关紧要的。

虽然有一些差异值得注意,仍有几个作家在电影中论证认同观点。正如刚才所说,尼尔(Neill,1996)②根据从另一个人的视角想象自己身处其情境之中来理解同感,因而用"同感"意谓的是与我所说的"想象性认同"类似的东西。他将同感与同情作为殊异的心理状态而加以比照。他指出,电影可以让我们既同感又同情角色:我们可以对它们有多种形式的情感介入。然而,他的解释的推进是通过诉诸同感与同情之间的一种直觉的对比来实现的:作为**与**某人一样感受到(feeling *with*)和**为**某人感受到(feeling *for*)之间的差异。这种对比非常可信。但他对于同感的形式化解释是根据想象感到(以及其他想象的心理状态)来分析它,并认为同感者**可能**——但不需要——真正感觉到他想象的作为他人的感受。因此,这个解释失去了在第一位推动它的那种直觉性联系:因为与某人一样感受需要这个人感到那种情感,而不仅仅是想象感受到它。所以,尼尔的解释有忽略前述的情感认同和同情之间的差别的危险。

默里·史密斯(Murray Smith,1995;1997)③同样对比了对虚构性角色的同感态度——其刻画性特征是根据中心性想象(从内部想象)他们的心理学生活,包括想象感受到他们所感受到的——与对他们的同情(或反感)态度——其刻画性特征是去中心性想象(从外部想象)他们的情境并反映出指向他人的情感。按照史密斯(Smith,1995)④,同感发生在去中心想象的框架内,因此他是一个关于角色介入的多元论者。然而,在同感这个标题之下,他将我是否真的体验到某种情绪的问题,与我仅仅是想象体验那种情绪的问题混到了一起。

---

①Alvin I Goldman, *Simulating Minds*: *The Philosophy*, *Psychology*, *and Neuroscience of Mindreading*. Oxford: Oxford University Press, (2006), pp.277—79; Karsten Stueber, "Empathy" In *Stanford Encyclopedia of Philosophy*. http://plato.stanford.edu/entries/empathy/, (2008).

②Alex Neill, "Empathy and (Film) Fiction." In *Post-Theory*: *Reconstructing Film Studies*, ed. David Bordwell and Noël Carroll, p.175,191. Madison: University of Wisconsin Press, (1996).

③Murray Smith, *Engaging Characters*: *Fiction*, *Emotion*, *and the Cinema*. Oxford: Clarendon Press, (1995);"Imagining from the Inside."In *Film Theory and Philosophy*, ed. Richard Allen and Murray Smith, Oxford: Clarendon Press, (1997)

④Murray Smith, *Engaging Characters*: *Fiction*, *Emotion*, *and the Cinema*. Oxford: Clarendon Press, (1995), p.102.

艾米·科普兰(Amy Coplan,2004)[①]也对比了同感与同情,尽管她对“同感”一词的用法与我的更接近。她认为同感需要四个条件:“(1)同感者体验到的心理状态与目标的心理状态要么是同一的,要么是非常类似的;(2)视角采取——同感者从目标的视角想象地体验到他的经验;(3)(1)成为事实是由于(2),和(4)同感者保持着自我/他人的区分。”(144)。与尼尔的形式性解释不同,这借助分句(1)维持了同感和与某人一起感受到之间的直觉性联系,还借助分句(2)维持了同感与想象之间的联系。科普兰指出,人们对角色的情感参与是多元的,例如,人们可以对一个角色采取既同感又同情的态度。然而,她并没有注意如下情形的重要性:人们只是想象感到某物,但实际上感到的是完全不同的某个东西;也就是说,她没有形成一个独特的想象性认同的概念,因此前述多元论不像事实上的那样丰富。

有人可能认为,术语的变化可能表明认同和同感的概念中有某种可疑之处,然而同情的概念具有某种日常的、精确的意义,因此在理论建构中成为更坚实的成分。但事实上“同情”有各种用法,它在一些用法上接近于同感的概念。例如,亚当·斯密(Adam Smith,1759,1976)[②]开创了一种同情理论,他的意思是“对所有激情的同感”。此用法一直沿用到今天:牛津英语在线词典定义了“同情”,其意义之一是“性质或状态受到另外一种具有类似于或对应于的感觉的影响;进入或分享另一者或他人之感受的事实或能力;同感”。此种用法的“同情”就与我的意义上理解的“同感”的含义非常接近。因此,卡罗尔(Carroll)和普兰丁格(Plantinga)以这种用法对同情核心地位的辩护,最终将会是对同感的辩护。因此,辩论的各方都需要对术语进行澄清,承认这些术语在日常用法和哲学用法中的多样性,并说明在他们的情感介入学说中将使用的用法。

三、认同观

在澄清了想象性认同和同感的概念之后,我们现在可以更准确地来论述认同观:

(IV)1.观众有时会想象性认同角色和与角色同感。

2.关于观众对角色的情感反应的解释,一部分需要参考(1)。

值得注意的是,(IV)与在解释观众对角色的反应中起作用的其他因素是相一致的。分句1坚持,认同和同感有时会发生,但也允许我们从外部想象角色,并因而既不认同也不与他们产生同感,而是体验到基于命题性想象的情感,包括同情。分句2承认,甚至在我们认同和与角色同感时,其他因素可以在解释我们对它们的情绪反应中发挥作用。因此,根据观众介入角色的多种方式,可以给予(IV)多元性的解读。

但是(IV)也与某种一元论的解读相一致。在分句(1)中,“有时”与“总是”是相一致的。一元论者解读分句(1)时会说,观众只认同和同感于角色(更确切地说,只**试图**认同和同感

---

①Amy Coplan, “Empathic Engagement with Narrative Fictions.”*Journal of Aesthetics and Art Criticism* 62, (2004), p.144,146.

②Adam Smith, *The Theory of Moral Sentiments*. Oxford: Clarendon Press, (1759/1976), p.10.

于角色，因为有时候由于角色太陌生或令人讨厌，观众会试图那么做却不能成功。)。此外，一元论者解读分句(2)时会说，解释观众对角色的反应**只**需要参照分句(1)。

在一元论的意义上解释，(IV)是假的，并且确实是非常不可信的。以上讨论中，认同观点的支持者都不是一元论者。最重视认同和同感的理论家是格罗戴尔(Grodal，1997)①，但即便是他也容许关于电影情节的其他视角的存在。但是，针对卡罗尔的批评，格罗戴尔对认同的辩护中的一个问题表明了为什么介入(engagement)不仅仅涉及认同和同感。卡罗尔针对认同(我们的术语中的“同感”)的反例之一，是在《大白鲨》中(Jaws 1975)鲨鱼的第一次出现：一个女孩在全身心地游泳，没意识到鲨鱼即将攻击她。观众感受到的是恐惧和悬念，而女孩感受到的是愉快。卡罗尔论证，由于观众通常拥有比角色更多的信息，他们经常与角色的感觉不同，所以他们无法认同角色。格罗戴尔(Grodal，1997)②同意“我们比女孩拥有更多的信息，但是我们在模拟中处于那女孩的处境并得知那威胁时，我们会认为自己感到什么，我们在模拟中感到恐惧。”格罗戴尔因此设法避免对外部想象和对那个想象出来的内容的反应的诉求，他的办法是坚持观众会像如果他是在女孩的位置上，并知道那威胁，就会做出的反应那样反应。但是，在将角色不具有的知识包含到观众的想象之中时，情绪上令人恐慌的一个重要基础就缺失了：这个场景中可怕的正是，一个人可能面临迫在眉睫的恐怖袭击的危险，自己却全然不知。观众对如果他知道自己在威胁之下他会如何反应的想象，必然不能归并到恐惧的理由之中。因此，必须允许观众能够以不同于角色反应的方式做出反应。这意味着必须拒斥一元论的认同观点。但是，从这个事实推断出观众从来不像角色那样反应，或者他们不能既像角色那样反应同时又以另外的方式做出反应，都是错误的。得出这一结论是错误的，因为(IV)的一元论版本是假的，多元论版本也是假的。

为什么相信(IV)？

首先，观众经常说他们认同角色并与角色同感，由于这是一种自我报告，乍看起来，这是观众确实在认同和同感的一个好证据。这些概念是融贯的，所以没有理由认为观众只是在这个问题上犯糊涂。而正如我们所看到的，这些术语在游戏中有不同的用法，谈论“让自己站到别人的鞋子里”，谈论感受角色的感觉，表明普通观众通常指的是我们认为是认同或同感，或与其接近的东西之类的感觉。此外，人们常常在现实生活的语境之中谈论认同和同感，它们为什么不也应该形成我们对电影角色的反应呢？

其次，一些电影装置会定期提示认同和同感。主观镜头是最常被提到的。在这样的镜头中，观众被提示想象看角色所看到的，这样观众在知觉意义上认同角色。这也可以提示观众想象感受到角色所感受到的，尽管由于认同的方面化性质，这不是必须的。更为重要的可能是表情的反应镜头，我们在这样的镜头中看到角色的面部表情，往往是特写，我们被

①Torben Grodal, *Moving Pictures: A New Theory of Film Genres, Feelings, and Cognitions*. Oxford: Clarendon Press.(1997), p.85.

②Torben Grodal, *Moving Pictures: A New Theory of Film Genres, Feelings, and Cognitions*. Oxford: Clarendon Press.(1997), p.84.

引诱着去想象角色正感受到什么，并也常常与角色同感。经典电影理论家贝拉·巴拉兹(Béla Balázs，1970)①强调了此类镜头的重要性，并指出："如果我们注视和理解彼此的面部和姿势，那么，我们不仅仅只是理解，我们也学会了感受对方的情绪。姿势不仅仅是情感的外部投射，它也是情感的发动者。"②考虑《怒海争锋：极地远征》(2003)中强有力的情节，其中斯蒂芬·马图林医生③(Dr. Stephen Maturin)必须给自己动手术取出一颗子弹。虽然在一面镜子里我们可以看到他为了探查腹部伤口而采取的血腥的过程的一些细节，但是场景的主要情感力量是通过一系列反应镜头传达的，展现手术时他脸上的极端痛苦，以及他周围的人的反应。我们被引导着去生动地想象他在给自己动手术时感到的痛苦，我们可能会发现我们自己在观察手术时畏缩；我们也可能与他同感，而对此过程感到某种真实的痛苦。我们也可能感到更多他没有感受到的情绪：对他的同情和钦佩(在那个场景中，他不怜悯自己，也并不钦佩自己：他太专注于这场手术)。

其三，我们经常有如下意义上的同感：想要那些角色想要的东西，部分原因是他们想要它。有时，正如卡罗尔(Carroll，2008)④令人信服地论证的那样，我们有独立于角色所欲所感的欲望和情感，因为我们分享他们对那个情境的评价：角色们不希望世界终结，并恐惧它会发生，我们也有这些欲望和恐惧，但并不是因为角色具有它们。然而，有时我们想要某些东西的部分原因是角色想要它们。再想一想《怒海争锋》，这部电影围绕着1805年英国海军"惊奇号"对法国海军舰船"地狱号"的成功追击展开叙事。在看这部电影之前，我们并不希望这艘船被英国人抓住，我们甚至可能对拿破仑战争中的英国势力并无好感。但通过电影密切关注杰克·奥布里船长⑤(Captain Jack Aubrey)和他的船员的活动，通过体验奥布里切实的领导能力和他的船员的同志之爱，我们认同(在认识论意义上和情感意义上)他们。我们因此变得想要他们所要的，并感受到一些与他们所体验的相同的情绪：当他们受到来自"地狱号"的轰击时，我们与他们一样感到恐惧；当舰船滑出他们的掌控时，我们与他们一样感到失望和沮丧；当他们登上舰船并控制住它时，我们感到与他们一样的欢乐。这种剧情是典型的：我们通常希望某些事情发生在电影中，部分原因是因为角色希望它们发生，也就是说，我们的欲望是同感的欲望。

---

①Béla Balázs, *Theory of the Film: Character and Growth of a New Art*. Trans. Edith Bone. New York: Dover, (1970), p.44.

②卡尔·普林丁格(Carl Plantinga，1999)也注意到这样一个事实，即在某些他称之为"同感场景"的电影中，在那些表演动作放缓的地方，我们被引导通过持续观看她的面部表情来反复想着角色的感受，正如在《史黛拉恨史》(*Stella Dallas*，1937)趋于结束的场景中，那个史黛拉看着她的女儿结婚却无法参加仪式的场景。这些场景实际上是反应场景的延伸系列。如上所述，普林丁格对于我们意义上的同感一般持怀疑态度，认为在这些场景中发生的更多的是同情。但是正如我们已经发现的，同感与同情并不相同，在此类场景中，同感通常如同情一起被使用。

③斯蒂芬·马图林医生(Dr. Stephen Maturin)：电影《怒海争锋：极地远征》(*Master and Commander: The Far Side of the World*)(2003)中的男主角，保罗·贝特尼(Paul Bettany)饰——译者

④Noël Carroll, *The Philosophy of Motion Pictures*. Malden, MA: Blackwell.(2008), pp.166—67.

⑤杰克·奥布里船长(Captain Jack Aubrey)：电影《怒海争锋：极地远征》(*Master and Commander: The Far Side of the World*)(2003)中的角色，罗素·克劳(Russell Crowe)饰——译者

还应当注意,认同和同感的存在,与体验到与目标所感受到的不同的情感是兼容的。对于想象性认同,这是很显然的情况:想象的拷问者想象感受到他的受难者的痛苦,但可能对想到这种痛苦做出快乐反应。在同感的情况下,根据定义,人们必须感受到角色所感受到的,但是这与体验不同的东西是兼容的。这可能是因为我们的态度不同于角色的态度,或者因为我们拥有角色所不具备的信息。作为前者的例子,可以回想马图林对自己的手术。我不仅对他产生同感,感到他的痛苦,我也可以同情他并钦佩他,虽然他没有感觉到这两种情感。我拥有的信息并不比他拥有的更多,只是我的一些态度与他不同。所以,有不同的感受,与从内部想象他的情形是兼容的。正如我们前面提到的,同情不需要外部想象。作为第二种情况的例子,请再想想《大白鲨》,正如我们所看到的,卡罗尔的如下观点是正确的:我们为角色感到的恐惧不能仅仅基于从内部想象她的情况,因为它极大地依赖于角色不具备的信息,即鲨鱼的出现。所以这种情感是建立在一个命题性想象的基础上,它包含了人物不能获得的信息。但是与此同时,我们也可以通过内部想象角色的情况,来想象她在游泳中的乐趣,我们也可以对她享受那个场面的宁静产生同感。我们既可以从内部想象她的情境,也可以从外部想象,基于她对情境的感知和正在真正发生的事情之间的对比,这部分地解释了那个场景的力量。

这样,我已经论证,我们有时候认同角色,包括情感性认同;我们有时也与他们同感,并且这也与体验不同于他们的情感是相容的,即使在同感的情况下:或者因为我们对他们有不同的态度(这与从内部想象他们的情境兼容),或者因为我们具有与他们不同的信息(需要从外部想象他们的情境)。来自角色的不同情感的存在表明,我们应该支持多元化版本的认同观。

四、同化观

对认同观最成熟的挑战是卡罗尔的同化观,卡罗尔假定两者不相容。然而,我将论证同化观有不同的优势,但它只有一个不可靠的增强版与多元论认同观不相容。我还将说明卡罗尔对同化观的论证是有缺陷的,或者说明它们与多元论认同观相容。

用最宽泛的术语来说,同化观坚持:

(AV)1.观众并不想象地认同或同感于角色。

2.观众做出对角色之情境的命题性想象的反应,包括对角色关于自己情境的理解。

卡罗尔一直坚持反对观众对角色的认同,虽然他通常用“认同”指的是我用“同感”指的意思。然而,他还攻击模拟理论,以及关于观众在作为外部观察者的角色中反应,而不是中心化地想象角色情境的讨论(Carroll,1998)①,所以他也反对我的意义上的认同。因此,人们对角色情境的想象是命题性的。他还指出,人们“同化”角色对其情境的理解(因此我才

①Noël Carroll, *A Philosophy of Mass Art*. Oxford: Clarendon Press.(1998),pp.349—50.

这样命名他的观点)。所以在一种意义上,人们对角色的情境的反应既有内部的维度也有外部的维度。但是,如果这种说法要与分句1保持融贯,那么这种“内部”理解必须避免从内部做出的关于角色情境的任何想象。他似乎正是这样理解它的:“我们只需要理解为什么主角对其情境的反应是适当的或是可以理解的”(Carroll,1990)①;并且这不需要从内部想象角色的情境。

这是对该观点的最一般的陈述。对于分句1的强度,请考虑以下选项(同样,不同的强度也应归于分句2):

1A. 观众从不认同或同感于角色。

1B.观众很少认同或同感于角色。

1C. 观众通常不认同或同感于角色。

1D.观众并不总是认同或同感于角色。

关于他的观点在不同点上的强度,卡罗尔(Carroll,1990;1998;2008)②已经给出了不同的说明,人们可以找到对1A—1D的文本支持。例如:

1A:“很可能是角色认同从来没有提供对观众与主角的关系的解释”(1990,91)。在这里他理解的认同是对角色的情绪状态的复制;

1B:模拟“非常罕见”(1998,355)。卡罗尔说模拟是一个中心想象的问题,并不需要确切的情感的认同,而只是一个“大致的相似性”(1998,349);

1C:在对角色做出反应时,“我们通常在外部观察者的位置”(1998,350);

1D:认同观(特别是同感)“似乎必须放弃将它当作关于我们的情感与电影主角的关系的全景图”(2008,166)。

最后一个表述明显比之前的要弱得多,但暂把它放在一边,理解这些不同的表达的最宽容的方式是断言,对某个角色的模拟(内部想象)是非常罕见的,同感(在我的意义上的)永远不会发生。但我关注的不是如何最好地解释卡罗尔,而是区分这些不同版本的同化观。

只有(AV)的1A版本与(IV)的多元论版本不兼容。因此,人们可以既相信同化观的较弱版本又相信认同观的多元论版本。此外,(AV)的1D版本,实际上是(IV)的多元化版本所断言的:对于多元论版本,维持角色介入不仅仅涉及认同和共鸣,因此,多元论认同实际上需要遵守(AV)的非综合性版本。因此,如果没有坚持最强的(AV)版本,认同理论家和同化理论家之间的争议将是一个错误。这意味着这两种理论都可以从另一方的观点受益,正如我们已经在支持卡罗尔反对一元论认同的论证中所看到的。

---

①Noël Carroll, *The Philosophy of Horror or Paradoxes of the Heart*. London: Routledge.(1990), p.95.

②Noël Carroll, *The Philosophy of Horror or Paradoxes of the Heart*. London: Routledge.(1990), p.91; *A Philosophy of Mass Art*. Oxford: Clarendon Press.(1998), p.355,349,350; *The Philosophy of Motion Pictures*. Malden, MA: Blackwell.(2008), p.166.

此外，版本1C是否正确，不应当被用来决定认同和同化观之间的问题。这是因为一些认同理论家认为从内部想象（包括同感）通常在外部想象提供的框架内进行（Smith，1995；1997）①。这个说法是可信的。很多时候，我们有不同于角色所拥有的信息，所以仅仅从内部想象他的情境不会捕获我们所知道的与确定如何正确地反应于他的情境相关的一切。

诚然，（AV）的1B版本是正确的，认同观关乎有限的兴趣。但是如果最后一部分的论证是正确的，我们至少可以这样说：如果认同和同感发生，它们不是很罕见的，因为认同和同感的术语，前面讨论的各种电影机制，观众的欲望和感受对角色的局部依赖性，都是电影经验的常见特征。因此，在评估卡罗尔的论点时要讨论的关键问题是它们是否支持（AV）的最强版。我现在转而考察这个问题。

五、反对认同的论证

对于（AV），卡罗尔历经不同时期提出了大量不同的论证。我将只考察较重要的论证。它们已经在不同时间针对支持不同版本的（AV）。但是，由于刚才提到的原因，我的关注是它们是否支持最强版的（AV）。

5.1 不对称性

卡罗尔的核心论证（Plantinga，2009）②也响应认为，观众和角色之间的情感反应存在不对称性。也就是说，观众体验的情感不同于角色（在虚构意义上）体验的情感。因此，观众并未认同角色。观众和角色的情感至少在五个方面不同（Carroll，2007）③。

（i）我们经常通过角色感受不同的情感。例如，我们对史黛拉·达拉斯④感到钦佩和怜惜，她却既不钦佩也不怜悯自己；俄狄浦斯对他所做的事感到内疚，我们不觉得内疚，但只有怜悯（也出自Carroll，1990）⑤。

（ii）我们的情感，即使相似时，一般也有不同于角色的对象。如果一个母亲失去了儿子，她会感到悲伤，她的情感的对象是她的儿子；如果我们感到悲伤，我们的情感的对象不是她的儿子（他可能对我们没有什么意义），而是悲伤的母亲（参见Carroll，2008）⑥。

（iii）我们的情感以完全是想象出来的事态为对象，而角色的情感指向他们相信是事实的事情。

---

①Murray Smith，*Engaging Characters：Fiction，Emotion，and the Cinema*. Oxford：Clarendon Press，(1995)，pp.102—06；"Imagining from the Inside."In *Film Theory and Philosophy*，ed. Richard Allen and Murray Smith，pp.424—26. Oxford：Clarendon Press，(1997).

②Carl Plantinga，*Moving Viewers：American Film and the Spectator's Experience.Berkeley*：University of California Press，(2009)，p.104.

③Noël Carroll，"On Ties that Bind：Characters，the Emotions，and Popular Fictions."In *Philosophy and the Interpretation of Pop Culture*，ed. William Irwin and Jorge J. E. Gracia，pp.95—95. Lanham，MD：Rowman and Littlefield.(2007).

④史黛拉·达拉斯（Stella Dallas）：电影《史黛拉恨史》（*Stella Dallas*）（1937）中的女主角——译者

⑤Noël Carroll，*The Philosophy of Horror or Paradoxes of the Heart*. London：Routledge.(1990)，p.91.

⑥Noël Carroll，*The Philosophy of Motion Pictures*. Malden，MA：Blackwell.(2008)，p.165.

(iv)在同等条件下,我们的情感不如角色那么激烈。

(v)我们的情感与行动是分离的,而角色的不是。

这个论证坚持认为观众感受到的情感与角色所感受到的情感不同。即便如此,这仍与对角色的想象性,尤其是情感性认同相一致。在这些情况下,我们想象感受角色的感觉,想象感到某种情感而实际上感到不同的情感或根本没有情感,是可能的。因此,这些论证只是威胁认同观点的同感方面,而不是想象性认同。因此,现在让我们将讨论限定在这个观点的同感部分。

如果(iii)和(v)是真的,只有在它们作为经验性论断时,才会支持对(AV)的最强版的论证。因为观众如果不是受了骗,只会**想象**角色相信发生的事件的发生,并且,如果认知状态的差异对于情绪状态的差异是充分的,则观众**从不**处于与角色相同的情绪状态,因此不能与他们同感。此外,由于观众不能在那个虚构世界中行动(至少在非交互式的小说中),但是角色可以,因此观众不能具有与角色相同的情感。

然而,这两个论证都不牢靠。人们可能会对只是想象出来的剧情感觉到真正的情感(Gaut,2007,chap.9)①。奇怪的是,卡罗尔(Carroll,1990)②自己曾为此主张论证。他的"思想理论"(Thought Theory)认为,对于只是想象的事态,可以感受到真正的情感。如果是这样的话,那么指向同样的事态的两种标记情绪,在其中一种情形下人们相信事态实现,在另一种情形下人们仅仅想象事态实现,这两个标记情感都能标记同一个情感类型。所以,理由(iii)没有提供任何理由来断定角色的情感和我们的必定有种类上的不同,理由(v)也没有为此提供根据,因为两个标记情感可以标记相同的情感类型,虽然一个可以成为行动,而另一个不能。我可能怜悯一群人在今天被压迫者恐吓,并可以采取行动阻止压迫;我可以怜惜一个世纪前被恐吓的不同的人群,但我不能对他们的被压迫做任何事情。只有在某些情况下,我们才能根据情感采取行动。但是当我们不能采取行动时,不能由此推出我们不具有与可以行动时具有的同样的情感。

我们的情感通常没有角色的强烈,这是正确的,但无疑这并不表明它们不是类型等同的,因为同一类情感的两个标记的强度可能不同。宣称A没有与B同感于他的痛苦,因为A感觉到的痛苦不如B那么强烈,这显然是尤为不正确的。因此(iv)也失败了。

考虑(i)是正确的,但正如我们已经看到的,它与认同的多元论版本相容,因为它坚持除了认同和同感,还存在更多的情感介入。情感的差异与我们对角色的认同和同感是兼容的。我会这样钦佩史黛拉的自我牺牲,部分原因是我想象在她的情境之中并同感于她的痛苦,从而增强我感受她放弃了多少的感觉。

---

①Berys Gaut, *Art, Emotion and Ethics*. Oxford: Oxford University Press.(2007), chap.9.

②Noël Carroll, *The Philosophy of Horror or Paradoxes of the Heart*. London: Routledge.(1990), pp.66—8.

卡罗尔(2008;2007)[①]特别强调同情在我们对主角的情感介入中,以及对其敌人的依赖性反感中的重要性,他称之为"团结"。他非常宽泛地定义同情为"对他人的一种非传递的前态度"(Carroll, 2008)[②]。他说这是观众和相关角色之间的"主要感情接合剂"。因为同情是针对他人的,角色不能同情自己,所以至少有一条重要的情感纽带是我们与角色一起体验的,而不是他们为自身感觉到的。当然,重点是多元认同观完全兼容。如前所述,人们可以同情某个对之想象性认同的人(或者在那个有想象力的拷问者的情况下不同情他),以及同情某个与之有同感的人(或在那个同感的拷问者的情况下不同情)。此外,人们可能常常因为其认同和/或同感于某人而同情,如在史黛拉·达拉斯的情形中。有时,如在昏迷受害者的情况下,同情不能依赖于认同或同感,但除了受害者缺乏精神活动的情况,通常情况下同情都依赖于这些状态。所以,指出同情的广泛发生,并不会破坏认同和同感的出现。

此外,卡罗尔(Carroll, 2008)[49]夸大了作为对角色的一种情感反应的同情的重要性。他声称,"对于主角的同情是从电影的开始到结束最普遍的情感"。正如早前所指出的,同情是一种情感,是因为另一个人的幸福受到威胁,为了他自身而对他的关切。但在卡罗尔的意义上,这是一种态度,而不是一种情感;并且,人们可以在他的意义上谈论对某人的幸福的同情。但是,这个状态有一个不同的欣快情调(愉悦的,并非不愉悦的)和一个不同的构成性的评价性思想(关于某个人正在飞黄腾达,而不是在经受苦难),所以应该算作不同的情感而不是同情。事实上,此状态被刻画为对某人的幸福的**同感**会更加自然,如果它是基于想象自己处在他的情境之中的话。(正如同情一样,同感是指向他人的。说某人与自己同感,与说自己同情自己一样没有意义。)因此,卡罗尔对同情和反感的同一化诉求遮蔽了我们可以具有的对角色的情感反应的多样性,甚至将一些是同感的情感捕捉到其网中。

最后,理由(ii)认为,角色和观众感觉到的悲伤之类的情感一定是不同的,因为它们具有不同的对象。但显然,并非所有的情感及其对象都是如此。如果角色A怜悯角色B,而且我也怜悯B,则A的情感和我的情感有相同的对象。因此,(ii)与多元论认同兼容。此外,它假设在悲伤/懊悔的剧情中,除了感到对那个母亲的同情之外,我无法与她有同感。然而,在现实生活中,我们显然可以与我们同情的人有同感。当我们区分同感的目标和它的对象时,这种可能性变得明显。当我**与**一位母亲丽莎[③](Lisa Berndle)有同感,**因为**她的儿子斯蒂芬[④](Stefan Brand)死去了,我的同感的目标是那位母亲,而母亲的对象是那个儿子。母亲和我都体验到因为那个儿子斯蒂芬之失去的悲伤,所以她的情感和我的情感共享同一

---

①Noël Carroll, *The Philosophy of Motion Pictures*. Malden, MA: Blackwell.(2008), pp.177－84; "On Ties that Bind: Characters, the Emotions, and Popular Fictions."In *Philosophy and the Interpretation of Pop Culture*, ed. William Irwin and Jorge J. E. Gracia, pp.101－06. Lanham, MD: Rowman and Littlefield.(2007).

②Noël Carroll, *The Philosophy of Motion Pictures*. Malden, MA: Blackwell.(2008), p.177,178.

③丽莎(Lisa Berndle):电影《一个陌生女人的来信》(*Letter from an Unknown Woman*)(1948)中的女主角,琼·芳登(Joan Fontaine)饰——译者

④斯蒂芬(Stefan Brand):电影《一个陌生女人的来信》(*Letter from an Unknown Woman*)(1948)中的女主角,路易斯·乔丹(Louis Jourdan)饰——译者

个对象，与卡罗尔的观点相反。并且，假定对只是想象的情境感觉到真正的情感的可能性，我可以对仅仅是想象的损失感到真正的悲伤。丽莎的心理状态和我的之间有一个区别，我的心理状态有一个目标——丽莎，以及一个对象——斯蒂芬，而她的心理状态只有一个对象。（她毕竟不是与她自己同感，这个概念对她而言没有意义。）有人可能会反对说，这表明丽莎的情感与我的不同。但是，假设在目标的存在方面的差异蕴含情感的差异，是错误的。同感的情感不是某种特殊类型的情感；相反，它们是被关于别的某个人正在体验它们的思想所引导的常规情感。那个目标进入了引导那个同感者之情感的思想，却没有决定那情感本身的差异。回想一下，我们将同感刻画为实际感觉到某种情感 E，因为我想象自己在 T 的（虚构性）情境中，在其中她感觉到 E。情感 E 有其对象，T 的思想进入到我关于相同对象的情感 E 的形成中。情感是由体验着它的目标的思想引导的，但那种情感是一样的。

总之，不对称性主张的论证要么是不牢靠的，要么即使是牢靠的，它们也只说明那种一元论的认同是错误的。卡罗尔的主要论证并没有破坏多元论的认同观。

5.2 反模拟

卡罗尔（Carroll，1998；2007；2008）①经常批评“模拟理论”（simulation theory）及其在虚构中的应用。由于正如他所指出的（Carroll，1998）②，模拟是从内部想象，他对模拟理论的批评可以被当作对我们意义上的想象性认同的批判。因此，我们需要问他的批评是否支持与（IV）不相容的同化观的最强版。

卡罗尔认为，虽然模拟可能至少是关于我们如何在现实生活中理解他人（“读心术”）的故事的一部分，但它对于理解虚构性角色几乎没什么用，因为特别是在通俗性虚构中，角色被设计得易于理解。此外，角色经常公布他们的感受，所以我们要理解他们并不需要模拟其情境。作为回应，我们可以赞成，通俗电影中的虚构角色通常被设计为易于理解的，但这当然提出了我们对如何去理解的问题，如果模拟理论是一个准确的读心术理论，那么这只是说，虚构角色的设计，使观众可以很容易地模拟它们。卡罗尔怀疑一般的模拟理论的正确性，虽然这些疑问实际上与这一理论最合理的版本是兼容的，这个版本是混合的，允许在读心过程中进行的不仅仅是模拟③。此外，如果角色告诉我们如何感觉，这并不是关闭了从内部想象他们的情境的所有需求。它们可能在说谎或掩盖事情的重要方面，因此，可能需要想象它们的情境，以确定它们是否给出了关于该情境的准确描画。卡罗尔（Carroll，2008）④指出，艺术电影中的典型角色并不告诉我们它们的感觉如何，但他断言这些角色太

---

①Noël Carroll, *A Philosophy of Mass Art*. Oxford: Clarendon Press.(1998), pp.342－56; “On Ties that Bind: Characters, the Emotions, and Popular Fictions.”In *Philosophy and the Interpretation of Pop Culture*, ed. William Irwin and Jorge J. E. Gracia, pp.96－101. Lanham, MD: Rowman and Littlefield.(2007); *The Philosophy of Motion Pictures*. Malden, MA: Blackwell.(2008), pp.170－77.

②Noël Carroll, *A Philosophy of Mass Art*. Oxford: Clarendon Press.(1998), p.349.

③对于混合模拟理论，参见高曼 Goldman(2006)。我批评了高特(Gaut)的纯粹的模拟理论(2007，第 7 章)，但是在那里发展出的积极理论与混合模拟理论是相容的。

④Noël Carroll, *The Philosophy of Motion Pictures*. Malden, MA: Blackwell.(2008), p.176.

隐晦以至于不能模拟。但是,这忽视了一个事实,在相当广泛的范围内,只要有不流露感情的角色,就会有一些期待来了解他们的动机,例如,《不可饶恕》(*Unforgiven*)(1992)中的威廉·曼尼①(William Munny)。对于这些无需交流的但认知上可以理解的角色,从内部想象他们的情境是我们的认知装备中的重要工具。

第二,卡罗尔(Carroll,1998)认为,虽然模拟理论不需要确切的情感的等同,但它需要我们的情感与角色情感之间的"大致相似性",甚至这种大致相似性是被不对称问题所排除的。然而,不对称论证不能排除观众感到与角色相同的情感,所以就不能排除他们感到相类似的情感。但无论如何,卡罗尔的不对称性反驳不能驳倒想象性认同,因为只要有情感认同,这一点就成立:我们想象感到角色(在虚构意义上)的感受。因为一个想象的感受不是一个真正的感受,在角色感受到什么这方面,有一种极大的不对称性。

第三,卡罗尔(Carroll,2008)②认为虚构角色的行动方式往往与我们在同样情境下的行动不同,所以对于他们将要做什么,模拟会误导我们。兰博③(Rambo)可能准备英勇地战斗,但我们会畏缩。然而根据我对认同的解释,一个角色的情境是由他的所有属性规定的,包括他的所有心灵状态,而不仅仅是他所处的环境。因此,在弄清兰博将会做什么的过程中,在认同兰博时,我们必须想象相信他所相信的(认识论的认同),想要他所想要的(动机的认同)。考虑到这些与我们的实际信念和欲望截然不同的想象的信念和欲望,我们应该不会对兰博的行为感到惊讶。④

5.3 解释的简约性

卡罗尔(Carroll,2007;2008)⑤还认为,根据解释的简约性,也应该拒绝认同观。我们可以用怪物是可怕的这一事实来解释观众对恐怖电影中的怪物的恐惧,而无需诉诸认同某个受威胁的主人公;如果一个无辜的角色被谋杀,我们可以通过我们的正义感被侵犯来解释为什么我们会愤怒,而无需假设我们认同电影中某个关心他的人。所以,诉诸认同给我们的理论附加了不必要的解释,应该以理论的简约性为理由而加以拒绝。

关于我们对人物和情境的一些情感反应依赖于我们对那个情境的独立评价,而不是对它们的认同,卡罗尔是正确的。但我们在第3节中也注意到,我们的一些反应依赖于角色的反应:我们没有关于"地狱号"被捕获的独立的愿望,甚至关于英国胜利的独立的愿望。有时人们甚至可以被引导去感受与自己感觉相反的事情。在《一个陌生女人的来信》

①威廉·曼尼(William Munny):电影《不可饶恕》(*Unforgiven*)(1992)中的男主角,克林特·伊斯特伍德(Clint Eastwood)饰——译者

②Noël Carroll, *The Philosophy of Motion Pictures*. Malden, MA: Blackwell.(2008), p.173.

③兰博(John J. Rambo):电影《第一滴血》(*First Blood*)(1982)中的男主角,西尔维斯特·史泰龙(Sylvester Stallone)饰

④值得注意的是,模拟具有除了读心之外的其他功能。关于角色,可以合理地说,人们能够理解他,但不能认同他:也许从内部想象他的心态太过于令人生厌。因此,模拟可能仍然涉及认同,即使它对于读心不是必需的。

⑤Noël Carroll, "On Ties that Bind: Characters, the Emotions, and Popular Fictions."In *Philosophy and the Interpretation of Pop Culture*, ed. William Irwin and Jorge J. E. Gracia, pp.93—95. Lanham, MD: Rowman and Littlefield.(2007); *The Philosophy of Motion Pictures*. Malden, MA: Blackwell.(2008), pp.166—69.

(1948)中,观众与丽莎同感,对电影的有效运作是十分重要的,这涉及感到敬佩她的爱,但就史蒂芬(Stefan)而言,对于观众自己,却可能正确地将他评价为那种态度的不值得的对象。这两个视角,一个是基于认同和同感,另一个是基于独立评价,结构了观众的反应,并有助于电影的复杂性和影响力。因此,理解我们的一些情感反应需要诉诸认同观,因为它们是我们不会独立拥有的情感反应。

第二,即使当观众像角色那样独立地做出反应时,例如在与怪物对抗的情况下,这并不蕴含观众的部分情感反应,也不依赖于角色的反应。考虑《异形》(*Alien*,1979)快结束时的场景,雷普利[①](Ripley)与怪物一起被困在逃生舱中。当然,怪物是可怕的,但我们的一部分恐惧是同感的:我们渐渐地在认识论意义上认同雷普利(我们关于发生了什么的知识主要局限于雷普利所知道的),以及在情感意义上认同,还在这一幕中在知觉意义上认同雷普利。这些构成了我们与之同感的恐惧的基础。我们不仅为她恐惧,我们也与她一起恐惧。并且,这在很大程度上基于主观镜头和表情反应的镜头。看着雷普利睁大的、闪闪发光的眼睛,满是汗水的脸和憔悴的表情,她完全靠自我控制勉强维持着的对恐惧的克制,我们渐渐感受到她的恐惧,我们的恐惧的强度和节奏部分地被她的反应所控制。卡罗尔(Carroll,2008)[②]对主观镜头的作用的另一种解释是不可信的:他认为它们在那里告诉观众他们应该感觉到的一般的情感。但没有人需要一个来自雷普利的被吓到的样子来告诉自己异形是可怕的。

最后,也是最简单的,要理解观众们关于对角色的认同和同感的谈论,需要一种认同和同感的理论。所以,不能说诉诸这些现象是在解释层面上不必要的。另一种选择是否认认同和同感的存在,但这会让人对错误理论有额外的解释负担。因此,即使有人认为这个解释性的负担可以解除(我已经否认),情况仍然是(AV)的增强版不是简约的:它承担了找到一个错误理论的额外的负担,这是(IV)不需要的。

5.4 与角色竞争

卡罗尔(Carroll,2007)[③]也声称,认同观是"法院悖论"[④](courts paradox),因为如果观众真的认同角色,他们将在许多情境中必须对他们认同的角色做出反应,就好像那个角色是一个竞争者那样,但他们并非如此。如果我们认同托尼 · 瑟普拉诺[⑤](Tony Soprano),如果托尼想要报复或接管一个企业,我们也应该报复或接管这一企业。但这样一来,我们应该把托尼当作一个竞争对手:我们应该想要他在其商务事业中失败,当他而不是我们报复成

①雷普利(Ripley):电影《异形》(*Alien*)(1979)中的女主角,西格妮 · 韦弗(Sigourney Weaver)饰——译者

②Noël Carroll, *The Philosophy of Motion Pictures*. Malden, MA: Blackwell.(2008), p.169.

③Noël Carroll, "On Ties that Bind: Characters, the Emotions, and Popular Fictions."In *Philosophy and the Interpretation of Pop Culture*, ed. William Irwin and Jorge J. E. Gracia, p.96. Lanham, MD: Rowman and Littlefield.(2007).

④法庭悖论,又名"欧提勒士(Euathlus)僵局",即古希腊著名辩者普罗泰戈拉与其学生欧提勒士的"半费之讼"——译者

⑤托尼 · 瑟普拉诺(Tony Soprano):美剧《黑道家族》(The Sopranos)(1999－2007)中的角色——译者

功时，我们应该恨这件事(Carroll,2004)①。如果一个我们认同的角色爱上别人，那么我们应该嫉妒那个角色，因为他在向我们所爱的人求爱(Carroll,2007)。

这个异议不能反驳我们想象地认同角色，因为人们可以想象感到或想要某个东西，而没有实际上感到或想要那个东西。如果人们实际上不爱一个角色，而只是想象爱她，那么他就不必把另一个角色视为爱的竞争者。

它也不能反驳认同观的同感部分。回想一下，我们刻画对一个角色的同感，是根据：我实际上感到某种情感，因为我想象自己在那个角色的情境之中；那个异议利用了第一个条件，认为某人实际感觉到某个东西，但忽略第二个条件。如果我与托尼同感，我想象自己在他的情境之中；而他的情境是由相关于想象的他的所有属性构成的，包括心理和身体属性。这包括他爱另一个人。但他的属性还包括各种模态属性；其中一个是他必然不能成为他自己——托尼——的竞争对手。所以在想象自己在托尼的情境之中，想象拥有他的属性时，想象自己是托尼的一个竞争对手对我来说是没有意义的(这与第1节中的答复相同，沃尔海姆的反对意见是人们可以想象会见苏丹)。所以想象一个人物的内心情况，想象他是自己的对手。

5.5 镜像感受

支持认同观的一些有力的证据来源于镜像行为的研究：当我们观察他人时，容易模仿他们的面部表情、手势，从而感受。休谟(Hume,1739/1978)②注意到这个事实，并指出："人心是相互之间的镜子。"亚当·史密斯(Adam Smith,1759/1976)③基于休谟的洞见，强调对镜像的想象的中心地位。有神经科学证据表明，我们的镜像倾向植根于大脑中的镜像神经元系统。如果我们看到某人经历了一些情绪或做某事，那么与确实经历了这种情绪或做了那件事一样的大脑回路被激活，但借助对正常输出的阻止，所以我们不会像我们通常那样去行动(Goldman,2006)④。所有这一切都符合电影的共同经验，当我们喜爱的角色受伤时，我们也会在那里像在感到疼痛和痛苦时那样畏缩。镜像的行为和感觉为对角色的想象性认同和同感的存在提供了有力的证据。

虽然卡罗尔(Carroll,2008;2007)⑤承认镜像现象似乎有利于认同的观点，但他否认真是如此。在他看来，镜像是具有特定反射的事件，这种反射提供了别人如何感受的信息。

---

①Noël Carroll, "Sympathy for the Devil" In *The Sopranos and Philosophy: I Kill Therefore I Am*, ed. Richard Greene and Peter Vernezze, p.128. Chicago: Open Court.(2004).

②David Hume, *A Treatise of Human Nature*. 2nd ed. Oxford: Clarendon Press, (1739/1978), pp.316—20,365.

③Adam Smith, *The Theory of Moral Sentiments*. Oxford: Clarendon Press, (1759/1976), pp.9—13.

④Alvin I Goldman, *Simulating Minds: The Philosophy, Psychology, and Neuroscience of Mindreading*. Oxford: Oxford University Press, (2006), chap.6.

⑤Noël Carroll, *The Philosophy of Motion Pictures*. Malden, MA: Blackwell.(2008), pp.185—90; Noël Carroll, "On Ties that Bind: Characters, the Emotions, and Popular Fictions."In *Philosophy and the Interpretation of Pop Culture*, ed. William Irwin and Jorge J. E. Gracia, pp.106—08. Lanham, MD: Rowman and Littlefield. (2007).

例如,我们模仿他们的面部表情,从而获得关于他们的情绪状态的线索。具有这些反射可以通过让我们感到兴奋、痛苦等等助益于电影负载感情的本性。但他认为,我们在镜像反应中感到的只是情绪(affective),并不构成完全成熟的情感(emotion),因为它没有对象,也没有被包含到一个评价之中,这两者都是完全成熟的情感所必需的。我们可以将信息和感受包含到我们自己对角色之困境的特殊的同情反应之中,但我们不会复制他的感受。所以我们并不认同(用我们的术语,即同感)他。我们也不模拟他的心理状态(用我们的术语,即想象地认同他),因为作为反射的镜像现象不涉及信念、想象或欲望。

再考虑一下与异形一起被困在救生舱中的雷普利。看着她那竭力控制下的带着极度恐惧的表情的脸,我们无疑被情绪性地感动了。这种情绪有一个对象,因为主观镜头向我们显示了那个怪物,雷普利的恐惧的对象。此外,我们对那个情境做出了一个评价:那个怪物是致命的。既拥有对象又有评价,没有理由否认我们与雷普利一起感到恐惧:我们体验同感的恐惧。所以我们所感受到的东西具有恐惧所需要的正确的结构。此外,我们也可以想象感到恐惧,有感情地认同雷普利。所以卡罗尔关于缺乏对象、评价和想象的断言,在电影中的镜像反应的明显例子中都是错误的。

作为回应,卡罗尔可能求助于他的不对称论证,但我们已经将之作为认同永远不会发生这一观点的理由而加以拒斥。他也可以坚持在这样的情况下我们所具有的是反射,而反射绕开了认知,因此,没有地方来容纳关于一个对象的认识、评价或想象。所谓反射的真实的确如此:用锤子敲击我的膝盖使得我的膝盖向上弹起,绕开了所有认知过程。但是在电影案例中的镜像反应需要认知。在《异形》的例子中,只有当我们理解自己正在看着一张人脸,并理解这张脸表现出恐惧,我们才像我们所做的那样反应。因此,如果反射必然绕过认知,电影中的镜像反应就不是反射。卡罗尔可能反过来求助于镜像反应的自动性质,以作为坚持它不涉及信念、欲望或想象的理由。然而,自动的过程可以涉及信念——知觉在很大程度上是自动的,但涉及知觉信念;而许多恐惧反应,如恐惧蛇,似乎是自动的,但涉及欲望。然而,我们可以假设,自动过程不能涉及想象,因为想象某事是自愿的,根据定义自动过程就不是自愿的。但是,想象的确一般是自愿的,但它们并非必定是如此的。做梦可以涉及想象,但做梦通常不是自愿的。而且,观看电影涉及知觉想象,但我们无意愿地在知觉层次上想象电影影像显示什么。所以,不是所有的标记想象都是自愿的。因此,没有理由否认镜像反应可以构成完全成熟的同感的情感。

5.6 标准预聚焦

最后,卡罗尔根据标准预聚焦提出了一个关于角色介入的解释,他将它作为认同观的代替品,并假定它能更好地说明我们的反应。

卡罗尔(Carroll,2008)①宣称,电影是标准地预先聚焦的——也就是说,"虚构性情境的显著特征已经经过仔细设计,以满足引起制片团队所意图的情感状态的标准"。这个主张是,情感部分地由评价或标准构成,并且在感觉到某个情感时,我们聚焦于一个情境中与该评价相关的那些方面。例如,对恐惧的评价标准是有害性,在现实生活中,当我们感到恐惧

---

①Noël Carroll, *The Philosophy of Motion Pictures*. Malden, MA: Blackwell.(2008), p.158.

时，我们聚焦于情境中有害的那些方面。但电影不同于现实生活之处在于，它们是被设计出来引发情感的，通过突出那些满足情感标准的特征。这些设计手段包括摄影机定位、剪辑、照明和音乐，其可用于将观众的注意力聚焦于场景的有害方面，从而引起恐惧。因此，没有必要诉诸认同来解释我们的情感反应（Carroll，2008；1998）①。

卡罗尔的观察很精到。然而，标准预聚焦与认同观完全兼容。电影可被设计来引起情感的一种方式，是通过让观众认同和/或同感于特定的人物。主观镜头、表情反应镜头，将我们关于发生了什么的知识大部分局限于特定角色关于此的知识之中，将该角色设计为有吸引力的，并用有魅力的演员来扮演等等，这些都是能用来促进认同和同感的手段。《异形》利用了这些以及其他更多手段，使我们认同和同感于雷普利，电影的情感力量在一定程度上依赖于我们在电影过程中越来越强烈的对她的认同。

六、结论：电影的视角

综上所述，卡罗尔反对认同观的论证没有击中目标：它们要么是不牢靠的，要么与这个理论的多元论的版本兼容。由于就我所知在最近的辩论中，没有人捍卫单一的认同版本，卡罗尔的许多批评好像指向了一个稻草人。更为积极的是，卡罗尔已经做出了一些好论证，它们表明我们介入角色的某些方面不依赖于认同或同感，特别是指出了角色不拥有而我们拥有的信息的重要性。认同的多元论解释和同化观的较弱版是相容的：人们可以相信两者，并且应该这样做。卡罗尔对认同观的持续批评可能会有遮蔽一个重要事实的危险，即使是他对同化观的较弱版的表述，实际上也需要多元论的认同是真实的。我们可以并且应该既从内部也从外部视角来看待角色，并且这两个视角都是对角色的情感反应的基础。通常情况下，基于这些不同视角的情感顺利地合为一体，例如当我们对某个角色认同、同感和同情时。但是有时它们处于紧张状态，正如对某个角色的同感是基于我们得出结论的态度，根据对其情境的更充分的外部理解，成为肤浅的或不正确的，例如前述我们对《一个陌生女人的来信》中丽莎的态度（Wilson，1986，chap.6）②。

认同观的多元论版本和同化观的较弱版需要在关于电影中的电影化视角的更宽泛的理论中获得其地位。电影是一种复杂的艺术形式，我们与最好的电影中角色的情感关系远比我们与真实的人的关系更复杂。在构建一个充分的电影介入理论时，我们需要更多的区别，而不是更少的。特别是，我们应该避免认为自己从不或几乎不认同或同感于角色，仅因为我们也经常采取并非认同或同感的态度。一个充分的电影介入理论的形成，需要我们能够解释基于多重视角的情感，包括对角色的内部和外部视角。③

---

①Noël Carroll, *The Philosophy of Motion Pictures*. Malden, MA: Blackwell.(2008), pp.156—60; *The Philosophy of Horror or Paradoxes of the Heart*. London: Routledge.(1990); *A Philosophy of Mass Art*. Oxford: Clarendon Press.(1998), pp.261—69.

②George M. Wilson, *Narration in Light: Studies in Cinematic Point of View*. Baltimore, MD: The Johns Hopkins University Press, (1986), chap.6.

③2010年4月我在日内瓦的“小说和想象研讨会”上宣读了本文的早期版本；我要感谢研讨会与会者对本文提出的宝贵意见。

语言·文字

主持人语

学术研究中理论很重要，在当今语言研究领域，语言学理论的研究尤显重要。我们呼吁语言研究中的理论意识、问题意识、融通意识。融通，是多学科的综合和交叉，也包括汉语研究和外语研究的对接。事实上，无论是汉语研究还是外语研究，理论研究都亟待加强。需要特别说明的是，强化理论意识并不是说可以削弱对材料的重视程度。理论与材料二者本应互相“融通”：脱离材料的理论一定会站不住脚；没有理论的材料，即使堆砌得很多，也终究很难立起来。某种程度上正如理论和材料不可分，理论和应用也不宜割裂开来。似乎可以说，解决问题就是“应用”，而解决问题的前提是发现问题，从发现问题到解决问题再到产生新的问题，都伴随着理论。本体研究可以出理论，应用研究也可以出理论，也可以有理论上的创新。

加强理论研究，可以从经典理论的元典研读着手，这样似乎可以力避空泛，这样可以更好地创新。本辑刊发的两篇论文均注重理论，富于问题意识，都从元典出发。姜永琢《索绪尔“语言”观新解》重新解读了索绪尔“语言”观。文章指出，“概念与语音的结合是对索绪尔语言观的最大误会，从社会集体的约定系统到负性的差异系统，才是索绪尔对语言的真正洞察。”这就是说，应该从语言系统内到系统外的视角观察语言，而不是讲语言和事物等量齐观。“语言与事物的关系问题在索绪尔语言学中没有地位，意义首先不是和事物的联系，而是为其内部差异所指派。语言系统内的差异是否定性的差异或负性差异，孤立的要素在语言中毫无价值，形式与意义同质，一体两面，相互蕴含，形式、意义、形式一意义都只能从普遍差异中产生。”语言系统的“内”和“外”有别，观察语言的本质有某种优先顺序，先内后外。此外，语言系统内部的要素之间通过联系显示差异，通过差异凸显意义的存在。

语言是一种有结构的符号系统。吕军伟《语言指示符号的理据性问题刍议》深入探究了“指示符号”这个重要概念的“所指”。文章指出，“指示符号”概念及其理据性问题最早由符号学家皮尔斯提出，但因皮尔斯的符号理论将语言/非语言指示符号混为一谈，致使其符号分类思想前后矛盾。这个研判不无道理。无疑,语言指示符号和非语言指示符号是有差异的。由此也衍生出符号任意性和理据性问题这样一个现代符号学界的基本议题。作者基于叶姆斯列夫语符学模型及比勒的指示场理论,在语言学本体视角下重新认识指示符号之理据性问题,得出这样的结论:皮尔斯所谓指示符号并非皆有理据性,语言指示符号通过语义区别特征的功能(关系)化使得指示场系统得以区分和标记,借助于符号功能及内容形式,客体对象成为内容实质之实体;语言指示符号与其对象间的关系由指示符号系统决定,依旧具有任意性。显然,就指示符号的理据性而言,本体视角和符号学视角有一定的差异。

姜永琢《索绪尔"语言"观新解》和吕军伟《语言指示符号的理据性问题刍议》立足于经典理论,而又不囿于经典理论,或许他们的观点还有需要进一步完善之处,但全方位、多角度、深层次的理论意识的确难能可贵。我们期待着更多的语言学理论成果。

文字是以语言为基础的最重要的辅助性的交际工具,文字也是一种十分重要的视觉符号系统,文字研究同样有其理论,文字研究和语言研究同样需要融通,需要宽阔的学术视野。在某种意义上说,文字是语言发展到特定历史阶段的必然产物,是语言的某种固化、物化,而文字又是不断发展的,在发展过程中有其理据,比如"类化"。董宪臣《论汉字形体发展中的类化作用》指出,类化是古今汉字共存的字形类推现象,其对个体汉字形体发展的作用主要体现为影响汉字形体、字际关系、构字理据等三个方面。董宪臣的文章有助于更为全面、深入地审视汉字形体发展中的类化作用。

——张春泉(西南大学文学院教授,文学博士)

索绪尔“语言”观新解*

姜永琢

一

自《普通语言学手稿》(以下简称《手稿》)、《第三次普通语言学教程》(以下简称《教程》)及其它相关研究资料译入国内后,重新阐释与检讨我们曾经所理解的索绪尔思想有重要意义。我们都知道,在索绪尔的语言学中,外部事物是没有位置的,而在皮尔斯的逻辑符号学中,事物作为对象进入符号结构中①,做文学研究的瑞恰兹和奥格登的“语义三角”也有事物参照②,这就形成了至今还聚讼纷纭的语言与事物的关系问题。哲学家研究语言问题自然还关切事物与世界,出发点决定了他们对语言关涉事物这一面的极大关注,语言学家为的是找到语言这一复杂现象的同质对象,就没有前一种关切的预设,索绪尔对语言的抽象辨析也便更深刻一些,他不是不承认语言与事实的紧密关联性,但这并不能阻止他看到能指和所指都是心理性质的这一语言根本特征,他说,“Ⅰ.在一给定时刻:1°语言代表一个体系,其内部所有组成部分都井然有序地排列着。2°语言取决于事物,但语言相对于事物却是自由而任意的”③。这说明索绪尔也清楚地看到了语言与事物、世界的关系,但他看到了更多的东西,即语言在事物之外形成了自己的体系,意义首先不是和事物的联系,而是为其内部差异所指派的。

人们常识里的语言的基础是由那些表示事物的名词构成的,如图所示:

$$\text{物体}\left\{\begin{array}{lcr} * & & b \\ * & & a \\ * & & c \end{array}\right\}\text{名词}$$

而真相并非如此,物体不是语言所附着于上的终端,“真正的形象表达是:a—b—c,外在于任何实际的关系”④,那么语言之为符号的成立依据在哪里呢?索绪尔认为在语言系统内部,或在人类精神之中。这就是著名的“形式—意义”论。

---

*基金项目:教育部人文社科项目“符号学巴黎学派的语言哲学思想研究”(批准号 14YJC720011)、重庆市社科项目“后现代性的逻辑根基——索绪尔思想在哲学视域中的重新阐释”(批准号 2012BS04)阶段性成果。

作者简介:姜永琢,西南大学文学院讲师,语言哲学博士,研究方向为语言哲学。

①皮尔斯.皮尔斯文选[M].涂纪亮,周兆平,译.北京:社会科学文献出版社,2006:277.

②C.K. Ogden&I. A. Richards: *The meaning of meaning : a study of the influence of language upon thought and of the science of symbolism* . London: Routledge & Kegan Paul LTI 1952.

③[瑞士]费尔迪南·德·索绪尔.普通语言学手稿[M].于秀英,译.南京:南京大学出版社,2011:173.

④[瑞士]费尔迪南·德·索绪尔.普通语言学手稿[M].于秀英,译.南京:南京大学出版社,2011:199

结构主义语言学常被人批判只注重语言的形式研究而忽视语言的意义研究,而大家认为索绪尔是结构主义的鼻祖,就从其《教程》中找到这方面的教导,证据是《教程》中说"概念和声音结合产生的是形式(form),而不是实质(substance)"。然而,这是一个巨大的曲解,这里的"形式"不单指语言的能指形式,亦指语言的所指形式,而所谓的"实质"根本与语言的意义无关。在索绪尔那里,形式与意义并不对立,对立的是声音与形式一意义:

把形式与意义相对立起来是错误的(而且行不通)。反之,正确的做法是把声音形象(figure vocale)与形式一意义(form—sense)相对立起来。

……

在语言中,有必要区分两种现象:一类是内在或意识现象;另一类是可以直接把握的外在现象。①

形式一意义或能指和所指是一体两面,是同质的,形式与意义从来就不可分割,否则就不是符号了,物质声音是外在现象,作为符号的声音则是内在现象。这就为索绪尔找到语言学研究同质对象,建立起科学的语言研究体系,奠定了坚实的基础。形式与意义不是异质结合,这与传统语言观有根本的差别,后者认为语言是异质要素符号——概念或事实的结合。如果是这样,能指就是对所指的表达或反映,所指就是对客观现实(事物)和主观现实(概念)的反映。索绪尔说这里隐藏着一个错误的预设,即"首先事物,然后符号",而在语言中所指物(不是所指)什么都不是,我们研究语言不能从外部去寻找参照物,语言符号靠彼此对立而成立,与外物无关。比这个错误更严重的是,引进外部事物参照之后,以为符号改变了,概念可以不变,事实是概念随着符号的改变而改变,"在无数情况中,是符号的变异改变了概念本身,人们突然发现,有区别的概念总和与有区别特征的符号总和之间,差别逐渐消失"②。对于这一符号与概念同出的看法,《教程》里已有类似的表述:

语言对思想所起的独特作用不是为表达观念而创造一种物质的声音手段,而是作为思想和声音的媒介,使它们的结合必然导致各单位间彼此划清界限。思想按其本质来说是浑沌的,它在分解时不得不明确起来③。

符号的独特作用在于同时使声音与思想得到分解,得到分解后的声音与思想才能叫能指与所指,此前的声音不是符号,此前的思想也还不能叫作思想,所以,所指既非事物,也不是先在概念的表达,只有当符号产生后,概念才能出现,之后对概念的表达实际上已是语内

①[瑞士]费尔迪南·德·索绪尔.普通语言学手稿[M].于秀英,译.南京:南京大学出版社,2011:3.

②[瑞士]费尔迪南·德·索绪尔.普通语言学手稿[M].于秀英,译.南京:南京大学出版社,2011:200.

③[瑞士]费尔迪南·德·索绪尔.普通语言学教程[M].高名凯,译.北京:商务印书馆,1980:157—158.

翻译即元语言阐释，建立的是等同命题(equational proposition)①。在索绪尔那里，概念、思想、意义等都是同义词，它们与符号本身，都是纯粹意识的事实，都具有心理性或精神性，那么能指就绝不可以被理解成物质性的东西，能指的精神性在于它只是与意义相连的形式。

中国的传统语言观中有朴素的唯物主义倾向，人们很难接受语言与思想同时诞生的情形，在研究生阅读《教程》的困难中，这一点最为突出。其次才是难以设想下列情形：要素之间只有否定性关系，相互规定，与事物没有任何关系，与假定的先在思想也没有关系。人们恰恰相反相成，对《教程》所批判的“不外是一种分类命名集”或“一份跟同样多的事物相当的名词术语表”②，倒是非常认同，可见中西传统语言观里有相当大的一致的盲点。《手稿》异常突显形式－意义同质说和形式之间、意义之间、形式和意义之间的否定性或负性差异，这几乎成为进入索绪尔语言学大厦的两大门槛。

二

结构主义讲的“形式”与索绪尔的“形式”不是同一回事，前者是单纯的形式差异，如他所批判的：

> 任何种类的语言学、历史学、哲学、心理学所设想的首要和最终的原则，其可把握的基础不是：
>
> ——形式，也不是意义，
>
> ——第三点，不是形式与意义不可分离的结合，
>
> ——4°，也不是意义间的差异，
>
> ——而是 5°，形式之间的差异。③

索绪尔这里讲的“语言学”指在他之前的语言学，而在他之后的语言学——结构主义语言学也并不是遵循他的这一核心思想，依旧是他批评的对象。他所批评的“形式”是实体的形式、在逻辑上自我规定的形式，这些形式之间构成的差异是单一的、易于捕捉的，与负性无关；而他眼中的语言学单位都是负性的形式，这意味着形式不能自我规定，从纵向看形式，是依意义而出现，反之亦然，故为“形式－意义”；从横向看形式，则是“谁说形式，谁就是说与其他形式的差异”，即当差异不确定，形式也不确定。语言状态则从纵向来把握，“语言状态给语言学家的研究只提供了唯一的一个中心对象：形式与寓于形式中的概念之间的关系”④，形式一定寓有意义(概念)，而意义也一定寓于形式，二者彼此规定与显示。语言学单

---

①[美]罗曼·雅柯布森.语言学的元语言问题[C]//雅柯布森文集[M]. 钱军，王力，译注.长沙：湖南教育出版社，2001：59.

②[瑞士]费尔迪南·德·索绪尔.普通语言学教程[M].高名凯，译.北京：商务印书馆，1980：100.

③[瑞士]费尔迪南·德·索绪尔.普通语言学手稿[M].于秀英，译.南京：南京大学出版社，2011：36.

④[瑞士]费尔迪南·德·索绪尔.普通语言学手稿[M].于秀英，译.南京：南京大学出版社，2011：74.

位所具有的同一性指的就是形式一意义的同一性，而不是单位的实体同一性，否则就不能理解“永远无法在语言中发现个体，即就自身所确定的存在”，“单位其实总是想象的……这些单位是我们[ ]迫不得已的权宜之计，仅此而已：一旦提出单位，就等于说人们约定撇开[ ]不顾，以便暂时赋予[ ]分离的存在，记住这一点，很重要”①。文中的空缺指的是负性差异，是对传统语言观中“正”的语言形式的否定。

语言中对同一性单位的确定是因为研究所需而建构的，这里的同一性不同于经典哲学里所讲的事物具有质的规定性的前提下的同一性，而是形式与意义互为规定的同一性，是形式与形式、意义与意义的差异彼此规定的同一性，是“在两个性质可变的词项本身建立起来的”同一性。语言状态一直在变化，语言单位也应是变化着的，但在每一刻总存在一种形式一意义质体，它貌似一种肯定性的结合，事实上结合中的两项都没有自身的来源，这就是“负性/否定性”，可细化为：

1°声音形象自身什么意义都没有。

2°声音形象自身的异同，没有意义。

3°概念自身没有意义。

4°概念自身的异同，没有意义。

5°对于语言，有意义的结合是

a)概念根据符号所具有的异同性。

b)符号根据概念所具有的异同性。其次，两者息息相关。②

第二点是音系学原理的基础，两个音素之间物理学或生理学上的实际发音差异在语言中没有意义，它们在一种语言中是差异，但在另一种语言中可能就没有差异，要判定其是否为不同的形式（音位），则要根据5°来考察。如汉语中送气清塞音[ph]和不送气清塞音[p]的差异是重大的，而在英语中没有差异或差异可以被忽略，读“speed”这个单词中的字母p，无论读成送气与不送气，均不影响这个单词的表意；再如在汉语普通话中[n]、[l]有差异，但在有的方言中两者无差异。可见音位与发音实体无关，而是一种相关项之间的消极的、对立的虚拟实体。

所以当语音成为符号形式时，它必然假定了一个意义的在场，反之亦然。它们同属于精神现象，是纯粹的差异形式，与符号的物质载体无关。叶姆斯列夫的“符号功能论”能够体现索绪尔的精华，他采取四分法对符号进行功能分析，表达与内容是符号的两个功能子，它们联合形成符号功能，而表达和内容又分别由符号功能赋予形式，构成表达形式和内容

①[瑞士]费尔迪南·德·索绪尔.普通语言学手稿[M].于秀英，译.南京：南京大学出版社，2011：71.

②[瑞士]费尔迪南·德·索绪尔.普通语言学手稿[M].于秀英，译.南京：南京大学出版社，2011：61.

形式,形式又使混沌体成为实体,表达形式和内容形式都是任意的,只由符号功能来解释①。索绪尔的形式一意义质体就相当于后者的表达形式与内容形式,去掉了表达实体与内容实体在语言学中的错误地位。索绪尔似乎预知人们将误会他的"能指"与"所指",在《手稿》里说"以为语音与概念相互对立,这不仅不对,而且绝对错误,事实上,正相反,对我们的精神而言,它们息息相关"②,即具有物质形态外壳的能指也是一种精神现象,"有一个领域,内在的精神领域,符号及意义存身于此,相互依存,无法分离"③,但索绪尔未能在分析操作上成功剥离能指的物质与形式,这句话也似乎被叶尔姆斯列夫所偷听了,他的语言学理论大厦的起点就在于此。其实索绪尔对于"能指也是形式的"有过明确的论述:

形式。——它从来就不是声音形象的同义词;

——它必然假定了一个意义或一种用法的在场;

——它属于内部事实的范畴。④

我们再看"形式一意义"质体的另一面"意义",它当然也不是意义本身,它必然也假定了一个形式的在场,说"意义"易为人误会,因此索绪尔不断用其它术语转述它,一会儿说"概念和符号功能是一回事"⑤,一会儿说"形式不是有意义而是有价值"⑥,他对价值、意义、意思、功能、用法等不做严格区分,一同指向内含于形式的内容。相比于英美语言哲学中的"意义即用法论",索绪尔的阐述更有语言学的科学基础,并显得前者并不新鲜,"一个词只有被语言使用者在实际使用中认可了才有真正的存在"⑦,这一断言若移到维特根斯坦的《哲学研究》中几乎看不出有什么异样。但索绪尔又认为"价值"一词更能表现语言的本质。对于语言"意义"的错误理解不可原谅,他说"不可原谅的错误是把心理的认作概念,把物质的认作声音、形式和单词,而声音和概念作为一个统一体存在于我们的大脑里"⑧,因为"每一形式的意义,特别来讲,都与诸形式间的差别是一回事"⑨,"形式意味着:差异,多样性。(系统?)同时性。意义价值"⑩,形式与意义都是其他形式与意义的组合的差异之结果。

①[丹麦]路易斯·叶姆斯列夫.叶姆斯列夫语符学文集[M].程琪龙,译.长沙:湖南教育出版社,2006:166—174.

②[瑞士]费尔迪南·德·索绪尔.普通语言学手稿[M].于秀英,译.南京:南京大学出版社,2011:52.

③[瑞士]费尔迪南·德·索绪尔.普通语言学手稿[M].于秀英,译.南京:南京大学出版社,2011:7.

④[瑞士]费尔迪南·德·索绪尔.普通语言学手稿[M].于秀英,译.南京:南京大学出版社,2011:69.

⑤[瑞士]费尔迪南·德·索绪尔.普通语言学手稿[M].于秀英,译.南京:南京大学出版社,2011:7.

⑥[瑞士]费尔迪南·德·索绪尔.普通语言学手稿[M].于秀英,译.南京:南京大学出版社,2011:14—15.

⑦Saussure, F. de. 1916. Writings in General Linguistics. Oxford: Oxford University Press, 2006:56.

⑧Saussure, F. de. 1916. Writings in General Linguistics. Oxford: Oxford University Press, 2006:41.

⑨[瑞士]费尔迪南·德·索绪尔.普通语言学手稿[M].于秀英,译.南京:南京大学出版社,2011:15.

⑩[瑞士]费尔迪南·德·索绪尔.普通语言学手稿[M].于秀英,译.南京:南京大学出版社,2011:23.

三

负性差异不存在一个差异的源头，或者说一个原子化的简单差异的开端，语言中的差异一开始就是系统的，没有系统这一复杂事实的存在，差异是无法产生的。所以，系统这个概念在索绪尔语言学中是至关重要的，系统是什么，系统就是普遍差异及由其规定的各级差异。严格地说，"语言中只有差异"，形式与意义不过是差异的纵向结合，并且还有横向的结合。若问"形式是什么"，不能从形式所代表的声音形象来说明，只能说形式即形式之间的差异，同理，若问"意义是什么"，也不能从声音形象所蕴含的意义来说明，只能说意义即意义之间的差异。而若问"形式一意义是什么"，则是形式一意义之间的差异。普遍差异是一个首要的复杂事实，这事实由两个纵向、横向交错的负性事实组成，即声音形象的普遍差异，加上附着于其上的意义的普遍差异。因此，语言系统应同时包括三个系统，即整体语言系统、形式(能指)系统和意义(所指)系统，它们都是普遍差异的体现，并无先后之别。普遍差异的横向与纵向之分，也预告了语言运作层面的横向组合与纵向聚合之分，或者说，语言符号本身的成立与语言运作机制本来就是一体的。

意义是什么呢？是对听觉印象的再次心理化？《教程》区分两种差异，一种叫差别，一种叫区别，前者是消极的，后者是积极的，并说差别一旦产生总会被赋予意义，但不一定成功①，似乎说明意义在差别之后。但在《手稿》里却没有这种区分，只有"普遍差异"一说。《手稿》从价值出发同时阐述了形式和意义，价值不单单是形式，也不单单是意义，它是对普遍差异的另一种处理，他说如果形式作为形式而不是声音形象，须有两个恒定条件，说到底只是一个条件②：

1°这一形式不脱离同时出现的其他对立形式。

2°这一形式不与其意义相分离。

一个是横向的条件，一个是纵向的条件，刚好符合价值的构成图式，即纵向关系在于跟异物交换，横向关系在于跟同物交换。为什么说"说到底只是一个条件"？是因为语言现象不同于经济活动现象，语言中的纵向交换本质上依旧是同物，能指与所指的结合应该是系统的另一种表示："能指和所指根据确定的价值结成一种关联……确定的价值该是什么样的情形呢？首先须将概念〈事先〉确定了，然而又没有……〈由此，〉这层关系只是价值在其对立中〈(在其系统中)〉呈现的另一种表示而已。"③但形式与意义的双重性结合本身还需要进一步阐释。首先是语言中任何一个孤立的要素本身毫无意义，孤立的要素"根本不能原

①[瑞士]费尔迪南·德·索绪尔.普通语言学教程[M].高名凯，译.北京：商务印书馆，1980：168.

②[瑞士]费尔迪南·德·索绪尔.普通语言学手稿[M].于秀英，译.南京：南京大学出版社，2011：15—16.

③[瑞士]费尔迪南·德·索绪尔.第三次普通语言学教程[M].屠友祥，译.上海：上海人民出版社，2007：159.

原本本地达到意识的领域”,“意识所能感到的永远只是”要素间的“差别”,“起作用的只是符号的差别”,形式－意义的双重性就处于一种类似于齿轮的胶着中,形式间的差异、意义间的差异、符号(形式－意义)间的差异,彼此关联,说一个就意味着其余一切。其次是想象,从形式到意义须经一座想象的桥梁,屠友祥《索绪尔手稿初检》中谈到庇克岱对索绪尔的启发,他的想象说解决了语言的形式－意义之双重性本质,“使物在我们眼前展显,这些物既不能以原朴现实的偶然形式呈现,也不能以反思的形式呈现;但必须使我们乍见之下就能在这些物的观念中、在其可感的形式中、其抽象的概念中、完全的真实存在中看见它们。经运用想象,解决这一双重性问题。……想象的确切效果是促使心智本身还原(再现)物的可感的外貌,从而使心智避免了单独地被思维直接抓住(的境况)”[①],在《教程》里,索绪尔明确地说:“如果不就每个词想象概念和听觉印象之间〈内在〉的联结,就〈决不〉能想象一个词和其他的词之间的联系”[②]。再次是当形式间的差异被当作对立来使用时,就会产生价值,因价值而形成单位,单位由对立的关系所决定,单位也不是实体,而是关系,因为价值也不是固定的,整体语言“由相对并具否定性的价值系统组成,仅凭价值的对立效果而存在”[③],“语言中只有差异”就可换成另一个表述:“语言中一切都是关系。”语言学只研究关系,所有语言学现象都是关系或关系中的关系。

所以,人们通常认为语言符号是概念与语音的结合,这是对索绪尔思想的最大误会。实际上索绪尔一再强调,不存在什么概念与语音,只存在概念的差异与声音的差异,概念与语音只是两个空的维度,符号本质上是空洞的,符号只在特定运用语境中才有充实的时候,或者在共时语境中对于特定群体而言才有充实的时候。一个要素只由于与其他要素相联结的差异而存在,而这意味着某种差异系统的存在,差异总会到某个边界,最小的边界是两个要素,如格雷马斯结构语义学中的语义轴,最大的边界是一种整体语言,在全球化语言接触语境中,最大的边界就变为整个人类的语言系统。

四

《教程》从语言现象学角度给出语言符号的两大性质,即任意性与线性,通常人们对任意性的解释是,最小语言符号的形式与意义之间没有自然属性上的必然联系[④]。这种解释里完全没有差异的影子,反而误导人们去探究起形式与意义之间的理据性或象似性。形式与意义并不先于系统而存在,“语言系统结构自身创造了语言单位并在它们之间建立起关

①屠友祥.索绪尔手稿初检[M].上海:上海人民出版社 2011:107.

②[瑞士]费尔迪南·德·索绪尔.第三次普通语言学教程[M].屠友祥,译.上海:上海人民出版社,2007:103.

③屠友祥.索绪尔手稿初检[M].上海:上海人民出版社,2011:110.

④叶蜚声,徐通锵.语言学纲要(修订版)[M].北京:北京大学出版社,2012:27.

系"①,语言系统建基于负性差异,是差异决定了对立,对立决定了价值,价值决定了单位,并不存在理据性的探讨空间,因为探讨形式与意义之间的理据性意味着有了肯定性要素的存在预设。是负性差异决定了语言的任意性特征,因此即便语言符号已是约定俗成的,也会在语境系统里或多或少偏离这种约定俗成,所谓"完美的符号应该是空洞化的符号"②,就是在忽视约定俗成这一因素之下的设想。但若从约定俗成来看,符号既然是约定俗成的,就必然带着人类的认知特性,有了一般认知规律上的理据,任意性就不存在了。20世纪90年代中国学界在认知语言学的影响之下有过任意性与理据性(象似性)的热烈争论③,实则是混淆了这两个不同层面的结果。

可见,《教程》里关于"语言"的观点是有矛盾的,究竟是社会集体的约定系统还是负性的差异系统才算是语言学的"语言"?《手稿》的回答无疑是后者,社会集体的约定系统是索绪尔要拨开的迷雾,负性差异才是语言的真相。人们日常体验中的语言是从差异到约定的结果,不仅被绑在集体的镇石上,而且处于时间中,即与过去相联系,变化缓慢,任意性因此表现为偏离性。诗歌语言中的偏离值最大,诗人对语言符号的任意性体会因而是最深刻的,诗歌语言的言此意彼的特性并不是诗歌独具的,只是日常语言在语言的过程与系统两个层面都有极强的约定俗成性,才显得诗歌语言之独特,诗里语词的意义受语词之间关系的影响很大,即语词对语词的灵敏度大,在一首诗的系统内,负性差异表现得较为明显。因此可以说,艺术语言与普通语言的特性分别体现了索绪尔关于语言的"差异系统论"与"约定系统论"。在约定系统里,语言与意义之间,语言与外部事物之间,都有一种约定,给人一种肯定性差异的印象,但是语言中的对象从来不是立刻能判断的,即便是约定的,也得从相关项的比较中或一个特定的视角下获得。《教程》涉及的"差异"并未点明是负性差异,也并未区分消极的差异与积极的差异,导致人们对语言的认知直接落实到特定时空中的语言的约定系统,即那个积极的差异,《手稿》则自始而终贯穿"负性"(消极)差异思想,完整地展示了索绪尔的语言观原貌。

索绪尔的语言论开启了语言学的哲学研究,也为哲学的语言学转向提供了动力,并且"精确地说哲学上的语言学转向自索绪尔开始"④。索绪尔明确提出,没有先于语言而存在的概念,自然也不存在先于语言的关于客观世界的知识,这是一种强有力的反唯名论,具有

---

①Harris, R. & Taylor, T. J., Landmarks in Linguistic Thought. London: Routledge, 1989: 179; 国外关于任意性的认识详见 Holdcroft, D. Saussure: Signs, System, and Arbitrariness.Cambridge: Cambridge University Press.1991.

②屠友祥.索绪尔手稿初检[M].上海:上海人民出版社,2011:220.

③王寅.论语言符号象似性——对索绪尔任意说的挑战与补充[M].北京:新华出版社,1999;许国璋.语言符号的任意性问题——语言哲学探索之一[J].外语教学与研究,1988(3);索振羽.索绪尔的语言符号任意性原则是正确的[J].语言文字应用.1995(2);刘润清,张绍杰.也谈语言符号的任意性[C]//语言研究群言集[M].黄国文,张文浩.广州:中山大学出版社,1997.

④Harris, R., What is philosophy of linguistics ? In Rom Harre and Roy Harris (eds.) *Linguistics and Philosophy*. Oxford : Pergamon Press, 1993.

整体哲学和心智哲学倾向。然而，结构主义使人们对索绪尔产生多重误解，一是重形式轻意义，这只是结构主义的特征，事实上与索绪尔无关，索绪尔认为形式一意义的关联是内在的，但意义与世界无关，意义只在语言里；二是结构主义和后结构主义思想中的“人死了”、“作者死了”为语言和结构所替代，并不是来自索绪尔，而是从马拉美“语言有至高无上的自主性”的观点发展出来，索绪尔语言理论的重心在言说者的语言意识，个体言说者的创造与语言的社会无意识属性同等重要；三是后现代批评索绪尔是语音中心主义，认为能指与所指的区分，意味着所指单独在场的可能性，这几乎是在故意曲解索绪尔的思想，能指、所指是分而不分，更无中心[①]；四是本维尼斯特(E.Benveniste)《语言符号的性质》一文，指出语言符号的能指和所指之间的关系是必然的而非任意的，而且索绪尔的任意性观点与他的其他观点相矛盾[②]。上述误解在《手稿》出现之后理应被消除，负性差异自然产生语言符号能指、所指之间的任意性结合，从单一的不变的封闭的差异系统看，是必然的，然而语言中的差异系统既不单一也不固定、封闭，时间与语境因素不断地改变着系统，这种变化呈现出能指与所指之间的任意性，所以在“一个给定时刻”的假设的理想状态下，必然性观点是对的，但不能否定作为现实的表征的任意性。

摘　要：语言与事物的关系问题在索绪尔语言学中没有地位，意义首先不是和事物的联系，而是为其内部差异所指派。语言系统内的差异是否定性的差异或负性差异，孤立的要素在语言中毫无价值，形式与意义同质，一体两面，相互蕴涵，形式、意义、形式一意义都只能从普遍差异中产生。概念与语音的结合是对索绪尔语言观的最大误会，从社会集体的约定系统到负性的差异系统，才是索绪尔对语言的真正洞察。

关键词：索绪尔；语言观；差异

①姜永琢. 被延异的语言——德里达对索绪尔的批判再审视[J].外语学刊，2014(06).

②Benveniste, E., Problems in General Linguistics. Trans. Mary Elizabeth Meck. Coral Gables: University of Miami Press, 1971: 43－48

语言指示符号的理据性问题刍议*

吕军伟

一、引言

符号任意性和理据性问题是现代符号学界的一个基本议题。“指示符号(Index)”概念及其相关问题最早由符号学家皮尔斯(C. S. Peirce)于19世纪末正式提出,皮尔斯(1903)根据符号与其对象间的关系,将符号分为象似符号(Icon)、指示符号(Index)和规约符号(Symbol)三类①,并认为象似符号和指示符号两类与其对象间皆存在理据性,但对于指示符号之理据性,皮尔斯并未深入分析。因皮尔斯符号学旨在阐述其逻辑学思想,而非符号本身,且从根本上亦非以语言作为符号范本,故而皮尔斯并未区分语言/非语言指示符号。皮尔斯之后,由于指示符号(尤其是语言指示符号)问题之特殊性使得诸多既成理论备受挑战,从而引发比勒(Bühler K.)(1934)、罗素(Russell B.)(1940)、赖兴巴赫(Reichenbach H.)(1947)、伯克斯(Burks A. W.)(1949)、巴希勒尔(Bar-Hillel J.)(1954)、卡尔纳普(Carnap R.)(1954)、卡尔普兰(Kaplan D.)(1977, 1989)等等哲学、逻辑学家们②以及莫里斯(Morris C.W.)(1971)、艾柯(Eco U.)(1976)、莱昂斯(Lyons J.)(1977)、列文森(Levinson S. C.)(1983)西比奥克(Sebeok T. A.)(2001)、赵毅衡(2011)及丁尔苏(2015)等国内外诸多现代符号学家对符号类型及指示符号问题的极大兴趣及不断探讨,至今指示符号问题依旧是哲学、逻辑学及语言学界一个颇具争议的热门话题。

作为现代符号学的另一源头,以语言为中心的索绪尔符号学在理论构建之始并未关注指示类符号,因而索绪尔符号学理论在处理语言系统中的指示符号问题时捉襟见肘。皮尔斯所谓“Index”符号类的“理据性”究竟何在?是否该类符号的所有成员都具有理据性?语言/非语言指示符号之间存在何种差异?语言指示符号究竟如何指示所指对象?因学界对指示符号的认识多停滞于基本概念③,对上述诸问题缺乏系统而深入的探析,以致学界至今

---

*基金项目:广西教育厅2015年度高校科研项目“基于指示视角的汉、壮语代词体系比较研究”(KY2015YB017);广西大学2014年度科研基金项目“基于指示视角的汉语代词体系研究”(XGS1405);广西大学2015年度青年博士科研启动基金项目“语言指示符号系统性及意指特性研究”(XBS16004)。

作者简介:吕军伟,广西大学文学院副教授,博士,硕士研究生导师,研究方向为语言符号理论。

①Peirce, C. S. ed. by J. Buchler. Philosophical writings of Peirce [M].New York: Dover Publications, 1955, p. 102.

②Winfried Nöth. Handbook of Semiotics Advances in Semiotics [M]. Bloomington and Indianapolis: Indiana University Press, 1990, p.107.

③丁尔苏.释意方法与符号分类[J].四川大学学报(哲学社会科学版),2015,(06):20.

语焉不详，认识依旧模糊。鉴于此况，本文基于两大符号学传统之符号观之比较，就上述诸问题展开，对指示符号（尤其是语言指示符号）这一特殊符号类的内部差异及其理据性问题加以探究。

二、指示符号(Index)及其理据性

基于对符号与其对象间的关系分析，皮尔斯认为①：指示符号之所以能意指其对象是因为该类符号与其个别的对象有动力学(Dynamical)(包括空间)联系，抑或与其作为符号为之服务的个人之感觉、记忆有联系，指示符号之作用发挥依赖于(空间和时间)邻近联接，并具有三个特点：①与其对象无明显相似性；②指示个别物、单元或其单个集合，或单个连续统；③通过盲目强制注意其对象。基于此，凡能引人注意的任何东西皆被皮尔斯纳入所谓"指示符号"，如：日规或钟、风信标、手指、铅垂、灯塔、航标、呼喊、叫卖声、北极星、敲门声、名字等等。

对于指示符号之理据性，皮尔斯认为与归约符号不同，像似符号和指示符号未对任何事物做出断定，二者所根据的是符号与其对象间在现实中存在的关系，因此二者都是有理据的。但像似符号与指示符号间亦有差异：像似符号和其对象间无动力学上的联系，仅仅基于二者性质偶然类似，而在人们心中激起一种与其对象类似的感觉，但指示符号与其所指对象之性质无任何联系，其与对象间存在的是自然物理联系，二者形成有机对(Organic pair)，但除了在联系确立之后标注(Remarking)该对象，解释心理(Interpreting mind)与此联系无关②。皮尔斯将指示符号的对象及二者间的现实联系归结为此类符号的理据性所在，对于该做法，赵毅衡认为有以偏概全之嫌③。与像似符号的像似性、规约符号的任意性相比，指示符号的理据性尤难辩明，而皮尔斯的泛符号观及将语言/非语言符号混为一谈的做法，更使得"指示符号之理据性"问题变得更为复杂。从皮尔斯举例情况明显可见，其所谓指示符号兼有语言/语言指示符号，内部情况差异颇大，对此皮尔斯亦似乎有所察觉，但因其符号学理论旨在阐述其逻辑学构想，而非符号本身，故而并未区别对待及深入研究。对于指示符号之理据性，赵毅衡曾做过进一步分析，认为：所谓指示性是符号与对象因为某种关系——尤其是因果、邻接、部分与整体等关系——而能相互提示，从而让接受者感知符号即能够想到对象，指示符号的作用就是把解释者的注意力引到对象上。④ 赵氏之概括将指示符号理据性问题进一步具体化，但不足之处依旧是混淆语言/非语言指示符号。换言之，赵氏所得出的几种关系，源于对非语言指示符号的归纳，如：风向标之所以能够指示风

①Peirce, C. S. ed. by J. Buchler. Philosophical writings of Peirce [M].New York: Dover Publications, 1955, pp.107—8.

②Peirce, C. S. ed. by J. Buchler. Philosophical writings of Peirce [M].New York: Dover Publications, 1955, p. 114.

③赵毅衡.符号学原理与推演[M].南京：南京大学出版社，2011：82.

④赵毅衡.符号学原理与推演[M].南京：南京大学出版社，2011：82.

向，是因为风的作用使然，这是因果关系，指向的标志牌与所指方向有邻接关系；窥一斑而知全豹中豹斑与全豹有整体和部分的关系。然而，对于指示词、关系代词，尤其是无定指示代词（有的人、任何人等）或无定关系代词（谁，什么，哪一个等）等存在于语言系统中的指示符号而言，又该如何解释其与对象间的指示关系？这类指示符号的理据性何在？等等，对于诸如此类问题的回答，则需要我们先回归语言指示符号本身，以便做更为深入的探究。

对于非语言指示符号而言，将对象作为其物理成因在一定程度上行得通，此时所依据的是符号与对象之间的动力学关联，因而如皮尔斯之言，如果对象被移走，则这类符号就不成其为符号，亦即符号与其所指对象间存在单向依存关系①。但对于语言指示符号，如皮尔斯所列举的专有名词、人称代词、指示代词（"这"、"那"）、关系代词（"谁"、"哪一个"等）、物主代词、全称选择词（如"任何人、所有、无、不论"等）、时间及方位副词、序数词（"第一、最后一个"等）以及介词短语（如"在……左（右）边"等）等等，上述情况之适用性则势必受到质疑，因为在语言系统中人称代词、方位词、时间名词等指示符号，即便不知道其具体所指对象，其依旧是指示符号，更甚者无定指示或关系代词之类的指示符号根本无从确定其具体对象。

皮尔斯的泛符号观试图穷尽指示符号类，但问题颇多，其理论阐述过程甚至前后相悖，如皮尔斯从指示符中分出一类次级指示符号（Subindices 或 Hyposemes），其通过一种与其对象的实在连接关系而成为次级指示符，所举实例如一个专名、人称指示词或关系代词，或附加于图解之上的字母等，让人不解的是皮尔斯的后续论述中却又否认其为指示符号，理由则是：这些符号都是通过与其对象的实在联系而表示（Denotes）其所要代表的对象，它不是个体物②。皮尔斯符号分类做法被符号学家艾柯批评为过于草率，略显幼稚③。由此可见，指示符号问题并非如此简单。

三、语言指示符号的"理据性"再分析

索绪尔符号学以语言为范式，然而可惜索绪尔并未对语言中的指示符号这一特殊类别给予关注。在语言系统中，人称代词、指示代词及关系代词等指示符号在使用过程中仅指出对象而不加描写，对于符号使用者而言，其心理中无需或根本就不反映所指对象的本质特征，即并不形成所谓"概念"，也因此该类符号具有极强的语境依赖性。在索绪尔符号学中，符号是"一种由概念（所指）和音响形象（能指）两面构成的心理实体"④，因而，索绪尔符号模型是基于语言系统中的概念符号构建起来的二元符号模型，但遗憾的是：其自始至终并未对作为构成符号所指的"心理概念"加以明确界定，故而致使其符号模型本身便存在不

---

①吕军伟.基于皮尔斯符号学视角的指示符号意指特性研究[J].名作欣赏，2012，(35)：21.

②Peirce，C. S. ed. by J. Buchler. Philosophical writings of Peirce [M].New York：Dover Publications，1955，p. 108.

③[意大利]乌蒙勃托・艾柯.符号学理论[M].卢德平，译.北京：中国人民大学出版社，1990：136，206.

④[瑞士]索绪尔.普通语言学教程[M]. 高名凯，译.北京：商务印书馆，1980：101－102.

确定性，且索绪尔预先将所指对象排除在符号模型之外，使得索绪尔符号理论陷入“概念”不明的沼泽，其理论之适用性亦因此而打折扣，在语言指示符号问题上表现出明显的局限性。专名、人称指示词或关系代词等指示符号与指方向的手指、风向标、灯塔、敲门声等虽同被皮尔斯归入“指示符号”范畴，但在本质上二者差异明显。然而，皮尔斯所谓的指示符号是否都具有理据性？回答此问题，我们必须首先区分语言/非语言指示符号。

索绪尔之后，叶姆斯列夫(L. Hjelmslev)继承和发展了他的语言符号思想，并对其符号模型进行大胆改创。叶姆斯列夫根据双平面(Biplanar)结构①及其可再分节性，严格区分语言符号和非语言符号，认为：只有语言符号(Signs)才有双平面(内容/表达)符号结构，才能在两个平面进一步区分形式和实质，并切分出最小的内容符素(Content-figures)和表达符素(Expression-figures)，而非语言符号(Symbols)仅为非双平面结构的初级意义实体，不可能做进一步切分。换言之，非语言符号只能被用作与其解释项同形(Isomorphic)的实体。②“双平面分节结构”为我们区分语言/非语言指示符号提供了一个行之有效的操作标准，基于此，很明显被皮尔斯称为“Index”的一类符号并非均具有双重分节性，如日规或钟、风信标、弹孔模子、手指、灯塔、航标、北极星、敲门声等等实体符号很明显并非双平面结构，我们无法再从中分析出两个平面，更无法进行双重分节，因为这些符号仅仅是与其解释项同形的实体。正因如此，皮尔斯在分析指示符号时倍感矛盾：一方面认为指示符号指示其对象并非因为象似或规约而是因二者之间的现实关联性；另一方面认为指示符号必然与所指对象共有某种质，故而包含一种特别种类的象似符号③。可见皮尔斯自身也意识到其先前根据符号与对象间的关系划分出的三类符号存在一定的问题。对于双平面符号结构，叶氏明确指出：在两个平面上操作的前提条件是尝试构建的两个平面不能具有完全相同的结构，两个平面的功能子(Functive)④不能是一一对应关系⑤，简言之，两个平面必须是非同形的。如果同形，则须中止将语言学理论应用于既定对象，换言之，其已不属于语言学理论的研究对象。

根据双平面分节性，我们已可准确地将皮尔斯 Index 符号类中的非语言符号排除在语言学理论视野之外。但指示符号问题并未因此明朗，因为相对于非语言指示符号而言，语言系统中的指示符号更为棘手。在语言系统中最为典型的指示符号是指示人称、空间和时间的词语，这些词语毋庸置疑当归入语言理论之研究范围，因为与其他语言符号一样，人称

---

①与索绪尔对符号之能指/所指的区分相对应，叶姆斯列夫所谓的符号－功能由表达(Expression)和内容(Content)两平面构成。

②Hjelmslev, L. trans. F. A. Whitefield. Prolegomena to a Theory of Language [M], Madison: University of Wisconsin Press, 1969, pp.113－4.

③Peirce, C. S. ed. by J. Buchler. Philosophical writings of Peirce [M].New York: Dover Publications, 1955, pp.101－2.

④Function 和 Functives，语符学术语，叶姆斯列夫所谓的“功能”大致可理解为“关系”，所谓的“功能(Function)”是指满足分析条件的依从关系，如：类和其切分成分间、切分成分(局部成分或成员)相互间的关系即一个功能；叶姆斯列夫将一个功能的终端，称作(该功能的)功能子(Funcfive)，功能和功能子之间为双向依存关系。叶姆斯列夫将语言系统中的功能分为 3 类 9 种，详见《Prolegomena to a Theory of Language》第 11 章[7]33－41。

⑤Hjelmslev, L. trans. F. A. Whitefield. Prolegomena to a Theory of Language [M], Madison: University of Wisconsin Press, 1969, p.112.

(如我、你、他等)、时间(现在、昨天、明天等)、空间(这里、那里等)等指示符号均具有双平面分节结构,且语言中系统的指示符号呈现出较强的彼此关联性及系统性。然而,这些符号与其对象之间究竟是何种关系?欲回答此问题则须回归语言本体,聚焦于语言系统中的指示现象及指示符号自身。

奥地利心理语言学家 Karl Bühler (1990)早在 20 世纪 30 年代就对语言指示现象及其典型指示符号之特点进行过细致观察及较为系统的探讨,提出"指示场(Deictic Field)"理论①:言说者(I)、言说地点(Here),和言说时间(Now)三方面确定语言指示场原点,即指示中心(Deictic Center),以"I -Here-Now"为原点构成指示场坐标系统,指示场中人称(I)、空间(Here)、时间(Now)为语言指示符号的三个基本类,Bühler 按照指示场内各成员的指示方法之不同,将其分为三类:直观指示、臆想指示、照应指示。Bühler 多次强调:①指示符号之意义能且仅能在指示场而非象征场中(Symbolic Field)中实现和确定;②语言中只有一个指示场;③语境在指示符号意思实现过程中极具重要性。Bühler 对指示现象及指示符号所做的语言学探究,对我们认清语言指示符号之本质极有帮助。现实言语交际的实现均涉及指示场问题,故此,Bühler 之"指示场"理论揭示出人类语言之指示共性,即每一个语言系统中均有一个指示场及一套相应指示符号。叶姆斯列夫语符学模型之结构分析在语言系统中具有普遍性②,换言之,语言指示符号亦同样是由内容形式、表达形式及符号功能三要素构成,同样可以从"内容—表达、形式(Form)—实质(Substance)—混沌体(Purport)"两个维度进行分析③:(1)在语言指示符号内容平面,内容混沌体是基于不同语言之比较进而从不同表达中提取出的一团未形式化、未经分析的思维,亦即对以言说者(I)、言说地点(Here)和言说时间(Now)为原点的语言指示场系统的认知,此是人类语言背后的共性部分,内容形式是起形式化作用的不同语言之具体词汇形式,如汉语的"我(们)-你(们)"、"这-那"、"过去—现在—将来"等,内容实质则是被具体语言形式划分过或形式化了的思维混沌体,实为存在于语言指示范畴中的各级、各类子范畴,如人称、时间及空间等;(2)在语言指示符号表达平面,表达混沌体是人类发音器官能够发出的所有可能发音,是一个形式未定、未经分析的声音连续统④,借助符号功能,表达平面可区分出与内容形式相应的表达形式,在不同语言中各种具体表达形式将表达混沌体划分且形式化为表达实质,即一个个语音区别性特征,而具体语言之音系正是该语言对表达混沌体划分和选择的结果。所谓"符号指示某事物",实指该符号的内容形式能够将该事物纳入内容实质之中,亦即不同语言指示符号之内容形式在将内容混沌体(指示场系统)划分为内容实质的同时,亦将客体对象纳入内容实质。

---

①Karl Bühler, Trans. by Donald Fraser Goodwin. Theory of language: the representational function of language [M]. Amsterdam: J. Benjamins Pub. Co., 1934/1990, pp.93-5,117-9.

②Hjelmslev, L. trans. F. A. Whitefield. Prolegomena to a Theory of Language [M], Madison: University of Wisconsin Press, 1969, p.59.

③吕军伟.语言符号模型的发展与语言指示符号问题研究[J].北方论丛,2012,(04):66.

④[瑞士]索绪尔.普通语言学教程[M]. 高名凯,译.北京:商务印书馆,1980:52.

四、余论

基于叶姆斯列夫语符学分析可见，指示符号与指示混沌体之间是任意性的，并无理据可言，而借助于符号功能及内容形式，客体对象才可以成为内容实质的实体。与具有理据性的非语言指示符号不同，语言指示符号自身之内容形式在划分混沌体时形成相对的功能（关系）化网络，并将所指对象纳入其内容实质。在言语交际过程中，借助该关系网，根据交际实际需要，以说话者为中心、以话语时位为原点的指示场（人、时间、空间等）内所指对象得以一一区分和标记，建立起对应指示网及话语关系网，语言指示符号与其对象间的关系由指示符号系统决定，因此，依旧是结构性和任意性的。而虽同为双平面分节结构，语言指示符号与语言系统中的指称符号亦有着本质区别：就内容形式将客观对象纳为内容实质的过程而言，指称符号借助的是语义区别特征的概念化，而指示符号则是通过语义区别特征的功能（关系）化，后者带有更强的语境依赖和自我中心等特性。在言语过程中，没有符号功能或符号形式，便不存在所谓内容实质，也便不存在或无从确定指示对象。

语言系统中的指示符号被施瓦迪斯（Swadish M.）（1950－1952）列在第一百核心词表的前列，是世界各语言的共性。哲学逻辑学家巴尔·希勒尔（Bar-Hillel J.）曾对人们日常言语中的指示符号使用情况做过粗略统计，其认为：人们在一生所生成的陈述句－标记中，有超过90％实际上是索引句（由索引词，即指示类词语参与构成的句子）而不是陈述句①，由此可见，指示符号在人类语言中的特殊性及重要性。从语言指示符号本身来看，该类符号在语言系统中特点鲜明：成员数量有限，但功能复杂，且内部差异显著，使用频率极高，但所指依赖具体语境等。以代词为核心的指示符号在人类认知体系、日常言语交际等诸方面地位极为特殊，但目前研究现状与其地位极不相称，现有指示符号理论以印欧语事实为基础，而基于汉藏语代词事实，从理论高度对汉语代词问题（如汉语指示符号系统边界、层级及内部小类等基本问题）所做的探究，无论理论层次抑或研究方法都明显滞后，相关问题之研究目前尚不够明朗，亟待突破传统成见之束缚，基于汉语事实做进一步探究。

摘　要："指示符号"概念及其理据性问题最早由符号学家皮尔斯提出，但因皮尔斯的符号理论将语言/非语言指示符号混为一谈，致使其符号分类思想前后矛盾。基于叶姆斯列夫语符学模型及比勒的指示场理论，指示符号之理据性问题在语言学本体视角下得以重新认识：皮尔斯所谓指示符号并非皆有理据性，语言指示符号通过语义区别特征的功能（关系）化使得指示场系统得以区分和标记，借助于符号功能及内容形式，客体对象成为内容实质之实体；语言指示符号与其对象间的关系由指示符号系统决定，依旧具有任意性。

关键词：语言指示符号；理据性；指示场；任意性

①Bar-Hillel. Y. Indexical Expressions [J]. Mind, 1954(63), p.366.

论汉字形体发展中的类化作用*

董宪臣

类化，指汉字受相邻文字、自身形体、相关义类等因素的影响而产生的与该因素趋同的某种变化。历时来看，类化是汉字演化进程中的一则通例，是古今汉字共同存在的字形类推现象，其作用和影响贯穿于汉字发展的各个时期。尤其在中古时期，汉字系统处于古今转型的调整过渡阶段，经由类化途径而产生的新字（一般称为“类化字”）大量涌现，为我们提供了丰富的研究原材料。从共时的层面看，类化字与原字构成异体关系，造成整个汉字系统中异体字总量的增加，使汉字形义之间的对应关系变得更为错综复杂。因此，针对汉字类化现象进行专题性、深入性考察研究，不仅有助于厘清汉字形体演变轨迹、总结汉字发展规律，也有助于更全面地描述汉字系统的整体面貌、梳理字际关系，这些无疑对古籍文献的校勘释读及现行汉字的整理规范工作都具有重要意义。本文拟结合中古（汉魏至隋唐）碑志材料中的字例，系统考察类化对汉字形体、字际关系、构字理据、构形系统等方面的影响，以期对汉字类化的性质和作用获得更深入的认识。

一、类化对个体字形的影响

类化作用的最终结果及表现形式为单字形体的改变。但其影响源头，则有可能是显性的（如该字内部的某个构件、特定文本内该字的上下字形体等），也有可能是隐性的（如词义、语境义、思维层面上的相关字形或义类①等）。我们可以根据触发因素的显现与否，将类化大致分为“显性类化”和“隐性类化”两类。

一般认为，类化对个体字形的影响主要体现在构件的增添或改换两个方面。实际上，类化也可能导致构件移位、笔画添加等情形的出现。

（一）增添构件

1.受邻字形体影响而增添构件

这种情形在中古碑志中较为常见。若原字与邻近的上字或下字构成双音词或意义关

---

* 基金项目：国家社科基金后期资助项目“东汉碑刻异体字研究”（15FYY008）；教育部人文社会科学研究青年基金项目“历代碑刻文字类化现象研究”（14YJC740018）。

作者简介：董宪臣，西南大学文学院讲师，文学博士，主要研究方向为碑刻文献语言文字。

①张涌泉称之为“受潜意识影响的类化”。参见《汉语俗字研究（增订本）》，商务印书馆，2010年，第66页。

联十分紧密，则该字受邻字影响而添加相同表义构件的可能性就更大。略举数例：

“狱犴”，东汉《高彪碑》“犴”作“犾”。

“甍梁”，东汉《高彪碑》“甍”作“欓”。

“糲苔”，东汉《娄寿碑》“苔”作“糌”。

“蕭條”，西晋《张平子碑》“條”作“篠”。

“騶虞”，北魏《吊比干文》“虞”作“驣”。

“鼎湖”，北魏《元遥墓志》“鼎”作“濎”。

“河間”，北魏《元均之墓志》“間”作“澗”。

“振鷺”，北魏《元谳墓志》“振”作“鸑”。

“下邳”，西魏《和绍隆墓志》“下”作“邷”。

“臨漳”，东魏《源磨耶圹志》“臨”作“瀶”。

“陟岵”，隋《郑道育墓志》“岵”作“阽”。

“沛豐”，唐《刘珪墓志》“豐”作“灃”。

“邙山”，唐《严朗墓志》“邙”作“岴”。

“垂拱”，唐《崔守约墓志》“垂”作“捶”。

有时，原字与邻字在线性顺序上并不紧紧相邻，中间可能被其他字隔开，但由于二字在形义上存在较强的关联性，也有可能发生类化情形。如：

“氏”，类化作“姖”。东汉《费汎碑》：“有功封费，因姖为姓”。洪适跋：“姖即氏字。”①《资治通鉴·外纪》：“姓者，统其祖考之所自出；氏者，别其子孙之所自分。”由于“姓”、“氏”意义之间存在密切的关联，故碑文中“氏”受“姓”字形体影响而添加“女”旁。

“蓄”，类化作“慉”。北魏《元宝月墓志》：“怀美尚，慉奇心。”碑中“蓄”受上文“怀”及下文“心”字影响而添加形符“忄”。

“膏”，类化作“滜”。北魏《元昭墓志》：“其训俗礼民之教，若濛雨之滜春萌。”碑中“膏”为“滋润”义，受上文“濛雨”形义之影响而添加形符“氵”。

2.受形近字影响而增添构件

文字受形近字的影响而在写法上与之趋同，被类化字与该形近字之间往往也存在一定的语义关联。这属于一种隐性类化。

“竢”，类化作“𩑺”。东汉《高彪碑》：“人鬼之谋，𩑺期朝莫。”洪适跋：“𩑺即俟字。”②《说文·立部》：“俟，大也。”段玉裁注：“此俟之本义也。自经传假为竢字，而俟之本义废矣。《立部》曰：‘竢，待也。’废竢而用俟。则竢、俟为古今字矣。”碑中“竢”左上加“彡”，当是受“頾”字形影响所致。“頾”为表“等待”义之“须”的古字，后废，今以“须”假借为之。“竢”、

①[宋]洪适.梁相费汎碑[M]//隶释·卷十一.北京：中华书局，1986.

②[宋]洪适.外黄令高彪碑[M]//隶释·卷十.北京：中华书局，1986.

“頴”同义，故“竢”受后者影响在写法上与之趋同。

“達”，类化作“逹”。东汉《高彪碑》：“敏逹义理”。洪适跋：“逹即達字。”①《说文·辵部》：“達，行不相遇也。从辵羍声。”碑字构件“大”讹变为“土”。“達”、“進”都有行进义，“達”字形似“進”而上增构件“土”。陆明君认为，碑字当是在“達”的基础上所改造的从“進”、“大”声的形声字。②又东汉《肥致碑》、北魏《昭玄沙门大统僧令法师墓志》“達”均作“逹”。

3.受词义影响而增添构件

双音词的词义往往不是充当语素的两个单字意义的简单相加，而是在语素义的基础上有所扩展和引申。中古碑志中，人们有时添加双音词中一字或两字的表义构件，使字形起到标记双音词义类的作用。

“莫邪”，东汉《司隶从事郭究碑》作“鏌鋣”。“莫邪”，古代传说中的宝剑名，因铸造者干将之妻莫邪而得名，后世因以指代良剑。初改作“鏌邪”，增“金”符于“莫”字；又改作“鏌鋣”，“邪”又受“鏌”字影响而加形，碑文承用。

“荆山”，北魏《叔孙协墓志》作“琍山”。“荆山”位于在今湖北省南漳县，其地产玉，传为楚人卞和得璞玉处。“荆山”与“玉”在人们思维中有密切关联，故碑中“荆”增形符“玉”。

“冥靈”，北魏《元昭墓志》作“榠櫺”。“冥靈”，神话中的树木名。碑中二字均添加表示类别的形符“木”。

“随侯”，东魏《王偃墓志》作“瓍琛”。“随侯”，即“随侯珠”，为春秋战国时期随国的珍宝，因归君主随侯所有而得名。“随侯珠”属玉器，故碑中二字添加“王(玉)”符以示其类属。

“尾閭”，北齐《报德像碑》作“浘澗”。“尾閭”，古代传说中泄海水之处。嵇康《养生论》：“……或益之以畎浍而泄之以尾閭。”李善注引司马彪：“尾閭，水之从海水出者也。尾者，在百川之下故称尾。閭者，聚也，水聚族之处，故称閭也。”因“尾閭”词义与水密切相关，故碑中二字加“氵”符以凸显词义。

“焦琴”，唐《张才墓志》作“燋琴”。“焦琴”，即“焦尾琴”，东汉蔡邕以桐木制成的名琴，其尾端有烧焦的痕迹，故名。因“焦琴”得名与火相关，故碑中“焦”复增“火”符以突出特征。

4.受语境义影响而增添构件

文字受语境内句义、其他词义或字义的沾染，也可能会发生类化，成为原字的加形分化字。有时，这种字形只与特定的语境相互关联，成为专字。

“適”，类化作“嫡”。北周《张满泽妻郝氏墓志》：“年十有一，嫡南阳人骠骑大将军、大都督张敬恩第二息满泽为妻。”“適”有“女子出嫁”义，碑文中受语境影响而添加“女”符，成为表示该义的专字。

①[宋]洪适.外黄令高彪碑[M]//隶释·卷十.北京：中华书局，1986.

②陆明君.魏晋南北朝碑别字研究[M].北京：文化艺术出版社，2009：49.

“阿”，类化作“峒”。北周《李元海造像记》：“採石首阳之峒。”碑中“首阳”为山名。“阿”指“山的弯曲处”，碑中增“山”符以凸显语义。

“界”，类化作“堺”。北周《匹娄欢墓志》：“薨于华州郑县堺。”“界”有“地界”义，碑文中位于处所名词之后，故增“土”符。

(二)改换构件

1.受邻字形体影响而改换构件

此类情形在中古碑志中最为常见，也是类化字产生的最重要途径之一。受类化作用影响而发生改换的构件可能是声符，也可能是形符。但据考察，碑志中形符类化的情形占绝大多数。这与汉字形符的表义特性是密切相关的。① 兹举数例：

“感激”，东汉《逢盛碑》“激”作“憿”。

“環堵”，东汉《袁良碑》“環”作“壞”。

“恬淡”，东汉《三公山碑》“淡”作“惔”。

“江嶼”，北魏《李璧墓志》“嶼”作“淟”。

“怀抱”，北魏《乞伏宝墓志》“抱”作“恎”。

“伊洛”，北魏《丘哲墓志》“伊”作“洢”。

“优游”，北齐《□忝墓志》“游”作“㳺”。

“綠葉”，东魏《关胜碑》“綠”作“菉”。

“珠緗”，唐《段雍墓志》“緗”作“瑺”。

声符类化的情况较为罕见，但亦有其例。如：

“醜女”，东汉《武梁祠堂画像题字》作“媿女”。“醜”，从鬼酉声，本义为形貌陋劣。受其后“女”字影响而类化为“媿”。

“氛氲”，北魏《元融墓志》作“盆氲”。“氛”，从气分声。碑中“氛”受后字影响而加“皿”符，整字变为以“盆”为声符的形声字。

2.受字内构件影响而改换构件

即合体字内部的某一构件受到字内其他成分的影响而在写法上与之趋同。被改造的部分既可能是表义的形符，也可能是表音的声符。这种情形在中古碑志中也十分常见。例如：

“需”，类化作“雨”。《说文·雨部》：“需，须也。遇雨不进，止须也。从雨而声。”“需”在

---

①毛远明指出：“类化汉字以加形符、换形符为主要特征。考察其原因，有以下几个方面：汉字特别强调字形与词义的紧密联系，形符被特别关注；形符表示意义类别，抽象程度高，呈封闭性，数量有限，完成思维类推比较容易；形符结构相对于声符要简单得多，易于添加或改换，因此类化字以形符类化为主，应是理所当然的。它既是碑刻类化字的首要特征，也是整个汉字史上类化字的突出特征。”参见《汉魏六朝碑刻异体字研究》，商务印书馆，2012年，第359页。

作为构件参与组字时，常作“需”，其自身形符“雨”受声符“而”的影响也变作“而”。如东汉《衡方碑》“濡”作“濡”、东汉《唐扶颂》“蠕”作“蠕”、北魏《崔敬邕墓志》“孺”作“孺”等。

“台”，类化作“吕”。《说文·口部》：“台，说也。从口㠯声。”小篆作㠯，隶作“台”。“台”作为构件参与组字时，常作“吕”形，其构件“厶”受“口”的影响也变作“口”。如东汉《戚伯著碑》及北魏《禧智墓志》“始”作“娼”、东汉《祀三公山碑》“治”作“涺”等。

“尋”，类化作“尋”、“尋”。《说文·寸部》：“尋，绎理也。从工，从口，从又，从寸。”碑志中，“尋”或作“尋”，构件“工”受“口”之影响也变作“口”，见北魏《檀宾墓志》、《皇甫驎墓志》等；或又作“尋”，构件“口”受“工”之影响也变作“工”，见北魏《封魔奴墓志》。

“盟”，类化作“盟”、“盟”。《说文·囧部》：“盥，《周礼》曰：‘国有疑则盥。’诸侯再相与会，十二岁一盥。……盟，古文从明。”文献通作“盟”。北齐《刘悦墓志》、《张龙伯兄弟等造像记》作“盟”，右上构件“月”受左上构件“日”之影响也变作“日”。“盟”的构件“明”，单独成字时或作“朋”。在此基础上，“盟”亦发生同步变异作“盟”，见北魏《杨胤墓志》、北齐《徐显秀墓志》等。

3.受形近字影响而改换构件

合体字的某构件或部分形体（单用时通常不成字或比较生僻）受其他汉字形体的影响而在写法上与之靠拢或趋同。其间往往受到“完形”思维的促动。如：

“鐵”，北魏《元昭墓志》作“鐵”。“鐵”之右侧构件“戴”本是声符，但形体繁复且不易识记，故类化为形近字“截”。

“嗣”，东晋《刘媚子墓志》、《王建之墓志》、北齐《崔頠墓志》等均作“嗣”。《说文·口部》小篆作嗣，“从冊从口、司声”。其构件“口”与“冊”上下组合作“扁”，合起来与“扁”形近，故类化作“扁”。

“席”，类化作“㡧”。碑志中此形常见，如东魏《叔孙固墓志》、北周《王钧墓志》等。《说文·巾部》：“席，籍也。从巾、庶省。”字内构件“廿”与“巾”组合成“帀”，与“帶”相近，故形体上也与“帶”趋同。

“戚”，唐《苏环墓志》、《济度寺比丘尼墓志》等均作“戚”。《说文·戉部》：“戚，戉也。从戉尗声。”尗，豆类的总称，今作“菽”，原字罕用。又因与常用字“赤”形近，故或写作“赤”。

4.受优势构件影响而改换构件

汉字构件系统中，有些构件使用频率较低，人们在书写由这些构件参与构成的汉字时，倾向于将其改换为形近或意义相关的高频构件。

“匹”，类化作“辶”。此形较为常见，如北魏《韩震墓志》、北齐《刘悦墓志》等。“匹”，《说文·匸部》小篆作𠥼，本为“从八匸”的会意字。隶变后，构件“匸”之横笔与“乚”脱开，“乚”进一步讹为形近优势构件“辶”，故“匹”或改写作“辶”。碑志中，从“匸”或从“匚”之字，易发生此类形变。如“陋”，东晋《王兴之及妻宋和之墓志》、北魏《□伯超墓志》作“陋”；“匝”，北魏《檀宾墓志》、《僧贤造像记》等作“迊”；“匪”，北魏《胡显明墓志》作“逪”。

“冰”，东晋《爨宝子碑》、北魏《王理奴墓志》作“[illegible]”。“冫”，《说文·仌部》小篆作仌，即“冰”之古字，隶作“冫”，作为构件参与组字。“冫”与“氵”形义皆近，且“氵”相较于“冫”属优势构件。故从“冫”之字，往往会产生从“氵”的异体。又如“凝”，碑志多从“氵”作；北魏《寇凭墓志》“冷”作“泠”等。

“叩”，碑志所见者皆作“叩”。“叩”，甲骨文作[illegible]（《合》20960），本从“卩”作。因“卩”与“阝”形近，且“阝”为优势构件，故“叩”改从“阝”。从“卩”之字，一般会产生从“阝”的异体字形。如“却”，东汉《肥致碑》、东魏《廉富等造义井颂》作“郄”；“即”，北魏《兴平皇兴五年造像记》、东魏《李显族造像碑》作“郋”；“仰”，北魏《姚伯多兄弟造像碑》作“仰”等。

5.受字义影响而改换构件

文字受其自身意义的影响，局部形体或构件在写法上发生一定的改变，力求从形体上标记其字义变化或其所关联的义类。

“龜”，东汉《孙叔敖碑阴》作“䖯”。“龜”本为象形字，像乌龟的侧面。碑字之左侧龟足及右侧龟壳都讹为“虫”。盖古代龟本属虫类，碑字在保持“龜”之轮廓形貌的基础上对字形进行了一定的改造以凸显所属义类。

“龍”，东汉《成阳令唐扶颂》作“龍”。“龍”本为象形字，小篆作[illegible]，讹为合体字，龙形已然不显。碑字左侧构件又进一步讹变，与“帝”形近。此字形不见于汉前文字材料，盖自西汉起，皇帝是真龙天子这一观念方始形成并深入人心，“龍”与“帝王”在意义上产生密切关联，故导致此字形产生。又汉印《刘龙印信》“龍”作“[illegible]”、《古文四声韵》引王存乂《切韵》“龍”作[illegible]，皆与碑字形体相合。

“葬”，类化作“塟”、“䘚”。“葬”，《说文·茻部》小篆作[illegible]，“藏也。从死在茻中”。碑志多改底部二“屮”从“土”作“塟”，如东汉《济阴太守孟郁修尧庙碑》、北魏《元飏妻王氏墓志》等；或径改“茻”为“土”作“䘚”，以会“死在土中”之义，如东汉《孙叔敖碑》、《衡方碑》。“葬”字形符的改换当与古代埋葬死者处所的变化有关。

“商”，类化作“賔”。北齐《裴良墓志》：“賔通难得之货。”“商”有“经商”义，碑字改构件“口”为“貝”，突出了与“钱财”相关的示义特征。

“皎”，类化作“胶”。唐《乔娥墓志》：“若秋月之胶瑶池。”《说文·白部》：“皎，月之白也。《詩》曰：月出皎兮。”碑中“皎”受自身意义及上文“月”的影响而变形符“白”为“月”。

6.受词义或语境义影响而改换构件

“靈鷲”，北齐《刘碑造像铭》作“靈嶋”。“靈鷲”为山名，在古印度摩揭陀国王舍城之东北，山中多鹫，故名；或云因山形像鹫头而得名。碑中“鷲”改形符“鸟”作“山”，起到了标示词义的作用。

“絡繹”，东汉《张公神碑》、《张寿残碑》作“駱驛”。“絡繹”，表“连绵不断”，是同义语素构成的合成词:“絡”本义或为“缠绕”,引申指“相互连续”;“繹”本义为“抽丝”,引申指“连绵不绝”。由于“絡繹”常用来形容车马连续之貌,故“繹”常写作“驛”。如《后汉书·乌桓传》:“是时四夷朝贺,絡驛而至。”其后,“絡”受“驛”字形影响,而变作“駱”,整个词形遂变作“駱驛”,二碑从此作。

“澎濞”,东汉《北海相景君碑》作“憉𢢼”。“澎濞”,联绵词,亦作“彭濞”、“滂濞”等,形容波浪相撞击声。碑文改二字为“忄”旁,当是受到语境义的影响。毛远明:“此处比喻内心悲痛,振盪鬱塞,故改换声符。”①按:毛说极是,然“声符”当作“形符”,校勘未及。

(三)构件移位

类化对字形的影响有时体现为词语或结构内的某字构件发生移位,而与另外一字的构件组合方式趋于一致。张涌泉②曾对这一类情况有所阐述。

1.受邻字形体影响而构件移位

“嶷”,类化作“㠜”。东汉《刘熊碑》:“诞生岐㠜。”《诗·大雅·生民》:“诞实匍匐,克岐克嶷。”朱熹集传:“岐嶷,峻茂之状。”后多以“岐嶷”形容幼年聪慧。“嶷”本为上下结构,碑字受到“岐”的影响而变为左右结构。

“擥”,类化作“擥”。东汉《衡方碑》:“擥英接秀。”“擥”本为上下结构,碑字改为上下结构,当是受下文“接”字影响所致。

“巍”,类化作“𡾰”。唐《关道爱墓志》:“峙山岳以𡾰峨。”“巍”,文献或作“[illegible]”、“[illegible]”、“[illegible]”等形,构件“山”在字内的位置多变。碑中则受下字“峨”的影响而移“山”于左侧。

2.受优势构件组合模式影响而构件移位

“弼”,类化作“弻”。《说文·弜部》:“弼,辅也,重也。从弜丙声。”按:“弻”之古文形体,“丙”皆在字右,如金文作[illegible](《毛公鼎》)、战国文字作[illegible](《长沙子弹库帛书》)。《说文》小篆承袭作[illegible]。而碑志所见“弻”字,“丙(或讹为“百)”基本都发生移位而居于字中。考其原因,盖隶书中左右结构的二叠字与其他文字组合成新字时,通常的写法是将该字置于二叠字的两个同形构件之间,这样才比较符合对称美感,如“辩”、“雠”、“粥”等。“弻(弼)”之构件“丙(百)”移至字中部,当时受到这种惯常写法的影响。

“穆”,类化作“穆”。甲骨文作[illegible](《合集》28400),象芒颖之穗下垂之形。金文作[illegible](《墙盘》),增“彡”形饰笔。《诅楚文》作[illegible]、《古文四聲韻》引《古尚書》作[illegible],皆承袭金文字形。《說文·禾部》小篆作[illegible],“从禾㣎聲”,始移“禾”于左,并释其为形声字。碑志所见“穆”字,皆承袭小篆字形,罕有作“[illegible]”者(仅见东汉《鲁峻碑》)。考其原因,隶书“禾”作构件成字时,常居字左,其位置已经趋于稳固。“穆”受这一常规写法的影响和制约,也将“禾”移至左边。

---

①毛远明.汉魏六朝碑刻校注[M].北京:线装书局,2008:141.

②张涌泉.敦煌文书类化字研究[J].敦煌研究,1995,(04).

又“秋”,《说文·禾部》小篆作�,“禾”居字右,碑志则通作“秋”,移“禾”于左,应该也是受到该构件安排方式的影响。

(四)增添笔画

文字(或构件)受到形近字或某些习惯性增笔写法的影响,导致笔画的添加。

“豹”,东汉《稾长蔡湛颂》、北魏《李伯钦墓志》等作“豹”。碑志从“豸”之字有些会产生从“豕”的变体。考其原因,盖“豸”与“豕”形近,且都属兽类,故在联想类推作用下,在“豸”上增笔作“豕”。①又如东汉《成阳令唐扶颂》“貉”作“貉”、北魏《侯刚墓志》“豺”作“豺”、北魏《元彝墓志》“貂”作“貂”等。

“就”,东汉《蜀郡造桥碑》、《鲁峻碑》作“就”。“就”,隶书形体与“龍”近似,右侧构件“尤”受“龍”之右侧构件影响,增“彡”形笔画。

“左”,东汉《华山庙碑》作“在”。“左”,《说文·左部》小篆作𠂇,“从𠂇工”。“𠂇”隶省作“𠂇”。隶书“左”、“在”形似,故碑字受“在”之影响,于构件“𠂇”之撇笔增一相交竖画作“才”,讹从“才”。

(五)减少笔画

类化通常导致汉字形体的增繁,导致字形简省的情况比较罕见,但碑志中亦见其例。如:

“賵”,类化作“䀁”。北周《贺屯植墓志》:“䀁賻有加。”《说文·贝部》:“賵,赠死者。从貝从冒。”構件“貝”本为形符,因与右下部构件“目”形近而类化作“目”,使整字的笔画也随之减少。

二、类化对字际关系的影响

通过以上分析可以看出,类化会导致一批新字形的产生,这些类化字形的出现对字际关系的影响主要表现在两个方面:一是类化字成为原字的异体,与原字构成异体关系;一是类化字(尤其是构件增添或改换的类化字)的形体与已有的其他汉字形体偶合,导致异字同形的情况出现。

(1)类化导致异体字(组)的产生

“阜”,甲骨文作[illegible](《合集》7860),象山崖边的石磴形,本义为“土山”。《说文·阜部》小篆作[illegible],承袭甲骨文字形。隶变作“阜”,本义不显。北魏《杨侃墓志》“阜”作“皀”,通过改变构件的方式来标示字义。北魏《元昭墓志》作“埠”、北魏《殷伯姜墓志》作“岼”,则是通过增

①何山.魏晋南北朝碑刻文字构件研究[D].西南大学博士学位论文,2010:95—96.

添构件的方式来表现字义。“阜”、“埠”、“峊”均可视为“阜”受自身意义影响而产生的类化字，但彼此形体不同，互为异体字。

“黍”，《说文·黍部》小篆作𪏽，“从禾，雨省声。”东汉《三公山碑》作“秝”，碑字构件“雨”受上部“禾”的影响而类化作“禾”。东汉《封龙山颂》、《孔宙碑》作“桼”，碑字受字义影响变“禾”下构件为“米”。“黍”、“秝”、“桼”构成异体字组。

“燕”，甲骨文作𠃬（《合集》5280），象燕形。小篆作𤎩，字形离析。隶楷书承袭小篆形体作“燕”。北周《侯远墓志》作“𬊤”，字内发生类化，构件“丬”、“匕”（燕之两翼）受“口”（燕身）影响分别类化作“口”形。北魏《王基墓志》作“䴏”、唐《王玄墓志》作“鷰”，受义类“鸟”之影响而分别增“鸟”符。“燕”、“𬊤”、“䴏”、“鷰”构成异体字组。

(2)类化导致同形字的产生

“醜女”，东汉《武梁祠堂画像题字》“醜”作“媿”，与表“惭愧”义之“愧”的异体“媿”字同形。

“孤竹”，东汉《校官碑》“孤”作“菰”，与表“多年水生高秆的禾草类植物”义之“菰”同形。

“爪牙”，北魏《张玄墓志》“爪”受义类“手”的影响而作“抓”，与“抓取”字同形。

“蕭疏”，东魏《刘腾造像碑》“疏”作“蔬”，与“蔬菜”字同形。

“伐檀”，北齐《张起墓志》“伐”作“栰”，与“筏”之异体同形。

“思惟”，北齐《员空造像记》“思”作“偲”，与表“互相勉励”义的“偲”之异体同形。

“笙簫”，北齐《刘悦墓志》“簫”受义类“金”的影响而作“鏽”，与“锈”之异体同形。

“扁鵲”，唐《张才墓志》“扁”作“鶣”，与“翩”之异体同形。

“綠笋”，唐《李表墓志》“綠”作“篆”，与“符篆”字同形。

“驕人”，唐《黄罗汉墓志》“驕”作“僑”，与“僑民”字同形。

“芳翠”，唐《故宗夫人墓志》“翠”受义类“言”的影响而作“誶”，与表“责骂”义的“誶”同形。

“藩僚”，唐《邢弼墓志》“僚”作“潦”，与“潦灾”字同形。

可见，因类化而产生的异体字，与原字的其他异体一道构成了同字异体序列，由此造成汉字总量的增加及字形冗余，势必会增加人们的书写、记忆负担；而因类化而产生的同形字，则容易造成汉字形义对应关系的混乱，为汉字系统带来一定的消极影响。

三、类化对构字理据的影响

一般认为，汉字类化的本质是一种非理性的、过度的思维类推，具有临时性、无理化的特点。文字受到特定的语境或思维类推的影响，临时产生形体变异，往往会破坏或消解汉字原有的构造理据，削弱或掩盖字形的示义功能。从对中古碑志类化字的总体考察情况来看，确实绝大多数类化字（如形符类化字）的产生和使用要依赖于具体的语言环境；若脱离语境，类化字便成为“无本之木”，其流通就要受到很大的制约。至于受自身构件影响而改换构件的字内类化字，其表义性更是受到了严重破坏。但不可否认的是，一部分类化字（尤其是受词义、字义沾染而生成的类化字）的出现，既是对原字初始造字理据的消解，也包含着寻求新的形义对应关系、重构造字理据的尝试。只是这种尝试，或由于通用字形的排斥，或由于与其他字形易混等原因，往往不太成功罢了。例如：

“縗裳”，东汉《槀长蔡湛颂》“縗”作“衰”。《说文·糸部》：“縗，丧服也。从糸衰声。”碑字受下文“裳”字影响，改换形符为“衤”。“糸”、“衤”意义相通，作构件时常可换用。“糸”为细丝，“縗”本从“糸”作，突出了其材料属性；改从“衤”作，则突出了其类别属性。因此碑字形符的改换不无道理，只因“縗”从“糸”的写法承袭已久，故从“衤”的写法并未通行开来。

“社稷”，东汉《成阳灵台碑》、北魏《元诠墓志》等“稷”作“禝”。“社稷”，本指古代帝王、诸侯所祭的土神和谷神，后引申指“国家”。“稷”换形作“禝”，一则“社”、“稷”常连用，“稷”受“社”之影响而改换形符；一则“稷”由“粮食作物名”引申指“谷神”，意义上与“神祇”相关；再者，隶书“禾”、“衤”作偏旁时形体极近，有时相互讹混。故“稷”改从“衤”可谓有充分的依据。故“禝”这一字形在碑志中极为常见，与“稷”出现比例大致相当。但从后世的字形选择上来看，人们还是将“稷”当作通字，而将“禝”当作异体来看待。这大概是因为相较而言，“稷”的历史更为悠久，自甲骨文开始，“稷”便从“禾”作；另外，“稷”的字形表义涵盖更为宽泛，除了能表达“谷神”义外，也能突显“粮食”相关义。

“隴西”，曹魏《大飨记残碑》作“巃西”。隴西为古代郡名，大致在今天甘肃省南部和东南部。三国魏时，郡治在襄武县（今陇西县东南）。《汉书·地理志下》：“隴西郡，秦置。”应劭注：“有隴坻，在其西也。”颜师古注：“隴坻，谓隴坂，即今之隴山也。此郡在隴之西，故曰隴西。”则“隴”之得名，与地势高下相关。碑改“隴”作“巃”，凸显了“山”的表义特征，而使“隴”得名之语源义显得隐晦。而且“巃”本有其字，“巃嵸”为联绵词，形容山中云气蒸腾之貌。《楚辞·招隐士》：“岚巃嵸兮石嵯峩。”王逸注：“巃嵸，云气滃欝也。”

“鳳凰”，北齐《高叡修定国寺颂》、《乞伏保达墓志》“凰”作“鶽”。“鳳凰”，本作“鳳皇”，古代传说中的鸟名，雄为鳳、雌为皇。后“皇”受“鳳”之影响而添加构件“几”作“凰”。这种添加是非理性的，但字形得到了传承。“鶽”也可以视为受“鳳”字形体影响而加“鳥”旁产生的类化字，在字义对应性上要优于“凰”。但因字形晚出，未能得到承用。

有时，类化字也有可能取代原字，升格为通行的正字。

“膝”，《说文·卪部》小篆作厀，“胫头卪也。从卪桼声。”段玉裁注：“厀者在胫之首。股与脚间之卪也。故从卪。”因表示人体部位的字多从“月（肉）”，“厀”受优势构件的影响产生了从“月”的异体“膝”，并逐渐取代了原字。碑志所见者，皆从“月”作。

四、类化对汉字构形系统的影响

类化作为汉字演进过程中一种极其常见的现象，对整个汉字构形系统的发展完善具有深远的影响。

1.从解析字形的角度看,类化是对传统六书的有益补充

六书说是最早的关于汉字构造的系统理论。自汉代起,依六书解说字形结构及创制新字渐成惯例和通识。实际上,中古碑志中存在一大批构形独特的疑字或难字,其形义不存在明确的对应关系,构字理据隐晦,无法以六书解析。这批文字的出现,可能是隶变的结果,也有可能是类化的结果。因此,有时不妨从文字外部入手,以类化为视角探讨其形体产生的根据。

东汉《荆州刺史度尚碑》:"⿰隹乚彼海外,绩莫匪嘉"。洪适"⿰隹乚"下注"截字"。① 联系文意来看,"⿰隹乚"为"截"无疑,然该字不见于他处,且结字奇特,形体颇为费解。

按:"截",《说文・戈部》小篆作⿰雀戈,"从雀戈部"。隶变作"截"。《诗・大雅・常武》:"截彼淮浦,王师之所。"毛传:"截,治也。"《诗・商颂・长发》:"相土烈烈,海外有截。"郑玄笺:"截,整齐也。……四海之外率服,截尔整齐。"碑文"截彼海外"当化自上述《诗经》词句。东汉《石门颂》:"未秋截霜,稼苗夭残"。王念孙:"截与夭札之札声近而义同,故《释名》云:'札,截也。气伤人如有截断也。'《管子・五行篇》:'旱札苗死民厉。'尹知章云:'札,夭死也。'是苗夭死谓之札,札犹截也。"②故可知"截"与"札"在意义上有互通之处。碑字"⿰隹乚"当是受"札"之形体影响,将"截"之构件"戈"改换为"札"之构件"乚(乙)"而成的新字形。

2.从异体序列的角度看,类化是俗字产生的重要途径

类化字由于其构形理据晦涩、字形晚出、使用范围狭窄等原因,一般不具备太强的生命力和竞争力,往往在某段时期内昙花一现,很难跻身为常用字,更难以获得正字的身份,文字学上一般将其归入俗字的行列。反过来说,类化也是俗字产生的重要途径之一,类化字是俗字的一个重要类型。历代学者往往以俗字不合六书规范、形体浅近而对其持排斥态度。③ 实际上,俗字与正字一样,是异体字序列的组成部分,它们存在相辅相成的关系。中古碑志中夹杂着不少后世所谓的"俗字",其产生往往受到类化因素的促动。如:

"席",类化作"廗"。唐颜元孙《干禄字书》:"廗席:上俗下正。"

"匹",类化作"⿺辶匹"。《干禄字书》:"⿺辶匹匹:上俗下正。"

"稷",类化作"禝"。《干禄字书》:"禝稷:上俗下正。"

"规",北魏《席盛墓志》、北齐《李祖牧墓志》等皆作"䂓"。"规",《说文・夫部》小篆作⿰夫見,"从夫从见"。因常与"矩"对文或连用,故字形类化作"䂓"。④《干禄字书》:"䂓規:上俗下正。"

①[宋]洪适.荆州刺史度尚碑[M]//隶释・卷七.北京:中华书局,1986.

②[清]王念孙.汉隶拾遗・司隶校尉杨涣石门颂[M]//读书杂志・卷十・南京:江苏古籍出版社,1985:989.

③例如北齐颜之推《颜氏家训・书证》曾列举一系列"过于鄙俗"的字形:"亂旁爲舌,揖下無耳,黿、鼉從龜,奮、奪從雚,席中加帶,惡上安西,鼓外設皮,鑿頭生毁,離則配禹,壑乃施豁,巫混經旁,皋分澤片,獵化爲獦,寵變成 ,業左益片,靈底着器……"仔细推敲,其中绝大部分"俗字"形体的来源与类化作用密切相关。

④一说"规"本从"矩",小篆讹从"夫"。

“裔”,《说文・衣部》小篆作裔,“从衣㕯聲”。碑志则多见作“襄”、“襄”等形者,如东汉《陈球碑》、西晋《临辟雍碑》、北魏《寇演墓志》等。考其缘由:一则作构件时,“衣”往往位于字的下部,故碑字移“衣”于下;一则“㕯”不成字,故在书写时索性将其改作形近的“商”、“高”等字。《干禄字书》:“襄裔:上俗下正。”

“瓜”,类化作“苽”。北齐《高显国妃敬氏墓志》:“蔼蔼绵瓜。”“瓜”为象形字,碑字受上文“蔼蔼”之影响而加形符“艹”。《干禄字书》:“苽瓜:上俗下正。”

3.从汉字构件的角度看,类化是推动偏旁及构件归并的重要动力

汉字发展的过程,同时伴随着偏旁归并的过程。东汉许慎作《说文解字》,坚持“以类相从”的原则,依据表义形符将 9353 个小篆归入 540 部。而在隶变过程中,大量形近、义近偏旁发生了进一步的归并,使得汉字偏旁总量逐步减少,从而也使汉字的构形系统更加简化、明晰。而构件归并的总体趋势便是构字能力强、出现频率高的优势偏旁兼并、取代或淘汰构字能力弱、出现频率低的弱势偏旁。在这个过程中,类化无疑起到了一定的促动作用。当然,类化并非导致偏旁归并的最终决定性因素,它只是通过促进汉字增加或改换偏旁的方式,让更多的汉字在偏旁的选择上向形体接近或义类相关的优势偏旁靠拢。

另外,隶变过程中所发生的若干篆体构件合并为一个隶体构件的现象,或称“隶合”,也与类化作用的推动密不可分。例如碑志中“番”、“思”、“果”、“鱼”、“畏”等字都包含记号化构件“田”,但其形体来源各异:“番”之“田”本象兽足;“思”之“田”由“囟”省变而来;“果”之“田”本象果实形;“鱼”之“田”本象鱼身;“畏”之“田”由“甶”省变而来。这些“田”在古文字中形体各自不同,但在各自演进过程中受到强势构件“田”的影响、制约,逐步向“田”形靠拢,最终分头类化作“田”。

4.从汉字发展的角度看,类化是字形演变的趋势之一

类化,与繁化、简化、异化、同化等现象一样,贯穿于汉字发展过程的始终。正是这些因素的共同影响,才使得汉字系统呈现出今天的面貌。一个异体字形的产生,往往是多种因素交互作用的结果。通过上文的分析可以看出,类化有时并不完全地、独立地发挥作用,也有可能只是作用于汉字的局部或字形演进的某个阶段,与其他因素协同完成对字形的改造。例如“稷”变作“禝”,除了受到“社”字形体的影响以外,与“禾”、“礻”的隶书形体本就混同相关,也与“稷”的意义的发展变化有关。

同时,类化也是汉字形体发展的趋势之一。黄德宽指出:“汉字形体在漫长的演进历程中体现出以下发展趋势:简化、分化、类化、优化。……古汉字形体的‘类化’较为突出的表现是通过增加偏旁体现字形的类属,这一点是与‘分化’紧密结合的。同时,通过替换或调整改造,将符号系统中那些特异的形体进行淘汰归并,使形体符号的系统性不断得到维护和加强。”①类化作用的参与,一方面促进汉字结构模式由多元走向单一,最终形成形声模式

①黄德宽,等.古汉字发展论[M].中华书局,2014:504.

占据主导地位的规整局面;一方面也促进了汉字形体的有序分化,使得字形符号的表义功能不断得到完善。可见,类化、简化、分化,三者互为表里,协调地发挥作用,共同推动汉字系统走向成熟、优化。

总之,类化是汉字发展过程中的一则演化通例,对字形、字理、字际关系、乃至整个汉字构形系统的建立完善都发挥着至关重要的促动作用。类化的本质是一种思维类推,人们基于汉字形体、意义或字内构件之间的相似或相关性,将一种形体写法或书写模式施加于一字或一批文字之上,导致其形体发生变异。类化对汉字形体所发挥的影响,既不是完全消极的,也并非完全积极的,我们应该从宏观系统和微观个体两个层面出发,做出辩证性评价。出土文献中的文字类化现象比比皆是,现在还缺乏有效的清理。因此,我们还需要做大量的原始文献整理工作,以对汉字类化问题进行更深层次的探讨和审视。

摘　要:类化是古今汉字共存的字形类推现象,其对个体汉字形体发展的作用主要体现为影响汉字形体、字际关系、构字理据等三个方面。从系统层面来看,类化造成了异体字总量的的增加,导致汉字形义对应关系的复杂化,为汉字发展带来一定的消极影响;但同时类化是传统六书的有益补充,是俗字产生的重要途径之一,也是构件归并的主要动力之一,对整个汉字构形系统的建立完善都发挥着重要的促动作用。目前,我们对类化的研究仍不够充分,应在掌握更多出土文字材料的基础上,对其性质和作用做出更为深入、更为全面的审视。

关键词:类化;汉字形体;字际关系;构形理据

西学前沿

主持人语

1976 年，德里达的《论文字学》英文版在美国出版，这对于德里达解构主义思想在全世界的传播来说，具有里程碑似的意义。其中原因，除了英语本身作为世界性语言的广泛影响之外，也与译者斯皮瓦克出色的翻译，以及她为这本书所写的著名长篇序言有关。

斯皮瓦克是西方后殖民主义“三剑客”之一，但是她的学术声誉却是从这一长篇序言开始的。1967 年德里达法文版《论文字学》出版，斯皮瓦克在其刚出版不久就被这本书强烈地吸引住了，认为它从“一个局内的局外人角度生动地批判(而不是谴责)了西方形而上学”。斯皮瓦克在近十年之后翻译出版了该书，对该书的研究、理解、阐释都十分令人信服，被德里达本人看成最理解解构主义思想的人。《〈论文字学·英译者序〉注译》较为详细地勾画了解构主义的来龙去脉，向我们清晰地展露出解构主义的核心问题和精神实质，为我们阅读《论文字学》一书以及理解德里达的解构主义思想打下了坚实的基础，可以说是解构主义最优秀的导引和入门教材了。

解构主义也对斯皮瓦克其后的后殖民主义文化理论与批评、女性主义以及后马克思主义等学术领域的实践都产生了根本性的影响。并且，她本人的学术实践完全可以看成运用解构主义理论的一个成功典范。这些都与斯皮瓦克对解构主义独到而深刻的理解息息相关。我们从《〈论文字学·英译者序〉注译》中，除了领略解构主义思想本身的理路之外，也能够明确体会到斯皮瓦克理解解构主义的这种深刻性和独特性。因此，这一序言对我们理解斯皮瓦克本人的“高深”学术，理解和学习她运用解构主义思想的实践与方法，同样具有十分重要的引导作用。

有意思的是，斯皮瓦克的这篇序言对解构主义源流的讨论，就是从黑格尔关于序言问题的讨论开始的。黑格尔在《精神现象学》的前言中，提醒读者要意识到阅读正文的重要性，而不是仅仅看一看序言对全书的概要了事。“序言”本是“写在前面的话”，但通常却是在写完正文后，出于对全书进行概括和引导的目的而写。从阅读的角度看，“序言”是阅读

“正文”的基础，但“正文”却被看成序言的“起源”。斯皮瓦克说，如果我们把影响一个人阅读情况的知识积累也看成进入“正文”前的一个序言，那么问题就会变得更加复杂。

斯皮瓦克对序言问题的讨论，引出了解构主义关注的一个核心问题，就是人类思维中的“起源”神话。任何现象，我们都要给予其一个稳定可靠的“原因”、“中心”或者“起源”，以维持我们逻辑话语系统的可靠性和权威性。其中最重要的体现就是，在语言“符号”和“意义”这一二元对立关系中，“意义”对于“符号”的“中心”和“起源”地位，它的保证就是人作为思维主体的稳定性和统一性。德里达的《论文字学》要解构的，就是与“起源”问题相关的各种“中心主义”神话。由此，斯皮瓦克围绕“起源”神话，追踪了与这一问题相关的重要哲学系谱。从海德格尔对“存在”问题和逻辑语言的质疑，到尼采的“身体”、“权力意志”对“真理”观的解构，再到弗洛伊德“无意识”和“心灵书写板”对人类主体同一性的颠覆等等，斯皮瓦克梳理了他们对“起源”神话的不同角度的解魅方式。接着，斯皮瓦克从批判的角度总结了德里达在《胡塞尔〈几何学的起源〉引论》、《声音与现象》等作品中对胡塞尔的批判，指出他力图回到“先验自我”、恢复“纯粹语音”，以找到意义起源的纯粹主体性基础这一努力的虚妄，同时也把德里达放进当时占据学术主流的结构主义这个场域中，考察了德里达的解构主义与索绪尔的语言学之间的联系与区别，德里达与福柯在“理性与疯癫”这一二元对立问题上的分歧和论争，以及对拉康“无意识”语言结构的批判，等等。

从正反两个方面，斯皮瓦克梳理了西方现当代哲学对“起源”神话的揭示，哲学家们对“起源”缺场的焦虑，以及语言学转向之后他们力图用“诗歌语言”、“无意识语言”以及结构主义的深层“符号结构”等方式来进行拯救的种种努力。与此同时，斯皮瓦克指出了德里达与这些身染形而上学“怀乡病”的哲学家们的不同，分析了德里达的“延异”、“涂抹”、“踪迹”、“书写”、“替补”、“散播”、“能指游戏”等等一系列家族概念的含义。

整体上讲，“起源”就像康德的“物自体”概念一样，本身是不可知的。一切都是从它在人的意识结构中留下的“踪迹”开始的，然后按照尼采所说的“强制等同原则”，即语言中的隐喻修辞原则，通过一系列的等同替换，从感官刺激的信息接收到神经信号的传递，从大脑中枢的处理到声音意识的形成，然后又从声音到书写，从书写到阅读重构等等，最后变成了我们领会的“意义”。传统的语言观念和形而上学观念忽视了整个过程的异质性变换，力图把从符号中领会到的“意义”等同于“起源”，即世界本身。德里达指出，这不过是一个能指的替换过程，从一开始，“踪迹”就是对“起源”的一种替换，是“起源”的一个能指，然后新的能指代替旧的能指并形成一个替换链。这个过程由于是一个异质性转换过程，因此也是一种充满延迟和差异的过程。

解构主义的“能指游戏”概念对权威性和神圣性的一切产生了巨大的摧毁作用，曾为那些革命性的否定激情甚至相对主义和虚无主义提供了重要的理论支撑，游戏概念透露出的玩世不恭也曾经让很多正经学者大为光火。但是斯皮瓦克对解构主义的独到而深刻的理解恰恰在于，她在解析其否定性的同时也同样强调了解构的肯定性所在：正如“踪迹”不是“起源”本身，但却保留了一种与“起源”之间的关系一样，每一次能指间的替换，也都以踪迹的形式延续了前一个能指的信息，而不是一种完全无关的东西，这就像“涂抹”、“书写”概念本身蕴含的“既擦除又保留了清晰可见的痕迹”这一含义一样。

踪迹不会耗空自身，它会无休止地参与到我们对各种意义的建构过程之中，这一过程是不可化约的，不是我们能够随意"革命"和否定的东西。因此，她在这篇序言中非常明确地、反复说明和不断地强调了这一观念：解构主义所能够“革命”的，仅仅是一种思维方式。对于现有的人类文明和文化形式，它只具有解魅的作用：它是一种批判理论。最后，我们以她的一段经典总结作为结尾应该是恰当的：

解构不是说没有主体，没有真理，没有历史。它只是对别人以为拥有了真理的那种身份特权表示置疑。解构不是暴露谬误，而是坚持不懈地深入探寻真理是如何产生的。这就是为什么解构不说逻各斯中心主义是一种病理现象，也不认为形而上学的限制是某种人们可以逃脱的东西……解构就是对我们不得不寓居其中的东西进行持续不断的批评。①

——李应志（西南大学文学院教授，文学博士）

①Donna Landry and Gerald Maclean, eds. *The Spivak Reader*, Routledge, 1996, pp.27－8.

《论文字学·英译者序》注译*

[美国]G. C. 斯皮瓦克/文　李应志/注译

如果你读过德里达,你就会知道,一个较为合理的姿态(gesture)就应该是从思考"序言问题"开始。但至少对阅读本书的读者来说,我希望我所写的德里达会是一个新面孔。因此,也理所当然地认为,它可以暂时作为一个导论。

雅克·德里达是巴黎高等师范学校的哲学助教,45年前出生于阿尔及尔,父母是西班牙裔犹太人。(1)【**原注**:德里达对自己的犹太血统的偏爱,见"Edmond Jabès et la question du livre"和"Ellipse",均出自 *L'écriture et la difference*,(后文引用为 *ED*)(paris,1967),pp. 99—116,429—436。当然,也可参见《丧钟》(*Glas*)。在"*Ellipse*"的结尾,他是把自己作为一个 Rabbi 来签的名——即"Reb Dérissa"。针对 Gerard Kaleka 对德里达的文章"La question du style"(*Nietzsche aujourd'hui*? [Paris,1973], I: 289;后文引用为 *QS*)所提出的疑问,很少有尖锐的评论能够对整个犹太问题的发展提供新见。】(**中译者注**:"Edmond Jabes et la question du livre"和"Ellipse",中译为《爱德蒙·雅毕斯与书的疑问》和《省略/巡回》,见中译《书写与差异》,生活·读书·新知三联书店2001年版;德里达签名问题可参见中译《书写与差异》,第535页。《爱德蒙·雅毕斯与书的疑问》一文末尾的签名中文未译出。英文 Alan Bass 译本中相应的两处签名分别为"*Reb Rida*"和"*Reb Derissa*",*Writing and Difference*, Routledge, 1978, P78; P300。关于 *Nietzsche aujourd'hui*? [《今日尼采》],1972年7月法国学界曾以此为题于塞利西(Cerisy)举行过国际学术会议,后出版过同名学术论文集。"La question du style"(《风格问题》)是德里达发表于该论文集中的文章,中译文可参见刘小枫等编《尼采在西方》,上海三联书店,2002年版。)他到法国服役并留在巴黎高师同黑格尔《现象学》(**中译者注**:即中译的《精神现象学》一书)的翻译兼评论者伊波利特(Jean Hyppolite)一起工作。1956—1957年他曾在哈佛大学获得奖学金,20世纪60年代他同一群年轻知识分子一起为先锋杂志《泰凯尔》(*Tel Quel*)投稿,(2)【**原注**:关于 *Tel Quel* 集团,可参见 Mary Caws, "Tel Quel: Text and Revolution", *Diacritics* 3, i(Spring 1973):2—8。】(**中译者注**:*Diacritics*,康乃尔大学著名文化批评期刊。)现在则跟"哲学教学研究小组"(GREPH:Group de Recherche de l'Enseignement Philosophique)——一个关注哲学教学制度问题的学生运动有关。他曾一度是约翰·霍普金斯大学的一个有固定席位的访问教授,现在则在耶鲁大学拥有一个差不多的位置。在东部沿海——他称之为"美国"的地

* 注译者简介:李应志,西南大学文学院教授,文学博士。

方，他偏爱剑桥、纽约和巴尔的摩这样的知识中心，并且从这些地方开始，全美越来越多的知识中心似乎都在回报着他的这份感情。

德里达的第一本著作是对埃德蒙德·胡塞尔《几何学的起源》一书的翻译，其中有他的长篇导言。紧随其后的是《声音与现象》，是对胡塞尔的意义理论的批评。其间还出版了一本名为《书写与差异》的文集，然后是《论文字学》和另外两本文集——《散播》和《哲学的边缘》。还有一篇不被人关注的、为孔狄亚克的《人类知识起源论》所作的导论，名为《无意义论述的考古学》；还有《多重立场》，一本访谈录。这一年，他的里程碑似的《丧钟》出版了。(3)【**原注**：Edmund Husserl，*L'origine de la gêométrie*，tr，Jacques Derrida(Parish，1962)。

Jacques Derrida，*La voix et le phénomène*：*introduction au problèm du signe dans la phénoménologie de Husserl*（后文引用为 *VP*），(Paris，1967)；David B. Allison 把它英译为 *Speech and Phenomena*（后文引用为 *SP*）(Evanston，1973)。*L'écriture et la différence* (Paris，1967)。*De la grammatologie*(Paris，1967)（后面的引用只在文中标注页码，目前版本的页码用粗体字标出，并放在法文版页码的后面。）*La Dissemination*(Paris，1972)（后文引用为 *Dis*）。*Marges de la philosophie*(Paris，1972)（后文引用为 *MP*）。*Positions*(Paris，1972)（后文引用为 *Pos* F）；书中部分内容有英译，见 *Diacritics*，2，iv(Winter 1972)：6—14，（后文引用处用缩写 *Pos* E I），以及 3，i(Spring 1973)：33—46（后文引用处用缩写 *Pos* E II）。"L'archeologie du frivole，"见 Condillac，*Essai sur l'origine des connaissances humaines*，(Paris，1973)。最后是 *Glas*(Paris，1974)。

还有四篇没有收集到的重要文章，分别是："La Linguistique de Rousseau"，*Revue internationale de philosophie* 82(1967)：443—62，"Le parergon，"*Diagraphe* 2：21—57，"La question du style，"出处见前述注释，以及"Le Facteur de la vérité，"*Poétique* 21(1975)：96—147。最后这篇文章的英译文很快会发表在 *Yale French Studies* 上。

（**中译者注**：*L'origine de la gêométrie*，胡塞尔《几何学的起源》，德里达是此书的法文版译者，并且作了长篇导言，此导言的中译文为《胡塞尔〈几何学的起源〉引论》，方向红译，南京大学出版社 2004 年版。*La voix et le phénomène*：*introduction au problèm du signe dans la phénoménologie de Husserl*，英译为 *Speech and Phenomena*，中译为《声音与现象》（杜小真译，商务印书馆 2002 年版。）*L' écriture et la différence*，中译文为《书写与差异》，张宁译，生活·读书·新知三联书店 2001 年版。*De la grammatologie*，斯皮瓦克把它翻译为英文，即 *Of Grammatology*，本文就是为此书写的长篇序言，本书中译文可参见《论文字学》，汪堂家译，上海译文出版社 1999 年版。*Positions*，中译文为《多重立场》，佘碧平译，生活·读书·新知三联书店 2004 年版。*Marges de la philosophie*，即《哲学的边缘》，目前已有英文版，*Margins of Philosophy*，tr. Alan Bass，The University of Chicago Press，1982.）

德里达也是本文集的作者。

在一篇关于黑格尔《精神现象学》的《序言》的文章里，让·依波利特写道：

“当黑格尔完成了他的《精神现象学》……他仔细回顾了他的哲学事业并写下了《序言》……那是一种奇怪的表达，因为他首先说：‘在序言中不要对我太认真。真正的哲学是我刚写下的那些东西，即《精神现象学》。如果我站在所写的东西之外跟你说话，这些次要的评论就不可能具有作品本身的价值……不要对序言太认真。序言宣告了一个计划，而这个计划在实现之前什么也不是。’”(4)【**原注**：Jean Hyppolite，“Structure du language philosophique d'apres la ‘Preface’ de la ‘phenomenologie de l'esprit’ de Hegel”，*The Language of Criticism and the Sciences of Man*：*the Structuralist Controversy*，（后文引用为 *SC*），Richard Macksey and Eugenio Donato，eds.（Baltimore，1970），P337.；在同一卷中翻译为“The Structure of Philosophic Language According to the ‘Preface’ to Hegel's *Phenomenology of the Mind*.”本段引自第159页。】（**中译者注**：让·依波利特，曾任法国巴黎高师校长，哲学家，黑格尔、马克思研究专家，做过很多这方面的翻译和评注，对福柯、德勒兹、德里达和巴利巴尔等人有着重要的影响。主要著作有《黑格尔精神现象学的起源和结构》、《逻辑与存在》以及《马克思黑格尔研究》等。）

很明显，按照通常的理解，序言隐含了一个谎言。“Prae-fatio”的意思是“在前面的话”(a saying before-hand)。(《牛津英语辞典》—*OED*)然而，与我们所有人的看法一样，依波利特自然地认为：“黑格尔仔细回顾了他的哲学事业并写下了《序言》。”我们可以认为这只不过是对某种虚构的默许。然而，我们毕竟不会把序言看成文学作品，而是把它看成一种阐释性活动。它“内含了真相规则”，尽管它很可能只是一种插入行为：将明显是虚构的东西嵌入表面上“真实”的话语。（当然，一旦序言不是作者而是其他人所写，情况就会更加复杂。如果人们在作序前肯定已读过正文，那在正文前所写的就可能是虚假的。写一篇后记也并不真的与此有别，但这个问题只有在本序言结束时才能领会了。）

黑格尔自己对序言的异议看起来是严肃认真的。抽象概括和认识的自为活动之间的对比，从构成上看与序言和正文之间的对比相似。哲学的方式就是认识的结构，是一种自为的意识活动。这种活动，这种哲学话语的方式，建构了哲学文本。哲学文本的读者使自己投入并掌握这个文本的时候，就会认识到他的意识中的这种自为活动。任何写序言的姿态，概括所谓的主题，都剥夺了哲学的自为结构。黑格尔写道：“在现代，人们找到了现成的抽象形式。”(5)【**原注**：Georg Wilhelm Fridedrich Hegel，*Phanomenologie des Geistes*，Suhrkamp edition(Frankfurt am Main，1970)，P.37；*The Phenmenology of the Mind*，tr. J.B. Baillie，Harper Torchbooks edition（New York，1967），P. 94. 我引用英文翻译的原则是，在不太忠实于原文的地方修改英文。原文和英文参考文献我都有，并且在我修改译文的地方，一般都会含有原始段落。】而且：

“让(现代人)阅读哲学著作的评论,甚至让他们阅读序言或者这些作品本身的开始部分。因为后者给出了所有内容得以展开的普遍原则,而评论除了同时指出历史信息之外,还提供评价判断。作为一种对作品的评判,这比接受评判的作品本身要走得更远。这是一条普通的道路,人们可以穿着睡服(dressing-gown)随便走。但是在永恒的、神圣的、无限的事物中的精神享受,则是穿着神圣的法袍、沿着真理的大道前进的。”(6)【**原注**:*Hegel*, P. 65; Baillie, PP. 127—128.】(**中译者注**:robes of high priest,大主教穿的衣袍,这里主要是指出其神圣性。此处用穿着的不同来比喻评论性文字与正文本身之间的区别。中译文可以参考贺麟译本《精神现象学》,商务印书馆1979年版,第48页。)

然而,正如伊波利特(Hyppolite)指出的,黑格尔是从整体上来贬低序言的,即使在他写自己的“序言”时也如此。而德里达认为,黑格尔著作的一个十分重要的部分不过是序言的游戏(Dis 15f)。但是黑格尔对序言的焦虑是有哲学基础的,他对继续进行序言写作的解释看起来也合情合理:“考虑到即将处理的那些问题的一般观念在先于对这些观念进行详解的情况下,会有助于理解这个解析过程,所以在此指出这些观念的一些大致轮廓是值得的,同时我们还想消除某些在通常情况下会对哲学理解形成障碍的形式。”(7)【**原注**:*Hegel*, P. 65; Baillie, P. 79.】(**中译者注**:中译文可以参考贺麟译本《精神现象学》,商务印书馆1979年版,第10页。)黑格尔对序言的反对反映了如下的结构:序言/正文=抽象概括/自为活动。而他对序言的接受反映了另一种结构:序言/正文=能指/所指。并且,这个公式中的“=”是黑格尔所使用的“Aufhebung”(扬弃,升华)的意思。(**中译者注**:从对前文的理解来看,此处的“=”应该是“/”,因为公式中的“=”是用于对比两个二元对立体之间的类似性关系的。而“/”才是每一个二元对立体中的两项之间的“升华”、“扬弃”的关系,估计是作者笔误。斯皮瓦克的意思是说,黑格尔对序言发难是因为他认为哲学的“自为活动”(他所写的著作的正文)是更加重要的,而序言作为对正文内容的“抽象概括”,不能代替“正文”即哲学的“自为活动”本身;黑格尔为序言进行辩护,则是因为他又认为序言虽然不能代替正文,但还是对阅读正文有重要的指导作用,像“能指”是“所指”必要的引路者一样。)

“扬弃”是这两项之间的一种关系,其中后者取消前者并把前者上升到更高的存在层次;它是一个等级概念,通常翻译为“扬弃”,如今有时也翻译为“升华”。一篇成功的序言被升华进它所超前的正文,就像词语升华进它的意义。用德里达的结构性比喻来说,这就好像由父亲(正文或意义)导致或产生的儿子或种子(序言或词语),被父亲复苏并进而对其进行评判。

但是,在这个结构性比喻中,德里达声称的是“播撒”(dissemination),种子既不播种也不被父亲复苏,而是四处散落。(8)【**原注**:See“La dissemination,”*Dis*, Ⅱ, x.“Les greffes, retour au surjet,”PP. 395—98,和本序言的第lxv-lxvi页。】并且他完全是用另一种方式来为序言姿态留出空间的。

序言是顺从和反抗(homage and parricide)(**中译者注**:parricide主要指弑父行为,即儿子对父亲的反抗,此处翻译为"反抗",这里用来表达序言跟正文之间的关系。即,序言既是对正文的一种顺从,同时也是对正文的一种反抗)的必要姿态。因为作品(父亲)宣称自己是权威或"起源",这"起源"既是真的也是假的。(关于弑父行为,我是从理论上来说的。序言不需要公开宣称它破坏了它的前文本(pre-text)——就像这篇序言一样。作为一篇序言,它顺从这种姿态……)人类贯常的欲望是有一个稳定的中心,并且希望有掌握它的保证——通过知识或者占有。而一部作品由于有可以把握的外表,有开始、中间和结尾,因此一直满足着这种欲望。但何种自治的主体才是书的起源呢?普鲁斯特的叙述者说:

"我不是一个单一的人,而是一个稳定前进的、队形密集的大军。根据不同的机缘,其中出现了充满激情的人,冷漠的人,善嫉妒的人……在这一群乌合之众中,这些要素会一个接一个地、我们毫不觉察地被其他的东西取代。而这又再次被其他东西淘汰或强化,直到最终产生某种变化。如果我们只是单一的人,这些变化将是不可设想的。"(9)【**原注**:Marcel Proust,"La fugitive",*A la recherche du temps perdu*,Pleiade edition(Paris,1954),3:489;*The sweet cheat gone*, tr. C. K. Scott Moncrieff, Vintage Books edition(New York, 1970), P.54,斜体是我加上的。】

那么,作品的同一性究竟在哪里?费尔迪南·德·索绪尔曾论道,"同一个"音素通过两次发出,或者通过两个不同的人发出都不会与自身保持同一。它唯一的同一性就在于它与其他的音素的不同。(77—78, 52—54.)(**中译者注**:中译文可参考索绪尔《普通语言学教程》,高名凯译,商务印书馆1982年版,第152—154页。或者张绍杰译本,湖南教育出版社2001年版,第90页。)同样的是,对"同一"本书的两次阅读所具有的同一性也只能用差异来界定。作品是不可能在它的"同一性"中重复的:每次阅读都使用着游移不定的语言,也被这种语言所使用,同时产生一个"原作"的拟像,这个"原作"本身也只是普鲁斯特所描述的那种游移不定的主体的一个标记。任何序言都是对同一性中的差异的一种纪念,它把自己嵌入两次阅读之中——就我们的情况而言,就是我的阅读(当然,前提是我以及我所使用的语言都是游移不定的)、我的重读,我对文本的重新安置和你的阅读。就像黑格尔(以及其他文本权威性的护卫者)为了跟上著作的再版和修订版而作的序言的序言一样,它们都不自觉地构成了差异中的同一性的组成部分:

从这个循环圈开始运动时起,当作品带着伤痕返回自身、当作品重复自己的时候,作品的自我同一性就接纳了无法感觉到的差异,这使我们得以有效地、严格而审慎地步出这个封闭体。当封闭圈倍增,作品就被撕裂。进而在通过相同作品、相同字行的两次阅读之间,人们顺着同一处弯道而悄然逃离了作品……在同样的东西中逃出同一性,这种逃离一直十分细微,无足轻重,它也是如此来思量作品的。作品的回归也就是对作品的舍弃。(*ED*, 430)(**中译者注**:此处中译文可参考德里达《书写与差异》,张宁译,生活·读书·新知三联书店，第528页。本译文根据斯皮瓦克的英语引文直接译出。德里达此处要表达的是阅读的不可重复性，对同一文本的每次阅读都会是独特的，因此也是相互不同的。）

序言，大胆地以另一种面貌（another register）重复和重构作品，展示的仅仅是一种已经存在的情形：对作品的重复总是异于作品本身。实际上，这里并不存在一个与这些永远不同的重复相异的“作品”。换句话说，“作品”总是一个由同一和差异之间的游戏所建构的既存的“文本”。一篇写好的序言临时圈出了一块场地，在其中，阅读与阅读之间，作品与作品之间，作者（们）、读者（们）和语言之间永远在相互刻写着。黑格尔封闭了父亲和儿子、序言和文本之间的循环圈。正如德里达清楚地指出的，黑格尔实际上说的是，已经实现了的概念，也就是哲学文本自为方式的结果，才是序言的预先论断（pre-dicate）—预先说出（pre-saying）—预先露面（pre-face）。在德里达的重写中，序言一文本（preface-text）的结构开始向两端开放。文本没有稳定的同一性，没有固定的起源，也没有确定的结果。每一次对“文本”的阅读行为都是下次阅读的一个序言。对那种自称为序言的东西的阅读，也逃不出这个规则。

（因此，）认为某种叫着《论文字学》的东西（曾）是我这篇序言的一个暂时的起源是不准确的，然而又是必要的。而此刻我想，甚至像我写的那样，在你阅读时，你还会在我的序言中找到你对《论文字学》的阅读的临时根源。关于这一点，可能会存在无穷的变化形式。

为什么我们一定要纠缠于写序这样简单的问题呢？当然，这类问题并没有真正的答案。最多，我们可能说，德里达也提醒我们要反复说，关于世界的、意识和语言的某些看法已经作为正确的东西被接受，而一旦对这些观点的细部进行检查，就会出现一幅完全不同的图景。（正如我们会看到的，它也并非一幅图画。）这种检视也包括了对我们最为熟知的行为的“运作”情况的调查。让我们再次引用黑格尔：

我们“熟知”的东西并不是我们真正知道的，原因就在这个“熟悉”。在求知过程之中，它是自欺和欺人的一种最通常的形式，以为对某些东西熟悉，并因此而对之不屑一顾。这种知识，与它的所有相关讨论，都从来绕不开这一点，可是对这种情况却毫无察觉……将观念在其原始要素中展示出来意味着重新回到这些环节。(10)【**原注**：*Hegel*, P. 35; Baillie, P. 92.】（**中译者注**：可以参考贺麟中译文：“一般说来，熟知的东西所以不是真正知道了的东西，正因为它是熟知的。有一种习以为常的自欺欺人的事情，就是在认识的时候先假定某种东西是已经熟知了的，因而就这样地不去管它了。这样的知识，既不知道它是怎么来的，因而无论怎样说来说去，都不能离开原地而前进一步。……将一个表象分解为它的原始要素就是把它还原为它的环节。”黑格尔《精神现象学》，贺麟译，商务印书馆1979年版，第10页。本译文根据斯皮瓦克英文引文译出。）

当德里达写道，从康德以来，哲学已经意识到为自身的话语负责，他所暗示的，正是这种对熟悉的东西的再次检视。并且这也是为什么他沉迷于马拉美这个“典范性的”诗人的原因之一,马拉美赋予了每一种写作和阅读姿态以文本的意义,甚至用刀子切开未分割的双面纸页。(11)【**原注**:Stephane Mallarme, "Le Livre, instrument spirituel," *Quant au Livere*, *Qeuvres completes*, Pleiade edition (Paris, 1945), P.381; *Mallarme*, Tr. Anthony Hartley (Baltimore), P.194.】

如果"为某一话语负责"的假定会导致这样的结论,即所有的结论其实都是暂时的并因而也是非结论性的,所有的起源也都是非起源性的,责任是与轻浮共存的,那么我们就没有必要为此伤感。德里达正是从这个角度对比了卢梭的忧虑和尼采肯定性的乐观:"转向缺场的起源,转向其迷失掉的、不可能的在场,转向断裂的直接性(broken immediateness)这一结构主义主题等等,于是就成了思维游戏中悲观、否定、怀旧、卢梭式的具有负罪性的一面,而尼采式的肯定——对世界的各种游戏,对无邪的生成游戏(the play of the innocence of becoming)的愉快肯定,对符号世界的肯定,没有负罪感、没有真理、没有起源,致力于积极的阐释——会成为事情的另一面。"(*ED* 427, *SC* 264.)(**中译者注**:中译文可参考德里达《书写与差异》张宁译本,生活·读书·新知三联书店2001年版,第523页。)

因此,在翻开书本的两手之间,序言一直都存在着。而"作序者",正如"作者"或其他合适的名称一样,不必为"重复"文本而心怀愧疚。

I

我在上文曾写道,"把某种叫着《论文字学》的东西当成我的这篇序言的一个暂时的根源是不准确的,然而又是必要的。"不准确然而必要。我的困境与某种哲学的危机类似,这一危机驱使德里达写下了"sous rature"二字,我翻译为"涂抹"(under erasure)(**中译者注**:under erasure,直接的意思是"置于删除之下",即一种准备删除,但又还没有被完全清除和消失的状态,也就是后文经常会解释的既否定又保持其可见性的情况,与德里达要阐释的"踪迹"等概念相类似。此处译为"涂抹",主要也是考虑那种已经擦除,但又还依稀可见的情况,就像在墙上的随便涂鸦。见陈永国等译《斯皮瓦克读本》,北京大学出版社2007年版。)。这就是写下一个词,在上面划上叉,然后把词和删除号都印出来。(既然文字是不准确的,就应划掉。既然是必要的,就应保留其可见性。)举一个德里达的例子,也是我将再次引用的:"……符号就是那名声不好的事物……逃脱了哲学的结构性问题(instituting question)。"(31,19)(**中译者注**:可参考汪堂家中译德里达《论文字学》,上海译文出版社1999年版,第24页。)

在检视熟悉的事物的时候,我们得到了一个陌生的结论:正是我们自己的语言被扭曲变形了,即使是在引导我们的时候。而"涂抹"就是这种扭曲的记号。

德里达把我们引向海德格尔的"*Zur Seinsfrage*"(《论存在问题》),把它当成这种具有策略上的重要性的实践方面的"权威"(12)【**原注**:Martin Heidegger, *The Question of Being*, tr. William Kluback and Jean T. Wilde, bilingual edition (New York, 1958), 后面对此文的

引用标示为“QB”】,(**中译者注**:*The Question of Being*,《论存在问题》,中译文可参考孙周兴译《面向存在问题》,见海德格尔《路标》,商务印书馆 2001 年版。英文难以见出“面向”含义。)这一点,不看看海德格尔的阐述,我们是不能明白的。

《论存在问题》表面上是一封给恩斯特·荣格尔(Ernst Junger)的信,它寻求为虚无主义建立一个思辨性的定义。正如黑格尔写序时遇上了序言的哲学问题一样,海德格尔也在进行定义时遇到了定义的哲学问题:为了找到事物,尤其是被界定为实体的事物的本质,“存在是普遍的”这个问题就必须总是已经在肯定的意义上被思考过和回答过。即如果某物**是**如此,那么就假设**任何事物**都可能是如此。(**中译者注**:海德格尔的存在主义批判了形而上学错误地把存在问题作为存在者问题来探讨,忽视了事物的存在问题本身。这个“存在”,某种意义上就是事物成其为自身、向人“敞开自身”的“去蔽”过程,换句话说,“存在”就是事物如何“是”其自身的“是”本身。在传统形而上学对事物进行定义的时候,“是”这个问题本身似乎是谁都已经明白了的,被看成不证自明的,也就是被前理解了的东西。并且已经潜在地假定了这一事实,即任何事物都是以同样的方式来成其为自身的。而这个遭到忽视的、“前理解了的”、被看成不证自明的“是”本身的问题或“存在”问题,却是海德格尔关注的首要问题,它被看成传统形而上学最大的迷误。)

为了思考本身得以发生,那必然被前理解了的存在问题是什么呢?既然它总是先于思考,那它就绝不会被表述为“……是什么?”这样的问题的答案。(**中译者注**:海德格尔在该文中也没有正面对存在进行“存在是……”这样的论断性回答。在海德格尔看来,“……是什么?”这样的问题是形而上学的思考方式才能提出的,也是以存在者为基础来思考的。但存在问题先于思考,是形而上学思考的前提,是“……是什么?”这样的问题的前提。没有对存在问题或者“是”本身这个问题的“前理解”,我们就无法问“……是什么?”这样的问题。但是这个被前理解的“是”问题本身却很难以形而上学的方式去理解,不能以“……是什么?”的方式来提问和回答。)“一个被合理地要求的‘好的定义’,发现它‘好’的证明就在于我们放弃了定义的意愿,既然这必须建立在思想衰亡于其中的陈述句上……对于无(nothingness),对于存在(Being)和虚无主义,对于它们的本质,以及能够在陈述形式[它是……](it is....)中得到具体表现的、这些(名词性的)本质[它是]所具有的动词性本质[它是],等等,我们都得不到任何线索。”(*QB* 80—81)(**中译者注**:中译文可参考孙周兴译文:“适当地被要求的‘确切定义’是善意的,这种善意在下面这回事情中获得了证实:我们放弃做定义的意愿,因为这种意愿必须在陈述句中确定下来,而思想就会在这些陈述句中衰亡。”《面向存在问题》,见海德格尔《路标》,商务印书馆 2001 年版。第 482 页。)而为了人类能够说出“我是”,更不必说“你是”或“她是”,这种“存在”的可能性必须得到承认(或者它本身已经得到承认)。即便是“无”、“虚无”这样的否定性概念,也是在前理解了的“存在”问题范围内得到把握的,而这一问题的问与答都既不是动词性的,也不是名词性的,而且没有中介。(**中译者注**:即人类对某个事物进行判断,对其本质进行提问和论断性回答,都涉及事物的“显现”、“去蔽”或者“敞开”,都涉及“是”这个问题本身。它是形而上学的方式进行定义的前提，是一个被前理解了的问题。这个问题自身不能用“存在是”或者“存在是”这种形而上学方式来提问和回答，也就是说，作为一种先验的前理解，它是没有中介和无法言传的。）因此，**不能为了一个肯定性的答案而提出这个问题。而人则是这一特殊问题自我游戏的地点或区域；不是作为个体的人，而是作为“此在”（*Dasein*）的人——仅仅“在-那里”——作为设想和提问的原则的人：“人不仅仅是站在这个关键区域**（stand in the critical zone）**……他自己——但不是自为地，尤其不是自因地**（not for himself and particularly not through himself alone）**——就是这一区域。”**（*QB* 82—83）（**中译者注**：海德格尔虽然没有也不能回答这个被前理解了的存在问题，但是指出了这个问题与人的关系。即存在问题的无法言传、无法回答，一方面意味着人本身的局限性，另一方面也意味着，存在问题只有面向人才是可能的。事物的敞开总是向人的敞开。换句话说，事物是其自身之“是”，一方面与事物本身有关，另一方面也跟人相关，因为它表达的只能是人对事物的理解。译文可参考孙周兴译本：“作为那样一个被用到~~存在~~中去的本质，人参与构成了~~存在~~之区域，并且同时也参与构成了无之区域。人不仅处身在线的临界区之中。人本身就是这个临界区，并因此就是这条线，但他并非自为地，而且尤其并非仅仅自因地是这个临界区。无论如何，这条线，这条被思为完成了的虚无主义之区域的标志的线，决不是像一个可超越的东西那样摆在人面前。”见海德格尔《面向存在问题》，《路标》，商务印书馆2001年版。第484页。）**但是海德格尔警告我们，这不是搞神秘主义，这是检视那些平淡无奇的事物得到的令人困惑的结果，是最自然不过的健忘的提升。**

“那么，如果形而上学的【命题性的】语言和形而上学本身——无论是那个活着的还是死去的上帝的形而上学——作为形而上学而成为一种障碍，阻断了对线【从对存在的肯定到对存在的质疑】的跨越【*Ubergehen*】，那又该如何呢？”（在其他地方，海德格尔认为，当然此前尼采也这样看，即科学的命题语言一样对“存在”问题粗心健忘。）“如果情况就是如此，那么对线的跨越【抹除】【对角地——穿越】（crossing [out]【diagonally-*Uberqueren*】）**就不必成为一种语言转换，并且就不必要求一种与语言本质的转换关系了吗？”**（*QB* 70—71）（**中译者注**：此处可参考孙周兴的中文翻译：“强力意志的形而上学语言、形态的和价值的语言，应当穿过临界线而被保存下来吗？如果形而上学的语言和形而上学本身，无论它是活的上帝的形而上学还是死的上帝的形而上学，作为形而上学根本上构成了那种界限，阻碍着一种穿过线的过渡，亦即阻碍着对虚无主义的克服，那又如何呢？倘若情形果真如此，那么，难道对线之穿越就未必成为一种道说（Sagen）的转变，就未必要求一种与语言之本质的变化了的关系么？”海德格尔认为应该摆脱对语言本质的“逻辑—语法”的理解，因此他认为应该进行某种语言的转换才行，接着他较为明确地指出：“如果由于形而上学观阻止了人们思考对存在本质的探问，因而对存在本质的探问不放弃形而上学的语言，那么这种探问就会逐渐枯死。”海德格尔《面向存在问题》，见《路标》，孙周兴译，商务印书馆2001年版，第477页。此处是对荣格尔想“跨越”但又没摆脱科学语言或形而上学语言缠绕的做法表示质疑。）

作为此转换的一个举措，海德格尔叉掉了“存在”这个字，同时也保留划痕和文字。这里，使用“存在”一词是不准确的，因为“存在”这个“概念”的“区分性”已溜出了那个被前理解了的存在问题。（**中译者注**：即作为一个形而上学“概念”的“存在”所具有的特殊内涵，具有海德格尔说的那种误导性，即把存在问题导向存在者，因此无法触及那个“被前理解了的”真正的存在问题。）但既然语言不能去做更多的东西，所以又有必要使用这个词。

对“存在”领域的思之先行一瞥只能把它写成~~存~~在，起初画下这个叉线只是为了防止【abwehrt】，特别是抵御那种把“存在”想象成某种自为的东西的习惯……这个叉线符号可以肯定……不单是一个否定性的删除号[Zeichen der Durchkreuzung]……人就其本质来说是对“存在”的记忆【或“纪念”，Gedachtnis】，且是是对~~存~~在的记忆。这意味着，人的本质是那个在~~存~~在的交叉线中，把思置于一个更为本源的命令【anfanglichere Geheiss】之下的东西的一部分。（*QB* 80－81，82－83.）（**中译者注**：本译文参考了中文版海德格尔《面向存在问题》，见《路标》，孙周兴译，商务印书馆2001年版，第482—484页。此处强调了“存在”不是某种“东西”，尤其不是某种神秘的“自在自为的”“东西”。由于人是存在问题得以可能和展开的前提，人在本质上是存在敞开和遮蔽得以发生的场所，从意识发生的角度看，也就是“对存在的记忆”。“把思置于一个更为本源的命令【anfanglichere Geheiss】之下的东西”这种表述带有神学的意味。但可以理解为人作为自然之一部分所具有的被决定性，自然的命令就像康德说的绝对命令，具有本原性，它产生，同时也决定人的本质，决定人的“思”。）

这里的语言的确在绷紧。“人在本质上是对‘存在’的记忆【纪念】”这个句子，避免了把某种动因归于那无法提问的‘存在’问题。（**中译者注**：agent，代理人，动因，意思是这个句子的表达方式避免了把人作为存在问题的代理者和决定者。也就是说，人在存在问题面前实际上也是被决定的。）海德格尔利用这些陈旧的语言，这些被我们占有的，同时也占有我们的语言。而使用新的语言就有把问题忘记或者认为问题已经被解决了的危险：“那沉思‘存在’本质的语言的转换不是用一种新符号体系去代替旧符号体系，而是屈从于一些其他的要求，这一点看来是明确的。”这种转换不如用叉号叉掉旧的符号体系并解放它们，暴露那种“【思】知道谜底并能解决问题”的专横要求。（*QB* 72－73）

现在，在海德格尔和德里达所要删除的东西之间出现了某种差异。海德格尔删除的“存在”是一个主词（master-word）。德里达不否定这一点，但他用的词是“踪迹”（trace），（法语里这个词带有强烈的“轨迹”、“足迹”、“印痕”的意思）它不可能是主词，它自身是作为此前的在场、起源和主宰（master）的记号而出现的。对于“踪迹”，我们可以用“原初书写”、“延异”或者德里达实际上在同样的意义上使用的许多其他词语来代替。但我将从“踪迹/轨迹”开始讨论，因为这个词比较简单；并且我必须承认，从“踪迹”开始，在仪式上看起来也令人满意。

可以肯定，当海德格尔把“存在”置于所有概念前面的时候，他力图把语言从稳定的起源(fixed origin)，同时也是稳定的结果(fixed end)这一假相中解放出来。但是，从某种程度上说，他也把“存在”设置成了德里达所说的“超验所指”。因为，不管一个概念会“意味着”什么，在其“存在—到场”中(in its being-present)任何被设想到的东西都必然把我们导向已经被回答了的存在问题。(**中译者注**：这个“已经被回答了的存在问题”即前文所说的“已经被前理解了的”存在问题。在任何定义中，任何对概念的理解中都潜在地包含了这个问题，也就是“存在是普遍的”。)在这个意义上，在终极所指(final reference)的意义上，“存在”实际上就成了所有能指指向的终极所指(the final signified)。但海德格尔清楚表明，“存在”不能被包括进指意活动中去，因为它优先于，实际上超越于指意活动。因此它是这样一种可以识别的神学的情形：在其中，所指命令但又游离于所有能指符号。根据海德格尔，哲学的最终目的，就是唤醒对这种自由而又专横的所指的记忆。(**中译者注**：根据前文，存在问题作为一个被前理解了的东西，在形而上学的语言中是被忽视的，海德格尔把这个问题重新提出来，但是又认为这个问题是不能用形而上学语言来表述的，作为一种被前理解了的东西，它超越和游离于指意活动。“存在”问题以及“前理解”问题，都是跟人作为自然之一部分的“被决定性”相关的。)通过学会拦截并质询指意活动的限定性逻辑，在这个世界上的语言中复苏原初语言(Urwörter, originary words)。德里达把这一工程描述为“怀乡病的另一种表现，我可以把这称之为‘海德格尔式的希望’……我……会把它同我看来在【海德格尔的】《阿那克西曼德之箴言》(‘Spruch des Anaximander’)中保留的形而上学的东西联系起来，也就是说，把它同探求恰切的词语(专词)和独一无二的名称(专名)的工作联系起来”(*MP* 29, SP 159—66.)(**中译者注**：在《阿那克西曼德之箴言》这篇文章中，海德格尔主要讨论尼采讲座《前柏拉图哲学家与残篇选释》中涉及的关于阿那克西曼德的箴言残篇：“万物由它产生，也必复归于它，都是按照必然性。因为按照时间的顺序，它们必受到惩罚并为其不正义而受审判。”海德格尔在其中谈到翻译和语言的准确性问题。他反对直接翻译，要求翻译与领会相一致。德里达认为海德格尔在翻译的问题上还保保留了一种对语言“准确性”的形而上学追求。参见海德格尔《阿那克西曼德之箴言》，孙周兴编《海德格尔选集》，上海三联书店1996年版，第531页。)

德里达对丢失的在场看来没有怀旧感。他在传统的符号概念中看到了异质性：“所指的序列与能指的序列绝不会同步出现，它最多是一种与能指序列具有微妙差异的反向或者平行的序列——一种转瞬即逝的差异。”(31, **18**)(**中译者注**：此处可以参考汪堂家根据巴黎子夜出版社1967年版的《论文字学》而译的中译文：“所指的序列绝不与能指的序列同时出现，它至多与能指的序列保持(在存在时间上)具有微妙差异的颠倒关系或平行关系。”见德里达《论文字学》，上海译文出版社1999年版，第24页。英译文的意思似乎略有差异，‘discrepancy by the time of a breath’难以见出‘在存在时间上’这一含义，因此译为“转瞬即逝”。)实际上，正是通过宣告符号带来了所指的出场，这种不可避免的对在场的怀旧才使得这种异质性成为一个统一体。否则我们会清楚地看到，符号就是一个场所，在其中，完全他者在它本来不是的东西中得到如此显示——没有任何单纯性、同一性、相似性和连续性。(69,**47**)实际上,词与物或者思想永远不会成为同一个东西。通过特定的语词安排,我们才看到由词语的规范所"树立"起来的事物和思想。指意的结构能够并持续起作用并不是因为符号那所谓的两个组成部分之间的同一性,而是因为它们之间的差异关系。符号标识了差异的位置。

为了满足对同一性的强烈癖好,有一个办法,就是宣称在语音符号(声音的而不是书写的)中没有差异结构;并认为这种"非差异性"在自我沉默而孤独的思考中被感知为自我在场(self-presence)。(**中译者注**:德里达对这种观点的批判,可以参考德里达《声音与现象》中文译本,杜小真译,商务印书馆 2010 年版。)这一观点如此熟悉,如果我们不停下来对其进行思考,说不定我们会准备接受。但如果我们停下来,我们就会注意到,为什么特定的声音要与一种"思想或事物"同一,这其中并没有必然的原因。同时还会注意到,在一个人无声地对自己"说话"时,这种看法仍然有效。因此,索绪尔不得不指出,语音能指与图像能指一样是约定俗成的。(74,**51**)

符号,不管是声音的还是图像的,都是一种差异结构。有了这一足以"解构那超验所指"的、简单但却有力的洞见,德里达指出,打开了思维可能性的不止存在问题,还包括了从未消除过的与"完全他者"之间的差异。(**中译者注**:"the completely other",有时候斯皮瓦克也用"the wholly other","the radically other",本文译为"完全他者"、"绝对他者"或"极端他者",这与本前言中经常使用的"radical alterity"是围绕同一个问题的不同表述方式。"完全他者"、"绝对他者" 或"极端他者"强调了符号中能指和所指之间的绝对异质性,即符号是用声音或者图像去表述和取代一种跟自身完全不同的、不在场的东西。这种所指缺场留出的空位实际上成了一个充满各种可能性的、变换不定的欲望填补空间,每个人都可以进行自己的填充。"radical alterity",本文译为激烈的"他异性"或者"异变性",它所表达的就是这种变换不定的特性。)这就是符号奇特的"存在"状态:它的一部分总是"不在那里",而另一部分总是"不是如此"。符号的结构取决于这个永远缺场的他者的踪迹或轨迹。当然,这一他者完整的存在状况永远也不会出现。甚至像回答小孩问题或者查字典这样的经验事件所表明的一样,一个符号导向另一个符号,如此下去以至无穷。德里达引用了兰伯特(Lambert)和皮尔士(Peirce)的话:"'[哲学应当]把关于事物的理论还原为符号理论'……'表现(manifestation)的观念就是符号的观念'"(72,**49**)并把他们与胡塞尔和海德格尔进行对比。在通向踪迹/轨迹的路上,"符号"(sign)这个词必须置于删除号之下:"符号就是那名声不好的事物,是唯一逃脱'……是什么'这一哲学的结构性问题的东西。"(**中译者注**:中译文可参见汪堂家译本《论文字学》,上海译文出版社,1999 年版,第 68 页,第 93 页。此处要表明的是,符号问题是一个哲学上的普遍问题,但由于符号结构的这种踪迹特性,我们就不能再用传统的方式去理解符号本身。与存在问题一样,我们也不能再用'……是什么'这样的表述来探讨符号问题。)

因此,极端他者在差异结构即符号之内所操控的那部分,德里达也命名为“踪迹”。(我在翻译中坚持使用“踪迹”,因为它跟德里达的用词“看上去一样”。读者自己必须要使自己记得,法语的这个词至少包含了“轨迹”(track),甚至“足迹”(spoor)的意思)索绪尔的语言学不管其本身怎样,但它承认符号结构是一种踪迹结构。也不管弗洛伊德的精神分析学本身怎样,它在某种意义上承认经验本身的结构也是一种踪迹,而非在场结构(presence-structure)。在一段与符号问题类似的讨论之后,德里达把“经验”(experience)一词也进行了涂抹。

至于经验这个概念,在这里也是极为不实用的。正如所有我在使用的概念一样,它属于形而上学的历史,我们只能在删除号下面使用。“经验”总是指示着与在场的关系,不管这种关系是否具有意识的形式。然而我们必须用话语被迫要遭受的扭曲和纷争这类方式,在通过解构取得或力图取得“经验”这个词的最终基础之前,抽空“经验”这个概念的资源。这是摆脱“经验主义”,同时也避免对经验进行“天真”批评的唯一办法。(89,**60**)(**中译者注**:此处可参考汪堂家中译文:“无论如何,在达到经验概念的最终基础之前并且为了通过解构而达到它的最终基础,我们不得不根据话语必须经历的这种曲解和争论,去穷尽经验概念的所有资源。避免‘经验主义’以及对经验主义的‘天真’批评乃是唯一办法。”见德里达《论文字学》,上海译文出版社1999年版,第86页。“抽空”可理解为对传统“经验”概念的解构,目的是让我们看到“经验”一词并没有我们所理解的那种可靠的和稳定的所指或者内容来支撑。按照上文所说的“人在本质上是对存在的记忆”,“经验”实际上就是这种记忆的一种体现,因此它恰恰意味着起源本身的缺场,或者说“经验”本身就是一种踪迹。德里达在这里解构了“经验总是指示着某种在场”的传统形而上学观念。)

现在我们看看德里达的“删除”概念与海德格尔有什么不同。海德格尔的“存在”可能指一种无法言传的在场。德里达的“踪迹”则是在场缺席的标记,是一件总是已经缺场的礼物,是作为思维和经验之前提条件的起源缺失的标记。因为某种不同但又类似的偶然,海德格尔和德里达都教我们根据踪迹结构来使用语言并对语言进行涂抹,即使它展示了它的清晰性。当我们用某种直端端的逻辑为基础去抨击德里达,或为这事而非难海德格尔时,我们一定要记住这一点。因为人们可能总是忘记这种不可见的涂抹,“好像这没有什么差别”。(*MP* 3, *SP* 131.)(13)【**原注**:由于忽视了不可见的涂抹,对德里达的肤浅批评通常是这样的:他说他质疑了“真理”和“逻辑”的价值,然而他却用逻辑去表现自己的看法的真理性。(一个明显的例子就是Lionel Abel,《雅克·德里达:其“延异”与形而上学》,(“Jacques Derrida: His‘*Difference*’with Metaphysics,” Salmagundi 25 [Winter, 1974]: 3—21)其观点自然是说,德里达作品存在的一个明显的困境就是不得不使用他质疑的传统资源。而正如我将展示的,尼采、弗洛伊德和海德格尔的那些基本问题实际上已经为此做好了准备。)(**中译者注**:斯皮瓦克在这里说到的问题是普遍存在的,即使在今天的学术讨论中,对“解构主义”的批评也经常会谈到德里达的“矛盾”。所以斯皮瓦克在这里强调,德里达或海德格尔所使用的逻辑语言，实际上都是建立在对语言的“踪迹结构”的理解基础上，在使用这种语言的同时也对这种语言进行了涂抹的。）

德里达由此谈到关于踪迹的哲学化策略：

超越性的原初状况（起源）的价值必须在自身被涂抹之前，使人感受到其必要性。原初踪迹的概念必须同时顺从这种必然性和涂抹。在同一性逻辑中，这实际上是矛盾而无法接受的。踪迹不仅仅是起源的消失……它甚至意味着起源没有消失。起源除非与非起源(non-origin)相互建构，否则它永远不会被建构。而非起源，即踪迹，因此就成了起源的起源。自此，为了使踪迹这个概念摆脱传统图式，人们必须真正论及起源性的踪迹或原初踪迹。因为这一传统图式会从在场或起源性的非踪迹(non-trace)中得出这一概念并使之成为一个经验性的记号。(90,**61**)（**中译者注**：德里达此处强调了起源虽然是缺场的，但是它留下了踪迹，我们正是根据它的踪迹建构了起源本身。从这个意义上说，踪迹可以理解为“起源的起源”，它因此也是一种建构了起源的“原初踪迹”。此段可参考汪堂家译文，德里达《论文字学》，上海译文出版社 1999 年版，第 87 页。）

一旦进出于某种黑格尔或者海德格尔的传统，德里达就一直要求我们改变某种思维习惯。文本的权威性是暂时的，起源只是踪迹而已。与逻辑相反，我们必须学会在使用语言的同时又抹掉语言。

在上面几页里，我们已经看到了海德格尔和德里达所致力的奇特的实践过程。德里达尤其敏锐地意识到这是一个策略问题。这策略就是在使用唯一可用的语言的同时，又不苟同其前提假设，或“就按照人们所限定的事物的词汇去运作。”(*MP* 18, *SP* 147.)正如依波利特(Hyppolite)所说，在黑格尔看来，“哲学话语”包含了“在其内部的自我批判”。(*SC* 336, 158.)而在描述“向传统遗产借用解构传统本身所必须的资源”这一话语策略时，德里达近似地评论道：“语言在其自身内部承载了自我批判的必要性”。(*ED* 416, *SC* 254.)（**中译者注**：英文 Alan Bass 译本，P. 284；参见张宁中文译本《书写与差异》，生活·读书·新知三联书店 2001 年版，第 510 页。）在书写“删除号”(sous rature)的提示下，这一观点就更加清楚了：“通过省略、修改、修改的修改，我一步步艰难推进，让每一个概念在我恰好要用它们的时候又放弃它们。(14)【**原注**：“La difference”, *Bulletin de la societe francaise de philosophie* 62, iii (1968): 103. 此评论发生在这个讲座之后的讨论中，但既没有在《哲学的边缘》(*MP*)中重印，也没有在《声音与现象》(*SP*)中翻译。】（**中译者注**：“删除号”让我们想起了对文章的修改，从中我们可以看到，语言永远不可能是绝对准确的，因此永远存在修改和自我批判的必要性。既没有固定的起点，也没有确定的结局。《论延异》(“La differance”)是德里达的一个讲座，发表于 1968 年的《法国哲学学会通报》。）

这一策略与列维－斯特劳斯在《野性的思维》(*La pensee sauvage*)(15)【**原注**：Claude Levi-Strauss, *La Pensee sauvage* (Paris, 1962)；翻译为 *The Savage Mind* (Chicago,

1966).】(**中译者注**:*The Savage Mind*,中译为《野性的思维》,可参考李幼蒸译本,中国人民大学出版社 2006 年版。)中所说的“修补术”(bricolage)有些相像。德里达自己评论道:

> 列维—斯特劳斯对这些双向意图会一直保持忠诚:作为一种他批判其真理—价值的工具来保留,在保存所有旧概念的同时又暴露它们的局限,把它们看成依然有用的工具。如果它们不再有任何真理—价值(或严格的意义),如果必要,如果其他工具可能表现得更加有用,那就随时准备抛弃它们。同时,它们的相对效用又被发掘出来,并被用来折毁它们所属的,并且本身就是其零件的旧机器。人文科学的语言正是如此来批判着自身的。(*ED* 417;*SC* 255,254)(**中译者注**:见英文 Alan Bass 译本,P284;参见张宁中文译本《书写与差异》,生活·读书·新知三联书店,2001 年版,第 511 页。)

德里达和列维—斯特劳斯之间有一个区别是十分明显的。列维—斯特劳斯式的人类学家看来是在自由地选择他的工具;而德里达式的哲学家知道并不存在不属于形而上学这个工具箱的工具,并且是从这里出发的。然而还有另外一个差别,在我们概述德里达的策略时必须指出。

列维—斯特劳斯把修补匠与工程师进行了对比。(“‘修补匠’[bricoleur]在英语中没有精确的对应词,他是一个做零活的人,或涉足所有行业的工人,或者某种手艺精湛自如的人(只做自己的事情的人)[professional do-it-yourself man]……但他又与比如英语中的‘临时工’[odd job man]或‘手艺人’[handyman]有不同特质(different standing)。”(16)【**原注**:Claud Levi-Strauss, *The Savage Mind* , Chicago, 1966, P17.】(**中译者注**:斯特劳斯对修补匠的讨论,参见李幼蒸中译本《野性的思维》,中国人民大学出版社 2006 年版,第 21—25 页。此处强调修补匠是在用手边的东西做东西,这些手边的东西常常是废弃的各种物品及其零部件等等,虽然各有其所属,但是在修补过程中发挥的作用常常是临时决定的,而不是工程设计的。而工程学的事物则都具有专用属性。)人类学或者其他的人文科学话语必然是一种“修补术”,而人们假定形式逻辑、纯科学话语则可能是工程学的东西。工程师的“工具”“尤其要适应于特殊的技术要求”;“修补匠”处理的东西则可能注定要导致其他结果。(17)【**原注**:*The Savage Mind* , Chicago, 1966, PP44f; PP16f.】(**中译者注**:中译文可参考李幼蒸译《野性的思维》,第 21—25 页。)人类学家必然要修补,因为,至少像列维—斯特劳斯在 *Lecru et le cuit* (**中译者注**:英译为 *The Raw and the cooked*, 1964.中译为《生食与熟食》)中所说的,事实上他不可能精通整个领域。通过一个重要对比,德里达认为,不只是从经验上,而且从理论上看,这个领域也是不可知的。(*ED* 419f., *SC* 259f.)(**中译者注**:英文 Alan Bass 译本,P285—286;参见张宁中文译本德里达《书写与差异》,生活·读书·新知三联书店 2001 年版,第 512—513 页。“这个领域”即人类学领域。斯特劳斯的 *Lecru et le cuit* 英译为 *The Raw and the cooked*, 1964.中译为《生食与熟食》,可参见周昌忠译《神话学:生食与熟食》,中国人民大学出版社 2007 年版。)即使在一个可能性的数量在经验上不断减少的理想空间中，这种计划好了的知识的“结果”也绝不会与它的“工具”保持一致。那种“一致”——“工程学”——是一个不可能的美梦。修补术的合理性在于不可能有其它东西。没有任何工程师可以使“工具”（即符号）和“结果”（即意义）走向自我同一。符号会永远指向符号，一个代替另一个（游戏性地，因为“符号”被“涂抹”了），就像能指和所指的轮流替换一样。实际上，游戏概念在这里十分重要。知识不是对暗藏的、但又可能去发现的真理的系统性追踪。毋宁说它是一个“自由嬉戏的领域，也就是说，一个在有限整体的封闭圈中存在的无穷替换的领域。”（*ED* 423，*SC* 260.）（**中译者注**：英文 Alan Bass 译本，P289；可参考张宁中文译本《书写与差异》，生活·读书·新知三联书店 2001 年版，第 519 页。）

因此，对德里达来说，那个“追问万物”的“工程师”的概念，是“一种神学观念”，一个我们要求去实现对完满性和权威性的欲望的观念。就像黑格尔那个包含了“儿子－序言”的“父亲－文本”，或者海德格尔那作为超越性所指的“存在”一样。他评论道，列维－斯特劳斯像海德格尔一样为怀乡病所困扰：

“人们……在其作品中设想一种在场的伦理标准，一种怀想起源的伦理，一种原初自然之纯真的、一种在场之纯粹性与声音中的自我在场的伦理——一种伦理观，怀乡病，甚至是一种悔恨，在他走向远古社会——一种他看成典范的社会——的时候，他经常把这些看成人种学工程的动机。这些文本众所周知。”（*ED* 427，*SC* 264.）（**中译者注**：英文 Alan Bass 译本，P291；参见张宁中文译本《书写与差异》，生活·读书·新知三联书店 2001 年版，第 523 页。）

德里达没有指出这种怀乡病的对立面。他在所谓的精确科学的方法中并没有看到一种精确的认识论模式。所有的知识，不管人们是否知道，都是一种“修补术”，同时一只眼睛盯着“工程学”的神话。而这一神话始终是一个完全的他者，在“修补术”中留下了起源性的踪迹。正如所有有用的文字一样，“修补术”这个词也应该被“涂抹”。因为它只能根据自己与“工程学”这一对立面之间的差别来进行界定。然而这一对立面，作为一种形而上学的规则，实际上永远不可能在场（never be present），因此严格地说，并不存在“修补术”（那种不是“工程学”的东西）的概念。然而又必须使用这一概念——站不住脚，但又必要。“从我们不再相信那类工程师的时候起……当人们承认每一种有限的话语都必定与某种‘修补术’相连的时候……此‘修补术’的观念就受到威胁，并且其意义赖以呈现的差异就开始解体了。”（*ED* 418，*SC* 256.）（**中译者注**：英文 Alan Bass 译本，P285；参见张宁中文译本《书写与差异》，生活·读书·新知三联书店 2001 年版，第 513 页。当“修补术”被泛化到所有“有限的话语”领域，“工程学”概念就消失了，而没有工程学的概念来对比，修补术的概念也就无法呈现自己的意义。）那种可能的、潜在的等级化运动——它提醒我们，“修补术”作为一种模式是“前科学的”，在目的论的发展链上处于低端——也就在此消失了。但德里达不可能允许我们把“修补术”看成“更粗糙”（cruder）、处于进化低级阶段的前科学研究方法。现在我们就可以理解《论文字学》中的一个更为微妙的句子了："没有那一(被涂抹的书写的)痕迹……极端超越性的文本(被涂抹的"修补术")，就会非常类似于前批评文本(简单的"修补术")，并且变得无法区分。"(90,**61**)(**中译者注**："工程学"概念的存在一方面在表面上暗含了"修补术"的低等级特征，另一方面又使得在解构意义上的、被叉掉的"修补术"概念成为可能，只不过这时的"工程学"概念也是解构意义的，是"痕迹"。总之，"被涂抹的修补术"与"工程学"不同但又包含了"工程学"的痕迹，正是这一点使它与真正原始粗糙的前科学、前批评文本不同，因为后者出现在工程学概念之前。如果不考虑"踪迹"问题，这二者就无法区别。本处引用可参考汪堂家译本《论文字学》，上海译文出版社1999年版，第87页。)

这种拆解而又保留"修补术"与"工程学"之间的对立的态度，与德里达对待其他对立的态度相似——一种"涂抹"(特殊意义上的)所有对立的态度。在这篇序言中我会反复回到这一姿态上来。

在他提出这种愉快而又费劲的重写陈旧语言——顺便说一句，是我们一定都很熟悉的语言——的策略观念的同时，德里达提到了形而上学的"域限"(cloture)，我们必须清楚自己是在形而上学的域限之内，即使我们力图冲破它。将这种形而上学的"域限"简单地表现为形而上学在时间上的结束点将会是犯历史的错误。(**中译者注**：即不能把"域限"理解为形而上学最终可以完成和突破的范围，似乎只要在时间上坚持，就一定会有突破的时候。德里达用"域限"一词主要指形而上学作为一种限制，也是无法摆脱的。)而使目的与手段一致、制造一个封闭圈，使定义与被定义者一致、"父亲"和"儿子"一致；在同一性逻辑范围中去平衡等式、封闭这个圈子等等，也是一种形而上学的欲望。我们的语言反映了这个欲望。因此，我们必须在这种语言内部努力"打开"一个缺口。

Ⅱ

德里达使用"形而上学"这个词很简单，即把它作为对任何在场科学的一种速写。(如果他想严格地界定形而上学，那无疑这个词应当被涂抹掉。)正是对这个词的"修补匠"式的简单接纳，德里达才得以承认一种"马克思主义"式的或者"结构主义"式的形而上学的可能性。在一篇我已经引用过的早期文章里，他简洁地谈到这一点：

形而上学的历史同西方历史一样，是这些隐喻和转喻的历史。(18)【**原注**：这里德里达通常暗含的弗洛伊德主义浮现了出来】(**中译者注**：斯皮瓦克非常强调德里达和弗洛伊德之间的关系，尤其是弗洛伊德的"心灵书写板"图式，应该给予了德里达较大的启发。也是我们理解德里达的一个较为关键的入口。见后文对弗洛伊德的探讨。可参考《弗洛伊德与书写舞台》，见张宁译德里达《书写与差异》，生活·读书·新知三联书店2001年版。)它的母体就是——因为要尽快地进入我的主要论题，请原谅我少有论证且如此简略——在"在场"这个词的所有意义上，把存在认定为在场。指出这一点是可能的，即与基础、原则或中心相关的所有名称都始终意味着某个在场的恒定性——爱多斯(edos)、原力(arche)、终极目的(telos)、能量(energeia)、本质(ousia：essence，existence，substance，subject：本体、存在、实质、主题)、去蔽(aletheia)、超越性、意识或良知、上帝、人等等。(*ED* 410—11,*SC* 249)(**中译者注**:英文 Alan Bass 译本,P279—280;可参考张宁中文译本《书写与差异》,生活·读书·新知三联书店 2001 年版,第 504 页。)

为了进入德里达的思想氛围,我已经在"序言问题"和无处不在的德里达式的"涂抹"实践上逗留了许久。现在我谈谈他的那些得到公认的"先驱"——尼采、弗洛伊德、海德格尔、胡塞尔。(19)【原注:马克思在这里引人注目,因为他的缺席。他脱离马克思主义的文本常常引起年轻的法国和美国知识分子不满,包括泰凯尔集团中的一些人、菲利克斯·瓜塔里、弗里德里克·杰姆逊。我相信这种脱离有非常简单的理由。德里达的解构阅读方法是艰苦的文本式的。作为一个年轻哲学家,他处理的是特别"哲学的"文本。他抓住了 20 世纪五六十年代的弗洛伊德式的先锋派,处理过、也还在处理着弗洛伊德的文本。因为我在 lxxii 页上讨论的那些理由,他现在的兴趣转向了"文学的"文本。一般来说,马克思主义文学的计划相当周密,因此对于他来说,要对马克思及马克思主义文本下同样的苦工还需时日。在对 J-L. 乌德宾(Jean-Louis Houdebine)的一个问题的回应中,德里达给出了一个长长的有趣的回答,这一回答按照我自己的目的可以总结如下:马克思,以及他与黑格尔、恩格斯、列宁、毛泽东等人的互文性,仍旧要服从于他的阅读计划,见 *Pos F* 82 *f*., *Pos E II* 33 *f*. 上层建筑和基层建筑之间的区分必须得到重新检视。"经济"结构(狭义的)的文本性必须向一个更加普遍的经济概念开放……在 *MP*, pp.257—58n,"White Mythology", tr. F. C. T. Moore, *NLH* VI. i. autumn, 1974, pp. 14—16,以及在"Enconomimesis", *Mimesis*: *desarticulations* (Paris, 1975). 中可以见到一个长远的计划。】我关注最为详细的将是尼采,因为我们接受的尼采与德里达接受的迥然不同,并且德里达与他的关系是无法逃避的。然后,我将谈谈德里达对于结构主义的态度;他自己的语词和实践,以及《论文字学》一书的结构。接下去的一些话是关于翻译的,然后我们将进入文本。

对于我们应当在尼采那里去寻找的东西,德里达给我们开出了两个单子,一个是:

"对整体的形而上学的系统性怀疑:通向哲学话语的常规途径,哲学—艺术家概念,针对哲学史提出的修辞学和语言学问题,对真理('根深蒂固的习俗')、意义、存在,'存在的意义'的价值的怀疑;对力量以及力量差异的经济现象的关注,等等。"(*MP* 362—63)

另一个是:

"通过对阐释、透视、评估、差异等概念的极端化处理……尼采远远不是(与黑格尔一道或像海德格尔所想的那样)简单地停留在形而上学领域,而是尽了极大的努力使能指摆脱对于逻各斯和与其相关的真理或原初所指的依赖性或派生性……"(31—32,**19**)(**中译者注**:此段中译文可参考汪堂家译德里达《论文字学》,上海译文出版社 1999 年版,第 24—25 页。)

现在我们会清楚地看到，尼采“对真理……对意义和存在、对‘存在意义’之价值的怀疑”，对“原初所指……概念”的怀疑，也为德里达所青睐。这两条序列中的其他项可以安置到一个头绪之下：作为形式的、修辞的和喻指性话语的哲学话语，是某种需要解魅的东西。本序言的结尾会更清楚地表明，德里达对这一概念的投入有多么深。在这里，我将对尼采的“喻指性话语的解魅”之含义谈谈看法。

早在1873年，尼采就把隐喻描述为知识界视为“真理”的那个东西的始源性过程。“知性(intellect)作为保存个体的一种手段，通过伪装发展出了它的主要权力。”(20)【**原注**：“Uber Wahrheit und Luge im aussermoralischen Sinne”, *Werke*（后文引用为 *NW*），ed. Giorgio Colli and Mazzino Montinari (Berlin and New York, 1973), vol. III, part 2, p. 370; “On Truth and Falsity in their Ultramoral Sense”（后面引用为 *TF*），*The Complete works of Friedrich Nietzsche*, ed. Oscar Levy (New York, 1964), 2: 174.】“一个神经刺激首先被转换(ubertragen)为一个影像(bild)！第一重隐喻！影像又复制成一个声音，第二重隐喻！而每一次，他(语言的制造者)都完全跳出某个领域而径直进入另一个完全不同的领域中心。”(*NW* III. ii. 373, *TF*178.)尼采对隐喻的界定，从最简单的框架看，似乎是在不同的事物之间建立一种同一性。尼采的用语是“Gleich machen”(使相等)，让人想起德语词“Gleichnis”—— 影像、明喻、比拟、对照、讽喻、寓言——非常明确地指通常的修辞实践。“每一个观念都诞生于把不同的事物同化。”(*NW* III. ii. 374, *TF* 179.)“因此，什么是真理？一个流动的隐喻、转喻和拟人的大军；……真理就是被人们忘记是错觉的那些错觉……是被抹除了正面的硬币，因此不能再看成硬币，而只能看成一块金属。”(NW III.ii.374－75, TF180,)(**中译者注**：可以参见英文版“On Truth and Falsity in their Ultramoral Sense”, *The Complete works of Friedrich Nietzsche*, ed. Oscar Levy (New York, 1964), 2)这里我要坚持喻指过程和遗忘过程的概念。

尼采在他的早期文本里把喻指性冲动描述为“一种建立隐喻的冲动，这是人的基本冲动，我们还从未对此进行探究，因此我们应该探究一下人自身了。(*NW* III. ii.381, *TF*188.)后面他会给出这种冲动的名称‘强力意志’”。我们所谓的真理意志其实是强力意志，因为“所谓对知识的冲动可以回溯到侵占和征服的冲动上去。”(21)【**原注**：“Der Wille zur Macht”, Books 1&2 *Nietzsche's Werke* (Leipzig, 1911), part2, vol. 15 (后面引用为 *WM* 1), P. 448; *Will to Power*, tr. Walter Kaufmann (后面在文本中引用为 *WP*), (Vintage Books, 1968), p. 227.】(**中译者注**：*WP*，《权力意志》，中文版可以参考张念东，凌素心译本，商务印书馆1991年版，第260－261页，论“主体”、“真理”等。)对这个问题、对于实践中的权力具有的无可逃避的强迫力量，尼采的意思可以从他的斜体字中反映出来：“在原初(前组织化的)状况下，‘思考’是一些形式的结晶……在我们的思维中，其根本特征就是把新材料填进旧框架……使新东西同化。”(22)【**原注**：“Der Wille zur Macht”, Books 3&4 *Nietzsche's Werke* (Leipzig, 1911), part2, vol. 16, p.20 (后面引用为 *WM* 2); *WP* 273.】(**中译者注**：“形式的结晶”中的“形式”与“旧框架”类似于康德的范畴和先天形式等概念，其特点是对外来信息材料进行特定的铸造和加工。此处可参考张念东，凌素心译《权力意志》，商务印书馆 1991 年版，第 235 页，论“同化、占有”等；以及谢地坤译《论道德的谱系 · 善恶之彼岸》，漓江出版社 2000 年版，第 288 页的论“精神”。）

除了一堆神经刺激，人类的前行过程并无他物。而且，因为他或她必须在关于这个“世界”（内部的或外部的）的知识中，并进而在控制这个世界的权力中感到安全，于是神经刺激就按照以“真理”范畴的面目出现的各种喻指范畴来进行说明（explain）和描述。这些说明和描述就是“阐释”（interpretation），（**中译者注**：explain 在这里主要指对对象本身进行说明和描述，而 interpretation 则是对对象进行主观的理解和发挥，有“解读”、“阐发”之意。）它反映了人类无法忍受未经描述的混沌——“世界的共同特性（Gesamtcharakter）……存在于永恒的混沌之中——不是说没有必然性，而是说缺乏秩序、安排、形式、美、智慧以及任何其他用来描述我们美学化的拟人行为（人性的弱点——Menschlichkeiten）的名称。”(23)【**原注**：“Die frohliche wissenschaft”, *NW* V. ii, 146; *The Gay Science*, tr. Walter Kaufmann (后面文本中引用为 *GS*) (Vintage Books, 1974), p. 168.】_】（**中译者注**：*The Gay Science* 中译为《快乐的科学》、《快乐的智慧》等。本段引文的中译可参考黄明嘉译《快乐的科学》，华东师范大学出版社 2007 年版，第 192 页；张念东，凌素心译《权力意志》，商务印书馆 1991 年版，第 252 页，论“心理观”、“现象”等。）正如尼采所说，通过拟人化的限定去获得权力，这一需求迫使人性制造出没完没了的阐释的增殖物，其唯一的“起源”——神经纤维的震颤，一个不代表任何东西的直接信号——并不导向原初所指。也如德里达所写，尼采提供了一个“介入性阐释（active interpretations)（**中译者注**：active 在此处应是指人的因素在阐释中的主动介入）的整体框架，即以无穷的解魅过程代替那作为事物本身之出场的真相的揭示。(*MP*19, *SP*149)”

阐释是“意义的导入”（或通过意义进行的欺骗——Sinnhineinlegen），是制造喻指的符号制造（a making-sign that is a making-figure），因为按这种思路，根本不可能存在原本的（literal）、真正的（true）、自我同一的意义。认同（Gleich-machen）构成了喻指行为。因此，“除了被指派、被扭曲，没有什么东西被理解……”当然，这也扩展到了行为（结果）和它的意图（原因）之间的同一性：“当某件事情根据预定的目标而每完成一次，某些根本性的差异和他者就出现了。”(*WM* II.59, 130; *WP* 301, 351.) 对权力的欲求是一个“无尽的解码”过程——即以明显的认同方式进行喻指、阐释和符号化（sign-ifying）。因此，即使设想一种可能独立于其自身原则之内的行为（**中译者注**：即自我同一的行为，一种与意图、手段和结果相一致的行为），那么，要衡量它与它的“始源”意识（“originating” consciousness）之间的关系，批评目光也必须颠覆（必然是以非同一性的方式）这种解码方式，“另辟蹊径”（follow the “askew path”），根据其文本性来解读一个行为。在这个重要的方面，“没有他（尼采），对文本的‘质疑’就永远不可能凸现出来，至少不会出现今天那种严格意义上的质疑。”(24)【**原注**：Phillippe Lacou-Labarthe, “La dissimulation: Nietzsche, La question de l’art et la ‘literature,’” *Nietzsche aujourd’ hui?* (Paris, 1973), 2: 12.】

在《道德的谱系》中，尼采把道德的历史读作一个文本。他阐释了道德系统相继出现的意义。“目的与功用仅仅是一些记号，表示强力意志已成为某些无力之物的主宰，并进而把一种功能意义铭刻其上【*ihm von sich aus den Sinn einer Funktion aufgepragt hat*；*Aufpragung* 的意象——铭刻——另一种意义的‘喻指’（‘figuration’ in yet another sense）——对尼采是十分重要的，并经常在这这一特殊语境中重现】；就这样，一个‘事物’、一个有机体、一种风习的整个历史成了一个连续的符号链，总是由新的阐释和应付性托辞（make-shift excuses）[zurechtmachungen]所组成。这些阐释和托辞的动因之间，甚至连纯偶然的关联也不必有。”(25)【**原注**：“Zur Genealogie der Mortal”，NW VI. ii，330. “the Genealogy of Morals”（后面文本中引用为 *GM*），*On the Genealogy of Morals and Ecce Homo*，tr. Walter Kaufmann，Vintage Books，1969，P77.】“所有的概念都避开了明确的界定，在概念内部，整个过程以符号的方式嵌套在一起[*Zusammenfasst*]。”（*NW*，VI. ii. 333，*GM* 80.）（**中译者注**：*On the Genealogy of Morals* 与 *Ecce Homo* 的中译本可参见谢地坤译《论道德的谱系》，漓江出版社 2000 年版，以及《瞧，这个人！》，黄敬甫等译，花城出版社 2014 年版。这一段主要讲强力意志通过阐释等方式把“目的”、“功用”、“意义”等包含了欲望和动机的东西强加和铭刻到事物身上，完成对于事物的道德和价值的定位与评估。这些阐释和托辞都是根据强力意志的需要产生的，并没有必然性方面的说服力。尼采认为这是强力意志主宰无力之物的根本方式。此处可参考中文译本《论道德的谱系·善恶之彼岸》，漓江出版社 2000 年版，第 54—55 页。）当然，德里达可能会悬置符号指意的整个观念，把符号置于删除号下。把这种悬置放进尼采的“连续的符号链”中来阅读是可能的，在真理中，没有起源，没有终点。（**中译者注**：所谓“连续的符号链”是指尼采所讲的事物或者风习的历史，通过“符号链”的概念，尼采质疑了道德和真理，即符号链除了相互嵌套、相互指涉外，并不指向某种起源，并不指向“道德”和“真理”。德里达进一步质疑了符号指意的观念，这跟尼采的质疑实际上是一个思路，即能指符号除了相互替换外，并不指向一个起源性的“所指”。他们的共同性就在于都不承认在所谓的“真理”中有什么起源或者终点。）因此，在尼采对作为具有无穷文本性的价值系统的阐释与德里达在《论文字学》中的实践之间，找出一种亲密关系也是可能的；并且，针对语音—书写等级中存在的对书写的否定性评价，德里达对此进行的解释中同样可能发现尼采式“谱系”的标记。

但是，批评尼采把隐喻性或喻指概念作为一种反过来依赖其自身（turns back upon itself）的姿态而无限扩大，这仍然是可能的。“尼采扩展了隐喻的范围”，德里达写道：

他把隐喻的力量归因于说话时的每一次声音的使用这个程度：是因为这不牵扯到言及异质物时的时间转换吗？……十分奇怪的是，这导致了将每一个能指视为所指的隐喻，而传统的隐喻概念表明的仅仅是一个所指对另一个所指的替换，因此一个所指变成了另一个所指的能指。在隐喻的名义下，尼采这里的做法难道不是正好扩展到了话语的每一个要素吗？尼采的这个隐喻，实际就是传统修辞学不无奇怪地认为很特别的修辞方式（figure of speech)的东西，即“**符号转喻**”[符号作为“部分”代表了作为“整体”的意义](26)【**原注**：Derrida，MP，270－71；“White Mythology”，tr. F.C.T. Moore，pp.26－27.】(**中译者注**：德里达认为尼采到处使用的那种“隐喻”，其实是传统修辞学意义上的“转喻”。尼采只用隐喻概念，并且把隐喻的力量归因于每一次声音的使用，可能造成的结果就是对相关性和异质性关系中包含的时间性转换的忽略，因为传统的隐喻概念关注的主要是相似性，例如所指与所指之间的传递。但德里达认为能指跟所指之间却主要是异质性的差异关系，因此是隐喻概念不能包括的。)

当然，我们要注意的是，德里达的批评集中在两个问题而不是一系列的主张上。然而，即使我们只在我们的段落中选取陈述句，我们也会清楚地看到，德里达批评尼采，恰恰是因为尼采仅仅解译他认为能够解译的东西，同时也因为这种大量扩展了的隐喻(或喻指)，会简单地变成意指过程的名称而不是对这一过程的批评。(**中译者注**：大量使用隐喻，会使人认为意指就是隐喻，因此是一个相似性的替代过程，因此也就隐藏了转喻性质的“差异转换”问题，而在德里达看来，差异转换才是解码意指过程的关键所在。)如果尼采把隐喻、喻指、阐释、透视或者也因此把“真理”进行涂抹，或许更容易让人接受。我倒是认为，透过尼采对意识和“主体”的批评，可以追踪到一种“涂抹”的倾向。当“主体”的轮廓松动时，喻指或隐喻性这个概念——与“有意义”(meaning-ful-ness)相关——就被包括进“占用”(appropriation)这个更宽泛的范畴和对抗性力量的游戏(resistant forces)之中了。(**中译者注**：斯皮瓦克认为，“占用”这个范畴比隐喻等概念更加宽泛，它包括了具有“替代”性的所有修辞，不会像“隐喻”这个概念那样受到特定的传统修辞学含义的影响。)“隐喻”这个词作为方法上的便利措施，被看成“涂抹”过的，因为它指向一个更具包容性的、而不必然与意义生成相关的结构。让我们看看这个模式的展开情况。(**中译者注**：斯皮瓦克认为尼采用“隐喻”这个概念不是在一种严格的修辞意义上使用的。它既包含了与“意义生成相关的结构”，也包含了“与意义生成无关的结构”，有点像“占用”的含义。也就是说，尼采的这个概念其实与传统的隐喻概念既有关系，也有很大超出，因此是体现了“涂抹”倾向的。)

“主体”是一个统一性的概念，并因此也是“阐释”的结果。(**中译者注**：尼采认为只有经过阐释，“主体”才可能想象成一个具有统一性的、整体的东西。)尼采经常强调这是一种旷古存在的、特殊的语言修辞习惯：“当某物被思考时，这里就必然存在一个进行思考的东西，这仅仅是我们语法习惯的一个公式，即每一个行动都要加上一个施动者。”(*WM* II. 13，*WP* 268.)这个“主体的嵌入”是“虚构的”。(*WM* II. 110，*WP* 337.)(**中译者注**：尼采关于“主体的嵌入”的论述可参考谢地坤等译《道德的谱系·善恶之彼岸》，漓江出版社2000年版，第154页。)因此强力意志作为主体的隐喻化(metaphorizing)或喻指化(figurating)，或者作为意义的导入，必须受到质询。考虑到相邻感知的“等同化”，即关于“影像……然后是语词……最后是概念如何出现在心灵之中”这个问题，尼采相应地问道：“因此，两个紧邻的感知，在我们注意到它们时就混同在一起，但是，是谁在注意？”(*WM* II. 23，*WP* 275.)尼采也相应地把强力意志概念作为一个抽象的、非确定的喻指(或阐释性)过程来考虑:“人们可能不会问:‘究竟是谁在阐释’?因为阐释本身是强力意志的一种形式,是作为一种倾向性而持存的(exists)(不是作为‘存在’【being】,而是作为一个过程,一种生成)。”(*WM* II. 61, WP 302.)(**中译者注**:affect,情感,欲求,可理解为个人的主观因素。尼采此处把“强力意志”看成一个“生成”的东西,强调其“虚构性”。“being”则指事物“成其为自身”,不具有虚构性。尼采此处要提出的问题是,并不存在一个确定的外在的“主体”来“留意”和统领这整个转换的过程,“强力意志”也仅仅是一个修辞性的假象,是体现在阐释之中的一种倾向性。尼采对“强力意志”概念的阐释,可参见中译《权力意志》,贺骥译,漓江出版社2000年版,第287页。)

有时尼采把这种抽象的强力意志、一个持续不断的喻指过程不是置于任何知性的主体控制之下,而是置于更加隐秘的无意识之中。这种尼采式的无意识是指思维的巨大舞台,所谓的“主体”对其一无所知。就像德里达评论的那样:“(弗洛伊德和尼采)都……经常以相似的方式,置疑意识的这种自我保证的确定性……因为对尼采来说,‘重要的主流活动是无意识的’。”(*MP* 18, *SP* 148)

然而,如果我们想要守住这个“重要的主流活动”,那么,我们就必须比无意识走得更远,必须抵达身体,触及有机体。如果“无意识”不为我们所知,那么身体就更是如此了。在早期文章《论超道德意义上的真理和谬误》(“On Truth and Falsity in their Ultramoral Sense”)中,这一联系就已经建立起来了。

人对其自身究竟知道些什么?……难道自然不是使大多数事物对他保密,即使他的身体,比如迂回的肚肠、血液的急速流动、纤维的复杂震颤,从而把他驱赶并封闭进自负和虚妄的知识之中?自然把钥匙和诅咒抛给了致命的好奇心,它能够暂时通过意识这个密室的裂缝向外打量,并发现对自己之无知漠然处之的人类,停留在冷酷、贪婪、不知足和凶残上面,可以说是在老虎背上醉生梦死。在这种情况下,广袤大地上的真理冲动又是从哪里产生的呢?(*NW* III. ii.371, *TF* 175—76.)

像这种彻底的质问,早在《快乐的科学》(*The Gay Science*)中就有了苗头:“生理需求的无意识伪装在客观、理想、纯精神的掩护下走得惊人的远——并且我也经常问自己,从一个宽泛的视野来看,哲学是否不仅是对身体的阐释,并且是对身体的一种误解。”(*NW* V. ii. 16, *GS* 34—35.)(**中译者注**:中译文可参考《快乐的科学·第二版前言》,黄明嘉译,漓江出版社2000年版,第3页。)然而还有一个更具冲击力的宣言性片断:“我们最神圣的信念,即我们至高无上的价值观中的永恒元素,就是我们的肌肉的评判。”(*WM* I. 370, *WP* 173.)这就好像构成了我们所有认知的控制性修辞实践正移交给我们的身体。的确,尼采的思考进了一步。“同化”被视为具有生机的一种征兆,而非人之为人的一种“特权”;在“人这个名字”被提出来之前,强力意志就已经在有机体中实施“侵占”:

“像比较(Gleichnis)一样，所有的思想、判断、感知，都把‘等同性假定’(Gleichsetzen, positing of equality)，或更早些时候的‘等同化’(Gleich-machen，‘making equal’)作为自己的前提条件。等同化的过程与变形虫吸纳被占用的物质的过程是一样的……(并且)恰好与那一外部的、(作为其标志的)机械过程相当，通过这一过程，原生质持续地使其占有的东西与自己同化，并且把它安排进自己的形式和序列中。”(*WM* II. 21, 25; *WP* 273－274, 276)

占用及它的象征(appropriation and its symbol)，等同化，等同假定(positing as equal)——这一过程是在人类意识占用它并宣告它就是发现真理、建立起知识的过程之前，为其自身的维持和构成而在有机体世界中进行的。这一过程也把自己分化为道德世界的图谱：

“一个细胞把自己转换成一个更强大的细胞的功能是道德的吗？……那是它不得不如此[Sie muss es]。而更强壮的细胞吞并弱小的细胞是邪恶的吗？……快乐和欲望同时出现在那个力图把其他事物转换进自己的功能之中的强者那里，快乐和被欲求的希望同时出现在想把自己变成一个功能的弱者那里。”(*NW* V. ii. 154, *GS*175－76)(**中译者注：**此处中译文可参考《快乐的科学》，黄明嘉译，漓江出版社 2000 年版，第 146 页。)

一边是喻指，一边是占用的力量游戏，两者的关系在这里变得清楚了。要谈人的求真意志，语言学上的喻指是尼采必须启用的形象。一旦“返回”到普遍的有机体，美德、力量、真理之间的区分就开始变得模糊；占用就变成了一个比阐释更具有包容性的词。要承认的是，这种中和的严格性(neutralizing rigor)在尼采那里并不总是清楚明白的。但当它起作用时，强力意志作为一种对抵抗自身之物的探寻，其不可简化的描述就出现了：“强力意志只能针对反抗来呈现自身，因此它寻找那反抗它的东西……”(*WM* II. 123, *WP*346)我们也可以仔细看看尼采在 1887 年 9 月到 1888 年 3 月之间写的一连串奇怪的笔记，在其中，尼采试图绕过语言问题，来把我们可以粗略地称为强力意志的东西表述为意志和无意志(no-will)的游戏。这一整段都值得仔细考量。为了对这个问题有所了解，这里我只选择性地引用一下：

没有永久存在的终极独立体(units)，没有原子、单子；同样，这里的存在者(beings)也仅仅是我们所引入的……“价值”在本质上是为这些支配性中心的增加或者减少进行辩护的观点或立场。(“多样性”无处不在，而“独立体”却并不存在于在生成的本质中。)对于“生成”(becoming)，语言学上的表达方式毫无用处。它与某种我们无法逃避的需要相一致，即维持我们对一个稳定的、“物”的、诸如此类的天然世界的假想。在相对的意义上，我们也许可以冒昧谈论原子和单子；而且肯定，最微小的世界是最稳固的——其中没有意志，只有那不断增加或丧失其力量的意志的插入(punctuations of will)[*Willens-Punktationen*]。(*WM* II.171—72, *WP* 380—81)(**中译者注**:根据尼采注释,莱布尼兹的"单子"意味着一种不占空间,没有部分的精神性实体,是构成世界万物的基础。尼采认为生成本质中存在的只是各种因素的复杂接合体,所谓无法拆分的终极"独立体"是不存在的,仅仅是人为引入,并得到人为的价值辩护。意志在这里代替了主体或者语言学上的主语的位置,根据下一段的解释,这种"主体"或者强力意志的插入不仅仅意味着"主体"对世界的安排,同时也是时间意识得以呈现出来的一个外来的异质性参照物。punctuations,原意为标点,也有"参照"、"打断"和"插入"的意思,标点本身不具有意义,但句子会因为这一异质性参照物的插入而秩序化。这里把强力意志概念与标点进行了类比,即都是秩序化需求的产物。此段对尼采的引用可参考中译本《权力意志》,贺骥译,漓江出版社2000年版,第35页。)

尼采把关于点(point, stigme)(27)【**原注**:亚里斯多德对点(*stigme*)这个词的使用,德里达有所讨论,见"ousia et gramme: note sur une note de *Sein und Zeit*,"*MP*, pp.44f.,翻译为"'Ousia and Gramme': A Note to a Footnote in *Being and Time*,"Edward S. Casey, *Phenomenology in Perception*, ed. F. J. Smith (The Hague, 1970), pp. 63f.】这一历史悠久的(time-honored)形象,作为一个相对来说最保险的独立体(unit)形象来使用,但即便如此,也不是作为永久性和连续性的一种符号,而是作为(肯定的或者否定的)力量集结的非连续的周期性的参与者,也可能看成空间安排意义上的一种插入,以建构起平常我们认为的时间或历史的连续性。正如后面我们将会看到的,这一点与弗洛伊德心灵的"时间—机器"有着惊人的结构一致性。(**中译者注**:punctuation 作为一种插入和打断,与点这个形象一样,意味着某种非连续性。但也正是由于这种非连续性,我们才得以设想和建构起连续性。时间感、空间感的时空连续性就是这样建立起来的。弗洛伊德的"时间—机器"也是从周期性打断来谈论时间的连续感的:"这种感觉——意识系统的非连续的作用方式存在于这种时间概念的形成过程的底层";"在感觉系统未被激活时,或者准确地说是持续的心灵构成过程中止的时候,出现了时间的周期性中断,正是这种实际活动的周期性使我们有了时间的感觉"。【《弗洛伊德全集》第八卷,第28页,伦敦,1959年版。】也就是说,时间的连续性是建立在非连续的周期性之上的,如果没有被差异化情景打断,就没有时间感。)目前我们争论的是,在这个被严格限定的意志插入形象中,(其中的论题究竟是严格的人类意志还是强力意志原则,这一点还不十分清楚——因为,毕竟谁能够用"语言学的方式去表达"强力意志呢?)尼采的喻指和隐喻性理论会即刻变为"涂抹",并中和成一种抵抗力量的游戏。这就是我必须在尼采喻指理论背景之外阐释德里达评论的方式:"……(在运动中)不同力量之间的差异,以及不同力量的'能动的'(active)不和谐,尼采用来反对整个形而上学的语法系统。"(*MP*19, *SP*149)(译者注:这种"能动的不和谐"指前述讨论的作为"点"的形象的"意志的插入",尽管这是一种人为的想象,但这种想象是有作用的、能动的,因为正是这种"不和谐"和打断建构了我们的时空连续感。尼采的"喻指"和"隐喻"理论一方面揭示了自然的

“占用”、“强制性等同”的一面，同时也指出了其中包含的异质性差异问题，尤其是在“强力意志”的插入、“点”与非连续性和连续性之间的关系上，都可以见到这一点。换句话说，斯皮瓦克强调的是，尼采的隐喻理论恰恰是在“涂抹”的意义上使用的，因而不能严格按照传统语言学和修辞学的方式来理解尼采的隐喻概念。）

现在，如果“主体”因此成了问题，那么很清楚，那些创建了其体系的哲学家就一定会质疑自身而不是别人。而事实上尼采经常提及这个问题。他经常以问题的形式提出他最为大胆的洞见，这些问题我们不可能把它作为一种修辞手法来打发掉。同样，早在1874年，在写《历史的用途和滥用》时，他就提醒我们：“正如我不想否认的，在从讽刺到嘲弄、从傲慢到怀疑的过于频繁的转换中，目前这篇论文表现了过激的批评中个性欠缺、人性幼稚的现代特征。”(28)【**原注**：“Vom Nutzen und Nachtheil der Historie fur das Leben,” *NW* III. i, 320；“The Use and Abuse of History”（后文引用为“*UA*”），*The Complete Works of Friedrich Nietzsche*, ed. Oscar Levy, Vol. 5, p.89。】（**中译者注**：“The Use and Abuse of History”，中文版有陈涛，周辉荣译《历史的用途和滥用》，上海人民出版社2000年版，以及李秋零译《历史学对于生活的利与弊》，见《不合时宜的沉思》，华东师范大学出版社2007年版等。）在尼采的每一个文本中，这种自我诊断精神都十分强烈。“每一个社会都有把自己的对手进行讽刺化的倾向——至少在想象中是如此——……在非道德论者中，他就是道德家：比如柏拉图——就成了我手中的一幅漫画。”(*WM* I. 410－11, *WP* 202)正好顺便说一下，他所有的哲学化工作都设置了警戒模式：“人们在我们感觉最为自由的那种哲学中寻找一张关于世界的图画；也就是说，在其中我们最有力的冲动可以自由运作。对我来说，也同样如此！”(*WM* I. 410－11, *WP* 224－25)对于促成海德格尔和德里达的涂抹书写(writing under erasure)这一特定问题，尼采在《快乐的科学》中表达了自己的看法。

存在的透视特性会发展到什么程度，或者除此之外，存在究竟还有没有一些其它特性；没有阐释没有“感知”的存在是否并非“毫无意义”；另一方面，所有的存在本质上是否都不是阐释性的存在(*ein* auslegendes *Dasein*, interpreting existence)——这些问题，哪怕是最契而不舍、最严格认真的分析也不能断定，也不能被心智的自我检视所确定，因为在这个分析过程中，人类的心智不可避免地要用自己的透视形式[perspektivische Form]来看待自己，并且只能用这些形式。我们无法看清自己这个角落。(*NW* V. ii. 308, *GS* 336.)（**中译者注**：此处中译文可参考《快乐的科学》，黄明嘉译，漓江出版社2000年版，第311页。）

例子可以举一反三，但我们不能只惦记着尼采对这个问题的意识，还要注重他处理这些问题的方法。其中之一就是尼采那令人信服的、使对立相互替换的策略。如果一个人为自己的视角所限，那他至少可以有意识地、尽可能频繁地颠倒视角，在取消视角对立的过程中，使对立中的两项之间不过是同谋的关系显示出来。我们应该对尼采的实践进行细致分析以展示某些东西，这里我只简单提一下：一个二元对立的建立既是“等同化”的一个手段，也是它的一个结果,而对立的消解则是哲学家的一种姿态,以反对恰恰可能把自身神秘化的强力意志。这里指出一个有代表性的观点就足够了:“没有什么对立:正是通过逻辑那些东西我们才有了对立的概念——并错误地把它转移到事物的身上。”(*WM* II. 56, *WP* 298.)

我已经详述了尼采就“隐喻”和“概念”、“躯体”和“精神”之间的对立所进行的质疑。随便抽取尼采的作品,都可以看到充斥着这种消解的痕迹。这里有一些较有争议性的例子,我补充进来是为了读者在阅读《论文字学》时能够感受它们或含蓄或清晰的作用。

主体和客体:都是一个阐释的问题,“不,[客观的]事实准确地说是不存在的,只有阐释。我们不能‘就其本身’来建立任何事实……‘任何事物都是主观的’,你说;但即使这一点也只是一种阐释。主体不是给定的东西,它是一个附加的、粘附其后的发明。[*etwas Hinzu-Erdichtetes*, *Dahinter-Gestecktes*]”(*WM* II. 11—12, *WP* 267.)

真理和谬误:没有起源性的“真理”,只有“各种真理”(“truths”)和“各种错误”(“errors”)——没有哪一种描述方式会比另一种更为准确——它们都是靠“控制—维持”的阐释冲动树立起来的。“那究竟人的真理是什么呢?是人的无可置疑的谬误。”(*NW* V. ii, 196, *GS* 219)“真理是这样一种谬误,没有它,某些生物物种就不可能生存下去。”(*WM* II.19, *WP* 272.)

善与恶(道德与非道德):“一个荒谬的假设就是……把善与恶当成相互对立的‘现实’(而不是当成互补的价值概念)……”(*WM* I.397, *WP*192)“道德本身就是非道德的一种特殊情况。”(*WM* I.143, *WP*217)

理论和实践:“区分‘理论’和‘实践’是危险的……似乎是纯精神产生了知识和形而上学问题;——似乎实践必须通过自身的标准来进行评判,而可以不管理论给出的答案会是什么。”(*WM* I.481, *WP*251)

目的与偶然,生与死:“一旦你知道不存在目的,你就会知道也不存在偶然,因为只有在目的的世界旁边,“偶然”才具有意义。让我们提防死亡与生命相对的说法。生命只是死亡的一种类型,并且是一种很稀少的类型。”(*NW* V.ii.146, *GS*168;再一次,这与弗洛伊德对个体、有机生命和惰性的思考惊人的相同。)(29)【**原注**:Sigmund Freud, “Jenseits des Lustprinzips,” Gesammelte Werke,(下文引用缩写为 *GW*),(Frankfurt am Main and London, 1940),13;46f.;“Beyond the Pleasure Principle,” *The Standard Edition of the Complete Psychological Works of Sigmund Freud*(下文引用缩写为“*SE*”), ed. James Strachey (London,1959), 18;44f.】(**中译者注**:弗洛伊德关于死本能的探讨,可参考中译文《超越快乐原则》,见《弗洛伊德文集》第6卷,车文博主编,长春出版社2010年版,第37页。)

尼采对二元对立的拆解是德里达通过“延异”(延迟—差异)概念进行的拆解实践的另一表述,后面我将会讨论这一点。德里达自己提到了这种亲密关系:

因此,我们可以进一步讨论所有这些二元对立,这些对立是哲学得以建立的基础,也是语言赖以存在的东西。但着手处理不是为了要看到这些对立的消失,而是为了让我们看到，对立项中的一方必然显现为另一方的“延异”，而另一方则作为同一体系结构中的“被差异者”(“differed”)。(例如，理性的东西作为感性的东西的差异，感性的东西就作为被差异者；概念是差异与被差异化的(differed-differing)直觉；生命是差异与被差异化的物质；思想是差异与被差异化的生命；文化是差异与被差异化的自然。……)在尼采那里，有相当多的主题可以同某种症候学联系起来，对于在延异中被掩盖起来的任何事物，这一症候学总是能诊断出它的潜逃计谋。(*MP*18—19，SP148—49)

对于突破“阐释”这一藩篱的不可能性，一种尝试性的反抗就是“多元风格”。在一篇译为《人的终结》的文章中，德里达写道：“正如尼采所说，我们所需要的也许是一种风格的转换；尼采提醒我们说，如果还存在一种风格的话，那就是**多元的**”。(30)【**原注**：*MP* 163；“The Ends of Man”(后文引用缩写为 *EM*)，tr. Edouard Morot-Sir，Wesley C. Piersol，Hubert L. Dreyfus，and Barbara Reid，*Philosophical and Phenomenological Research* 30 (1969)：57.】许久之后又说：“风格的问题能够且必须尽力针对阐释这个大问题，简单地说，就是在其自身的陈述中消解掉阐释本身或者取消它的合法性。”(*QS* 253)把对立进行混淆，随后进行视角的转换，可能就是这种多元风格的一个范例。尼采在《查拉图斯特拉如是说》、《快乐的科学》、《瞧，这个人》那样的作品中，可能就是因为这一点而使用了多种话语语体。德里达在紧随《论文字学》之后的作品中所进行的评论、阐释、“虚构”之间的转换，在《哲学的边缘》或《丧钟》中的话语模式的排版游戏等等，也是如此。

面对无法逃避的限制，尼采最大胆的洞见也许就是提倡“无知意志”(exhortation to the will to ignorance)：“仅仅明白人和动物是生活在何种无知之中的还不够，你还必须拥有或者争取获得这种无知意志。”(*WM II*. 98，*WP* 328)在一篇早期文章中，更是经常出现“快乐的无知”的说法，后来又被称为“快乐的智慧”(*NW* III. i. 252，*UA* 15)——快乐的科学——并且，对那个把自己的行为看成或“真”或“善”并且自持的阐释链条来说，这成了最大威胁：“那个总是并仍然在人性的头上盘旋的最大危险，就是疯癫的爆发——那意味着感觉、视觉和听觉的专横的爆发，意味着对头脑不受规范约束的享受，意味着人类非理性的快乐。与疯人的世界相对立的并不是真理和必然性，而是普遍性以及信仰的普遍约束力；一句话，是判断的非任意性特征。”(*NW* V.ii.107—08，*GS*130)无知意志，快乐的智慧，还必须在非必然性中准备欢庆，欢庆乃至追求颠覆所有那些表面上可能站得住脚的价值观念：“不要再流连于必然性，快乐在于非必然性之中……不要再希望维持，而是要追求力量……”(*WM* II. 395，*WP* 545)

这种连续的冒险，就是德里达经常评论的尼采的肯定性游戏。“我不知道除了游戏外”，尼采写道，“是否还有其他方式跟伟大的任务相关。”(31)【**原注**：“Ecco Homo，” Nietzsche’s Werke(Leipzig，1911)，part 2，vol. 15，p. 47，“Ecce Homo，” *On the Genealogy of Morals*，P. 258；and *Ecce Homo*.】“对下等人看来高高在上的智慧，其实是人们把自己从危险游戏中解脱出来的一种计谋和手段；但真正的哲学家——正如我们看到的样子，是我的朋友？——活得既不“哲学”也不“智慧”，尤其是活得不**谨慎**……他让自己持续冒险，玩着危险的游戏。”(32)【**原注**：*NW* VI. ii，137；*Beyond Good and Evil*，tr. R. J. Hollingdale (Harmondsworth and Baltimore，1973)，p. 113.】莽撞总是企图通过“阐释”来绕开稳定化中的谨慎，它是一种“命运之爱”(amor fati)，是对德里达称为“机遇与必然性、偶然与法则的游戏”的爱。(Dis309)这是“超人”的舞蹈，是尼采自己那种有些辛辣的方式所描述的舞蹈：“在我的灵光闪耀之下，我发现我面对整个存在的这种处境是如此新鲜和精彩，然而又如此可怕和令人哭笑不得……我蓦然从梦中醒来，但只意识到：我在做梦，并且必须继续梦下去，才不至毁灭——……在所有这些“明白的”做梦者当中，我也“明白”自己在跳着自己的舞蹈。”(*NW* V. ii. 90—91，*GS* 116.)(**中译者注**：此段中译文参见《快乐的科学》，黄明嘉译，漓江出版社2000年版，第85页。)

哲学家的“知识”使他成了做梦者的一员，因为知识就是一个梦。但哲学家是“故意”要做梦，做知识之梦，也乐意“忘记”哲学的教训，为的只是“证明”这一教训……那是一个可以无穷进行下去的令人晕眩的运动，或者用尼采的语言来说，就是“永恒回归”。这种危险的“遗忘”，“积极的遗忘”，也是德里达就尼采的超人所强调的东西。在《人的终结》中，他再一次写道：

面对回归，他[超人]爆发出笑声。这一回归不再采取形而上学的人本主义的回归形式，而无疑会在形而上学“之外”，以存在者之感知(the sense of the being)的纪念物或守护者的形式，或者以存在(Bing)之居所和真相的方式返回。他会在居所之外舞蹈，跳“积极的遗忘”(“aktive Vergeszlichkeit”，“oubliance”)之舞，以及《道德的谱系》中谈及的残酷的(grausam)盛宴之舞。无疑，对于存在，尼采吁求的是积极的遗忘，它不可能具有海德格尔曾归咎于它的形而上学的形式。(*MP*163，*EM*57)

正如尼采的任何其他东西一样，这里的“遗忘”至少也是一柄双刃剑。即使是在早期作品中，“遗忘”也呈现为两种截然对立的形式：一是作为一种限制，它防止了人类被绝对历史记忆(这会在其它事物中向我们揭示“真理”来自“阐释”)的光芒眩惑；同时它也是哲学家为了避免落入“历史知识”的陷阱而大胆选择的一种品质。在七十年代的作品中，首先出现了如下的段落(在其中，我们必须抓住“真理”这个词的全部讽喻性)。

我们还不知道真理冲动究竟从何而来，因为直到现在我们听到的仅仅是社会为其存在而强加的责任，老实说，也就是用通常的隐喻，因此也就是道德化的表述就是：我们听到的仅仅是根据固定的习俗说谎的义务，以对所有人都有约束力的方式集体说谎。现在，人们当然忘记了他所处的情况就是如此；他也因此用我们无意识地指定的方式说谎，并按照几百年来的积习——正是通过这种无意识，通过这种遗忘，他达到了真理的感觉。(*NW* III.ii. 375，*IF* 180—81)

如果我们领悟到这段话充满的讽刺意味，那么像下面这样的段落——也写于七十年代——我们就不可能仅从表面上去理解它，同时还把“历史意识”(historical sense)看成一种当然的负面形象(尽管得承认的是，我们必须在学院的、保护性的历史意识【一方面】与哲学的、破坏性的历史意识【另一方面】之间做出明确的区分)：“历史意识使他的仆人消极和念旧。只有在遗忘的时刻，在这种意识的间歇【*intermittirt*；可对比“意志的插入”(Willens-Punktationen)那非连续的激活(energizing)。】那些患历史狂热病的人才会有所作为。”(*NW* III. i. 301，*UA* 68)(**中译者注**：此处中译文可参考陈涛，周辉荣译《历史的用途和滥用》，上海人民出版社 2005 年版，第 64 页。也可参考李秋零译《不合时宜的沉思》，华东师范大学出版社，2007 年版，第 207 页。)通过这一价值转换网络，我们开始瞥见选择遗忘这一行为的复杂性，同样在这篇早期文章中，这已发展为解决历史问题的部分办法：“……历史问题的解决办法就是‘非历史’和‘超历史……’，我用‘非历史’来指遗忘并把自己圈定在一个有限视域中的艺术和力量。”(*NW* III. i. 326，*UA* 95)(**中译者注**：此处可参考陈涛，周辉荣译《历史的用途和滥用》，上海人民出版社 2005 年版，第 91 页。也可参考李秋零译《不合时宜的沉思》，华东师范大学出版社 2007 年版，第 235—236 页。)

尼采关于遗忘的思考，我不想展开进行评论了。这里只简单指出，即使是在德里达清楚提及的《道德的谱系》的段落中，这种双重性也是十分明显的。快乐而积极的遗忘行为，也是一种有意的遏制。

遗忘并不像肤浅的想象那样仅是一种惰性力量，它更是一种主动的、也是最严格意义上的积极的约束能力［*Hemmungsvermogen*］。这就是为什么我们所经历和接受的东西，在我们消化(人们可能称之为“内化”[inpsychation])它的时候，只剩下极少部分进入我们的意识，就像我们的身体经过千百遍处理而进行的所谓营养吸收那样。暂时关上意识的门窗，不被我们的实用器官之间既合作又斗争的潜在世界的吵嚷和纷争所打扰；争取一点安静，为新事物提供一点干净的意识空间，并且首先是为更高贵的功能和作用，为规范、为深谋远虑和远见卓识提供空间(因为我们的机体就是由寡头领导的)——这就是积极遗忘的目的。这就像一个守门员，或者心理秩序、内心安宁和礼节的守护者：这样我们立刻就可以看到，为何没有遗忘，就会没有幸福、欢乐，没有希望和荣耀，也就不会有在场。(*NW* VI. ii.，307—08；*GM* 57—58)

哲学家“知道”，不存在独立的实体，即使是原子似的实体。那种独立的在场概念只是一种阐释。通过“遗忘”那些知识，哲学家获得了自己的“在场”，他怀疑任何固定的道德与真理的可能性，但却在这个创造出来的框架内，以一种欧洲思想最强烈的论辩口气说话，不仅赞同他的对手，同时也驳斥了他的对手。尼采的作品是一个场地，在其中，“知识”和“遗忘”没有取得一致，知识(它把所有求知仅看成一种病症)的建立，与遗忘(它给了我们最难忘的预言)的声音一样具有说服力。阅读尼采最常见的困境就在于无法使自己在这两者间取得协调。但是,保持这种不协调,使这两极保持奇妙的相互依赖,则是尼采的杰出计谋。尼采在此展现的风格,用德里达的双关语来说,就是一支刻笔(*stylus*)的作用,它用涂抹的方式,在删除的同时又留下清晰的痕迹。在尼采自己对"查拉图斯特拉那一类心理问题"的描述中有一个暗示:"然而,闻所未闻地对所有我们迄今一直说'是'的东西说'不',并且的确"不"那样"做"的人,却可能就是说'不'这种精神的敌人。"(33)【**原注**:"Ecce Homo",前述引文第96—97页;英译本第306页。当然,问题在于,不仅仅是是与否之间的共谋,同时也是说与做,以及存在之间的共谋。尼采对知与行之间的关系的分析,可参见保罗·德曼的《尼采的行为与认同》("Action and Identity in Nietzsche"),即将在《耶鲁法国研究》上刊发。我该在此提一下,让-米歇尔·雷伊(Jean-Michel Rey)已经以一种更加严格的方式提醒我们必须"涂抹"尼采的某些概念性的主词。(*L'enjeu des signes*: *lecture de Nietzsche* [Paris, 1971], pp. 52—53)】

就像我们看到的那样,马丁·海德格尔的梦想就是消除人们对存在的最初遗忘。对他来说,"所有基础的本体论建构【*fundamental-ontologische Konstruktion*】……都必须设法【*im Entwerfen*】从遗忘那里夺回那被规划好的一切【*in den Entwurf Genommene*】。此在形而上学那根本的、基础本体论的行为因此就是一种'回忆'【Wiedererinnerung】。"(34)【**原注**:Martin Heidegger, *Kant und das Problem der Metaphysik*(Frankfurt am Main, 1951), pp. 210—11.(后文引用为 *KPM G*);*Kant and the Problem of Metaphysics*, tr. James S. Churchill (Bloomington and London, 1962), pp. 241—42,(后文引用为 *KMP E*)。雷伊顺便指出了尼采和海德格尔之间不一致之处,同上, p. 91n.】德里达相信,正是通过积极的遗忘这个概念,尼采才拉开了他与海德格尔的差距。请回想一下我引用过的德里达的一段话,超人的"笑声"不会"以纪念物或以保护……存在之居所和真相的方式……。他会在居所之外舞蹈,跳'积极的遗忘'之舞。"

海德格尔介于德里达和尼采之间。德里达几乎在所有写到尼采的场合中,都要牵扯进海德格尔对尼采的阅读。似乎,德里达是通过阅读并反对海德格尔才发现了自己的尼采的。在《论文字学》中,他写道:"……不要避免对尼采进行海德格尔式的阅读,也许我们应完全用这种方式阅读他,并毫无保留地认同那种阐释;以某种方式,直到这样一种程度:由于尼采的话语内容几乎遗忘了存在问题,因此它的形式重新获得了完全的陌生性,在这里他的文本最终要求另一种更忠实于其写作风格的阅读方式。"(32,**19**)(**中译者注**:此处中译文可参考汪堂家译《论文字学》,上海译文出版社1999年版,第25页。)

海德格尔把尼采作为西方最后一位形而上学家。因为在海德格尔看来,形而上学家就是那些追问"什么是实体的存在?"这一问题的人。而对海德格尔来说,尼采对此的回答就是——"实体的存在就是强力意志",并且,就像海德格尔经常指出的,提出实体的存在这个问题的场所,就是人。从这个"形而上学的前提假设"开始,海德格尔对尼采进行了系统而连贯的阅读,并且一再提醒我们,那种认为尼采具有非连贯性的观点,其实是没有领会到尼采的核心问题跟西方所有的形而上学并无区别:"什么是实体的存在?"好像海德格尔这个特别怀念词源的哲学家，完全拒绝承认尼采的连续性要借助积极的遗忘才能建立起来，因为这些条件也铭刻在尼采的文本之中。

海德格尔经常在引用尼采的某句话时断言："它的意思是……"这种极富教导意味的方式，导致了海德格尔如下这种有力的表述模式：

在我们思考尼采就实体的构成及其存在模式(the mode of Being)所给出的答案时，我们应该能够确定尼采的形而上学前提具有的穿透力……他给出了两个答案：就其总体而言，实体就是强力意志，并且实体在总体上是原态的永恒回归(eternal return of the same)……在这两种陈述中……"是"具有不同的意思。实体在总体上"是"强力意志这话的意思是，那样的实体是被建构成尼采认定的强力意志的。而实体在总体上"是"原态的永恒回归，意思则是说，总体上的实体与原态的永恒回归模式中的实体是一样的。"强力意志"的确定用指出其构造的方式回答了实体的问题。"原态的永恒回归"的确定则通过指出其存在模式的方式回答了总体的实体问题。然而构造和存在模式都同属于实体的实体性的确定。(35)【**原注**：Martin Heidegger, Nietzsche (Pfullingen, 1961),(后文引用为 *HN*), 1: 463—64. 相关文字由我本人翻译。】(**中译者注**：海德格尔《尼采》的中文版本可参考孙周兴译《尼采》，商务印书馆 2002 年版。对强力意志和永恒回归的讨论主要集中在该书第一、二章。此处所引用段落可参考该译本第 453 页："现在我们知道，尼采就存在者整体给出了两个答案：存在者整体是强力意志；存在者整体是相同者的永恒轮回……两个'是'[ist]说的是各各不同的东西。所谓存在者整体'是'强力意志，这话意味着：存在者之为存在者具有被尼采规定为强力意志的那个东西的相态。而所谓存在者整体'是'相同者的永恒轮回，这话则意味着：存在者整体作为存在者是以相同者的永恒轮回的方式存在的。"海德格尔认为"构成"和"存在模式"是形而上学关于实体的两个基本问题，而尼采都给出了回答，所以尼采是一个形而上学家。英语翻译的"entity"在此对应的"存在者"；"entity in its totality"这里对应的是"存在者整体"。考虑到尼采对"unit"概念的批判，这里把"entity"翻译为"实体"。)

根据存在问题，任何事物都得以是其所是。然而对尼采而言，"实体"和"总体"这样的概念根本就是有问题的("……没有什么'总体'……根据一些并不存在的东西，是不能对人类存在和人类目的进行评判的……"【*WM* II. 169, *WP* 378】)，尼采也几乎从来没有说过什么**原态的**永恒回归，而只是说过永恒回归——而大量这样的细节却被忽略了。海德格尔的系动词把强力意志和原态的(*Gleich*)永恒回归等同起来，尼采对"等同化(making equal)"和"同一化(making same)(*Gleich*)"的嘲弄，则被系动词的强大力量忽略了："**究其内在可能性而言，强力意志在本质上就是原态的永恒回归**。"(*HN* I, 467)(**中译者注**：斯皮瓦克在本段力图说明，尼采的一些表达实际上是具有游戏性和双重性的，对自己的观点充满讽刺和嘲弄，像"权力意志"这样的概念，也仅仅是一种设定而已，何况尼采主张遗忘。但是斯皮瓦克认为海德格尔忽视了尼采在风格和表达方面的这些特点，过于严肃认真地对待尼采，乃至产生理解上的偏差，从而最终把尼采认定为形而上学家。)

因为海德格尔不承认尼采风格的多元性，所以他不同意给予尼采作为“涂抹”的哲学家的特权。对他来说，尼采仍然是一个探询存在问题却不对提问本身进行质疑的形而上学家。

“不管是尼采还是在他之前的思想家——确切地说也包括在尼采之前、第一次从哲学的角度思考了哲学历史的黑格尔——都没有抵达始源性的开端（the commencing beginning）。毋宁说，他们对开端的打量，总是仅仅根据那已经是一种开端之堕落和开端之平息的东西，也就是根据柏拉图的哲学……尼采早就标榜自己的哲学是颠倒了的柏拉图主义。但这种颠倒并没有消除柏拉图的前提，事实上恰恰通过表面上的消除而使它更加牢固了。”（*HN* I，469）（**中译者注**：此段中译文可参考海德格尔《尼采》，孙周兴译，商务印书馆2002年版，第459页。海德格尔认为，尼采同其他形而上学家一样，都是从回答实体问题开始的，由于“实体”在海德格尔看来已经是一种“在场”，一种结果，是开端的堕落和结果，因此都没有触及更加本源的事物之所“是”的存在问题。）

在把尼采形而上学“作为主体性形而上学”这一有限的框架范围内，海德格尔对尼采的解读是杰出的。然而不幸的是，在我和德里达看来，问题更在于这一点，即海德格尔觉得他忽略和离开尼采本意的阐释如此之多是迫不得已的。对于海德格尔有关尼采的文本，我暂时保留对其做更彻底的批评。这里我仅指出一些典型例子。如果尼采说世界和我们的知觉是混沌的，那么海德格尔就会把混沌解释为“**世界的总体及其运行的独有**「eigentumlich」**蓝图**……‘混沌’并非简单地指无用的混乱，而是指生成那未被征服的（unsubdued）领域的秘密。”（*HN* I. 566）。（**中译者注**：此处中译文可参考海德格尔《尼采》，孙周兴译，商务印书馆2002年版，第552—553页。海德格尔认为尼采的“混沌”表达的是一种“秘密没有被征服”的状态，而权力意志则给予了这种混沌以澄清和形式。但斯皮瓦克认为，尼采压根就没想去征服这个秘密，混沌不是等着人去征服，而是一种永远不可能征服的状态，或者说，征服只能是一种人的阐释带来的假象。）艺术（其情形在尼采那里也是十分深奥和成问题的）（36）【**原注**：保罗·德曼这个十分精炼的评论暗示出了问题的分量：“‘只有作为一种美学现象，存在和世界才会永远是合理的。’……在《悲剧的诞生》中，我们不应该对那个重复了两次的著名引文泰然处之，因为它是对存在的一种指控而非对艺术的颂扬。”《尼采〈悲剧的诞生〉中的创世纪和世系》，*Diacritics II*，iv（Winter 1972）：50.】于是被描述为至高无上的强力意志，它给了混沌以形式，（尼采也许会抱怨，“另一条符号链条在这里插了进来”）是“生成（becoming）的创造性经验”。（*HN* I. 568）如果说尼采是把通常的身体和有机体作为意识的阈限的话，那么，海德格尔的杰出之处就在于引入了“身体理性”（“the bodying reason”）的概念，并把尼采的做法阐释为主体性概念向动物性的延伸，以及把“‘身体’……[看成]那种强力意志的形式的名称，在其中，后者作为一个明晰的‘主体’一下就变得容易被人理解。”（*HN* II.300）当尼采写到“给‘生成’加上存在的特性，那就是至高无上的强力意志”

(*WM* II.101, *WP* 330)时,海德格尔的阅读一定不会注意到尼采的双重立场充满的讽刺性。甚至,他也肯定忽略了"印刻"(imprinting,*aufzupragen*)这个隐喻具有的含义,用英语翻译就是"给予,强加上"(to impose)的意思。实际上他肯定经常忽视强力意志所具有的碎片化特性,正如他必定忽略尼采许多极富挑战性的见解所具有的质问形式一样。他肯定会把超人的无目的性(goal-lessness)阐释为"地上的人所具有的绝对优越性。拥有这种优越性的人就是超人。"(*HN* II.125)(**中译者注**:斯皮瓦克此处想说明的是,海德格尔对尼采的强力意志本身的形式和表现的理解是杰出的,但是他没有注意到尼采这个概念具有的假想和设定性质,它本身是"无",是一个加在"生成"之上的主语。而事实上,尼采的生成本身是混沌的、碎片化的和无目的的。海德格尔把生成看成一个以强力意志为主体的东西,它使得生成显形并持存,使"生成者"成为"存在者":"这话的意思说的是:要这样把生成构成为存在者,使得生成始终作为存在者而保持下来,并且具有持存性,质言之,使得生成存在着。把生成者烙印[亦即重新压铸]在存在者上,这乃是最高的强力意志。"【海德格尔《尼采》,孙周兴译,商务印书馆2002年版,第456页。】斯皮瓦克认为,海德格尔用"身体理性"代替"主体"概念,来说明尼采对强力意志,并且为"生成"加上"存在特性",都强调了尼采与形而上学主体概念之间的联系,但没有注意到虽然"强力意志"尽管是身体水平的,不过其本身在尼采那里却是一种游戏性的设定,一种强加给"身体"以及"生成"的东西。因此强力意志并非一种"实在"和在场的概念。尼采的"超人"也不是那种在强力意志上面具有优越性的人,而是一种能够在知识和遗忘之间游戏的人,一种能够摆脱形而上学的各种真理和道德束缚的人,一种在"存在之居所"之外进行舞蹈的人。)

德里达认为,对尼采进行严格的海德格尔式的阅读兴许是有好处的——因为这种阅读会使尼采这个对自己的"知识"的"可怕"文本进行积极遗忘的人最终走向连贯一致。在这种阅读可能达到的极限处,"它的形式重新获得了完全的陌生性,他的文本最终就会吁求另一种阅读方式。"

德里达自己针对海德格尔的尼采阅读所进行的批评——《论风格问题》("La Question du style")(**中译者注**:该篇文章的中译文可参考衡道庆译《风格问题》,见刘小枫等选编《尼采在西方:解读尼采》,上海三联书店2002年版,第397页。)——看上去围绕的只是海德格尔文本的一些明显的细枝末节。但正如我们后面会看到的,解构的策略就是关注这些细微但却能揭示问题的东西。在这篇特殊的文章中,这个细节就是,在《偶像的黄昏》中题为"'真实的世界'如何最终变成寓言:一个谬误的历史"的一章里,海德格尔忽视了这句话:"它变成了一个女人。"(37)【**原注**:*Götzendammerung*: *order wie man mit dem Hammer philosophirt*, *NW* VI. Iii, 74; *Twilight of the Idols and The Anti-Christ*, tr. R. J. Hollingdale (Harmondsworth, 1968), pp. 40—41.】(**中译者注**:该文章的中译文可参考卫茂平译《偶像的黄昏》,华东师范大学出版社2007年版,第62页。)

尼采在这个简要的章节中用了六个公式化段落来讨论西方形而上学的历史，并伴有“舞台指导”，用的是尼采特有的、严肃中又带着玩笑的口吻，在形而上学从柏拉图主义转向基督教时，“观念……**变成了一个女人**”。海德格尔在对这一章的延伸性评述中没有注意到这一句。而德里达则盯着这一疏忽之处，通过对“女人问题”的讨论，他用惊人而大胆的方式阐明了尼采的“风格问题”。

总体上看尼采的文本，可能会把他看成一个极端的厌女症患者。但德里达的仔细阅读给我们解开了一个复杂得多的关于女性的态度。德里达把它分成三种情况，并认为尼采的每一种态度都与一种精神分析“立场”——即主客关系模式相连。总结起来就是如下三种位置(**中译者注**：尼采有较多的地方谈及女性，多有修辞性含义。例如《论道德的谱系》中的段落，中译文可参见谢地坤译《论道德的谱系》，漓江出版社2000年版，第291—298页；以及《快乐的科学》第二卷，华东师范大学出版社2007年版，第59—75节；等等。)：

> 女人……被斥责为……说谎的力量或象征……的确，他害怕这种被阉割了的女人……
>
> 女人……被斥责为……真理的力量或象征，的确，他惧怕这个把人阉割的女人……
>
> 女人……在这种双重否定之外，被承认和肯定为肯定性的、掩饰的、艺术的和酒神式的……的确，男人就喜欢这种肯定性的女人。(*QS* 265, 267)

德里达通过对风格问题的细致讨论，提醒我们这三种立场不可能调和为一个整体，甚至不能调和成一个“终极代码”(exhaustive code)(QS 266)如果我们注意到这一提醒，我们就会在此关注这个三重的框架，重新把目光放到“谬误的历史”上，并提炼出阅读尼采的德里达版本。

尼采认为，随着基督教的形成，一个“阉割”的时代就到来了，观念变成了一个(阉割人的和被阉割了的)女人，被哲学家的男性气质所追求，以便拥有和占用。尼采也深陷这个框架，为男人代言，提出了“超一**男人**”(over-*man*)。但是他的文本却能够指出，女性通过“献出自己”(在扮演角色，即扮演自己的意义上)的方式又瓦解了男性气质的占有行为，即使是在“把自己献给”性的主宰权力这一行为中，也是如此。(38)【**原注**：NW V. ii, 291; GS 317. 尼采的这一段文字可能关系到《论文字学》第167页(第114页)中德里达对列维一斯特劳斯与Nambikwara女孩们的游戏所进行的评论。】关于“真理作为女人”，我们不能问“她是什么?”这样的本体论问题，也不能期待什么答案，即阐释学的前提假设：“每一次当这个特有的问题(即关于自我同一、盗用和作为一种占有的知识的问题)出现时……这种询问的本体一阐释学(onto-hermeneutic)形式就会出现它的局限。”(*QS* 274)就在这种臣服的行为中，女人进行了伪装。这里，对于一直破坏着尼采风格的知识一遗忘这个二重性问题，我们看到了一种性别化的描述方式。要占有女人，人们就必须成为女人。(“沉思的特征……是由男性化的母亲构成的。”【*NW* V. ii. 106, *GS* 129】)然而，女性的存在本身是不可知的。通过刻笔、孔锥和马刺，占有的男性化风格作为对真理那谜一般的女性气质的一种防范，就瓦解了。“或许真理是一个女人，拥有不让我们探究其原由的道理？也许她的名字就是——用希腊话来说——鲍波(Baubo)[女性生殖器官]?”(*NW* V.ii.20，*GS* 38)“即使最聪明的人文主义学生的富于同情的好奇心，也不足以猜到这个或那个女性是如何努力使自己与(性的)谜语的答案融合的……也难以猜出终极哲学和女性的怀疑是如何在这一点上抛锚的!”(*NW* V. ii. 105，*GS* 128)一旦我们经受拷问，令人惊奇的过程就会出现，文本就开始打开。为了了解她，男人必须持续地努力成为女人一样的真理(明确主张遗忘)，而这是不可能的。“男人和女人永远在变换位置，交换着他们的面具”(*QS* 273)。莫非德里达是认为，尼采在质疑可复苏和可占有的原初“真理”的同时，像弗洛伊德那样象征性地质疑了“原初场景”的现实性？并且也质疑了伴随明确的男女区分的、通常以菲勒斯的阉割作为开端的事物的现实性？

(正如德里达所看到的)，难道尼采想把与弗洛伊德对原初“场景”的重写相近的、历史中的阉割观念，放进儿童原始的“幻想”之中？(39)【**原注**：对这一重写的清晰阐述，可参见 Jean Laplanche 以及 J. -B. Pontalis 的 “Fantasme originaire，fantasmes des origins，origine du fantasme.”*Les temps modernes* 19，ccxv (1964)：1833－68；翻译为“Fantasy and the Origins of Sexuality，”*The International Journal of Psychoanalysis* 49，i(1968)：1－18.】在提出为了占有真理(女人)，哲学家必须成为真理(女人)这个观点时，尼采的文本是在解构弗洛伊德早期的菲勒斯中心主义吗？因为这一时期的菲勒斯中心主义提供的说法完全不同：如果儿子(男人)拒绝性别区分，那他就会努力为了母亲(女人)而**成为菲勒斯**，成为那个“丢失的东西”；而当他承认性别差异的时候，儿子(男人)就会通过与父亲的认同而**拥有**菲勒斯。尼采是不是在努力消除男人对“女性气质的拒绝”？——它的对立面就是占有，而弗洛伊德把这种占有想象为“只不过是一种生物学事实”(*GW* XVI. 99，*SE* XXIII. 252)，尼采是想要描述一种不被那个力图弥补空缺的男性所界定的女性气质吗？(40)【**原注**：对于精神分析的“女性视角”，参见 Luce Irigaray，*Speculum*：*de l'autre femme*(Paris，1974)。非常感谢 Michael Ryan 为我提供这个线索。】(**中译者注**：此段落指出的是尼采和弗洛伊德的区别，弗洛伊德通过儿童的成长过程认为，菲勒斯始终是他的一个识别母亲的方式，无论儿子是否拒绝性别的区分。也就是说，菲勒斯的有和无的对比始终是存在的，而尼采认为占有真理的方式是成为真理，则可能意味着自身的消失，因此也就是差别的消失。)

(也许德里达心目中的尼采已经“超越了”德里达心中的黑格尔。在《丧钟》[*Glas*]一书中，德里达一直把黑格尔的绝对知识[*savoir absolu*]称之为 *Sa*，这不仅仅是对法语的“ca”[本我，它]的故意误拼、对“signifiant”[能指符号]的常用法语缩写，同时也是在目前情况下还没有名称的阴性宾语的物主代词。黑格尔所说的绝对知识，也许就可以在这种未命名的[不可命名的]“选择阴性”[任何意义上的阴性事物]的意志范围内来进行理解。)

德里达以另一段长长的警示性文字作为文章的结尾(41)【**原注**：我建议读者去看 *QS*，pp. 208f. 其中可以完整地读到德里达是如何把玩尼采的《我忘掉了我的雨伞》(“I have forgotten my umbrella”)这篇文章的。】结束了阅读尼采的问题。它特别关注的是尼采文本中存在的一个事实，就像我们一直努力解释的那样，一种连贯的阅读总是在不断擦除自身并引出它的反面，如此往复，以至无穷："不要从人们必须立即放弃的、从'它的意思是'这种表述的知识中得出结论，要尽可能严谨地意识到结构的限制……尽量远离这样的解码行为……如果尼采意指（想说）什么，它难道不是对意义（说的意志）的一种限制，就像必然是不同的，并因而总是分裂的、重叠的和多元的强力意志的某个结果那样？……这等于说，不会再有什么'尼采文本的总体性'了，即使是碎片化的和格言式的。"（*QS* 285）（**中译者注**：本段要表达的是，意义的表达一旦形成，就会变成对意义的一种限制。）

德里达写道："文本总是同时保持着开放性、既定性和不可解码性，即使我们不知道它是不可解码的。"（*QS* 286）在本《序言》后面，我会展开德里达为我们开创的这一新观念。

这里我要指出的是，德里达对这些先驱（fathers），一直都采取仪式性的（无疑是正确的）漠视姿态："尼采、弗洛伊德和海德格尔正是在继承下来的形而上学概念中才得以进行他们的工作。"（*ED* 413，*SC* 251）海德格尔已快要消解和"摧毁"（"destroying"，海德格尔语）它们，但依旧向它们屈服了；弗洛伊德则几乎一直认为自己是在这些概念范围内工作。而尼采拆解了这些概念，但又鼓吹忘却这一事实！也许整个问题的核心就是，一个人对于自己所做的事情究竟**了解**多少。求知意志是不容易抛弃的。当德里达宣称他既在形而上学之内但又不受其局限的时候，差别难道不恰恰就在于他至少**明白**这一点吗？在这个问题上，要想出一种超越尼采的解决办法是困难的：去认识事物，然后又主动遗忘，并在其文本中令人信服地提供自己的误读。

在《笛卡儿的沉思》（*Cartesian Meditations*）一书中，爱德蒙·胡塞尔区分了"意识的先验现象学"和"意识的纯粹心理学"之间的不同，前者是这样一种研究，在其中，"人的心理构成……来自世界的信息……都不（是）作为实在性被接受的，而仅仅是作为实在性—现象（actuality-phenomenon）的组合而被接受的"，然而他又宣称，这两者"完全平行"（exact parallel）。这里还有另外一种区分是尼采式的眼光必然要解除的。（42）【**原注**：Edmund Husserl，*Cartesianische Meditationen und pariser Vortrage*，ed. S. Strasser（The Hague，1950），pp. 70—71；*Cartesian Meditations*，tr. Dorion Cairns（The Hague，1973），p. 32. 也可参见 *Formale und transzendentale Logik*，part II，chapter 6，Husserliana，Nijhoff edition（1974），17：239—73. *Formal and Transcendental Logic*，tr. Dorion Cairns（The Hague，1969），pp. 232—66.】对德里达来说，是弗洛伊德指明了心理的运作机制，这种运作消除了世界的起源（the origin of the world）和在世（Being-in-the-world）之间的先验区分。在做出这种区分的同时又消除这种区分。（43）【**原注**：*ED* 315；"Freud and The Scene of Writing，" tr. Jeffrey Mehlman，*Yale French studies* 48（*French Freud*：*Structural Studies in Psychoanalysis*；后文引用为 *FF*）（1972），p. 93.】德里达并不认为精神分析是一种特定的或"局部的"（regional）学科，而是把它看成一种阅读方式，用来清理"本体论和特权化存在（being in its privilege）的那些基础性的概念—语词（concept-words）"（35，**21**）。换言之，精神分析对他来说不是一种为心理规则提供一幅正确的图画，并且为非正常的情况提供治疗处方的科学，而是在其使用中，教给我们某种解读各种文本的方法。

不管弗洛伊德是否承认，他都暗示了心理是一个“涂抹”的符号结构，因为就像符号一样，其中寓居了基本的他异性(radical alterity)，也就是完全他者(wholly other)——“弗洛伊德给了它一个形而上学的名称，即无意识”(*MP* 21, *SP* 151)，**“无意识是真正的精神现实，其最深层的本质就像外部世界的现实一样不为我们所知。并且，意识信息对它的表达是不完全的，就像我们的感觉器官的交流不能完全表达外部世界的信息一样”**。(*GW* II－III. 617－18, *SE* V.613)同时，在他用自我和本我(它，他者)来代替意识和无意识的对立时，也丝毫没有触动它异性概念：“本我……是它(自我)的另一个外在世界(other external world)。”(*GW* XIII. 285, *SE* XIX. 55)这种异变性永远不可能像意识一样得到显现，它只跟介于自身和无意识之间的前意识有往来。“对意识来说，整个心理过程都把自己表现为前意识的范围。”(*GW* X.290, *SE* XIV.191)然而，“无意识一直力图保持活跃……事实上，不可摧毁性正是无意识过程的显著特征。”(*GW* II－III.583, *SE* V.577)

有些东西自身携带着恒久的他异性的踪迹：例如心理结构和符号结构。对于这种结构，德里达取名为“书写”。符号不能看成起源(指称对象)和结果(意义)之间起桥梁作用的同质化的统一体，就像研究符号的符号学可能会做的那样。符号必须在“涂抹”状态下进行研究，因为它身上总是先已寓居着绝不会如此显现的另一符号的踪迹。“符号学”必须让位于“文字学”，正如我所认为的，这种让位和尼采对作为无穷“符号链”的道德所进行的“系谱学”研究紧密相关。

因此，“书写”就是那种总是先已寓居着踪迹的结构的名称。这一概念比经验的书写概念涵盖更广，后者指具体物质基础上的、具有可理解性的指示系统。德里达感到，这种扩展，是弗洛伊德用书写的隐喻去描述心理的内容与机制时完成的。在一篇被译为《弗洛伊德与书写场景》(“Freud and the Scene of Writing”)的文章中——其本身就是尼采谈到的对“哲学”文本进行修辞分析的一个例子——德里达通过三个文本追溯了书写隐喻的出现。(**中译者注**：该文的中译文可参考张宁译《书写与差异》，生活·读书·新知三联书店2001年版，第357页。)这三个文本在弗洛伊德的职业生涯中有着三十年的跨度：《科学心理学计划》(Project for A Scientific Psychology, 1895)，《梦的解析》(1899)《关于“神秘的书写板”的笔记》(**中译者注**：以下简称《笔记》)(A Note Upon the Mystic Writing-Pad, 1925)。在这三个文本中，弗洛伊德想努力解决的问题是找出一种描述方式来描述心理机制和心理内容。在1925年的《笔记》中，弗洛伊德最终找到一种描述方式，他把心理描述为一个“书写空间”。这确实不是我们的经验书写概念，因为这里的“稿本(script)……决不从属、附加和滞后于言语。”(*ED* 296, *FF* 75)也不仅仅是语言的隐喻。在《梦的解析》中，梦的内容——心理的整个记忆运作的一个范例——“是用象形化的(而不是声音化的)稿本来进行表达的。”(*GW* II－III. 283, *SE* IV. 277)在《笔记》中，随着对实际书写把戏的精心再现，关于语音场所的问题根本就没出现：“把感觉－意识系统(system *Pcpt-Cs*)及其保护层比作电影胶片和上面盖着的蜡纸，而把下面的无意识比作蜡版，我认为并不是太牵强。”这样，在感觉过程中，意识的闪现和消失就可以比作书写的显现(变得可见；*Sichtbarwerden*)和消隐。”(*GW*

XIV. 7, SE XIX. 230—31)在《梦的解析》的最后两章中,弗洛伊德仔细思考了“梦的工作”(The Dream-Work)和“梦的过程心理学”(The Psychology of the Dream-Process),冒着陷入自我困境的危险,不得不推翻心理具有的任何统一能力的观点。到弗洛伊德开始写《笔记》的时候,他已经搞清楚了,心理装置的运作本身是心理无法接近的。正是这个装置在“接收”来自外界的刺激,而心理则被“保护”起来,以免受到外界刺激的影响。而我们所认为的“知觉”那种东西,一直就是一种刻画(inscription)。如果刺激造成了永久的“记忆痕迹”——这些记号不是意识记忆的一部分,它们会构成与接受刺激的时刻相距遥远的心理游戏——那就不会有意识到的感觉了。“在感觉系统而不是这些永久的痕迹中,(周期性且不规则地)出现了令人费解的意识现象。”(*GW* XIV. 4—5, *SE* XIX. 228)然后,在感觉系统未被激活时,或者准确地说,是持续的心理构成过程终止的时候,出现了周期性,正是实际激活的周期使我们有了时间的感觉。“我们对时间的抽象观念看来完全是源于感觉—意识系统的工作方式,并且与这种工作方式的自我感觉(*Selbstwahrnehmung*)相符。(*GW* XIII. 28, *SE* XVIII. 28)在《笔记》中,弗洛伊德更大胆也更具尝试性地拆除了这种人格的原始堡垒,即时间感的连续性;我们的连续的时间感觉,是感觉器官非连续的周期性的一个功能,并且,实际上不过是对这一器官之运作的一种感觉:“这种感觉—意识系统非连续的作用方式是时间概念形成[是 *Entstehung* 而不是起源——*Ursprung*]的基础。”(*GW* XIV. 8, *SE* XIX. 231)因此,在弗洛伊德关于心理的问题中,感觉就是一种“原初写稿”(originary inscription)。而对康德来说是优先的和必然的“直观形式”的时间,则变成了心理这块神秘的书写板上的、“书写经济”的一种标记。(*ED* 334, *FF* 112)

尼采通过对因果关系和本质的批判,已经否定了自治性的自我。他指出了我们对每一“单个”人类行为中的细节的无知,而弗洛伊德对自治性自我的拆除,正是基于对这些细节的思考。

弗洛伊德对书写隐喻的慢腾腾的揭示强烈地吸引了德里达,因为它没有伴随通常的牵绊。在《论文字学》中的“能指和真理”一节中,德里达探讨了书写隐喻在通常的使用中存在的一个奇怪特征:即使是在使用时,它也与字面意义上的书写形成对比。“通常意义上的书写是死字母,是死亡的载体,(因为它意味着言说者的缺场)……从另一个角度看,在同一个命题的另一面,隐喻意义上的书写,自然的、神圣的和有生命的书写,则是受到尊崇的。它同价值的起源、同作为神圣律法的良知的声音、同心灵和情感等等拥有同样的尊严。”(29, **17**)因为人类需要用在场的观念来安慰自己,因此意味着实际作者之缺场的“字面”意义上的书写,必然遭到“拒绝”,即使它作为一种隐喻而被“接受”。弗洛伊德对书写隐喻的使用还没有受到这种两面性的影响。实际上,弗洛伊德认为,这个在场的大厦、这个感觉着的自我,是由缺场以及书写所塑造的。

形而上学的武断于在场中找到了其研究的起点和终点。质疑这一封闭圈的人——包括尼采、弗洛伊德、海德格尔等——则逐渐认为需要运用“涂抹”策略。尼采把“求知”进行了涂抹,弗洛伊德对“心理”进行了涂抹,而海德格尔,很明显,对“存在”进行了涂抹。正如我说过的，这种擦除事物的在场但同时又保留其可见性的方式，用德里达的话说，其名字就叫“书写”——这种方式既使我们从形而上学的樊篱中解脱出来，同时也使我们在形而上学的范围内得到保护。

弗洛伊德对心理进行涂抹，不只是通过宣称心理寓居着基本的他异性，也不仅仅通过表明感知和暂存性是书写的功能，他还多次通过公开质疑自己经常使用的思维的拓扑学寓言来涂抹心理。因此，对弗洛伊德关于心理系统的不同模式没有质疑，并说它们是“弗洛伊德用来再现心理系统而使用的‘不同视角’”，看来也是不正确的。(44)【**原注**：Anthony Wilden, “Lacan and the Discourse of the Other,” *The Language of the Self: the Function of Language in Psychoanalysis by Jacques Lacan*, tr. Anthony Wildon(Baltimore and London, 1968), p.91.】这里的关键是，弗洛伊德用的心理的动力(力量游戏)图和功能图，几乎消除了其拓扑图，但是又给予了这些拓扑学图像以最大的用处。这是典型的“涂抹”手法。他不仅写道他要“小心地避免试图用解剖学的方式为心理确定位置”(*GW* II—III.541, *SE* V.536)；而且他也指出，即使是在“虚拟”的心理拓扑学中，也不能这样做。

> 无意识之思寻求把自己(*nach Ubersetzung*)传送(翻译)到前意识中以便能够闯进意识……这种无意识并不形成一个处于新位置的第二思维，就像一个一直存在于起源性事物旁边的副本；同时，“闯进意识”的观念必须小心地避免受任何其他“改变位置”的观念影响……我们现在做的是再次用动力学方式代替拓扑学方式去再现事物。不过，我认为继续使用这两个系统的喻象(figurative image)是可行的，也是合理的。(*GW* II—III. 614—15, *SE* V. 610—11)

大约十五年后，在探讨无意识问题时，弗洛伊德向我们保证：“研究无意识的衍生物，会让我们图式化地分清这两套心理系统的期望彻底落空。”(*GW* X. 289, *SE* XIV. 190)

然而这种拓扑学的寓言仍然在使用，在我看来恰恰就是因为它是一个具像性的富有表现力的方式——是一种正统意义上的“结构”。弗洛伊德取消了自我的统治地位。他的拓扑学描述使得他能够在心理文本的结构过程中指出这一自我的产生。德里达则说：“既然主体性是从这种文本结构中产生的，那就只需要重新考虑主体性的效果问题。”(*Pos* F122, *Pos* E45)

弗洛伊德写道：“我认为，既然我们已经从动力学、拓扑学和经济学几个方面成功地描述了心理过程，我们就应当把它当成一种**元心理学的**呈现(*metapsychological* presentation)来谈。”(*GW* X. 281, *SE* XIV. 181)心理过程的“经济学”呈现这种观念，对于我们阅读德里达来说也是中肯的。

经济是能量的隐喻——在其中，对立的两种力量相互作用并构成了所谓现象的同一性。在弗洛伊德的“元心理学呈现”中，经济学的方法是用来修正拓扑学和动力学的描述方式的，尽管就像我前面说过的，后两种方式从未被抛弃。“心理学研究最终能够认识到的，就是这两种原始本能的行为，它们的分布、融合和分离——这些东西，我们不能在思考中把它们限定在心理器官某个单一的领域，如本我、自我或超我……只有通过一致的或相互对立的行为，换句话说，通过“两种原始本能，即爱欲和死本能(Eros and death-instinct)的经济——当然，绝不是单独地通过这一个或那一个本能——我们才能解释生命现象(表象，*Erscheinungen*)丰富的多样性(多姿多彩，Buntheit)。”(*GW* XVI. 88—89，*SE* XXIII. 242—43)

经济不是对立面的和解，毋宁说是对分裂状况的维持。由差异构成的统一体就是经济。用弗洛伊德的话说，一个思维序列是由它的对立面来维持的，一个意义单位包含了其对立面的可能性：“一个思维序列几乎恒定的伴随着它的矛盾对立面，是由一种对偶关系联系起来的。”(*GW* II—III. 316，*SE* IV. 312)正常状态——某种“理想的虚构”(*GW* XVI. 80，SE XXIII. 235)——和神经机能症(neurosis)是共谋伙伴：“在正常的生活和患神经机能症的生活之间，精神分析研究找到的区别不是根本性的，而只是数量上的……我们必须承认，神经机能症的心理机制并不是由精神的病态而混乱的后果造成的，而是早已存在于精神器官的正常结构之中。”(*GW* II—III. 378，613；*SE* V. 373，607)用同样的策略，在对快乐原则和死本能进行了仔细对比之后，弗洛伊德认为：“快乐原则看来确实是为死本能服务的。”(*GW* XIII. 69，*SE* XVIII. 63)死本能本身是根据大胆的、生命和惰性之间的经济来得到展示的：“惰性是有机生命所固有的。”(*GW* XIII. 38，SE XVIII. 36)因此，当弗洛伊德提出身体和思维之间的经济时，我们并不感到奇怪：“……思维活动同样来自性动力的升华。”(*GW* XIII. 274，*SE* XIX. 45)我们不只是处于德里达在尼采那里也发现了的、对立面之间相互取消又相互维持的(undoing-preserving)氛围之中，实际上，最后一段引文还发展出了一种尼采称为“新心理学”的东西，在指出需要把文献学(语言系谱学)和生理学(性爱领域)相结合时，尼采提出了这一点。

我在前面已引证了弗洛伊德的论述，即心理机制中永久性踪迹的确立会排除即时感知的可能性。在把这种延宕机制(delaying mechanism)同对立体的经济联系起来之后，德里达写道：

“随着一直指导弗洛伊德进行思考的图式，踪迹的运动就被描述为生命通过延缓(*by deferring*)那些危险的投入(investment)、通过建设储备(*Vorrat*)来保护自己的一种努力。在延异的经济中，开启了弗洛伊德思考的所有概念性对立，把一个概念与另一个都相互联系了起来，就像做迂回运动那样。一个是仅仅是另一个的延迟，一个与另一个相差异。”(*MP*19—20，*SP*150)

这一段是从《延异》这篇文章中节选下来的。在它阐明是什么东西促成了德里达的主要概念，即用“a”字母改拼了的“延异”时，强调了弗洛伊德的在场。让我们看一下引文中的三个关键点：“差异”、“延迟”、“迂回”。我已经说过极端他者，即总是有差异和非同一的东西。现在要再加上那通过延迟才得以构成的东西所具有的永久性延迟结构。这两个合在一起——“差异”和“延迟”，两种意义都存在于法语动词“differer”中，两者也都具有被“涂抹”的符号的“性质”——德里达称之为“延异”(differance)。这个延异——就是我们的心理结构(一个永远不在那里，永远不为我们所感知且它自身就是被延迟和差异了的结构)——也是“在场”的结构，一个自身也被涂抹的东西。因为延异只产生我们理解“在场”的差异结构，而从来不会产生这种在场本身。(**中译者注**：从此段关于心理结构的讨论中，我们可以看到，“延异”结构是虚构的，它只是为了说明，像心理结构这样的东西，我们只能从差异和事后的角度去感知。例如“灵魂”这样的在场，我们只有通过它与身体的差异，以及与情感表现或者善恶言行等这类“事后”的结果中，才能对灵魂本身有所理解。通过与死亡这样的差异和延迟性结果，我们才理解了“生命”的含义。因此，延异是一种理解“在场”的差异结构。换句话说，“在场”的观念就是这样才得以出现的。事实上，人的经验本身就已经是一种事物作用于人的事后结果，是一种“纪念”或者“踪迹”，而事物本身或者起源是缺场的。但我们的心理延异结构会通过这些结果来追溯起源，并最终把其认定为在场。这种根据事后追溯出来的在场也包括“上帝”、“主体”这样的概念。某种意义上说，尼采说的人的透视特性，其具体内容就是这种延异结构和追溯结构。)

因此，“在场”的结构是由差异和延迟组成的。但是，既然“感受”在场的“主体”也是类似地构成的，那延异就既不是积极的，也不是消极的。“-ance”这个后缀在这里标志着一种悬而未决的状态。由于“difference”(差异)和“differance”(延异)在读音上是无法区别的，因此这种“新写法”(neographism)提醒我们注意作为一种结构的书写的重要性。字母“a”在这里告诉我们，即使是在书写结构中，得到完美拼写的文字也是始终不存在的，它只是由无穷的系列拼写错误所构成的。

在《延异》中，德里达把延异思想同尼采、弗洛伊德和海德格尔联系了起来。但弗洛伊德的开创性似乎对他影响最大。感觉和恒久性踪迹之间的分离看来使思维本身就成了知觉的延异。有机体和无机惰性之间的共谋使生命成了死亡的延异。(*ED* 333n.，*FF* 112n.)用弗洛伊德的眼光，以及弗洛伊德的观点——即我们对无意识踪迹的感知总是在“事后”很久才产生——德里达在他为《几何学的起源》所写的导论中，强化了他在胡塞尔对“活的当下”(the Living Present)的建构中所发现的东西：“延迟的纯粹意识”。(p.171)

德里达引用了《超越快乐原则》(*Beyond the Pleasure Principle*)中的内容：

“在自我的自保本能影响下，快乐原则被现实原则所取代。后一原则并没有放弃获得快乐这一最终目标，只是它要求和带来的是快感的延迟效果，即放弃一些获得快感的可能性，并把暂时忍受不快作为获取快乐的曲折道路(*Aufschub*)的一个步骤。”

在弗洛伊德的讨论中，德里达通过如下分析，把这种延迟(延宕，deferment)同“明显打破了各种经济的、与绝对他者(延异，differance)的关系”联系了起来”：

“无论如何，延异的经济特征绝不意味着延迟了的在场总是能够再次出现，即绝不是简单地意味着某种投入(investment)——仅仅暂时地、无损地延缓在场的出现……。无意识不是……一种暗藏的、实际的和潜在的自我在场(self-presence)……这里没有那种法号司令的主体在某处“存在”的机会，即成为当下的或成为‘它自己’，更是没机会成为意识……这种基本的他异性，消除了任何可能的在场模式，而延迟效果就是它的典型特征。为了能够描述它们，为了阅读这些“无意识”踪迹的踪迹(既然[踪迹恰恰是在没有意识性的知觉的情况下才得到表示]，那就不存在“意识”的踪迹)，关于在场和缺场的语言、现象学的形而上言语，原则上讲都是不充分的。”(*MP* 21, *SP* 152)(**中译者注**：也就是说，延迟仅仅意味着我们只能从“事后”的角度来理解“此前”的在场，但绝不是说此前真的存在过这么一个在场，好像它只是在事后重新出现。换句话说，我们只能从踪迹而不是在场的角度去理解起源。这一段德里达是从心理学的角度表达了起源缺场的意思。)

这里我必须重复一下我们在讨论尼采快要结束时提到的一个问题，当然是有所修正地提出，也许还会努力提供部分解答，那就是贯穿德里达认识的主导性问题。尼采已经发现维持分裂(disjunction)、热爱命运和培养**命运之爱**(amor fati)的需要。(**中译者注**：即接受“主体”的虚构性这一现实。)但是他的整个思想和行为风格就是把责任加到他反对其存在的自我(self)身上。他的文本变成了延异狂暴而从容的游戏场所。而弗洛伊德则使德里达想到，哲学活动并不是非要像尼采那样狂暴。只要承认人是由延异塑造的、承认“自我”是由“永远不会得到完全承认”(never-fully-to-be-recognized-ness)这一性质构成的，这就足够了。我们不必要培养遗忘和对机遇的热爱；我们本身就是偶然和必然的游戏。知识意志没有害处，因为无知意志与它一起嬉戏并建构了它——如果我们渴望求知，那很明显我们也渴望被欺骗，因为知识就是欺骗性的。另一方面，尼采把“对存在问题的**积极**遗忘”看成一种狂欢。毕竟，它或许是一种隐喻意义上的微妙之处的差别。凭借弗洛伊德对记忆的研究，德里达对这种遗忘的理解是，遗忘在塑造我们的“自我”(our “selves”)、尽管也是“我们自身”(“ourselves”)时，是十分积极的，我们听从它的刻写。正如我说过的，也许从长远来看，德里达的特出之处就在于他在写作时**明白**自己总是先已顺从了书写。毕竟，他的知识就是他的权力。而矛盾的是，尼采也**知道**这一点，因此对于知识在记忆方面不可避免的病态自满来说，他积极主动的(故意的)遗忘就成了一种反抗行为。奇怪的是，在一次与让-路易·乌德宾(Jean-Louis Houdebine)的访谈中，德里达在谈到自己的策略时反复说到：“但我知道我在做什么。”(45)【**原注**：例子有很多，我举一个，“我确实相信你曾经暗示过的那些缺陷都十分清楚地标识了理论阐发的轨迹……”(*Pos* F 85, Pos E II 33)。甚至在保罗·德曼的精彩之作“The Rhetoric of Blindness: Jacques Derrida's reading of Rousseaue”(*Blindness and Insight: Essays in the Rhetoric of Contemporary Criticism* [New York, 1971])中也可以找到为“我的主人的控制”(“my master's mastery”)进行辩护的例子：“卢梭并不感到迷惑，他说出了他想说的东西……我们并没有让卢梭解构他的批评家们，而是让德里达用一种可能是从‘真正的’卢梭那里获得的洞察力来解构一个冒牌的卢梭。”(pp.135, 139—

40)。然而,当我们读到德里达自己关于列维－斯特劳斯和卢梭的那些文字(《论文字学》第二部分第一章)时,我们在同样的主张中感到卢梭压过了列维－斯特劳斯:两者都对书写不屑一顾,但卢梭的文本——不是卢梭这个人——已经意识到仅仅这么做只不过是一种表象。掌握、知识、控制,甚至是领先的价值,一直都存在着,尽管只是一种残留。知识的"主体"因而变成了文本。"【批评家的】用处也许不过是辨别出文本自己一直在操演着的、情况各不相同的解构行为"(Hillis Miller,"Deconstructing the Deconstructers,"Diacritics V, ii [Summer 1975]: 31)。同样,这种"掌控的价值"也许是受限制的批评所不能回避的"形而上学的"公理。对那些"意识到"这场战役无法获胜的人来说,能够承认一个文本即使在享有控制权的时候也绝不是自治的,它总是受制于主体的缺场,一直提供着读者必须去填充的"空白",同时也提供进行填充的材料。】强力意志不是那么容易逃避的。同样奇怪的是,尽管德里达经常谈到尼采那些具有冲击力的、积极的和公开的游戏,但却很少提到弗洛伊德本人对游戏的分析,他把游戏作为一种约束权力的姿态——而在弗洛伊德对儿童"去/来"(*fort-da*)游戏的分析中,这一点尤为重要。在这里,正是缺场与在场的经济(the economy of absence and presence)得到了控制。(*GW* XIII.11－15, *SE* XVIII.14－17)

然而,如果我们尊重德里达的话语,那就不那么容易发现德里达的问题。但毕竟德里达也同样陷入了他所批判的形而上学的樊篱之中,他的文本也如其他人的文本一样,也要接受他所竭力描述过的那种阐释,这一切究竟意味着什么呢?他并没有完美地运用自己的理论,因为这种成功的应用是永远延迟的。延异/书写/踪迹作为一种结构,不过是对尼采的知识和遗忘游戏的一种精心表达。

(在写下以上文字后,我听说德里达1975年秋天在耶鲁大学进行的一个关于弗朗西斯·彭热(Francis Ponge)和海德格尔的演讲仍旧没有出版。他自己在那里把延异和控制作为解构欲望的问题提了出来。在本文第四部分结尾,我将简要提及他的观点。)

德里达也接受了弗洛伊德狭义上的、真正的解码方法。海德格尔的"拆解"("destruction")方法(见 xlviii 页)与德里达的解构("deconstruction")之间的一个最重要的区分是解构注重文本的细微之处,不仅仅注意到句法,而且还注意到其中的词形。弗洛伊德说,梦会把文字当成事物来处理,德里达对这一观点十分着迷。从这个角度去看,《论文字学》第二部分使用的分析方法仍然是保守的,仍然在总体上保留了这种文字的主要轮廓。然而,从《散播》起,德里达就开始注意到单个的词汇**成分**(*parts*)中所包含的显露和隐藏游戏。在《丧钟》里,这种倾向随处可见。在其中,组成文字的单个音素(phonemes)/字素(graphemes)经常被激发出一段独舞。德里达把弗洛伊德自己注重梦文本"语法"的方式推向了极端。下面我给出的就是弗洛伊德这种繁复方法的一个概要。

在《梦的解析》中,他列举了心理结构在梦的运作中使用的四种加工技术,它通过扭曲和"折射"(refract)梦境思维(心理内容)并产生出梦的象形文字,这四种方式就是:凝缩(condensation)、移置(displacement)、图像表达(consideration of representability)和润饰(secondary revision)。"凝缩"与"移置"可以从修辞角度翻译为隐喻和转喻。(46)【**原注**:见

Jacques Lacan, “L’instance de la letter dans l’inconscient ou la raison depuis Freud,” *Ecrits* (Paris, 1966): 493—528; “The Instance of the Letter in the Uconsciuous,” tr. Jan Miel, *Structuralism*, ed. Jacques Ehrmann, Anchor Books (New York, 1970), pp. 94—137。】该列表中的第三种方式指的是把某个意念扭曲,以使其能够呈现为一个意象的技术。弗洛伊德对第四种方式的描述,使我们想起尼采对努力保持同一性的强力意志的分析,也让我们想起德里达对文本的概括性描述:“梦是一个聚合体,为了研究它,必须再次把它打成碎片……一种心理的力量在梦中起作用(被展示出来,äussert),它建立了这种明确的关联性……使做梦产生的材料得到‘润饰’。”(*GW* XIII.451—52, *SE* V.449)弗洛伊德和文本性的问题,我在第 lxxvi 页会再次谈到。

隐藏和揭示共同建构了口头文本,隐藏本身就是一种揭示,反之亦然。这些看法,把尼采和弗洛伊德带到了一起。弗洛伊德进一步指出,在主体没有控制文本的地方,在文本看起来十分流畅或十分笨拙的地方,就是读者应该关注的地方,因此读者不止是在阅读,同时也是在对文本进行解码,在思维、语言等等开放的文本性中看到文本的游戏,在其中,文本只有一个临时的封闭轮廓。他因此理解了这个观念:“即使在得到最完整阐释的梦中,也必然留有一些模糊不清的片断……在这一点上,存在一个梦—思维(dream-thoughts)的纽结,无法被解开,而且对我们了解梦的内容毫无用处。”在这一点上,德里达对弗洛伊德的“发展”可以这样归纳:在梦—文本(dream-text)自身设置的界限内,这个纽结不能根据梦文本的内容被打开,也无法为梦—文本的内容增添任何东西。然而,如果我们对文本或者梦所假定的同一性不投注任何东西的话,那我们就可以暂时把这一纽结确定为文本犯规的地方,这一规则显然是文本为自身所设定的,并且由此我们也就解开了——解构了——这个文本。这使我们明白了弗洛伊德在前述段落之后说的几句话:“这是梦的关键点,是它下探未知世界的地方。梦—思维(dream-thoughts)……不可能……有任何明确的结果:它必然会从各个方向伸展,进入我们思维世界的复杂网络。”(*GW* II—III.530, SE V.525)

如果我们不进入极细微之处,那么要弄清德里达和弗洛伊德在文本阐释方法上的亲近而又必然是曲折的关系就很困难。然而,正如德里达自己所说的,《论文字学》和他的早期文本只是加入弗洛伊德互文性的一个开始。他对儿童写作中的性描写的兴趣,在第 132 页(333 页)中的一个长长的脚注中反映了出来。对手淫和书写问题、对母亲替代(mother-substitutions)链中的增补标记等的精心阐述,正如德里达将它们放进卢梭文本一样,只是广义上的精神分析式。当然,即使在如此广义的层面上,有一点也十分清楚,那就是德里达不会用精神分析方法将我们引入“一个心理传记的所指中去,这一所指与文学能指符号间的关联因而完全是外在的和偶然的”(228—29,**159**)。实际上,在其早期作品中,德里达就为了文字学而强烈主张精神分析的重要性,这种精神分析本身不会再把所有的文本性都看成实质性证据可有可无的来源。在其后期作品中,德里达更明显地经常把精神分析的性结构(sexual structures)用作一种阐释工具。在有关尼采的那篇文章中,把“风格问题”作为“女性问题”进行讨论就是一个例子。并且在《丧钟》里,德里达—弗洛伊德的结合十分令人不安地变成了德里达自己的风格。我会把德里达对阉割主题的修改同他对拉康的阅读联系起来分析。

在对《弗洛伊德与书写场景》进行的一个长长的批注中，德里达提醒我们，认识到西方历史中存在的对书写的系统性“压制”，并由此进行的文字学的创建，不能被看成一种宏观的精神分析尝试。弗洛伊德需要根据隐性的或者显性的内容、压抑或者升华去描述心理的（至少是）双重性文本之间的共存，这种需要本身就陷入了可疑的二元对立的命名法之中。且进一步说，只有个体的压抑模式才是可能的，因为个体需要拒斥所有被认为是寓居于书写结构之中的东西：阉割（失去优势）和阳具－嫉妒（对缺失的恐惧）。稍后我会展示德里达相反的论述——散播和处女膜。然而，弗洛伊德也不能被胡乱打发掉。或许他本人已经意识到需要拒绝书写？德里达引用了弗洛伊德《禁忌、症候和焦虑》中的话来作为《弗洛伊德和书写场景》的结尾：“书写使液体从笔管流出并滴落在洁白的纸上，当书写假设了一种结合的蕴意，或者当漫步变成蹂躏地球母亲的一种象征性替代的时候，书写和漫步都将会立即停止，因为它们代表了禁忌的性行为。”（*GW* XIV.116，*SE* XX.90）同时，还有一些针对弗洛伊德的话：“花大力气解构这些概念、解构凝结和沉淀在这里的形而上学用语的必要性”（*ED* 294）。这可能就是在反对所有屈从于先驱的姿态时所一直使用的用语：当你跟从它时，你也在解构它，因为当你解构它时你必须跟从它。

我认为……海德格尔的文本是极为重要的，它取得了史无前例的和不可阻挡的进步，它的所有批评资源，我们还远未穷尽……【但仍然有些】说法，其混乱……让我困惑。试举一例：“大体说来，德里达的语法是以海德格尔的隐喻为模型的，它们力图用踪迹的先在性来代替‘逻各斯在场’，并由此‘解构’海德格尔的这些隐喻。他的语法学成了一种本体一神学，建立在踪迹这一‘根基’、‘根据’和‘起源’的基础上。”（*Pos* F 73，70；*Pos* EI 40，39—40）

在反对他前面引用过的克里斯丁·格鲁克斯曼（Chrisitine Glucksman）的争论中，德里达说明了他自己与海德格尔之间的关系，并警告人们不要错误地描述它。我已经讨论了德里达与海德格尔“涂抹”之间的关联和对它的重写，以及他在考察尼采时用的海德格尔的视角。现在我主要谈一谈德里达对海德格尔的另一方面的改写：海德格尔式形而上学所使用的那种解构方法。

对于格鲁克斯曼的描述，德里达耿耿于怀的地方在于：“文字学”，即关于踪迹之擦除活动的科学，应该描述为对形而上学这一在场科学的模仿；应该叫作本体论－神学，即存在和作为规范性在场的上帝的科学；“踪迹”，即极端先在性（radical anteriority）的一种标记，应该被误称（misnamed）为“起源”。我们要注意并避免这些错误，并且还有一点，正如德里达对“延异”的处理一样：“通过在限定性的【海德格尔的形而上学】和普遍性的体系【文字学】之间建立起联系，”德里达才得以“转变并重新开始这一哲学规划。”（*MP* 21，*SP* 151）

通过在阅读实践中忽略文本的绝对权威，海德格尔已经指出了自己和文字学方法之间的关系。在海德格尔“阅读”黑格尔、康德或尼采的时候，他最终“不是检视【作者】说了些什么，而是——通过指出这些消极建构，以及收回自主的作者的权威——完成了什么”。（*KPM* G 193，*KPM* E221）他认为自己的任务是通过“积极的拆解”（*positive* destruction）来“松动”“本体论”“固化的传统”，(47)【**原注**：Martin Heidegger，*Sein und Zeit*（Tübingen，Niemeyer edition，1960），pp. 22，24；*Being and Time*，tr. John Macquarrie and Edward Robinson（new York and Evanston，1962），pp. 44，46。】是“对本体论历史的拆解性回顾”，这一历史“揭示出了”文本的“内在特征和发展”。（*KPM* G 194，*KPM* E 222）（有意思的是，《论文字学》第一版中，德里达用的就是“拆解”[destruction]而不是“解构”[deconstruction]。）保罗·德曼给我们指出了一些非常接近海德格尔这些段落的东西：“他的文本，正如他说的那样，是对建构的拆除，不管听上去多么消极，但解构的确暗含了重建的可能性。”(48)【**原注**：de Man，*Blindness and Insight*，版本见前述引文，p. 140.】由于作者想象自己能统治一切，因此海德格尔认为作者自己的文本概念会在某一点上挡住他的眼光：“笛卡儿就不得不忽略所有存在问题”；“图形法（schematism）的教条……必然会封闭住康德的视野。”(49)【**原注**：*Sein und Zeit*，pp. 24，23；*Being and Time*，pp. 46，45.】正如分析者和病人在“移情关系”（transference relationship）的跷跷板上不断变换一样，解构批评家必须“释放并……保卫”“问题的”内在力量。（*KPM* G 185，*KPM*　E 211）德里达是这样说的：

阅读必须始终瞄准某种作者没有意识到的关系，即在他使用的语言模式中能够控制的和不能控制的东西之间的关系。这种关系不是指明暗和强弱之间的数量分配，而是指批评性阅读必须**生产**的意指结构……[没有了]传统批评的所有工具……批评生产就有向各个方向发展的危险，并任由自己想说什么就说什么。但这一道必不可少的防护栏从来就只是**保护**阅读，而不是**打开**阅读。（227，**158**）

拆分、创造阅读，打开文本的文本性。德里达和海德格尔有着共同的程序性指导法则。弗洛伊德推进了这一程序——给了他一些确定文本“中心点”的方法，可以说，就是根据文本显在意义系统不能确定的那些环节，也就是在文本中看上去违背了自身价值系统的那些环节。对同一性和秩序的欲望迫使作者和读者对文本系统的等式进行权衡。

通过确定文本中暗藏着的等式失去平衡的那个契机，找出那不能被简单地误认为是一种矛盾的、在文本界限之内的花招，解构的读者揭示了文本的文字学结构，其“起源”和“结局”都托付给了广义的语言（弗洛伊德可能称之为“思维的未知世界”）。在《论文字学》阅读卢梭时，这个“契机”就是有着双重意义的“增补”（“supplement”）一词。在《柏拉图的药》（*La pharmacie de Platon*）一书中，就是具有双重意义的“药”（“*pharmakon*”）这个词以及“药师”（“*pharmakos*”）一词的缺席。在德里达对亚里士多德《物理学》第四卷进行概览时，则是那个没有得到强调的“转变”（“*ama*”）一词承载了延异。（*Dis* 69—197，*MP* 31—78）

德里达和海德格尔之间的一个重要差别在于时间概念。通过精细的分析——此处我不再赘述——德里达向我们指明，尽管海德格尔想提纯康德和黑格尔的“世俗时间概念”，但不受形而上学藩篱束缚的时间概念是不存在的，他所看到的实际上是整个亚里士多德的传统：“为了创造出这个**另外的**（*other*）概念（**中译者注**：这里应该是指海德格尔想提纯的“世俗时间概念”，所谓“提纯”，就是说摆脱形而上学的影响），人们很快就会看到，只有与其他的形而上学或本体论一神学论断一起，这样的概念才能得到建构。”（*MP* 73）(50)【**原注**：英文版（见前述引文），p. 89。】在把“存在”一词打上叉号时，海德格尔瞥见了这一点。然而，在写《存在与时间》的那个阶段，海德格尔依旧认为，“时间”“**需要从本源上阐释为**（einer ursprünglichen Explication）**理解存在的一个视界**。”(51)【**原注**：同上，pp.17，39.】时间依旧是纯粹自恋（pure auto-affection）的模型，其中某些理想化的东西——如此的存在——不依赖客体就得以产生。（德里达质疑了自恋的观念，并认为它总是已经携带了不可还原的异性恋【hetero-affection】成分，渴求他异性并与之关联，这种情况也就是一个关于存在——或打上叉号的存在——的问题【*question* of Being】。）（**中译者注**：“自恋”主要指不依赖客体。弗洛伊德也认为时间是一种心理机制的结果。海德格尔把时间理解为人自身的一种形式，以时间为基础和视界的存在似乎也可以脱离客体而产生。当然这里的“存在”，也同样是人理解客体的一种先天自我形式，是一种理想性的东西，也就是使事物成为其所“是”的形式。但是德里达认为这一点是有问题的，因为存在这种理解事物的形式本身就是一种时刻渴望有对象参与的东西，它本身是空洞的，就像康德范畴的形式性那样，它必须在有客体内容充实的情况下才能够显现出来。）对早期的海德格尔来说，正如德里达在《本质与文字》（“Ousia et Grammè”）中指出的那样，“存在问题”看上去是可以替换的。但到《阿那克西曼德之箴言》“*Der Spruch des Anaximander*”(52)【**原注**：Martin Heidegger，“Der Spruch des Anaximmander，” *Holzwege* (Frankfurt am Main，1950)：296—343.】时期，海德格尔自己就把存在问题看成被前理解了的、不能言传的东西，而文本表面上意指的**在场**（*presence*）则被看成语言去指示被擦掉的**踪迹**的唯一手段。（*MP* 76—77）海德格尔那时已经完成了对存在的抹擦（crossing-out），但他没有找到在时间性中的存在之意义。德里达借助于弗洛伊德的观念，即认为时间是心理机制的一种非连续的感觉，因此时间本身看上去得到了更加有效的抹擦。

尼采、弗洛伊德和海德格尔，三个人都关注一个问题，海德格尔可能会把它表述为“**比人更加原初的**【ursprünglich】**是其此在的限度**（*finitude of the Dasein*）。”（*KPM* G 207，*KPM* E 237）三个人都是元一文字学家（proto-grammotologues）。尼采是抽空了知识之基础的哲学家，弗洛伊德则是质疑了精神的心理学家，而海德格尔则是对存在进行了涂抹的形而上学家。接下来就该德里达去“激发出”它们的内在力量，并“揭示”出文字学这一关于涂抹的科学。其手法就内含在其名字之中，即“关于文迹（译者注：grammè，“书写痕迹”，“涂抹痕迹”，“文字”。）的逻各斯”。“文迹”是写下的符号，是涂抹标记的名称。“逻各斯”的一端是“法则”的意思，另一端是“语音”（phonè）——即声音的意思，正如我们看到的，“文迹”

会置疑法则的权威性,解构声音文字的特权。因此,"文字学"恰当地使未解决的矛盾**保持了活性**(*keeps alive*),德里达在本书《作为实证科学的文字学》一节中阐明了这种矛盾的含义。而尼采、弗洛伊德和海德格尔的文本则是这种矛盾的前文本(pre-text)。

对于德里达来说,埃德蒙·胡塞尔文本的重要性恰好在于它的自我冲突。在德里达看来,胡塞尔是一个非同寻常的坚决的压迫者,他压制了暗含在其文本中的非同寻常的敏锐的文字学观念。

当然,追踪特定思想的起源毫无意义,"我们知道那种能够正确地描述文本谱系的隐喻依旧是**被禁止的**"。(149,**101**)但人们可能想知道,德里达的"书写"思想会不会无法回答胡塞尔的几何学问题。正如我已经提过的,德里达的第一本书就是对胡塞尔的《几何学的起源》的译介。胡塞尔所提的问题准确地说是一个主客体结构之间的关系问题,即绝对理想的客体性的形式——几何学的实质(不是实际的几何学体系)如何才能在主体结构中出现?在那篇长长的导论的末尾,德里达指出,胡塞尔的答案说到底就是,客体性的可能性蕴藏在主体的自我在场之中。超验主体的理想化客体,就是超验主体本身。在主体对自身的凝视中,自我不能存在于"简单的、活的当下之当下性"(now-ness of a Living Present)中。它必须给自己一个历史,通过回溯来把自己与自己区别开,这一回溯也使前瞻成为可能:"对延迟的初始意识只可能有纯粹的期望形式……没有这种【意识】……话语和历史【以及作为历史之可能性的几何学】就将变得不可能。"(**中译者注**:超验主体对自身的审视,把自身变成审视客体,意味着一种自我的分离,使主体与作为对象的自我产生一种距离。这个对象性的自我只能来自自我的历史,是从自我之历史经验中抽象出来的。历史本身当然也只能是从经验生活中抽象出来,换句话说,客体本身就是理想化的结果。几何集中代表了对象的理想化,话语和历史都依赖于这种理想化。此处强调了自我不能通过当下的自我本身来理解,只能通过时间性的对自我的回溯和前瞻来进行。自我是最初的理想化客体。)

从这种自我差异、自我延迟的观念看,胡塞尔似乎要提出延异的观点:"绝对起源(Origin)的原初性延异……也许就是'先验'这个概念常常谈到的东西……这一奇怪的回查(Rückfrage, checking back)过程,就是《几何学的起源》中描画出来的运动。"(53)【**原注**:*Origine de la geometrie*,见前述引文,p. 171.】这一观点也许就在胡塞尔书中,如果是,那也仅仅是个**轮廓**。因为,正如在我后面关于语音中心主义的讨论中会看到的那样,紧紧围绕着胡塞尔延异观念的,是构成性主体(constituting subject),即一个产生差异结构,并因而就是其绝对起源的主体。胡塞尔的思想不自觉地勾画了文字学的结构,但要成功地把它转换为文字学话语,就必须做大量的改写工作:"一旦我们在延异的基础上思考当下,'绝对主体性'的决定就必须擦除,而不是相反。**主体性**的概念一般先验地属于被建构的序列(而不是建构性的)……这里并不存在一个建构性的主体。就是建构这个概念本身也必须被解构。"(*VP* 94 n., *SP* 84—85 n.)

看来胡塞尔不仅在主体性领域,也在客观知识领域打开了文字学的可能性,同时也故意关闭了这种可能性。如果存在一个关于可知事物的"假定的、普遍性不确定的视界",那胡塞尔就会将其置于自我那无限综合的导向性(目的性)的控制之中。这样的自我,只有在被悬置(bracketing)的时候才能为哲学家所揭示,"所有针对既定**客观**世界的立场都被'暂停'"。(54)【**原注**:*Cartesianische Meditationen*, p. 60; *Cartesian Meditations*, p. 20. 一个常见的错误是把现象学的还原,即"暂停"等同于"*sous rapture*",即"置于删除号下"。(例如 Fredric Jameson, *The Prison-House of Language*: *A Critical Account of Structuralism and Russian Formalism* [Princeton, 1972], p. 216). 它们的区别是很简单的:用括弧括起来的方式,意味着"不是这个而是那个",就像保留了经验主义的杂质和现象学的纯粹这样的等级性一样,它也保留了一种两极性;而"置于删除号下"这种方式则意味着"既是这个又是那个",同时也意味着"既不是这个也不是那个",因此它解除了可见的东西和被擦除的东西之间的二元对立和等级关系。】(**中译者注**:bracket 是指用括号括起来,也有"排除在外"的意思,也就是用括弧把括弧里面的东西和括弧外面的东西非此即彼地对立起来。*sous rapture*,原意是"置于删除号下",与用括号相对,这是用"叉号"把对象叉掉,既我们文中说的"抹擦"或者"涂抹"、"删除"等等,但它并不意味着一种彻底的消除,而是指一种既是又不是的状况,其目的是消除对立。)胡塞尔在几乎毫不顾及自己的情况下,似乎提出了这样的看法,即"对于要表达的意义来说,表达永远不可能是充分的",但由于赋予"是"(is)或陈述句以特权,胡塞尔则又把自己掩盖了起来。德里达必须再一次进行翻转:

【继胡塞尔之后,】或许人们会认为,存在的意义已经被加在其上的形式所限制。由于'是'(*is*)的权威性,它可能已经为存在的意义指派了在场的阈限(the closure of presence)、在场的形式(the form-of-presence)、形式中的在场(presence-in-form)或形式在场(form-presence)……[或者说]对形式的思考【*penseé de la forme*】有能力使自己延伸到存在之思【*penseé de l'être*】以外……我们的任务就是……对一方逐渐变成另一方的循环性进行反思。"(*MP* 206—07, *SP* 127—28)

弗洛伊德已经在神秘的书写板上找到了一个模式,它可能包含了关于心理的问题框架,即一个仍旧保留着永久性踪迹的原始表面(virgin surface)。胡塞尔在提出一种先于"表达"行为和"意指"(meaning)行为的意义时,遇上的是相似的问题。(**中译者注**:即关注的都是先验状态的自我意识。)德里达问道:"我们何曾想过要【在关于自我的知识史中】永久性地恢复那种处于原始状态的意指行为?"(*MP* 197, *SP* 118)胡塞尔没有停止对这个问题的思考。他仅仅是"显得有些不安……并把自己描述的犹疑不决归因于语言附带的隐喻特征。(*MP* 198, *SP* 119)再一次,又是德里达,在通过仔细思考胡塞尔论说中的隐喻学之后,得出了这样的结论:"我们的结论肯定是,通常的意义、每个经验的意向性(noematic)【可知的】意义,恰由于其本性,必然是某种能**施加于**意指过程(meaning)的东西,并能在一个意指过程中留下或接受其形式的规定。因此,意义可能已经是一种在意指过程中得到增殖的、空白和沉默的书写。"(*MP* 197, *SP* 117)

胡塞尔最具原创性的洞见之一是，如果没有“知识”，言语可能是纯粹的(genuine)，它同那个“激活了能指实体”的客体之间的关系，无须为说话者或者听话者直接由直觉“知道”。顺着【胡塞尔】这些区分的逻辑和必然性，德里达得出了一个极端得多的看法：

> ……意指过程不仅……没有在根本上暗含对客体的直觉，反而……在根本上排斥了它……正是我所说的事物，**这个**我说到并**因为**我说到了它的事物……说出了我的非感觉(nonperception)、非直觉(nonintuition)和我在**此时此际**(*hic et nunc*)的缺场。直觉的缺场——并因此也就是直觉的主体的缺场——不仅仅为言语所**宽容**；并且就其**自身**来考察，它也是一般的意指结构**所要求**的东西。它是极其必要的：一个陈述中的主体和客体的共同缺场——作者的死亡，和/或他能够进行描述的客体的消失，都无法阻止文本去“意指”某些东西。恰恰相反，是这种可能性使如此的意指行为得以诞生，并使其被听见或者被阅读。(*VP* 102,108； *SP* 92—93)(**中译者注**：此处要表明的意思是，意指行为是不受主体或者客体的限制的，文本总是要超出主客体限制，并且正是这种超出，才使得各种对意义的领会得以可能。例如，正因为主体和客体的缺场，一千个人有一千个哈姆雷特的理解行为才得以可能。)

他异性(他者性以及意指或自我的缺场)结构为了**如此这般**的运作，它在符号内部就必须是有效的。但胡塞尔对这种表达的踪迹结构不可能完全说清楚。他的文本说到这个问题：“完全‘在场’的主题(the theme of full ‘presence’)，直觉主义的命令(表达的实现必须通过直觉)，以及知识规划都持续掌控着——当然，我们说过，是有距离地——整个描述过程。”胡塞尔把言语作为非知的(nonknowing)(**中译者注**：根据德里达对海德格尔的论述，“nonknowing”具有“先于知识和理性”，或“原初性”的意思。胡塞尔认为言语或者语音属于先验范围，与先验主体相关。)东西，描述了它的解放，但又在同一过程中抹除了它的解放。(*VP* 102,108；*SP* 92—93)

在“我”(“I”)这个词中，直觉主义命令的作用是很古怪的。如果没有被直觉到，胡塞尔就不认为存在言谈(**中译者注**：being uttered，被说出，发出声音)的可能性。

胡塞尔的前提假设实际上会支持我们的相反看法。就像我为了理解一个关于感知的说法而并不需要我去感知一样，为了理解“我”这个词也不需要我去直观(intuit)我这个对象。感知是否伴随着对感知的陈述，生命作为自我在场是否伴随着对我的言谈，这对意指过程的运作来说完全无关紧要。对“我”这个字的发音来说，我的死亡在结构上是必要的……跟胡塞尔所说的不同，被写的我的无名性、“我”写作这一说法的非确当性(impropriety，缺少准确性)都是“正常的情况”。(*VP* 109, *SP* 97)

因此，德里达“制造”出了一个表面上十分反－胡塞尔式的阅读胡塞尔的方式。正如我们看到的，对于胡塞尔来说，声音(voice)——不是经验的言语(speech)，而是声音的现象学结构——是自我在场的最直接的证据。在这种沉默的内心独白中，纯粹的自我交流(self-affection，自我响应，自激，自恋）是可能的，它不需要引入异质的具体能指。而德里达表明，如果严格遵循胡塞尔的理论——这是一个在胡塞尔自己看来也不太愿意采纳的做法——那么就会看到，言语或声音的结构必然是由主体和客体的缺场来构成的，换句话说，就是由书写结构来构成的："关于胡塞尔建立起来的……直觉认知（intuitive cognition）……，意义的自治性在书写方面有它的准则。"（*VP* 108，*SP* 96－97）（在《论文字学》的第 60 页[或 40 页]可随处看到，德里达认为索绪尔也不能把非直觉【non-intuition】当成规则来接受，而是必须把它看成"危机"）（**中译者注**：德里达认为，胡塞尔把直觉认知和意指行为是对立起来的，把意指过程看成有规则的和自治的。换句话说，就是意义的传达是透明的、确定的。但德里达不同意这种意指行为自治的观念，指出即使是索绪尔，也不认为非直觉，即直觉之外的其他例如理性认知方式，拥有自治的规则和标准。换句话说，无论直觉还是非直觉，传达都不可能是自治的。）

这就是德里达与胡塞尔文本之间的亲密游戏，即：总是在后者的防护性界限之外制造出相反的阅读。也许任何文本都至少具有两重性，在其自身内部包含了自我解构的种子。而在胡塞尔那里，这种双重性则是非常明显："一种潜在的意图……**从内部**扰乱并质疑了……【胡塞尔文本中确立的】传统区分的可靠性。"（*VP* 92，*SP* 82，**加粗**是我处理的）（尽管他没有专题讨论差异在意义和符号构成中起的作用，但他却在根本上承认它的必要性。【*VP* 114，*SP* 101；**加粗**是我处理的】毫无疑问，这种有助于打开（dehisce）胡塞尔话语的努力，磨砺了德里达对文字学的思考。但这两者之间的关系则说来话长，也没法在一篇序言中展开。因此，《声音与现象》，即德里达对胡塞尔的研究，在哲学上就成了《论文字学》第二部分卢梭研究的姊妹篇。）

德里达身上的黑格尔影子是广泛而巨大的，如果我们为"文字学"这个普通名词没完没了地追溯更久远的先驱，我们就无法弄清《论文字学》一书的临时轮廓。在《论文字学》和《陷阱与金字塔：黑格尔符号学导论》（"Le puits et la pyramide：introduction *à* la sémiology de Hegel"）（*MP* 79－127）中，德里达对"第一位关于书写的哲学家"黑格尔的探讨是详细、清楚的。而《丧钟》则为我们准备了关于黑格尔某些文本的愉快而非凡的解析。我提请你们注意的就是这种密切的互文性，并就此打住。在本序言结束时，我还将谈到一点黑格尔。

最后还要说一下的是，在这个框架内，历数先驱的确切姓名（译者注：proper name，逻辑学中的"专名"）一定会被看成一种顺手拈来的虚构。每一个特定的姓名都针对文本性的匿名性而树立了一个自主性的自我。每一个特定的姓名都假装某种思想序列的开始和结束是可以统一起来的："作者或者理论体系的名称在此并没有重要的价值。它们既不指身份，也不表示原因。把"笛卡尔"、"莱布尼兹"、"卢梭"等等名字看成作者的姓名、看成我们所指定的某种运动和位移的创造者的名称，都是毫无意义的。我认为它们的象征性价值首先在于它们是问题的名称。"（147－48，**99**）专名不过是一些可用的"转喻性缩写"（metonymic contractions）。

Ⅲ

“结构主义”是我们早已经承认了的欧洲六十年代的问题框架的名称,那德里达与它的关系是怎样的呢?

对一种思想运动的定义常常是偶然的和临时性的。这里为了讨论的方便,我提供一个简洁的定义:结构主义是把人类活动的普遍结构剥离出来的一种尝试。因此,我所说的结构主义主要是指关于文学、语言学和人类学、历史和社会经济学以及心理学的研究。一个结构就是由一些元素组成的统一体,人们总是发现这些元素在所描述的“活动”中存在同样的关系。这一统一体不能被拆分为单个的元素,因为这一结构体不是由元素的独立本质来界定的,而是由它们的相互关系来界定的。当亚里士多德把悲剧描述为“对严肃、完整、有一定长度的行动的模仿……借事件引起怜悯和恐惧,来达到对这种情感的陶冶”时,他描述的就是悲剧的有效结构。我们知道,弗洛伊德就是根据自恋情结和俄狄浦斯情结的结构来“描述”心理的。用罗兰·巴特的话说就是:“……我们在其(对象)中可以发现一些移动的碎片,它们的差异性位置产生了某种意义;这些碎片本身并不具有意义。然而它自身构造内的微小变化却会引起整体的改变。”(55)【**原注**:Roland Barthes, *Essais critiques*(Paris, 1964), P216; *Critical Essays*, tr. Richard Howard(Evanston, 1972), P.216. 为了对“结构主义”进行一个简单的讨论,我要稍微强调一下罗兰·巴特,因为用乔纳森·卡勒(Jonathan Culler)的话说,结构主义可以看成“一个特定的知识分子运动的名称,这场运动围绕的是几个大人物的工作来展开的,其中,文学研究领域里的主要人物就是罗兰·巴特。”(*Structuralist Poetics* [London, 1975], p.3)】像尼采一样,德里达发现这不过是人类控制欲的一种症候,即想用任何手段而不是十分临时的办法,从“对象”中剥离出这种“统一体”:“对历史整体的结构性研究——观念(notion)、制度……这些元素在‘历史整体’中是如何组织的?“观念”是什么东西?哲学观念有特权吗?它们与科学概念(conception)之间的关系是怎样的?”(*ED* 70)

根据符号结构来研究人类行为,我们可称之为符号学或符号结构主义。德里达用书写(被涂抹的符号)结构代替符号结构,他能被简单地称为一位文字学结构主义的哲学史家并就此完事吗?这点毫无疑问。但为了领会这种刻板描述的潜在含义,我们不仅可以拿出一个速记式的定义,还可以勾画一点“历史轮廓”,这对当前讨论的急迫性来说是很有用的。当然,必须要记住的是,如果研究的“直接对象”是运动“本身”,那么任何此类勾勒都必须严格地移除。

广义上讲,结构主义的描述方法一直伴随着我们;引用柏拉图和亚里士多德已经成为习惯。然而从狭义上讲,我们又常常会把现代结构主义的开端定位于以下专名:文学批评中的俄国形式主义;人类学领域的马塞尔·毛斯(Marcel Mauss);语言学中的费尔迪南·德·索绪尔和N·S.特鲁别兹柯伊(Troubetzkoy)等。形式主义反对那种看起来像是象征主义批评的非稳定的狂热风格(被解构了的,象征主义批评建立了自己严格的多样性),致力于把描述文学文本之“文学性”的客观范畴分离出来。(56)【**原注**:例如,可以参见 *Russian*

Formalist Criticism, tr. Lee T. Lemon and Marion J. Reis(Lincoln, 1965),以及 Krystyna Pomorska, *Russian Formalist Theory and Its Poetic Ambiance*(The Hague, 1968)。】像弗拉基米尔·普洛普整理民间故事的主题/结构那样的重要文本,正是出于这种热情。(57)【**原注**:Vladimir Propp, *Morfologia Skazki*, second edition(Moscow, 1949); Laurence Scott 把它翻译为 *Morphology of the Folktale*(Indianna, 1958)。】主题/结构被认为存在于最复杂的叙事之中。在过去的几十年里,东欧的结构主义已经发展出了形式主义的研究方法,但是德里达最为关注的则是来到法国的结构主义。

为了研究结构构造中的变化规律,可行的类比来自语言结构的研究。特鲁别兹柯伊通过研究意义生成的声音构造,给出了一个类比;而费尔迪南·德·索绪尔,通过描述符号本身的结构——"我用符号来表示联系能指和所指的整体"(58)【Ferdinand de Saussure, *Cours de linguistique générale*(Paris, 1931), p. 99; *A Course in General Linguistics*, tr. Wade Baskin(new York, 1959), p. 67.】——则给出了另一个类比。结构主义研究在语言学和符号学中找到了它的类比物。克洛德·列维-斯特劳斯向人们承认了这一事实。在为《社会学与人类学》(*sociologie et anthropologie*)一书所写的导言中,这一点对马塞尔·毛斯来说十分清楚:"……毛斯的格言,即所有社会现象都可以被语言所吸收,受此启发,我们看到……[其中]有一种语义学结构的有意识的表达。"(59)【**原注**:Claude Lévi-Strauss, "Introduction,"见 *Sociologie et anthropologie* by Marcel Mauss(Paris, 1950), p. 49; *ED* 第424页对此有引用。】对特鲁别兹柯伊来说,以下段落也说得很清楚(德里达本人对这一段的讨论,我们可以翻到《论文字学》的第151页[102页])。

结构主义语言学对社会科学研究必然会产生的革新作用,有如核物理之于物理科学。这些革命性作用表现在哪些方面?结构语言学的卓越奠基者N·S.特鲁别兹柯伊……把结构主义方法缩减为四个基本的操作:一是结构主义语言学从研究有意识的语言现象转到对其**无意识**基础的研究;二是不把**词语**(*terms*)作为独立的实体,而是把词语间的**关系**作为它的分析基础;三是引入了"系统"的概念——"……它显示了具体的音位系统并阐释了系统的结构";最后,结构主义语言学家致力于揭示**普遍规律**……社会学家在亲属问题的研究中(无疑,也有对其他问题的研究)发现自己处于一种跟结构语言学家相似的情景中。与音素一样,亲属单位(terms)也是一些意义元素;跟音素一样,它们只有在整合进系统时才能获得意义。"亲属系统"与"音位系统"一样,是由头脑在无意识思维(unconscious thought)水平上建立起来的。结果,在地球上分散的区域以及一些完全不同的社会里,亲属模式反复出现……使得我们相信,亲属关系和语言学一样,可观察到的现象都是那普遍但又隐秘的规则的作用引起的。(60)【**原注**:Claude Lévi-Strauss, *L'Anthropologie structurale*(Paris, 1958), pp. 39-41; *Structural Anthropology*, tr. Claire Jacobson and Brooke Grunfest Schoepf, Anchor Books edition(New York, 1967), pp. 31, 32.】

罗曼·雅各布森,形式主义布拉格学派的一员,在20世纪50年代与克洛德·列维-斯特劳斯于美国相遇。“结构主义”勃兴的原因之一,即今天人们公认的、文本阐释的主流的结构主义方法,就出自这一暂时的结合。(61)【**原注**:“*Les Chats* de Charles Baudelaire,” *L'Homme* II (1962), pp. 5—21(F. M. de George 翻译为“Charles Baudelaire's ‘Les Chats’,” *The Structuralists from Marx to Lévi-Strauss*, eds. Richard T. and Fernande M. de George [Garden City, 1972], pp. 125—46.)在这篇文章中,列维-斯特劳斯和雅各布森曾就一个文学文本而合作过。这篇文章本身也许并不如他们合作带来的普遍得多的结果那样令人印象深刻。】

我之所以沉迷于这种全盘的历史虚构,是因为如我说过的那样,德里达对“结构主义”的批评也是全盘的,尽管他也身处其中。这会牵扯到普遍法则的可能性。延异的法则就是,任何法则都是由延迟与自我差异构成的。普适法则的可能性因此受到了如此普遍的威胁。

德里达也会质疑客观描述的可能性。对于结构主义目标进行的结构主义陈述,本身就是建立在主客体区分基础上的。结构主义的结论就是主体去阐明的客体:“所有结构主义研究的目标,无论是反思性的(reflexive)还是诗性的,都是重构(*reconstituer*)一个客体,以显示这个客体的作用规则。因此,结构其实是这个客体的一个**拟象**(*simulacrum*),但它是一种有目的指向的(directed interested)**拟象**,因为被模仿的那个客体使得自然客体中的某些不可见的,或……不可理解的东西显现了出来。”(62)【**原注**:Barthes, Essais Critiques, p. 214; *Critical Essays*, pp.214—15】然而对德里达来说,就像我们记得的那样,文本,不管是“文学的”、“心理学的”、“人类学的”还是其他,都是一种在场和缺场的游戏,一个被涂抹的踪迹的场所。(“如果我们从根本处去看,那么[这个游戏]一定会在在场与缺场的替换之前就被思考过了。”【*ED* 426, SC 264】)而且文本性不仅适用于研究“客体”,对这种研究的“主体”来说也是适用的,它抹除了主客体之间的截然划分。作为一种描述工具的文字学结构是这样一种结构,它永远都在回避对“什么是……?”这样的问题进行回答,而这个问题却是客观性描述的基础。即使在它作为一种结构还很清晰的时候,它也还是抹去了结构主义的目标——提供客观的描述。

再大体说一下,人们可能会说,结构主义方法认为,其“研究的客体”不可能在“作者”这个自治性主体之内有简单的起源。但**研究主体**拥有的力量——通过把自然对象作为一种结构来模仿,从而给予其可理解性,尽管围绕这一点有许多精妙的争论——在结构研究的框架内是不能否定的。必须重复的是,结构就是附加了结构主义者主观理解的自然客体:“拟象就是一种加给客体的理解,这一添加具有人类学的价值,因为对于人类的思想,自然给予他的正是人自己,他的历史、地位、自由,甚至反抗。”(63)【**原注**:同上,p. 215】

“交流”(communication)(人类结构的一种“功能”)这个概念,作为一种研究工具对结构主义很重要,但也包含了统一性主体概念,以及意义是一种可传递的所有物这样的观念:“……**交流**,实际上意味着**从一个主体到另一个主体的传递**,意味着一个**概念**或**意义**所指示

的客体的同一性，这种意义或者概念原则上是可以从传递过程和意指作用过程中分离出来的。”(*Pos* F34)

德里达发现，作为这一客观性事业的引领者，二元符号概念本身是服务于在场科学的。巴特曾经意味深长地说道：“符号不仅是特定知识的对象，同时也是**视觉**的对象，与西塞罗《西比奥之梦》(*Somnium Scipionis*)中的天国境界的视觉类似，或者与化学家使用的分子再现相关；符号学家**看到了**在意指场中运动的符号，数着它的化合价，追溯它们的构成：对他们来说，符号就是一种感官性的概念。（**中译者注**：sensous idea，这里指符号已经在符号学家那里视觉化了，就像化学家脑中的分子结构那样。）(64)【**原注**：Barthes, Essais Critiques, p. 210; *Critical Essays*, p. 209.】德里达诊断了这种期待在场的病症，并写道：“……符号学……其概念和基础前提十分确切地从柏拉图一直延续到胡塞尔，其间经过了亚里士多德、卢梭、黑格尔等等。”(*Pos* F33)

我说过，既然文字结构是一种有待涂抹的符号——既保留又擦除，那么德里达一定也会使用“符号”这一概念。因此，他与结构主义之间的关系是非常亲密的。在与克里斯蒂娃的一次访谈中，德里达指出，索绪尔的符号二分概念质疑了意义这个超验所指的独立神圣地位，指示了一条走出在场形而上学的道路：

与传统不同，索绪尔的符号学指出所指是不能与能指分开的，它们是同一个产物的一体两面……通过表明“作为物质元素的声音不可能单独属于语言”，以及“[语言能指在本性上]绝不是声音的”(p.164)(65)【**原注**：*Cours*; *Course*, p. 118.】；通过把所指内容和“表达实体”(the substance of expression)——因此也就不再是独断的声音——立即进行解实体化(desubstantializing)，索绪尔做出了极大的努力，借形而上学传统的符号概念来反对形而上学传统。(*Pos* F28)

在本书题为“语言学与文字学”的一章中，德里达分析了索绪尔的《普通语言学教程》和20世纪上半叶的语言学，对索绪尔的讨论在那里得到了最好的呈现。我们可以简单地说，索绪尔不是一个文字学家，因为他提出了二分的符号概念，却没有进一步对符号进行涂抹。索绪尔符号中的二元对立，在某种意义上说是典型的结构主义方法论的结构。“毫无疑问，为了得知是什么把结构主义和其他思维方式区分开，我们必须借助像**能指/所指**，**共时/历时**这样的成对概念。”(66)【**原注**：Barthes, Essais Critiques, p. 213; *Critical Essays*, p. 213.】

例如，在索绪尔承认他受到特鲁别兹柯伊的影响的那一段落中，我们注意到他提到了无意识基础结构的研究。经过了弗洛伊德，要想在德里达那里建立主体意识与无意识之间的对立以作为系统研究的基础原则，这是十分困难的。无意识是不能确定的，无论是超出心理描述的、总已经是他者的东西，还是从构成上就完全包含在所谓的意识活动之中的东西。并且，就像我指出过的那样，作为客观描述之可能性的基础，主客体之间的对立也同样受到文字学方法的置疑。对客体的描述受到主体欲望结构的影响，就像主体是由永远不能满足的欲望所构成的一样。我们可以再进一步，再次强调二元对立结构是普遍受到文字学置疑的。延异使我们消除了对平衡等式的需要，使我们看到对立中的一方究竟是不是另一方的同谋：

“在延异概念起作用的地方……所有形而上学的对立概念，就其最终都指向存在者之在场而言……（能指/所指；可感的/可知的；书写/语音；言语[*parole*]/语言[*langue*]；历时/共时；空间/时间；消极性/积极性；等等）都变得不再恰当了。”（*Pos* 41）

因此，把“书写”、“延异”作为解构结构主义的一种结构并不夸张。——它确实会解构所有的文本、存在，就像我们会看到的那样，甚至解构掉那总已经被差异化了的解构本身的结构。

现在我们应该很清楚结构主义者是在什么地方突然停了下来，什么又是他们一开始就没有做的。他们没有考虑到“涂抹”（67）。【**原注**：在另外一些有趣的讨论中，“La Structure, le sujet, la trace”（“Lai philosoph entre l’après du structuralisme,”*Qu’est-ce-que le Structuralisme?*, eds. Oswald Ducrot, Tzvetan Todorov, Dan Sperber, Moustafa Safouan. Francois Wahl [Paris, 1968], pp. 390—441），Francois Wahl 必然会十分轻率地作为一种预防措施（precaution）来对待的，正是这种典型的涂抹问题，在所有负责任的结构主义实践中，几乎是自动地把这种预防措施看成理所当然的。一般而言，这种讨论对德里达来说并非不近情理，然而最终德里达却没有理睬它。德里达版本的结构主义被“本体论的、心理学的和现象学的超验决定性”作为一种“玷污了纯粹结构姿态的东西”而放进了“它自己的位置”。（p. 419）德里达对这一类定式的反应可能与他对 Christine Gluksman 的回应有所不同。】好像他们只是理解了尼采的“知识”，向我们展示了在人类社会中起作用的阐释的力量，因此他们做的所有东西都变成了“系谱学的”，即对符号链进行无休止的解码。罗兰·巴特以下这一段，其调子实在是太接近尼采这一点了！“……结构主义者……也听从文化的本质，并不断地感觉到其中不很稳定、清楚、‘真实’的意义，就像一架庞大的机器的颤抖。这机器就是人性，不倦地生产和创造意义，没有这架机器，人就不再成其为人。”（68）【**原注**：Barthes, Essais Critiques, p. 218; *Critical Essays*, p. 219.】但是结构主义者似乎也没有想到知识最为沉重的教训，它需要放弃。而非文字学的结构主义无力培养无知意志：“**符号动物**（*Homo significans*）：这可能就是结构研究的新人。”（69）【**原注**：同上，p. 218。在 *Révolution du langage poétique*（Paris, 1974）中，克里斯蒂娃（Julia Kristeva）力图消解意指，并超越它而进入到对主体和客体的灵活而偶然的定位研究中去，这种客体，我们也会称其为“意指”。在“Séminotique et symbolique”的开篇，她想把“书写、踪迹以及德里达在其对现象学的批判中提出的文字（grammè）的功能”放进结构主义中去（p. 40）。当她写到“我所关注的因此不是运作和生产中的意识，而是生产性的(producible)意识(p. 35n.)"时，我们可能认为是听到了德里达"不存在建构性的主体"(*VP*. 94, *SP*. 85n.)的回音。但德里达的下一句说："正是建构概念本身必须被解构。"而正如从以上引文可以明显看到的那样，克里斯蒂娃没有解构或者取消"生产"的概念，反而在其框架中来讨论意识——不是生产中的，而是生产性的。她注意到那些前理解了的问题之背景的重要性，提出了"穷若(chora)"(柏拉图术语)的思想，把"一种由冲动(pulsions)及其阻滞(*Stases*)所构成的非表述性的整体，指派给了一种机动性，这种机动性在受到制约的同时也充满运动变化"(p. 23)。而作为运动与力量富余之间的游戏，("……作为一种延迟，同时也作为死本能的一种可能的实现方式"(p. 27n.)，"不是作为一种超验的能指，而是作为一种打开了意指空间的能指"，"穷若"的思想看起来确实很接近德里达的用语。但实际上这种思想建立在一整套等级化的对立基础上，也一直是用先前的(anterior)而不是后来的(posterior)，前文字而不是后文字(post-verbal)，前修辞而不是后修辞(postfigurative)来进行界定的。那是一本雄心勃勃而有价值的书，但是它没有提到或者运用"涂抹"。因此我们不会奇怪，当克里斯蒂娃在阅读个别诗歌作品、回到明显的科学的结构主义用语时，在"Lautreamont"、"Mallame"、"Political Events and the Social Situation"、"Scientific Events-Discoveries"以及在"French Colonialist Expansion"——这都是延异不会支持的普遍法则的材料——等等这些文本中，很自信地用分门别类的"一览表(Synoptic Table)"作为书的结尾时，她使用了长期存在的二元概念——生成文本(génotexte)和现象文本(phénotexte)。)(**中译者注：**"穷若"概念取自柏拉图《蒂迈欧篇》，其中蒂迈欧把它当成世界上的物质作为一种产品在生成时的生成空间。克里斯蒂娃借用这个词来指符号生产意义的场所、条件、环境等等，有一种"场"的意思。它变换不定，始终处于运动之中，是一种"非表述性的整体"，并且克里斯蒂娃认为正是这一运动着的"场所"，成就了指意实践。在克里斯蒂娃的符号学中，人的语言形成过程包括了前符号状态和象征符号状态两个阶段。前者的基础是基于身体性和物质性的本能欲望，后者的基础是社会关系和规则。在一般表述实践中，这两者也共同存在，形成指意实践的表里。斯皮瓦克此处赞同克里斯蒂娃对结构主义那种封闭的静态的系统研究的超越，但是同时也批评她的理论仍旧以二元划分为基础，例如"前"、"后"这样的观念以及"生成文本"和"现象文本"这样的区分；同时，斯皮瓦克也批评她在借用"生产"概念的时候，却没有在事后对其进行涂抹，即没有指出"生产"这个概念仅仅是一种不准确的、修辞性的"借用"，而不是我们通常意义上的生产。)

解决的办法不是仅仅说一句"我不会把事物客观化"就行了。更重要的是要立即认识到，除了"客观化"的语言之外，并不存在任何其他语言。且任何"主观化"、"客观化"的区分都是暂时的，就像使用任何等级化的二元对立体一样。德里达在早期的两篇文章中大力提倡这一点，在其中他分析了两位对客观化十分警惕的结构主义批评家。其中一篇我已经提到过——《人文科学中的结构、符号与嬉戏》("Structure, Sign, and Play in the Sciences of Man")——在其中，德里达阐释了列维-斯特劳斯对神话进行神话形态学批评的努力。另一篇是《对疯癫历史的思考》(“Cogito et l'histoire de la folie”)——对福柯《古典时代的疯狂史》(*Histoire de la folie à l'âge classique*)一书所做的批评。(70)【**原注**:Paris, 1961; *Madness and Civilization*: *A History of Insanity in the Age of Reason*, tr. Richard Howard, Plume Book edition(New York, Toronto, and London, 1971).】

德里达写道,福柯的写作就像他“**知道**什么是疯癫”一样。(*ED* 66)福柯因此是在为理性,即疯癫的他者代言——如果他自己的二元对立是可信的话。然而,福柯希望的却是为“疯癫**本身**”代言(*ED* 56),写出“[其]沉默的考古学”。(71)【**原注**:同上,p. ii, xi。】但这一点要如何才能不仅仅是一种修辞呢?因为考古学是通过话语,即把理性的句法强加在愚人的沉默之上才能完成的。实际上,福柯本人承认这个问题并不时谈到过它。

但说到困难,说到言说的困难,并不是去克服困难。(*ED* 61)德里达认为,通过对笛卡儿的误读,福柯实际上回避了这一问题。

福柯在笛卡儿那里看到了典型的理性与疯癫的分离。关于笛卡儿对“愚笨”的讨论,德里达对它的解读带有那么点解构的意思;他点出了笛卡儿文本中存在的对踪迹的遗忘。他认为,对于反思之前的“我思”(cogito)——即在“我思”(“I think”)能够被反思和表达之前——笛卡儿是用“愚笨”来命名的。在前反思的我思中,“我思”与“愚笨”是可以互相取代的。这时,还没有出现理性和愚笨之间的区别。在这里,“我思”是不能被传达的,也不能向另一个自我,例如我的自我显现。但当笛卡儿谈及并反思“我思”的时候,他给了它一个时间维度,并把他与疯癫区别开来。因此,这种前反思的“我思”(也就是疯癫)与时间维度的“我思”(与疯癫明显不同)之间的关系,就类似于得到理解之前的存在问题和作为命题概念的存在之间的关系。话语的可能性就寓居于从一方到另一方——从“超出”(excess)到“封闭结构”(closed structure)的无休止的重复运动之中(*ED* 94)而福柯没有认识到这一点,他仍然局限在通过对立进行研究的结构主义科学之中。

这是一个过时的、六十年代的福柯。尽管他极不情愿称自己为一个结构主义者,但我的前言的这一部分写到他,是因为他根据一个时代的知识型(*epistémè*)诊断了一个时代,知识型也就是一个时代的知识的自我限定结构。福柯工作的这一特定的特征并没有消失。为了诊断知识型结构,他不得不在不断反对其对立面的同时,从总体上跳出普遍的知识型结构,并以为这是可能的。为了写他的“考古学”,他不得不去分析被一个时代赋予了特权的隐喻,德里达则称之为“元隐喻学”(meta-metaphorics)。德里达把他的文字学描述为“那种不再是一种考古学的、关于历史之可能性的历史”(42,**38**),似乎要宣示他对福柯的发展。然而又通过否定文字学作为实证科学的地位,“抹除了”这一发展。在《白色神话》这篇对隐喻进行扩展讨论的文章中,他也许想努力重写福柯的方法。

在原始层次的(primary degree)隐喻基础上、在那些非真实的(non-true)、撬开了哲学[*entrouvert la philosophie*]的隐喻基础上,难道我们不可以去梦想一下元哲学,梦想一下那种依旧是哲学的、更具普遍性的话语吗?在走向这类元隐喻学的过程中,会有一些有趣的东西……首先,我们应该直接关注的是哲学交流中隐喻力量的损益(既包括使用和毁坏过程中的损耗，也包括通过借贷得到的增补）。我们会清楚地看到，“损益”不是一种修正了某类修辞衰减（trope-decay）的偶然因素，而修辞衰减在**其他方面则注定会保持不变**；相反，正是这种损益构成了哲学隐喻的历史和结构。（*MP* 308，249；“white mythology” 61，6；**斜体**为本人所加。）

（这里应该提到的是，在第一版发行 11 年后出版的《疯癫史》第二版末尾，福柯用了二十页来反驳德里达的批评，题为《我的身体，这纸，这火》[“Mon corps，ce papier，ce feu”]。）福柯对德里达误读（如他所想）笛卡儿的分析是彻底的，通常也是有说服力的，因此应当仔细探究。不过，就本文的目的来说，指出这一点就足够了，即福柯并没有处理被前理解的我思（precomprehended cogito）。（**中译者注**：这个基础就是那前理解的自我，或者反思之前的自我，那思维混沌中的自我，或者还没有开始思维时的自我。可参见中译文《我思与疯狂史》，见张宁译《书写与差异》，生活·读书·新知三联书店 2001 年版，第 51 页。）他更专注于证明笛卡儿虽然不排斥梦，但的确排斥了疯癫。他把德里达的阅读看成“把怀疑普遍化”，把笛卡儿的确定性从笛卡儿那里拿走了。当然，这种解读并不都是错的，但是他没有触及德里达那更有意思的看法是如何形成的，即笛卡儿的确定性是建立在某个范畴基础上的，这个范畴既可以很容易描述为确定性，也可以描述为怀疑，或者既非确定性，也非怀疑。实际上，当福柯反驳德里达并向我们展示，作为“过分的和不可能的证明”（第 596 页），笛卡儿**不屑于**为疯癫提供证据（而不是排斥疯癫）的时候，我们可能认为，福柯在这里的解读与德里达并没有很大的区别。

但在福柯对德里达的反驳中，最有意思的是文章末尾流露出来的恶意。这里我并不想为德里达辩护，但我会从福柯那里抽出一段话，让你们感受一下福柯对“涂抹”威胁所表现出的敌意——在这段话中，福柯对涂抹概念似乎并不在意，它也并不必然就只是针对福柯：

今天，德里达就是回光返照的（古典）体系最坚定的代表；把话语实践还原为文本踪迹；仅仅是为了保留阅读的标记而忽视那里所发生的事情；为了不必分析话语主体的意蕴表达模式，他杜撰了藏在文本背后的声音；为了不必在话语得以实现的转换场域中重启（reinstate）话语实践，他给文本中说出了的和没有说出的东西指定了一个原初的场所……这是历史充分决定了的、微不足道但又最为明显的教学，一种告诉学生文本之外空无一物，但在文本之内，在其缝隙中，在文本空白和沉默之处却保留着起源统治的教学。我们根本不需要从别处去寻找，恰恰就是这里，当然肯定不是在文字中，而是在作为涂抹的文字中，在它们的拷问中，存在的意义言说着自身。这种教学相反给予教师的声音以不受限制的权力，允许它们无限地解读文本。[第 602 页]（**中译者注**：福柯在这一段中要表达的主要意思是，德里达把自己限定在文本的符号中，以及在文字背后的那些未能说出的东西之中，甚至连文字都不关注，只关心文字被擦除的部分。福柯认为德里达夸大了文字解读的不确定性，忽视了话语实践的领域，对学生是一种误导。）

福柯把精神分析称为“**关于**疯癫的理性独白”(72)【**原注**:同上】,德里达针对福柯为精神分析进行了辩护。“只有在今天,才能形成[像福柯那样的]方案,这一点并不意外……人们一定会想……疯癫的某种解放已经开始;认为不管多么微不足道,但精神病学已经开放;认为作为非理性的疯癫概念已经混乱,如果它曾经有某种统一性的话。(*ED* 61)

雅克·拉康作为当代伟大的弗洛伊德阐释者,是这种改变的煽动者,他不仅力挺弗洛伊德自己对“正常心理”和“反常心理”之间的区别进行的否定,同时也拒绝美国的自我心理学家根据他而得出的定论(73)【**原注**:我们可以在“La chose freudienne” 中找到早期的一个尖刻的表达方式,见 Ècrits(Paris, 1966): 401—36(后文引用为 *Ec*)。】,即自我是心理的原始决定因素。拉康的工作更加关注的是那永远不会是“整体人格”的“主体”,“其功能实践”永远会与其欲望对象相分离(拉康研究了需求[need]、爱的要求 [demand for love]和欲望[desire]之间的结构关系),并在隐喻和转喻,即移植和凝缩的变形游戏中建构自身,这使得欲望的他者,即欲望对象始终与自己保持着距离。(*Ec* 692)拉康在一个可能会得到德里达赞同的方向上拓展了弗洛伊德的理论,他根据语言结构来界定无意识:“不仅仅是说话的人,同时……它[本我(id)]也在人内部并通过人而说话……通过某些效果,人的本质得以编织形成,在这些效果中,他成为其材料的语言结构得以恢复出来。”(*Ec* 688—89)

德里达明白他和拉康思想之间的亲密关系:“在法国,以精神分析为标识的‘文学批评’没有追问过文本的问题……尽管拉康没有直接而系统地专注于所谓的‘文学’文本……但文本的**一般性问题**一直都(在他的话语中)起作用。”(*FV* 100—01)

然而,尽管存在这种亲密性,并且也许正是因为这种亲密性,这两个人之间的关系却并非十分和谐。为了使自己能够从 1953 和 1967 年之间的作品所导致的“歧途”中解脱出来,拉康认为自己有必要申明一下:

……我的话语……在兴起的能指、所指、“它说”、踪迹、文迹(*grammè*)、诱惑、神话等潮流中,是一种跟我现在已退出的圈子不一样的救生圈。泡沫中的阿佛洛狄忒,延异(*differance*)带着‘*a*’,从其中升起。”(74)【**原注**:*Scilicet* I(Paris, 1968), (后文引用为 *SC*), p. 47。】

德里达在一篇评论的长长脚注中,以一种非典型的实证主义姿态,明确了拉康对他本人的影响问题。(*Pos* F 117f., *Pos* E II. 43—44)但我们也要承认,在有些时候,德里达是不会让拉康像他本人那样玩术语游戏的。(75)【**原注**:例如,拉康在“La chose freudienne”(*Ec*, pp. 420—23)中谈到的“愉快的同音异义字游戏” (*Pos* F 115, *Pos* E II 43)就被作为一个可以让拉康逃避责任的“巡回(ellipse)”而被德里达打了折扣!】(**中译者注**:ellipse 意为“椭圆”,其拉丁词根是 ellipsis,具有“省略”,“不完整的圆”之意,即一种非完整的、带有差异的返回。关于这个词的探讨可以参考中译文《省略/巡回》,见张宁译《书写与差异》,生活·读书·新知三联书店 2001 年版,第 526 页。)

德里达与拉康的关系并没有明显涉及《文字学》中的主体问题。但他们之间较有节制的争论的确凸显了两个问题，对我们从德里达的整体思想框架来理解文字学很重要。这就是“真理”在话语中的位置，以及一般情况下的能指的位置。

因此，首先是德里达在阐释拉康的话语时对其中的“真理”位置的关注。

拉康的分析目标是勾画和确立主体的“真理”。这不是简单地把主观的情形进行客观化的问题。“没有语言能够谈论真理的真相，因为真理的基础就是真理所说的东西，真理不能用任何其他的方式来建立自身。”(*Ec* 867－68)“语言设置了真理的维度(不能在话语之外，以及像话语那样结构起来的东西之外去设想真理)，即使话语排除了对这一真理的任何保证。”然而，就像海德格尔即使是在建立“涂抹”这个概念的时候，也无法为了消解性的遗忘(undoing forgetfulness)而放弃乡愁那样，拉康的思想也因此必须立足原初真理(*primary truth*)这个参考点才能起作用。上述段落还写道：“与这种保证的缺失相关，一种本身也是原初真理的原初陈述得以形成。”(*Sc* I.98)就像在海德格尔那里，前理解了的存在问题的答案可能被读作一切能指自足的所指一样，拉康那难以言传的原初真理就变成了它自己的保证。与海德格尔的这种关系，德里达把它弄得很清楚：

> 真理——从知识中剥离出来(或者掺杂了知识)的真理，一直被认为是一种揭示、去蔽，也就是：像在场一样必然，像在场者的在场，“存在者的存在”(*Anwesenheit*)或者更加海德格尔的说法，像遮蔽与去蔽的统一体一样必然。在这一形式中，对海德格尔的进展效果的提示通常是清楚的(“就真理意味着敞开而言，这一形式就是海德格尔暗示的极端模糊性”[*Ec*] p.116，“也是对真理的去蔽的热情，它有一个目标：**真理**”。[*Ec*] p.193，etc.)(*Pos* F117，*Pos* E II. 43)

对寓居于心理——无意识之中的**极端异变性**(*radical alterity*)，弗洛伊德给了它一个“形而上学的名称”。**在德里达看来**，拉康尽管给了无意识一种语言结构，但通过给予无意识以实证和“真理”的地位，他牢固地确立了弗洛伊德的形而上学观念。拉康经常详细谈到“真正的无意识主体”(*Ec* 417)和作为主体意指症候之“原因”的无意识“真理”的真正主体。分析家把主体症候中变形了的言语事件(énonciation，speech event)，阐释为真正的无意识的叙事事件(énoncé，narrated event)：“……就它(主体)言说而言，正是在他者的位置上，通过在无意识水平上分享欲望的东西推动自身的方式，它才得以建构这个真实的谎言(*mensonge veridique*)。”(76)【**原注**：*Les Séminaires de Jacques Lacan*，Livre XI，*Les Quatre concepts fondamentaux de la psychanalyse*(Paris，1973)，p. 132.】

“真实的谎言”，德里达感到这很明显也是拉康对待小说的态度。然而德里达认为“真理”(如果我们可以冒险用这个词的话)是由“小说”(如果我们可以冒险用这个词的话)建构的，而拉康则把“小说”看成通往“真理”的一个线索。德里达在《真理的要素》(“Le facteur de la vérité”)中对此有非常详细的讨论：“一旦人们区分开真理和现实，就像整个哲学传统所做的那样，它就不再承认真理是在小说结构中建立自身的。拉康强烈坚持真理/现实之间的对立,并把它们发展成一对矛盾。这一尽可能正统的对立,有助于真理在小说中的形成:常识总是把现实和小说分开。”(*FV* 128)在德里达看来,拉康似乎再次发扬了弗洛伊德较少冒险的方面——“解惑”的部分,但代价是失去了弗洛伊德开启心理文字学(grammotology of psyche)的一面。在爱伦·坡《失窃的信》(“The Purloined Letter”)的末尾,拉康对引自 Crébillon 的一段话的误读——他用“destin”(destiny, 命运)代替了更加不确定和更有图形意味的“dessin”(design, 设计)——也许就是这种态度的一个典型例子。

德里达不同意拉康的第二点涉及“超验能指”。在《论文字学》第 32 页(英文版第 324 页)的一个注释中,德里达告诫我们,在我们教自己拒绝所指的首要性观念——意义决定文字——的时候,我们不能又赋予能指以首要性——文字决定意义——以满足我们对超越性的渴望。德里达认为,拉康可能恰恰犯了这个错误。

在拉康那里,能指是经欲望结构而把主体与无意识联系起来的符号。“因此,能指[对主体]的响应超越并溢出了所有意指活动:‘你认为,我在某纽带的支配下激起了你的行动,通过这种纽带,我和你的欲望连接在了一起。由此它们在客体中成倍增长,把你带回到破碎的童年。”(*Ec* 40, *FF* 71—72)“你会明白为什么主体和能指之间的关系是一种参照物,应该放在对分析理论进行的普遍修订的显眼位置。因为在建立分析经验方面它是首要的和构成性的,就像它在无意识的基本功能方面是首要的和构成性的一样。”(77)【**原注**:同上,p. 137。】它具有“相对于所指的优先性”。(*Ec* 29, *FF* 59)并且“能指独自保证了作为一个整体的[主体]的全部[总效果]在理论上的一致性”。(*Ec* 414)主体中的每一个能指符号都是单一的和不可分的。德里达认为,因为这个,每个能指也都具有了传统上与“观念”(“idea”)相配的独特性和毋庸置疑的在场。因为一个哲学上可理解的观念,其标志就是它能够作为“同一个”观念被无限重复:单一和不可分。(*FV* 121, 126)这里重复一下我们的基本问题:与所有这些相反,对德里达来说,能指与所指之间是可以互换的;一个是另一个的延异;符号概念本身不过是一个既被擦除,又清晰可辨的、没法避免的工具而已。重复带来的只是一个“拟象”(simulacrum),而不是“同一个”(the same)。

拉康对能指的功能进行的基本描述结合了在场与缺场。“因为能指在其特定的独一性中是一个单体(unit),本质上讲,它**仅仅是缺场的象征**。”(*Ec* 24, *FF* 29)(**中译者注**:能指作为一种符号,是代表性的,它代表那缺场的东西,或者正因为有东西缺场,才有必要用一个能指符号来代替。)它指示着对某种主体所没有的东西的欲望,即主体的他者。在这些欲望能指中,主导性的能指就是菲勒斯(phallus),它反映了强烈的人类情感,即男性对(母亲的)阉割的恐惧和女性对阳具的嫉妒。这不是作为真实器官即阳具或阴蒂的菲勒斯,而是作为能指的菲勒斯,对于所有代表了对一切缺场之物的欲望的能指,它都能替换。“它最深刻的关联就是:古人通过它使理性(*nous*,精神)和逻各斯具体化。”(*Ec* 695)“菲勒斯是一个能指,它的功能……也许揭开了那保存于神话中的东西的面纱。因为它注定是一个要在它们的整体中去设计所指效果的能指,直到能指通过其能指在场(*présence de signifiant*)对所指进行限定。”(*Ec* 690)“尽管菲勒斯使能指链成为可能,并且隶属于能指链”(FV132),但菲勒斯在能指链上的位置,严格说来是**超越性的**。海德格尔的“存在”,尽管被涂抹,但仍然可能是一种超验所指,而拉康那指向缺场的菲勒斯,则是一种超验能指。

在关于意义生产的性寓言里,德里达用的术语是散播(dissemination)。利用“语义学”(semantics)和“精液”(semen)之间伪造的辞源亲近关系,德里达给我们展示了这样一种文本性:不能生长植物、只是简单地进行无穷重复的播种。这种播种(semination)不是真正的“**播进**”(***in***semination)而是“**散播**”(***dis***semination),种子撒向了虚空。一种永远也不可能返回到父亲的起源处去的散发。这不是确切且有控制的一词多义,而是一种总是充满差异的、总是延迟的意义的增殖。在谈到作为能指的失窃的信时,拉康写道:“……一封总是到达其目的地的信”(*Ec* 41, *FF* 72),它“可能永远都不会”(*FV* 115)是德里达答案的模式。阉割,作为菲勒斯权威监管的缺场,是使“作者”或“书”转换成“文本”的东西。在场只有在它**碎裂**为话语后才能得到表达;“阉割”和肢解既是对话语之可能性的一个威胁,同时也是话语之可能性的一个条件。夸张点说,菲勒斯本身可以看成一把刀子,用来把自己的散播永久化。人们已经开始感觉到,一种关于意义的菲勒斯中心的寓言明显是不充分的。

在那似乎让我乐意解释为~~女性主义~~姿态的东西中,德里达给我们提供了一个处女膜(hymeneal fable)寓言。处女膜一直是一个折叠的(因此绝不是单一的或者简单的)空间,笔在其中书写着它的散播。“在隐喻意义上”,它意味着婚姻的完满。而“字面上讲”,它的在场又指示着完满的缺场。这一“与/或”结构(and/or structure)体现了在场与缺场之间的游戏。处女膜取消了对立,因为它行动的同时也忍受痛苦。这一寓言般的处女膜,一个从“礼赞”(hymme)变来的词语,“一直完整如初又始终遭到劫夺,是一个屏障,也是一张薄纸”,它取消了“控制的保证”。(*Dis* 260)我建议读者去读德里达的《双重场景》(“La double séance”),那里重叠(展开)了大量关于处女膜的讨论。

“如果我们一方面想象着在神秘的书写板表面进行书写,另一方面想象着从蜡版上周期性地揭开保护膜,那么,我努力勾画思维感觉机制的功能时所使用的方法,我们就应该对其有一个具体的再现。”(*GW* XIV 11, *SE* XIX 234)通过一个双向链接的(double-jointed)概念,就像上文勾画的弗洛伊德的神秘书写板那样,德里达对意义的阐释消除了弗洛伊德的菲勒斯中心主义。阉割(作为能指和所指之间的差异模型的性别差异的实现)不再是意指活动的起源。毋宁说是在意义生产的“具体再现”(当然从长远看,这些词必定会受到批判)中**涉及**那种性别差异:散播进处女膜。(**中译者注**:“散播进处女膜”在德里达看来本身就意味着意义的生产,是意义生产的“具体再现”。“散播进处女膜”涉及性别差异问题,但是性别差异本身并不生产意义。从后文我们可以看到,德里达否定了拉康那种建立在“缺失”和欲望结构基础上的,也就是建立在菲勒斯中心主义基础上的性别差异。把意义的生产看成意义的自我赋予、自我生产的阴性行为。)通过散播进阐释那曾经[从未是]的处女([n]ever-virgin)地,那曾经[从未]遭到破坏的处女膜([n]ever-violated hymen),不断通过合拢(fold)——其本身也是一种打开——来进行增补,意义的种子得以不断溢出。这种子使自己向四处散开，而不是播进(inseminates)。或换一种说法，正是这种游戏性的散播，而不是阐释那独断的解释学姿态，曾经[从未]([n]ever)穿透文本的处女膜。这是一个永远推延的性的联合。通过成功地运用口语，德里达写下了这样一句话，可以粗略地翻译为："它(散播)来得太快了"。但在法语里，这一游戏更多地说成："Elle-le[le sens]laisse d'avance tomber"(*Dis* 300)——"她让它(意义)事先降临"。德里达利用了一个简单的语法事实，即作为一个以"tion"结尾的名词，散播——这种男性行为——在法语中却是阴性的。代词"她"或"它"("elle")混淆了性别指代。而在主语和宾语－谓语之间的连接符号"－"，则是对存在于处女膜散播之中的推延的一种纪念。(**中译者注**：处女膜寓言在这里是把意义的生产当成一种生殖行为，因为德里达认为意义的生产是不定向的，其结果也是永远推迟的。一个能指符号不可能立即带来唯一的确定的所指。这意味着一方面，能指的作用就是撒下种子，文本就是一片处女地，它接收这些种子；另一方面，从时间上看，这些撒出去的种子并不会立即生长出确定的结果，这就使得处女膜既好像是敞开过了，但同时又似乎是在拒绝敞开。也就是说，意义的生产实际上是一个只有生产行为而生产结果却永远延迟的过程，种子是不会生根发芽的。在传统的理解模式中，能指符号在文本这块土地中种下意义，读者的理解过程就是采摘意义的结果的过程。但是德里达认为，读者对文本的理解，实际上是把先行拥有的"意义"赋予文本的行为，因此还是一种散播过程，读者的阅读因此是在重复进行散播，不同的阅读和阐释仅仅是不断的散播自己的意义种子而已。阅读和阐释看上去是在接收文本生产的结果，但实际上根本就没有接收，它同样是在生产和散播，也就是赋予文本意义。因为散播是不断重复的，因此处女膜是一个折叠空间，因为种子的生长永远是延迟的，是永远推迟的性的结合体，因此种子实际上撒向的是虚空。因为没有结果，因此看似完成了生殖，是完婚，完满，但实际上处女膜仍旧是完好的，从未被穿透过。因为意义是在散播的同时已经先行赋予的，因此是"事先降临的"，这种看上去是雄性的散播行为，在这里因此是一种阴性的自我生产。因为这种阴性特征，德里达否定了拉康的菲勒斯中心主义。)

德里达在拉康的惯用语"好与坏的信念"、"真实性"(authenticity)、"真理"中会看到战后"存在主义"伦理的残余。在拉康那里会看到没得到承认的、来自黑格尔和精神分析学家们都嘲笑的胡塞尔现象学的影响。(*Pos* F 117, *Pos* E II. 43)拉康确实在很多地方把自己展示为一个有力地揭示了"真正的"弗洛伊德的预言家。这样一种使命让德里达这个解构主义者很不舒服，对他来说，批评家的人格像文本本身一样，在文本性方面是脆弱的。(**中译者注**：意思是说，并不存在某种"真正的"的弗洛伊德需要拉康去完美揭示，德里达否定胡塞尔现象学"找出真正谜底"的那种雄心有实现的可能性。因为人格本身不是自我同一的和稳定的。)

在先前一部分，我们关注的是三个主要的文字学家：弗里德里希·尼采、西格蒙德·弗洛伊德和马丁·海德格尔。本部分结尾我们以另一种方式又返回他们。对德里达来说，结构主义可以临时定位的基点(priming-point)，对事物的结构性意识，都不仅仅在于发现语言的“客观”结构并为“人”的研究提供“科学的”模式，它更在于对“主体”和“客体”结构——也就是一种质疑了人类地位和这种区分的欲望结构——之间的关系问题进行严格的重启：

> 去中心化(decentering)这个关于结构之结构性概念是在哪里发生的呢？又是如何发生的呢？如果为了给它指派一个出处而提出某个事件、教条或者某个作者，这会有点天真。但无疑它是时代整体的一部分(78)【早在1966年这篇文章就在约翰·霍普金斯大学(Johns Hopkins University)出版，后来德里达就不再相信“一个领域的总体性”这样的说法了。】……然而，如果我想通过选择一两个“名字”，通过回想一些作者——在他们的话语中，差不多保留了其最基本的构想——而给出某种指示，那我可能就会援引尼采对形而上学的批判，即对存在和真理概念的批判，因为这已经被游戏、阐释和符号(不表现真理的符号)等概念所代替；弗洛伊德对自我在场的批判，也就是对意识、主体、自我同一性、自我接近(self-proximity)或自我占有(self-possession)的批判；或者更为极端的，海德格尔对形而上学、本体论神学，以及对作为在场的存在之确定性的摧毁。(*ED* 411—12, *SC* 249—50)

Ⅳ

结构主义方法的出现意味着“符号‘语言’的膨胀”，因此也如我们看到的那样，是“符号本身的膨胀，(15,**16**)但实际上，它意味着的是声音符号的膨胀，意味着声音元素在意义生产和作为语音的语言中的作用的膨胀，而不是图形符号的膨胀。《论文字学》第二章讨论了索绪尔如何认定语言学就应该只研究语音，而不是语音和书写。雅各布森、列维－斯特劳斯，实际上也包括所有的符号学结构主义也都强调这一点。而拉康，明显的只处理能指符号，但也把能指符号看成“音位对立”中的一半。(*Ec* 414)并且当主体的语言暗示了对无意识真相的承载时，拉康就把主体的语言叫作“完全言语”(“full speech”[*parole pleine*])。

在《论文字学》中，德里达认为，拒绝书写、把书写当成一种附属物、一种纯粹的技术然而又是内置于言语中的一个威胁，实际上，也就是当成一个替罪羊等等，都表征着一个更加宽泛的趋势。他把这种**语音中心主义**(*phonocentrism*)同**逻各斯中心主义**(*logocentrism*)联系起来。逻各斯中心主义信奉最初与最终的事物就是逻各斯、道(the Word)和神圣之思(the Divine Mind)，信奉对上帝的无尽理解、具有无穷创造性的主体性，或者更接近我们这一时代的，即信奉完全自我意识的自我在场；在《论文字学》以及其他地方，德里达表明，这种原初的、目的论的在场的证据，习惯上被认为可以在声音即语音(the *phonè*)之中找到。在《声音与现象》(*Speech and Phenomena*)第六章，即《保持沉默的声音》(“the Voice that Keeps Silecne”)中，依照胡塞尔的思想，这一点表述得最为清楚。在德里达那里，我们已然看到，胡塞尔的文本是怎样被一个压抑的看法所折磨的，这看法就是“活生生的当下”(the Living Present,)总是已经寓居了差异。使胡塞尔得以进行这种压制的，就是他在声音——不是“真正的”声音，而是我们内心独白中的声音原理——中找到的自我在场的证据：“为什么音素是符号中最‘理想的’东西？……当我说话时，它属于我在说的**同时**也**听到自己**(je m'entende：**听到并理解**）这一过程的现象学本质。……作为纯粹的自我响应（auto-affection）行为，某人听见自己说话的过程看起来甚至是还原到了自己身体的内表面。（the inward surface）……毫无疑问，这种自我响应正是所谓主体性的可能性所在。”（*VP* 86－87，88，89；*SP* 77，79）

因此，这里要说的是，这种语音－逻各斯中心主义和中心主义本身——即人力图在开始和结尾之处安置一个“中心”在场的欲望——是有关的：

> 符号的概念……保留在逻各斯中心主义、同时也是语音中心主义的遗产之中，即声音与存在、声音与存在的意义，以及声音与意义的理想性（ideality of meaning）等之间的绝对接近性……我们已经有一种预感，即语音中心主义与作为**在场**之一般存在意义的历史规定性的融合，以及与所有依赖这一普遍形式的次一级规定性的融合……（被看成事物之在场的**埃多斯**[*eidos*，本质]，作为实体/本质/存在[*ousia*]的在场，作为当下或者此刻的[*nun*]点（[*stigmè*]的临时性在场，作为我思、意识、主体性的自我在场，自我与他者的共同在场，以及作为自我之意向性现象的互主体性，等等。）因此，对作为在场的实体之存在，逻各斯中心主义支撑了它的规定性。（23，**11－12**）

正如德里达看到的，拉康的菲勒斯中心主义拓展了弗洛伊德的形而上学边界，但也落入了这一窠臼之中：“和他的追随者一样，弗洛伊德仅仅**描述了**菲勒斯中心主义的必然性……它既非过时的错误，也非思辨上的欠周全……而是一个巨大而古老的根基。”（*FV* 145）

正是这种对中心、对权威化压制的期待，酿成了等级对立。优越的一方归属在场和逻各斯；次要的一方用以明确它的地位，并标识出（自己的）堕落（mark a fall）。可知的与可感的、灵魂和身体之间的对立似乎贯穿了“西方哲学的历史”，并把他们的任务传给了“现代语言学”中意义和文字之间的对立。书写和声音之间的对立在这一模式中也占有一席之地。

本着阐释的而不是评论的精神，我把书写的结构描述为被涂抹的符号。现在让我们回到这篇序言的开始几页，并把书写结构称作“涂抹的形而上学”，应该说是合适的。踪迹结构、总是已经寓居了他者事物（something that is not itself）之踪迹的所有事物，都在置疑着在场结构。如果“自我在场的呈现……像眼睛的一眨眼一样不可切分”（*VP* 66，*SP* 50），那我们就必须认识到，“这一眨眼也是个过程，并且通过这个过程，眼睛才得以闭上。”（*VP* 73，*SP* 65）这种踪迹的在场，以及在场的踪迹，德里达称之为“原初书写”（archi-écriture）。

在《论文字学》的第一部分，你会看到这些问题的慢慢展开。我这里不再详细“重复”。但我要再次提一下我曾经指出过的东西：“书写”这个名称在这里指的是整个研究结构，不是仅仅指“狭义上的书写”，即那种实际材料上的图形记号。因此，《论文字学》并不是简单的使书写变得稳定并凌驾于言语的措施，不是简单的等级颠倒，不是反－麦克卢汉（anti-McLuhan）的东西。狭义上讲，对书写的压制是一种无处不在的中心主义症候，这也是为什么我们书中的大部分内容恰恰都关注这个问题。狭义上讲的通常的书写概念，的确包含了广义的书写结构的成分："作者"和"主体问题"（subject-matter）的缺场，可阐释性，并非"其自身的"时间和空间的展开。我们"承认"狭义书写概念中的所有这些东西并"压制"它们；这也使我们忽略了这样一些事实，即任何其他的事物也寓居了广义的书写结构；"事物自身总是在逃离"。（*VP* 165，*SP* 104）德里达选择"书写"和"原初书写"概念因而并不是偶然的。实际上，正如德里达在讨论列维－斯特劳斯时反复指出的，在狭义的和广义的书写概念之间，不可能做出严格的区分。"一个"滑向了"另一个"，对区别进行了涂抹。书写已经拥有成为替罪羊的消极特权，它的排他性再现了形而上学樊篱的规定。

然而，选择"书写"这个概念来反对结构主义明确的语音中心主义，仍然是值得争论的。而这恰恰也是在有些时候引起普遍误解的东西，使得人们草率地以为德里达又在语言研究中复苏了书写之于言语的优先性。这当然是十分草率的看法。只要仔细读《论文字学》，很快就可以看到，德里达真正指出的是，言语也同样拥有书写的结构，言语也植根于经验的背景、植根于"言说者－倾听者"结构之内，植根于语言的一般语境以及"言说者－倾听者"缺场的可能性之中。（见 liii 页）也会看到在广义上存在着"言语中的书写"（"writing in speech"）。（*ED* 294）本书第一部分名为"字母之前的书写"——即一种在狭义的书写事实出现之前的书写。第二部分"自然、文化、书写"展示的是，在让-雅克·卢梭和列维-斯特劳斯的文本中，自然与文化之间公然的对立是如何被经验**事实**和书写**结构**所消解的。

但如果书写与言语在结构上没有区别，那么，把"书写"作为一个有用的术语来选择，这本身就是值得怀疑的，因而也就是一个应该得到明确涂抹的对象。德里达是这样说的："只有在**历史**的范围内，也就是形而上学的界限内，这个普通的根源才可以称之为书写。它不是根源，而是对起源的隐藏；它也不普通，因为除了对差异的并非单调的坚持外，它不会成为同一个东西。它是**差异本身**那无法命名的运动，我已经策略性地用别名称之为'踪迹'、'保留'和'延异'等等"。（142，**93**）

换句话说，如果形而上学的历史不一样，那么这个成问题的"普通根源"也可能就叫作"言语"。但是根据我们知道的和能够知道的唯一的形而上学和唯一的语言，（所谓"人的科学"和文学的……）哲学文本一直就是写出来的（我们通过书籍、磁带或者心理机制进行阅读）；然而这些文本又总是被哲学指派为言语（"柏拉图说……"，或最常见的"柏拉图好像说过……"）。"书写"于是"立即受到压制"。写下的东西总是被当成言语或者言语的替代物来进行阅读。"书写"是从未被命名的东西的名字。然而有了延异，即使这样称它或者给它一个**专名**，也因此成了一种暴力。人们能接受的不过是**修补术**式的"别名"。

德里达不会特许一个能指具有超越性。"差异本身"的运动，不时得益于它固有的"矛盾"，它拥有许多别名：踪迹、延异、遗留（reserve）、增补、散播、处女膜、嫁接（greffe）、毒（解）药（pharmakon）、补遗（parergon），等等。它们形成了一个链条，其中一个可以为另一个代替，但不是真正的代替，（当然，即使同一个词，两次使用也不会真正相同）"没有一个概念与别的概念是重合的"（*Pos* F109，*Pos* E41）。每一次替代也是一次位移，携带着不同的隐喻量（metaphoric charge），就像德里达经常提醒我们的那样。在"延异"问题上，他尤其小心。

要铸造一个术语,同时又不倾向于特许它成为终极所指那样的词,这是不容易的。因此《论延异》这篇文章花了很大的力气来提醒我们:"**延异**既不是一个**词**也不是一个**概念**",它"不是神学的,甚至不属于消极神学那最具有消极性的秩序。后者……总是急于告诉我们,如果我们否定关于上帝存在的论断,目的也是为了承认它那至高无上的、难以想象的和不可言喻的存在方式。"(*MP* 6, *SP* 134)然而给予确定的名称,就像形而上学实践授权的那样,是一种控制姿态。因此在文章结尾他必定会告诫我们:"对我们来说,延异保留了形而上学的名称……比**存在**本身更'古老',对这样的'延异',我们的语言还没有它的名称……甚至不是'延异'这个名称,(因为)它在延异的[*différantes*]替代链中不断被打碎。"(*MP* 28, *SP* 158—59)关于"处女膜",他写道:"这个词……并非必不可少……如果人们用'婚娶'、'罪行'、'同一性'或者'差异'等等来代替"处女膜",除了不够凝练或简洁(condensation or economic accumulation)外,效果会是一样的……"(*ED* 149—50)

但德里达在实践上并没有太在意这种谨慎。对单个概念性的主词,他都没有坚持太长时间。"原初书写"、"踪迹"、"增补"等《论文字学》中的这种重要概念,在其后来的文本中都没有一直保持其重要的、概念上的主词地位。德里达的词汇永远都在变动之中,但也不会完全放弃某个词汇。他只是把它还原到更低的普通词汇水平,其中的每一种语境都会再次对其建立临时的界定。

面对抗凝结的文本能量,我对踪迹、延异、散播、处女膜等已给出了相近的描述。德里达自己对让-路易·乌德宾(Jean-Louis Houdebine)的评论并不是含糊不清的:"**散播**最终没有什么意义,也不能引导进某种定义中,在这里我也不会试图这样去做,我更愿意指出文本的运作。"(*Pos* F61, *Pos* E37)记住这一规劝,简单说来就是:"**间隔**……'是'不可还原的外在标志,同时也是那显示了不可还原的他异性的运动和位移的标志。"(*Pos* F107—08, *Pos* E II. 40)正是如此,它反映了延异的结构,就像反映了"存留"(reserve)和"**肇始**"(*entame*)之中所保持的东西那样——既是对某事物的开启,也是对某事物的打断,既是起源也是踪迹。增补则"是"一种"附加物,用来**弥补**某种缺乏……用来补偿某种原始的非自我在场。"(*VP* 97,*SP* 87)《论文字学》的后半部分对增补性的结构进行了讨论。而"药"(*pharmakon*)则是一个希腊词,包含了毒药、解药、魔药的意思。在柏拉图的《斐德罗篇》中,是一个用来描述书写的词。柏拉图把苏格拉底描述为一个"*pharmakeus*"——投毒者,药剂师,**魔法师**。但柏拉图使用的一个相关的词"pharmakos——替罪羊,则跟书写和苏格拉底都无关系。"围绕这个空白,德里达把**书写寓言**(和苏格拉底)极力描述为替罪羊并把"**药**"这个词引入"écriture"(文字,书写,笔迹、字迹)的替代链条之中。"*Greffe*"则是指一种嫁接工作,二者都是园艺的,不同的东西。(*Dis* 230)而"*Parergon*"(附属物),则是所有这些"别称"中的后来者,既是指一种框架,也是指一种增补性的"附加物"。

也许对这些"别称"的界定应该脱离由系动词"是"所代表的控制形式。关于这一点德里达写道:

“药”既不是解药也不是毒药，既非善也非恶，既非内在之物也非外在之物，既不是语音也不是书写；**“增补”**既不是一种增加也不是一种减少，既不是外部的，也不是对内部的补充，既不是偶然的，也不是必然的，等等；**“处女膜”**既不是混淆也不是区别，既非同一也非差异，既不是完婚(consummation)也不是未婚(virginity)，既不是遮盖也不是敞开，既不是内也不是外，等等；而**“文迹”**(*gramme*)既非能指也非所指，既非符号也非事物，既非在场也非缺场，既非肯定也非否定，等等；**“间隔”**(*l'espacement*)既不是空间也不是时间；**“肇始”**(*entame*)既不是开端或一个简单的断口的(残缺的)整体性，也不是简单的次级状态。**“既非/也非”**同时也是**“同时是”**或者说是**“或者是”**Neither/nor is at once *at once* or rather *or rather*."(*Pos* F 59, *Pos* E I. 36)

这看起来像是一个相对主义颇有吸引力的逃避性世界。但这个世界最大的快乐在于感觉到权威受到了挑战。德里达否定了权威的绝对基础。但对文学批评家来说，这种快乐就有点虚假，因为这种语言更像文学语言，而不是那种我们会习惯性地想到哲学准确性的严格的命题语言。这两种语言都存在文本性，两者的区别也随时都可以被解构。一旦明白了这一点，我们兴许就会发现，我们习惯上所说的文学这种“不负责任”的话语，与解构的需求意识之间看上去似乎更相投一些。“**理论**——也就是在“**知识型**”(*epistémè*)(对“人是怎样知解事物”的公认的描述)中把哲学和科学连接在一起的东西——的自然倾向是填补缺口，而不是强化对人的约束。而在文学和诗歌领域中，这种突破更可靠更具有穿透力则是正常的。”(139,**92**)(**中译者注**：理论的自然倾向是“填补缺口”，意思是说理论本身是一种对纷杂的对象进行系统化和秩序化的努力，在这种系统化和秩序化过程中，我们通常说的“去粗取精，去伪存真”被德里达理解为一种把各种具有差异的对象系统化为一个整体的行为，这个过程因此也是对差异和裂缝进行填补、缝补的过程。通过填充，理论建立起它的秩序性和整体性。但通常情况是，理论一旦建立起这种整体性，就常常会对人的思维形成强有力的约束。德里达此处提醒人们注意理论的这种特点，避开理论的约束。但是文学诗歌则无需这种注意，因为文学和诗歌语言的特点就是它具有突破日常语言的约束的能力。)解构方法对文学批评有着明显的兴趣。通过置疑文学与哲学之间的区分，解构会把“即使是哲学”的东西当成“文学”来读。

然而，如果仅仅是对文本中存在着两个似乎矛盾的观点进行谈论，然后满足于宣称文本的非同一性和文字学式的批评方法，那是不够的。如果传统的批评乐于建立文本“统一的”意义，那么这一路批评就会在揭示统一性的缺乏时，获得相应的掌控感。这种批评方法非常依赖语言的多义性，它不会去面对散播的极端游戏。而且，批评性结论本身就在揭示各种矛盾对立的同时又在文本中暗含了它们之间的和解。

谈到德里达和海德格尔，是因为我想对解构程序进行一个简要的描述：指出文本掩盖了它的文迹结构的地方。这里让我们对此描述稍作一点延伸。

我曾说到过，“对统一性和秩序性的渴望强迫作者和读者去平衡文本系统这个等式”。德里达实际上在最普遍的意义上把这种等式的平衡与所有哲学的伟大循环工程联系了起来。(79)【**原注**：在 *Structural Study of Autobiography*：*Proust*，*Leiris*，*Sartre*，*Lévi-Strzuss*(Ithaca，London，1974)一书中，Jeffery Mehlman 把这种做法——词与义成为一个体的欲望——与那喀索斯想与自己的影子合二为一的欲望，以及儿童想跟母亲合二为一的那喀索斯式欲望联系了起来。非常感谢 Michael Ryan，对于这种自恋与德里达“打破”等式平衡的做法之间的关系，他的讨论令我深受启发。在“La dissemination”(*Dis* pp. 322－407)这篇文章中，德里达提出了一个(假设)第四条边开放的正方形结构，而 Ryan 把这同永远活跃的俄狄浦斯三角联系起来，用来干预和解决未完成的、想自我封闭的那喀索斯(自恋)欲望。(对 Mehlman 的著作的评论，*Diacritics* 即将刊发。)对德里达的“四极论”(tetrapolarity，即开口正方形的逻辑，而非黑格尔的三段论和循环论，也不是渴望自恋的自我封闭的二元论)的一个略显拘谨但却很有趣的讨论，可以参见 Robert Greer Cohn 的“Nodes，”I，*Diacritics* 4，*i*(Spring 1974)：39.】在这种阅读方式下，黑格尔的哲学内在化(interiorization，*Erinnerung*，回忆)概念就是一个急需的东西。与此相关的批评的有力教条，即日内瓦学派的批评家最近认可的(underwritten)东西(80)【**原注**：见 J. Hillis Miller，“The Geneva School：The Criticism of Marcel Raymond，Albert Beguin，Georges Poulet，Jean Rousset，Jean-Pierre Richard，and Jean Starobinski，”*Modern French Criticism*：*Form Proust and Valéry to Structuralism*，ed. John K. Simon(Chicago and London，1972)，pp. 277－310。对 Maurice Blanchot 和 Georges Poulet 的专门描述，见 de Man，“Impersonality in the Criticism of Maurice Blanchot，”“The Literary Self as Origin：the Work of Georges Poulet，” *Blindness and Insight*，出版信息见前述引文，pp.60－78，79－101。本书的读者对保罗·利科(Paul Ricoeur)的 *Le Conflit des interprétations*：*essais d'herméneutique*(Paris，1969)(*The Conflict of Interpretations*：*Essays in Hermeneutics*，tr. Don Ihde [Evanston，1974])应该会很感兴趣，因为利科对德里达解构过的几个文本给出了阐释学的解读。阐释学方面最有影响的德语文本是 Hans-Georg Gadamer 的 *Wahrheit und Methode*：*Grundzüge einer Philosophischen Hermeneutik*，second edition(Tübingen，1965)，英语译文即将由纽约的 Seabury Press 出版】，就是阐释(阐释而不是展示)的循环，即：批评就是暗含在文本中的作者的主体性和批评家的主体性之间的一种认同活动。

事实上，正是为了反对用黑格尔式的辩证法对幻象式作品[与同一性的反复相反]的无休止的重复占用……我才努力进行批评活动，黑格尔的唯心主义恰恰就存在于它对古典唯心主义二元对立的扬弃之中，用那表现为“升华”结果(“aufheben”)的第三项来解决它们的矛盾，在提升、理想化和在内化(*Erinnerung*[这个德语词也有“记忆”的意思])领域中进行升华时也进行否定。这种升华是在把差异禁锢在其自我在场之中的同时进行的。(*Pos* F59，*Pos* E I.36)(**中译者注**：“第三项”即黑格尔哲学中的“合”，它是“正”与“反”二元矛盾的升华和解决。第三项不是完全外在于传统的，每一次辩证的否定都包含了对传统的继承和“记忆”，或者说是在使传统“内在化”的同时进行的否定。因此，辩证运动产生的差异必须限定在传统的自我在场基础上。）

黑格尔把这种循环当成自己的中心论题(39－41，**25－26**)，扬弃了经典哲学中平衡的二元对立。但即使是传统哲学文本也会存在这样一个时刻：其意义无限丢失(散播)的可能性又被拉回意义的循环中；并且在作为在场的秩序和作为秩序的在场的温和监督下，有秩序的对立(the orderly oppositions)是起作用的。在哲学循环工程的旨趣中，也存在这样的时刻。而德里达则使它们从亚里士多德和笛卡儿那样完全不同的文本中脱离出来。(译者注：所谓“平衡的二元对立”，应该是指缺乏黑格尔那种辩证发展的二元对立。黑格尔注意到了哲学的循环，并用辩证的观念解释了发展的问题。因为“第三项”是对二元对立的批判继承，同时又是新的二元对立的起点，因此黑格尔的辩证法使得传统哲学进入到一个连续的、螺旋式的循环发展模式之中。这个过程具有德里达说的能指替换的意味，不断在替换着前进，但始终不能抵达，哲学寻找的那种终极的“超级所指”始终未能确定性地出现。或者如德里达说的，哲学行为是一种“散播”，广泛地播种，但始终不能生长。真正的意义始终是缺场的，即意义的丢失，德里达意识到了这种“丢失”。)当亚里士多德宣称芝诺的困境(时间既是又不是)、跨过而不是解构它(*MP*57, Eng73－74)时，或者当笛卡儿通过自然之光(或理性)证明了上帝的存在时——理性“作为一种自然之物……在上帝那里有其根源，上帝在遭到的怀疑的同时又展示了对它的感激”(*MP*319, *WM*69－70)——德里达指出了在其中起作用的等式－平衡(equation-balancing)。(**中译者注**：此处要说明的是理性作为一种自然之物，与上帝的存在之间既是相互对立的又是相互依赖的。)在谈到哲学实践反复选用的房屋这个隐喻的时候，德里达提到了这种循环方案和黑格尔对它的表述：“……这个借来的居所[*demeure*]……占用，离开家但仍有所居，离开家但又在别人的家中，一个自我复苏、自我认知、自我聚集、自我模仿的地方，也是一个既外在于自我，又在其本身之中(outside the self in itself [*hors de soi en soi*])的地方。”这是哲学的隐喻，作为(由于)反复占用、第二次来临的、在其自身光照中的观念进行自我呈现的迂回路径，一个从柏拉图的理念(eidos)到黑格尔的理念(Idea)的隐喻历程。(*MP*302, *WM*55)(**中译者注**：这一段讲得较为文学化，也是典型的德里达式的表述。总体上讲，这一段要说明的是，西方哲学是一个自我复制的循环过程，是黑格尔说的那种重复中有发展的过程，一个辩证发展过程。哲学是在自身的传统中得到发展的。从发展变化来讲，它“离开”了居所，离开了“家”，走向自身的“外部”，但是从它与传统的关系和重复性角度看，它又从未真正离开过“家”或者“自身”，它总是“有所居”并“在自身之中”的。)

“既外在于自我，又在其本身之中”(outside of the self-in itself)，德里达这里要做的，不只是简单地评论哲学的循环工程。他描述的是这个循环的一个支柱——即隐喻和真理之间的对立——隐喻作为通向真理的曲折之路，真理作为“外在于自身”的东西借用了隐喻的居所,但真理也是“其自身”,因为隐喻指向它自己的真理。(**中译者注**:truth,在这里主要是指“真相”,metaphor,这里采用通行的翻译“隐喻”,但更具有“修辞、喻指行为”的意味,主要是指对真相的表述而不是狭义的语言修辞。这种表述既遵循我们一般理解的相似性规则,也包含尼采意义上的相关性规则。隐喻与真相或者真理之间的对立,类似于我们通常所说的符号和意义之间的对立。隐喻或者符号,既是对“意义”、真理或者真相的一种表达,是真理的寓居之处,同时也是对真理的一种替换和遮蔽。)

在对隐喻的特定理解的基础之上,传统的文本阐释认识了自己,即:一条通向真理的曲折道路。不仅仅是单个的隐喻和隐喻系统,就是通常意义上的虚构作品,也被视为通向真理的路程,批评家可以通过他的阐释对这种真理进行传达。但对这一熟悉的状况,我们通常都不去检查它的前提。当然,如果仔细检查,我们就会发现,不仅不存在脱离隐喻的纯粹语言——隐喻“因此牵扯到一个它要包含的领域,在其中,隐喻会变成广义隐喻学的目的”(*MP*261, *WM*18)——而且我们还会发现,那种认为虚构作品是从作者的真理开始、以批评家揭示出这一真理而结束的观点,实际上是一个批评和教学实践给出的谎言。尽管我们习惯上说文本是自治的、自足的,但如果我们没有感到文本是**需要**阐释的话,那我们的行为就不会有正当的理由。这个所谓的次要材料并不是原初材料的一个简单的附属品。后者把自己插入前者的空隙处,并填补那一直存在着的洞穴。就在批评把自己加进文本之时,它也为文本提供了缺口,为先于它的批评链条提供了裂隙。文本不是唯一的(公认的多义性的在场已经挑战了唯一性);批评家创造了一种替代品。文本属于语言,而不是属于自治的权威和产生它的作者。(尽管新批评激烈争论过文本的自我封闭性和“有机整体性”,并且在实践上一味地逢迎作者,但它在批评“意图谬误”时,还是对这一最后的洞见有所觉察的)德里达则在置疑语言本身的同一性、对隐喻进行涂抹的同时,完全打开了文本。

十分奇特的是,解构批评必须十分严肃地对待文本的“隐喻”结构。既然隐喻不可还原为真理,那它们自己的“此类”结构就是文本之文本性(或信息)的一部分。

但是,正如我以前暗示过的,解构必须也考虑到批评家自身自治性的缺乏。也许那种“无知意志”(will of ignorance)仅仅是一个态度问题,是认识到人们对“证据”的选择是暂时的,是一种自我怀疑,一种对自身力量的怀疑,是对一个人的词汇的控制,是从菲勒斯中心主义到完婚(hymeneal)的转换。即便如此,对批评家这个自称是文学公共“意义”的监护者来说,它也是一个极为重要的教训。在名为“过度,方法问题”([The Exorbitant. Question of Method])的一部分中,德里达为他的主题选择进行了“辩护”,这一部分的语气让我们领略了这个留下的教训。我引用了其中的几句:“我们必须**在哪里**,就**从哪里**开始,并且对踪迹的思考……已经告诉我们,要完全证明一个出发点的正当性是不可能的。**无论我们在哪里**,比如在我们已经相信我们身处其间的文本中。”(232—33,**162**)

从长远来看,批评家不能自己表现出自己的脆弱性。让我们简单地回顾一下那个态度问题。我们要意识到,文学与文学批评都必须向解构阅读开放,批评并没有揭示文学的“真理”,就像文学也没揭示什么“真理”一样。

阅读是一种**生产**而非**保卫**，我们已经接受了这样的解构描述。这里还有一个："……任务是……废除【解除，*déconstruire*】【在文本中】起作用的形而上学和修辞的结构，目的是为了以另外的方式对它们进行重写（reinscribe），而不是为了拒绝或丢弃它们。"（*MP*256，*WM*13）

如何解除这一结构？使用能指符号，但不是作为打开真理大门的超验钥匙，而是作为**拼装者**（*bricoleur*）或修补匠（tinker）的一件工具——一副"积极的杠杆"（"positive lever"）。（*Pos* F109，*Pos* E II.41）如果我们在用传统方法去解读文本的过程中，遇上一个词汇包含了无法解决的矛盾，且因为它是一个一会儿这样用一会儿又那样用的词，并因而不是用来指称同一性意义的缺场，那我们就应紧紧抓住这个词。如果一个隐喻看上去隐匿了它的含义，那我们就应该抓住这个隐喻。我们应当跟随它在文本中的冒险，看看文本作为一个隐藏结构是如何被打开、如何揭示其自我违逆（self-transgression）及其不可确定性的。必须强调的是，我不是在简单地说确定出某个环节，在其中模糊性或反讽都最终整合进了具有整一性意义的文本系统，而是说那种真正威胁和摧毁这种体系的环节。（同样要重复的是，尽管在《论文字学》中，德里达紧紧抓住卢梭文本中的"增补"这个词【能指，隐喻】以及其他相关词语作为杠杆，但是一旦批评家注目并流连于部分文字和书页的留白，那么不可能性所撬起的杠杆就可能变得难捉摸得多。）无论如何，所谓"源文本"和重写文本之间的关系并不是那种或隐或显的关系，而是两个重写文本之间的关系。"原初"文本本身也是所谓的"前一文本"的一个重写文本，批评家也许能也许不能揭示这个"前一文本"，并且任何原初的刻写仍然只会是一些踪迹："阅读因此类似于X光片，在最后一层图的表面下，发现还藏着另外的图：是同一个画家画的还是另一个画家画的，都无所谓。为了得到材料或者达到新效果，他自己使用了古老的画布或者保留了初稿的碎片。"（*Dis* 397）

正如我说过的，德里达自己与专注于文本细节的弗洛伊德式程式之间是有关联的，这里，在重写文本和X光片的隐喻之外，让我摆出弗洛伊德自己对心理文本的扭曲所做的类比——"尽管我知道在这些事情上，类比从来不会带我们走很远"：

【有】很多不同的办法……可以使【一本不受欢迎的】书变得无害。（德里达可能会把这个类比转换成每一文本中那"不受欢迎的"文字学"威胁"）一个就是不断越过那些让人生厌的段落，使其不可见。这样，它们也就不可能被改写；并且书的下一个抄写者就会创造出一个完美但某些段落又有裂隙的文本，文本因此就可能无法在这些段落中得到理解。另一个办法……就是……对文本加以扭曲。一些单个的词可能被省略或被其他词代替，而新的句子插入进来。**最好的方法是，擦除整个段落，而把一个新的，准确地说是与之相反的段落放到那个位置。**（*GW*XVI. 81—82，*SE*XXIII. 236。**加粗**是我自己处理的。）

（当然，明显的是，这个对心理进行了涂抹的弗洛伊德，同时也会用一种完全是“中心”的思想来结束这一段，“它不再包含作者想说的东西”。

随着从未被放弃的文本那临时的支撑，“意义不确定”这种视野意识带来了少量惊人的阅读。其中两个最大胆的阅读是《双重场景》（对马拉美的《模拟》【Mimique】的阅读，*Dis* 199－317）和《散播》（对菲利普·索勒尔斯【Philippe Sollers】《数字》【*Nombers*】的阅读（*Dis* 319－407）。这些受控的杂技表演行为很难相互匹配。然而在《柏拉图的药》（“La pharmacie de Platon”）中对《**斐德罗篇**》（*Phaedrus*）的阅读（*Dis* 69－197），和对《语言起源论》（*The Essay on the Origin of Languages*）的阅读（235－45，**165－316**），两者尽管没有多少游戏性，但却同样给人以深刻的印象。

谈到“处女膜”，德里达强调了书页的白边在意义游戏中的作用。与此类似，可以说德里达自己就经常把对文本的注意力放在其空白之处。他探查那些不确定状况的细微之处，几乎无法感觉到的位移，否则这些地方就可能逃过读者的眼睛。阅读福柯时，673页的书，他只关注其中的3页。阅读卢梭时，他选择了一个远非“中心”的文本。而在读海德格尔时，他又去对《存在与时间》中的一个注释进行注解。

他的方法，就像他跟让－路易·乌德宾（Jean-Louis Houdebine）说的，可能有点俗套，那就是翻转（reversal）和移置（displacement）。“仅仅消除形而上学的二元对立”是不够的。我们必须认识到，在我们熟悉的哲学的对立体中，一直存在着“一个粗暴的等级制”。二元中的一个控制着另一个（从价值的角度或逻辑的角度等），占据着优越的位置。为了解构这个对立，首先就是……颠倒【renverser】这一等级制（*Pos* F57，Pos E I.36），以暴制暴。在《论文字学》中，这个结构性的侧面在所有书页文字中都会得到再现，在这些文字中，所有对对方的歉意，那些论辩性的力量，似乎都很清楚地放在了把书写置于语音之上的努力中。但是在解构的下一个阶段，则必须替换这一翻转，把获胜的一方涂抹掉。批评家必须要为“新‘概念’的闯入留出空间，这一概念不再允许自己根据先前的体制【对立系统】来理解”。根据我们这本书，可能就是这个方面，即“允许语音内部出现不和谐的书写，进而打乱所有既定秩序，向整个语音领域进攻。”（*Pos* E I.36）

为了定位那值得期待的空白文本（**中译者注**：marginal text，即前面所讨论的书页的空白之处。德里达赞同马拉美的观点，认为书页的空白之处是参与了意义的表达的，因此也是文本之一部分），揭示文本不可确定的环节，并用能指这个积极的杠杆把它松动；翻转固有的等级，并只对其进行移置；拆除那总是已经刻写下的东西，目的是为了对其进行重构。在果壳里解构。但取消了文本权威性的保证，那么批评家的控制、意义的首要地位，以及这一整套东西也就没有太多保证了。

我们究竟为何要松动（undo）并重铸（redo）文本？为什么不假定文字和作者“表达的就是他们所说的”呢？这是一个复杂的问题。这里让我们先看看德里达最近对解构欲望的思考。

德里达承认,解构欲望本身有可能成为借控制来重新占有文本的欲望,去展示文本所“不知道的东西”。当批评家解构时,伴随所有反对的声音,她必然会假设文本至少暂时表达了她所说的东西。毕竟,即使是宣告文本的脆弱性,也必须用表现(demonstration)和指意(reference)的控制性语言。换句话说,批评家要暂时忘记她自己的文本也必然是自我解构的,并且一直就是一个重写的文本。

解构的欲望也会有其对立面那种诱惑力。解构似乎是给出了一条走出知识藩篱的道路。通过展开文本性那无限的非确定性——因此也就是通过“置于深渊”(*mettre en abîme*, placing in the abyss),正如法语表述的字面意义那样——它向我们展示,深渊的诱惑就是自由。坠入解构的“深渊”带给了我们快乐,也同样带给我们恐惧。深不见底的那种景象让我们陶醉。

因此,一种更深层的解构解构了解构本身,都在寻找一个基础(批评家的表现就好像她的意思恰是她在文本中所说的),同时也都是无根底(bottomless)带来的快乐。所需要的工具,的确就像所有解构需要的工具一样,就是我们的欲望,这欲望本身就是一种解构性的和书写性质的结构,它永远与我们的自我文本相差异(我们只欲求那不是我们自身的东西),并延迟我们的自我文本(欲望永远也得不到满足)。解构因此永远不会是一种肯定性的科学。因为我们处在束缚之中,在一种“双重(阅读深渊的)束缚”之中,这是德里达为“涂抹”这种精神分裂症新取的绰号。(81)【**原注**:德里达指的是 Gregory Bateson 的精神分裂症理论。例子可参见“Toward a Theory of Schizophrenia”和“Double Bind, 1969,” Steps to an Ecology of Mind, Ballantine Books edition(New York, 1972), pp. 201—27, 271—78.】我们必须做一件事以及它的反面,并且的确我们两者都想做,如此等等,以至无穷。解构是一种蕴含了延异的永恒的自我解构运动。从来不曾有文本实现**完全的**解构或被解构。批评家暂时调动了批评的形而上学资源,并执行那自称是**一个**(整一的)解构行为的东西。正如我在 lxxxi-lxxxii 页中指出的,这一点与弗洛伊德那些有限的或无休止的分析之间具有的亲近关系,包括主体和分析者在内,在这里都是没有被忽视的。

一定程度上讲,德里达现在可以这样说:“要不解构或不被解构”都是不可能的。所有的文本,不管是否是狭义上的书写的产物,都在演练着它们的书写结构,在它们建构自身的同时又在自我解构。单一的批判解构,就像所有的人类姿态一样,既是必要的又是毫无意义的,既是自大的又是卑贱的。“在对本源(arche)的解构中,人们别无选择。”(91,**62**)

如此,这就是德里达双重束缚的大致情况,涂抹的解构,深渊中的深渊,积极的遗忘。(这里可以指出的是,针对书写的传统指控就是说它导致了消极的遗忘。[55, **37**,甚至到处可见]从这个角度看,解构也重新铭刻了书写的价值。)在 xlv 这一页中,我对德里达的“谨小慎微”进行了指责,德里达最近向我们表明我们这种“谨慎”也是最大的“危险”所在,知识意志就是无知意志,反之亦然。“哲学家的‘知识’使他成为梦想者之中的一员,因为知识就是一个梦。但是哲学家是‘故意’认可去做这个梦,一个关于知识的梦,认可去遗忘哲学的教训,仅仅是为了‘证明’这个教训……这是一场令人晕眩的运动。

就像《丧钟》会认为的那样，这种哲学上的认可是读者/作者与文本间达成的契约(*seing*)(**中译者注**：seing，法语词意为“签字，签名”，此处应指“签订合同、契约”的意思)。让我再多说一句，这种令人恐惧而又振奋的晕眩不是什么“神秘的”或“神学的”东西。当尼采、弗洛伊德、海德格尔和德里达揭开我们最熟悉和最贴切的、关于知识可能性的那些概念的真相时，这一深渊就出现了。

V

《论文字学》是这篇序言的临时起源。但我们并没有跟随这本书的框架亦步亦趋。相反，我们讨论的是德里达的涂抹的重要性；给出了一些材料来弄清德里达与尼采、海德格尔、弗洛伊德以及胡塞尔之间的互文性；给出了德里达对结构主义尤其是拉康元心理学实践(metapsychological practice)的一些看法；对“书写”在德里达思想中的位置进行了评论，对它的替补链进行了提示，给出了解构的诀窍。既然现在我们要给这篇啰嗦的序言下结论了，那就让我们把《论文字学》作为一个暂时的结尾吧。

在他自己的文本中，德里达是这样来确定《论文字学》的位置的：

> 《论文字学》可以看成由两部分阐述组成的一篇长文……在这两部分**之间**可以插入《书写与差异》，《论文字学》经常提及它。在这种情况下，对卢梭的阐释【《论文字学》第二部分】就应该是本文集的第十二篇文章。反过来，《论文字学》也可以插进《书写与差异》之中，既然后者中的六篇文章都事实上和原则上早于《批评》杂志上发表的那些宣传《论文字学》的文章；以《弗洛伊德与书写场景》开头的最后五篇文章则拉开了文字学的序幕。(*Pos* F12—13)

尽管德里达继续写道，“……事物不会让自己如此简单地被重构”，但关于碎片的寓言并非毫无意义。《论文字学》中存在一定的拼凑(stitched-togetherness)，而且第一部分概括的、总结的、理论上的宽度和第二部分阐释的、缓慢的读者步调之间有着明确的裂痕。

第一部分是一篇评论的扩展，这篇评论包括两个部分，评论对象包括了玛德琳·V－大卫的《论十七、十八世纪的文字与象形文字》(*Le débat sur les écritures et l'hiéroglyphe aux xvii et xviii siècles*)、安德鲁·勒鲁瓦－古朗(André Lerori-Gourhan)的《姿势与言语》(*Le geste et la parole*)以及名为《文字与人类心理学》(L'ecriture et la psychologie des peuples)的会议论文集。(82)【**原注**：*Critique*，223(December 1965)：1017－42(后文引用为 *Crit* I)；以及 224(January 1966)：23－53(后文引用为 *Crit* II)。】尽管这些评论文章以现有的顺序包含了第一部分的大多数材料，但是要到第3章——“文字学作为一种实证的科学”——我们才能清晰地感受到这些材料的痕迹。得到评论的三部著作每一部都在这一章中占有一部分。第一部书对历史上本应开启文字学但又没有开启的那些契机，以及对非欧洲文献进行解读的那些时刻进行了总结。第二部书研究了书写、言语以及作为生命决定性因素的原初书写(genetic writing)之间的差异所可能的生理学基础。第三部书处理的是各种“非声音”

书写的潜在含义。人们禁不住要问,在狭义的书写而不是在对文本的阐释中,是否所有公开的旨趣都并非简单地源于被评论文本的规范性在场?

的确,在第一部分及《弗洛伊德和书写场景》这篇文章的附言里,德里达经常谈到用某种很像狭义书写的方式来对"书写的历史"进行重写——这是"一个广阔的领域,迄今为止我们仅仅只做了一些准备性的工作"。(*ED* 340)(**中译者注**:"书写的历史"中的"书写"应是指广义的书写,也就是德里达意义上的,包括了尼采、弗洛伊德和海德格尔等人的思想的书写。由于其哲学的普遍性和原初性,这种书写涉及的领域是十分广阔的。)这种设想的"书写"已到了成为唯一能指(unique signifier)的边缘,并成为德里达的主要关注点。在他后来的作品中,书写结构的理论意义和文字学的开启等问题还是保持原封不动。但他却在暗中意图成为权威的关于狭义书写的文字学史家,"书写"于是在替补链上占有了自己的位置。因此,我们在《论文字学》中面对的是德里达职业生涯的一个特殊而不稳定的时刻。

研究一下这些评论文章在转换进本书时所产生的变化和遭到的篡改将是很有意思的。(在适当的"差异"一们【"difference"-s】改变成"延异"一们【"differance"-s】时,文本真的变得更丰富了。)绝大多数改变让讨论的哲学基础更加牢固了。对专名的精彩讨论(136—137,**89—90**)就是例证。在给书写的精神分析(132—34,**333—34**)所做的那个长长的注释、对符号中必然存在的极端他异性所插入的评论(69,**47**),皆是如此。在第125页(**84**)中的告诫性附言也是一样。(**原注**:这段附言的原始版本是这样的:"它【始源性底稿(genetic script)】是一种解放,它使得如此的'文字'【笔记,grammè】得以出现,且无疑使狭义'书写'的出现也有了可能。"【*Crit* II.46】但在《论文字学》中,德里达又取消了曾**如此这般**出现的**这种文字**的可能性。在"如此这般"后面,德里达添加了以下插入语:"【也就是说,根据新的非在场(nonpresence)结构】",然后又继续加了一句:"但如果没有最为普通的**文字**的概念,人们就无法思考它们【这种**文字**的'结构化'(structurations)】。那是不可还原和坚不可摧的。")

从我们的角度来看,最有趣的是"涂抹"这一主题几乎完全是在书中而不是在文章中得到发展的。但正如我上面提到过的,德里达从未过多讨论"涂抹"。但在文章中,所有我们知道的,仅仅是**提及**这种实践,(*Crit* I. 1029)就像我们在《论文字学》中的第38(**23**)页中见到的那样。第31(**19**)页对叉号线的使用、在第31和第38页之间(**19—23**)对海德格尔存在概念的讨论、第89(**60—61**)页对"经验"进行的涂抹、97(**66—67**)页对"过去"的讨论,以及110(**75**)页的"踪迹的起源性"等等,所有这些段落都只在书中才有。

另一方面,十分奇怪的是,当这些评论文章转换进本书的第一部分时,对历史必然性的讨论似乎也得到了强调。最先出现的细微转变——从"书写的声音化自其诞生之日起就掩盖了自身的历史"(*Crit* I 1017)变成"书写的声音化自其诞生之日起就必然掩盖自身的历史"(11,**3**)——为所有细小且重要的变化定下了基调。这些变化不多,但却十分明确。很自然,它们当中的大多数都限定于第一章,即《书本的终结与文字的开端》(*the End of the Book and the Beginning of Writing*)以"这些掩饰不是历史的偶然"(17,**7**)。这篇文章只有头两句)开始的这一段,就是一个有代表性的例子。对书写的压制和今天对它的承认,都被看成历史的必然事件。德里达在文本中精心阐发了反对历史及思想目的论模式的理论，提出了必然和偶然的游戏这个观念，但他为什么又大谈特谈历史的必然性？为什么开篇第一章——《书本的终结与文字的开端》——到处充满了有点令人困惑的救世主似的诺言？如果我们真的不相信"认识论的突变"，也不相信仅靠简单的决定就可以"跳出形而上学樊篱"的可能性，或者也不相信时间的直线性，那我们该用怎样的严肃性才能宣告一个不同的"即将到来的世界"、一个"符号、声音和书写的价值"都变得不稳定的世界呢？(14,**5**)面对过去世界和将来世界之间的断裂，我们该如何调节自己？看来，对差异和延迟结构的经验主义的背叛和对德里达的解构阅读都不得不考虑到这一点。(**中译者注**：此段指出了德里达所面对的困境，即一方面他要解构必然性和目的性，另一方面他在这样做的时候，在批判传统形而上学存在的问题的时候，又不得不涉及历史必然性问题。同时，斯皮瓦克在指出这个困境的时候也为德里达进行了辩护，指出我们必须相信走出形而上学藩篱的可能性，尽管这种可能性在线性时间中是永久推延的。从这个角度来看，斯皮瓦克理解的解构就是一种策略和立场，而不是一种可能在某个时间完成的目标。)

(我们已经看到，德里达不会把文字学看作对逻各斯中心主义的精神分析。在《论文字学》的第20【**9—10**】页，仅仅有一处暗示出一种对书写历史的精神分析模式，但德里达并不追求这种模式："这种状况【在对人的因素进行命名的过程中，书写所具有的作用】一直为人们强调，但为什么今天它是以**如此的**方式使自己为人所知，并且是**事后**【*Après coup*】才被认识到呢"？使自己以如此的方式为人所知。在那一页中，德里达试图根据信息再现、留声机以及控制论和把人类学和书写的历史——关于人的科学——铰接在一起的所有力量等等各种方法和手段的进展，来回答这一部分的问题。但就像我们见到的那样，在本书另外的地方，德里达又强调这种状况绝不可能以**如此的**方式为人所知，我们必须让自己接受被刻写进未来的解构和解码链条之中。因此，"事后"(*Après coup*)这个概念在这里看起来更有意思。这是一个法语词，用来翻译弗洛伊德的"*Nachträglichkeit*"——用英语翻译就是"被延迟的行为"(deferred action)。正如我们记得的那样，当一个刺激被接收的时候，这个刺激要么进入感觉系统，要么进入无意识并产生一个永久的踪迹。这一特定的踪迹可能在很久以后——*Nachträglichkeit* ，*Après coup*——被激活而进入意识(正如弗洛伊德一再告诉我们的，必须小心地使用这种拓扑学语言)。但是它绝不可能以**如此的**方式出现。实际上，像弗洛伊德那样，德里达也认为踪迹(*die Bahunug*)本身就是原初的。无意识中没有什么"事物"，而只是存在激活这一特定路径的可能性。在踪迹被打开，且我们**事后**(*Après coup*)对这一原初的踪迹有了感觉的时候，无意识中的这一刺激也并未消失。无意识的刺激是不可解构的。现在，在第20【**9—10**】页，德里达在评论理论数学、信息再现(retrieval)等等(*et alia*)之前，紧接着我们现在正在查看的句子之后又不动声色地说道："这个问题会引起无休止的分析。""无休止的分析"这句话本身就让人想起弗洛伊德的一篇后期文章《可中止与不可终止的分析》("Analysis Terminable and Interminable")。(83)【**原注**："Die endliche und unendliche Analyse," *GW* XVI：59—99；*SE* XXIII：209—53.】无意识中的刺激是不可解构的，它们会在事后无休止地进入到意识之中，并进而建构了主体。神经官能症永远不可能得到完全分析——事实上，如果具体的分析者没有终止分析，那么分析就会是无止境的。那遭到压制的、在不明确的历史无意识中的书写之踪迹，在目前的历史时刻是不是正在**事后地**“上升”为我们的意识呢？很明显，德里达自己并不想为这种看起来像是精神分析图式的东西担责。这又是一项未来解构主义者要承担的任务。然而，弗洛伊德认为完全分析在理论上不可能的观点，与德里达认为需要把文字学或解构的事业永远继续下去的争论之间，毫无疑问是有着强烈的共性的。实际上，这就是德里达关于“书写”的所有著作所展示的东西——尽管这在今天看起来是在接受某种声音，但实际上，先前的各种各样的声音就已经存在于整个历史之中了，并且我们将永远面对它的复杂性，就像抵抗的语言遵循我们的强力意志，适应逻各斯中心主义又被逻各斯中心主义恢复那样，或者就像弗洛伊德——受海德格尔的一点启发——会这样说的那样：“自我（the ego）把复苏【recovery】本身看成一种新的危险”。【*GW* XVI.84，*SE* XXIII.238；叉号线是我加上的】因此，我们如此提问看起来就是非常合理的：如果“弗洛伊德的话语——它的句法或……它的运作”来自“他必然的形而上学和传统的概念”【*ED* 294】，那人们能够在《论文字学》顽固的历史模式中解读出一种精神分析图式吗？

本书的第一部分也笼罩着一层地理学模式的影子。逻各斯中心主义和种族中心主义之间的关系在“说明部分”（Exergue）的第一句话中就曲折地表现了出来。然而矛盾的是，德里达几乎是以一种倒种族中心主义（reverse ethnocentrism）的方式，坚持认为逻各斯中心主义是**西方**的财产。他经常这样说，以至于引用起来都显得多余。尽管西方对中国的某些偏见在第一部分中得到了讨论，但在德里达的文本中**东方**却从未得到严肃的研究或者解构。如果我们回忆一下黑格尔和尼采大多数的图形学幽默，那么我们就会问，为什么必须要用它来命名文本知识的局限呢？

第二部分中对列维－斯特劳斯的讨论是本书唯一真正富有争议，并且也许是最不受形式羁绊的部分。它第一次出现是在1966年，是作为《分析手册》（*Cahiers pour l'analyse*）（IV，09－10，1966）杂志讨论列维－斯特劳斯那一期的一个部分出现的。（**中译者注**：《分析手册》是法国20世纪60年代中后期由阿尔都塞的学生创办的一本理论杂志，以阿尔都塞、列维－斯特劳斯以及德里达、福柯等当时很多著名的法国理论家的理论为讨论中心。）

德里达选择斯特劳斯作为他的题目，是因为：“同时保留和取消继承下来的概念二元对立，这种想法跟索绪尔的一样，处于一种骑墙状态：有时处在未接受批判的概念内，有时又在边界处造成紧张气氛，并走向解构。”（154，**105**）并且德里达责备了列维-斯特劳斯在方法上的懒散、多愁善感的种族中心主义，以及对卢梭的过于简单的阅读。他批评列维－斯特劳斯只从狭义上去领会书写这个概念，把书写看成“文明”的掠夺性罪恶的替罪羊，并且把暴力的南比克瓦拉（Nambikwara）（**中译者注**：南比克瓦拉，南美印第安人，生活在亚马孙河流域的丛林深处。按照斯特劳斯的观点，这是一个还不具有现代社会形态的原始丛林部落。)看成“没有书写”的天真群体。如果说第一部分结尾看上去太过关注狭义书写的话,那么这一部分章节则在此方面进行了一些自我补救。因为德里达在其中反复带领我们从狭义的书写跨越到广义的书写——从那些“系统化的”陈述:“血缘谱系关系和社会分层是原初书写的结合点,同时也是(所谓的口头)语言条件以及口语意义上的书写的连接处”(182,**125**),到那种“诗意的”陈述:“*silva*【森林】是原始的,*via rupta*【穿越的道路】已经写下……我们很难想象,通向路线图的可能性不通向书写。”(158,**108**)

也许,“不可能存在一个没有书写的社会”的最有趣的理由,就是给予其专名——任何社会都无法避免——这一个行为本身就内含了书写结构。(**中译者注**:proper name,一般译为“专名”。Proper 有“恰好,正好”的意思,因此这里的“专名”除了“专门的、独特的”意思之外,主要是指名称与所指之间的完美的契合,即一个“恰好的,刚刚好,正好适合”的名字。)因为“专名”这个词意味着一种分类,意味着一种携带了历史踪迹的建制,某种符号制造出来以与其相匹配。因此,“专名”一旦被如此地理解,它对名称持有者而言就不再是完全“独特的”和“恰好的”。(**中译者注**:这意思是说,专名对于与它相配的名称持有物来说,并不是天生就有的,而是一种人为的发明和构建,是历史地出现的东西。既然是人为制造赋予的,那就不可能与历史情境无关。既然与历史情境相关,那就不可能是完全“独一无二”和“恰好”的。)由于专名属于“专有”这个类别,因此它从来就是普通的,它从来就处于涂抹之中:“当它进入意识之中时,这名称就被**说成是**‘恰好’,而在**被称呼**时,它就已经被分类并且被涂抹,它早就不过是一个**所谓的**专名。”(161,**109**)列维-斯特劳斯知道这一点,正如他在《野性的思维》(*The Savage Mind*)(pp. 226f., Eng. pp. 172f.)中讨论专名时所展示的那样。但是,只有一个严格限定的书写概念,他不可能将专名与书写联系起来:“书写【*graphein*】的本质或活力,【正是】对专名的最初的擦除。”(159,**108**)

这一辨析不仅仅是用来取消人类学家针对“没有书写的天真社会”的倒种族中心主义,它也在所有关于“恰好”——特有的、有显著特点的、原义的、特别洁净的(**中译者注**:此处的形容词是为了进一步强调“恰好”的内涵,即专名与指称对象之间似乎是完美契合的,“不多不少”、“干净漂亮”地指称了只有命名对象自身才拥有的“独一无二性”。)——的衍生情况中指出了广义书写的在场。德里达的这一论题到处都是,我在此不过是提一下。某种程度上说,德里达主要关注的东西也许可以这样概括:那就是质疑专名,质疑“恰好的”(原义的)意义,质疑普遍存在的“恰好”。

这个讨论也指出了围绕专名的欲望游戏这一主题:那就是自恋的欲望,即使自己的“专名”变得“普遍”,使其进入母语并与母语融为一体;并且同时,恋母情结又力图保存它的专名,把它看成父亲**之名**的一个相似物(analogon)。德里达的很多近期作品都在思考这种游戏。我来引用一下《丧钟》(*Glas*)的开头,在这里,黑格尔(Hegel)(“专有”名)的名字在法语中的发音“aigle”使他成了雄鹰(eagle)(“普通”名):

谁,他?

他的名字如此古怪。从雄鹰那里他得到了帝王般的、历史的力量。那些仍然按法语发这个音的人——他们就在这里——仅从某个方面看,是有点愚蠢:他们恢复了……被冰霜【凝胶(*gel*)】封冻的鹰……的冷傲。还是把这个被污染的(emblemished)哲学家就这样冰冻起来吧。(p.7)(**中译者注**:法语原文为“emblémi”,斯皮瓦克译为“emblemished”,现有英译本此处译为“emblanched”。但三个词都不能直接在法语和英语字典里查到。但“blemish”有“污点”、“污染”、“瑕疵”之意,而“blanch”有“漂白”、“植物因不见光而变白”之义。此处根据斯皮瓦克的英译词“emblemished”译为“被污染的”。参见 Jaques Derrida, *Glas*, tr. John P. Leavey, Jr., and Richard Rand, University of Nebraska Press, 1986, P.1.)

第 145—151 页(**97—102**)是对德里达称为“互文性”的东西进行的一个理论性的“辩护”:在批评行为中不同文本的相互交织(字面意义上的“网”),这种批评行为拒绝把“影响”和“相互关系”看成简单的历史现象。在《丧钟》里,互文性成了显著的概念的和印刷上的识别标志。第 226—234 页(**157—164**)——“过度:方法问题”——我说过,这是德里达早期理解的解构方法的一个简单动人的展示。

卢梭在德里达文本中的位置的最重要的标志,就是前者使用的“增补”这个词,德里达写道:“对我来说,书写将会越来越成为增补结构的另一名称。……说卢梭是漫不经心地在思考增补,说他言不由衷,描述与论点不一等等,都是不够的……卢梭在用文字描述事物时,在某种程度上对‘增补’这个符号——即一个能指与所指的统一体——进行了移置和变形。……但是这种移置和变形受到了欲望的矛盾体——它自身就是增补性的——的规范。”(384,**245**)关于增补性本身的问题,德里达在本书中有非常多的讨论,这里就不必赘述了。我更感兴趣的是这个问题:“增补”这个词是如何意指卢梭的欲望的?在我评论德里达对这个问题的令人费解的答案之前,我想先说说别的,提一下第三章第一部分“《语言起源论》的地位”中那相当可爱的保守主义。(**中译者注**:*the Place of the* “*Essay*” 中的“*Essay*”是指 *the Essay on the Origin of Languages* 即《语言起源论》。)

在这一部分里,有些东西看起来与这本书的理论精神没有关联,但却标志着很高的学术眼光。就是这位在本书第一部分写下“外~~是~~内”的哲学家,十分严肃地谈到了“外”与“内”的证据,并且这位‘互文性’思想家关心的是确定《语言起源论》和《论人类不平等的起源和基础》的相关时间。让这位读者高兴的是,那些标志了传统学术见地的东西并未消散。能够在一场常规的论辩中看到这种大胆的论调,这是十分过瘾的。因为证据的包袱落在了“怜悯的经济”上面。(**中译者注**:“经济”一词在这里主要是指一种遵循省俭原则或者简化原则的结构。例如理论对复杂现象的表述结构,符号的隐喻结构等,都是人类发明的一种方便人类掌握与控制世界的结构形式。)——对卢梭两个文本中的怜悯的增补性——并且当这两个文本交织在一起的时候,确实出现了互文性实践:“从一个【文本】到另一个文本,重心被转移,出现了不断的滑动……《论人类不平等的起源和基础》想**对起点做出标识**……而《语言起源论》则要我们**对起点有所意识**……在从起源(origin)向生成(genesis)的微妙转换过程中……它抓住了人们的目光……在《论人类不平等的起源和基础》中,纯粹本质的描述在其自身内部为这种转换开辟了空间。一如既往,它是'几乎'一词无法把握的局限。(As always, it is the unseizable limit of the *almost*)(358,**253**)"我不相信德里达曾经再次致力于这类关于文本的学术研究。在这里,对《论文字学》的阅读也让我们领略了早期德里达那相当独特的风采,这个年轻的学者改变了学术的基本规则。

本书的结尾是卢梭的一个梦,就是我上面曾指出的增补的欲望。这种结尾是典型的德里达手笔,批评在最后放弃了说明性权威的风格而呈现出预言家的习惯手法。"柏拉图的药"以柏拉图在药房中的场景结尾,而"白色神话"则以紫色石头(heliotrope stone)结束。例子不胜枚举。

卢梭,这个有名的手淫者,有一个哲学的春梦:"卢梭的梦试图使增补物强行进入形而上学。"(444,**315**)

但这种暴力难道不正是德里达自己的工作具有的力量所在吗?不正是书写的诡计吗?不正是梦想进入真理(dream-cum-truth),即通过内在然而又是增补的力量去突破形而上学的藩篱吗?在德里达讨论卢梭的那本书的结尾,卢梭也为德里达设定了梦想。也许本书的确是以作者的签名结束的。

行文到此,按照惯例要说几句翻译中存在的问题。确实德里达的文本指出过,其中也存在"不可翻译的"词汇,我跟"边缘空白之处(exergue)"和"本己(propre)"这样的词也过了招。(84)【**原注**:与德里达使用的这两个词相关的问题,有说服力的讨论可以参见"White Mythology"5。】我担心的是"启用"(entamer)这样的词,就像我们看到的那样,在德里达的词汇中它是一个很重要的词,它同时意味着"闯入"(break into)和"开始"(begin)。我试图用"破坏(breach)"或"打开并使用(broach)"来翻译,带着一点不切实际的信心,以为暗示词(shadow-word)"破坏(breach)"或"打开并使用(broach)"会自己把自己表达出来的。(**中译者注**:法语词"entamer"的意思是"开启并使用",或者"打开使用",其中"开启"或者"打开"都具有一定的破坏之意,例如"切开"或"破开"水果、打开酒瓶之类的,但这种破坏也意味着一种"开始",是作为"开端"的破坏。)不管是"启用"(entamer)还是其他的词和表达方式,任何时候,只要当法语的措辞和句法似乎包含了特殊含义,我都会在插入语中指出其原始含义,某种意义上说,这个特定问题也见诸整个文本。《论文字学》否定了文字的独一无二性,否定了其实在性、可转换性和可重复性,从而否定了其翻译的可能性。当我们为了质疑意指行为(signification)、为了解构"能指－所指"的二元对立而运用语言时,词语的每一次转换就变得既是"意指性的"又是游戏性的,也许这并非那么不可思议。而且这种游戏性恐怕我还力所不能及。即使是"de"这样简单的词也带有游戏意味——既带有"……的(of)"的意思,又暗示着"来自……(from)"的意思。(我曾用"of/from"来翻译,因为其中的游戏性似乎要人们特别注意到它。【第**269**页】)但这种笨手笨脚的做法,对整个文本来说无关痒痛,因为在一个整体性的文本中，“思考”(penser)本身是有作用的，它也意味着“包扎伤口”(panser)；思考不就是在永远寻求包扎思想之不可能性的撕裂和创伤吗？关于题目的翻译，有“一片(a piece of)”的意思，也有“关于(about)”的意思，我没有按照专家的建议去做。

在这篇序言的开始我就告知读者，通过质疑文本的绝对可重复性，德里达的理论承认了——同时也否定了——序言。现在也是时候认识到，通过质疑起源性事物的绝对特权，德里达的理论同样也会承认——同时也会否定——翻译。任何阅读行为都脱胎于互文性的变动不居，并被这种变动不居所环绕。而翻译，则毕竟是一个互文性版本。(85)【**原注**：关于翻译和互文性的令人信服的讨论可以参见 Jeffrey Mehlman，“Portnoy in Paris，”*Diacritics* 2，iv(Winter 1972)：21。】如果不存在独立不依的词语，如果一个具有特权的“概念—词”一出现它就必须让渡给替补链和“日常语言”，那为何翻译作为一种替补行为就该受到怀疑呢？如果作者的专名和主权地位既是一种障碍也是一张通行证，那为什么翻译者的地位就该低一等呢？现在很明显的是，由于想保留“起源”(*De la grammatologie*，法语版《论文字学》)同时又被主宰性文本的缺席带来的自由所吸引(这不只是说在我的译本之前不存在英文版本的《论文字学》，而且对这个文本的翻译跟阅读同样的多，而这些文本是无限可译的)，因此翻译自身同样处于一种两难的境地。(见第 **lxvii-lxviii** 页)

而从完全不同的角度，最实际最严格地讲，德里达和我都是非常勉强的双语者——他的英语比我的法语好一点——那法语在什么地方结束，英语又从什么地方开始呢？

我在此就不谈我的翻译哲学了，相反，我让你们看看德里达的翻译哲学：

在它的可能性或**明显的**可能性范围内，翻译演练着能指和所指之间的差异。但是如果这一差异从来就不是纯粹的，那翻译就更加如此了，并且必须用**转换**(*transformation*)这一概念来代替翻译概念：用一种语言对另一种语言，一个文本对另一个文本进行规范性的转换。我们不会，也从来没有把纯粹的所指——即指意工具或“载体”没有染指、或保持了其纯洁的所指——从一种语言转移到另一种语言，或者在一种语言以及相同的语言内部进行这种转移。(*Pos* 31)

“从一种语言转移到另一种语言，或者在一种语言以及相同的语言内部”，翻译是一种互文性版本，在“同一种”语言内部也是这样，因此……

海德格尔的解构(或拆毁)方法常常基于这样的思考，即：所谓的哲学“内容”是如何被翻译的急迫性所影响的。德里达在《延异》(“La différance”)和《实体与书写》(“L'ousia et grammè”)(*MP* 3—29，*SP* 129—160，*MP* 31—78)中谈到了这个问题。在后一例子中有一个双重嬉戏：当单独的一个拉丁词“presence”被迫用于翻译许多有细微差别的希腊词语——这些词语意味着在场这个观念的哲学阴影——的时候，海德格尔对哲学的损失表示了自己的哀痛。德里达也同样哀叹—— 该如何通过单一的罗曼词“présence”来翻译海德格尔那些有着很多细微差别的、意味着在场这个观念的哲学阴影的德语词呢？德里达用了

“误译”这种方法作为自己有效的解构杠杆。最一贯的例子就是《柏拉图的药》(“La pharmacie de Platon”),在其中,他适时地问道:为什么译者要涂抹掉“*pharmakon*”这个词,用一堆不同的词来作翻译替换呢?

说到底,这就是我所希望的那类读者:他能够坚持我的误译,用这种杠杆的力量,超越德里达作为控制性主体在文本中所做的引导,来解构他的文本。

Ⅵ

“本书第一部分,即‘字母之前的书写’,是**现在我把我的文本置入他的文本中并让你由此开始的一个粗略的草图**,同时**也在此确立了**一个理论母体。它显示了某些重要的历史时刻,举荐了**我的**名字:某些批评概念。**盖亚特里·查克拉巴蒂·斯皮瓦克**。这些批评概念在本书第二部分,即‘自然,文化,书写’中,被用来检测**这一工作的场所:爱荷华市,(新德里—达卡—加尔各答),波士顿,尼斯,普洛维登斯,爱荷华市,其时间是:**1970 **年** 7 **月至** 1975 **年** 10 **月**。而本部分则可以看成说明……”